国家社科基金
GUOJIA SHEKE JIJIN HOUQI ZIZHU XIANGMU
后期资助项目

高贵灵魂的回响

伪朗吉努斯《论崇高》研究与译注

聂渡洛　著译

商务印书馆
The Commercial Press
创于1897

国家社科基金后期资助项目
出版说明

后期资助项目是国家社科基金设立的一类重要项目，旨在鼓励广大社科研究者潜心治学，支持基础研究多出优秀成果。它是经过严格评审，从接近完成的科研成果中遴选立项的。为扩大后期资助项目的影响，更好地推动学术发展，促进成果转化，全国哲学社会科学工作办公室按照"统一设计、统一标识、统一版式、形成系列"的总体要求，组织出版国家社科基金后期资助项目成果。

全国哲学社会科学工作办公室

目　录

第一部分

第一章　版本源流与作者考

文史大师恩斯特·库尔提乌斯在其巨著《欧洲文学与拉丁中世纪》卷末颇为有意地发出喟叹:

> 难道亚里士多德真的是古代文学批评的绝唱吗?幸运的是,我们还有一本著作——Περὶ Ὕψους,通常它被译为《论崇高》,并被认为是朗吉努斯(Longinus)所作。事实上,无论译名还是作者都错了。我们对其作者一无所知,至于ὕψος的意思是"高度",而非"崇高"。其主题是高雅文学,如伟大的诗歌与散文。……两千年来,我们呼吸的是生命的气息,不是书房与图书馆的霉菌。公元1世纪,这位希腊无名氏的出现实在不可思议。布莱克说:"各个时代大同小异,但天才总是超越自己的时代的。""朗吉努斯"如此超然于他的时代,以致他的读者寥寥无几。没有古代作家引用他。我们的文本来自10世纪的手稿,其中还不乏令人遗憾的脱漏。不过,它能保存下来,不能不说是另一个奇迹。中间的经历何其惊险! ①

库尔提乌斯提到的这篇论著就是本书要探究的主要文本。在进入细节讨论之前,我们先对其版本源流做一番大致梳理。如库尔提乌斯所言,《论崇高》一文在整个古代晚期以及中世纪销声匿迹,直至其再次问世,前后长达1500余年之久。学者伯纳德·维恩伯格曾在论文《1600年前朗吉努斯〈论崇高〉的翻译与注释》中极为详致地向我们罗列出此文自问世以来的诸种版本,该论文也是笔者迄今为止目力所及对《论崇高》文本流传史的研究中最为翔实的。②现撮要陈述如下并结合当下研究成果予以补充。

---

① 库尔提乌斯:《欧洲文学与拉丁中世纪》,林振华译,浙江大学出版社,2017年,第543—544页。另参考Ernst Robert Curtius, *European Literature and the Latin Middle Ages*, Willard R. Trask trans., Princeton, New Jersey: Princeton University Press, 2013, pp. 398–399。库尔提乌斯提出,《论崇高》书名翻译有误,其标题本意为"论高度"。详细情况请参考本书第一部分第二章题解部分。出于论述方便,也考虑到学界接受度,本书仍以《论崇高》称呼此文。

② 请参考Bernard Weinberg, "Translations and Commentaries of Longinus, On the Sublime, to 1600: A Bibliography", *Modern Philology*, Vol. 47, No. 3, 1950, pp. 145–151。

1554年，法国人文主义者马克–安托万·穆雷(Marc-Antoine Muret)在自己所著的《卡图卢斯注疏》之《致蕾丝比娅》("Ad Lesbiam")一诗的注释中已经表明，《论崇高》一书已经引发了众多语文学家的兴致，这是此书重见天日的最早证据之一：

> 我在开始将狄俄尼修斯·朗吉努斯的小书《论崇高》(此书尚未有人编校)翻译成拉丁文的时候受到了学问与德性均为一流水准的鲍鲁斯·马努提乌斯先生(Paulus Manutius)的鼓励与催促，以便如此好书既有拉丁文本，也有希腊文本。与本书一同出版的还有许多其他一些值得注意的东西，因为优雅之士都翘首期盼此书，其中缘故在于，此书中存有女诗人萨福(Sappho)的一首极为令人愉悦的颂诗，卡图卢斯(Catullus)在许多几乎同等优秀的诗中都大量地模仿了这位女诗人。①

这个拉丁文译本并未流传下来。匈牙利神学家安德雷亚斯·杜迪斯(Andreas Dudith)在1560年出版的《哈利卡那索斯的狄俄尼修斯论修昔底德〈历史〉》(*Dionysii Halicarnassei de Thucydidis Historia ivdicivm*)翻译序言中表明，他手中拥有一部朗吉努斯的译本(应该为拉丁文)，但这个译本也佚失了：

> 此作者的其他书作中亦有这样的教诲，这些书作关乎修辞技艺、词语的合理编排。朗吉努斯、西西里的狄奥多鲁斯最后三卷的翻译我均保有。很快我就会将这些与四《福音书》最为古老的希腊文注疏一道出版。②

从16世纪中期起，出现了为数不少的《论崇高》希腊文编校本与拉丁文、意大利文译本，我们也可以据此推断，伴随着古典文本以及语言重新回到学术视野，此书引起了人文主义者(尤其是语文学家与修辞学家)的极大关注与兴趣。事实上，正如古典语文学家与拜占庭希腊语文学家卡洛·马祖奇(Carlo Mazzucchi)所指出的那样，《论崇高》的抄本历史主要是人文主义的。除却巴黎手抄本(10世纪)之外，现存的朗吉努斯的所有抄本均是在

---

① Gaius V Catullus, *Catullus, et in eum commentarius M. Antonii Mureti*, Venice: Paulum Manutium, 1554, p. 57.如无特殊说明，本书译文均为笔者自译。

② Dionysius Halicarnassus, *Dionysii Halicarnassei de Thucydidis Historia ivdicivm*, Venice: Aldus Manutius, 1560.

文艺复兴时期完成的,且相关人士均与意大利文艺复兴时代的人文主义有着密切联系。①意大利文艺复兴人文主义者与语文学家弗朗西斯科·罗伯特罗(Francesco Robortello)于1554年将其整理的《最为杰出的修辞学家狄俄尼修斯·朗吉努斯论高蹈或崇高风格的书作,并附注释》(ΔΙΟΝΥΣΙΟΥ ΛΟΓΓΙΝΟΥ ΡΗΤΟΡΟΣ ΠΕΡΙ ΥΨΟΥΣ ΒΙΒΛΙΟΝ, *Dionysi Longini rhetoris praestantissimi liber de grandi sive sublimiorationis genere...cum adnotationibus*, 此乃首版[editio princeps], 巴塞尔)出版。此版本页边有罗伯特罗为之作的拉丁文注释。随后,鲍鲁斯·马努提乌斯于1555年独立出版了《狄俄尼修斯·朗吉努斯论言说的崇高风格》(ΔΙΟΝΥΣΙΟΥ ΛΟΓΓΙΝΟΥ ΠΕΡΙ ΛΟΓΟΥ, *Dionysii Longini de Sublimi Genere Dicendi*, 威尼斯)。弗朗切斯库斯·柏图斯(Franciscus Portus)于1569年出版了《最为杰出的修辞技艺大师阿弗托尼乌斯、赫尔莫格涅斯、狄俄尼修斯·朗吉努斯》(Οἱ ἐν ῥητορικῇ τέχνῃ κορυφαῖοι, *Aphthonius, Hermogenes et Dionysus Longinus praestantissimi artis rhetorices magistri*, 日内瓦)。除此三个希腊文版本之外,皮埃特罗·帕加奴(Pietro Pagano)于1572年出版了拉丁文译本,名为《狄俄尼修斯·朗吉努斯论崇高言说风格》(*Dionysii Longini De sublimi dicendi genere*, 威尼斯)。②

马克·弗马洛里(Marc Fumaroli)的研究表明,《论崇高》的双生译本分别于1554年、1555年相继独立问世,这种学术兴趣并非偶然成之。他认为,《论崇高》一文再次回到人文主义者视野可以远溯至始于15世纪80年代由保罗·科特西(Paolo Cortesi)与安杰罗·波利奇阿诺(Angelo Poliziano)论辩通信触发的关于西塞罗风格的辩论(史称"西塞罗风格争论"[Ciceronian

---

①　富马罗利亦持同样的观点:《论崇高》的出现是文本的学术前史的结果,但这次限于极为博学的人文主义者圈子与抄本世界。" Marc Fumaroli, "Rhetorique d'école et rhétorique adulte: Remarques sur la réception européenne du traité au XVIᵉ et au XVIIᵉ Siécle", *Revue d'histoire littéraire de la France*, Vol. 86, 1986, p. 40. 关于《论崇高》的抄本历史与意大利文艺复兴大背景的关联,以及"崇高"概念在文艺复兴时期的流变史,本书在此无法做更为详尽的阐述,另请读者参考C. M. Mazzucchi, "La tradizione manoscritta del Περι ὕψους", *Italia medioevale e umanistica*, Vol. 32, 1989, pp. 205–226; Dionisio Longino, *Del Sublime*, C. M. Mazzucchi ed., Milano: Vita e pensiero, pubblicazioni dell'Università Cattolica, 1992; Eugenio Refini, "Longinus and Poetic Imagination in Late Renaissance Literary Theory", in Caroline van Eck, Stijn Bussels, Maarten Delbeke and Jürgen Pieters eds., *Translations of the Sublime: The Early Modern Reception and Dissemination of Longinus' Peri Hupsous in Rhetoric, the Visual Arts, Architecture and the Theatre*, Leiden: Brill, 2012, pp. 34–37.

②　更多意大利文艺复兴时期《论崇高》拉丁文译本, 请参考Gustavo Costa, "The Latin Translations of Longinus' Peri Hypsous in Renaissance Italy", in Richard J. Schoeck ed., *Acta Conventus Neo-Latini Bononiensis. Proceedings of the Fourth International Congress of Neo-Latin Studies*, Binghamton, NY: Medieval & Renaissance Texts & Sduties, 1985, pp. 224–238。

Quarrel])。前者主张彻底模仿西塞罗的拉丁文风格,而后者则主张兼收并蓄、不拘一格(the Eclectics)。这一辩论在文艺复兴时期余波一再兴起,尤其是在意大利。之后不久,乔凡尼·弗朗切斯科·皮科·德拉·米兰多拉(Giovanni Francesco Pico della Mirandola)与皮埃特罗·本波(Pietro Bembo)就语言风格问题展开第二次通信论辩(1512—1513)。大约20年后,乔瓦尼·巴蒂斯塔·吉拉尔迪(Giovanni Battista Giraldi)与其老师费拉拉大学修辞学教师凯利奥·卡卡尼尼(Celio Calcagnini)就同一问题展开第三次通信激辩(1532—1537)。1528年,荷兰人文主义者伊拉斯谟出版对话《西塞罗阿尼阿奴斯》(Ciceronianus)嘲讽了刻板的西塞罗主义者,并坚决捍卫折中主义者。《论崇高》正是在这场关乎模仿(imitatio/μίμησις)与超越(aemulatio/ζήλωσις)的古今之争背景下被重新引入古典文本资源库的——文艺复兴时期流行的修辞学文本主要有西塞罗的《演说家》(Orator)、《论演说家》(De Oratore),昆体良的《演说术教育》(Institutio Oratoria),以及归在西塞罗名下的《致赫仑尼乌斯修辞学论》(Rhetorica ad Herennium)。[①]

伴随着民族语言与民族文学的崛起,《论崇高》在17世纪的流传史的一大特色是,拉丁文、英文、法文译本开始逐渐代替希腊文编校本。而且,自此时始,《论崇高》的流传不再局限于文本校订与语言考古等语文学传统,"崇高"概念开始脱离古代文化语境(诸如修辞学等),进入彼时正在兴起的文学批评与美学潮流之中,开拓出新的独立自为的批评内涵。这一时期具有代表性的译本有:加布里尔·德·佩特拉(Gabriel de Petra)于1612年出版的《狄俄尼修斯·朗吉努斯论崇高风格的小书》(Διονυσίου Λογγίνου περὶ ὕψους λόγου βιβλίον);尼可洛·皮内里(Niccolò Pinelli)于1639年出版的意大利文译本《论言说的高度》(Dell'altezza del dire,帕多瓦);约翰·霍尔(John Hall)于1652年出版的首个英译本,题为《〈论崇高〉,或狄俄尼修斯·朗吉努斯论演说的高度,约翰·霍尔先生自原文译出》(περὶ ὕψους, or Dionysius Longinus of the Height of Eloquence,伦敦);布瓦洛(Boileau)于1674年在巴黎出版的首个法译本《狄俄尼修斯·朗吉努斯论崇高的小书,论语言中的崇高或惊奇风格,译自朗吉努斯的希腊语》(Διονυσίου Λογγίνου περὶ ὕψους λόγου βιβλίον, Traité du sublime ou du merveilleux dans le discours. Traduit du grec de Longin)。在此值得特别提及的是,布洛瓦的法译本在18世纪重印

① 参考Joann Dellaneva ed., Ciceronian Controversies, Brian Duvick trans., Cambridge, MA.: Harvard University Press, 2007, pp. vii–xxv。

次数达10次以上。①而"崇高"概念的现代创始人正是布瓦洛,接续这一传统的代表人物则是我们熟悉的柏克与康德。②

《论崇高》至17世纪的文本流传史已择其要者予以说明。自布瓦洛法译本出版之后,《论崇高》遂成古典文学批评之显学,与亚里士多德《诗学》、贺拉斯《诗艺》并列为古典诗学三大经典,关于它在17世纪的研究与论述已经有重要的研究出版,兹不具论。③

库尔提乌斯曾言:"我们不必继续追寻'朗吉努斯'在18世纪的命运。探讨他的人多了,误解也多了。他从未找到志同道合的灵魂。'朗吉努斯'的情况发人深省,它印证了一种自身应有影响被拒绝承认的连续性。这颗火星从未熊熊燃烧。伟大的批评难得一见,因此,也就很少得到承认。如果整个古代晚期对'朗吉努斯'真的只字未提,那正是它思想力量虚弱的最清晰的一个征兆。'朗吉努斯'让牢不可破的链条——庸人的传统(the tradition of mediocrity)勒断了脖子。这个传统或许就是文学连续性最有力的支撑。"④《欧洲文学与拉丁中世纪》一书出版于1948年,而迄至此时,就该篇文献的作者问题展开的研究已逾两百年之久,库尔提乌斯对这些研究表现出的冷漠态度令人好奇,他是否在向我们暗暗指出,寻找作者的苦功是徒劳且无益的。诚然,"正如树叶的荣枯,人类的时代也是如此。秋风将树叶吹落到地上,春天来临,林中又会萌发,长出新的绿叶,人类也是一代出生,一代凋零"(《伊利亚特》,6.145—149),此乃天道常理。但是,耀眼的天才从天上划过,未留下姓名,永远地消失在了历史深处,这让每一位《论崇高》的严肃研究者不约而同地发出喟叹。于是我们看到,语文学家们前仆后继地试图能让这篇经典文献物归其主。

如我们前面看到的那样,马克–安托万·穆雷佚失的《论崇高》拉丁文译本注,以及弗朗切斯科·罗伯特罗与鲍鲁斯·马努提乌斯分别在1554年、

---

①　参考W. Rhys Roberts ed., *Longinus on the Sublime*, Cambridge: Cambridge University Press, 1907, p. 249。

②　库尔提乌斯对此颇不以为然,他在《欧洲文学与拉丁中世纪》中嘲讽布瓦洛:"朗吉努斯之后厄运不断。让朗吉努斯声名鹊起的是诸如布瓦洛这样的教师,这简直是咄咄怪事。因为布瓦洛的《对朗吉努斯的思考》(*Réflexions sur Longin*, 1693)题文不符。这个小册子是为了反对佩罗(Perrault)而作,它缺乏机趣,也没什么想法,是其哲学、风格学、正字法谬论的学究式目录。这一切却是以'朗吉努斯'的名义进行的,而朗吉努斯则有意识地拒绝将'无缺点'与'完美'混为一谈。"库尔提乌斯:《欧洲文学与拉丁中世纪》,第544–546页。译文有修改。

③　17世纪至1899年的《论崇高》希腊文编校本、译本、研究著作等,参考W. Rhys Roberts ed., *Longinus on the Sublime*, pp. 250–257。

④　库尔提乌斯:《欧洲文学与拉丁中世纪》,第546页。另参考英译Ernst Robert Curtius, *European Literature and the Latin Middle Ages*, p. 400。

1555年发表的编校本标题均表明，时人均认定，此书的作者名为狄俄尼修斯·朗吉努斯(Dionysius Longinus)，即公元3世纪的修辞学家与哲人卡西乌斯·狄俄尼修斯·朗吉努斯(Cassius Dionysius Longinus)。①如我们上面的文本梳理表明的那样，这一冠名一直被沿用至19世纪初期。

首次对《论崇高》作者问题提出异议的是意大利学者乔罗拉摩·阿玛提(Girolamo Amati)。他在1808年发现了一个文艺复兴时期的梵蒂冈抄本(V.285)，该抄本表明此书的作者为狄奥尼修斯或朗吉努斯(Διονυσίου ἢ Λογγίνου περὶ ὕψους)。在阿玛提的提示下，本杰明·威斯克于1809年出版的《狄俄尼修斯·朗吉努斯论崇高：希腊文与拉丁文本》中首次将此证据和盘托出，并对之前的定名表示怀疑。②与此同时，学者们在10世纪的巴黎抄本P.2036、P.985(藏于法国国家图书馆，编号分别为Grec 2036、Grec 985)中也发现了类似的异文。威廉·瑞斯·罗伯茨指出，在P.2036抄本中，《论崇高》一文附在归名于亚里士多德的《自然问题》(*Problemata Physica*)

---

① 关于如何认定狄俄尼修斯·朗吉努斯的身份，学者们展开了激烈的辩论。在19世纪之前，学者们普遍将狄俄尼修斯·朗吉努斯认定为3世纪的卡西乌斯·狄俄尼修斯·朗吉努斯。通常解释是，这位3世纪的朗吉努斯原来的希腊名为狄俄尼修斯，后来将庇护者的名字卡西乌斯·朗吉努斯加进了名字。据波弗里(Porphyry)所作《普洛丁传》(*Vita Plotini*)中记载的这位朗吉努斯所作的《论目的：回答普洛丁与艮提利阿努斯·阿梅利乌斯》(*On the End: In Answer to Plotinus and Gentilianus Amelius*)，在朗吉努斯年幼的时候，其父母曾长途跋涉遍访名师。后来他结交了亚历山大里亚哲人阿莫尼乌斯·撒伽斯(Ammonius Saccas)、异教者奥利根(Origen the Pagan)、普洛丁等人。后来，朗吉努斯回到雅典教授哲学、修辞学、语法等，波弗里就是其著名弟子。卡西乌斯·狄俄尼修斯·朗吉努斯声名煊赫，尤那皮乌斯(Eunapius, 345—420)曾将其称为"活的图书馆与行走的学校"(βιβλιοθήκη ἔμψυχος καὶ μουσεῖον περιπατοῦν)。而杰罗姆更是将其作为演说的典范："荒谬的言辞之流喷薄而出，与每个人(这里指的是虚假的演说家)展开激辩，你甚至会以为他是批评家朗吉努斯……" (Tunc nugas meras fundere et adversum singulos declamare; criticum diceres esse Longinum…[Jerome, *Epistulae*, 125, "Ad Rusticum Monachum"])而在传统上，能与卡西乌斯·狄俄尼修斯·朗吉努斯相提并论的其他狄俄尼修斯，则是哈利那卡索斯的狄俄尼修斯(Dionysius of Halicarnassus，约前60—前7)。当然，这是普遍意见，也有学者猜测这位狄俄尼修斯可能是哈利卡那索斯的埃利乌斯·狄俄尼修斯(Aelius Dionysius of Halicarnassus)、佩尔加蒙的狄俄尼修斯·阿提库斯(Dionysius Atticus of Pergamon)、米利都的狄俄尼修斯(Dionysius of Miletus)，但并未被学界接受，因为他们的风格与立场显然与此文并不契合(例如他贬低柏拉图，褒扬吕西亚斯[Lysias])。因此，在后文提到的介于狄俄尼修斯与朗吉努斯之间的"或者"被发现之前，人们普遍认为这里的狄俄尼修斯·朗吉努斯指的是卡西乌斯·狄俄尼修斯·朗吉努斯。但有学者立刻质疑，如西斯指出，狄俄尼修斯·朗吉努斯这个名字从未见于古代文献，尽管卡西乌斯·狄俄尼修斯·朗吉努斯，或卡西乌斯·朗吉努斯·狄俄尼修斯这两个名字均合理性。参考Malcolm Heath, "Longinus, On Sublimity", *Proceedings of the Cambridge Philological Society*, No. 45, 1999, p. 44. 这个问题至今没有得到最终解答。

② 威斯克提出，除却哈利卡那索斯的狄俄尼修斯与卡西乌斯·狄俄尼修斯·朗吉努斯之外，《论崇高》的作者还有一种可能，作者并非大卫·卢肯(David Ruhnken，按：1765年，卢肯在阅读阿尔丁版《希腊修辞学家》[*Rhetores Graeci*]时辨认出羼入的一个残篇，后来该残篇被认定属于《论崇高》的一部分，即巴黎1874号抄本)所认证的朗吉努斯，而是"一位才学俱佳，生活在奥古斯都时代的人"，且此书应当成书于共和国自由消弭后。由此，《论崇高》的作者问题再次成为学者论争的焦点。参见Benjamin Weiske, *Dionysii Longini De Sublimitate: Graece et Latine*, Leipzig: Weigel, 1809, pp. xxiv, xliv.

之后。《自然问题》前有一个目录简编，目录之后有一行文字：

+ ΔΙΟΝΥCΙΟΥ Η ΛΟΓΓΙΝΟΥ ΠΥΨΟΥC +

　　我们看到，在目录之后附上的这行文字中，狄俄尼修斯与朗吉努斯之间有字母H(古希腊文之"或者")区隔(见图1)，而在正文的标题行上则无此标识(见图2)。除此之外，罗伯茨还提示我们，正文的标题行中的三词之间的空隙尤其显著。在P.985抄本中，乃至法国国家图书馆所藏的一个16世纪《论崇高》抄本(编号Grec 2974，见图3)中，情况亦然。这似乎表明，抄工在誊抄的过程中下意识地表明作者归属有两种可能。而有的抄本则认为此书的作者不详，在意大利佛罗伦萨劳伦佐图书馆(Biblioteca Medicea Laurenziana)发现的15世纪抄本("ἀνωνύμου περὶ ὕψους"［佚名者论崇高］)便是如此(编号Plut.28.30，见图4)。

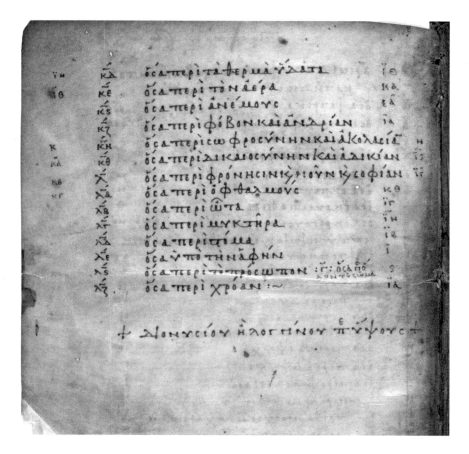

图1　P.2036抄本《自然问题》目录

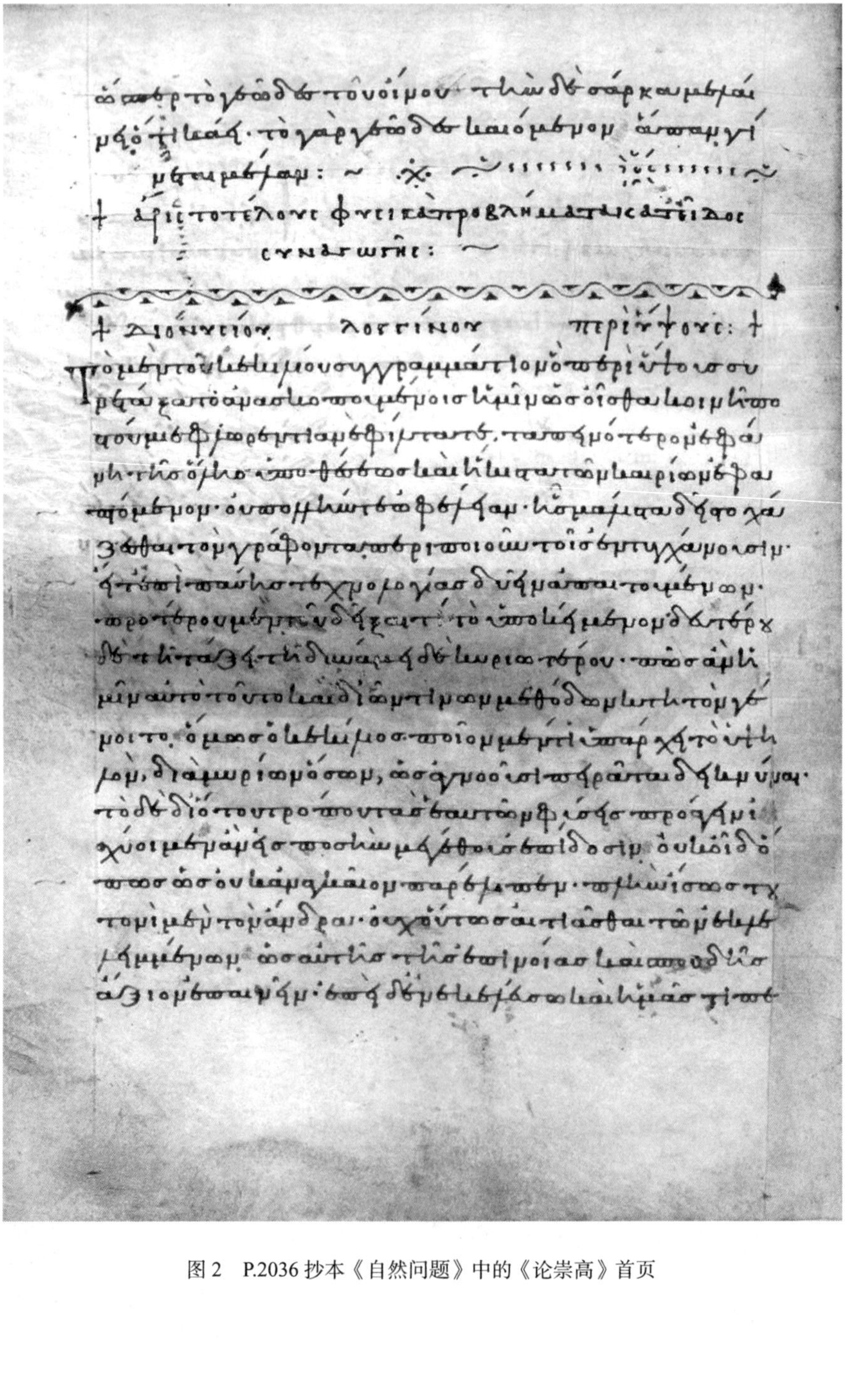

图 2　P.2036 抄本《自然问题》中的《论崇高》首页

CIƆCCƆCXCIX

1634
3267

ΔΙΟΝΥΣΙΟΥ
ΛΟΓΓΙΝΟΥ ΠΕ
ΡΙ ΥΨΟΥΣ

图3　16世纪《论崇高》抄本

图4　佛罗伦萨劳伦佐图书馆所藏《论崇高》抄本

　　种种新发现的抄本使得《论崇高》作者研究呈现出多种猜测与论证，20世纪的学者们纷纷将视线转向1世纪与3世纪的知识环境，并提出了各种猜测。研究重心由此转向"内部研究"，即探究《论崇高》的风格、措辞、用词习惯等，并将其与现存文献进行比对，以求更大程度地接近真相。择其要者录之如下：意大利学者拉娜认为，作者为亚历山大里亚的智者与修辞学家埃利乌斯·色翁(Aelius Theon)[①]；理查兹提出，作者或为庞培乌斯·格米奴斯(Pompeius Geminus)[②]；拉塞尔则提出，该文的作者或许的确名为狄俄尼修斯·朗吉努斯，但他所属的时代并非3世纪，并声称，"我们可以安全地做一番推测，本书写于1世纪，作者与罗马、犹太群体均有接触"[③]。学者们在若干个论点上展开了激烈交锋[④]。首要的问题是《论崇高》中出现的内部证据之一，即人名、书名、时事等线索。我们下面择其要者进行一番论述。

　　我们在《论崇高》开篇即读到："亲爱的博斯图米乌斯·特伦提阿努斯，你记得，我们一起仔细研读过凯基里乌斯写就的关于崇高的论文(Κεκιλίου συγγραμμάτιον)，它显得比我们讨论的整个主题要低些，且与关键点无甚关联，它并没有为读到它的人提供多大益处，而益处是书写者必须要追求的。"学者们对凯基里乌斯(Caecilius)的身份并无异议。依据《苏达辞书》(Suidas)，凯基里乌斯来自西西里，他曾在奥古斯都时代于罗马教授修辞学，而且更为重要的一条信息是，他在信仰上是犹太人(τὴν δόξαν Ἰουδαῖος)。[⑤]而据昆体良在《演说术教育》3.14—16中对修辞学史的简短记载，在色奥弗拉斯图斯(Theophrastus)继承伊索克拉底与亚里士多德学脉之后，荷马格拉斯(Hermagoras)及其随众紧跟其后，之后还有阿波罗尼乌斯·默隆(Apollonius Molon)、阿瑞乌斯(Areus)、凯基里乌斯与哈利卡那索斯的狄俄

---

　　① I. Lana, *Quintiliano, Il "sublime" e gli "Esercizi preparatori" di Elio Teone*, Torino: Universtà di Torino, 1951. 色翁有《初级训练》(*Progymnasmata*)传世，参考George Alexander Kennedy, *Progymnasmata: Greek Textbooks of Prose Composition and Rhetoric*, Leiden: Brill, 2003。

　　② G. C. Richards, "The Authorship of the Περὶ Ὕψους", *The Classical Quarterly*, Vol. 32, No. 3/4, 1938, pp. 133–134. 论证基于一点，即《论崇高》第33节中所谓追求伟大可能滋生错误，这个观点与庞培乌斯·格米奴斯的残篇不谋而合，参考哈利卡那索斯的狄俄尼修斯：《致庞培乌斯》，2.13—16。

　　③ "Longinus", *On Sublimity*, D. A. Russell trans., Oxford: The Clarendon Press, 1965, p. xi.

　　④ 这里主要介绍拉塞尔、西斯、罗伯茨(W. Rhys Roberts)的观点。

　　⑤ 参见Caecilius Calactinus, *Fragmenta* (Bibliotheca scriptorum Graecorum et Romanorum Teubneriana), Stuttgart: B. G. Teubner, 1967, pp. 1–2. 维尔纳·耶格尔认为，《论崇高》中引述的"神说，要有光"并非本自"七十子译本"，而是本自"凯基里乌斯"。参考Werner Jaeger, *The Theology of Early Greek Philosophers*, Oxford: The Clarendon Press, 1947, p. 214, n. 58。

尼修斯。①这在哈利卡那索斯的狄俄尼修斯著名的论修昔底德的书信《致庞培乌斯·格米奴斯》中得到印证："我的朋友凯基里乌斯认为，修昔底德的三段论为他(指德摩斯梯尼)所模仿，并被超越(ἐμοὶ μέντοι καὶ τῷ φιλτάτῳ Καικιλίῳ δοκεῖ τὰ ἐνθυμήματα αὐτοῦ μάλιστα μιμήσασθαί τε καὶ ζηλῶσαι)。"由此，我们可以做出两种推测：《论崇高》是针对当时的论点展开的辩论；又或者，3世纪的朗吉努斯又重拾旧日话头遥遥回应前人。在学者们一致认为前者更为可能时，西斯则搜罗文献证明，凯基里乌斯在3世纪仍然有相当的阅读受众。首先，在尤西比乌斯(Eusebius)所著《福音的准备》(*Praeparatio Evangelica*)中转引了波弗里的一段记载。朗吉努斯在雅典行教时，一日恰逢柏拉图诞辰，他邀请智者尼加哥拉斯(Nicagoras)、语法学家阿波罗尼乌斯(Appolonius)、几何学家德摩特里乌斯(Demetrius)等人共饮。席间，众人就"天下文章一大抄"的问题展开激辩，阿波罗尼乌斯援引凯基里乌斯说明喜剧家米南德的"化用"本领："米南德的《迷信之人》从头至尾均抄袭自安提法涅斯(Antiphanes)的《占卜者》。"②除此之外，《论崇高》第9节处作者已然坦言，他在写作这封信之前已经对崇高问题做出过表达(γέγραφά που καὶ ἑτέρωθι τὸ τοιοῦτον)：崇高是高贵灵魂的回响。

文本中出现的第二个名字见于《论崇高》第13节："如若阿莫尼乌斯(Ammonius)以及他的追随者没有分类挑选整理的话，或许我们还有必要予以说明。"学界一度认为，这里的阿莫尼乌斯指的是普洛丁的授业恩师阿莫尼乌斯·撒伽斯(Ammonius Saccas)。这种理解乍看合情合理。据波弗里的《普洛丁传》记载，普洛丁27岁时醉心哲学，在亚历山大里亚遍访名师，但均失望而归。有友人向其推荐阿莫尼乌斯，普洛丁前往听讲，一见倾心，遂发出感叹"这就是我要找的人"，继而追随阿莫尼乌斯11年之久。但细心的读者很快就会发现，其中有两点矛盾。一则，《普洛丁传》数次提及，阿莫尼乌斯所授乃秘传之学，"俄雷尼乌斯(Erennius)、俄利根(Origen)、普洛丁三人约定，绝不将阿莫尼乌斯所授之学外传"。而且，在《普洛丁传》中转载的朗吉努斯著作《论目的》中明确记载，阿莫尼乌斯述而不作，无任何著作传世，这点与《论崇高》第13节所述的阿莫尼乌斯挑选写作(Ἀμμώνιον ἐκλέξαντες ἀνέγραψαν)形成矛盾。二则，阿莫尼乌斯的哲人天性与本节所述之荷马并不契合。1846年，罗普(G. Roeper)发表研究指出，他在威尼斯

---

① 参见Caecilius Calactinus, *Fragmenta* (Bibliotheca scriptorum Graecorum et Romanorum Teubneriana), pp. 3–15。

② Eusebius, *Praeparatio Evangelica*, E. H. Gifford trans., Oxford: Oxford University Press, 1903, 10.3.

《伊利亚特》注释(scholia)A 504a1 中梳理出一位阿莫尼乌斯,此人曾继萨摩色雷斯的阿利斯塔库斯(Aristarchus of Samothrace)之后任亚历山大里亚图书馆馆长,曾写作《柏拉图征引荷马考》(Πλάτωνος μετενηνεγμένων ἐξ Ὁμήρου)。① 此信息与《论崇高》中对阿莫尼乌斯的论述若合符契,阿莫尼乌斯身份亦可由此判定。

《论崇高》中出现得最为晚近的人物为伽达拉的色奥多鲁斯(Theodorus of Gadara),这也意味着此篇的写作年代一定在此人职业生涯之后。据史料记载,此人曾任提比略的教师,且曾在罗马创立自己的修辞学校。② 更为关键的是,朗吉努斯在论及第三种文章之恶时援引色奥多鲁斯所“说”(ἐκάλει)之“假激情”(parenthyrus)。此处所用的ἐκάλει为未完成过去时,指新近发生的事情,这又为我们对《论崇高》的写作时间定位增加了一处文本依据。

决定性的证据出现在《论崇高》第44节,作者在此终于祖露出真意所在,他惊讶于,“为什么在我们的时代中,有那么多极为善辩,富有政治才能,敏锐,多能,且言辞能力极有魅力的天才,但却极少崇高与高蹈之士,偶尔出现的除外”。正如文中所言,这个话题确实是“广为人知的”(ἐκείνῳ τῷ θρυλουμένῳ)。追索现存文献,我们知道,1世纪的罗马文学中随处可见精英们对这个问题的深切追问,可供参考者有塞内加《书信集》(Epistulae) 114、普林尼《自然史》(Historia Naturalis)、塔西佗《关于演说术的对话》 (Dialogus de oratoribus)、佩特洛尼乌斯(Petronius)《萨蒂利孔》(Satyricon)、昆体良《演说术教育》(Institutio Oratoria)2.10.3。而拉塞尔认为,“演说术败坏”(corrupta eloquentia)几乎是《论崇高》写作于1世纪的“铁证”(in-controvertible)。③ 此论一出,随即遭到西斯的猛烈批驳。他认为,《论崇高》第44节所言之演说术败坏、金钱腐化人心、人们耽于逸乐,以及对共和国的怀想并非1世纪所独有。事实上,这种悲观情绪持续蔓延至古代晚期,新柏拉图主义大为盛行的3世纪自然不会匮乏此类话语(我们甚至可以将这种人文主义式的批判应用于任何时代——此即柏拉图的永恒时代意义所在)。④ 但是,我们对此提出两点疑问:第一,3世纪的新柏拉图主义者(以普洛丁、波弗里为代表)的精神气质,以及卡西乌斯·朗吉努斯的现存文献《论

---

① Scholia. A Homeri IL. IX. 540: Ἀμμώνιος ἐν τῷ περὶ τῶν ὑπὸ Πλάτωνος μετενηνεγμένων ἐξ Ὁμήρου διὰ τοῦ ζ προφέρεται ἔδρεξεν.《苏达辞书》阿莫尼乌斯条: Ἀμμώνιος Ἀμμωνίου Ἀλεξανδρεύς, Ἀλεξάνδρου γνώριμος, ὅς καὶ διεδέξατο τὴν σχολὴν Ἀριστάρχου πρὸ τοῦ μοναρχῆσαι τὸν Αὔγουστον.

② 另参考昆体良:《演说术教育》,3.1.18。

③ "Longinus", On the Sublime, D. A. Russell ed., Oxford: The Clarendon Press, 1964, p. xxv.

④ 事实上,诸多研究者认为,《论崇高》第44节所言之“奢靡”带来“贪婪、傲慢与软弱”,以至于最后在我们的灵魂中产生“暴戾、僭妄与无耻”,均化用自《理想国》,560c—d、575a—b。

目的》《修辞技艺》(*Ars Rhetorica*)①与《论崇高》第44节的主旨精神与批评指向(即民主的堕落与专制下自由的遗失)是否契合；第二，如果我们细读第44节开篇之语，是否能得出一些具有启发性的信息，兹将原文录在下面。

> 还有一个问题有待解决，亲爱的特伦提阿努斯，因为你的好学，我不会心有迟疑退缩，我会说清楚。这个问题是近来某位哲人向我索求答案的，他说："这让我惊讶，当然还有其他很多人亦然，为什么在我们的时代中，有那么多极为善辩，富有政治才能，敏锐，多能，且言辞能力极有魅力的天才，但却极少崇高与高蹈之士，偶尔出现的除外。我们的时代普遍存在着这样一种文辞的贫瘠。"

> **Ἐκεῖνο μέντοι λοιπὸν ἕνεκα τῆς σῆς χρηστομαθείας οὐκ ὀκνήσομεν** ἐπιπροσθεῖναί διασαφῆσαι, Τερεντιανὲ φίλτατε, ὅπερ ἐζήτησέ τις τῶν φιλοσόφων προσέναγχος, 'θαῦμά με ἔχει,' λέγων, 'ὡς ἀμέλει καὶ ἑτέρους πολλούς, πῶς ποτε κατὰ τὸν ἡμέτερον αἰῶνα πιθαναὶ μὲν ἐπ' ἄκρον καὶ πολιτικαί, δριμεῖαί τε καὶ ἐντρεχεῖς, καὶ μάλιστα πρὸς ἡδονὰς λόγων εὔφοροι, ὑψηλαὶ δὲ λίαν καὶ ὑπερμεγέθεις, πλὴν εἰ μή τι σπάνιον, οὐκέτι γίνονται φύσεις.

熟悉希腊文的读者初读这段话会有什么感受呢？首先，作者是秉持着十分小心翼翼(οὐκ ὀκνήσομεν)的态度提出这个问题的；而且，因为特伦提阿努斯好学(ἕνεκα τῆς σῆς χρηστομαθείας)，且两人私交甚笃，②作者才愿意将真实想法袒露出来。其次，"近来"(προσέναγχος)，某位哲人向我"索求(ἐζήτησέ，注意时态为未完成过去时)答案"，这个问题"让我惊讶"(θαῦμά με ἔχει)，"当然还有许多其他人亦然"(ὡς ἀμέλει καὶ ἑτέρους πολλούς)等措辞表明，下文所说的时代的堕落与高蹈之士的匮乏并不是人人已经习以为常的陈年旧事，而是诸多有识之士新近共同感受到的某种极具震慑性的普遍现象。由此牵出下面的一条线索，即第44节处"众人"所言的"民主制"

---

① 参考Cassius Longinus, *Ars Rhetorica*, Leonard Spengel ed., Leipzig: B. G. Teubner, 1853(repr. Frankfurt am Main: Minerva, 1966)。

② 特伦提阿努斯曾与作者共同研读凯基里乌斯的《论崇高》。作者在全篇不断称呼特伦提阿努斯为"亲爱的特伦提阿努斯"(Τερεντιανὲ φίλτατε/φίλτατε Τερεντιανέ, xxix.2、xliv.1、xii.40)、"令人愉悦的特伦提阿努斯"(Τερεντιανὲ ἥδιστε, i.4、iv.3)、"青年人"(ὦ νεανία, xv.1)、"朋友"(ὦ φίλος, vi)、"同伴"(ὦ ἑταῖρε/ἑταῖρε, xxvi.2、i.2、ix.6、ix.10)、"优秀的"(κράτιστε, xxxix)、"亲爱的"(φίλτατε, i.3、vii.1、xiii.2、xvii.1)。参考W. Rhys Roberts ed., *Longinus on the Sublime*, p. 22。

(ἡ δημοκρατία)。①关于这条线索的具体含义,学界仍然存在两派意见。一派认为,"民主制"指的就是1世纪罗马精英们哀悼的那个罗马共和政体,即libera res publica。②另一派则辩称,尽管"民主制"确乎曾在2世纪被用来指涉罗马共和国(尽管极少)③,但它在《论崇高》中更可能指向的是古典时代的自由希腊城邦政治。通观全文我们可知,除却西塞罗之外,《论崇高》作者所举之例证均是古代希腊作家(其中正面例证均为德摩斯梯尼之前的作者,反面例证均为希腊化时代的作者,诸如卡利斯色涅斯[Callisthenes]、克雷塔库斯[Cleitarchus]、安菲克拉特斯[Amphicrates]、黑格西阿斯[Hegesias]、马特里斯[Matris]);而且,在比较德摩斯梯尼与西塞罗一段(《论崇高》,12)中,他的亲希腊态度也十分耐人寻味:"我们的(德摩斯梯尼)……而西塞罗则……"(ὁ μὲν ἡμέτερος…ὁ δὲ Κικέρων…)除此之外,将用在德摩斯梯尼身上的"崇高"一词用来描述西塞罗的风格,却仅仅称其"喷薄而出"(χύσει)。基于此,我们可以得出另一种具有同等可能性的结论:《论崇高》作者感喟怀想的并非(或者说并不仅仅是)古罗马共和国,而是(或者说还包括)那个伴随着马其顿帝国崛起而消失在历史尘埃中的自由城邦时代的希腊,而这一时代之终结在文化上的象征便是德摩斯梯尼。但是,这个结论并不足以推翻1世纪作者说,因为在1世纪与3世纪,以希腊(尤其是雅典)文化作为修辞典范的作者并不在少数,亲希腊立场无法作为唯一性证据予以使用。

我们来看《论崇高》的最后一条线索,即第44节所称"寰宇之和平"(τῆς οἰκουμένης εἰρήνη)。正如拉塞尔等研究者所表示的那样,"寰宇之和平"无疑指向自奥古斯都称帝至奥勒留逝世期间罗马帝国的繁荣时代,史称"罗马和平"(PAX ROMANA)。④而西斯则辩驳称,假使卡西乌斯·朗吉努斯

①　尤其参考塔西佗:《关于演说术的对话》。

②　参见C. P. Segal, "ὕψος and the Problem of Cultural Decline in the *De sublimitate*", *Harvard Studies in Classical Philology*, Vol. 64, 1959, pp. 121–146;J. Bause, "Περὶ Ὕψους, Kapitel 44", *Rheinisches Museum für Philologie*, Vol. 123, 1980, pp. 258–266; T. Whitmarch ed., *Local Knowledge and Microidentities in the Imperial Greek World*, Cambridge: Cambridge University Press, 2010。

③　卡西乌斯·狄奥(Cassius Dio)在《罗马史》(*Historiae Romanae*)52.1中说:"这些就是罗马人在725年间于王制与民主制时期,以及霸权时期所做出的成绩,以及承受的苦难:从这个时候开始,他们再次回到严格意义上的君主制上(ταῦτα μὲν ἔν τε τῇ βασιλείᾳ καὶ ἐν τῇ δημοκρατίᾳ ταῖς τε δυναστείαις, πέντε τε καὶ εἴκοσι καὶ ἑπτακοσίοις ἔτεσι, καὶ ἔπραξαν οἱ Ῥωμαῖοι καὶ ἔπαθον: ἐκ δὲ τούτου μοναρχεῖσθαι αὖθις ἀκριβῶς ἤρξαντο)。"

④　威斯克指出,感叹演说家之缺乏乃这个时代的独特标记。参考Benjamin Weiske, *Dionysii Longini De Sublimitate*, p. xxiv. 但值得注意的是,《论崇高》作者并不感叹演说家缺乏,他叹息的是,极具辩才的人很多,但是缺乏高蹈之士,且时代充斥着文学上的贫瘠(τοσαύτη λόγων κοσμική τις ἐπέχει τὸν βίον ἀφορία, 44)。

写作《论崇高》的时间早于德西乌斯(Decius)死亡的251年，或者哥特人入侵的254年，比如240年左右的话，他是无法预测到即将到来的战争与灾难的。但是，这个论点很难自圆其说。作为3世纪历史的亲历者与见证者，卡西乌斯·狄奥在其巨著《罗马史》中为我们留下了第一手文献。180年，罗马皇帝康茂德(Commodus)即位，五贤帝时代结束，狄奥在之后出版的《罗马史》中仍不忘记对其统治投去轻蔑的历史诊断(当然，他这么说一定是基于后续执政者的立场)，称帝国由此开始"从黄金时代转向铁锈时代"(72.36.4)。随后，塞维鲁斯王朝建立，帝国内外交困，战争不断，权力转换极为频繁，宫廷内部斗争愈演愈烈。235年，亚历山大·塞维鲁斯因军队哗变死于非命，"3世纪危机"接踵而至，此一时期的罗马帝国瘟疫频发(如塞浦路斯大瘟疫，249—262)[①]，毗邻蛮族虎视眈眈(阿勒曼尼人、法兰克人等)，内战扰攘。[②]基于以上种种，我们可以做出以下三点判断：首先，如果"民主制"指的是罗马共和国的话，此时距离"民主制"时代已逾两百年，从情理上来说，《论崇高》作者极不可能为了回答某位"近来"的哲人的提问而援引两百年前的常识予以回应；其次，如果"民主制"指的是公元前5世纪的自由希腊城邦时代的话，作者所援引的"自由论"又与3世纪的知识氛围并不契合；[③]最后，这个时代无论如何无法被称为"寰宇之和平"(我们可以从行文上推断，作者所说的"寰宇之和平"大概率是针对当下发出的感叹)。

下面从用词风格上来谈谈《论崇高》作者的认定问题。卡西乌斯·朗吉努斯现存的《修辞技艺》残篇、《论目的》两文与《论崇高》尽管在遣词造句上有一定相似度，但风格大相径庭。拉塞尔敏锐地捕捉到一点：《论崇高》的作者在πάντες及其同源词之后均使用ἐφεξῆς，而卡西乌斯·朗吉努斯则使用ἑξῆς，并以此说明此文并非出于后者手笔。但西斯则提出例证予以反驳：2世纪的演说家埃利乌斯·阿里斯提德斯(Aelius Aristides)在《论四》

[①] 有的学者试图从《论崇高》第44节中的"在如此瘟病横行、悲凉荒芜的生活中，我们如何期待还能剩下一个自由且未受贿的审判者来裁决伟大与永恒万世之事"来证明此篇作于3世纪。事实上，将文学风格的堕落比喻成瘟疫在1世纪后半叶是极为常见的，如佩特洛尼乌斯所著的《萨蒂利孔》(Satyricon)中的主人公恩科皮乌斯(Encolpius)就感叹，"新近一股源自亚洲的来势汹汹的巨大聒噪之声进入雅典，就仿佛是某种灾异之星一般(veluti pestilenti quodam sidere)充斥着追求崇高的青年的心志"，并引用修昔底德对雅典瘟疫的描述比拟这场灾难。同样的比拟亦见于尤文纳尔(Juvenal)的《讽刺集》(Saturae)。

[②] Alan Bowman, Averil Cameron, Peter Garnsey eds., *The Cambridge Ancient History: The Crisis of Empire, AD 193–337*, Cambridge: Cambridge University Press, 1970, "The Severan Dynasty", pp. 1–20.

[③] Lloyd P. Gerson ed., *The Cambridge History of Philosophy in Late Antiquity*, Vol. I, Cambridge: Cambridge University Press, 2010, pp. 21–24. 3世纪危机中哲学的主要底色是寻求精神向导(例如柏拉图主义、斯多亚主义等)，对现实政体的讨论被推到了次要的地位。

(ΥΠΕΡ ΤΩΝ ΤΕΤΤΑΡΩΝ)中仅仅使用ἐφεξῆς,而在《为演说术辩护》与《神
圣故事》(ΙΕΡΟΙ ΛΟΓΟΙ)中则使用ἑξῆς。除此之外,与卡西乌斯·朗吉努斯
同时代的塔索斯的赫墨格涅斯(Hermogenes of Tarsus)在《论争讼》(ΠΕΡΙ
ΣΤΑΣΕΩΝ)中两次使用πάντες ἑξῆς,而在《论风格种类》(ΠΕΡΙ ΙΔΕΩΝ)中
使用πάντες ἐφεξῆς。由此可见,遣词以及风格并非确证。①

　　尽管类似用词方法无法作为确证来证明《论崇高》的写作时间,但其
中论述的主题、措辞、方法均可以作为证据予以采信。兹分别列举若干条
进行说明。从主题上来说,拉塞尔指出,ὕψος(崇高)直至公元前1世纪后半
叶才真正作为修辞学术语为人所广泛使用。②从论述方法上来说,公元1
世纪作家、修辞学家常用的"对读法"(σύγκρισις)、"改写法"(μετάθεσις)均
见于《论崇高》中。不特如此,这些方法的具体使用案例往往与同时代修
辞学的习惯性范式相契合。"对读法"见第9节中比较《伊利亚特》与《奥
德赛》;第12节中比较柏拉图、德摩斯梯尼、西塞罗;第33—36节中比较柏
拉图、吕西亚斯、希佩里德斯、德摩斯梯尼等人;等等。《论崇高》中所讨论
的演说家,如吕西亚斯、希佩里德斯、德摩斯梯尼等均为奥古斯都时代希腊
修辞学家最惯常讨论并设定成模仿典范的作者,且讨论这些演说家所使用
的方法与词汇均有高度的相似性。"改写法"见第22节改写希罗多德,第
39节改写德摩斯梯尼,第40节改写欧里庇得斯,第43节改写色奥旁普斯
(Theopompus),等等。如要更加明确主题、措辞、方法,乃至问题场域的对
应性,我们只需将庞培乌斯·格米奴斯(Pompeius Geminus)与狄俄尼修斯
就柏拉图风格展开的论辩、狄俄尼修斯对吕西亚斯的评述、朗吉努斯对柏
拉图与吕西亚斯风格的论断并读,即可了解几者之间的互文性关系。

　　除却写作方法与时代学术常见方法相契合之外,更为引人注目的是
《论崇高》中对柏拉图的论述。当然,不仅仅是下面成段的引文可以作为证
据,还有无数细琐的词汇等均可证明《论崇高》文本与奥古斯都时代学术
环境的紧密关联。

　　哈利卡那索斯的狄俄尼修斯在论述柏拉图、德摩斯梯尼、吕西亚斯(此
三位亦是《论崇高》的重点论述对象)时有如下表达:

----

①　从词汇的角度来说,瓦切(Vaucher)曾将卡西乌斯·朗吉努斯残篇中的1335个词汇与《论崇
高》中选出的2220个词汇进行了比较研究,结果是,两者的差异显著。从风格上来说,两者亦存在着相
当的差异。参考W. Rhys Roberts ed., *Longinus on the Sublime*, pp. 180–290。
②　希腊修辞学家常用的表达"崇高"的词汇有:διημένος(被提升的)、μετέωρος(夸张的、被提升
的)、εὐκόρυφος(顶部优美的)、βάθος(深沉的、高尚的)。

　　我们之间并不存在分歧。因为，你承认，追求伟大之事物的人必定有时会犯错误(ἀναγκαῖον εἶναι τὸν ἐπιβαλλόμενον μεγάλοις καὶ σφάλλεσθαι)，而我说，柏拉图在追求崇高、高蹈、冒险的风格(τῆς ὑψηλῆς καὶ μεγαλοπρεποῦς καὶ παρακεκινδυνευμένης φράσεως)时并未做到处处成功，但是他的失败仅仅是成功的一小部分而已。正是在这个方面，我认为柏拉图不如德摩斯梯尼，因为他的崇高风格常常陷入空洞与单调(εἰς τὸ κενὸν καὶ ἀηδές)，而德摩斯梯尼则全然不会，或者鲜少如此。(《致庞培乌斯》，2.16)

　　吕西亚斯的风格并不崇高也不高蹈，也不令人震撼，或引发惊奇(ὑψηλὴ δὲ καὶ μεγαλοπρεπὴς οὐκ ἔστιν ἡ Λυσίου λέξις…θαυμαστὴ…)；它也不表现紧要、可怖，或引发畏惧之事(τὸ πικρὸν ἢ τὸ δεινὸν ἢ τὸ φοβερὸν)，[①]也不能紧紧攫住听众的注意力，使人全神贯注、绷紧神经；也并不充斥着动能与灵感，其精神说服力无法匹敌激情，其使人愉悦、服气、着迷的能力无法匹敌威逼与强迫的能力(βιάσασθαί τε καὶ προσαναγκάσαι)。这是一种安全的风格，而非冒险的风格(ἀσφαλής τε μᾶλλόν ἐστιν ἢ παρακεκινδυνευμένη)。(《论吕西亚斯》，13)

朗吉努斯则宣称：

　　演说家德摩斯梯尼在言辞上更加受制于感情，也更为炽热，而柏拉图则威重、庄严，虽然不至于僵冷，但也没这么热烈。(ὅθεν, οἶμαι, κατὰ λόγον ὁ μὲν ῥήτωρ ἅτε παθητικώτερος πολὺ τὸ διάπυρον ἔχει καὶ θυμικῶς ἐκφλεγόμενον, ὁ δὲ καθεστὼς ἐν ὄγκῳ καὶ μεγαλοπρεπεῖ

---

　　① "惊奇"(θαῦμα)、"可怖"(δεινόν)、"引发畏惧"(φοβερόν)亦是《论崇高》中所论"崇高"的根本效果与基本词汇，这些术语及其变式遍布全文。关于"惊奇"可见第1节的"使人惊奇(θαυμάζειν)的东西以其对精神的震动总是胜过有说服力的东西与带来乐趣的东西"；第4节的"我很惊异(θαυμάζειν，亲爱的特伦提阿努斯，他并没这样书写狄俄尼修斯这位暴君"；第7节的"那些有能力拥有之却因为有着高洁心志而鄙视之的人，比那些坐拥这些东西的人更让人惊异(θαυμάζουσι)"；第9节的"崇高是高贵灵魂的回响。据此，这个想法不加说明，单凭它本身就能引起惊奇(θαυμάζεταί)"；余下例子不赘举，另请参考第10、17、30、35、36、39、43节。关于"可怖"，可见第4节的赫西俄德"使得这个景象并非令人惊怖(δεινὸν)的，而是令人厌恶的"；第10节的"写作了《阿里玛斯佩亚》(Arimaspeia)的诗人认为以下的场面是引起惊怖(δεινά)的"，"这句话经过他(指阿拉图斯)的笔变得琐屑、空洞，而非引发惊怖(τὸ δεινόν)"；余下例证请参考第15、22、29、34、41节等。关于"引发畏惧"，可见第9节的"这些东西是可怕的(φοβερὰ)"；第10节的"这对所有人都很显而易见，其中所说的更多的是雅致，而非敬畏(φοβεροῦ)"；余下例证请参考第8、22、24节等。

σεμνότητι, οὐκ ἔψυκται μέν, ἀλλ᾽οὐχ οὕτως ἐπέστραπται.)(《论崇高》，12)

　　最珍稀的天赋绝不是白璧无瑕的(ἥκιστα καθαραί)，因为，绝对的精准(τὸ γὰρ ἐν παντὶ ἀκριβὲς)有琐碎之危险，而崇高之中，就如同巨大的财富一样，一定有某种被忽略的东西。下等或者中等天赋因为从不冒险，也从不追求绝境(διὰ τὸ μηδαμῆ παρακινδυνεύειν μηδὲ ἐφίεσθαι τῶν ἄκρων ἀναμαρτήτους)，从而能够一直保持不犯错误而更为安全(ἀσφαλεστέρας διαμένειν)，而伟大的天赋则正因为其伟大而感到危机重重(τὰ δὲ μεγάλα ἐπισφαλῆ δι᾽ αὐτὸ γίνεσθαι τὸ μέγεθος)。(《论崇高》，33)

　　我们可以清楚地看到两者之间在主题(德摩斯梯尼与吕西亚斯孰优孰劣、"精准"与"崇高"孰优孰劣、"崇高"是否意味着以身犯险、柏拉图的风格之失败与成功等)、措辞("崇高""白璧无瑕""精准""安全""冒险"等)、立场等方面的对应关系。除此之外，《论崇高》中出现的大量修辞学术语与狄俄尼修斯所使用的批评术语存在极大重合。如《论崇高》第4、5两节所言之"臃肿""幼稚""假激情""僵冷"等风格缺陷在狄俄尼修斯的论述中均可找到相应的表达。在《论德摩斯梯尼》29中，狄俄尼修斯批评柏拉图《美涅克塞奴斯篇》中的葬礼演说："如果我们通读全篇演说会发现，此篇中到处都是不精确、粗拙的表达，或幼稚与令人厌恶的表达，有的缺乏力量，而其他的则缺乏愉悦与雅致，有的则是酒神颂诗式且粗俗的。"①

　　坚持为卡西乌斯·朗吉努斯作者说辩护的学者不得不回答几个对于确定写作时间极为重要的，且也属于常识问题：即便3世纪的朗吉努斯对"崇高"表现出极大的兴致，他是否有可能(在动机、兴趣、时代环境上)再次回到一个世纪(甚至是一个半世纪)之前，使用同样的话语，参与那场具体的辩题讨论？又如桑德斯所言，卡西乌斯·朗吉努斯的《修辞学》"不过是关于'开题'、编排、风格、发表与记忆的实用小册子"，"它的声名之大源于它精简，便于记忆"，②这与《论崇高》中表现出的对技艺性修辞学的蔑视之间

---

　　① δι᾽ ὅλου γὰρ ἄν τις εὕροι τοῦ λόγου πορευόμενος τὰ μὲν οὐκ **ἀκριβῶς οὐδὲ λεπτῶς** εἰρημένα, **τὰ δὲ μειρακιωδῶς καὶ ψυχρῶς**, τὰ δὲ οὐκ ἔχοντα **ἰσχὺν καὶ τόνον**, τὰ δὲ ἡδονῆς ἐνδεᾶ καὶ χαρίτων, **τὰ δὲ διθυραμβώδη καὶ φορτικά**.以加粗标出者均是《论崇高》中的主要术语。

　　② John Edwin Sandys, *A History of Classical Scholarship*, Vol. I, Cambridge: Cambridge University Press, 1903, p. 332.

的矛盾态度应当做何解释？除此之外，《论崇高》中提及的最为晚近的一位为修辞学家色奥多鲁斯(又或许为凯基里乌斯，两者的生卒年份并不十分详尽，但大致处于同一历史时期)①，在批判空洞文风时，作者援引此人"称为'假激情'(parenthyrus)的那种东西"②，为何从此人至3世纪之间的作者丝毫没有被提及？

另有几条贯穿全篇的重要证据需要予以说明与呈现，即其中显要的对话关系。《论崇高》开门见山地提出，该文的写作出自对凯基里乌斯的一篇名为《论崇高》的论文的不满(第1节)。在批评以历史学家提麦奥斯(Timaeus)为代表的僵冷风格时，作者称，例证凯基里乌斯已经有所列举，不再赘述(第4节)。在论述崇高的五个来源时，朗吉努斯指责凯基里乌斯漏掉了激情，并在此节中再次点名批评："如果凯基里乌斯认为激情完全不会对崇高有所成就，而且因为这一点，他认为它完全不值得提及，那么他就完全误入歧途了。"(第8节)色奥旁普斯的新鲜表达("腓力极善消化事物")在朗吉努斯看来尽管不甚典雅，却充满力量，但是，"我不知道为什么，凯基里乌斯却对此表示不屑"(第31节)。关于隐喻的数量，凯基里乌斯遵循规则，认为一段之内只能使用两个(第32节)。在批评柏拉图一事上，作者难掩气愤，批评凯基里乌斯不自量力，自鸣得意："凯基里乌斯也在批评这些缺陷的时候于讨论吕西亚斯的论文中放胆(ἀπεθάρρησε)宣称，吕西亚斯总体上优于柏拉图。在此，有两种未加区分的激情，因为，虽然他爱吕西亚斯甚于爱自己，但他对柏拉图的恨甚于他对吕西亚斯的爱。只是他好强喜斗(ὑπὸ φιλονεικίας)，且他所认定的假设并未得到人们的认可。因为，他更偏好纯净无瑕的演说家，而非四处犯错的柏拉图。但事实却不是这样，差得很远。"(第32节)③

另有几处含沙射影的批评均可在1世纪早期的作者那里找到对应：第2

---

① "提比略冷酷无情的性格少年时代就已有所显露。他的修辞学老师，盖塔拉的色奥多鲁斯第一个对此有所洞察，并且非常准确地表达出来：老师在骂他时，常称他为'掺和着血的污泥'。"参考《提比略传》52，载苏维托尼乌斯：《罗马十二帝王传》，张竹明、王乃新、蒋平译，商务印书馆，2000年，第142页。色奥多鲁斯的生卒年约为公元前70年至公元30年。

② ὅπερ ὁ Θεόδωρος παρένθυρσον ἐκάλει.(《论崇高》，3)我们可以注意到，作者在其中使用了"称"的未完成过去式ἐκάλει，这要么表示他最近亲证过本人说过此话，要么表示最近才读过他的书作。

③ 参考普鲁塔克《德摩斯梯尼与西塞罗平行列传》3.1—2："因此，在《平行列传》第五卷讨论德摩斯梯尼与西塞罗时，我会考察他们的行动及其政治生涯，以期了解他们的本性与性格有何可堪比较之处。但是我不会对他们的演说做出比较，也不会试图说明，两者中谁更令人愉悦，谁更加有力(πότερος ἡδίων ἢ δεινότερος εἰπεῖν)。因为，如岐奥斯的伊翁所言，'海豚在陆地上是无计可施的'，这个格言凯基里乌斯一定不记得，他凡事都走极端，年少轻狂地试图对德摩斯梯尼与西塞罗进行比较(ἣν ὁ περιττὸς ἐν ἅπασι Καικίλιος ἀγνοήσας, ἐνεανιεύσατο σύγκρισιν τοῦ Δημοσθένους λόγου καὶ Κικέρωνος ἐξενεγκεῖν)。"

节中的"有的人认为,那些将这些问题引向技法规则的人是彻头彻尾地误入歧途","有人认为,天才之作会被修辞学手册弄得更糟、更低级,最后被降格得只剩下骨架";第28节对《美涅克塞奴斯篇》中葬礼演说使用的迂言法提出的问题①;第29节中的"迂言法如果使用得不节制则比其他任何修辞都要更加危险。因为,它很快就会落入寡淡,读起来尽是虚空臃肿之言。这也正是为何人们批评柏拉图'一贯精于修辞,有时甚至不合时宜'(δεινὸς γὰρ ἀεὶ περὶ σχῆμα κἄν τισιν ἀκαίρως)②";以及"至于那个说浑身弊病的'克罗索斯'并不比波律克里图斯的'掷标枪者'更优秀的作家,有许多回答现成可用",这里显然指的是凯基里乌斯。

从文学批评常情的角度上来说,某位批评家对某本书逐条展开驳斥,情况可能有以下两种:第一,两人同处一个学术语境之下,且受批评者的观点在很大程度上有相当大的受众群体;第二,两人并不处在同一时空之中,但受批评者的影响力巨大,且与批评者所处的时代产生了实质性的关联。从本篇文献依稀透露出来的信息与3世纪文献记载来看:首先,凯基里乌斯的论述只是一本修辞学手册(相当于工具书),《论崇高》作者对他的批判很有可能是针对时代之弊而借题发挥的微薄异见;其次,并没有足够多的文献资料证明,凯基里乌斯的著作在3世纪(甚至是2世纪)仍然拥有盛名,抑或是得到广泛的阅读。这样一来,如若《论崇高》作者身处2世纪晚期、3世纪初期,却对一个两百年前的技术派修辞学家所著的手册(从《论崇高》的内容上来看,作者本人绝非这个路数,他甚至对此保持警惕,并时有尖锐的批评)逐条予以驳斥,甚至使用1世纪流行的论述语言、方法、主题、结构展开论述与争辩(如,我们在3世纪的修辞学文献中并未见到关于柏拉图、吕西亚斯、德摩斯梯尼、西塞罗风格的论辩),这种情况是极为罕见的。

综上所述,我们可以较为确定地下一个判断:《论崇高》写于奥古斯都时代至1世纪中期之间,且从实质上讲,本篇是作者对所处年代发生的论辩进行的回应,属于"当代文学批评"。

---

① 参考《论德摩斯梯尼》,29。

② 这条引文很可能出自狄俄尼修斯之口:"诗性修辞——大多是《高尔吉亚篇》中的修辞——尽显不当与幼稚(σχήμασί τε ποιητικοῖς…τοῖς Γοργιείοις ἀκαίρως καὶ μειρακιωδῶς ἐναβρύνεται)"(《论德摩斯梯尼》,5);"柏拉图最精于使用修辞(τὸ τροπικόν, περὶ ὃ μάλιστα δεινὸς ὁ Πλάτων εἶναι δοκεῖ)"(《论德摩斯梯尼》,32)。

第二章 ὕψος的历史:修辞与文学

　　库尔提乌斯在《欧洲文学与拉丁中世纪》第十八章中对自己秉持的语文学研究方法进行了总结:语文学家的任务是"观察"(observatio)、"大量阅读",并"培养对重要事实的敏锐嗅觉"(les faits significatifs),"研究者若持之以恒,经年累月之后,没准儿会发现'缺失的联系'"。随即,他将全书的方法论和盘托出:

> 　　当我们隔离并命名一种文学现象,我们也建立了一个事实。在此基础上,我们深入文学事件的具体结构,加以分析。如果我们得到几十或者几百个类似的事实,就能建立一系列点集。这些点可以用线连接起来,于是就构成了图案。如果我们研究并联想这些图案,就能看到整幅图画⋯⋯分析走向综合,或者说,综合自分析而来;只有这样得到的综合才是合情合理的。柏格森把分析定义为"深入了解一桩我们推测其有意义的事实的能力"。"深入"也是兰克的历史方法的基本概念。不过什么样的事实是"有意义的"? 我们必须"推测",柏格森如是说。对此,他点到为止,没有进一步解释。让我们做个类比吧。探矿者用杆子探到金矿脉。这个"有意义的事实"就是岩石中的矿藏。它们藏匿于物体当中,然后被寻觅者的探杆"推测"——或者更确切地说,"搜寻"出来。这其中包含了一种心理作用:对于有意义的事物做出"反应"的灵活分辨的感受能力。如果该能力是潜在的,就可以将其挖掘出来。它可以被唤醒、利用和指导,却无法传授或转移。根据处理的事情,分析的方法也多种多样。如果分析对象是文学,那么这就叫语文学。我们只能靠它深入文学事件的核心。探究文学,别无他法。①

　　诚哉斯言! 语文学研究的要旨在于通过概念、词语、主题等揭示文本背后的隐藏结构,并据此进一步分析文学现象与文学事件的发生学与变异

---

① 库尔提乌斯:《欧洲文学与拉丁中世纪》,第523页。

史。本书即试图从朗吉努斯的"崇高"观念出发，从修辞、文学、批评等诸多角度探讨其可能的语文学关联，并勾勒这一话语的发生、发展史，以期从更为宏阔的文学、思想历史中对其做出定位。

ὕψος 一词应如何理解？与其他文学批评术语一样，该词有自身的意义生成史、发展史、延异史。从字面上来说，ὕψος 指"高度"，后与"深"形成互训。①钱锺书先生对此曾有十分醒人神智的提点：

> 《大人赋》："下峥嵘而无地兮，上寥廓而无天。"按《汉书·司马相如传》下载此赋，师古注"峥嵘，深远貌也"；《传》上载《游猎赋》："刻削峥嵘"，师古无注，则"峥嵘"为高峻之意；《西域传》上杜钦说王凤云"临峥嵘不测之深"，师古注"峥嵘，深险之貌也"，与《大人赋》同而与《游猎赋》异。《大人赋》此数语全袭《楚辞·远游》，故洪兴祖《楚辞补注》即取《汉书·相如传》师古注以释"峥嵘"。《晋书·束皙传》皙作《玄居释》有云"朝游巍峨之宫，夕坠峥嵘之壑"，亦用深义。"峥嵘"指上高，而并能反指下深者，深与高一事之俯仰殊观耳。《庄子·逍遥游》不云乎："天之苍苍，其正色耶？其远而无所至其极耶？其视下也亦若是，则已矣。"古希腊文 bathos 训深，而亦可训高，郎吉纳斯谈艺名篇《崇高论》即以为高(hypsos)之同义字；拉丁文 altus 训高，而亦训深；颇足参证。德语"山深"(bergetief)尤为"下峥嵘""临峥嵘""坠峥嵘"之的解。华言"山深"，乃"庭院深深深几许"之深，谓一重一掩，平面之进深也。德语则谓沉渊坠谷之深正如陟岭登峰之高，以上比下，通降于升，即庄子云"亦若是"也。②

西方古典文献中的 ὕψος 及其衍生词之使用可以远溯至荷马史诗，且其应用关涉现代分科中的文学、哲学、修辞学等诸多领域，学脉交纵绕杂，材

---

① 《论崇高》第 2 节中即以"深"(βάθος)与"高"(ὕψος)互训："是否存在着某种关乎崇高或者高蹈的技法呢？"(Ἡμῖν δ' ἐκεῖνο διαπορητέον ἐν ἀρχῇ, εἰ ἔστιν ὕψους τις ἢ βάθους τέχνη)中文亦有此等表达，如"高深"，参考《文选·卢谌〈赠刘琨〉诗》："每凭山海，庶觌高深。"李善注："李斯上书曰：'太山不让土壤，故能成其高；河海不择细流，故能成其深。'"

② 钱锺书：《管锥编·史记会注考证》四十九，中华书局，1979 年。无独有偶，罗伯特·多兰在著作中感叹 hypsos 一词英译之难。hypsos 一词在英文中可直译为 height、elevation、loftiness，但如此直译会削弱其中的道德指向，且无法"反指下深者"，如 elevated ocean 等只增笑耳，参考 Robert Doran, *The Theory of the Sublime from Longinus to Kant*, Cambridge: Cambridge University Press, 2015, p. 39. 拉丁文之 altus 亦可兼训"高""深""远"三义。以维吉尔的《埃涅阿斯纪》为例：Haec ait, et Maia genitum demittit ab alto, ut terrae(1.297); multum ille et terris iactatus et alto, vi superum saevae memorem Iunonis ob iram(1.3); Thebana de matre nothum Sarpedonis alti(6.500)。

料纷繁万端，引证盘根错节。为了能够更清晰地为"崇高"概念在古典文学与学术史中进行定位，并由此更加明确地理解1世纪之"崇高"的独特性，以及与前代文学与学术的关联，让我们先从事情的中间(in medias res)——修辞学说起。《论崇高》在一开篇便从文辞中透露，凯基里乌斯曾写作过一篇以"崇高"为主题的文字，尽管这篇文字已经佚失，但其内容必定是关于"崇高"效果是如何通过言辞达成的。事实上，《论崇高》中的"崇高"概念之"前理解"之一便是修辞学。如果我们将《论崇高》的写作年代定于1世纪的话，"崇高"作为"言说风格"(genera dicendi)之一已经演进有300年之久，并在西塞罗、哈利卡那索斯的狄俄尼修斯、昆体良的推动下臻于成熟。①在进入风格三分法主题之前，有两个要点值得我们注意：其一，风格的排序(即高、中、低)随作者的审美趣味、文化立场与时代风向而变化；其二，风格的内容(例如各风格的代表性作家)亦存在"延异"的链条。换句话说，高—中—低的分层的基本架构从修辞学成为一支独立的文化力量(公元前4世纪至公元3世纪)起就存在，伴随着修辞学内部分化以及与其他文化力量的争论，风格三分法的内涵逐渐确定并稳固下来。

舒格尔曾对"崇高风格"下过如下的判语，可供我们在进入主题之前对其有个大致的把握：

> 崇高风格的历史十分复杂，但它的某些固有的品质与意向将它与其他风格区分开来。在意象中，最为重要的便是那些广场、秘仪、雷电、暴风雪以及奔流的江河。与这些意象相对应的是崇高风格的主要特征：力量、激情、敬畏、伟大。这个风格充满斗争激情，也就是说，它并不玩弄观念，而关乎共同体之重大的公共紧急事务中的精神斗争，以及后来的救赎。②

学者们普遍认为，"崇高风格"从亚里士多德开始初步形成③，专指在

---

① 在此提请读者们注意，"崇高"译成中文之后遮蔽了原文化语境中丰富各异的表达与分类，代表性的词汇有ἁδρός、γαλοπρεπής、ὑψηλός、splendidus、gravis、robustus、plenus、elatus、uber、vehemens、sublimis、magnificus、grandis等。参考Johann Ernesti, *Lexicon technologiae Latinorum rhetoricae*, Hildesheim: G. Olms, 1962, pp. 189–190. 此处为了讨论方便，我们仍然使用"崇高风格"(genus grande)、"平实风格"(genus tenue)、"中间风格"(genus medium)，但对此划分我们要保持警醒，因为这些风格标签的内在意涵因批评家而异。

② Debora K. Shuger, "The Grand Style and the Genera Dicendi in Ancient Rhetoric", *Traditio*, Vol. 40, 1984, p. 4.

③ 参见G. L. Hendrickson, "The Origin and Meaning of the Ancient Characters of Style", *American Journal of Philology*, Vol. 26, 1905, pp. 249–290.

广场、法庭等政治生活中开展的辩论的风格，且与伊索克拉底(以及智者们教授)秉持的那种精雅(cultus)书面演说形成对立，后代修辞学家常常将后者冠以"中间风格"的称号。①"平实风格"则用以指涉日常对话的风格，在等级森严的古希腊文类排布中自然占下风，引述哈利卡那索斯的狄俄尼修斯的话，"无知的大众无法理解对智识有着更高要求的'崇高风格'"(《论德摩斯梯尼》，15)。因此，古典时代修辞风格的对立大多集中在"崇高风格"与"中间风格"之间。随着盛于5世纪的哲学与智术(修辞学)的斗争的逐渐消弭(其标志之一便是西塞罗提出"哲学演说家"[philosophicus orator])，②"崇高风格"与"中间风格"之间的对立逐步演化为公共生活中

---

①　如伊索克拉底《泛希腊集会演说辞》(*Panegyric*)11："有的人对那种普通人无法理解、精雕细琢的言辞挑刺。他们走上了邪路，以琐碎的法庭案件来评断野心勃勃的雄辩术；就仿佛两者相似，并无区分似的，其中一个风格平实(ἀσφαλῶς)，其中一个则富于雕琢(ἐπιδεικτικῶς)；或者仿佛他们自己已经将中道了然于胸，但是，说话精雅(ἀκριβῶς)的人是无法平实地(ἀπλῶς)言说的。"这里我们看到，在力量与精雅之间，伊索克拉底选择后者(这当然与他的文教理想相关)。之后的修辞学理论尽管延续了"平实—精雅"二分法，但排序却恰恰相反。另一个问题在于，伊索克拉底将法庭演说等同于"平实风格"，但后来的修辞学家在划分上大有不同。亚里士多德《修辞学》3.12："在最讲究朗诵的场合，最不讲究精雅(ἐνταῦθα ἥκιστα ἀκρίβεια)的风格；在这场合里，需要好嗓子，特别是强有力(μάλιστα ὅπου μεγάλης)的声音。典礼演说的风格最宜于用来写文章，因为这种演说的用处在于供人阅读；其次是诉讼演说的风格。"(本书《修辞学》译文采自亚理斯多德：《修辞学》，罗念生译，上海人民出版社，2006年。中译文为符合本书需求稍有改动。)在这里，亚里士多德似乎是在暗指并批判伊索克拉底的风格划分。西塞罗也对伊索克拉底的"精雅"风格不以为然。他在《论最好的演说家》6.17中说："神一样的作者柏拉图在《斐德若篇》中通过苏格拉底之口盛赞伊索克拉底(他是柏拉图的同时代人)，许多博学的人都称其为最好的演说家，而我并不认为他值得作为典范模仿。因为，他并没有参加过真正的斗争；他并没使用过铁剑，而是以木剑在耍玩。"《论崇高》的作者也持同样的态度，在谈及连接词时，他使用改写法将德摩斯梯尼因省略连词而成就的"险峭"风格进行了伊索克拉底式的改写："我们也不要忽略了这一点，即僭妄者会做出很多事情，首先是以其表情，接着是以其眼神，再接着是以其声音。"(《论崇高》，21)对比德摩斯梯尼《反米迪阿斯》(*Against Midias*)72："僭越者可以做出很多事情，其中一些受害者甚至无法向他人描述——以其表情、眼神，以及声音。""如果你如此这般逐句去理解的话，你会发现，激情的急切与迅疾都被连接词磨平了，失去了针锋，变得寡淡。"(《论崇高》，21)后来的康德在《论优美感和崇高感》中亦回应了这一古老的对立："有一种精细入微的精神或精妙的精神，它表现出一种细腻的感情，但它确实与崇高背道而驰的。"参考康德：《论优美感和崇高感》，何兆武译，商务印书馆，2001年，第24页。

②　维尔纳·耶格尔在《教化》第3卷中将其总结为三个对立项的融合统一(代表人物为西塞罗、昆体良)：

修辞与哲学

形式与知性内容

表达力与关于真理的知识

另参考西塞罗《论开题》(*De inventione*)1.1："长久以来，我常常在心中思考一个问题，言说的丰沛资源与对雄辩术的巨大热情带给人类与共同体的是更多的善，还是更大的恶。因为，当我想到我们的共和国的纷乱并在我的脑海中列出历史上最伟大国家经历的灾难时，我看到，他们的不幸并不缺乏那些最善于言说的人的参与。然而，当我试图从书面记载中爬梳出因时间流逝而消失在我们记忆中的事件时，我意识到，许多城市建立，诸多战争又将其毁灭，坚不可摧的联盟，至为神圣的友谊，这些种种，相较于心灵的理性力量来说，雄辩更容易达成。在思考良久之后，理性使得我得出以下的意见：我认为，没有雄辩的智慧对国家没有任何助益，没有智慧的雄辩大多是妨碍，鲜有益处。"

的口头演说风格与书面演说风格(例如演说训练中的习作)之间的对立，前者追求力量(vis)，后者追求精雅。

亚里士多德在《修辞学》第三卷中专论三种演说及其风格：

> 风格的美可以确定为明晰，既不能流于平实，也不能拔得太高，而应求其适合(μήτε ταπεινὴν μήτε ὑπὲρ τὸ ἀξίωμα, ἀλλὰ πρέπουσαν)……为了求其合适，有时候应当把风格压低一点，有时候应当提高一点(ἐπισυστελλόμενον καὶ αὐξανόμενον τὸ πρέπον)。(1404b)[1]

这是后代定型的"风格三分法"的早期表达之一。[2]如果我们将伊索克拉底的演说风格二分法与亚里士多德在此处的三分法雏形做一番比较，我们会发现，早期风格说仍然是修辞学内部的争论，与修辞学—哲学、修辞学—文学之争并无关涉。无论如何，后代修辞学中被定型下来的风格讨论在此已经初露端倪。亚里士多德说，"庄严"风格须得引发读者的惊叹，要达到这种效果就要使用人们不熟悉的、高古的词汇：

> 《诗学》中提及的其他名词可以使风格富于装饰意味而不流于平凡；词汇上的变化可以使风格显得更为庄严(σεμνοτέραν)……人们惊叹(θαυμασταὶ)远方的事物……在格律诗里，有许多办法可以产生这种效果，而且是合适的，因为诗里描述的事情和人物是比较遥远的。(1404b)[3]

高、低两种风格即由此区分而来。从亚里士多德至西塞罗之间三风格说的发展只有残篇可考。由亚里士多德开启的风格划分变化在这一时段得到延续与加深，代表人物有阿契达马斯(Alcidamas)、克莱奥卡瑞斯(Kleochares)，以及中期斯多亚哲人。伊索克拉底试图以精雅文教取代智者教

---

[1] 古希腊文引自Aristotle, *Ars Rhetorica*, W. D. Ross ed., Oxford: The Clarendon Press, 1959。在《修辞学》3.2.1405a处，亚里士多德谈及隐喻有三种效果：清晰(τὸ σαφές)、乐趣(τὸ ἡδύ)、陌生化(τὸ ξενικόν)；这显然也是与三种演说风格相对应的。

[2] 亚里士多德在《修辞学》3.12处区分了两种演说：口头演说(ἀγωνιστική，即论辩性演说)与书面演说(ἡ αὐτὴ γραφική，即典礼演说)。前者风格较为粗朴，且多为口头论辩所用，后者则更为精雅，这是后来崇高风格与中间风格的早期表达。

[3] 注意1407b处所用之ὄγκον(重量)，这个词常被亚氏用来指涉史诗、悲剧的风格。舒格尔指出，贯穿古代批评的一个要点是，三种修辞风格背后分别对应着三种文学类别，即悲剧、欧里庇得斯式的情节剧(melodrama)、喜剧。在这里我们看到了"陌生化"的先声。参考耶格尔所言：从根源上来说，哲学与修辞之斗争双方均出自诗歌这一最为古老的希腊教化形式。

授的法庭与政治辩论，并从风格上釜底抽薪，一举将智者逐出文化领导层。但这一努力并未成功，基于伊索克拉底式的风格二分法——雄浑(ἁδρός，原意为饱满、浑圆，指典礼演说的风格)与平实(ἰσχνός，原意为瘦削、干瘪，指法庭辩论的风格)——在公元前3世纪被倒置。《文心雕龙·时序》有言：时运交移，质文代变，古今情理，如可言乎。法庭与政治演说风格的地位得到提升，以典礼演说为代表的精雅风格沦为平实风格。如克莱奥卡瑞斯提出，存在着两种风格，一种风格崇高有力(μεγαλοπρέπεια, δεινότης)，另一种风格温文尔雅且平实(τὸ γλαφυρόν, τὸ ἰσχνόν)。在这里我们看到，伊索克拉底的文化理想"文质彬彬"就是将雄浑与精雅统合起来，被进一步拆分替换，崇高风格之关键点从精雅转变为激情(其中最为重要的例证便是德摩斯梯尼)。随着崇高风格内涵的变化，其本质也从"形式"转入言辞的"灵魂"。"崇高"含义的隐喻体也相应发生了改变，修辞学传统中逐渐出现了表示高度、体量等词汇，以取代"雄浑"之意。

　　由于公元前3世纪至公元前2世纪的修辞学论述残存的数量极少，我们在此权且以法勒戎的德摩特里乌斯(Demetrius of Phalerum)的《论风格》(Δημητρίου περὶ ἑρμηνείας)作为中间过渡阶段予以论述。[①]《论风格》是修辞学著作中对"崇高"的论述最为全面、充分的。我们可以通过表1大致了解德摩特里乌斯对风格(χαρακτῆρες)的分类。[②]

表1　德摩特里乌斯《论风格》对风格的分类

风格	优秀	崇高风格 (μεγαλοπρεπής)	典雅风格 (γλαφυρός)	平实风格 (ἰσχνός)	力量风格 (δεινός)
	败坏	呆板 (ψυχρός)	矫揉造作 (κακόζηλος)	干瘪、贫瘠 (ξηρός)	令人厌恶 (ἄχαρις)

---

　　①　对《论风格》的作者德摩特里乌斯的写作年代的争论亦十分激烈，学者曾认为是公元前 270 年至前1世纪，现在的普遍看法认为此作写于公元前2世纪，但并不具备确凿的证据。参考Aristotle, Longinus, Demetrius, *Poetics, On the Sublime, On Style*, Cambridge, MA.: Harvard University Press, 1995, pp. 312–321. 本文所引德摩特里乌斯的希腊文均出自这个版本。

　　②　我们在《论崇高》中亦多次见到这几个标志性词语，就此至少可以侧面证明《论崇高》与修辞学传统的连续性。例如在第10节，阿拉图斯(Aratus)描写船难(与荷马作比较)："小小的船板使得他们远离死亡。"朗吉努斯认为，这种描写是典雅的(γλαφυρὸν)而非可怖的。又如在第3节批判"臃肿"的"崇高"："所有追求崇高的人，为了避免被人指责为虚弱与干瘪(ξηρότητος)，都陷入了这样的状态，他们深信：'在伟大的事情上失败也算得上是高贵的错误。'但臃肿是一种恶，无论是在身体上还是在精神上，它虚空、散漫，会将我们带入反面。因为，人们说，没有什么比水肿更干瘪(ξηρότερον)的了。"同一节中批评"幼稚"制造的"崇高"：他们"旨在一鸣惊人，精雕细琢，最重要的是，他们要娱乐人，最终搁浅于无聊与恶趣味(κακόζηλον)"。

适用主题	战争、大地、天空	典礼演说	日常对话	—
言辞	第 77—102 节	第 137—155 节	第 191 节	第 272—276 节
排布	第 38—74 节；第 103—105 节	第 137—141 节	第 204—208 节	第 247—271 节
代表作家	修昔底德、柏拉图	色诺芬	吕西亚斯	色奥旁普斯

注：德摩特里乌斯未在《论风格》中明确力量／令人厌恶风格的适用主题。

　　由上表可以看出，德摩特里乌斯将风格分为四种类别，并且每一种类别都有相应的败坏风格。他首先驳斥了风格二分法，这种分法认为崇高风格①与平实风格分列两端，另两种风格可以分别归在这两种名下，即典雅风格归入平实风格，力量风格归入崇高风格。而在他看来，除却处在两个极端的风格不可杂糅之外，其余风格均可混搭②，例如荷马史诗和柏拉图、色诺芬、希罗多德的散文均是崇高、骇人之力与雅致的融合（μεγαλοπρέπειαν καταμεμιγμένην…δεινότητά τε καὶ χάριν，《论风格》，37）。

　　从德摩特里乌斯的写作论（其基本理论来源为亚里士多德）上看，他力图做到面面俱到，细致入微。③许多的细节与后代论述有诸多契合之处，兹举若干例证予以说明。在节奏上，散文要使用派安格（《论风格》，39）。④

---

　　①　德摩特里乌斯在《论风格》中共使用ὕψος及其变体（如ὑψηλός）三次。

　　②　舒格尔注意到这种分法在古代修辞学批评史上的尴尬处境。它一方面延续了伊索克拉底的传统，但同时又混杂了亚里士多德传统。例如，在第 12 节，德摩特里乌斯区分了古人（例如希罗多德）的非环形结构风格与以高尔吉亚和伊索克拉底为代表的环形结构风格。前者瘦削、简练、平实，而后者则融合了精雅与崇高。这反映的是伊索克拉底的分类方法，即区分法庭诉讼演说与典礼演说，两极是为平实与精雅。而在四分法中，德摩特里乌斯则融合了亚里士多德传统与色奥弗拉斯图斯传统：亚氏区分口头与书写风格，是为力量与精雅；色氏则分为庄重与平实。这一提示十分有益，它使我们注意到这两个传统的存在的可能性，及其对后世的可能影响（当然，因为材料的匮乏，学者们在相关问题上都有猜测与推断）。参考Debora K. Shuger, "The Grand Style and the Genera Dicendi in Ancient Rhetoric", p. 28。在罗伯茨看来，德摩特里乌斯之所以既未遵从二分法，也未遵从三分法，原因在于他将诸种风格视为品质（ἀρεταί）。在德摩特里乌斯的论述中，风格与品质之间的区分愈发模糊（尽管仍有相当清晰的框架），这也是狄俄尼修斯、朗吉努斯的先声。或许这个解释更加合理。另参考D. C. Innes, *Theophrastus and the Theory of Style*, Rutgers University Studies in Classical Humanities II, New Brunswick, N.J.: Transaction Publishers, 1985, pp. 251–267；G. M. A. Grube, "Theophrastus as a Literary Critic", *Transactions and Proceedings of the American Philological Association*, Vol. 83, 1952, pp. 172–183。

　　③　这也十分符合许多学者对其修辞学手册性质的判断。

　　④　派安格由一个长音、三个短音组成。参见亚里士多德《修辞学》1409a："在各种节奏中，以英雄格最为庄严（ὁ μὲν ἡρῷος σεμνῆς），但是不合乎谈话的腔调。短长格是大多数人的语言节奏，所以在所

前后使用派安格使得句首句尾均为长音，而长音从本质上就是庄重的（μεγαλεῖον），句首长音使人立刻感受到震撼，句尾长音则给听众留下崇高的余音。①除此之外，要使用长的从句，短从句戛然而止，停顿过多则使读者产生狎侮之心，有损崇高效果。例如，修昔底德擅用的环形句②即能造成排山倒海、惊涛拍岸之势。用词上，要拣择朗练、顿挫、铿锵（δυσφωνία）的词语。例如，κεκραγὼς（悲号）胜于βοῶν（叫喊），ῥηγνύμενον（崩溃）胜于φερόμενον（忍耐）。在连接词的使用上不得过于对工（例如μὲν与δέ[但是]），这样会使文法显得精雅而小气。在修辞格上，要使用变格法（anthypallage）、首语重复法（anaphora）等，但不可密集堆叠。从言辞上来说，制造出崇高风格要尽量使用陌生的、令人耳目一新的词语。③

　　"力量风格"与"崇高风格"有肖似之处，又有差异。此种风格追求简劲而令人惊怖（ἔκπληξις, φόβος）、令人生畏（δεινότερον），正所谓"银瓶乍破水浆迸，铁骑突出刀枪鸣。曲终收拨当心画，四弦一声如裂帛"。要达成此种效果，选词不得对仗工整，要错落有致、参差不齐，如同行于歧路丛生的险道；要掷地有声，戛然而止，令人错愕不及；环形句要做到紧凑，从句不得多于两个。从修辞格上来说，反复（repetition）、首句重复、连词省略（asyndeton）、同尾法（homoioteleuton）、高潮结段法（climax）等如若使用恰当均可使文风雄深跌宕、刚健遒劲（《论风格》，263—271）。值得我们注意的一点是，德摩特里乌斯每每论及风格、言辞、修辞、排布等，必佐以相应古典例证，援引者并不局限于演说家，也涉及史诗、历史、哲学等诸多文类，并常自行修改例证以彰显原文之特异通达，这在同时代修辞学家中是独树一帜的。④

有的格律中，以短长格最常为说话的人使用；但是演说也要有庄严性，要能使听众感到惊奇……此外还有派安格，从色拉叙马库斯的时代就为修辞学家所采用。"

　　①　参考狄俄尼修斯《论写作》（De Compositione）14："长元音，以及那些被发成长音的普通元音，在呼吸上更有延展性与持续性，而那些短音，以及被发成短音的元音则戛然而止。在那些制造悦耳声音的音节中，最为强效的是元音，以及那些被发成长音的元音，因为它们的时间最长，不会阻断气息。"

　　②　亚里士多德《修辞学》1409b："环形句（περίοδος），指本身有头有尾、有容易掌握的长度的句子。这种句子讨人喜欢，容易理解。有人喜欢，是因为它和没有限制的句子是相反的，并且因为听者经常认为他有所领悟，达到了终点；而望不见终点，达不到终点，则是不愉快的事情。"与之相对的是"串联句"（σύνδεσμος），"它是本身没有结尾，要等事情完了才告结束的句子。这种句子由于没有限制而不讨人喜欢"。

　　③　参考亚里士多德：《修辞学》，1404b；《诗学》，1458a。

　　④　例如，德摩特里乌斯论及重复制造出崇高感时便援引色诺芬，"战车直冲而来，有的冲向友军的阵列，有的冲向敌军的阵列"（参考色诺芬：《远征记》，1.8.10），这比"直冲友军与敌军的阵列"更具震撼感。又如，论及间接结构（indirect construction）比直接结构更具冲击力时，他指出，色诺芬《远征记》1.8.20 的"意图在于直击希腊人的阵列，并一并将其消灭"（ἡ δὲ γνώμη ἦν ὡς εἰς τὰς τάξεις τῶν Ἑλλήνων ἐλῶντα καὶ διακόψοντα）就比"他们打算发起猛攻，杀出一条路"更优。这个例证还有两处优点：一，准押韵（assonance）——τῶν Ἑλλήνων ἐλῶντα καὶ διακόψοντα；二，元音连读（hiatus）——γνώμη ἦν ὡς εἰς。

在许多研究者看来,德摩特里乌斯的《论风格》结构呆板,只是教书先生的案头讲义,并不能以文自证风格批评家的身份,因此并不值得特别关注。此话有一定道理;但是,如果我们将其置于"崇高风格"发展史中就不免发现,无论是德摩特里乌斯的用词,还是他的论述方式,都已经在某种程度上为《论崇高》的诞生铺就了道路。

公元前1世纪,风格论的代表人物是西塞罗。他延续了前面以克莱奥卡瑞斯为代表的精雅—崇高风格割裂论,不遗余力地将其推入公元1世纪。在西塞罗对三种风格的论述中,哲学、伊索克拉底与公共演说之间的张力得到了前所未有的展示,"崇高风格"的内涵也因此得到扩展。[①]随着罗马的崛起与政治建制的确立,演说术也从希腊化时代的形式技艺一变成为国家技艺(civilis ration/scientia civilis)。如《论演说家》中西塞罗的化身克拉苏斯所言:"在我看来,世上没有比演说更加神奇的力量了,凭着演说可以掌握民众,赢得他们的善意,指引他们的行动方向。在一切自由的国度里,在所有享有和平与安宁的共同体中,这种技艺总是比其他技艺更加繁荣,成为技艺之王。"(1.8)在此基调之下,西塞罗论演说家的宏旨便是:以理想的演说家为典范,以真正的"演说术"重振罗马道德精神,以"崇高风格"激发捍卫"共和国"(res publica)的阳刚志气。在此篇中,西塞罗一再强调,理想的演说家必须首先对"使我们灵魂产生冲动或退缩的那些动力有深刻的洞察"(1.12),没有哲学引领的演说是空洞、苍白且愚蠢的(3.35)。他区分出哲学的三个分支:关于自然奥秘的、关于精密逻辑的、关于人的生活与习俗(vitam atque mores)的。第三个分支是演说家必须精通的,耐心的读者在第三卷西塞罗自陈心迹的表述中会发现,所谓的"生活与习俗",正是西塞罗念兹在兹的共和国:"我后来参与公共生活,具备了大量才能……实际上,公共生活就是我的教育,法律事务、国家制度、地方风俗就是我的老师。"西塞罗嘲讽退藏于密、精分细作的科学研究与学校的琐碎无聊教育(3.15),并大胆直陈"崇高风格"与国家安危息息相关:

> 因为人民的权威最为重大(summa dignitas),共和国的关切最为重

这些要素都有助于产生"崇高风格"(《论风格》,25、27)。类似例证极多,兹不赘举。要更好地从语文学角度理解、体会古典文学作品的精微细密,这些细节均值得深入消化。

① 三分法的最早出处是归于西塞罗名下的《致赫仑尼乌斯修辞学论》(*Rhetorica ad Herennium*)3.8:"言辞如果无缺点有三种风格:第一种我们称之为崇高风格;第二种,中间风格;第三种,平实风格。崇高风格是由最为庄严的词语经过圆熟与典雅的排布形成的(ex verborum gravium levi et ornata constructione)。中间风格是由较低但并非最低与最为口语化的词构成的。平实风格最低,是由最为时下的日常词汇组成的。"因其作者不详,此不具论。

大(gravissima causa)，大众的混乱最为重大(maximi)，演说的风格也必
定要更为崇高、更为卓著(grandius quoddam et in lustrius)。演说最为
重要的部分要么通过劝导，用于激发情感，要么通过对某个著名事件
的纪念，激发人民的希望、恐惧、野心、荣誉感，或者劝说人民切勿软
弱、愤怒、不义、嫉妒、残暴。(2.82)

崇高风格与国家之间的关联贯穿西塞罗修辞学论述始终。① 在《演说
家》中，西塞罗更加详细地表述了三种风格②：

在演讲的三种风格中，有些人的确成功地使用了其中某一种，但
很少有人达到我们的理想程度，同时成功地使用所有风格。有些演说
家使用崇高的(grandiloqui)风格——要是我可以使用这个古词的话，
他们的言辞充满思想以及庄严的措辞(ampla et sententiarum gravitate et
maiestate verborum)。他们的言辞铿锵多变、饱满有力，旨在打动与扭
转听众的情感。有的演说家使用一种严峻的、粗犷的风格……处在另
一端的是一些瘦削尖锐的(tenues acuti)演说家，他们力求把事情说明
白，但不夸张。他们的风格素朴精炼，没有任何修饰……还有一些人
的风格介于上述两类人之间，我可以称他们的风格为中间的与节制的
(medius et quasi temperatus)。它既不使用前者的瘦削，也不使用前者
的炽热；它与二者相关，但又未超越二者。(《演说家》，5)

---

① 西塞罗以伯里克利与德摩斯梯尼为崇高风格典范也是自然之事，参考《演说家》，7；《论演说
家》，3.19。同时参考西塞罗在《论最好的演说家》第3节中对吕西亚斯的批判。当时主张效仿阿提卡希
腊语风格的作者推崇吕西亚斯，认为他的风格简约、明晰。但西塞罗却不以为然，他认为："如果可能的
话，让我们模仿吕西亚斯的简洁(tenuitatem)风格，因为，在许多地方，他确实显得较为庄重(grandior)。
但由于他的许多演说为私人案件而写，只涉及一些琐碎的小事，由于他有意降低格调以适合这些琐碎
的诉讼，所以他的演讲显得极为贫乏(ieiunior)。"在《论最好的演说家》第4节中，西塞罗还有意将精雅
与崇高对立起来，遥遥地与伊索克拉底展开争，并为真正的阿提卡风格正名："但是，如果他们将所有
的理解力都放在耳力之吹毛求疵(fastidio)上的话，如果崇高或庄严的东西(excelsum magnificumque)不
能取悦他们，那就让他们说：他们想要某种精微、雅致的(subtile et politum)东西，而且鄙视高蹈与点缀
(grande ornatumque)。阿提卡的风格是饱满、雅致、丰沛(ample et ornate et copiose)。"另参考《演说家》
13："上面提及的这种典礼演说的风格甜美、舒展、流畅，充满警句，词语声调洪亮，这是智者的独特风
格，更适合展示，而非战斗，更适用于学校与角力场，在广场上是绝对受人鄙视与排斥的。" (Dulce igitur
orationis genus et solutum et fluens, sententiis argutum, verbis sonans est in illo epidictico genere quod dixi-
mus proprium sophistarum, pompae quam pugnae aptius, gymnasiis et palaestrae dicatum, spretum et pulsum
foro.)

② 在《论演说家》出版8年之后，西塞罗在《论最优风格的演说家》(De Optimo Genere Oratorum)
中重申了风格三重分类说：宏伟的、庄严的风格，清楚的、节制的、简约的风格，中间风格。

而在这三种风格中，西塞罗认为，

> 第三种风格的演说家是丰沛宏大、庄重华丽的，无疑拥有最伟大的力量(amplus copiosus, gravis ornatus, in quo profecto vis maxima est)。这个人因其华丽的风格与丰沛的词汇受到敬仰(ornatum dicendi et copiam admiratae)，各民族也因此使得演说在各个国家拥有卓著地位。正是这种雄辩术带着巨大的洪流与激响(cursu magno sonituque)，令万人敬仰，其高度使人望而却步。这种雄辩术牵引人的灵魂，并以各种方式打动人心。它时而雷霆万钧，时而潜移默化；时而植入新的意见，时而根除根深蒂固之想法。但这种演说家与之前的两种有着天渊之别。那种致力于精微风格的人(subtili et acuto elaboravit)没有更高的思想，他如果达成目标，就会是一个好的演说家，但不是伟大的演说家……但中间风格的演说家只能限于不陷入大危难中，因为他也不会彻底栽跟头……但我们的这种演说家(指崇高风格演说家)，我们将其排在第一位，他庄重、激情、热烈(gravis acer ardens)。(《论演说家》, 28)

三种风格(从高到低)对应三种演说家的功能：激越的(vehemens)风格激发(flectere)听众的情绪；中间(modicum)风格以愉快的叙事或机智幽默吸引(delectare)读者；平实的(subtile)风格用以教育(docere)听众。[①]在此，我们可以清晰地看到"崇高风格"在西塞罗修辞学中的地位。与同时代希腊修辞学家以古典作家为典范，极为看重文学风格不同(公元前4世纪，希腊城邦成为历史，希腊式的政治生活形式也由此消失)，以西塞罗为代表的罗马修辞学中的崇高风格与国家事务(或者说与广义的"政治"有关，即西塞罗所言的via et mors，即国家的基本风习与生活方式)息息相关。在这点上，西塞罗的崇高风格论恰恰直指"崇高"的原初文化本意所在(如《论崇高》的作者在第1节中表明，本篇是为"政治人士"[ἀνδράσι πολιτικοῖς]所作，并与第44节构成强烈的呼应关系)。[②]与此同时，在古典时代的废墟上思考的修辞学家则通过追慕前代典范将"崇高"推向了语言、文学，以及更为纵深的精神层面，这一传统的代表人物为哈利卡那索斯的狄俄尼修斯与

---

① 《演说家》, 21.69。西塞罗认为，主题应当与风格相对，"真正的演说家要用平实的风格表达低级的主题，用庄重的风格表达重要的主题，用中间的风格表达居间的主题"(《演说家》, 28.100)。

② 《演说家》, 3.12："我的演说并非来自修辞学家的教学作坊，而是学园的广阔天地。"

《论崇高》的作者。

　　色奥弗拉斯图斯的风格三分在西塞罗的修辞学论著中已然清晰。由于色奥弗拉斯图斯论修辞学的著述已经佚失，我们只能在后代的著作中寻找蛛丝马迹(尤其是西塞罗)。

　　哈利卡那索斯的狄俄尼修斯则是我们要重点关注的下一个作者，因为从现存的文献来看，他对"崇高风格"与"崇高概念"的论述最为充分。《论德摩斯梯尼》中有言，仅仅存在三种风格：第一种，崇高风格，代表人物为高尔吉亚与修昔底德；第二种，平实风格，代表人物为吕西亚斯；第三种，混合风格，代表人物为色拉叙马库斯(此处引证色拉弗拉斯图斯)、柏拉图、伊索克拉底，其顶峰为德摩斯梯尼。在此我们细致论述当时已经初具雏形的吕西亚斯—伊索克拉底—德摩斯梯尼三种风格参照系。[①] 为了更好地展现狄俄尼修斯在"崇高"问题上的独特性，我们先将拉塞尔以昆体良与伪普鲁塔克为基础制作的三风格参照表引用如下。

表 2　风格三分法

风格	平实风格 (subtile, tenue; ἰσχνός, λιτός)	中间风格 (medium, floridum; μέσος, μικτός, ἀνθηρός, γλαφυρός)	崇高风格(grande, robustum, sublime; μεγαλοπρεπής, ἀδρός, ὑψηλός)
相应的败坏风格	干瘪、苍白 (aridum et ex- angue; τὸ ξηρὸν καὶ ταπεινόν)	放荡 (dissolutum; τὸ διαλελυμένον)	膨胀、臃肿、呆板(suffla- tum、tumidum、frigidum; οἰδοῦν, ψυχρόν, σκληρόν)
效果	教育 (docendi)	令人愉悦、吸引 人心(delectandi vel conciliandi)	打动人心 (movendi)
典型代表	吕西亚斯、 色诺芬	伊索克拉底、 希罗多德	高尔吉亚、 修昔底德
荷马史诗中的 代表	墨涅拉奥斯	涅斯托尔	尤利西斯

来源："Longinus", *On Sublimity*, p. xxxvi.

───────────

　　① 我们知道，留存至今的狄俄尼修斯论修辞学的论文包括《论吕西亚斯》《论伊索克拉底》《论德摩斯梯尼》。部分段落可见本书附录。

　　狄俄尼修斯对言辞(λέξις)之风格的论述与以上的表格大致相符：吕西亚斯与修昔底德形成两个极端，中间风格的代表则是伊索克拉底、柏拉图与德摩斯梯尼。然而，"崇高"概念在伊索克拉底的风格论述中已经悄然呈现出新的特点。尽管它仍然是在演说术的框架之下论述三种风格，但它不再拘泥于某个特定的演说类别或文类(诸如典礼演说、诉讼演说，抑或哲学论述)，其批评更加敏锐、细腻，更具现代意义上的文学批评(而非修辞学教学)特色。更为重要的是，我们在他身上已然看到了朗吉努斯的身影。[①]事实上，正是演说术—修辞学语境下的严苛风格划分使得狄俄尼修斯困惑不已，而令人欣喜的是，他正是通过这一困境开启了新的"崇高"话语。

　　狄俄尼修斯在多处表达过自己对于分类的疑惑。在《论德摩斯梯尼》中，他一再申明，风格划分并非僵死的标签，"三种写作方法并不是互相独立而存在的，它们因其主要的品质而得到确认"(37)，"并不存在清晰的区别标记能够将德摩斯梯尼与其他作家区分开来"(50)。与这种困惑相关且十分紧要的问题在于，狄俄尼修斯与前代修辞学的关联与区别是什么？舒格尔一针见血地向我们指出其中的奥秘。他认为，狄俄尼修斯的修辞学理论反映的是两组对立，这种对立在西塞罗那里已经隐约显现：一组为庄重与平实之争(色奥弗拉斯图斯的区划)，一组为文质之争(亚里士多德与伊索克拉底的区分)。在狄俄尼修斯的论述中，前者表现为言辞上的风格划分，即以吕西亚斯与修昔底德为两极代表；后者表现为创作上的风格划分，即以伊索克拉底与修昔底德为代表(在西塞罗那里是典礼性演说与争讼性演说之别)。而文与质之区分自亚里士多德时代延续下来，例如西塞罗认为，"悦耳与峻厉、甜蜜与严正"(ornatus et suavis orator suavitatem habeat austeram et solidam, non dulcem atque decoctam)不可共存(《论演说家》，3.103)；狄俄尼修斯则对愉悦(ἡ ἡδονὴ)与美(τὸ καλόν)做出区分："我认为风格上有两种截然相反的东西，且我要将愉悦与美区分开来，大家不要惊讶；而且，

---

　　① 事实上，许多学者已经注意到《论崇高》作者与狄俄尼修斯在论述与措辞上的相似性。例如，波特认为："总体说来，除却某种批评洞察力与想象性措辞之外，朗吉努斯论述中没有什么是在狄俄尼修斯那里找不到的。朗吉努斯更具创造力，更像一位诗人，没那么乏味、谨慎——或许他自己更受崇高的感染。狄俄尼修斯则更为节制与传统，更像一位教师，而不是通过自己为崇高正名。但有的时候，这两位批评家难以区分。其教育的内容中更多的是统一。"参考James I. Porter, *The Sublime in Antiquity*, Cambridge: Cambridge University Press, 2016, p. 216. 罗伯茨认为，狄俄尼修斯与《论崇高》的重合点在普遍词汇(general vocabulary)上并不明显，前者属于一个不同的写作流派。但是，在修辞学术语的使用上，《论崇高》与西塞罗、昆体良等拉丁作家，与希腊作家狄俄尼修斯(或许还有凯基里乌斯)都有关联。他还援引内特尔希普(Henry Nettleship)列举出的此时出现的诸多新的美学词汇(诸如τραχύς、αὐστηρος、αὐθάδης、αὐχμηρός、εὐπινής等)有不少都出现于《论崇高》之中。参考W. Rhys Roberts ed., *Longinus on the Sublime*, p. 193(这些修辞学术语，见此书附录，pp. 194–211)。

我认为作品不可以同时拥有愉悦与美……修昔底德与安提丰(Antiphon of Rhamnus)的作品自然是美的典范，但它们并不能使人愉悦……科特西阿斯(Ctesias of Cnidus)与色诺芬是最能使人愉悦的，但他们不是美的代表……希罗多德则是两者兼具。"①而在拉塞尔看来，华彩与激情在原初希腊文学中(以荷马为代表)本是一体两面、不可分割的概念，后世对这两种风格的区分与割裂使得两者愈发难以弥合。狄俄尼修斯便是这个链条中的一环。②但是，尽管这一分析角度有助于我们理解"崇高"概念在西方古典文学批评与修辞学史上的定位，"崇高"概念在狄俄尼修斯论述中的丰富性、矛盾性却有可能因此被遮蔽。在狄俄尼修斯的批评中，"崇高"已经成为一种具有参照意义的风格，"平实"因与"崇高"相异而成。更加令我们感到惊讶的是，在狄俄尼修斯笔下，对"崇高"概念的表达达到了前所未有的丰富程度，我们可以通过以下的例证予以说明。③

> 吕西亚斯的风格没有什么崇高的或者高蹈的(ὑψηλὴ δὲ καὶ μεγαλοπρεπὴς)。它不会激发我们惊奇，也不会展现出急促、剧烈或恐惧(θαυμαστὴ οὐδὲ τὸ πικρὸν ἢ τὸ δεινὸν ἢ τὸ φοβερὸν)。它也无法攫住听众的注意力，使他们突然无所适从；它也无甚动能与情感……迫使听众被说服、被迷惑。这是一种四平八稳，不至于冒险的风格(ἀσφαλής τε μᾶλλόν ἐστιν ἢ παρακεκινδυνευμένη)，它并不足以展现修辞技法的力量，从而描述真实的人性。(《论吕西亚斯》, 13)

"崇高"关乎激情，它使人"惊叹"又"恐惧"。而西塞罗因其"雕琢"而以之为"中间风格"代表的伊索克拉底在狄俄尼修斯看来也时而显示出"崇高"之效果；而西塞罗眼中的崇高风格之绝佳代表德摩斯梯尼在狄俄尼修斯看来则属于"中间风格"。伊索克拉底的风格并不像吕西亚斯那样细

---

① 狄俄尼修斯在下一节中具体解释了"愉悦"与"美"的内涵：两者均关乎曲调、节奏、变化，以及三者的和谐；"愉悦"指的是典雅、和谐、甜蜜、令人信服等品质(τήν τε ὥραν καὶ τὴν χάριν καὶ τὴν εὐστομίαν καὶ τὴν γλυκύτητα καὶ τὸ πιθανόν)；"美"则指的是崇高、庄重、肃穆(μεγαλοπρέπειαν καὶ τὸ βάρος καὶ τὴν σεμνολογίαν καὶ τὸ ἀξίωμα καὶ τὸν πίνον)等品质。参见Dionysius of Halicarnassus, *On Literary Composition*, W. Rhys Roberts trans., London: Macmillan, 1910, pp. 120–121。但是，舒格尔没有注意到的一点是，在《论德摩斯梯尼》47处，狄俄尼修斯表示："每一件作品，无论是自然创造的还是技艺创造的，都有两个目标，即美与愉悦……美与愉悦必须互补共存，美是峻厉风格的目标，愉悦是平实风格的目标。"也就是说，尽管狄俄尼修斯对两者做出了区分，但他的理想仍是两者的平衡，典范性作家为德摩斯梯尼。

② 参见"Longinus", *on the Sublime*, pp. xxxii–xxxiii。

③ 颇为值得研究的一点是，狄俄尼修斯与《论崇高》作者在"崇高"表达上的相似之处。

密,因此并不适合法庭辩论,

> 他可以用更为崇高(ὑψηλότερός)的方式表达自我,更为高蹈与庄严(μεγαλοπρεπέστερος μακρῷ καὶ ἀξιωματικώτερος)。他的这种崇高技法令人惊叹,且十分伟大(θαυμαστὸν γὰρ δὴ καὶ μέγα τὸ τῆς Ἰσοκράτους κατασκευῆς ὕψος),更适于描述半神人,而非人。我们如果将伊索克拉底演说的肃穆、崇高、庄重与波律克利图斯(Polyclitus)与费迪阿斯(Phidias)的技艺相提并论,如果将吕西阿斯的轻巧与魅力同卡拉米斯(Calamis)与卡里马库斯(Callimachus)相提并论,也无甚过错……吕西亚斯在小事上更显技法,而伊索克拉底则在重大主题上更能使人印象深刻。(《论伊索克拉底》,3)

"横看成岭侧成峰,远近高低各不同。"狄俄尼修斯正是通过上面所提及的三位演说家——吕西亚斯、伊索克拉底、德摩斯梯尼——不断校正自己的批评视野,比较他们的相对风格差异,建立起自己的批评标准。在《论德摩斯梯尼》8中,这一方法的体现最为明显。在开篇,狄俄尼修斯即提出崇高风格与平实风格之差异:崇高风格与日常谈话距离最为遥远,平实风格与日常谈话风格最为肖似。吕西亚斯与修昔底德分别处在两个极端,一张一弛:崇高风格令人惊叹,平实风格使人宁静。差异性还表现在以下列出的对立项中:崇高—平实、精雅—粗普、奇异—熟悉、典礼性—实用性、严肃—轻松、紧张—松弛、甜蜜—苦涩、冷静—激动。与亚里士多德、伊索克拉底、西塞罗以演说类别区分风格极为不同的是,尽管狄俄尼修斯秉持的批评标准仍然试图弥合修辞学风格分类法与文学批评之间存在的巨大鸿沟(抑或是修辞学与诗学之间的鸿沟),但他仍然不可遏制地脱离固有的限制,向着诗的方向前进。在这个意义上,狄俄尼修斯既是修辞学传统中的一员,同时也属于前面提到的拉塞尔论述中的诗学传统。而在本书作者看来,这两者之间产生的巨大张力正是狄俄尼修斯论述之矛盾不一、摇摆不定的原因所在。①狄俄尼修斯极为推崇德摩斯梯尼的崇高风格:

---

① 学者们已经意识到这个问题,参考D. M. Schenkeveld, "Theories of Evaluation in the Rhetorical Works of Dionysius of Halicarnassus", *Museum Philologum Londiniense*, Vol. I, 1975, pp. 93–107, 他认为狄俄尼修斯的分类理论矛盾重重;C. Damon, "Aesthetic Response and Technical Analysis in the Rhetorical Writings of Dionysius of Halicarnassus", *Museum Helveticum*, Vol. 48, 1991, pp. 33–58, 他认为狄俄尼修斯的分类理论彼此统一,只是稍欠完备。而波特认为,狄俄尼修斯的理论是"探索式的"(heuristic),并无整全的理论构架,参考James I. Porter, *The Sublime in Antiquity*, p. 221。

　　当我阅读伊索克拉底的演说的时候……我变得严肃（σπουδαῖος），感到沉静，就像是倾听芦笛演奏的奠酒曲，或是多利亚曲子。但是，当我拿起德摩斯梯尼的演说之时，我感到欣喜若狂（ἐνθουσιῶ）：我四处游走，经历着各种各样的激情，怀疑、悲恸、恐惧、蔑视、仇恨、怜悯、善意、愤怒、嫉妒，一切主导人类思想的激情我都一再经历。我与那些参与科里班特舞蹈与西百列母亲的祭祀舞蹈的人并无二致。他们产生如此之多的感受，要么是因为这些参与者被味道、场景、声音激发，要么是因为被神明的气息催动。我常常好奇，那些真正聆听他的人会产生何种感情。如若多年之后仍然充盈于书卷中的德摩斯梯尼的气息拥有如此的力量，并这样打动读者（τοσαύτην ἰσχὺν ἔχει καὶ οὕτως ἀγωγόν ἐστι τῶν ἀνθρώπων），那么，聆听他现场发表演说一定是超凡与震撼之事（ὑπερφυές τι καὶ δεινὸν χρῆμα）。①

　　但是，"崇高"并非德摩斯梯尼的唯一优点："我认为他优于那些使用崇高、超凡、非常表达的人，他的语言更为清晰、普通（δοκεῖ δή μοι τῶν μὲν **ὑψηλῇ καὶ περιττῇ καὶ ἐξηλλαγμένῃ** λέξει κεχρημένων κατὰ **τὸ σαφέστερον καὶ κοινότερον** τῇ ἑρμηνείᾳ κεχρῆσθαι προὔχειν ὁ Δημοσθένης）。"（《论德摩斯梯尼》，34）此处所说的"清晰、普通"，作者有着具体批判指向与正面指涉，即修昔底德与吕西亚斯。修昔底德作为崇高风格的代表人物，狄俄尼修斯对其崇敬之情自不待言。②修昔底德的风格因其主题而"崇高"（《论修昔底德》50：历史主题要"崇高、庄重，令人错愕"［μεγαλοπρεπείας τε δεῖ καὶ σεμνολογίας καὶ καταπλήξεως］），此乃自然之事。但由"奇崛"而来的"崇高"有"晦涩"之风险。与吕西亚斯相比，"修昔底德与德摩斯梯尼在讲述事实上都是一流的，但文字都十分难以捉摸，不清晰（πολλὰ δυσείκαστά ἐστιν ἡμῖν καὶ ἀσαφῆ），需要他人的解读"。在《论修昔底德》中，狄俄尼修斯更是直言不讳地批评修昔底德的历史写作风格，称其缺点在于：用词佶屈聱牙，

---

　　①　《论德摩斯梯尼》，22。这一段的措辞与内容与《论崇高》中的相关片段十分贴合。
　　②　《论修昔底德》2："他是一切史家中最优秀的。"《论修昔底德》27在引述《伯罗奔尼撒战争史》第七卷中雅典人与叙拉古人的最后战斗之后，狄俄尼修斯发出了最高褒奖："在我看来，这些以及相似的片段值得仿效与摹写，我相信，此人表现出的崇高、雅致、力量（μεγαληγορίαν τοῦ ἀνδρὸς καὶ τὴν καλλιλογίαν καὶ τὴν δεινότητα）以及其他品质在此臻于完美（τελειοτάτας）。"本书中所引《论修昔底德》希腊文出自Dionysius of Halicarnassus, *On Thucydides: English Translation, Based on the Greek Text of Usener-Radermacher with Commentary*, William Kendrik Pritchett ed., Berkeley: University of California Press, 1975。

偏爱古早、奇特的词汇(ποιητικὴν καὶ ξένην λέξιν)，句子之间的关联松散，结论句极为滞后(τὰς ἀποδόσεις)。①

这种关于"崇高"的矛盾心理应当做何理解呢？首先，我们要注意，狄俄尼修斯一再表明，自己写作《论德摩斯梯尼》《论修昔底德》的主要目的是向学习演说术的学生指明应当模仿的典范(《论修昔底德》，1—2、52)。其次，他对修昔底德的批判旨在对两种声音提出警戒：时下的普遍意见(即那些盲目崇拜修昔底德的人)与"诸多哲人与修辞学家将其视为历史写作与法庭演说的标准"(《论修昔底德》，2)。在这样的思想框架下，狄俄尼修斯指出：

> 这种风格(ὁ χαρακτήρ，指修昔底德的风格)既不适合政治论辩，也不适合私人对话……不适合对大众发表演说，也不适合法庭言说者。但是对于那些写作历史书作(这种书作需要崇高、庄严)的人来说，首先要培养这样的风格，它隐秘、古远，具有修辞性(τὴν γλωττηματικήν τε καὶ ἀπηρχαιωμένην καὶ τροπικήν)，它与普通的修辞格极为不同，有奇妙之效果(ἐπὶ τὸ ξένον καὶ περιττόν)。(《论修昔底德》，50)

也就是说，"崇高"应因文体而区别对待。修昔底德之"高峻"无可效仿，声嘶力竭、刻意为之的结果只能是弄巧成拙、东施效颦。针对那些盲目崇拜修昔底德并以之为演说典范的人士，狄俄尼修斯郑重其事地表明，修昔底德独树一帜，从古至今无一人能够模仿成功。② 对于有志成为演说家的人来说，应当退而求其次学习德摩斯梯尼。极为有趣的是，德摩斯梯尼从西塞罗的风格阶次中被降格为"混合风格"(ὁ μεμιγμένος)。与修昔底德相比，德摩斯梯尼的优点除了"崇高与筋骨"(τὸ μέγεθος καὶ τὸν τόνον)之外(《论德摩斯梯尼》，13)，还在于"速度、简练、强度、敏锐、坚韧"(τὰ τάχη…τὰς συστροφὰς καὶ τοὺς τόνους καὶ τὸ πικρὸν καὶ τὸ στριφνόν，《论修昔底德》，53)。"德摩斯梯尼时而庄严、峻厉、崇高(σεμνῶς…αὐστηρῶς καὶ ἀξιωματικῶς)，时而令人愉悦与快乐(τερπνῶς καὶ ἡδέως)。"(《论德摩斯梯尼》，43)尽管如此，我们在狄俄尼修斯的论述中业已明确看到的一点是："崇高"逐渐突破了演说术的藩篱，一种不受实用修辞学框架约束，以精神与

---

① 同样参考《论修昔底德》，24。去之不远的昆体良估计对此并不认可："修昔底德绵密、简明，且时刻推动向前(densus et brevis et semper instans sibi)，他是力量的代表。"

② 《论修昔底德》，52。从这个角度上看来，狄俄尼修斯对修昔底德的批判或许可以理解为一种"劝退式"的修辞。

灵魂之感受(即狄俄尼修斯所言之"非理性的—不可言的感觉体验[ἀλόγῳ πάθει τὴν ἄλογον συνασκεῖν αἴσθησιν]"①)为终极指向的全新崇高概念正呼之欲出。

在稍晚写作的《论言辞》(De Compositione Verborum)中，狄俄尼修斯进行了些许修正，而新生的崇高概念在此篇中体现得最为彻底。他说，各人的风格自有不同，但总而言之，风格有以下三个大类，尽管人们赋予它们的名字有所不同(并与此同时强调，这三类风格并不存在广为接受的称呼)：峻厉风格(τὴν αὐστηράν)、华丽风格(τὴν δὲ γλαφυράν ἢ ἀνθηράν)与混杂风格(τὴν εὔκρατον)。②这一分法前所未见，其独特性在于：修辞学中的"平实风格"被拆分，质朴的部分并入"峻厉风格"，平白的部分并入"混杂风格"；修辞学中的"中间风格"变成"华丽风格"，并转而成为"峻厉风格"的极端对立面。这一重组还带来了另一种论述方法上的变化，即典范例证从演说家扩展到了诗歌、历史、哲学等古典遗产的各个文类。"崇高"不再受文体的局限，呈现出千帆竞逐、百舸争流的壮观景象。

"峻厉风格"之下的"崇高"亦呈现出更为丰富的样态。③在狄俄尼修斯看来，"峻厉风格"的古代典范有史诗诗人科勒丰的安提马库斯(Antim-achus of Colophon)、自然哲人恩培多克勒、抒情诗人品达、悲剧诗人埃斯库罗斯、史家修昔底德，以及演说家安提丰。风格自言辞与排布(σύνθεσις)

---

① 波特敏锐地把握到了狄俄尼修斯的措辞喜好及其特征，且认定，狄俄尼修斯的体系建立在非理性的基础之上，风格诉诸听觉、视觉等感官，以及阅读的习惯、直觉等。所使用的词汇有 ἄλογος αἴσθησις(非理性感觉)、πάθη(激情)、ἐμπειρία(当下的经验)、τρίβη(长久形成的习惯做法)、ἐπιμέλεια(有意识的关注)等，参见《论吕西亚斯》，10—11；《论德摩斯梯尼》，24、50；《论修昔底德》，4、27；《论写作》，1.4.20—5.2; James I. Porter, The Sublime in Antiquity, p. 225。

② 这一归类的用词是否为狄俄尼修斯原创，有待考证。昆体良并未使用过"峻厉"与"华丽"。

③ 黑格尔在《美学》中也区分出三种风格，即严峻的、理想的、愉快的，其理论渊源或本自狄俄尼修斯。"严峻的风格是美的较高度的抽象化，它只依靠重大的题旨，大刀阔斧地把它表现出来，还鄙视隽妙和秀美，只让主题占统治地位，特别不肯在次要的细节上下工夫。在表现题旨中严峻的风格还坚持模仿现成的东西，正如在内容上，无论就构思还是就表现来说，它都取材于现成的人所崇敬的宗教传统，在外在形式上它所信任的是事物本身而不是它自己的创造发明。因为它满足于事物本身的巨大效果，所以在表现上也只追随客观存在的东西。一切偶然性的东西都被严峻的风格远远地抛开，所以也见不出主体的自由和任意性的痕迹；母题都很简单，所表现的目的或旨趣不多，所以在形体结构，筋肉和运动方面也没有多少细节上的变化。""理想的纯美的风格介乎对事物只作扼要的表现和尽量显出愉快的因素这两种风格之间。我们可以把这种理想的风格称为寓最高度的生动性于优美静穆的雄伟之中的风格"，"美的自由的艺术在外在形式方面是漫不经心的，不让它显示出任何思索、目的和意图，而在每一点表现和曲折上只显出整体的理念和灵魂。只有凭借这一点，美的风格理想才保持得住，既不干枯又不严峻，现出美的爽朗和悦。""理想的风格从秀美朝外在现象方面再前进一步，它就会转变为愉快的或取悦于人的风格"，"愉快和产生对外的效果变成了一种独立的目的和旨趣……标志着由崇高理想到悦人效果的转变"。参考黑格尔：《美学》第三卷上册，朱光潜译，商务印书馆，1979年，第7—10页。

出。首先，词与词之间要错落有致、疏朗开阔，切勿绵密；其次，作者要不惮使用声音粗粝之词(即所谓"音情顿挫，有金石声")；最后，要"天然去雕饰"(ἀργαὶ δέ τινες καὶ αὐτοσχέδιοι)，宗"质朴古人风"。从句子结构上来说，"峻厉风格"中从句的节奏要庄严、肃穆(ἀξιωματικοὺς καὶ μεγαλοπρεπεῖς)，在句法上不得拘泥、呆板，而要高贵、坦荡、自由(εὐγενῆ καὶ λαμπρὰ καὶ ἐλεύθερα)。(《论写作》，22)完整句(περίοδος)也不可各部分一目了然；如若简洁，则是要强调其纯朴、自然的风格，此时切不可使用繁缛的点缀，要做到不徐不疾。①还须得灵活使用名词变格、修辞格。一言以蔽之，这种风格崇高、平实、未加雕饰(μεγαλόφρων, αὐθέκαστος, ἀκόμψευτος)，有种古旧的铜锈之美(ἀρχαϊσμὸν καὶ τὸν **πίνον** κάλλος)。②

　　以品达的酒神颂诗为例，"这些诗句强劲有力，令人生畏，高峻雄厉(ταῦθ' ὅτι μέν ἐστιν ἰσχυρὰ καὶ στιβαρὰ καὶ ἀξιωματικὰ καὶ πολὺ τὸ αὐστηρὸν ἔχει)，尽管参差不齐，但不会让人厌恶；尽管听起来十分尖利，但仍是在约束的范围之内。诗作行进徐缓，使人备感和谐。其中不见矫揉造作、靡丽浮华之气，反倒有一种古远而峻厉之风"③。崇高使人产生疏离感，使人敬

――――――――――

　　①　此处狄俄尼修斯观点的希腊原文正是这种风格的绝佳展示(作者或许正是在亲身示范)：περιόδους δὲ συντιθέναι συναπαρτιζούσας ἑαυταῖς τὸν νοῦν τὰ πολλὰ μὲν οὐδὲ βούλεται: **εἰ δέ ποτ'** αὐτομάτως ἐπὶ τοῦτο κατενεχθείη, τὸ ἀνεπιτήδευτον ἐμφαίνειν θέλει καὶ ἀφελές, **οὔτε** προσθήκαις τισὶν ὀνομάτων, **ἵνα** ὁ κύκλος ἐκπληρωθῇ, **μηδὲν** ὠφελούσαις τὸν νοῦν χρωμένη **οὔτε ὅπως** αἱ βάσεις αὐτῶν γένοιντο θεατρικαί τινες ἢ γλαφυραί, σπουδὴν ἔχουσα **οὐδ' ἵνα** τῷ πνεύματι τοῦ λέγοντος ὦσιν αὐτάρκεις συμμετρουμένη μάλα, **οὐδ'** ἄλλην τινὰ πραγματείαν τοιαύτην ἔχουσα ἐπιτήδευσιν οὐδεμίαν. 其中的从句意义层层递进，呈现出一主四从的形态，第一个至第三个从句里又分别包含一个目的从句，形成环环相扣的结构。

　　②　参考《论崇高》30："选择恰当与宏伟的语词能够带动与吸引听众，这乃是所有演说家与写作者的至高追求，因为这种选择立马就能为言辞装饰以崇高、美、雅致、威重、雄伟(μέγεθος ἅμα κάλλος **εὐπίνειαν** βάρος ἰσχὺν κράτος)，以及其他一些东西，就仿佛最美的雕塑表面所生发出的锈迹一样，它为事实赋予了有声的灵魂。"

　　③　《论写作》，22。诗风折射的是时代的风尚、时代的精神面貌。而古―今/高远―靡丽这一想象性概念对应无论是在西方文学，还是在中国文学中都有不少例证可循。郭绍虞先生在论唐宋文学批评之时，即以此为线索概括两朝文学的发展脉络："在隋唐五代三百多年的中间，由一般作家的作风而言，可以分为三个时期：前一个时期――隋及初唐――约占一百多年，是作风将变，明而未融的时候，盖以积重难返，故犹不免承袭梁陈之余音。其中一个时期――旧时所谓盛唐及中唐――也占一百多年，是作风丕变，登峰造极的时候，此时诗文，才奏摧陷廓清之功，才变以前骈俪的面目，与浮艳的作风。后一个时期――晚唐及五代――也占一百多年，又是骈俪余波，回荡振转的时候。所以自古文的立脚点而言，则此期的文学史殆成弧形的进展。"郭绍虞：《中国文学批评史》上册，商务印书馆，2010年，第195页。王云熙先生指出，自南朝骈文大盛以来，文质论便成为重要的文学批评标准。《文心雕龙》"就是以文质论为中心展开的"。《文心雕龙·养气》中已见先声："夫三皇辞质，心绝于道华；帝世始文，言贵于敷奏；三代春秋，虽沿世弥缛，并适分胸臆，非牵课才外也。战代技诈，攻奇饰说；汉世迄今，辞务日新，争光鬻采，虑亦竭矣。故淳言以比浇辞，文质悬乎千载；率志以方竭情，劳逸差于万里；古人所以余裕，后进所以莫遑也。"《宗经》又极陈圣人经书文华、质实兼具，"圣文之雅丽，固衔华而佩实者也"。《序志》中

畏，此在的熟悉感、安全感、舒适感经由陌生、古远的词汇被强行打破，人的存在维度因此而扩大，并因此得到提升、超拔、升华。这是狄俄尼修斯在这一时期赋予崇高的新意。[1]

及至1世纪，"风格三分"愈发清晰。昆体良在《演说术教育》中对言说风格(genera dicendi)有所论述。他在12.10.58处说，存在着三分法，即平实风格(subtile, quod ἰσχνόν vocant)、崇高或雄健风格(grande atque robustum, quod ἁδρόν dicunt)，以及中间风格或华丽风格(medium ex duobus, alii floridum, namque id ἀνθηρόν appellant)。昆体良沿袭了西塞罗对三风格的功能(即教育、吸引、激发)的论述。崇高的风格如澎湃激流，不择地而出，滔滔汩汩，喷薄倾泄，奔流腾涌，所到之处无不吞没。昆体良称，其最佳代言人为西塞罗。此人有"起死回生"(defunctos excitabit, 12.10.61)之能，请降众神与之悟言之才(deos appellabit, 12.10.62)，他能激发愤怒或怜悯，法官与之同悲同戚，神摇意夺、不能自已(12.10.62)。因此之故，这种风格与重大案件(maxima causa, 12.10.63)所需之激情最为契合。那么这种"崇高风格"具体应该具备哪些品质呢？昆体良搬请出荷马为其作证。墨涅拉奥斯的演说简明而令人愉悦，精确而又不显冗赘，此乃第一种风格的代表。涅斯托尔口中说出的话比蜜饴还要更为香甜，听者感受到的自然是极致的乐趣，此乃第二种风格的代表。而尤利西斯则声如洪钟，演说汹涌澎湃，如冬日之雪虐风饕(facundiam et magnitudinem…vocis et vim orationis nivibus hibernis et copia verborum atque impetu parem)。"无有凡人能与之争辩，人们以其为神明而仰视之。"[2]此乃真正的雄辩术之品格，劲且疾(vim et celer-

---

对彼时文风的批评亦由文质而生："文体解散，辞人爱奇，言贵浮诡，饰羽尚画，文绣鞶帨，离本弥甚，将遂讹滥。"除此之外，文质还是刘勰文学史批评的重要参照，如《通变》所言："黄歌断竹，质之至也；唐歌在昔，则广于黄世；虞歌《卿云》，则文于唐时；夏歌雕墙，缛于虞代；商周篇什，丽于夏年。至于序志述时，其揆一也。暨楚之骚文，矩式周人；汉之赋颂，影写楚世；魏之篇制，顾慕汉风；晋之辞章，瞻望魏采。推而论之，则黄唐淳而质，虞夏质而辨，商周丽而雅，楚汉侈而艳，魏晋浅而绮，宋初讹而新。从质及讹，弥近弥澹，何则？竞今疏古，风昧气衰也。"钟嵘《诗品》所言之"骨气奇高、词采华茂、情兼雅怨、体被文质"(论曹操诗)，"真骨凌霜、高风跨俗"(言刘桢诗)亦可作如是观。参考王运熙：《文质论与中国中古文学批评》，《文学遗产》，2002年第5期，第4—10页。这一视角亦可用于对观阿提卡风格与亚细亚风格之争。如，狄俄尼修斯在《论写作》22处谈及"峻厉风格"时说，"品达诗歌表现出的风格并非今天的这种靡丽，而是古远的峻厉之美"(οὐ τὸ θεατρικὸν δὴ τοῦτο καὶ γλαφυρὸν ἐπιδείκνυνται κάλλος ἀλλὰ τὸ ἀρχαϊκὸν ἐκεῖνο καὶ αὐστηρόν)。

[1] 这其实是古典诗学的回归，尤其是悲剧诗学。我们会在稍后谈论文学领域中的"崇高"时再次拾起这个话头。参考《诗学》1458a："言语的美在于明晰而不至于流于平庸。用普通词组成的言辞最明晰，但却显得平淡无奇……使用陌生的词汇会显得庄严与奇特(σεμνὴ δὲ καὶ ἐξαλλάττουσα)。我说的陌生指的是少见的词，隐喻、拉长音词，以及一切凡俗使用之外的词。"

[2] 化用《伊利亚特》3.223与《奥德赛》8.173。

itatem, 12.10.65), 形成雷霆万钧之势(fulminibus), 此乃第三种风格的代表。①

与以德摩特里乌斯、狄俄尼修斯为代表的品质论颇为相似的是, 昆体良亦强调三分法并非必须死守的铁律。他强调, 如果将平实风格与崇高风格视为两个极端, 那么两者之间(乃至之外)形成的风格场域将是极为丰富的。而两极亦是相对的, 有比平实风格更为平实者, 有比激烈风格更为激烈者, 三者之自由组合形成的类别则无以计数, 犹如风向、音律之多样。演说家应当根据案件性质之不同(诸如刑事案件、遗产案件等)、听众情感需求之不同(如激发愤怒, 引发同情等)、演说不同组成部分的不同(诸如开场、事实陈述、论证、插叙、总结), 或庄重, 或严厉, 或尖锐, 或猛烈, 或充沛, 或温和, 或平易, 或讨好, 或简明, 或幽默(《演说术教育》, 12.10.71—72)。

以上所言已然十分圆熟融通, 昆体良仍不忘在全书结尾处针砭时弊, 所批判的仍然是以风格为代表的社会丑陋面。在他看来, 不加收束的放纵言辞、幼稚愚蠢的警句、虚空浮泛的大话尽管外表有着雄辩术的华彩十分, 令大众受用, 并得到他们的欢呼, 但这种风格并非真正的演说术, 它以靡丽为崇高, 以言论自由为幌子胡说八道。而真正的"演说家精雅、崇高、丰沛, 乃一切雄辩由之而生的源头的掌控者"(nitidus ille et sublimis et locuples circumfluentibus undique eloquentiae copiis imperat)。与西塞罗一样, 昆体良的"崇高风格"与国家存在着天然的关联, 它的发生场地是广场(forum), 是塞尔维乌斯·图里乌斯(Servius Tullius)修造的城墙(agger)②。《演说术教育》第十卷中, 昆体良摩拳擦掌, 试图在古希腊文学的辉煌成就的巨大阴影下为罗马文化争得一席之地。而在"崇高风格"上, 希腊人与罗马人展开的激烈竞争毫无悬念地就发生在德摩斯梯尼与西塞罗之间。西塞罗从崇高/国家风格的积极倡导者, 一变而成为崇高/国家风格的古典范例与代言人(不要忘了, 此时距离西塞罗逝世仅150年)。昆体良自信地说:

---

① 舒格尔指出, 昆体良分类的基本框架是色奥弗拉斯图斯式的, 即对明晰与装饰(诸如力量、美等)做出区分, 而希腊修辞学家则更倾向于区分精雅与激情。前一类更多地保存了甜蜜与激情(如荷马)的原初统一性, 而第二类则强调崇高风格与中间风格之间品质的区分。但是, 颇为令人疑惑的是, 昆体良此处以荷马为例, 而他确实在史诗内部找到了三种雄辩风格的对应代表。除此之外, 在昆体良的《演说术教育》中, "明晰"与"激情"并非对立项, 如10.1.46处赞美荷马: "荷马为诸种演说术提供了典范和源头。在大事的处理上, 他崇高(sublimitate), 在小事的处理上, 他节制(proprietate), 这点无人能够超越。他既丰富又简明, 既愉悦又肃穆, 既充实又精悍, 令人赞叹(laetus ac pressus, iucundus et gravis, tum copia tum brevitate mirabilis), 他不仅在诗的德性上, 而且在演说术的德性上都是最为杰出的。"因此之故, 两位学者的分析值得商榷。

② 洛布丛书版《演说术教育》英译者巴特勒(H. E. Butler)注: "塞尔维乌斯·图里乌斯之墙后被用作散步道。最为相近的现代可比之物为'海德公园演说角'。"

我们的演说家们使得拉丁演说能够跟希腊演说相抗衡。我可以自信地将西塞罗与任何一个希腊演说家相比。我很清楚我的这番话将激起怎样的波澜，尤其是我不会提议目前将他与德摩斯梯尼相比较；这是没有必要的，因为我认为，德摩斯梯尼首先是我们必读的，其次更值得我们熟记于心。在演说上他们的风格也有所不同：德摩斯梯尼更为绵密(densior)，西塞罗则更为放逸(copiosior)；德摩斯梯尼迅速且直击目标，西塞罗则场面宏阔(latius)；德摩斯梯尼的攻击武器短小精悍，西塞罗则频繁且有力(frequenter et pondere)；德摩斯梯尼的辩论丝丝入扣不可割离，西塞罗则逻辑严密、不可增添；前者多一些雕琢(curae)，后者多一些天然(naturae)。在机锋(salibus)与同情(commiseratione)这两种最能引发情绪的技能上，我们是胜出的。也有可能是因为雅典城邦的习律(mos)不允许德摩斯梯尼以强烈的情感结尾；但对我们来说，拉丁语言的不同特点使得我们无法拥有雅典人赞叹不已的那种风格。(《演说术教育》, 10.1.105—107)

如果我们将修辞学领域(以散文为主)的风格论争最初源头定于伊索克拉底与亚里士多德的话，诗学(或文学，以诗歌为主)领域展开的风格论争则要稍早一些，代表性事件便是阿里斯托芬的《蛙》的上演(公元前405年)。而在这场竞赛之中，以古人一方为代表的"崇高风格"再次与今人(欧里庇得斯于公元前406年去世)相遇，并在喜剧诗人的笔下进行了一次针锋相对却妙趣横生的"争讼"。①这次技艺竞赛透露的不仅仅是诗学内部的分裂，更为重要的是，"崇高—平实"主题之争使得现代人能够一窥公元前405年雅典的精神危机。诉讼甫一开始，"欧里庇得斯"便开门见山地指出，"埃斯库罗斯"的剧作全是同样的套路，词语中透露出的庄严都是徒有其表罢了(ἀποσεμνυνεῖται,《蛙》, 833)，笔下人物则尽是粗鄙、傲慢之人(ἀγριοποιὸν αὐθαδόστομον,《蛙》, 837)，这些人说话放肆，"嘴上不戴嚼子"(ἀχάλινον)、"口上没有把门的"(ἀπύλωτον)，那些连串使用的长音节词简直是夸大的言辞垛堆(κομποφακελορρήμονα,《蛙》, 839)，而且怨声连连地表达自己涤

---

①　埃斯库罗斯—欧里庇得斯的风格对照一直是诗学、修辞学中一再出现的主题。例如，《演说术教育》："埃斯库罗斯是第一个将悲剧(tragoedias)带入光明的人，他崇高、庄严而雄浑(sublimis et gravis et grandiloquus)，这通常情况下倒成了他的缺点，但是他有时也粗糙而凌乱"(10.1.66)；"他的语言被很多人批评(他们认为就语言的庄重、高古与洪亮上而言，索福克勒斯更有崇高感)，但是他的语言更为接近演说术的语言，因为这种语言思虑绵密(sententiis densus)，在哲人们专属的领域上，他也可以与之并肩"(10.1.68)。

荡流弊、革旧维新之艰难："我从你手里把悲剧艺术接过来的时候，她正塞满了夸大的言辞和笨重的字句(οἰδοῦσαν ὑπὸ κομπασμάτων καὶ ῥημάτων ἐπαχθῶν)，我先把她弄瘦，用短句子、散步闲谈和白甜菜来减轻她的体重，叫她喝一些从书中滤出来的饶舌液汁，再喂她一些抒情独唱……"(《蛙》，939—943)以其人之道还治其人之人，"欧里庇得斯"深通此理！"埃斯库罗斯"也毫不示弱，他嘲笑"欧里庇得斯"玷污悲剧，把瘸子、乞丐、奴隶、闺女、老太婆(《蛙》，949)等人物不加拣择地统统塞进这个崇高的文体。为了维护悲剧的尊贵地位，他愤怒地指出问题的症结所在：

> 伟大的见解和思想要用同样伟大的词句来表达(μεγάλων γνωμῶν καὶ διανοιῶν ἴσα καὶ τὰ ῥήματα τίκτειν)。那些半神穿的衣服比我们的冠冕堂皇，他们采用更雄壮的言辞(τοῖς ῥήμασι μείζοσι)也是很自然的。(《蛙》，1059—1062)[①]

继而我们看到，"埃斯库罗斯"对"欧里庇得斯"的批判不仅仅在于后者降低了悲剧崇高主题的内容，而且在于他连带将作为精神与物质生活的最初立法者——诗人的地位也相应降格了。而在"欧里庇得斯"看来，自己秉持的是民主教育的精神，教育公民高谈阔论，如何使用精妙的语言，如何辩论，教育公民如何去思考、观察、理解、恋爱、计谋、怀疑等等(《蛙》，956—957)。言而总之，自己的剧作并不故作姿态、耸人听闻，因为自己写的都是日常生活，都是人人熟悉、大家经历过的事情，自己将推理与考察引入悲剧技艺之中(λογισμὸν ἐνθεὶς τῇ τέχνῃ καὶ σκέψιν)，公民因此能够更好地"齐家"(τὰς οἰκίας οἰκεῖν ἄμεινον)，因此之故，自己在担当诗人教化功能上厥功至伟。久久沉默的"埃斯库罗斯"终于不能遏制心中的愤怒(θυμοῦμαι)，在"狄奥尼索斯"的怂恿下("你这位首先创造崇高的诗词[ῥήματα σεμνὰ]，美化悲剧的废物的希腊诗人啊，你要勇敢地吐出语言的洪流"，《蛙》，1006—1007)[②]，他站出来指责"欧里庇得斯"将善良高贵的(ἐκ

---

① 参见《论崇高》9："首先，绝对有必要揭示这种崇高是从何而来的，真正的演说家必不可拥有低俗与卑贱的思想。因为，心怀小人之心与奴隶之心且有追求的人，在他们的一生之中都不可能产出任何令人惊异的东西，任何值得世代流传的东西。高踮的言辞最可能出自那些拥有深沉思想的人。正因为如此，高踮的东西很自然地就会降落在心志高洁的人身上。"

② 肯尼迪指出，《蛙》中此段"埃斯库罗斯"的"崇高"风格与"欧里庇得斯"的"平淡"风格是风格话语的首次展现，其背景便是公元前5世纪修辞学的繁荣发展。肯尼迪还指出："直至公元前5世纪末期，自然性的或生理性的隐喻词汇就开始被用以描述风格，崇高风格与平实风格开始演进。直至公元前4世纪，这两种风格被伊索克拉底、阿契达马斯(Alcidamas)分别认定为书写与口头风格，亚里士多德

χρηστῶν καὶ γενναίων)的人变成了恶棍。曾几何时,自己笔下的人物尽是高贵之人,他们身长四肘尺,铁骨铮铮,披坚执锐,个个都是真正的战士,且面对城邦的危难绝不会避义逃责(μὴ διαδρασιπολίτας,《蛙》,1014)。自己的剧作《七将攻忒拜》充满战斗精神(Ἄρεως μεστόν),《波斯人》赞美的是一件最崇高的功业(ἔργον ἄριστον,《蛙》,1027),自己的创作是为了教育公民保持"取胜"的意志。而这是诗人的原初天职:

> 一位诗人应该这样训练人才对。试看自古以来,那些高贵的诗人(τῶν ποιητῶν οἱ γενναῖοι)是多么有用啊!俄耳甫斯把秘密的教仪传给我们,教我们不可以杀生;穆塞俄斯传授医术和神示;赫西俄德传授农作术、耕种的时令、收获的季节;而神圣的荷马之所以获得荣光,受人尊敬,难道不是因为他给了我们有益的教诲,教我们怎样列阵,怎样鼓励士气,怎样武装我们的军队吗?(《蛙》,1030—1036)

诗人是城邦的教育者,因此他说的话必须有所"教益"(χρηστὰ)。对此,"欧里庇得斯"并不以为然。在他看来,"埃斯库罗斯"满口"吕卡柏托斯善、帕尔那索斯善之巍峨"(Λυκαβηττούςκαὶ Παρνασσῶν ἡμῖν μεγέθη)百无一用,"诗人应当像一个人那样说话"(χρῆν φράζειν ἀνθρωπείως,《蛙》,1058)。根本分歧由此浮出水面:诗究竟应当以"崇高"使人超拔,从而达到真正的教育目的,还是应当为现实服务,使人过上更为安逸的生活。这不仅是公元前5世纪初期的悲剧内部展开的诗学争论,更映射出古今之变视野下的时代精神危机。但是,无论如何,埃斯库罗斯式的悲剧(以至于悲剧自身)自此之后便成为表现崇高的高文体(high style)之一。[①]这不仅得到了歌队的确认,[②]而且几十年后在亚里士多德那里得到了理论认证。在那个著名的悲

《修辞学》3.12亦有论述。正如我们要看到的那样,色奥弗拉斯图斯为之增添了一个中间风格,这为后来西塞罗等作者秉持的三风格说开启先声。"参考George A. Kennedy, *A New History of Classical Rhetoric*, Princeton, New Jersey: Princeton University Press, 1994, p. 26。

① 拉塞尔指出,公元前1世纪后半叶之前的文学批评提到ὕψος时一般专指埃斯库罗斯,参考 "Longinus", *On the Sublime*, p. xxxi。值得注意的是,悲剧与庄严、崇高之间的关联并非自始至终便是如此的,亚里士多德在《诗学》中就曾指出,"悲剧(喜剧亦然)是从即兴表演发展而来的。悲剧起源于酒神歌队领队的即兴口诵……悲剧缓慢地成长起来,每出现一个新的成分,诗人便对它加以改进,经过许多演变,在具备了它的自然属性之后停止了发展"(1449a37—42);"悲剧扩大了篇制,从短促的情节和荒唐的语言中脱颖出来——它的前身是萨图罗斯剧式的结构,直至较迟的发展阶段才成为一种庄严的艺术"(1449a45—47)。《论崇高》3中也直言:"悲剧本质上就有这些夸张与体量庞大的东西。"

② "那嗓音如雷的诗人心中将燃起怎样的怒火呀(δεινὸν ἐριβρεμέτας χόλον),他看着自己的对手,牙关磨得咯咯作响;他的双目由于疯狂而扭曲;戴着闪亮的铜盔和羽毛的词语,以有如雷电的言

剧定义中，亚里士多德写道："悲剧是对一个严肃、完整、有一定长度的行动的模仿(πράξεως σπουδαίας καὶ τελείας μέγεθος ἐχούσης)……它的模仿方式是借助人物的行动，而不是叙述，通过引发怜悯和恐惧(δι' ἐλέου καὶ φόβου)使这些情感得到疏泄。"(《诗学》，1449b4—6)而后他又做出立论："诗是一种比历史更富哲学性、更严肃的艺术(φιλοσοφώτερον καὶ σπουδαιότερον)，因为诗倾向于表现带有普遍性的事，而历史却倾向于记载具体事件。"(《诗学》，1451b6—7)对此我们应当做何理解？首先，σπουδαῖος是一个极为重要的论定，该词有如下的丰富含义：庄重、严肃、杰出(与戏谑、琐屑[φαῦλος]形成对立)。亚里士多德使用该词表示史诗与悲剧(与之相对的是喜剧与抑扬格诗)共有的特点。从亚里士多德的论述来看，它不仅指涉悲剧中的人物的品质，而且指涉悲剧行动本身的品质。史蒂芬·哈利威尔(Stephen Halliwell)创造性地将这个词翻译成elevated(提升、超越)。其根本理由在于，该词指涉的是一种"道德杰出、情绪庄重"(ethical distinction and gravity of tone)的品质。[1]其次，μέγεθος(《论崇高》中常常将μέγεθος与ὕψος交替使用)在此处专指篇幅，即与抒情诗等其他文体相比，悲剧应当具有相当的体量。除此之外，亚里士多德悲剧定义中隐而未彰的"崇高"在于其效果，即怜悯和恐惧。我们知道，在后世对"崇高"的论述中，"恐惧"几乎成了这个批评术语的伴生要素。[2]无论是从修辞还是主题的角度，"令人畏惧""令人震撼""令人痛苦"之物因其超越人类存在的品质而使人能够在瞬间出离平庸的日常生活，并因此获得了某种生命参照，此在扩充了自身的存在价值

辞(ῥήματα γομφοπαγῆ)，将其击打得粉碎(ἀποσπῶν)，对激烈的诗人猛力攻击他的言辞，进行着自卫……他向那个人抛去成捆的言辞，那言辞就像是房梁被巨人口中的气吹得四处乱飞；那时，那健谈的、出口成章的、一直能不断滑出诗句的舌头，翻动着妒忌的嘴唇，大口地喘着粗气，将诗句通通击得粉碎(καταλεπτολογήσει)。"(《蛙》，814—830)注意歌队此段的风格正是在模仿埃斯库罗斯。一个重要的事实在于，直至欧里庇得斯时代，埃斯库罗斯的语言已经显得艰涩而造作。学者们已经注意到埃斯库罗斯对复合词的偏爱与酒神颂体之间的关联。在《云》中，菲迪皮得斯便称埃斯库罗斯"充满噪声、粗糙、吵嚷、大话满篇"(ψόφου πλέων ἀξύστατον στόμφακα κρημνοποιόν，《云》，1367)。朗吉努斯在《论崇高》中引述的第一个作者就是埃斯库罗斯，称篇中所引诗行是"伪悲剧"(παρατράγῳδα)，"这些东西在言辞上被弄得混乱，在意象上被弄得杂吵不堪(τεθορύβηται)，而非被弄得可怕。如果放在日光之下细细逐一考察的话，这些东西从可怖的逐步沦为可鄙的(εὐκαταφρόνητον)"(第3节)。关于酒神颂诗在诗歌中被使用与接受，参考Andrew Ford, "The Poetics of Dithyramb", in Barbara Kowalzig and Peter Wilson eds., *Dithyramb in Context*, Oxford: Oxford University Press, 2013, pp. 312—331。

① Aristotle, Longinus, Demetrius, *Poetics, On the Sublime, On Style*, p. 13.

② 《论崇高》22："他还拉拽着听众一起进入长倒装句带来的危难之中。因为他经常会悬搁自己喷涌表达的思想，猛然在中间一个接一个地在奇怪的、不合常理的地方夹杂一些不属于篇章内部的东西，以此将听众掷入唯恐语句完全崩毁的恐惧(εἰς φόβον ἐμβαλών)之中，强迫听众与演说者一起承受其中的危难。"《论崇高》以δεινός与ὕψος为同义词便是明证。

与意义。① 这就是所谓的"卡塔西斯"。用伽达默尔的话来说，戏剧观看者
在这种净化之中洞见到了一种同一性，一种发现(ἀναγνώρισις)。他认为，哀
伤和噤战会导致一种痛苦的分裂。这种分裂与当下不合，观赏者也拒绝接
受并且反抗悲剧中所反映的痛苦的世界。然而，正是在这种撕裂之中，悲
剧效果彰显了出来，因为它消解了人类与存在的分裂状态。换句话来说，
悲剧使我们"直面惨淡的人生"(ein Nichtwahrhabenwollen)，与存在(was ist)
直接照面，而通过悲剧所模仿/再造的那个具有"真正具有共享性质"(den
Charakter einer echten Kommunion/the character of genuine communion)的"共
同物"，我们看到了自己，并认识到了自己本身及其自身的有限存在。② 也
正是基于这样的理解，亚里士多德认为，情节除却突转与发现之外，还要
有第三个成分，即苦难(πάθος，指毁灭性的或包含痛苦的行动，见《诗学》，
1452b20)。

　　事实上，在亚里士多德理论性、技术性地论述悲剧的组成要素与效果
之前的时代，诗中早已出现了一种浑然天成、习焉不察的"崇高"。公元前
1世纪的哈利卡那索斯的狄俄尼修斯即带着修辞学的眼光通过"返本而开
新"扩大了"崇高"的新内涵；他一反时代的通习，直接将我们带入更为古
远、洪荒的公元前5世纪。其代表人物为品达、修昔底德、埃斯库罗斯。但
与修辞学中以言辞为中心的"崇高"颇为不同的是，诗之"崇高"与人的存
在及广义上的人的政治息息相关，因此呈现出极为丰富的面相。

　　品达因其高古而自成"崇高"之势。狄俄尼修斯称其为"崇高的诗"
(ύψηλὴ ποίησις)。《论崇高》第33节更是直白地提问："在抒情诗方面，你
会选择成为巴奇里德斯(Bacchylides)而非品达吗？ 在悲剧方面，你会选择
成为岐奥斯的伊翁(Ion of Chios)而非索福克勒斯吗？ 巴奇里德斯与伊翁确
实没有瑕疵，且在文雅上都是十分完美的；而品达与索福克勒斯则在所到
之处尽燃起熊熊烈火，但火焰也常常突然被熄灭，不幸地陷入寡淡。"③ 品
达之崇高在于他对提升人性的理解，在于以人的努力抗争虚无的存在，其

---

① 后来柏克、康德的论述即发端于此。

② 伽达默尔：《真理与方法》，洪汉鼎译，上海译文出版社，2004年，第172页。

③ 关于古代批评家对品达"崇高"品格的论述，参考Robert L. Fowler, *Pindar and the Sublime*,
New York: Bloomsbury Academic, 2022, pp. 1—5.兹举两个例证如下。"谁会想要与品达一较高低，尤乌鲁
斯。他凭借代达罗斯的双翅，朝天空飞去，注定要将他的名字付诸一片光亮的海洋。他就像从陡峭高山
上奔流而下的河流，波涛奔涌，满溢过河岸，就像巨大无比的河口，品达激荡、咆哮着(fervet inmensusque
ruit)。"(贺拉斯：《颂诗》，4.2)"在九位抒情诗人中，品达确是首屈一指的(princeps)，他精气宏大(spiritus
magnificentia)，行文、修辞美妙(sententiis figuris beatissima)，语汇与内容丰富，言辞滔滔不绝；因为这个
原因，贺拉斯极为正确地认为他是不可模仿的。"(昆体良：《演说书教育》，10.1.63)

具体体现即 "竞赛" (ἀγών) 精神。[①] 而从文学批评上来说,品达诗歌为后世文学批评提供了不竭的词汇、表达、意象来源,并最后反转过来以成为批评品达诗歌的词汇。[②] 在赛会颂诗中,品达一再提醒:有死之人与不死之神明之间有着明晰的界限,人类切勿忘记自己在宇宙间的位置,心存僭越的意图。人与神尽管母出同源,但有着根本的区别,神在永恒的家园居住,他们自在自为,而人则不得不面对幽暗昏晦的命运(《尼米亚颂诗》,6.1—7)。朝菌不知晦朔,蟪蛄不知春秋。"人朝生暮死。存在是什么呢? 不存在是什么呢? 人不过是梦中的一个影子罢了。"(ἐπάμεροι: τί δέ τις; τί δ' οὔ τις; σκιᾶς ὄναρ ἄνθρωπος,《皮提亚颂诗》, 8.95—96)死亡终将会到来(θανεῖν δ' οἷσιν ἀνάγκα,《奥林匹亚颂诗》,1.81),这是人的根本存在状态(conditio humana)。[③] 除却生老病死等必然之事外,人类还要面临千百种苦难。"无人能躲得过命中注定的苦难,将来也不能(πόνων δ' οὔ τις ἀπόκλαρός ἐστιν οὔτ' ἔσεται)。"(《皮提亚颂诗》, 5.54)宙斯高居苍穹之上,天威尊严(Διὸς ὑψίστου),此乃神之 "崇高"(《尼米亚颂诗》,1.61);人居于下界,"人类有言,高贵的成就不当被默默地埋藏在地面;须得神性的英雄之歌予以赞颂。让我们高高地举起(ὄρσομεν)洪亮的里拉琴,以及长笛,歌唱赛马的顶峰壮举(κορυφάν)",此乃人之 "崇高",也是虚无状态的唯一救赎(《尼米亚颂诗》,1.6—7)。德性与声名使人不朽,而在品达创造的 "崇高" 宇宙之中,诗人的存在意义正在于提高(αὔξειν)人的价值。[④] 苍穹浩瀚,天地不仁,人间的悲

---

① 《论崇高》中也直言崇高与竞争之间的关系,并以荷马滋养柏拉图为例。参考《论崇高》13: "在我看来,如果他像一位年轻的竞争者(ἀνταγωνιστὴς νέος)与备受赞叹的好战(φιλονεικότερον)之人展开竞争,仿佛是参加战斗一般,却不愿徒劳地夺得头筹,他就没有全心全意地与荷马争夺头筹,他的哲学书写就不会迸发出如此的生机,也不会在诸多地方以诗歌材料融合与表达。因为,正如赫西俄德所说,'这种不和(ἔρις)对人类来说是善好的'。竞争(ἀγών)与桂冠的确是善好的,也是值得去赢取的,在这种竞争中,即使输给先人也是虽败犹荣的。"

② James I. Porter, *The Sublime in Antiquity*, p. 351.

③ 西格尔曾指出,在古风时代的希腊,死而无踪被认为是最为悲惨的命运,亦可用作诅咒,如萨福的一首诗歌残篇:"当你死后,你就躺在那里,人们不会怀念(μναμοσύνα)你,未来对你也不会有期盼。因为,你无法享用皮埃利亚(Pieria)的玫瑰(指最高艺术);在哈德斯的冥府,你会在晦暗的尸体上轻飘飘地飞出,隐而不见(ἀφανές)。"在这个意义上,留下此在的踪迹就是一种生命的崇高。这也是品达论崇高的基本底色,"对于品达来说,诗歌不仅仅是歌颂伟大英雄或成功竞赛运动员的言辞。歌本身就是一种能量模式,一种注入人类生活的神性力量之流。因此,它可以作为获得终极幸福的隐喻"。参考Charles Segal, "Song, Ritual, and Commemoration in Early Greek Poetry and Tragedy", *Oral Tradition*, Vol. 4, No. 3, 1989, pp. 338–339.纳吉对古风时代的诗与歌曾做出分析,并得出结论:"诗与歌的近似关系可以如此予以观量,即不同种类的歌向某种与歌相异的东西演进——姑且将其称呼为诗。这样一来,诗与歌即可共存互换。"参考Gregory Nagy, *Pindar's Homer: The Lyric Possession of an Epic Past*, Baltimore and London: The Johns Hopkins University, 1994, p. 32。

④ 《文心雕龙·明诗》有言:"诗者,持也,持人性情……持之为训,有符焉尔。"或可与此互参。

苦、凄号，人类的卑微与渺小，这一切都等待言辞制造的"崇高"予以表达与慰藉。诗人是天地神人之间的媒介，他使得

> 德性跃升(αὔξεται δ' ἀρετά)，就仿佛是树苗受到新鲜雨露的滋养向上生长一样，在智慧与正义之人中被提升(ἀερθεῖσ')向上(πρὸς ὑγρὸν)至清明的天穹。(《尼米亚颂诗》，8.40—41)

而且，

> 如果一个人碰巧因行事而成功，他将为缪斯的涓涓流水中注入甜美的起因。
> 因为伟大而英勇的事迹如果没有颂诗歌唱，将陷入深深的黑暗。
> 美好的事迹，我们只有一种方式知道其镜像，
> 凭借戴明亮发束的记忆女神的力量，
> 对苦难的补偿可以在光荣的颂歌中找到。(《尼米亚颂诗》，7.11—16)

品达之"崇高"并非修辞学教育的结果，而是源自他对天地秩序、宇宙法则、人性与欲望、幸福及其本质的天才洞察。这也为后来《论崇高》中天才与人工之辩埋下了伏笔。后来，品达的浪漫主义知音荷尔德林曾将诗分为三类：抒情诗、史诗、悲剧。这三个种类分别对应了三种风格：素朴的、

波特曾专门论述品达使用αὔξειν与αὔξειν来表达诸如赞扬、推举、提升、使之喜悦、使之激动、使之幸福等诸多丰富的含义。除此之外，表达数量、体量、维度、高度、顶峰等词语在品达诗作中亦是随处可见，常见者有ἄκρος、κορυφή、ὑψηλός、ἀπλέτος、πελώριον、μέγα βρίθει、πάμφωνος、πολύφαμον等等，不一而足。例证如下：

> 忧愁遇到高贵的快乐时就会死亡，
> 持续的痛苦也会被击败，
> 当神明送来的命运，
> 将一个人提升到幸福的高度(ἀνεκὰς ὄλβον ὑψηλόν)。(《奥林匹亚颂诗》，2.19—22)

> 如果一个人能够达到这样的高度(ἄκρον ἑλὼν)，
> 宁静平和，远离傲慢，
> 他在黑暗的死亡中会抵达一个更好的目的地，
> 因为他为自己的挚亲后代留下的
> 是最好的财富——好名声。(《皮提亚颂诗》，11.55—59)

参考James I. Porter, *The Sublime in Antiquity*, pp. 352, 354。

英雄式的、理想化的。①三种风格随诗赋形,变动不居(Wechsel der Töne)。在语言之外的自然的原初纯粹性不会直接向我们显现,它只能通过感觉、直觉体会。而这个不可言传之境就是崇高。荷尔德林认为,崇高是抒情诗的专属领域,而非悲剧与史诗。抒情诗融合了素朴的感性表达与理想性的知性语言,因为他直接与纷繁复杂的感官世界和精纯绝对的理念世界照面。如富勒所说:

> 抒情诗人向这个世界做出回应,并且在一个特定的时刻表达一种感觉,但与此同时,他又受知性直觉的辅助,试图以一种理想视角理解所示之物的意义。这些冲动(感觉vs知性直觉)有对抗性,但常常在精神经验中共存。这就是崇高仅仅在抒情诗中出现的原因:原初的崇高源自激烈的个体对感官世界的经验,这个世界常常令人产生奇妙而又不可解释的、在感官之外的、终极意义无法彻底把握的感觉。就如同康德所说,崇高是一种内的思想状态。悲剧与史诗或许时而能使人体验崇高感,但抒情诗的存在呈现了整个过程。②

这一论述与《论崇高》颇有暗合之处。《论崇高》首先提出:引发崇高与激情的自然(ἡ φύσις)本身并无章法可循(αὐτόνομον)。用荷尔德林的话来说,自然之崇高现象在于它冲击感官,是一种彻底的感性经验,它转瞬即逝、无可捕捉、不能言喻,因此这些现象是自在自为、随心所欲的。但是,如果面对自然之伟力,激情不能得到约束,并且为知识(ἐπιστήμη)所引导,崇高将会沦落,变得无根(ἀστήρικτα)、空洞(ἀνερμάτιστα),余下的只有冲动和无知之勇(τῇ φορᾷ καὶ ἀμαθεῖ τόλμῃ)。"天才既需要鞭策(κέντρου),也需要辔头(χαλινοῦ)。"(《论崇高》,2)而在荷尔德林看来,抒情诗天然地具备激情/天才与理智/知识之统一性。品达的"崇高"正是以英雄风格调和了素朴与理想风格。抒情诗中源源不断的不协之音(energetic dissonances)将生活与高贵融于一体。它消解了激情与理智之间的天然矛盾关系。原初经验确保诗歌与生命本真性保持血肉联系,但与此同时,原初经验亦受到理想图

---

① 参见Friedrich Hölderlin, *Essays and Letters on Theory*, Thomas Pfau trans., Albany, N.Y.: State University of New York Press, 1988, p. 83. 荷尔德林曾于1800年将品达作品从希腊文翻译至德文。这个译本逐字逐句从希腊文对应翻译而来,足可见荷尔德林对品达的崇敬。其后期的诗作深受品达的影响,包括自由的节奏、诗节的结构、句法对称、倒装、连词省略、拟人、光的隐喻等等。参考Robert L. Fowler, *Pindar and the Sublime*, p. 37, 以及David Constantine, "Hölderlin's Pindar: The Language of Translation", *The Modern Language Review*, Vol. 73, No. 4, 1978, pp. 825–834。

② Robert L. Fowler, *Pindar and the Sublime*, p. 35.

景中的绝对真实的牵引，使之不至于沉迷沦入纷繁复杂的感官世界。①无独有偶，后来的尼采将抒情诗作为"悲剧和戏剧酒神颂诗的新萌芽在希腊人的世界中的最早显露"②。他首先援引席勒对诗歌创作的洞察，即诗与歌，以及第一感觉之间的原初关联："诗创作活动的预备状态，绝不是眼前或心中有了一系列用思维条理化了的形象，而毋宁说是一种音乐情绪（感觉在我身上一开始并无确定的对象；这是后来才形成的。第一种音乐情绪掠过了，随后我头脑里才有诗的意象）"，而且"抒情诗人与乐师都自然而然地相结合，甚至成为一体"。③在尼采看来，现代美学家将"抒情诗人"全然视为主观激情的迸发，这是一个错觉。抒情诗的天才在于"从神秘的自弃和同一状态中生长出一个形象和譬喻的世界"④。他们一方面受到酒神精神的感染，沉醉于原始冲突与痛苦之中，另一方面在日神精神的召梦作用下，诗人在譬喻性的梦象中重新与世界达成和解。史诗诗人与雕塑家（日神文化和素朴艺术家的楷模）置身事外，纯粹超然地静观，禁止自身与所塑造的形象融为一体，而抒情诗人则不同，他

> 只是他自己，抒情诗人的形象似乎是他本人的形形色色的客观化，所以，可以说他是那个自我世界的移动着的中心点。不过，这自我不是清醒的、经验现实的人的自我，而是根本上唯一真正存在的，永恒的、立足于万物之基础的自我，抒情诗天才通过这样的自我的摹本洞察万物的基础。⑤

颇为有趣的是，荷尔德林所言的"不协之音"、尼采所说的"原始冲突"与狄俄尼修斯颂赞品达的"崇高"品质遥相呼应，只是后者是从修辞学角度来考察这个问题的。在《论写作》中，狄俄尼修斯力推品达的"峻厉风格"，并将其天才之作当作技法之典范予以分解，以供后学模仿。⑥为了方便论

---

① Friedrich Hölderlin, *Essays and Letters on Theory*, p. 83.
② 尼采：《悲剧的诞生》，周国平译，生活·读书·新知三联书店，1986年，第17页。
③ 尼采：《悲剧的诞生》，第18页。
④ 尼采：《悲剧的诞生》，第18页。
⑤ 尼采：《悲剧的诞生》，第19页。
⑥ 狄俄尼修斯明确表示，品达的"峻厉"绝非源自偶然之"机缘巧合"（αὐτοματισμῷ δὲ καὶ τύχῃ），而是源自技艺（τέχνη）。此论可与《论崇高》第2节参照阅读。我们或许可以据此做出一种推断，关于"崇高"，彼时存在着几种声音。"崇高"全然是天才的领域，如若对这种主观感受加以系统性、技术性的处理，它将会变得僵硬而失去存在活力；"崇高"必须依靠技巧，缺乏写作技巧的"崇高"只能是空洞的激情。以上乃是两个极端，狄俄尼修斯是后者的代表。还有一种折中主义主张，天才是"崇高"的基础，而"知识（技艺）"是极其重要的辅助与引导者。《论崇高》即此观点的代表。试比较两处的措辞：

述，我们将这首酒神颂诗残篇的希腊文原篇征引如下：

δεῦτ᾽ ἐν χορὸν Ὀλύμπιοι
ἐπί τε κλυτὰν πέμπετε χάριν θεοί,
πολύβατον οἵ τ᾽ ἄστεος ὀμφαλὸν θυόεντα
ἐν ταῖς ἱεραῖς Ἀθάναις
οἰχνεῖτε πανδαίδαλόν τ᾽ εὐκλέ᾽ ἀγοράν,
ἰοδέτων λαχεῖν στεφάνων τᾶν τ᾽ ἐαριδρόπων ἀοιδᾶν:
Διόθεν τέ με σὺν ἀγλαΐᾳ
ἴδετε πορευθέντ᾽ ἀοιδᾶν δεύτερον
ἐπὶ τὸν κισσοδόταν θεόν,
τὸν Βρόμιον ἐριβόαν τε βροτοὶ καλέομεν,
γόνον ὑπάτων νίν τε πατέρων μέλπομεν
γυναικῶν τε Καδμεϊᾶν ἔμολον.
ἐναργέα τελέων σάματ᾽ οὐ λανθάνει,
φοινικοεάνων ὁπότ᾽ οἰχθέντος Ὡρᾶν θαλάμου
εὔοδμον ἐπάγησιν ἔαρ φυτὰ νεκτάρεα:
τότε βάλλεται, τότ᾽ ἐπ᾽ ἄμβροτον χέρσον ἐραταὶ
ἴων φόβαι ῥόδα τε κόμαισι μίγνυνται
ἀχεῖ τ᾽ ὀμφαὶ μελέων σὺν αὐλοῖς
ἀχεῖ τε Σεμέλαν ἑλικάμπυκα χοροί.[①]

我们业已说过，狄俄尼修斯虽然总体上继承的仍是前代修辞学传统，

εἰ ἔστιν ὕψους τις ἢ βάθους **τέχνη**, ἐπεί τινες ὅλως οἴονται διηπατῆσθαι τοὺς τὰ τοιαῦτα ἄγοντας εἰς **τεχνικὰ παραγγέλματα**(是否存在着某种关乎崇高或者高蹈的技法呢？因为有的人认为，那些将这些问题引向技法规则的人是彻头彻尾地误入歧途，《论崇高》, 2); τίνι δὲ κατασκευασθέντα ἐπιτηδεύσει τοιαῦτα γέγονεν (οὐ γὰρ ἄνευ γε **τέχνης καὶ λόγου τινός**, αὐτοματισμῷ δὲ καὶ τύχῃ χρησάμενα τοῦτον εἴληφε τὸν χαρακτῆρα), ἐγὼ πειράσομαι δεικνύναι(我试着向你们说明白，这些效果是通过何种手段产生的——因为这种风格并不是自然生成的，而是通过某种技艺与法则产生的，《论写作》, 22)。

① 《论写作》22：“来吧，来舞蹈吧，奥林匹亚诸神，送出你的光荣的恩宠。在神圣的雅典，你们正前往蒸腾着祭献、人群喧闹的城市中心，前往繁饰而又著名的广场，在那里，接受紫罗兰的花冠，以及春天收集的歌。看看我，带着歌曲的快乐，再次在宙斯的催促之下，前往戴着常春藤的神明之处，我们有死之人称之为吵闹的酒神(τὸν Βρόμιον ἐριβόαν)，以庆祝至高无上者与卡德摩斯母亲的后嗣。神圣典礼的光明信号清晰可见，紫袍的时序女神的打开闺门之时，馨香的春天都会捧出琼浆般的植物。紧接着就会在不朽的大地上抛出紫罗兰，以及缠绕在发间的玫瑰；紧接着，和着笛子的声音唱出歌曲；紧接着以舞蹈庆祝戴着花冠的塞墨勒(Σεμέλη)。”

但在他身上，我们已经看到与修辞学(伊索克拉底—亚里士多德—色奥弗拉斯图斯—西塞罗—昆体良一脉相承)暗中较劲的另一条支流(这条支流通过法古溯源，直指诗性"崇高"体验的希腊源头——品达、埃斯库罗斯、修昔底德)逐渐形成势头。《论风格》是这支重新浮出地表的支流的最初代表，而《论崇高》正是这一分支的重大思想与理论结晶(抑或说是努力弥合两支传统的结果展示)。与此同时，我们看到，两条支流(以散文与诗歌为代表)产生的冲突也愈发难以弥合(围绕天才—技艺之间展开的论战就是其明确表征；狄俄尼修斯在论散文写作的论著中论述第一等风格——峻厉风格首推品达，此是否又是修辞学—诗学展开的较量，使人不得不产生遐想)。在这样的文学场域之中，狄俄尼修斯试图从文本内部解构"崇高"之形成要素。前面已经提到，抒情诗直接诉诸人的瞬间生命体验论述，而狄俄尼修斯的批评方法则直指人面对诗歌的第一接受感官——听觉。①

　　在他看来，品达作为"峻厉风格"无可指摘的代表源自品达在制造顿挫感、间隙感、粗粝感上的过人技巧。我们知道，由于古希腊文的变位极为丰富，诗人可以借此特点自由地对词语依据相应的音步进行组合，进而形成诸种风格。以第一行(δεῦτ᾽ ἐν χορὸν Ὀλύμπιοι)为例，此行共有四个词：一个动词、一个连接词、两个名词。在ἐν χορὸν这个组合之中，半元音ν与闭塞音χ被强迫联结在一起，而ν、χ两个字母并不能构成单一的音节(后面的χάριν θεοί、ὀμφαλὸν θυόεντα亦出自同理)。因此，在连接词的阻挡之下，两个字母如若强行诵读出来则势必形成停顿，从而制造出曲折颠仆之感。第二行(ἐπί τε κλυτὰν πέμπετε χάριν θεοί)与前一句疏离(前一句的最后一个元音ι与第二行的首元音ε并不能共融)，有支离破碎之效，且其内部亦不乏迂曲颠荡之感。如κλυτὰν一词中的第一个闭塞音κ使得诗歌的节奏变得迟缓而滞涩。πέμπετε与κλυτὰν并读更使诗歌愈发增添一种陡峭险峻之风(与上面的原因相同，ν无法与π相融)；ν从上颚发出，舌头靠近牙齿的边缘，气息通过鼻孔流出，而π则是双唇紧闭，当双唇打开之际喷发出来；而πέμπετε中连续三次出现送气进一步强化了诗歌的粗钝感。口中所发出的声音彼此发声部位相距甚远，打乱了和谐与共鸣的诗感。第五行(οἰχνεῖτε πανδαίδαλόν τ᾽ εὐκλέ᾽ ἀγοράν)中，ό元音因其后面有两个辅音而为长音，εὐ又为长音(一个闭塞音加两个元音，使得该音节在听觉上更显长)，两个长音相遇打断了

---

① 西格尔曾指出，在古风时代，口头文化占据主导地位，对高贵言行的歌颂与诗本身是同义的。诗人吟唱、众人聆听，这是基本的文本传播方式。这种传统一直延续至古罗马时代(诸如维吉尔朗诵《埃涅阿斯纪》)。参见Charles Segal, "Song, Ritual, and Commemoration in Early Greek Poetry and Tragedy", p. 331。

前进的节奏。读者如果试着将第二行中的κ去掉，将第五行中的τ去掉，诗句会显得更为流畅顺达。但是，狄俄尼修斯一再指出，"峻厉风格"正是要突破"自然"，违背常规，"拗折天下人嗓子"，方能成功。又如第六句(ἰοδέτων λαχεῖν στεφάνων τᾶν τ᾽ ἐαριδρόπων ἀοιδᾶν)：ν与λ两个半元音因其发音部位与口部结构不同，本不"应当(即依据自然)"并列在一起；στεφάνων τᾶν τ᾽ ἐαριδρόπων中的两个前后相续的长元音(νων-τᾶν)、ν与τ的交叠、ν与δ的衔尾、ι与ι的拖宕、种种都使得全诗产生峻朗高逸、参差嶙峋之感。同样的技法效果亦可以在修昔底德所著的《伯罗奔尼撒战争史》(这是散文之"峻厉风格"的代表)中觅得踪迹。以首句为例：

> Θουκυδίδης Ἀθηναῖος ξυνέγραψε τὸν πόλεμον τῶν Πελοποννησίων καὶ Ἀθηναίων, ὡς ἐπολέμησαν πρὸς ἀλλήλους, ἀρξάμενος εὐθὺς καθισταμένου καὶ ἐλπίσας μέγαν τε ἔσεσθαι καὶ ἀξιολογώτατον τῶν προγεγενημένων, τεκμαιρόμενος ὅτι ἀκμάζοντές τε ἦσαν ἐς αὐτὸν ἀμφότεροι παρασκευῇ τῇ πάσῃ καὶ τὸ ἄλλο Ἑλληνικὸν ὁρῶν ξυνιστάμενον πρὸς ἑκατέρους, τὸ μὲν εὐθύς, τὸ δὲ καὶ διανοούμενον. κίνησις γὰρ αὕτη μεγίστη δὴ τοῖς Ἕλλησιν ἐγένετο καὶ μέρει τινὶ τῶν βαρβάρων, ὡς δὲ εἰπεῖν καὶ ἐπὶ πλεῖστον ἀνθρώπων. [①]

狄俄尼修斯指出，本段在词语布局上也采用了品达式的声音参错法。例如，Ἀθηναῖος ξυνέγραψε中的ς与ξ前后相续，若要将这个音完整读出，则须中间停滞，由此产生一种粗涩之感；更为巧妙的是，随后四个前后相续的ν、π，ν、τ，ν、π，ν、κ(τὸν πόλεμον τῶν Πελοποννησίων καὶ)使得全句更为顿挫，在听觉上制造出抑扬之效果，原因在于半元音与闭塞音联结在一起的时候，前面的音必须发得完满，之后方能清晰地发出后面的音，由此产生的阻塞感迫使听众思考词语本身的含义(后面的καὶ Ἀθηναίων中的ι与α连

---

① 《伯罗奔尼撒战争史》1.1—2："修昔底德，一位雅典人，在伯罗奔尼撒人和雅典人之间的战争爆发之时，就开始撰述这部战争史了。其所以如此，是因为他相信这将是一场重大的战争，比此前的任何一场战争都更值得记述。这种信念并不是没有根据的。交战双方在各个方面都竭尽全力来备战；同时，他看到，其他希腊人在这场争斗中，要么支持这一方，要么支持那一方；而那些尚未参战的希腊人，也正跃跃欲试，准备参与其中。事实上，这是迄今为止历史——不仅是希腊人的历史上，而且是大部分异族人世界的历史上，甚至可以说全人类历史上规模最大的一次动荡。"中译文采自修昔底德：《伯罗奔尼撒战争史》，徐松岩译，上海人民出版社，2017年，第1页。朗吉努斯对修昔底德的"断裂"风格也有论述，与希罗多德相比，"修昔底德更加胆大且擅于使用倒装法将本性上融合在一起而不可分割的东西分割开来"(《论崇高》，22)。

读也是同样的道理；καὶ ἐλπίσας μέγαν τε ἔσεσθαι καὶ ἀξιολογώτατον 亦然）。除此之外，在句子结构上，修昔底德极尽技巧之能事，句子无对称性，缺乏序列，读者甫一进入便如迷失于无径之密林，又如堕入烟海之中。以第一句为例，在第一个主句中的不定过去时 ξυνέγραψε 之后连续出现四个分词（ἀρξάμενος…ἐλπίσας…τεκμαιρόμενος…ὁρῶν…），而在四个分词之后又紧跟多个不定式结构或从句（例如 ἐλπίσας μέγαν τε ἔσεσθαι…，τεκμαιρόμενος ὅτι ἀκμάζοντές…），还有夹杂其中的复杂语助词结构（诸如 καὶ…τε…καὶ…，μὲν…δὲ καὶ…），句子因此呈现出似结非结的开放形态，时而互相对比（如，μὲν…δὲ…καὶ…）[1]，时而错落不齐（如打破小从句之间的平衡），由此产生的"陌生化"效果以强力（δεινότης）[2]迫使并拖曳读者追随排山倒海而来的逻辑论证，读者在比较[3]、冲突、困惑、震撼等心理效果的影响下经历史学的"崇高"。[4]这一风格与史学主题——伯罗奔尼撒战争两相契合，《伯罗奔尼撒战争史》的全书题眼即在"恐惧"二字！《论崇高》曾论及言辞带来的恐

---

① 　这种对论法（antithesis）深受公元前 5 世纪智者们（如高尔吉亚）教授的修辞技法的影响。柏拉图在《普罗泰戈拉篇》《会饮篇》中模仿智者风格时常用此技法，索福克勒斯、欧里庇得斯的悲剧，安提丰、修昔底德的散文亦常常出现这种技法的应用。关于修昔底德的风格，进一步参考 John. H. Finley, "The Origins of Thucydides' Style", *Harvard Studies in Classical Philology*, Vol. 50, 1939, pp. 82—84。

② 　商斯奇指出，δεός 与 δείδω 均源自词根 δε。据阿莫尼乌斯（Ammonius），δεός 与 φόβος 之间的差别由来已久。φόβος 指涉某种当下的恐惧，而 δείδω 指人对未来令人恐惧的事件发生的畏惧。斯麦思（Smyth）指出，νο（如 δεῖνος）的意涵为"或许发生、可能发生，或者必定发生的"。因此，δεῖνος 的确切含义应当为"对未来某种危机的担忧与畏惧"。参考 Darien Shanske, *Thucydides and the Philosophical Origins of History*, Cambridge: Cambridge University Press, 2006, p. 170。亚里士多德《修辞学》1382a 可证："恐惧（φόβος）的定义可以这样下：一种由于想象有足以导致毁灭或痛苦的、迫在眉睫的祸害而引起的痛苦或不安的情绪。"

③ 　霍布斯在《修昔底德的生平与著作》中谈到狄俄尼修斯批评修昔底德惯用彼此对反，即修辞学家所谓的对照（antitheta）。现代文法研究者亦有类似的观点，他们认为，修昔底德将 μὲν…δὲ… 结构发挥到了极致，其形式句法惯于将事情的表象（appearance）与现实（reality）之间的差异拆解给读者观看，他一再地剖析言辞与行动、意见与事实、公开表达的借口与潜在的动机、意图与结果、观念与真实之间（此外还可以加上正义与利益、理性与机缘、雅典与斯巴达）的极端紧张关系。参考 Ryan Balot, Sara Forsdyke and Edith Foster eds., *The Oxford Handbook of Thucydides*, Oxford: Oxford University Press, 2017, p. 198。

④ 　参考古代批评家对修昔底德的评断。普鲁塔克称："修昔底德总是致力于使他的听众变成身临其境的观众，使读者产生身临其境之感。派娄斯荒凉的海滩，德摩斯梯尼如何整饬雅典军队，伯拉西达如何勉励桨手抢救遭搁浅的船舰，他在船舰上如何爬上旋梯，防止船舰下沉，他如何受伤，最终晕倒在船舷上，斯巴达人如何在海上进行陆战，雅典人如何在陆上进行海战，在西西里战役中，海战陆战获胜概率持平。可以说，诸如此类，修昔底德和盘托出，令读者身临其境，感同身受，俨然置身刀光剑影的古代战场。"（《论雅典人的荣耀》）西塞罗称："希罗多德和修昔底德尤其令人肃然起敬。尽管两人与我业已提及的色拉叙马库斯、高尔吉亚、色奥多鲁斯等人属于同时代人，却丝毫没有沾染他们那种表面精细柔密，内里迂腐不堪的文气，他们的演说如同一条平静的小溪，悄无声息。而修昔底德却如狂惊涛骇浪，战鼓声声，气势磅礴。"（《演说家》）见霍布斯：《修昔底德的生平与著作》，载任军峰编：《修昔底德的路标》，生活·读书·新知三联书店，2022 年，第 22—23 页。

惧效果与崇高之关联①；柏克更是直陈恐惧与崇高之间的天然关系：

> 没有什么能像恐惧这样有效地使心智丧失所有活动和推理的能力了。恐惧是一种对于痛苦或死亡的忧惧，因而它以一种类似实际痛苦的方式发挥作用。所以，只要是能够见到的恐怖事物，无论是否尺寸上巨大，都会令人产生崇高感；对于某些危险的事物，人们不可能以轻视的眼光去看待它。……人们频繁使用同一个词语来正确地称呼惊惧或者欣羡以及恐怖带来的激情。希腊语中的 θάμβος 指的是害怕或惊愕；δεινός 指的是骇人的、令人敬畏的；αἰδέο 指的是崇敬或者害怕。拉丁语中的 vereor 就是希腊语中的 αἰδέο。罗马人使用 stupeo 一词，意思指一种惊惧的状态，表达出一种真正的恐惧或者骇怕的效果来；attonitus(令人震惊地)也同样表达了这些观念的联合；另外，法语中的 étonnement 以及英语中的 astonishment 和 amazement，不也清晰地表达出了与恐惧和惊骇相类似的情感？②

由此我们看到，从修辞学风格三分法历史以及文学、批评对"崇高"的复杂内涵的呈现与分析来看，《论崇高》正好处在修辞学与诗学传统的交汇处。丰沛且复杂交错的批评传统使得朗吉努斯的"崇高"具备了多元面相，游走于修辞、诗学、哲学之间的"崇高"也因此而更具包孕性。

---

① 参考《论崇高》22："修昔底德更加胆大且擅于使用倒装法将本性上融合在一起而不可分割的东西分割开来。德摩斯梯尼并不像修昔底德这般任性，但是在所有作家之中，他是最常用这种手法的，他笔下的倒装极为紧急有力，而且确实像是临场发挥，除却这些之外，他还拉拽着听众一起进入长倒装句带来的危难之中。因为他经常会悬搁自己喷涌表达的思想，猛然在中间一个接一个地在奇怪的、不合常理的地方夹杂一些不属于篇章内部的东西，以此将听众掷入唯恐演说句完全崩散的恐惧之中，强迫听众与演说者一起承受其中的危难。继而，他出其不意地看准时机将翘首以待的结论和盘托出，如此冒险而大胆的倒装法更能使听众心魂俱裂。例证颇多，我就不赘举了。"
② 埃德蒙·伯克:《关于我们崇高与美观念之根源的哲学探讨》，郭飞译，大象出版社，2010年，第50—51页。

第三章　朗吉努斯的"崇高"

拉塞尔曾在自己的《论崇高》注释本前言中为之做出定论：

> 总的说来，《论崇高》的作者描述的并非一种书写方式，而是一种效果。一方面，他推崇强势的压迫感（pungent gravity）；另一方面，他推崇柏拉图式的丰沛与肃穆。他将其风格理念统合进道德理想——肃穆而又正直的人，在人类社会中尽职尽责，并且明白自己作为一个世界公民（citizen of the cosmos）的地位。由此，他避开了时人看重的纯粹风格问题——在智识技巧上节制与恣肆（restraint and indulgence）的冲突，关于环形句（periods）与短句、好古主义与尚今主义展开的论辩，阿提卡主义者与亚细亚主义之间展开的对驳。在他看来，个性与感觉或可为风格手段正名，或可使风格手段无效。他确实给出了某种类似修辞学的实用建议，但总体说来，他的路径是诉诸道德骄傲感的。这使他不同于希腊修辞学主要传说：始于亚里士多德的对成功写作要素的非道德分析，终于在赫墨格涅斯（Hermogenes）那里达到顶峰的风格与品质（styles and qualities）的审美区分（aesthetic discrimination）。它将作者与柏拉图联系起来，以及西塞罗、塞内加、昆体良，以及本质上为罗马理念的"精于言说的好人"（vir bonus dicendi peritus）。①

如我们前面对"崇高"概念的（修辞学的与诗学的）"前理解"的分析所示，从本质上来说，《论崇高》既是这两大传统的汇流之作，也是两大传统的交锋之作。若要明晰《论崇高》在古典诗学与修辞学中的位置及其重要性，必须将其纳入这一更为广阔的语境之中予以考察。

在《论崇高》开篇，作者迂曲而隐晦地向我们展示出修辞学与诗学在"崇高"问题上展开的较量。我们从中得知的基本信息是，《论崇高》的写作源于一个事件，即作者与一位名为博斯图米乌斯·特伦提阿努斯的人共同阅读了凯基里乌斯所著的论述崇高修辞学小册子（συγγραμμάτιον）。这本

---

① "Longinus", *On the Sublime*, p. xlii.

修辞学教学手册(τεχνολογίας)本应当以提升学习者制造"崇高"效果的能力为主要宗旨，但是在朗吉努斯看来，尽管它使用诸多例证解释何为"崇高"(τὸ ὑψηλόν)，但却未能成功地说明通过"何种方式"(δι ὅτου τρόπου)我们可以引导"本性/自然"(τὰς ἑαυτῶν φύσεις)进而使之向"崇高"迈进。随后，朗吉努斯由于这位密友的热情邀请与催促，意欲对这个题目进行进一步的探讨。①但是，在他温柔的修辞中，不知不觉地，他以退为进悄然间开启了属于自己的话语表达。实用性(ὠφέλειαν)应当被视为修辞手册的首要目的，因为向修辞学教师学习文学之人皆有着明确的个人考量，即"学而优则仕"，通过演说术的学习攀爬"荣誉的阶梯"(cursus honorum)。②作为罗马帝国首都修辞学教师狄俄尼修斯与凯基里乌斯的朋友圈中的一员(倘若这点属实的话——可能性极大)，③朗吉努斯对此不会一无所知，而事

---

① 这也是当时文士共有的一种修辞性开篇。诸如昆体良《演说术教育》1.1："教育青年二十载，我终于得空开展研究，之后，有的朋友问我是否可以就说法方法写些东西。很长一段时间我确实不愿意……"有的学者因此而推断特伦提阿努斯乃作者为了以对话体或书信体方式写作而虚构的名字。参考W. Rhys Roberts ed., *Longinus on the Sublime*, p. 22。

② 有的学者认为，本篇论文的言说对象特伦提阿努斯已经升任政务官，但证据依然十分欠缺，且争论频出。不过我们从第一节中可以大致确定以下事实：1.《论崇高》的作者与特伦提阿努斯以师徒相称；2. 两人关系十分密切，且作者对特伦提阿努斯十分赞赏与看重；3. 从"你敦促我单独为你写作一点关于崇高的东西，来吧，看看我是否观察到了什么对政治人士有用的东西"(1.2)中我们可以推断，特伦提阿努斯确有仕途雄心。《论崇高》中多次提及"实用性"："但关于所有的这一切，我只说一点，对于人类来说有用或者必要的东西(τὸ χρειῶδες ἢ καὶ ἀναγκαῖον)很容易获得，但出乎预料的东西才能引发人们的惊叹"(35)；"关于具有高蹈天赋的作家的作品，这些人的崇高不会出乎实用与助益(ἔξω τῆς χρείας καὶ ὠφελείας)之外，我们需要立刻注意到，虽然他们远远没有实现整饬无误，但所有这些人都是在凡人之上的"(36)。强调"实用性"(ὠφέλεια)在修辞学中的历史源远流长。例如，伊索克拉底评判诗歌、散文的一大标准即基于其"实用性"。如《致德谟尼库斯》51—52："借助这些典范，你应当追求美善(καλοκαγαθίας)，不仅要遵守我刚才所说的，还要学习诗人笔下的最佳的东西，以及其他智者(τῶν ἄλλων σοφιστῶν)，看看他们那里是否有什么有用的东西(εἴ τι χρήσιμον εἰρήκασιν)。就像我们看到蜜蜂在所有花朵上都要驻足一番，因此，那些有志于教化的人也不要有遗漏，要尽可能多地收集有用的东西(τὰ χρήσιμα)。"而且在伊索克拉底看来，诗人们有助于修辞学训练正因其"实用性"，如《致尼克科勒斯》48："显而易见的是，无论是要写诗的人还是要写散文的人，如果他的目的是要取悦大众，那就不应当去求助最为有实用性的言辞(τοὺς ὠφελιμωτάτους)，而要寻找神话言辞(τοὺς μυθωδεστάτους)。因为，正如眼睛喜欢观看竞赛一样，耳朵也喜欢听取这些东西。有鉴于此，荷马史诗与悲剧的首批创制者值得我们惊叹，因为他们洞察人性，将这两种形式均应用在了自己的诗作中。因为荷马将诸神之竞赛与战争写成神话，而悲剧诗人则将神话变成竞赛与行动，这样一来，我们不仅仅能够耳听且能眼观。有这些典范在前，显然，对于那些意欲牵引听众灵魂的人来说，有必要弃绝他人的建议与警告，而必须说出那些在他们眼中能使得大众愉悦的话语。"

③ 关于在罗马的希腊修辞学家形成的知识团体，参考Casper C. De Jonge, *Between Grammar and Rhetoric: Dionysius of Halicarnassus on Language, Linguistics and Literature*, Leiden: Brill, 2008, pp. 28–29。狄俄尼修斯在《致庞培乌斯》中称凯基里乌斯为"朋友"。桑迪斯也持类似意见，认为狄俄尼修斯、凯基里乌斯、《论崇高》的作者同属一个朋友圈。参考John Edwin Sandys, *A History of Classical Scholarship*, Vol. I, p. 288。

实上，我们随即看到，他对学生的"干禄"之举有着极为清醒的认识。"崇高"作为"演说术"中左右并激发听众情感的重要技艺是引发"政治人士"（ἀνδράσι πολιτικοῖς）极大兴致的原因之一，特伦提阿努斯亦不例外。朗吉努斯对学生的实用主义倾向并不表示愠怒，他循循善诱，但又极具立场，邀请他以其"天性与职责"（ὡς πέφυκας καὶ καθήκει），诚实地将自己的意见表达出来，因为这是人类和神明共同分有的精神品质。老师"望之俨然，即之也温，听其言也厉"。

> 某种言辞上的高蹈与杰出就是崇高（ἀκρότης καὶ ἐξοχή τις λόγων ἐστὶ τὰ ὕψη），而且诗人与散文作家中最伟大者不是从别处，而是就在此处做到首屈一指并获得永世令名的。因为崇高（τὰ ὑπερφυᾶ）并不意在说服听众（οὐ γὰρ εἰς πειθὼ），而在于使人出位（εἰς ἔκστασιν）：从各方面来说，使人惊奇的东西因其对精神的震动（σὺν ἐκπλήξει…τὸ θαυμάσιον）总是胜过有说服力的东西与带来乐趣的东西的，有说服力的东西在我们的掌控之内，而这些东西（崇高的东西）带来权威与霸力（ταῦτα δὲ δυναστείαν καὶ βία），并掌控听众。再者，我们看到，构思技巧与对主题的编排与处理并不会从一两处展现出来，而是仅仅从言辞的网络中展现出的，在那里，崇高（ὕψος）在瞬间迸发出来，并像雷电那样击碎万物（δίκην σκηπτοῦ πάντα διεφόρησεν），刹那展现出言说者全部的力量（εὐθὺς ἀθρόαν…δύναμιν）。（《论崇高》，1）

此段对"崇高"的定义虽短，其中调动的理论与话语资源却不在少数，进而形成了极为丰富的语义场。[①]朗吉努斯单刀直入："崇高"与"劝服"并不等同，两者有区别。[②]此一句非同小可，我们甚至有理由仅凭这一个断

[①]　业已有学者注意到，此段中的词汇表达说明，朗吉努斯本人对希腊文学传统与修辞批评传统甚为了解，具体体现为其中大量源自魔法、仪式、宗教、神话、情欲文学中的丰沛隐喻表达。哈利威尔则注意到，ἔκστασις/ἔκπληξις在柏拉图诗学中就已作为固定术语出现，但在修辞学传统中谈论语言对人心灵的冲击力量中却少见：例如，德摩特里乌斯的《论风格》（De elocutione）与哈利卡那索斯的狄俄尼修斯修辞学批评中都极少出现这个词汇。参考Stephen Halliwell, *Between Ecstasy and Truth: Interpretations of Greek Poetics from Homer to Longinus*, Oxford: Oxford University Press, 2015, p. 332。

[②]　但两者均以语言为中介，这也是早期修辞学（演说术）自成一科的根本出发点。例如，伊索克拉底便以"言辞"作为人类文明（甚至存在）的基石，而劝服是言辞的基本功能。"在我们所拥有的大多数能力上，我们与别的动物并没有什么区别；事实上，在快速、力量等品质上，我们远远落后。但是，因为我们身上有一种互相劝说与向对方说明我们心中所想的本能，我们不仅不用像野人一样生活，而且还聚集到一起兴建城邦、设立法律、发明技艺；逻格斯帮助我们达成了一切我们构想的东西。因为，正是有了逻格斯，关于正义、不义、荣誉、耻辱的法律才有可能，没有这些，我们不可能生活在一起。借助

语推测并相信，《论崇高》的作者与时代风尚和主流意见格格不入(这或许可以用来解释，《论崇高》为何在同时代人的著作中毫无踪迹)。① 亚里士多德早在《修辞学》中就已说明修辞术与辩论术之间的关系，并对前者下出定义："一种能在任何一个问题上找出可能的说服方式的功能(ἡ ῥητορικὴ δύναμις περὶ ἕκαστον τοῦ θεωρῆσαι τὸ ἐνδεχόμενον πιθανόν)。"② 西塞罗也宣称："这种雄辩技艺我们称之为修辞学，其目的在于以言辞进行劝服(finis persuadere dictione)。"(《论开题》，1.6)库尔提乌斯亦敏锐地察觉到，《论崇高》的作者"论述时不是运用亚里士多德冷静但不充足的抽象概念，而是激动却清晰的爱。他切断了修辞与文学的联系。……人怎样达到这样的高度呢？靠遵守法则(τεχνικὰ παραγγέλματα)可达不到"③。"崇高"的真正效果在于使人"错位/出位/无法自持"(ἔκστασις/ἔκπληξις)，而诸如"震惊""掌控""霸力""迸发"等一系列措辞均可在古典诗学之迷狂说与宗教文本中找到对应。而《论崇高》第39节则更加清晰地向我们表明了《论崇高》中对"出位"的论述与诗学理论之间的呼应关系：

> 和谐不仅仅是用于说服他人与使人产生愉悦的自然器物，而且还是某种让人惊叹的产生崇高言说与激情的器物(μεγαληγορίας καὶ

逻格斯，我们驳斥邪恶，颂扬善好。凭借逻格斯，我们教育无知的人，考查智慧的人。借助逻格斯，我们参与论辩，考究未知的东西。因为我们私人谈话中用以劝服他人的论点，也被用在公共集会上，我们将那些能在众人面前发表讲话的人称为擅长演说之人(ῥητορικοὺς)，我们认为，好的谏言者是那些能够在论辩问题时做得最好的人。如果我必须要对这种力量做出总结的话，我们会发现，因知性而成的东西没有一样是缺乏言辞的，但是，逻格斯是一切行动与思想的统帅，那些使用它的人拥有最大的智慧。"参考《尼克科勒斯》，5—9。伊索克拉底一再重申此点，另参考《泛希腊集会词》(Panegyricus)，4.48;《论交换法》253—257中再次重复以上引文。

　① 请注意《论崇高》在"劝服"这点上的前后不一致，他并未彻底剪断"崇高"与"劝服"之间的关联。例如，《论崇高》论德摩斯梯尼："他将本质上是论辩的东西变成了具有超越性的崇高与激情，并且这些奇异怪诞的誓言为论证赋予了可信度"(16)；"如我们所看到的，询问与质问这两种修辞的热烈与速度，以及自问自答就好像跟另一个人对话一样，使得所说的话不仅在修辞的助力下更加崇高，而且更加可信"(18)。

　② 亚里士多德：《修辞学》，1354a。肯尼迪指出，"劝服"与修辞学本一体两面，希腊文ῥητορική(修辞学)诞生之前，其最为亲近的表达πειθώ(劝服)，这是一种逻格斯中潜存的力量。在早期希腊，Πειθώ(佩托)是一位女神。在赫西俄德的《神谱》中，她是俄刻阿诺斯(Oceanus)与忒提斯(Thethys)之女；在早期希腊诗歌与瓶画中，她更常以阿芙洛狄特之女的面目示人，并与性欲有关。至公元前5世纪，Πειθώ开始与政治语境相关联，此乃修辞学的先声。希罗多德在《历史》8.111中记载，色米斯托克列斯告诉阿德罗斯人，随雅典人前来的有两位女神劝服和强制(πειθώ τε καὶ ἀναγκαίην)。Πειθώ首次与修辞学相关联是在柏拉图的《高尔吉亚篇》453a中，苏格拉底总结高尔吉亚的看法，称"修辞学是制造劝服的技艺"(ὅτι πειθοῦς δημιουργός ἐστιν ἡ ῥητορική)，高尔吉亚表示认同。参考George A. Kennedy, *A New History of Classical Rhetoric*, pp. 12–13。

　③ 这仍是柏拉图诗学的回归。参考库尔提乌斯：《欧洲文学与拉丁中世纪》，第544页。

πάθους θαυμαστόν τι ὄργανον)。例如，难道笛子不是向聆听者注入某种激情(τινα πάθη τοῖς ἀκροωμένοις)，并且好像使得他们出离自身，充满迷狂(ἔκφρονας καὶ κορυβαντιασμοῦ πλήρεις)吗？（《论崇高》, 39)

　　此番措辞(论音乐、韵律、科里班特舞蹈等等)无法不让我们立刻联想起柏拉图！柏拉图在《伊安篇》中曾将最优秀的诗人(诸如荷马)作诗比拟为神灵附体，无论在史诗还是抒情诗方面，他们"都不是凭技艺来做成他们的优美的诗歌，而是因为他们得到灵感，有神力凭附着(ἔνθεοι ὄντες καὶ κατεχόμενοι)。科里班特巫师们(οἱ κορυβαντιῶντες)在舞蹈时，心理都受一种迷狂支配……他们一旦受到音乐和韵节力量的支配(εἰς τὴν ἁρμονίαν καὶ εἰς τὸν ῥυθμόν)，就感到酒神的狂欢……诗人是一种轻飘的长着羽翼的神明的东西，不得到灵感，不失去平常理智而陷入迷狂(ἔνθεός τε γένηται καὶ ἔκφρων)，就没有能力创造，就不能作诗或代神说话"①。
　　那么我们是否因此就可以认定，朗吉努斯式的"崇高"是一种转瞬即逝的、非理性的、不可言喻的心理状态呢？又是否可以因此(如布瓦洛所做的那样)将其纳入古代神秘主义的传统而加以考量呢？② 这绝非《论崇高》

---

　　① 《伊安篇》, 533e—534b。中译见柏拉图：《柏拉图文艺对话集》，朱光潜译，人民文学出版社，1963年，第7—8页。柏拉图在《斐德若篇》中区分出四种迷狂，即占卜的、祭祀的、诗性的、爱情的。诗性的迷狂使得"诗"成为可能，且真正的迷狂是一种神明赐予的至福："它凭附到一个温柔贞洁的心灵，感发它，引它到兴高采烈神飞色舞的境界，流露出各种诗歌，颂赞古代英雄的丰功伟绩，垂为后世的教训。若是没有这种诗神的迷狂，无论谁去敲诗歌的门，他和他的作品都永远站在诗歌的门外，尽管他自己妄想单凭诗的艺术就可以成为一个诗人。他的神志清醒的诗遇到迷狂的诗就黯然无光了。"参考柏拉图：《柏拉图文艺对话集》，第118页。《论崇高》还改写了《伊安篇》中的"磁石论"。在《伊安篇》中，柏拉图笔下的苏格拉底称"优美的诗歌本质上不是人的而是神的，不是人的制作而是神的诏语(οὐκ ἀνθρώπινά ἐστιν τὰ καλὰ ταῦτα ποιήματα οὐδὲ ἀνθρώπων, ἀλλὰ θεῖα καὶ θεῶν)"，"神力在驱遣你，像欧里庇得斯所说的磁石，就是一般人所谓的'赫拉克勒斯之石'。磁石不仅能吸引铁环本身，而且能把吸引力传给那些铁环，使它们也像磁石一样，能吸引其他铁环……诗神就像这块磁石，她首先给人灵感，得到这灵感的人们又把它传递给旁人，让旁人接上他们，悬成一条锁链……他们正如酒神的女信徒们受到酒神凭附，可以从河水中汲取乳蜜(ἀρύονται ἐκ τῶν ποταμῶν μέλι καὶ γάλα)……像酿蜜的蜜蜂，飞到诗神的园里，从流蜜的泉源汲取精英，来酿成他们的诗歌"朗吉努斯拓展了这一话语的维度，在他看来，荷马就像是诗中的神明，人们均从中汲取滋养。参考《论崇高》第13节："古人的崇高天才就像是从这些神圣的口中流出一般，进入那些崇敬古人之人的灵魂之中，那些不大可能受到灵感附体的人也会被其他人的灵感感染。只有希罗多德是荷马的忠实模仿者吗？较早的有斯特西科鲁斯(Stesichorus)以及阿契罗库斯(Archilochus；按：《伊安篇》开篇处论及的正是荷马、赫西俄德、阿契罗库斯)，其中最为杰出者就是柏拉图，他无数的支流都受到荷马这条大川的滋养(ὁ Πλάτων ἀπὸ τοῦ Ὁμηρικοῦ κείνου νάματος εἰς αὑτὸν μυρίας ὅσας παρατροπὰς ἀποχετευσάμενος)。"事实上，《论崇高》中多处行文表明，作者对《斐德若篇》《伊安篇》极为熟悉。除却直接与间接的引述等文辞上的关联之外，朗吉努斯的崇高论与柏拉图所言的"向上的路"之间也有紧密的精神指向关联。具体论述请参考第五章。
　　② 这个问题关涉如何在文学批评史中定位朗吉努斯的"崇高"。这也是17、18世纪就《论崇高》展开的激烈论争的焦点。19世纪的学者们回顾这场论争时均以布瓦洛的阐释为转捩点。例如，克拉

作者的本意(如若如此，作者即可以安然掷笔，归于"默然")。作者似乎对阅读者的理论资源与阅读经验了然于胸，已经预判了读者(甚至是17世纪的阐释倾向)的思考倾向，他随即在第2—3节中对自己的迷狂说展开修正(由此看来，库尔提乌斯的论断——《论崇高》切断了"修辞学与文学的联系"——并非中正之论)。如果说以上的"迷狂说"是针对无聊而机械的修辞学教育提出的严正批判的话①，朗吉努斯并未因此而彻底走到另一个极端，即在"激情"中随波逐流、肆意快活。与之相反，朗吉努斯仍然诉诸技艺，使之更加靠近古典真意的是他的模仿理论。灵感并非从天而降，它的获得之重要机缘在于学习者深入伟大的经典作品，进而实现灵魂的感染与重塑。柏拉图就是最佳例证：如若他没有荷马这条大川的滋养的话，他的哲学是无论如何无法迸发出蓬勃生机的。

> 还有一条路径可以达成崇高。这是一条什么样的路呢？那就是对先辈伟大作者与诗人的模仿与求索($\mu\acute{\iota}\mu\eta\sigma\acute{\iota}\varsigma$ τε καὶ ζήλωσις)。亲爱的，让我们全力追求之吧。因为，许多人都会被另一种灵感附体，也就是传闻所说的，佩提亚女祭司坐上三足鼎之时。她们说，地上有条裂隙，那里喷出的是神明之气，她们当下就会充满神力，并在灵感的助力下立刻吐露出神谕。古人的崇高天才就像是从这些神圣的口中流出一般，进入那些崇敬古人之人的灵魂之中(ἀπὸ τῆς τῶν ἀρχαίων μεγαλοφυΐας εἰς τὰς τῶν ζηλούντων ἐκείνους ψυχὰς ὡς ἀπὸ ἱερῶν στομίων ἀπόρροιαί τινες φέρονται)，那些不大可能受到灵感附体的人也会被其他人的灵感感染。(《论崇高》, 13)

在他看来，尽管激情与被提升的东西(ἐν τοῖς παθητικοῖς καὶ διηρμένοις,

克在其著作《布瓦洛与法语古典批评在英格兰：1660—1830》中说："弥尔顿在其《教育论》(*Treatise of Education*, 1644)中在一众古代修辞学家清单中提及朗吉努斯，但并未单独将其挑出表示崇敬，亦未评论……布瓦洛的翻译及其令人震惊的前言出现之时，多么巨大的变化啊！"莫里斯(D. B. Morris)则在《宗教崇高》(*The Religious Sublime*)中说："朗吉努斯是一切现代论崇高的人士之父，在布瓦洛的法文译本于1674年出版之前，他对英国诗歌与批评并无什么重大影响。"在布瓦洛的论述中，崇高是一种"奇特的"(extraordinaire)、"惊人的"(merveilleux)品质，它使人激动而丧失自制能力(enleve)，使人迷醉、狂喜(ravit et transporte)。崇高是一种心理经验，而非一种修辞风格，如莱顿(Angela Leighton)在《雪莱与崇高》(*Shelley and the Sublime*)中总结道的那样："崇高是一种神秘的、激烈的力量，它不可克服，它在读者不由自主且无可防范的时候冲击与提升他们。"以上论述转引自Karl Axelsson, *The Sublime: Precursors and British Eighteenth-century Conceptions*, Oxford: Peter Lang, 2007, pp. 31–33。

① 注意《论崇高》第2节中对修辞学的隐含蔑视态度："有人认为，天才之作会被修辞学手册弄得更糟、更低级，最后被降格得只剩下骨架(ταῖς τεχνολογίαις κατασκελετευόμενα)。"

即由"崇高"产生的超拔之感)是无规律可循、自在自为的(αὐτόνομον),但是自然(ἡ φύσις,亦可指代未加羁束的天才)并非同样"无道"(ἀμέθοδον)。自然生万物,但只有方法(ἡ μέθοδος)才能为"正确的操习与应用"(τὴν ἀπλανεστάτην ἄσκησίν τε καὶ χρῆσιν)提供引导。①

> 崇高的东西如果与知识两相分割(ἐφ᾽αὑτῶν δίχα ἐπιστήμης),它将是非常危险的,彼时它会变得无根、空洞,最后空余冲动与无知之勇。天才既需要鞭策,也需要辔头(ὡς κέντρου πολλάκις, οὕτω δὲ καὶ χαλινοῦ)。因为,就像德摩斯梯尼在谈论人类公共生活的时候说的那样,善好的东西中最上者乃是走好运,第二但并不次之的乃是良好的判断力,后者如果不具备的话会完全毁掉前者,我可以将这点用在言辞上,自然占据的位置乃是好运,而技艺占据的位置则是好的判断力(ἡ μὲν φύσις τὴν τῆς εὐτυχίας τάξιν ἐπέχει, ἡ τέχνη δὲ τὴν τῆς εὐβουλίας)。②

这番精彩的论述并非旷古未有之宏论,事实上,在科学、哲学、诗学、修辞学、艺术等领域中,自然与技艺(其最初形式是自然与习俗)之争由来已久(至少可以追溯至公元前6世纪),朗吉努斯自然也属于这个漫长论争传统链条中的一环。③此一思想论争史极为复杂,且并不属于本书论证的范围,先撮其要者予以简述,以求大致阐明《论崇高》可能继承的理论遗产。

---

① 亚里士多德在《修辞学》1354a处将修辞学称为技艺之学:"大多数人,有一些是随随便便地这样做(εἰκῇ),有一些是凭习惯养成的熟练技能这样做(διὰ συνήθειαν ἀπὸ ἕξεως)。既然这两种办法都可能成功,那么很明显,我们可以从中找出一些法则来,因为我们可以研究为什么有些人是凭熟练技艺成功的,有些人却是碰运气而成功的。人人都承认这种研究是艺术的功能。"

② 《论崇高》,2。这一观点在后世人们论述天才时不断产生回响,例如柯勒律治在谈及莎士比亚时便说:"诗的精神,只要是为了将力量和美结合在一起,就得与其他活力一样,必须使它自己受一些规则的限制。他必须具体化,以便彰显出它自己;但是,一个活的物体必须是一个有组织的东西,而所谓有组织,不就是将部分结合在一个整体之内,为了成为一个整体而结合起来,以致每个部分本身既是目的又是手段吗?——这并不是文学批评的新发现;这是人类头脑的必然性;在发明用来作为诗的传达手段和外膜韵律和有步调的声音时,所有的国家都曾感到这一点,并且服从于它……任何真正的天才作品既不敢缺少适当的形式,也确实丝毫没有这种危险。恰如天才绝不应没有规则一样,天才也不应没有规则。"柯勒律治:《关于莎士比亚的演讲:莎士比亚的判断力与其天才同等》,载杨周翰编:《莎士比亚评论汇编》,中国社会科学出版社,1979年,第127—128页。

③ 柏拉图在《法律篇》889a—903a中即令克里特人引述智者"关于文化起因"的意见,这些人认为已经存在的一切事物,现在正在涌现的一切事物,以及将来会涌现的一切事物,都有可以归入三个共同的起因,即自然的、人工的、偶然的:"世界上最大、最好的都是自然和机遇的产物,比较细小的东西则是由人工所创造。他们说,自然的工作是伟大的、第一位的,是人工制作和塑成的一切较小制品(它们通常叫人工制品)的源泉。"另参考《克拉底鲁斯篇》428e—439d。

首先我们对这两个术语进行一番定义。"自然"(ἡ φύσις/natura)在荷马史诗中表示人的某种内在品格(诸如勇敢、懦弱等),在前苏格拉底哲人那里表示事物的本真内在组成(与表象相对),后来在公元前5世纪与习俗的对峙之下形成我们今天熟知的含义,即外在世界的客观品质与独立存在。[①]"技艺"(ἡ τέχνη/ars)一般指涉在理性指导下开展的活动,其目的是实用的而非理论性的(诸如修辞学、政治学、绘画、戏剧等),以及这些活动得以开展而依赖的理论知识体系或者技能,而自然与技艺之争正是在公元前5世纪科学(尤其是医学)、修辞学(尤其是智术)得到空前发展的背景下展开的。[②]由此开始的论争形成若干总结性论断:(1)技艺模仿自然;(2)技艺辅助、补充自然,或使之臻于完美,技艺创造第二自然[③];(3)技艺有赖于与自然接触的经验,或对自然的研习;(4)自然即最高技工之技艺,人类技艺低于自然。[④]

下面我们重点就诗学与修辞学领域的天才与知识(技艺)之博弈进行一番论述。品达赞美"自然"之丰沛与崇高,而技艺仅是向自然靠近的不得已而为之的努力,所谓"生而知之者上也,学而知之者次也,困而学之,又其次也,困而不学,民斯为下矣"可作解:"因自然而知的人是真正的智慧之人(σοφὸς ὁ πολλὰ εἰδὼς φυᾷ);而那些仅仅依靠学习的人(μαθόντες)则用喧闹而混杂的声音像乌鸦一般对着宙斯的神鸟喋喋不休"(《奥林匹亚颂诗》,2.86);"因自然而生的一切都是最好的,但许多人因习得的德性(διδακταῖς ἀνθρώπων ἀρεταῖς)获得荣誉而超拔"(《奥林匹亚颂诗》,9.100)。希波克拉底亦强调天才的优先地位,但技艺可堪辅助自然:"任何一位想要获得医学知识的人都应该具备以下条件:天赋、教育……首先,必须要有天赋,因为,如果自然反对,万事都将是徒然;但是,当自然将人引导至卓越时,技艺教育必须跟上";"医学教育就像是在土壤中培育植物一般。我们的天赋就是土壤,教师的信条就像种子,教育青年就像是在恰当的时机在土地

---

① 关于自然与习俗,自然与技艺在古代希腊的论争,参考Arthur O. Lovejoy, George Boas, *Primitivism and Related Ideas in Antiquity*, New York: Octagon Books, 1973, pp. 104–112.

② 参见Paul Shorey, "Φύσις, Μελέτη, Ἐπιστήμη", *Transactions and Proceedings of the American Philological Association*, Vol. 40, 1909, pp. 185–201.

③ 《政治学》1337a2—4:"教育的目的及其作用有如一般的技艺,原来就在效法自然,并对自然的任何缺漏加以殷勤的补缀而已。"参考亚里士多德:《政治学》,吴寿彭译,商务印书馆,1997年,第405页。《物理学》199a15:"一般地来说,艺术实现自然所不能实现的东西,部分地模仿自然(ὅλως δὲ ἡ τέχνη τὰ μὲν ἐπιτελεῖ ἃ ἡ φύσις ἀδυνατεῖ ἀπεργάσασθαι, τὰ δὲ μιμεῖται)。"亚里士多德:《物理学》,徐开来译,载苗力田主编:《亚里士多德全集》第二卷,中国人民大学出版社,1991年,第52页。

④ 参考A. J. Close, "Commonplace Theories of Art and Nature in Classical Antiquity and in the Renaissance", *Journal of the History of Ideas*, Vol. 30, No. 4, 1969, pp. 467–486. 我们在《论崇高》中亦能若隐若现地看到这些论争遗产的再现。

上播种一般"。柏拉图在《斐德若篇》269d中强调，学习修辞学有三个条件，即天才(φύσις)、知识(ἐπιστήμη)、练习(μελέτη)。①伊索克拉底在《反智者》14—15中也申明修辞学学习的三要素："有理智的人都会认可一点：许多学习哲学的人都在私人生活中度日，而那些从未向智者学习的人却成了杰出的演说家与政治家。因为，无论是在言辞还是其他任何活动上的能力都源自天赋与实际经验(ἐν τοῖς εὐφυέσιν ἐγγίγνονται καὶ τοῖς περὶ τὰς ἐμπειρίας γεγυμνασμένοις)，训练则使得他们在技术上更为娴熟(ἡ δὲ παίδευσις... τεχνικωτέρους)。"柏拉图与伊索克拉底的理论来源均为智者，但彰显两人根本差异的是仅次于天赋之后的两个要素的重点与次序。柏拉图强调，修辞学必须成为灵魂之学，它要通过语言引导人走向绝对存在。而伊索克拉底则强调修辞的现实意义，他不仅重视经验，而且有意将"知识"(ἐπιστήμη)模糊化地代替为"训练/教育"(ἡ δὲ παίδευσις)。此一分歧在西塞罗与昆体良那里得到统一。②他们将修辞与哲学、修辞之形式训练与哲学之知性内容，修辞之表达力与哲学探究中关于真理的知识等方面融合统一于修辞学教育之中。而智者开辟的三要素说也因此得以继承。西塞罗认为：

> 尽管有的天才只是在没有受益于方法(sine ratione)的情况下获得了雄辩术，但技艺仍是比自然更为安全的向导(ars tamen est dux certior

---

①　柏拉图的意图在于以哲学(真知，即此处的ἐπιστήμη)淬炼引导修辞学，因为修辞学的目的并不仅仅在于劝服，而在于更高的存在。如在《斐德若篇》270a处，柏拉图将修辞学与医学相提并论，指出两者的相同品质："两者(医学与修辞学)都要穷究自然。医学所穷究的是肉体，修辞学所穷究的是心灵，如果你不甘拒守经验陈规而要根据知识，在医学方面处方下药，来使肉体康强，在修辞学方面命意遣词，来使得心灵得到所希冀的信念和美德。"参考维尔纳·耶格尔在《教化》第三卷的"伊索克拉底的修辞及其文化理想"中对柏拉图与伊索克拉底论修辞学态度的论述："伊索克拉底并不像柏拉图笔下的苏格拉底那样，认为新的道德世界(人灵魂之中的城邦)的创立可以引发急需的改革。他认为，民族(希腊观)是精神新生中的新元素得以具体呈现的关键点。柏拉图指责修辞只能教会人们如何说服听众，而从不揭示任何理念，因此，修辞仅仅是提供知性工具从而达成邪恶目的的现实手段罢了。修辞伪装下的这一缺陷无可否认；且在希腊人中的人杰的意识愈发机敏时，修辞对艺术构成了极大的威胁。伊索克拉底着眼泛希腊理念也看到了一条解决问题的出路。在他看来，必须在以下两者之间找到中道：之前被认定为修辞教育特征的道德无区分，以及柏拉图将一切政治问题视为道德问题(从现实的角度看来，这必定会远离政治)。新修辞必须要寻觅一种可以得到道德阐释且可以转化为现实政治行动的理念。这一理念就是希腊的新道德法则。它为修辞赋予了无可穷竭的内容；在这种理念中，更高雄辩的终极话题似乎唾手可得。在一个古老信仰失去约束力，长久以来确立的城邦结构崩散的时代(迄至那个时代，个人依旧感觉，自己的道德基础与城邦结构紧密相关)，新的民族梦似乎是一个强大的感召。它为生活赋予了新的内涵。"

②　"直至相对比较晚近的时候修辞学家才承继这一总纲，但彼时它已经不再那么具有严格的逻辑意涵，而是变得更加笼统：它被阐释为风格与对知性的哲学教育的融合。"(《教化》第三卷"柏拉图的《斐德若篇》")

quam natura)。像诗人一样喷涌出言辞是一回事；依据方法与技艺(ra-tione et arte)组织主题则完全是另一回事。(《论善与恶的目的》[De finibus], 4.10)

需要学园训练，还须多说吗？即便有人在自然的助力之下(adiu-vante natura)善于言说，但我们不能总依赖自然，因为它是随意任性的(fortuito fit)。(《布鲁图斯》[Brutus], 111)

我甚至还要补充，未加教育的天赋(naturam sine doctrina quam)常常比教育无天赋之人(sine natura valuisse doctrinam)更能获得名声与德性。但是，我还认为，天赋极佳的人若得方法与教育塑造(ratio quaedam conformatioque doctrinae)，我不知道还有什么能比这种结合更为杰出的。(《为诗人阿奇阿斯辩护》[Pro Archia], 7)

与西塞罗一样，昆体良也将天才放置在第一位："没有自然相助(adiu-vante natura)，规条与技艺都无用武之地。因此，此书之于缺乏才华的人并不比耕作之书之于贫瘠的土地更有益处。"(《演说术教育》,导言,27)但是，如若没有艰苦的训练，天才也将是徒然，"其受之天也，贤于材人远矣。卒之为众人，则其受于人者不至也"；"还有其他才华可堪助力，好嗓子、铁肺、健康、耐力、教养。如果以上所言在一人仅是中等水平，它们可由训练补足，但是有时候，这些品质缺乏之时，才华与学习也不能带来益处。同样，如果缺乏良师教导、艰苦地研习、持之以恒的写作、阅读与言说，这些品质本身也不会有什么益处"①。此类论述对于罗马帝国时代的诗人来说必定也是十分熟悉的。贺拉斯则在《诗艺》309、408—410中嘲讽德谟克利特仅仅倚重天才而忽略后天学习。他强调，"判断力是开端与源泉"(scribendi recti sapere est et principium et fons)。而后又语重心长地教导："写一首好诗，是靠天才呢，还是靠艺术？我的看法是：苦学而没有丰富的天才，有天才而没有训练，都归无用；两者应该相互为用，相互结合。"②

然而，此一时彼一时，一代人有一代人的问题，一代人有一代人的学术。朗吉努斯推崇"迷狂"，其批判的对象是日益技术化、程式化的演说术

① 此类言辞至昆体良时代已成老生常谈，任何学习修辞学的罗马学生对此类表达必定十分熟悉。诸如《演说术教育》2.19："天才是教育的基础材料。没有材料，技艺无计可施；没有技艺，材料毫无价值；技艺臻于完美比最佳的材料更优。"

② 贺拉斯：《诗艺》，杨周翰译，人民文学出版社，1962年，第153—154、158页。

教育；朗吉努斯推崇"知识"与"技艺"，其批判的对象是《论崇高》第3节中所批判的那种假激情、假崇高。值得注意的是，他在此处并未彻底抛弃修辞学而另立新宗，因为正如我们所看到的，修辞学为"崇高"的制造提供了极为丰沛的理论与实践资源，而他本人仍是在修辞学的框架下展开批判，并试图引入诗学资源进行构建。换而言之，针砭时弊与返古开新在《论崇高》中是同时进行的两个重大主旨。与修辞学家倚重技艺之功能性与实用性不同的是，朗吉努斯主张，技艺(或者用修辞学术语来说，方法–章法［ἡ μέθοδος/ratio］)是自然必要的辅助与补充，但方法要师法天地化育万物之功，洋涵自然，不事雕琢，有如天成。①

> 他们火力全开，就像是被狂乱的暴风吹刮一样，拽着他们的言辞与思想，一会儿在这儿，一会儿在那儿，变幻不息，依照自然(κατὰ φύσιν)的序列也被他们改得千般模样：在最好的散文书写者那里，倒装法也是模仿自然的事功的(ἡ μίμησις ἐπὶ τὰ τῆς φύσεως ἔργα)。因为，

---

① 钱锺书先生在《谈艺录》中就已对自然与技艺问题有过极为精妙的论述。钱先生认为，在此问题上西方文学批评存在二宗，即技艺模仿自然，技艺补全自然。两宗貌似相悖，然实相辅相成。此断言用在朗吉努斯《论崇高》上相得益彰。"长吉《高轩过》篇有'笔补造化天无功'一语，此不特长吉精神心眼之所在，而于道术之大原、艺事之极本，亦一言道着矣。夫天理流行，天工造化，无所谓道术学艺也。学与术者，人事之法天，人定之胜天，人心之通天者也。《书·皋陶谟》曰：'天工，人其代之。'《法言·问道》篇曰：'或问雕刻众形，非天欤。曰：以其不雕刻也。'百凡道艺之发生，皆天与人之凑合耳。顾天一而已，纯乎自然，艺由人为，乃生分别。综而论之，得两大宗。一则师法造化，以摹写自然为主。其说在西方，创于柏拉图，发扬于亚里士多德，重申于西塞罗，而大行于十六、十七、十八世纪。其焰至今不衰。莎士比亚所谓持镜照自然者是。昌黎《赠东野》诗'文字觑天巧'一语，可以括之。'觑'字下得最好；盖此派之说，以为造化虽备众美，而不能全善全美，作者必加一番简择取舍之工，即'觑巧'之意也。二则主润饰自然，功夺造化。此说在西方，萌芽于克利索斯当，申明于普罗提诺。近世则培根、牟拉托利、儒贝尔、龚古尔兄弟、波德莱尔、惠司勒皆有悟厥旨。唯美派作者尤信奉之。但丁所谓：'造化若大匠制器，手战不能如意所出，须人代之斫范。'长吉'笔补造化天无功'一句，可以提要钩玄。此派论者不特以为艺术中造境之美，非天然境界所及；至谓自然界无现成之美，只有资料，经艺术驱遣陶镕，方得佳观。此所以'天无功'而有待于'补'也。窃以为二说若反而实相成，貌异而心则同。夫摹写自然，而曰'选择'，则有陶甄矫改之意。自出心裁，而曰'修补'，顺其性而扩充之曰'补'，删削之而不伤其性曰'修'，亦何尝能尽离自然哉。师造化之法，亦正如师古人，不外'拟议变化'耳。故亚里士多德自言：师自然须得其当然，写事要能穷理。盖艺之至者，从心所欲，而不逾矩：师天写实，而犁然有当于心；师心造境，而秩然勿倍于理。莎士比亚尝曰：'人艺足补天工，然而人艺即天工也。'圆通妙澈，圣哉言乎。人出于天，故人之补天，即天之假手自补，天之自补，则必人巧能泯。造化之祕，与心匠之运，沆瀣融会，无分彼此。"参考钱锺书：《谈艺录》，中华书局，第195—197页。钱先生以柏拉图为"技艺师法自然"之鼻祖，其实更早的希波克拉底已经将这一论断初步表达出来，即自然教育或引导人通过模仿而制作技艺，例如人类的律法便是对自然律的无意识模仿，而技艺本身也是自然目的之实现，此论更早地将钱先生所谓之"二宗"融而论之。参考《论养生》(περὶ Διατης)，1.11—22。另请参考《论崇高》43："恰当的方式是使用与事件匹配的词语，并且模仿那个造出人类的自然(μιμεῖσθαι τὴν δημιουργήσασαν φύσιν τὸν ἄνθρωπον)。"

技艺只有在看起来像是自然的时候才最完全，而自然只有在隐藏技艺之时才齐整(τότε γὰρ ἡ τέχνη τέλειος, ἡνίκ' ἂν φύσις εἶναι δοκῇ, ἡ δ'αὖ φύσις ἐπιτυχής, ὅταν λανθάνουσαν περιέχῃ τὴν τέχνην)。①

此言确乎莎士比亚 "This is an art/Which does mend nature. Change it rather, but/That art itself is Nature" 之先声！（参考前页注释所引钱锺书《谈艺录》中对技艺与自然的精彩论断。）然而值得注意的是，无论是在修辞学与哲学的交锋之中，抑或是在朗吉努斯所处的修辞学内部，技艺(虚伪)与自然(真实)之间的裂隙(即"修辞"与"诚"之间的裂隙)早已有之。在《高尔吉亚篇》中，苏格拉底将修辞学称为"奉承"(κολακεία)的技艺，因为它丝毫不关心灵魂的品质与关于善的知识，其首要目的(στοχάζεσθαι)在于以"幻象"(εἴδωλον)愉悦大众(ἡδονῆς χάριν)。②而在修辞学内部，正如波特指出的那样，修辞技艺背后的焦虑史几乎与修辞学史本身同样古老。对此，以"技艺"为看家学问的修辞学不得不师法古代诗学(如亚里士多德)，例如，阿契达马斯(Alcidamas)曾言："当演说在技艺上十分精妙，且因此更接近诗歌之时，它们就失去了自发性与真实性，看起来就像是事先组织好的，听众

---

① 《论崇高》，22。另参考狄俄尼修斯《论吕西亚斯》8："天然自技艺出，松散的句子其实有所约束，看似毫无技法之处乃技法最盛之处(πεποίηται γὰρ αὐτῷ τοῦτο τὸ ἀποίητον καὶ δέδεται τὸ λελυμένον καὶ ἐν αὐτῷ τῷ μὴ δοκεῖν δεινῶς κατεσκευάσθαι τὸ δεινὸν ἔχει)。"

② 这也是时人对修辞学的主要偏见与批判要点所在，后人(如西塞罗、昆体良)对此亦有继承。参考柏拉图《高尔吉亚篇》463a6—465e1、501c—503a处对诗歌的批判："诗歌也是一种公共演说。"在柏拉图之前，阿里斯托芬在《云》889—1104处即令"不义之论"通过诈术击败"正义之论"。柏拉图在公元前399年所作《申辩篇》即陈，自己受到的指控之一便是"使较弱的论断胜于较强的论断"(18b8)。后来亚里士多德为修辞学辩护(我们甚至有理由怀疑，其针对的论点正是老师的论点)，他提出，语言是人类再现真相的唯一途径，而修辞是一种工具，如若使用得当即可带来益处："修辞学是有用的。真理和正义自然比它们的对立面强一些，所以，如果判决不当，当事人应当对自己的失败负责，受到责备。当我们面对广大听众的时候，我们的或然式证明和论证必须建立在普遍的语言上。正如在逻辑论证中一样，在演说中，演说者应当能从两方面论证，这并不是说我们应当从两方面去说服人(因为我们不应当劝人做坏事)，而是说，这样论证，事情的真相才不至于被我们疏忽……如果说不正当地使用演说的力量可以害人不浅，那么，除了美德而外，许多好东西，如体力、健康、财富、将才，都应当受到同样的非难。这些东西使用得当，大有好处，使用不得当，大有害处。"(《修辞学》，1355a—1355b)显然，朗吉努斯也是持此意见的。在他看来，修辞格既可以带来好的效果，亦可以制造恶。"在思想中追求新鲜的东西，这也是现在的人特别为之疯狂的东西：从这里边产生了善的东西，也差不多正是在这些东西之中产生了恶的东西。表达的美、崇高以及产生这些东西的乐趣都对文章之法有成全之功。这些东西本身不仅仅是成功的根本与基础，它们也是相反效果的根本与基础。变化、夸张以及复数的使用都是如此，我们稍后会展示它们具有的危险。"(《论崇高》，5)另参考昆体良《演说术教育》2.15.23—31中对柏拉图《高尔吉亚篇》的辩护。昆体良认为，许多人对修辞学的偏见与误解源自《高尔吉亚篇》中的若干片段，其错误在于并未从整全的角度上理解柏拉图对修辞学的态度；柏拉图在许多地方业已说明修辞学与正义之间的关联性。在这点上，昆体良与亚里士多德态度是一致的。

也会因此对其失去信任，并表现出厌恶。"① 哈利卡那索斯的狄俄尼修斯则走得更远，他直接将技艺与"诈术"(πονηρία)相提并论，"任何阅读吕西亚斯的人都不会认为，技艺或诈术(τέχνην ἢ πονηρίαν)进入了他的写作之中，它们(指作品)是与自然或真实相得益彰的(ὡς ἡ φύσις καὶ ἡ ἀλήθεια φέρει)。但读者本人并不知道，这种效果本身就是技艺的产物，技艺的伟大事功在于模仿自然(τὸ μιμήσασθαι τὴν φύσιν αὐτῆς μέγιστον ἔργον ἦν)"②。德摩特里乌斯亦持同样意见，在他看来，希罗多德与修昔底德乃修辞大师，在他们笔下，修辞格遁迹潜形，仿佛自然流露，而非苦心经营。(《论风格》，5.300)及至昆体良时代，此论已成修辞学俗套。③ 显然，朗吉努斯对这一传统是了然于胸的：

> 我们惊叹于技艺的精微之处(τὸ ἀκριβέστατον)，自然造化中的崇高(ἐπὶ δὲ τῶν φυσικῶν ἔργων τὸ μέγεθος)，人正是依照自然才有了言语的能力(φύσει δὲ λογικὸν ὁ ἄνθρωπος)。在人像雕塑(ἀνδριάντων)④中，我

---

① 《论智者》，12。转引自 James I. Porter, *The Sublime in Antiquity*, p. 77。伊索克拉底亦曾表达过同样的意思，文字乃以技巧为先，因此相较于口头之自然流露稍逊一筹："人们更喜欢面谈而非书信往来，不仅仅是因为，面对面交谈比以信件交流意见更为便利，还因为人们更相信口头言辞而非书信言辞，因为人们将前者认定为劝说提议(εἰσηγημάτων)，而将后者认定为一种人造的东西(ποιημάτων)。"(《书信集》，1.2)亚里士多德也曾表达过类似的意思："采用这些办法(指用词法)必须不露痕迹，不能矫揉造作地说话，而应做到自然流畅，因为自然的东西就有说服力，而矫揉造作只会适得其反。"(《修辞学》，1404b18)

② 《论伊赛乌斯》(*De Isaeo*)，16。这里，我们要特别注意狄俄尼修斯所理解的"自然"与朗吉努斯所理解的自然之间的重大区别。在狄俄尼修斯的论述中，"自然"与修辞学、演说术、三风格说等紧密相关，其代表是演说家吕西亚斯。吕西亚斯之"自然"在于他的演说乃凡夫俗子的日常语言，毫无夸饰。参考《论德摩斯梯尼》2："吕西亚斯的风格简明、朴实，其力量在于它与凡夫俗子的语言相近似(ἡ δὲ ἑτέρα λέξις ἡ λιτὴ καὶ ἀφελὴς καὶ δοκοῦσα κατασκευήν τε καὶ ἰσχὺν τὴν πρὸς ἰδιώτην ἔχειν λόγον καὶ ὁμοιότητα)。"《论伊赛乌斯》别处有言："吕西亚斯的风格不是'造作'(πεπλασμένον)出的，乃'天然'形成……没有人会认为这些语言出自公共演说家之口，它们仅仅是一切陷入不义争讼的私人会说出的话语(οὐδεὶς [φυσικὸν] ἂν εἴποι ῥήτορος εἶναι, ἀλλὰ παντὸς ἰδιώτου καταστάντος εἰς ἀγῶνα ἄδικον)。"这样的语言之所以"自然"，是因为它最接近日常语言，因为自然要求"表达要随思想而动，而不是思想追随表达"(ἡ φύσις τοῖς νοήμασιν ἕπεσθαι τὴν λέξιν, οὐ τῇ λέξει τὰ νοήματα)(《论伊索克拉底》，12)。

③ 《演说术教育》12.9.5："古代的演说家确实习于将其雄辩术隐匿起来，这是马库斯·安东尼乌斯定下的规矩，以此确保演说者言之有力，并且可堪遮掩辩护者的真正意图。但是事情的真相是，他们能够隐藏起来，因为彼时的言辞尚未有一种掩藏不住的光华。因此，技巧与策略应当隐藏起来(artes et consilia lateant)，因为一旦它们被发现就会带来失败的风险。就此范围来说，演说应当拥有秘密(eloquentia secretum habet)。"

④ 朗吉努斯在此有意使用 ἀνδριάς(人像雕塑)一词，而非更为常见和更具普遍性的 ἄγαλμα。其意图十分明确，即说明人像旨在精密地再现属于人的特征，而文学则须具有更超越的神性。关于"浑身弊病的'克罗索斯'"与波律克里图斯的"掷标枪者"具体何指，参考 C. C. Jonge, "Longinus 36.3: The Faulty Colossus and Plato's Phaedrus", *Trends in Classics*, Vol. 5, No. 2, 2013, pp. 318–340.

们追求其与人类相似之处(τὸ ὅμοιον)，在言辞中，正如我所说的，我们追求的是其超越属于人类之物的东西(τὸ ὑπεραῖρον...τὰ ἀνθρώπινα)。然而(这一劝诫回到论文的开端之处)，因为无弊总体说来乃是技艺的功劳，而杰出(虽然不会均匀)则是高蹈天赋的功劳，我们可以恰当地说，技艺应当随时为自然带来助益(βοήθημα τῇ φύσει πάντη πορίζεσθαι τὴν τέχνην)。(《论崇高》, 36)

技艺之妙处在于精微(ἡ ἀκρίβεια)，自然造化之奇绝在于崇高(τὸ μέγεθος)。而人之言辞能力完全出于自然，或者说人从本质上来说是一种言语的动物。因此，在诸如雕塑等塑形艺术之中，我们通过观看某种"相似性"(τὸ ὅμοιον)获得快乐。① 这与亚里士多德论艺术快感理论十分契合。但是，朗吉努斯随即提出，言辞并不追求某种"相似性"，它出于自然，因此分有自然"崇高"的面相，它追求的是将人的属性(τὰ ἀνθρώπινα，属于人的一切事物)提高(τὸ ὑπεραῖρον，源自动词ὑπεραίρω，本意为提升、超越)。那么，朗吉努斯所认为的人性(σύμφυτον τοῖς ἀνθρώποις)究竟为何呢？去之不远的第35节中的一段(此论既像是一段并非专门为了回答这个问题而写作的题外话，又像是作者抑制不住、喷涌而出的思想洪流)令人欢喜赞叹的论述已经十分清晰地将他的回答(即"崇高"的人性论基础与生命形而上学)公之于众：

自然将人类判定为非卑贱之种(ἡ φύσις οὐ ταπεινὸν ἡμᾶς ζῷον οὐδ' ἀγεννές)，就好像是邀请我们参加某种盛宴一般，她迎接我们进入生命，进入宇宙，成为她的整全的观众和热爱荣誉的竞赛者(φιλοτιμοτάτους ἀγωνιστάς)，并立刻在我们灵魂之中种下不可战胜的对伟大且比我们

----

① 这也是亚里士多德论艺术快感的理论。亚里士多德在《诗学》中就已直陈人性、艺术与模仿(相似性)之间的密切关系："作为一个整体，诗艺的产生似乎有两个原因，都与人的天性有关。首先，从孩提时代起，人就有模仿的本能(τό τε γὰρ μιμεῖσθαι σύμφυτον τοῖς ἀνθρώποις)。人和动物的一个区别就在于人最善模仿，并通过模仿获得最初的知识。其次，每个人都能从模仿的成功中得到快感。可资证明的是，尽管我们在生活中观看此类物体的某些实物，比如最讨人厌的动物形体和实体，但当我们观看此类物体极其逼真的艺术再现时，却会产生一种快感。这是因为求知不仅于哲学家，而且对一般人来说都是一件最快乐的事……人们乐于观看艺术形象(τὰς εἰκόνας)，因为通过对作品的观察，他们可以学到东西，并可就每个具体形象进行推论，比如认出作品中的某个人物是某某人。"《修辞学》1.11.1371b9处使用了一处几乎可以对观的表述："既然求知和好奇是愉快的事，那么像模仿品这类东西，如绘画、雕像、诗，以及一切模仿得好的作品，也必然是使人愉快的，即使所模仿的对象并不使人愉快，因为并不是对象本身给人以快感，而是欣赏者经过推论，认出'这就是那个事物'，从而有所认识。"紧接着，亚氏谈论到其中缘由，即"相似性与同种性"(τὸ ὅμοιον καὶ τὸ συγγενές)，人因为爱自己的缘故，对类似自己的东西也有一种爱，因为这种相似和同种关系"特别存在于自己和自己的关系中"(πάντα γὰρ τὰ τοιαῦτα ὑπάρχει πρὸς αὑτὸν μάλιστα)。

更具神性的东西的爱(ἄμαχον ἔρωτα ἐνέφυσεν ἡμῶν ταῖς ψυχαῖς παντὸς ἀεὶ τοῦ μεγάλου καὶ ὡς πρὸς ἡμᾶς δαιμονιωτέρου)。因此，整个宇宙并不能满足人类观想与理智的范畴，我们的思想总是超越限制我们的边界(τοὺς τοῦ περιέχοντος πολλάκις ὅρους ἐκβαίνουσιν αἱ ἐπίνοιαι)。你环视生命，看看万物中有多少奇妙、伟大与美丽的东西，你很快就会明白，我们是为什么而生的。我们自然地就被引导，所惊叹的不会是涓涓溪流，即便它清澈、有用，我们惊叹的是尼罗河、伊斯特河、莱茵河，以及至高的俄刻阿诺斯。我们也不会为自己点燃的火苗发出惊叹，虽然其亮光保持纯粹，但我们更为天火而魂魄出窍，尽管它也总是被黑暗遮蔽，更不会认为火苗比埃特纳火山更值得我们发出惊叹，喷发的火山深埋土中的岩石与整座大山拔起，并时而喷涌出那条来自大地、自然流动的火焰之河。①

人是高贵的②；人是宇宙的观看者与竞赛者③；人的理智能够神游八荒④。从本性上来说，人理应是向上的(参考第13节引用柏拉图《理想国》的段落：**ἄνω** οὔτ᾽ ἀνέβλεψαν πώποτε οὔτ᾽ ἀνηνέχθησαν...**κάτω** ἀεὶ βλέποντες καὶ κεκυφότες εἰς γῆν...)，生命的全部意义在于借助人性之外的东西使得人性超拔。⑤ 在《论崇高》中，上行下落之隐喻随处可见，由此我们亦可一窥

---

①　《论崇高》，35。拉塞尔指出，此段中的论述掺杂了斯多亚哲学、柏拉图哲学，乃至毕达哥拉斯哲学，"反映出帝国1至2世纪知识界共同的道德反思"。参考"Longinus", On the Sublime, p. 165。从言辞上来说，此段与品达之《皮提亚颂诗》1.21—27相合之处甚多，许多研究者亦指出，朗吉努斯在此所参考的正是此诗："从它(埃特纳火山)的深处涌出神圣的火源，人们无法接近，白日中，火河喷发出炽热的烟，暗夜中，深红而翻滚的火焰横扫岩石，岩石坠入广阔的大海之中。怪物喷射出可怖的赫菲斯托斯火焰之浪，令人不敢直视，听者也惊怖不已。"

②　柏拉图《蒂迈欧篇》90a："灵魂的最高级部分乃是神给予人作为指导者。它居住在我们身体的顶部，把我们的视野从地上提升而向着天体的无限性(φυτὸν οὐκ ἔγγειον ἀλλὰ οὐράνιον)。它好像一棵根不在地上而在天上的树。确实是这样，因为灵魂出生时乃是把神圣部分置于人头或本位中，使整个身体挺直向上。"西塞罗《论神性》(De Natura Deorum)2.140："自然将人从地面拉起来，使得他们站得笔直(celsos et erectos)，这样他们就能眼望着天空，并得以获得关于神明的知识。"

③　西塞罗《论神性》2.140："人从地上而生，并非其本土居民，而是脱离尘世与上天的事物的观察者(spectatores superarum rerum atque caelestium)，这种观想与其他动物物种并无关涉。"

④　卢克莱修称伊壁鸠鲁是"第一个敢于抬起凡人的眼睛抗拒恐怖；没有什么神灵的威名或雷电的轰击或天空的吓人的雷霆能使他恐惧；相反地它更激起他勇敢的心，以愤怒的热情第一个去劈开那古老的自然之门的横木，就这样他的意志和坚实的智慧战胜了；就这样他旅行到远方，远离这个世界的烈焰熊熊的墙垒，直至他游遍了无穷无尽的大宇(omne immensum peragravit mente animoque)"。参考卢克莱修：《物性论》，方书春译，商务印书馆，1981年，第4页。

⑤　此处的措辞(加上全篇多次对《斐德若篇》或隐或现的引述)极难不让我们想起《斐德若篇》246a—c中关于人性与神性的描述："凡是灵魂都控制着无灵魂的，周游诸天，表现为各种不同的形状。如果灵魂是完善的，羽毛丰满的，它就飞行上界，主宰全宇宙。如果它失去了羽翼，它就向下

作者的"崇高"论之人性提升面相。"出于自然,经由真正的崇高,我们的灵魂被提升了(ὑπὸ τἀληθοῦς ὕψους ἐπαίρεταί τε ἡμῶν ἡ ψυχὴ),它在某种程度上获得了一种傲人的高度",灵魂没有被触及并产生高蹈的感受,反倒沉寂无声(πίπτῃ),这并非真正的崇高,(《论崇高》,7);灵魂被带上(συνεπιβαίνει)云霄与天空之物并肩同行(《论崇高》,15);迂言法如果使用得不节制很快会落入寡淡(《论崇高》,29);崇高将人托举接近神之高蹈的心志(τὸ δ᾽ὕψος ἐγγὺς αἴρει μεγαλοφροσύνης θεοῦ)[①];色奥旁普斯"从崇高跌落到了卑琐(ἀποδιδράσκει)",崇高的篇什绝不能降格为卑贱、可鄙的风格(καταντᾶν ἐν τοῖς ὕψεσιν εἰς τὰ ῥυπαρὰ καὶ ἐξυβρισμένα,《论崇高》,43)。

　　读至此处,熟悉现代、后现代话语(分别以康德、尼采为代表)的读者或许要发问:人性之外的东西,是自然、道德,抑或是言辞(这三者构成了后世论述崇高的焦点)?事实上,当身处后现代的我们向朗吉努斯发出疑问的时候已经见证了三者的分裂,我们的偏见所遮蔽的是古典时代三者的统一性。在朗吉努斯看来,自然的有目的性在我们的灵魂中种下"不可战胜的对伟大且比我们更具神性的东西的爱"(参考《论崇高》第9节"天赋的崇高心志","崇高是高贵灵魂的回响"),此乃道德的根基,而道德借由天赋的言辞得到抒发。

　　然而,并非一切的言辞都能制造"崇高"。[②]朗吉努斯的批评标准以文本为中心,例如在对《伊利亚特》与《奥德赛》的对比研究中,他便直言自

落,一直落到坚硬的东西上面才停……羽翼的本性是带着沉重的物体向高飞升,升到神的境界的(ἄνω μετεωρίζουσα ἦ τὸ τῶν θεῶν γένος οἰκεῖ),所以在神的各部之中,是最近于神灵的。"

①　《论崇高》,36。《斐德若篇》247d—248b:"神的心思,由于从理智和真知滋养成的,以及每个能求合宜滋养的那种灵魂的心思,到了能见真实体的火候——见到事物的本体,就怡然自得,而真理的光辉就成为它的营养……在运行的期间,它很明显的,如其本然地,见到正义,美德,和真知,不是像它们在人世所显现的,也不是在杂多的形象中所显现的——这些是我们凡人所认为真实的,而是本然自在的绝对正义,绝对美德,和绝对真知……至于旁的灵魂啊,凡是能努力追随神而最接近于神的(ἡ μὲν ἄριστα θεῷ ἑπομένη),也可以使御车人昂首天外,随着天运行,可时常受马的拖累,难得洞见事物的本体;也有些灵魂时升时降,驾驭不住顽劣的马,就只能窥见事物本体的局部。至于此外一些灵魂对于上界虽有愿心而无真力,可望而不可攀,只困顿于下界扰攘中,彼此争前,时而互相践踏,时而互相碰触,结果闹得纷纷乱闯,汗流浃背,由于御车人鲁莽灭裂,许多灵魂因此受伤,羽翼也损坏了。"

②　尼采首推悲剧,因为它通过"崇高"使得个体得以忍受生命的不完备与苦难(而这是生命的常态)。"单个的人所存在的最大的苦难、知识在所有的人那里的非共同性、最终的洞识的不可靠性和能力的不平等,这一切都使他需要艺术(按:指悲剧)。只要在我们周围一切都在受难并且给自己制造苦难,人们就不可能是幸福的;只要人类事物的进程是由暴力、欺诈和不义规定的,人们就不可能是道德的;只要不是整个人类都在竞争中为智慧而奋斗并把单个的人以最睿智的方式引入生活和知识,人们就根本不可能是睿智的。如果不是已经在自己的斗争、追求和沉沦中能够认识到某种崇高的和充满意义的东西,不是从悲剧中学会对伟大激情的节奏和对其牺牲兴致勃勃,人们应当怎样忍受这种三重的不足感啊。"参考尼采:《不合时宜的沉思》,李秋零译,华东师范大学出版社,2007年,第372页。

已偏好充满"行动与竞争"的《伊利亚特》,而以"叙事"见长的《奥德赛》只是老人迟暮之年的唠叨罢了。"《奥德赛》中没有存续伊利昂诗篇中的那种调门,那种持久的、不至于陷入平淡无味的崇高,也没有了那种与之类似的密布的激情的宣泄,也没有了那种瞬息万变、公共演说的风格,其中绵密地布局着来自真实的想象:就好像是大海退却归于自身界限的那种情境,在荷马游弋于传说与无稽之谈时,退潮彰显了余下的崇高。"(《论崇高》,9)此其一。其二在于,"崇高"激情(ἡ ἀπακμὴ τοῦ πάθους)消亡的重大标志即在于侧重人物性格(εἰς ἦθος)的刻画。此论实本自《诗学》:亚里士多德曾对应悲剧将史诗分类,即简单史诗、复杂史诗,抑或性格史诗和激情史诗。在这一分类之下,"《伊利亚特》是一部简单史诗,表现激情(παθητικόν);《奥德赛》属于复杂史诗,同时也展现人物的性格(ἠθική)"[①]。朗吉努斯所要表达的则是,《奥德赛》近似喜剧,而《伊利亚特》近似悲剧。[②]那么这意味着什么呢? 这与"崇高"有何关联呢? 朗吉努斯只是一笔带过,语焉不详。事实上,"身在此山中"的朗吉努斯已经隐隐地意识到了文体变化背后的"崇高感"的消弭[③],而经过历史足够漫长的发展之后,尤其是经过现代生活与古典生活的差异对比,[④]古典时代尚且处于萌芽状态的文体之争在现代愈发鲜明与紧张。卢卡奇在《小说理论:试从历史哲学论伟大史诗的诸形式》中即以此为出发点,探讨文体背后的生活形式与观念:

> 现实的定在和本质(Sosein)之不可分的密切联系,史诗和戏剧之

---

① 《诗学》,1459b14。参考昆体良《演说术教育》6.2.8—24:"我们从古代的权威那里得知,情感可以分为两类。一种是希腊人正确地称之为激情(pathos)的情感,拉丁文正确地将其翻译为adfectus。另一种称为ethos,这个词在我看来在拉丁文中并没有对应:但它被翻译成mores(道德),并因此成为哲学的一个分支(伦理学),我们称之为道德哲学……更为谨慎的作者倾向于解释这个词,而非将其翻译成拉丁文。他们解释道,pathos描述更为激烈的情感,ethos则指那些安和平静的情感。"另参考《演说术教育》6.2.20:"ethos接近喜剧,pathos接近悲剧,没有什么比这点更能表明两者之间的区别。"

② 拉塞尔认为,如果以莎士比亚为例的话,荷马的《伊利亚特》对应的是《哈姆雷特》《麦克白》等悲剧,《奥德赛》对应的是《暴风雨》《一个冬天的故事》。参考"Longinus", On the Sublime, p. 99。

③ 这种消弭其实已经成了古代文学批评领域的常见话题,见前一个注释中所引昆体良:《演说术教育》,6.2.8—24、6.2.20。

④ 卢卡奇指出,本质与生活的裂痕在希腊文化实体消亡后愈演愈烈,但统一的努力并未因此而消失:"在死去的希腊文化中产生过的诱惑力,这希腊文化魔力般耀眼的光辉,使人一再忘记世界无法补救的裂痕,并使人梦寐以求新的统一,然而这种统一与世界新的本质相矛盾,并且因此一再瓦解着。于是,教堂成了一种新的城邦,从失落在无可救赎的罪孽里的心灵同荒谬却是某种拯救的自相矛盾的联系中,产生出照射进尘世现实的几乎是柏拉图式的天国之光,这一飞跃成了世俗和天国等级之间的阶梯。"卢卡奇:《小说理论:试从历史哲学论伟大史诗的诸形式》,燕宏远、李怀涛译,商务印书馆,2017年,第28页。如此的最终结果就是一个悖论:美学成为形而上学。但这一切都是徒劳,原初混沌初开、浑然一体的生命状态与生命冲动(崇高的动力)一旦被破坏就无法重新自发地产生。

间至关重要的界限，是史诗即生活之对象的一种必然结果。一方面，本质的概念已经通过其简单的设定而导致一种超越，在此变为一种新的、更高的存在，并因此通过自己的形式表明是一种应然存在(sollen-des Sein)，这种存在在其产生形式的现实性上，始终不依赖于纯粹存在着的给定内容，另一方面，生活的概念则排除那被捕捉到的和凝结成的超验性这样一种对象。本质的领域由于形式的力量而紧张地高居于生活之上，它们的特性和内容都取决于这种力量的内在可能性。生活世界在这里保持不变，它只是为诸形式所接受和塑造，只是被带到了它的天生意义上去。①

在卢卡奇看来，史诗、悲剧、哲学三者代表了生命观照的三种演进方向。在"史诗时代"中，本质与生命、存在与命运、冒险与成就三者是合一的。史诗之文体本身正是对"生活何以成为本质"这一问题(而荷马本人的回答先于问题本身)的回答。悲剧面临的问题则在于"本质何以能生活化"；而彼时是其所是的生活已经失去了内在的本质，在本质的唯一真正实在面前，日常生活沦为非存在。当本质与生活之间的裂隙越来越大，且本质成为唯一的、先验的现实("实体从荷马绝对的内在生活，蜕变为柏拉图绝对的、可以把握的超验性"②)本质进入哲学领域——这是希腊精神创造的最后一种生命结构范式。

> 悲剧英雄替换了荷马史诗中活生生的人，并正好解释和使之崇高化，因为前者已从后者手中接过其正在熄灭的火炬并将之点燃成新的光亮。柏拉图笔下的新生人，即其有行动性认识能力和能创造本质之洞见的智慧之人，不仅使英雄露出真面目，而且照亮了英雄业已克服了的黑暗危险；柏拉图笔下的新生智慧之人通过超越英雄而使之崇高。③

有鉴于此后见之明，如果我们并非穿凿附会的话，或许我们可以做出如下阐释。朗吉努斯贬低的《奥德赛》中的"现实主义"成分，即向下走向人性("崇高的心志在衰落之时很容易转而为滑稽""宙斯的梦")所见证的正是史诗向悲剧的转变，以及本质与生活的割裂的开端。"崇高"作为提升

---

① 卢卡奇：《小说理论：试从历史哲学论伟大史诗的诸形式》，第38—39页。
② 卢卡奇：《小说理论：试从历史哲学论伟大史诗的诸形式》，第25页。
③ 卢卡奇：《小说理论：试从历史哲学论伟大史诗的诸形式》，第28—29页，译文有改动。

人性的本质性存在,在荷马史诗、希腊悲剧、柏拉图哲学中前后相续地得到继承。如果以"崇高"作为标准和参考,在各个文体内部,我们还能发现文体自身的裂变与衰退的线索。史诗中则是《伊利亚特》的战争、冲突、竞争向《奥德赛》的传奇、叙事的退变(朗吉努斯之《论崇高》),悲剧则是埃斯库罗斯笔下的英雄向欧里庇得斯笔下的"卑贱人物"的退变(阿里斯托芬之《蛙》),柏拉图则是希腊精神的最后代言(在灵魂之中通过向上的努力构建起"内在城邦",参考《理想国》592b及相关论述),在他身上我们看到了延续千年的"理想国"与沉重现实的直接冲突。①

让我们回到朗吉努斯身处的修辞学传统。前面我们提到,柏拉图对作为"奉承"技艺的修辞学展开猛烈抨击,但随着3个世纪的历史发展,哲学—修辞学之间的裂隙逐渐弥合,并达成了(至少是形式上的)统一——以公元前1世纪的西塞罗为代表。而修辞学也因此成了继承古典希腊文化传统的大本营。西方古典修辞学专家乔治·肯尼迪即指出,在整个希腊–罗马时代,文学批评与修辞学理论并没有清晰的界限。在形式教育方面,诗歌教学与批评是文法学家的领域,但是他们也教授散文写作,并引导学生把握修辞技巧。文法学家与修辞学家均对风格问题(尤其是修辞格)保有兴致,修辞学家也常常以诗人作为修辞技法的典型例证。在罗马帝国早期,雄辩教育成为修辞学校的主要内容,文学则被排挤到较为次要的地位;希腊修辞学

---

① 柏拉图的理想国存在于理念世界之中,在地球上并不存在。柏拉图以此结束了自己的探究,这个城邦在地球上存在与否无甚差别。或许它作为永恒范式存在于天上,那些能够看到它的人在自我心中构建起真正的城邦。参考维尔纳·耶格尔论《理想国》"灵魂中的城邦":"我们看到,城邦是如何被撕裂的——时代现实政治生活与柏拉图城邦哲学思考之间不可抗拒地出现鸿沟。在这些年中,我们眼见权力城邦的崛起,它们通常由野心勃勃的政客与僭主领导,这些人冷酷地认为,城邦的权力就是正义;从另一方面来说,哲人强调城邦的教育特质彰显出创造新社会的道德意图。在新城邦之中,权力并不是唯一的标准——正如《高尔吉亚篇》证明的那样,标准是人、精神价值、灵魂。柏拉图以严密的逻辑与上述标准净化城邦,余下的净是'灵魂中的内在城邦'。柏拉图本意在于改造城邦,彼时他认为,新的普遍秩序必须始于个体的自我改造。但最终他恍然大悟,灵魂最深处是构建早期希腊城邦的法律意志(现在无以为家,漂流零落)的最后存身之所";"从根本上说,柏拉图就是在解释彼世城邦中哲人的真实境遇(苏格拉底的生命与死亡为代表)。品格再次于希腊文化的高度上重建于'内在城邦'中,这不是个偶然,而是个深刻的历史必然。在古风与古典时代的希腊,个体与城邦之间的关系被严肃对待,若干个世纪以来,每个公民都被城邦精神浸染。'城邦教育人'(Πόλις ἀνδρα διδάσκει)这个著名警句并不出自柏拉图之口,而是出自古老的伟大希腊诗人西蒙尼德斯之口,他所表达的正是原初希腊观念。但柏拉图超越了这一观念。站在他的视角,我们看到这种浸染的逻辑必然结果就是苏格拉底式的冲突。个体通过与世俗城邦的冲突跃升至唯一的领域,在此他与'城邦'真切全然地合二为一——神性的领域。个体通过有意识地遵循心中的城邦法则终于发现了真正的自由。希腊政治思想正是以此创造出欧洲自由人格观念并达至高潮,这种自由并不是建立在人法基础上,而是关于永恒标准的知识基础上。柏拉图以洞穴喻表明,永恒的'尺度'是神的知识。至此一切都已明晰澄清:朝向'尺度'知识向上艰难攀登——柏拉图在隐喻中将这种攀登描述为教化的目的——旨在通过'模仿神明'寻找到'我们心中的城邦'"。

家则更加关注研读模仿古典文学文本。①德摩特里乌斯、哈利卡那索斯的狄俄尼修斯、朗吉努斯均属于后一传统。细读原文我们会发现,朗吉努斯的关切着实并不在哲学与修辞学之争意义上的虚假与真实。②在他看来,修辞是制造"崇高"的天然要素,但是它与狡诈、骗术也具有自然关联。而极为有趣的是,朗吉努斯此处所言的修辞的对象并非大众,而是身居高位的"裁判、僭主、王者"等。③

> 修辞与崇高似乎是天然的盟友(φύσει πως συμμαχεῖ τε τῷ ὕψει τὰ σχήματα),反过来,修辞也会令人惊叹地得到崇高的助力(πάλιν ἀντισυμμαχεῖται θαυμαστῶς ὑπ' αὐτοῦ)。在什么场合,又何以如此呢?我来说明。以修辞巧言令色本身就会引人怀疑,它会让人联想到机关、阴谋与狡诈,尤其是当你在跟有权势的法官说话的时候,僭主、王者、身居高位的领袖更是如此(πρὸς κριτὴν κύριον…πρὸς τυράννους βασιλέας ἡγεμόνας ἐν ὑπεροχαῖς)。他会立刻震怒,就好像是被能说会道的演说家的修辞蒙骗的无知孩童一般。如果他将这种狡诈认为是对自己的蔑视的话,他会立马变成一头野兽,即便他能控制自己的热血,他也不会那么轻易地被言辞说服了。因此,修辞将自己隐藏起来的时候,看起来才是最好的修辞(ἄριστον δοκεῖ τὸ σχῆμα, ὅταν αὐτὸ τοῦτο διαλανθάνῃ ὅτι σχῆμά ἐστιν)。这样一来,崇高与激情就成了对抗修辞带来的怀疑的解药与助力(τὸ τοίνυν ὕψος καὶ πάθος τῆς ἐπὶ τῷ σχηματίζειν ὑπονοίας ἀλέξημα καὶ θαυμαστή τις ἐπικουρία καθίσταται),巧言令色的技法在美与崇高之中不复存在,所有的怀疑也都遁形不见。(《论崇高》,17)

关于此处所言的"隐藏起来的修辞"是否仍然处在古老的自然—技艺

---

① 参见George A. Kennedy, *A New History of Classical Rhetoric*, p. 159。

② 尽管修辞学与哲学经由西塞罗的努力达成了某种统一,但在罗马帝国时期,两者之间的斗争从未止息。最为著名的事件为,图密善(Domitian)于公元88/89年、93/94年两次驱逐斯多亚哲人(因他们指责君主独裁),昆体良却讥讽其为反社会人士。奥勒留从修辞学家弗朗托(Fronto)学习,但终感无趣转而投身哲学。埃利乌斯·阿里斯提德斯(Aelius Aristides)在2世纪中叶写作《为演说术辩护》遥遥与柏拉图辩论。怀疑主义哲人赛克斯图斯·恩皮里库斯(Sextus Empiricus)写作《反修辞学家》,将修辞学学习贬斥为一无是处之事。参考George A. Kennedy, *A New History of Classical Rhetoric*, p. 9。

③ 这或许为《论崇高》的年代问题又提出了一个新的证据指向。这里所言的"僭主、王者、身居高位的领袖"指向模糊,但言辞之外分明有深意在焉,但具体意味或针对的对象大概已经难以考订。

之争的畛域之内,学者们就这个问题展开了激烈的争论。①朗吉努斯的"崇高"是"在修辞伪装之下的"的"高蹈心志"的道德表达,抑或是在"激情"的强烈冲击下产生的诗性效果?修辞、哲学、诗歌三者是否在《论崇高》中已经达成和解?要对这些问题做出回答,我们需要重回朗吉努斯所处的作为时代显学的古典修辞学现场。

---

①　亚里士多德在《修辞学》1404b18中曾经指出技艺引发听众的疑心:"运用这种技巧(指依据文体、场合选高的词与低的词)的人必须把他们的手法遮掩起来(λανθάνειν ποιοῦντας),使他们的话显得自然而不矫揉造作(πεπλασμένως ἀλλὰ πεφυκότως);话要说的自然才有说服力,矫揉造作适得其反,因为人们疑心说话的人在捣鬼,就像疑心酒里掺了水一样。"已有学者就朗吉努斯在哲学与修辞学之争中的位置展开激烈辩论。如西格尔认为,"朗吉努斯强调真理,反对欺骗,他以此与智者欺骗的高尔吉亚传统针锋相对,并将自己纳入真理诗人的'英雄传统'之中"。拉塞尔则言:"《论崇高》是以文学批评为掩饰的道德劝诫书。"哈利威尔称,朗吉努斯式的崇高之真正本质在于"激烈情感之真实性",它是"与伟大心灵直接接触的产物"。参考C. Segal, "Writer as Hero: The Heroic Ethos in Longinus, *On the Sublime*", in Jean Servais et al. eds., *Stemmata: Mélanges de philologie, d'histoire et d'archéologie grecques offerts à Jules Labarbe*, Liège: Louvain-la-Neuve, 1987, p. 213; Stephen Halliwell, *Between Ecstasy and Truth: Interpretations of Greek Poetics from Homer to Longinus,* p. 355; D. A. Russell, "Longinus Revisited", *Mnemosyne*, Vol. 34, No. 1/2, 1981, p. 85。

第四章 《论崇高》与修辞学传统：
朗吉努斯、凯基里乌斯与狄俄尼修斯

修辞学自公元前5世纪随着民主城邦(如叙拉古、雅典)以及公共政治生活的兴起而诞生(有的学者将其分为两派：克拉克斯与提西阿斯的"修辞学手册派"；以普罗泰戈拉、高尔吉亚为代表的"智者修辞术派")。①从公元前4世纪开始，修辞学校(如伊索克拉底学园于公元前392年开园授课)初步形成，公元前350年，亚里士多德开始在柏拉图学园开设修辞学课程。伴随着公元前334年与公元前323年亚历山大征战与后继者在小亚细亚、叙利亚、埃及等地建立政权，希腊文化开始流散，希腊语法与修辞学校也在各个城市纷纷出现。公元前1世纪，希腊修辞学(伊索克拉底修辞学传统与亚里士多德修辞学传统)经由西塞罗(《论演说家》)等进入罗马政治生活；在帝国时期，希腊化时期形成的修辞学传统成为罗马文化教育的核心，众多希腊修辞学教师也开始涌入罗马行教。这一时期著名的有哈利卡那索斯的狄俄尼修斯、伽达拉的色奥多鲁斯、卡拉克特的凯基里乌斯(Caecilius of Calacte)。②无论是从修辞技艺还是批评方法，以及术语与观点上来说，《论

---

① 西塞罗曾在《布鲁图斯》46—48中引述亚里士多德讲述的希腊修辞学发展史(亚里士多德所编《技艺纂编》[συναγωγή τεχνῶν]，包含他搜集而来的修辞学手册，此书今已佚失)："亚里士多德告诉我们，当僭主被赶出西西里，其私有财产(在长时间的奴役之后)由公共审判判定，西西里人克拉克斯(Corax)与提西阿斯(Tisias)最先开始写作关于演说技艺的规条(artem et praecepta)。亚里士多德说，在他们之前并没有人以方法与技艺规则言说，尽管许多人的话语十分明智，且大多是以书面为主，但普罗泰戈拉殚精竭虑写作了一些论文(笔者按：另参考第欧根尼：《名哲言行录》，3.37)，这些论文主要关乎重要与普遍的议题，现在被称为"普遍议题"(communes loci)。他还说，高尔吉亚就各种主题写作颂辞与抨击文，因为他认为，演说家的专业领域就是依据时情进行夸大或者缩减。安提丰也写作了一些类似的文字……但吕西亚斯是第一个公开宣授言说技艺(artem dicendi)的。在他之后，更擅长理论而非实践的色奥多鲁斯开始为他人写作演说，但写作方法他秘而不宣。同样，伊索克拉底最初也否认这项技艺，只是为他人写作演说……并全身心地投入写作技艺中(se ad artes componendas)。"

② 更早的还有阿玛西亚的斯特拉波(Strabo of Amasia)、大马士革的尼克劳斯(Nicolaus of Damascus)，这些史家、希腊修辞学家与学者在罗马一般寄身罗马贵族的庇护之下。另外一个值得注意的点是，公元1世纪，诸多的文法学家也迁居或暂居罗马授课，诸如老提拉尼翁(Elder Tyrannion)、菲罗克赛奴斯(Philoxenus)，特里丰(Tryphon)、狄奥克勒斯(Diocles，即小提拉尼翁)更是与哈利卡那索斯的狄俄尼修斯同年(30年)抵达罗马。关于此一时期学术圈层(尤其是以狄俄尼修斯为中心)，参考Casper C. de Jonge, *Between Grammar and Rhetoric: Dionysius of Halicarnassus on Language, Linguistics and Literature*, pp. 25–34。

崇高》都是这一修辞学脉络发展史中不可或缺(尽管它湮没在历史中长达一千五百年之久)的一环。

我们从前言部分已经知道，本篇的写作缘起是对凯基里乌斯论所作的修辞学手册的批判。朗吉努斯提出，这本修辞学手册如同同类作品一样罗列了许多关乎"崇高"的例证(朗吉努斯自身也是这么做的)，但作者漏掉了至为关键的一点，即"崇高"是通过何种方式使得我们超脱自己的本性从而达成某种高度(εἰς ποσὴν μεγέθους)的。① 回答首先从批判先开始。在第3节中，朗吉努斯开门见山地提出，真正的崇高必须首先关乎真实，其次，崇高与浮夸、幼稚、虚假激情、僵冷等恶劣品质格格不入。②

> 这些东西在言辞上被弄得混乱，在意象上被弄得杂吵不堪，而非被弄得可怕。如果放在日光之下细细逐一考察的话，这些东西从可怖的逐步沦为可鄙的。悲剧本质上就有这些夸张与体量庞大的东西，浮夸之调在其中尚且不能被容忍，与真理(λόγοις ἀληθινοῖς)相配的言辞，我想，更无法与浮夸之调和谐共存……臃肿是最难防备的。因为，所有追求崇高的人，为了避免被人指责为虚弱与干瘪，都陷入了这样的状态，他们深信："在伟大的事情上失败也算得上是高贵的错误。"但臃肿是一种恶，无论是在身体上还是在精神上，它虚空、散漫，会将我们带入反面。因为，人们说，没有什么比水肿更干瘪的了(κακοὶ δὲ ὄγκοι καὶ ἐπὶ σωμάτων καὶ λόγων, οἱ χαῦνοι καὶ ἀναλήθεις καὶ μήποτε περιιστάντες ἡμᾶς εἰς τοὐναντίον: οὐδὲν γάρ φασι ξηρότερον ὑδρωπικοῦ)。虽然虚浮意欲压倒崇高，幼稚(τὸ δὲ μειρακιῶδες)却是崇高的直接对立面，因为它完全是低劣的、卑下的，而且确实是最卑贱的恶。那么到底什么是幼稚呢？很明显，它就像学究的思想一样，他们耽于一些细枝末节的东西，最后得到的却是冷冰冰的东西。人们滑入这类错误之中，因为他们旨在一鸣惊人，精雕细琢，最重要的是，他们要娱乐人，最终搁浅于无聊与恶趣味(εἰς τὸ ῥωπικὸν καὶ κακόζηλον③)。

---

① 文中多次向凯基里乌斯喊话，另参考《论崇高》第4、8、31、32节。

② 这些恶劣的文风均是公元1世纪罗马修辞学的常用术语。而这些术语又常常可以追溯至色奥弗拉斯图斯、亚里士多德。如朗吉努斯批判提奥奥斯、柏拉图、色诺芬、希罗多德等喜用新奇的表达因而造成风格"僵冷"(λέγω δὲ τοῦ ψυχροῦ,《论崇高》,4)，这可以追溯至《修辞学》1406a—1406b处所言之滥用奇字与隐喻字会造成风格僵冷(τὰ δὲ ψυχρὰ)。

③ κακόζηλον是1世纪修辞学中的常见术语，这也可以用以证明此篇的写作年代与背景。昆体良曾对此术语做出详细的解释，此一解释与朗吉努斯批判臃肿、浮夸、幼稚的语境是相吻合的："κακόζηλον是一种糟糕的造作，它在每种风格中都是缺陷。因为，一切臃肿、琐屑、柔靡、冗余、牵强、放

(《论崇高》,3)

这番言辞何等激烈、尖锐！我们可以肯定地做出一个判断,朗吉努斯绝非"为赋新词强说愁"而空发感叹,而是针对彼时文学(甚至是一类文体,如演说术)所做出的具体而有针对性的判断。对于"臃肿"言辞的批评,《论崇高》的第一指向便是始于公元前3世纪(或者笼统而言的希腊化时代)的亚细亚演说术风格。[①]西塞罗曾首先对这种言辞病症做出过系统诊断：

> 在希腊之外有着一股对言说的巨大热情,赞美言说的伟大荣誉则使得演说家这个称号光彩夺目。因为,当雄辩术从比雷乌斯港(Piraeus)驶出,它途经各个岛屿,并且遍访亚洲,结果是,它染上了一种异域之病症,失却了从前的健康状态,以及阿提卡言辞的明智,并且几乎在言辞上毫无教养可言。亚细亚演说家即从此而来,他们受到鄙夷并非因为其(言辞的)迅捷与充沛(nec celeritate nec copia),而是因为他们毫无节制、臃肿笨拙(parum pressi et nimis redundantes)。[②]

这里朗吉努斯批判的不仅有伪悲剧(παρατράγῳδα,因为"悲剧本质上就有这些夸张与体量庞大的东西"),还提及了一系列史家与修辞学家,其中有高尔吉亚、卡利斯色涅斯(Callisthenes)、克雷塔库斯(Cleitarchus)、安菲克拉特斯(Amphicrates)、马格尼西亚的黑格西阿斯(Hegesias of Magnesia)、马特里斯(Matris)。其中若干位作者因作品佚失而无从查考[③](我们亦可由

肆的缺陷都可以归入这个称呼之下(tumida et pusilla et praedulcia et abundantia et arcessta et exultantia)。而好的东西如果走到了极端也可以归入这称呼之下,即天才失去了判断力,并被表面的善好欺瞒,这是对一切雄辩风格犯下的最大错误,因为其他错误难以避免,而这却是故意为之的。而这种造作仅仅影响风格。因为,双方展开论辩中的论点或许是愚蠢的、前后不一的、空洞的,但这种错误关乎内容;而风格的败坏则关乎不恰当、冗余词汇的使用,意义的含混,编排上的软弱,或者幼稚地寻求相似的、模糊的表达(corrupta oratio in verbis maxime impropriis, redundantibus, comprehensione obscura compositione fracta, vocum similium aut ambiguarum puerili captatione consistit)。除此之外,κακόζηλον还关乎虚假,尽管虚假并不意味着造作。"参考《演说术教育》,8.3.58。

① 西塞罗区分了两种亚细亚风格：一种"简明、轻快,但在感情上没那么庄重、严肃,而更加典雅、愉悦,代表人物有史家提麦奥斯";另一种"则感情充沛、丰富,因为它的表达迅捷、流畅……代表人物有尼都斯的埃斯库罗斯,以及同时代人艾思奇内斯(Aeschines)"。

② 西塞罗：《布鲁图斯》,51。另参考昆体良《演说术教育》12.10.17："雅典人确实精雅(limati quidam et emuncti),但他们无法忍受空洞与冗余(inane aut redundans),而亚细亚人天然地臃肿、浮夸(tumidior arque iactantior),他们的演说术风格充斥着一种对空洞言说风格的热爱(vaniore dicendi gloria inflate)。"

③ 已有学者指出,高尔吉亚—卡利斯色涅斯—克雷塔库斯—安菲克拉特斯—黑格西阿斯—马特里斯这一排布顺序证实了一个文学批评史理论,即亚细亚风格是希腊智者派修辞之缺陷一脉而来的

此思考一个问题，即为何朗吉努斯要以这些"无名小卒"为批判对象），但幸运的是，余下的几位在西塞罗对亚细亚风格的批判中已经留下踪迹。据西塞罗的零星记载，卡利斯色涅斯曾在亚里士多德座下修习，并随护亚历山大左右，其风格"几乎是修辞学式的"（quidem rhetorico paene more，《论演说家》，2.58）；克雷塔库斯亦曾写作过亚历山大史。黑格西阿斯被当成阿提卡主义者的始作俑者，成了众矢之的。西塞罗曾直言不讳地挪揄：此人邯郸学步地效仿吕西亚斯，自鸣得意地认为得阿提卡主义之真传，前辈大人与之相比不过是村野匹夫罢了。"但还有什么比他凭借技艺精巧编制的文字更为柔靡、琐屑、幼稚呢？"[1]这个历史背景对于我们理解此段的特殊含义具有相当重要的意义。事实上，以黑格西阿斯为首要代表的亚细亚风格（与阿提卡风格形成两极）这一称呼背后隐藏的正是文化价值观（亦可说是偏见）问题。[2]如以上引文中西塞罗的评价所示，在捍卫古希腊纯正风格的人士看来，亚细亚风格是一种来自东方的言语病症，它污染了阿提卡希腊语的纯洁性。[3]而这一文化斗争正是从语言—风格—精神一脉而来的。阿提卡风格所代表的精神是雄健、活力、刚劲，而亚细亚风格则是虚浮、柔靡，甚至是道德败坏的代名词。沃兴顿的研究指出，尽管我们无法深入考察阿提卡—亚细亚风格之争的来龙去脉，但有若干节点值得注意。首先，从公元前3世纪开始，亚历山大里亚的希腊语法学家与文学批评家，诸如埃拉托斯色涅斯（Eratosthenes）与拜占庭的阿里斯托芬等人，开始编订雅典作者文

产物。狄俄尼修斯在《论吕西亚斯》中隐晦地提到了这一点。在论述作为阿提卡风格之最佳代表吕西亚斯时，狄俄尼修斯称，吕西亚斯的优点在于使用标准、普通、日常的语言，绝无隐喻，但是，在无炫技弄巧的情况下，吕西亚斯仍能使得文字凸显庄重与不凡之气（σεμνὰ καὶ περιττὰ）。但诸如高尔吉亚等人在文辞中过度使用隐喻，矫揉造作，以新奇、玄奥之词迷惑大众，因而文气"鄙俗、肿胀"（πάνυ φορτικήν τε καὶ ὑπέρογκον），"近乎酒神颂诗"（引《斐德若篇》238d）。参考《论吕西亚斯》，3。

① 《布鲁图斯》，286。另参考《演说家》："黑格西阿斯回避这样做，当他试图模仿几乎与德摩斯梯尼齐名的吕西亚斯时，他到处跳跃，把他的风格搞得支离破碎。还有，他在思想方面的错误不亚于语言方面的错误，所以熟悉他的每个人都不需要另外再去寻找愚蠢的例子。"（226）"就其他作家来说，尤其是那些成为格律的奴隶的亚细亚演说家，你可以看到，他们把某些空洞的语词当成格律的替补。还有一些人犯了一种起源于黑格西阿斯的错误，他们生生割裂击碎韵律，使之堕为一种类似可鄙小诗一类的文体"（230）。斯特拉波指出："演说家黑格西阿斯比其他任何都能称得上是所谓的亚细亚风格的创始人，因为他败坏了既定的阿提卡传统。"（《地理志》14.1.41）

② Ulrich von Wilamowitz-Moellendorff, "Asianismus und Atticismus", *Hermes*, Vol. 35, 1900, pp. 1–52.

③ 西塞罗的同时代人批评他"臃肿，是亚细亚风格，冗赘，过多的重复，甚至有时显得僵冷，在写作上软弱，几近浮夸，甚至柔靡（**tumidiorem et Asianum et redundantem** et in repetitionibus nimium et in salibus aliquando **frigidum** et **in compositione fractum, exultantem** ac paene, quod procul absit, viro **molliorem**）"（昆体良：《演说术教育》，12.10.12—13）。《论崇高》中也谈及柔靡即女性化，使用的希腊词语与阿提卡主义者攻讦亚细亚风格的词语完全对应："没有什么比言辞中柔靡（κεκλασμένος）或者造作的节奏更能减弱崇高感。"（《论崇高》，41）

本,他们的一个显著的关切点即阿提卡词汇的独特性(如阿里斯托芬的《疑似古人未用之言》[Περὶ τῶν ὑποπτευομένων μὴ εἰρῆσθαι τοῖς παλαιοῖς]),这可以视为阿提卡主义的先声。公元前60年左右,以盖伊乌斯·卢奇尼乌斯·卡尔乌斯(Gaius Licinius Calvus)为首的自封罗马阿提卡主义者受此启发更加关注罗马文化的纯洁性与正当性,他们推崇吕西亚斯、希佩利德斯(Hyperides)。据维拉莫维茨研究所示,身居罗马的阿提卡主义者或许曾与迁居罗马的希腊人共同携手捍卫公元前5世纪至公元前4世纪的纯粹雅典风格。[1]《论崇高》开篇所提及的凯基里乌斯(与狄俄尼修斯一道)则是第二次阿提卡—亚细亚风格分野运动的重要助推人物。凯基里乌斯曾作《驳弗里季人》(Κατὰ φρυγῶν, 今已佚失),而且据苏达辞书,他还曾专门编纂一本阿提卡词汇汇编。[2]哈利卡那索斯的狄俄尼修斯在《论古代演说家》序言中对随亚历山大大帝之死而消亡的希腊修辞学痛心疾首,[3]对鸠占鹊巢的亚细亚风格大加鞭挞,痛斥它"寡廉鲜耻、矫揉造作,毫无哲学性,与自由教育更是毫不相干;它欺瞒大众,利用他们的无知,坐享其成、掠人之美":

> 它粗鄙不堪,令人厌恶,最终使得整个希腊世界就像恣意挥霍而穷途末路之家;在这样的家庭里有着合法的妻室,她生于自由之家,性情贞洁,但对自己的家室没有主权,那个愚蠢的娼妓却决意要毁掉她的生计,控制所有家产,将其视为尘埃,使之在恐惧中度日。在所有的城邦中,在所有受过良好教育的城邦中,古代本土的阿提卡缪斯业已失去了自己的城邦荣誉,她的财富也被夺走,而她的敌对缪斯,一个弗里季(Phrygian)或卡利亚(Carian)暴发户则才从亚细亚土坑中到此,宣称自己有权统治希腊城邦,并将对手赶出公共生活。智慧被无知驱逐,清醒被疯癫取代。(《论古代演说家》,1)

狄俄尼修斯很快声称,一场发生于自己所在时代的"新文化运动"(或者毋宁说是"旧文化复兴运动")正在改变这一切。"这场伟大变革(μεταβολή)的起因与源头在于强大的罗马,她以武力强迫所有城邦视自己

---

①   Ulrich von Wilamowitz-Moellendorff, "Asianismus und Atticismus".

②   参考 W. Rhys Roberts, "Caecilius of Calacte", *The American Journal of Philology*, Vol. 18, No. 3, 1897, pp. 302–312. 另请注意此文中对凯基里乌斯所作之《论崇高》与朗吉努斯之《论崇高》之间在内容上的对应与继承关系,例如修辞格等。

③   狄俄尼修斯的历史三分法:古典时代(公元前323年以前)、衰落时代(公元前323—前31年)、当代(公元前31年以后)。

为典范，以及那些以德性统治罗马、以信义统治世界的领袖们：他们在判断力上受过良好教育且高贵非凡；在他们的整饬之下，城市中理智的部分渐强，愚蠢的部分被迫拥有理智。"①无论此番言论的初衷是为新政权进行文化合法性的论证，还是对历史尘埃中的希腊城邦文明的呼唤与怀想，其基本出发点仍是在古典政治生活中扮演重要角色的演说术，演说家黑格西阿斯成为阿提卡主义的第一批判对象就是明证。②在狄俄尼修斯的批判中，黑格西阿斯的风格"造作、低贱、阴柔"（μικρόκομψον, ἀγεννές, μαλθακόν），以希罗多德、修昔底德为代表的阿提卡风格则是"从容不迫，与历史相契合，正直光大、适合辩论"（ὑπαγωγικὸν...ἰστορικόν, ἀλλ' ὀρθὸν μᾶλλον καὶ ἐναγώνιον）。（《论写作》，4）尽管朗吉努斯本人并没有清晰地展露出自己在这场论争（甚至没有点明这场论争的存在，但其中使用诸如"臃肿""浮

---

①　狄俄尼修斯；《论古代演说家》，3.5.21—3.6.1。在这里，狄俄尼修斯交替使用修辞与演说两个概念，事实上，这两个概念彼此纠缠、难以区分。库尔提乌斯曾言，"修辞本身意指'演说之术'；据此本意，修辞旨在教授人们如何以艺术的方式遣词造句。随着时间的推移，这一重要思想逐渐成为一门科学，一门艺术，一种生活理想，乃至古代文化的支柱。九个世纪以来，各种形式的修辞铸就了希腊人与罗马人的精神生活"。修辞技艺源自希腊人在言说上的天赋，它可以追溯至荷马，"荷马笔下的英雄早已把雄辩的口才视为最高的一项品德，是神祇赐予的礼物"，荷马也被后来人当成"修辞之父"。修辞学真正的繁荣则要等到雅典的全盛时期，即"演说与演说艺术已经在公共生活里占得一席之地"。公元前427年，"以使节身份到访雅典的西西里人高尔吉亚为演说术带来重大变革"，由此，"修辞研究就成了风格研究，一种文学技巧"。参考库尔提乌斯：《欧洲文学与拉丁中世纪》，第72—77页。

②　狄俄尼修斯在《论写作》4中使用"改写法"（metathesis）比较希罗多德、修昔底德、黑格西阿斯三者的风格（措辞基本与希罗多德原文保持一致，仅从排布［σύνθεσις］角度进行重新布局），标准文本为希罗多德《历史》1.6中的克洛伊索斯的介绍："吕底亚地方的人、阿律阿铁斯的儿子克洛伊索斯是哈律司河以西各个民族的僭主，这条把叙利亚和帕普拉格尼亚分隔开来的哈律司河是从南向北流，而最后流入所谓埃乌克谢诺斯（黑海）的（Κροῖσος ἦν Λυδὸς μὲν γένος, παῖς δ' Ἀλυάττου, τύραννος δ' ἐθνῶν τῶν ἐντὸς Ἅλυος ποταμοῦ: ὃς ῥέων ἀπὸ μεσημβρίας μεταξὺ Σύρων τε καὶ Παφλαγόνων ἐξίησι πρὸς βορέαν ἄνεμον εἰς τὸν Εὔξεινον καλούμενον πόντον)。"（中译文采自希罗多德：《历史》，王以铸译，商务印书馆，1997年，第3页。）狄俄尼修斯仿修昔底德文风版：Κροῖσος ἦν υἱὸς μὲν Ἀλυάττου, γένος δὲ Λυδός, τύραννος δὲ τῶν ἐντὸς Ἅλυος ποταμοῦ ἐθνῶν: ὃς ἀπὸ μεσημβρίας ῥέων μεταξὺ Σύρων καὶ Παφλαγόνων εἰς τὸν Εὔξεινον καλούμενον πόντον ἐκδίδωσι πρὸς βορέαν ἄνεμον。狄俄尼修斯仿黑格西阿斯文风版：Ἀλυάττου μὲν υἱὸς ἦν Κροῖσος, γένος δὲ Λυδός, τῶν δ' ἐντὸς Ἅλυος ποταμοῦ τύραννος ἐθνῶν: ὃς ἀπὸ μεσημβρίας ῥέων Σύρων τε καὶ Παφλαγόνων μεταξὺ πρὸς βορέαν ἐξίησιν ἄνεμον ἐς τὸν καλούμενον πόντον Εὔξεινον。这里我们可以观察到狄俄尼修斯对"峻厉风格"技法的应用。仿修昔底德版打破了希罗多德原文中Λυδὸς μὲν γένος, παῖς δ' Ἀλυάττου, τύραννος...平行排布，并且形成了倒装（anastrophe），辅音碰撞、辅音与半元音碰撞、元音连读等技法的使用更增陡峭之感，例如μεσημβρίας ῥέων、ῥέων μεταξὺ、ποταμοῦ ἐθνῶν。除此之外，仿修昔底德版还有意去除了τε、τε καὶ等连接词（语助词）增加迅疾紧张感。凯基里乌斯也曾对此段进行改写。参考Caecilius of Caleacte, *Caecilii Calactini Fragmenta*, E. Ofenloch ed., Leipzig, 1907, p. 60, fr.76a。改写法也是朗吉努斯常常使用的方法，例如《论崇高》第22节讨论"倒装法"（hyperbaton）时改写希罗多德："就像是希罗多德《历史》中波凯亚的狄俄尼修斯所说的那样：'事态已经在刀锋之上，爱奥尼亚人啊，我们是要做自由人、奴隶，还是逃走的奴隶。因此如果你们同意忍受困苦，你们当前是会尝到苦头的，但是你们却能够战胜你们的敌人而取得自由。'按照次序，这句话应该是这样的：'爱奥尼亚人啊，现在到了你们忍受困苦的时刻，因为，事态已经处在刀锋之上。'"

夸""造作"等批评术语表明，他对这场论争是有自觉的；另外，"崇高"本身就是对修辞与时代病症的克服与纠正)中的立场与观点，①但他与狄俄尼修斯论"崇高"的契合之处，与倡导"纯净无瑕的演说家"(ἀναμάρτητον καὶ καθαρὸν τὸν ῥήτορα,《论写作》, 32)的凯基里乌斯之间显而易见的分歧则能从修辞学(演说术)角度使我们重新审视朗吉努斯之"崇高"与修辞学的对话关联及矛盾扞格。由此，"崇高"进入了一个明确的修辞学/演说术论争场域之中，而这个背景为我们理解《论崇高》的问题意识与交锋对象指明了方向。让我们从这场论争中处于焦点中的演说家吕西亚斯、希佩里德斯、德摩斯梯尼说起。②

凯基里乌斯曾写作《论十位阿提卡演说家》为阿提卡风格鸣锣开道，可惜此篇未能流传下来，但从《论崇高》第32节中我们间接得知凯基里乌斯对吕西亚斯的态度：他曾写作一篇《论吕西亚斯》，在其中盛赞吕西亚斯，但对柏拉图并不友好；原因在于，吕西亚斯风格纯净，而柏拉图却四处犯错(πολλαχῇ διημαρτημένου τοῦ Πλάτωνος)。由此引发的若干问题在于：明晰(尽可能多地使用通俗语言，尽可能少地使用修辞格)与犯险(充分发挥"技艺"的功用)孰优孰劣？③四平八稳的吕西亚斯与追求崇高但时而跌步的柏拉图孰优孰劣？在诸多以激情与崇高风格著称的演说家与散文家中，孰优孰劣(依据优劣排序是古典时代文教领域竞争精神的最佳体现，也是古人之自觉意识的绝佳证明)④这个问题不仅关乎阿提卡风格—亚细亚风格之争，更

① 有的学者则直截了当地宣称，"崇高"概念的产生与阿提卡主义—亚细亚主义之争属于伴生关系："关于高度的词语仅在公元1世纪后半叶成为论述风格的术语……在希腊语中，'崇高'(ὕψος)是在凯基里乌斯与狄俄尼修斯的风格理论中首先成为术语的。因此，关于崇高的术语与阿提卡主义的兴起是同步的。"参考Doreen C. Innes, "Longinus and Caecilius: Models of the Sublime", *Mnemosyne*, Vol. 55, 2002, pp. 273–274。

② 公元前1世纪的罗马阿提卡主义即以吕西亚斯、希佩里德斯为阿提卡平实风格的典范。参考西塞罗《布鲁图斯》67："我们因希腊人的古老而崇敬希腊人，以及所谓的阿提卡式的简洁(subtilitate)……(这是)吕西亚斯与希佩里德斯的独有的(风格)。"哈利卡那索斯的狄俄尼修斯为之作论的典范演说家有(论最后两位的文章佚失)：吕西亚斯、伊索克拉底、伊赛乌斯(Isaeus)、德摩斯梯尼、希佩里德斯(Hyperides)、艾思奇内斯(Aeschines)。

③ 狄俄尼修斯首推亚里士多德所言散文风格之首要德性——"明晰"(σαφήνεια)。参考亚里士多德《修辞学》1404b："风格的美可以确定为明晰(证明是，一篇演说要是意思不清楚，就不能起到它应起的作用)，既不能流于平凡，也不能拔得太高，而应求其合适(诗的风格也许不平凡，但不适用于散文)……在散文的风格里，只有普通字、本义字、隐喻字才合用。证据是，只有这些字是人人都使用的……"另参考："要使用恰当的能增强明晰性的词语与隐喻"(1404b26—1405a3)；"附加词在散文中不宜过于密集，在诗中则可以"(1406a10—15)；"要使用隐喻与附加词，但不可过于诗化"(1407b31—32)。这些都是狄俄尼修斯批评柏拉图散文的要点。

④ 如《论崇高》第33节中作者的反问："阿波罗尼奥斯在《阿尔戈斯远征记》中是一位毫无瑕疵的诗人，而除却一些不相干的篇什之外，色奥克里图斯在田园诗领域是极为成功的。你会宁愿成为阿波罗尼奥斯而非荷马吗？埃拉托斯色涅斯的《埃里戈涅》(*Erigone*)这首小诗从头到尾都无可指摘，阿契

是阿提卡风格内部之争。无独有偶，狄俄尼修斯也对此问题有过集中论述，三人共同形成了一个问题场域(从书信《致庞培乌斯》看来，这个场域涉及的人可能更多)：①

> 吕西亚斯的风格并不崇高也不高蹈，也不令人震撼，或引发惊奇(ὑψηλὴ δὲ καὶ μεγαλοπρεπὴς οὐκ ἔστιν ἡ Λυσίου λέξις…θαυμαστή…)；它也不表现紧要、可怖，或引发畏惧之事(τὸ πικρὸν ἢ τὸ δεινὸν ἢ τὸ φοβερòν)，也不能紧紧攫住听众的注意力，使人全神贯注、绷紧神经；也并不充斥着动能与灵感，其精神说服力无法匹敌激情，其使人愉悦、服气、着迷的能力无法匹敌威逼与强迫的能力(βιάσασθαί τε καὶ προσαναγκάσαι)。这是一种安全的风格，而非冒险的风格(ἀσφαλής τε μᾶλλόν ἐστιν ἢ παρακεκινδυνευμένη)。(《论吕西亚斯》, 13)

在《致庞培乌斯》中，狄俄尼修斯又将柏拉图与德摩斯梯尼并读对观：

> 我们之间并不存在分歧。因为，你承认，追求伟大之事物的人必定有时会犯错误(ἀναγκαῖον εἶναι τòν ἐπιβαλλόμενον μεγάλοις καὶ

罗库斯为文散乱无章，灵感喷涌而出，而这些又难以被统归到章法之下，难道说埃拉托斯色涅斯就是个更好的诗人吗？在抒情诗方面，你会选择成为巴奇里德斯而非品达吗？在悲剧方面，你会选择成为岐奥斯的伊翁而非索福克勒斯吗？"第34节中作者则直言作品的数量并不足以作为价值判断的标准。第35节中又发出灵魂一问："吕西亚斯不仅仅在优秀品质的伟大程度上，而且在数量上都被柏拉图远远甩在后面。但他在缺陷之多方面是胜于他的优秀品质之少的。那些在写作上争夺头奖，鄙夷所有精确性的半神们又有着何种理想呢？"这些提问与批评十分尖锐，我们甚至可以推测，它们都是针对某些时下流行的言论而做出的批判(只是因文献不足征，我们无法一一将这些批评恢复)，由此我们亦可将其视为对"古典"标准的护卫。朗吉努斯甚至直接表明，对伟大古人展开的模仿与竞争(μίμησις τε καὶ ζήλωσις, 13)本身就是通向崇高的不二法门。

　① 韦德鲍姆即指出，狄俄尼修斯在《论吕西亚斯》中相对简易的风格品质论分析并非由于其方法论的不成熟。在他看来，吕西亚斯在狄俄尼修斯批评思想中占据特殊地位。"在所有狄俄尼修斯对(吕西亚斯)之后的所有演说家的分析中，吕西亚斯是作为参考与比较标的出现的。吕西亚斯在狄俄尼修斯《论吕西亚斯》这首篇论文中极少被用于比较。这反映的并非狄俄尼修斯批评思想的起始阶段，而是被作者用作参照，进而将所有的论述联结起来……狄俄尼修斯的《论吕西亚斯》可以被视为后来论述古代演说家的文字的背景，是他知性大计的基础。"参考Laura Viidebaum, *Creating the Ancient Rhetorical Tradition*, Cambridge: Cambridge University Press, 2012, p. 187. 从狄俄尼修斯后期较为成熟的《论德摩斯梯尼》来看，这点确实是站得住脚的。狄俄尼修斯正是在确定了崇高—平实这两个极端之后方才进行中间风格的论述的。而且，他明言，将一个东西独立于其他东西单独考察是绝不可能看清事物的本真面目的。(参考《论德摩斯梯尼》, 33)在混合风格的代表者伊索克拉底、柏拉图、德摩斯梯尼内部狄俄尼修斯也使之进行了"角逐"。在狄俄尼修斯看来，德摩斯梯尼并不模仿一种单一的风格与演说家，而是自成一派、面面俱到，在崇高、素朴、中间诸风格中游刃有余，"从心所欲不逾矩"。伊索克拉底与柏拉图自然是优于其他作家，但仍难与德摩斯梯尼相抗衡，因此只能位居第二。

σφάλλεσθαί)，而我说，柏拉图在追求崇高、高蹈、冒险的风格(τῆς ὑψηλῆς καὶ μεγαλοπρεποῦς καὶ παρακεκινδυνευμένης φράσεως) 时并未做到处处成功，但是他的失败仅仅是成功的一小部分而已。正是在这个方面，我认为柏拉图不如德摩斯梯尼，因为他的崇高风格常常陷入空洞与单调，而德摩斯梯尼则全然不会，或者鲜少如此。(《致庞培乌斯》，2.16)

三位批评家均采用对读法(σύγκρισις) 通过比较来彰显不同作家的风格特色。[1]我们在前面已经说过，狄俄尼修斯的"峻厉"风格必然以"出其不意""兵行险着"为"崇高"的先决条件(参考以上粗体显明的希腊文，"崇高"［ὑψηλῆς］、"高蹈心志"［μεγαλοπρεποῦς］、"冒险"［παρακεκινδυνευμένης］三者并列成为此"风格"［φράσεως］的三个表征)。这点与朗吉努斯的意见相合。不过，在《论崇高》中，作者的关切点已经不再局限于修辞学"风格"(尽管他的论述初衷始于此处)，他的心志宏大，念及的仍旧是崇高之五个来源中的非技艺性构成之首，即崇高的心志：

最珍稀的天赋绝不是白璧无瑕的(ἥκιστα καθαραί)，因为，绝对的精准(τὸ γὰρ ἐν παντὶ ἀκριβὲς) 有琐碎之危险，而崇高之中，就如同巨大

---

① 狄俄尼修斯称"对读法是最佳之分析方法"(ὅτι κράτιστος ἐλέγχου τρόπος ὁ κατὰ σύγκρισιν γιγνόμενος)。参考《致庞培乌斯》，1.9。朗吉努斯在三处插入题外话时均使用了这一方法：第9节中比较《伊利亚特》与《奥德赛》；第12节中比较柏拉图、德摩斯梯尼、西塞罗；第33—36节中比较柏拉图、吕西亚斯、希佩里德斯、德摩斯梯尼等。"对读法"在修辞学中还是一种常用的操练手法，参考色翁《初阶训练》10："我们要明确的是，比较(αἱ συγκρίσεις) 并不是在两个具有极大差异的东西间展开的。因为，如果有人好奇阿基琉斯与特尔希特斯两人中谁更勇敢，那他则是可笑的。比较应当在相似的东西之间展开，以及在我们因没有明显的高下之分而存疑并思考孰优孰劣之时。"另外，昆体良所著《演说术教育》第10卷就是这一方法的成功"罗马化"，在此卷中，昆体良将演说家所需借鉴之希腊、罗马作家进行一一比对，并由此确定其相对品质与优劣地位。参考《演说术教育》，10.1.93、98、101、105等，典型例证如："我们的演说家们使得拉丁演说能够跟希腊演说相抗衡。我可以自信地将西塞罗与任何一个希腊演说家相比。我很清楚我的这番话将激起怎样的波澜，尤其是我不会提议目前将他与德摩斯梯尼相比较；这是没有必要的，因为我认为，德摩斯梯尼首先是我们必读的，其次更值得我们熟记于心。在演说上他们的风格也有所不同：德摩斯梯尼更为绵密(densior)，西塞罗则更为放逸(copiosior)；德摩斯梯尼迅速且直击目标，西塞罗则场面宏阔(latius)；德摩斯梯尼的攻击武器短小精悍，西塞罗则频繁且有力(frequenter et pondere)；德摩斯梯尼的辩论丝丝入扣不可割离，西塞罗则逻辑严密，不可增添；前者多一些雕琢(curae)，后者多一些天然(naturae)。在机锋(salibus)与同情(commiseratione)这两种最能引发情绪的技能上，我们是胜出的。也有可能是因为雅典城邦的习律(mos)不允许德摩斯梯尼以强烈的情感结尾；但对我们来说，拉丁语言的不同特点使得我们无法拥有雅典人赞叹不已的那种风格。"(10.1.105—107)另参考普鲁塔克所著之《阿里斯托芬与米南德比较研究》(Comparatio Aristophanis et Menandri)。除此之外，对读法亦可作为《论崇高》写作年代的一个重大内部证据，即写作与论述方法与时代通行方法的契合，以及文本问题意识与时代问题意识的契合。

的财富一样，一定有某种被忽略的东西。下等或者中等天赋因为从不冒险，也从不追求绝境（διὰ τὸ μηδαμῇ παρακινδυνεύειν μηδὲ ἐφίεσθαι τῶν ἄκρων ἀναμαρτήτους），从而能够一直保持不犯错误而更为安全（ἀσφαλεστέρας διαμένειν），而伟大的天赋则正因为其伟大而感到危机重重（τὰ δὲ μεγάλα ἐπισφαλῆ δι᾽ αὐτὸ γίνεσθαι τὸ μέγεθος）[①]，这些都是必然的……人类所做的所有事情中总是劣的那一部分更容易为人所认识，这是符合自然的，错误的记忆对人来说总是不可磨灭的，而美的记忆总是迅速流逝。我自己已经提到了不少荷马及其他最为伟大的诗人的错误，这些失误完全未能让我产生愉悦之感，但我不会称之为有意为之的错误，而更愿意将他们称为粗心大意导致的疏忽，造成错误的原因乃是高蹈天赋不经意与偶然的轻率。（《论崇高》，33）

　　作者话里有话。我们如果将此话放置在公元1世纪的批评语境之下则更能清晰地看到作者的批评对象以及指向。所谓白璧无瑕（καθαραί）与精准（τὸ ἀκριβές）均为以狄俄尼修斯为代表的阿提卡风格护卫者的常用术语。[②]例如，狄俄尼修斯一再宣称，吕西亚斯的语言风格最为纯粹[③]；在论及演说风格品质时，狄俄尼修斯又极力推崇纯粹性（ἡ καθαρὰ διάλεκτος）。[④]

---

　　① 参考《理想国》497d："一切远大目标沿途都是有风险的，俗话说得对：好事多磨嘛（τὰ γὰρ δὴ μεγάλα πάντα ἐπισφαλῆ, καὶ τὸ λεγόμενον τὰ καλὰ τῷ ὄντι χαλεπά）。"柏拉图：《理想国》，郭斌和、张竹明译，商务印书馆，1986年，第249页。

　　② 关于"精准"，另参考《论崇高》35："那些在写作上争夺头奖，鄙夷所有精确性（ἀκριβείας）的半神们又有着何种理想呢？"36："我们惊叹于技艺的精微之处（τὸ ἀκριβέστατον），自然造化中的崇高，人正是出于自然才有了言语的能力。"

　　③ 参见《论吕西亚斯》，2。这一判断显然是针对演说术而做出的。在此节中，狄俄尼修斯指出，吕西亚斯是"阿提卡方言的最佳典范。这种方言不是柏拉图与修昔底德使用的那种古早方言，乃是彼时通行的方言，如安多齐德思、克里提阿斯等人的演说中所用的方言。在这个对于演说至关重要的方面，我指的是言辞的纯净，后来者没有能超越，甚至除却伊索克拉底以外，无人能够模仿。因此，我认为，此人是吕西亚斯之后众演说家之后在言辞上最为纯净的"。另参考昆体良《演说术教育》10.1.78："吕西亚斯比我刚才所提到的人年代更早一些。他精致而又优雅（subtilis atque elegans），如果说演说家的职责在于告知（docere）的话，那么没有什么比他的演说作品更完美了。他的文字没有空话（inane），没有夸张；他的作品更接近于清澈的溪流而不是滔滔大江。"

　　④ 狄俄尼修斯在言辞（λέξις）层面将"纯粹"（即平实）与"崇高"风格对立观之。如在《论修昔底德》23中，他试图追寻修昔底德的风格来源。在他看来，古人（修昔底德之前的作家）的风格分为两种，一种"平实、无华、简明，且只挑择有用与必要的说"（τὴν λιτὴν καὶ ἀκόσμητον καὶ μηδὲν ἔχουσαν περιττόν, ἀλλ᾽ αὐτὰ τὰ χρήσιμα καὶ ἀναγκαῖα），另一种则"郑重、庄严、细致，且充满修饰"（τὴν πομπικὴν καὶ ἀξιωματικὴν καὶ ἐγκατάσκευον καὶ τοὺς ἐπιθέτους προσειληφυῖαν κόσμους）。他接下来指出，伯罗奔尼撒战争之前的作家(无论是操爱奥尼亚方言，还是操阿提卡方言)均坚守前一种风格，他们更关注词语的字面意义，而非隐喻义，他们的风格均是质朴无华的（τὴν ἀφελῆ καὶ ἀνεπιτήδευτον），在言辞与思想上，他们不会偏离日常通用、习以为常的言辞。"纯粹、清晰、简明乃言辞的必要品质"（τὰς μὲν οὖν ἀναγκαίας

朗吉努斯并未对此问题进行深入探讨，或许他从根本上怀疑、鄙弃这种做法。① 在他看来，才华有上中下之区分，中规中矩、安分守己之人或许能够成就精细之事，但他们终究属于中人（乃至下人）之智，追求崇高的上人天性喜欢以身试险，进而上行升入神明所属的世界。

> 关于具有高蹈天赋的作家（这些人的伟大不会出乎实用与助益之外），我们需要立刻注意到，虽然他们远远没有实现整饬无误，但所有这些人都是在凡人之上的（ἐπάνω τοῦ θνητοῦ）。其他文学品质证明的是，拥有这些品质的人乃是凡人，而崇高将人托举接近神高蹈的心志（τὸ δ᾽ὕψος ἐγγὺς αἴρει μεγαλοφροσύνης θεοῦ）。四平八稳不会招来指责，伟大则会引发惊叹（τὸ μὲν ἄπταιστον οὐ ψέγεται, τὸ μέγα δὲ καὶ θαυμάζεται）。②

在这点上，朗吉努斯表现出与阿提卡风格推重者不同的价值偏向。借助"崇高"概念，阿提卡风格的内涵不再局限于时人鼓吹的"精雅""纯净"等范畴，而正如我们在《论崇高》中所看到的那样，"崇高"无论作为一种风格，抑或是一种效果，它都引入了更为宏阔、丰富的希腊古典文学资源，涉及的文体也从惯常的演说辞、历史延伸至史诗、抒情诗等。

值得注意的是，朗吉努斯对"崇高"心志以及修辞性崇高效果的关切针对的并非诗人、哲人，而是演说家。③ 他说："真正的演说家（τὸν ἀληθῆ

ἀρετὰς ἡ λέξις αὐτῶν πάντων ἔχει καὶ γὰρ καθαρὰ καὶ σαφής)，而"展现演说家力量的次要品质"则包括"崇高、雅致、庄重、高蹈"（ὕψος…καλλιρημοσύνην καὶ σεμνολογίαν καὶ μεγαλοπρέπειαν)，这些品质在伯罗奔尼撒战争前的作者身上鲜有出现，这些作者的言辞中并未出现"紧张、庄重、激情，以及动能与战斗精神，恐惧即由这些东西产生"（οὐδὲ δὴ τόνον οὐδὲ βάρος οὐδὲ πάθος διεγεῖρον τὸν νοῦν οὐδὲ τὸ ἐρρωμένον καὶ ἐναγώνιον πνεῦμα, ἐξ ὧν ἡ καλουμένη γίνεται δεινότης)。在写作布局（σύνθεσις）上，他又另有论调。参考《论写作》，22。

① 朗吉努斯在论述希佩里德斯时一笔带过地描述了"吕西亚斯的优秀品质与雅致"（ἐκ περιττοῦ περιείληφεν ἀρετάς τε καὶ χάριτας)。这个措辞是十分耐人寻味的，为什么"优秀品质"与"雅致"可以相提并论，而非前者包含后者呢？ 在这点上，我们对比一下狄俄尼修斯的态度或许可以有所领悟。狄俄尼修斯认为，雅致（χάρις）是吕西亚斯与希佩里德斯共同拥有的文学品质。参考《论吕西亚斯》，10 与《论狄那库斯》（Dinarchus），3。狄俄尼修斯在《论吕西亚斯》10 处还进一步申明，"雅致"与其他"品质"不同，且更难以定义。

② 《论崇高》，36。《论崇高》中"接近神"的类似表述随处可见，从论述主题上来说，这是对《斐德若篇》等相关柏拉图对话录的呼应。参考《斐德若篇》246c—e："凡是灵魂都控制着无灵魂的，周游诸天，表现为各种不同的形状。如果灵魂是完善的，羽毛丰满的，它就飞行上界，主宰全宇宙。如果它失去了羽翼，它就向下落，一直落到坚硬的东西上面才停……羽翼的本性是带着沉重的物体向高飞升，升到神的境界的，所以在神的各部之中，是最近于神灵的。"

③ 另参考《论崇高》30："选择恰当与宏伟的语词能够带动与吸引听众，这乃是所有演说家与写

ρήτορα) 必不可拥有低俗与卑贱的思想。因为，心怀小人之心与奴隶之心且有追求的人，在他们的一生之中都不可能产出任何令人惊异的东西，任何值得世代流传的东西。高蹈的言辞最可能出自那些拥有深沉思想的人。"（《论崇高》，9）及至古罗马，在公元1世纪，诸如诗歌（如荷马、赫西俄德、品达）、哲学（如柏拉图）等古典希腊文化遗产均已被收编入修辞学，修辞学领域中展开的阿提卡风格—亚细亚风格之争既是对文化阐释权与文化合法性的护卫，也是对演说术自身存在意义的再次加固与辩护。在这场以风格为焦点的修辞学较量中，①朗吉努斯对吕西亚斯、希佩里德斯（狄俄尼修斯以之为平实风格的代表，凯基里乌斯以之为阿提卡风格的首要代表）的态度则向我们隐秘地透露出他在这一论争中的微妙与审慎的态度（考虑到朗吉努斯身处的罗马圈层，他的谨慎是可以理解的，且是十分必要的）。②

朗吉努斯对希佩里德斯、吕西亚斯的批评极具"修辞性"。他效法狄俄尼修斯（抑或是彼时批评话语中的常见做法）列数希佩里德斯与吕西亚斯的优秀品质（"到底是数量大的优秀品质［αἱ πλείους ἀρεταὶ］③，还是那些本身就更好的优秀品质，更堪夺得头筹"，《论崇高》，33），"他言谈平实简明（μετὰ ἀφελείας），在必要的时候，他也不会像德摩斯梯尼一样从头到尾使用一种语调"，"他有塑造人物的能力，并且能佐之以愉悦与质朴。在他身上有许多不可言喻的雅致、最为老练的讽刺、高贵的气质、极富技巧的挖苦和以阿提卡作家为标准的玩笑，既不粗俗，也不拙劣，非常直截了当，还有聪明的

作者的至高追求，因为这种选择立马就能为言辞装饰以崇高、美、雅致、威重、雄伟，以及其他一些东西，就仿佛最美的雕塑表面所生发出的锈迹一样，它为事实赋予有声的灵魂，这点向已经熟知的人再详细阐发就太过多余了。"

①　从狄俄尼修斯在《论德摩斯梯尼》23中含混而又颇具指向性的言辞中，我们可以推断，在这场论争中，柏拉图确乎是论述"高蹈风格"（high style）众人无法绕开的巨人："某些人想将柏拉图称为一切哲人与以文学写作为业的修辞学家中最为伟大的天才，并且要求我们将此人视为纯净而又有力的风格（καθαρῶν ἅμα καὶ ἰσχυρῶν λόγων）的标准。我还听说，有的人声称，如果众神以人类的语言为语言，那么众神之神，他们的王者的说话方式无非是柏拉图那样的。"

②　朗吉努斯言语中亦透露出谨慎，如在进行风格分析之前，他说，"如果我们希腊人对此算是有所了解的话"；风格判断之后又言，"你们可以做出更好的判断"。

③　狄俄尼修斯之"风格之品质"（ἀρεταὶ λέξεως）的"经典段落"（locus classicus）见于《致庞培乌斯》3.16—21，在此处，根据这些品质而受到审定的作者为希罗多德与修昔底德。列举的品质有：1. 纯粹性（ἡ καθαρὰ διάλεκτος）、2. 明晰性（συντομία）、3. 简明性（τὸ βραχύ）、4. 生动性（ἐνάργεια）、5. 刻画人物与情感力量（τῶν ἠθῶν τε καὶ παθῶν μίμησις）、6. 庄严性（αἱ τὴν ἰσχὺν καὶ τὸν τόνον）、7. 活力（τὰς ὁμοιοτρόπους δυνάμεις τῆς φράσεως ἀρεταὶ περιέχουσαι）、8. 迷人性与说服性（ἡδονὴν δὲ καὶ πειθὼ）、9. 得体性（τὸ πρέπον）。另参考 S. F. Bonner, *The Literary Treatise of Dionysius of Halicarnassus*, Cambridge: Cambridge University Press, 1939, p. 41.《论崇高》行文中亦多次提及风格"品质"："而德摩斯梯尼则在着手写作之时就将以高蹈天赋成就到极致的优秀品质（καὶ ἐπ'ἄκρον ἀρετὰς）搜罗殆尽集于一身，崇高言说的语调、活跃的激情、丰沛、张力、速度（在恰当的时机），以及无可超越的力量，这些都是神的可畏馈赠，将这些称为属人的事物是不合法的。"（34）

讥嘲、极大的喜剧色彩，以及针锋相对的戏谑，在所有这些元素之中有着一种不可模仿的魅力。在引发怜悯上，他天赋异禀；在讲述故事上，他如江河倾泻而出；在转换话题上，他以其机敏的精神做得极为灵活"（《论崇高》，34）。如此之多的优点并非朗吉努斯独具慧眼的鼓吹之辞，而仅仅是照本宣科的拿来主义，因此使得整段（以及第35节）蒙上一层似有似无的反讽论调。狄俄尼修斯在《论模仿》中既已对希佩里德斯褒奖有加（从《论十位阿提卡演说家》序言中我们得知，《论希佩里德斯》已经纳入写作计划之中，可惜未能存世，不能征引）：希佩里德斯在"言辞表达"（τῇ φράσεως κατασκευῇ）上超越吕西亚斯，在论题、论据的选择上遥遥领先所有人，他的行文切题、雅致，兼具力量（δεινότης）与明晰。① 而且，倘若有德摩斯梯尼的衬托，希佩里德斯的才能会更显得耀眼：

> 德摩斯梯尼则不擅长刻画人物，毫无漫溢之感，更谈不上流畅与擅长"展示演说"，以上我们所说的那一长串东西他大部分都不具备。当他被迫挤出一点笑话，或者显得机智的时候，他没有引发笑声，反倒成了笑料，当他意欲以身接近愉悦之时，他反倒与其离得更远了。如果他试图为芙丽涅或者阿特诺格涅斯写作一个短篇演说的话，会使得希佩里德斯更添光彩。（《论崇高》，34）

随即朗吉努斯话锋一转：尽管希佩里德斯拥有这些品质（ἀρεταί），但在"崇高言说的语调、活跃的激情、丰沛、张力、速度（在恰当的时机），以及无可超越的力量"等"神的可畏馈赠"（因为这些品质并非常人所能拥有）上，德摩斯梯尼则令人望尘莫及，"万世的演说家们如同受到雷霆击打闪电耀眼一般"。② 德摩斯梯尼作为演说术之"崇高"代表，其写作例证遍布全篇。作者借论述柏拉图的机缘，顺势插入了一个颇为敏感的问题：如若将"我们

---

① 另参考拉塞尔的判断，朗吉努斯在此列举希佩里德斯的优良品质更为细致，但他的评断与时下的俗见并不冲突，见"Longinus", *On the Sublime*, p. 160。

② ὁ δὲ ἔνθεν ἑλὼν τοῦ μεγαλοφυεστάτου καὶ ἐπ'ἄκρον ἀρετὰς συντετελεσμένας, ὑψηγορίας τόνον, ἔμψυχα πάθη, περιουσίαν ἀγχίνοιαν τάχος, ἔνθα δὴ κύριον, τὴν ἅπασιν ἀπρόσιτον δεινότητα καὶ δύναμιν… （《论崇高》，34）拉塞尔注意到此段与狄俄尼修斯《论修昔底德》23在措辞上的近似之处；这些德性是次要的，在演说家表现出的力量中最为显著，但这种风格数量极少，也未达到巅峰——我指的是崇高、典雅、庄严、伟大。他们没有唤醒紧张、庄重、激情，以及引发激动与战斗的精神，所谓的令人畏惧效果即从此而来(τὰς δ᾽ ἐπιθέτους, ἐξ ὧν μάλιστα διάδηλος ἡ τοῦ ῥήτορος γίνεται δύναμις, οὔτε ἁπάσας οὔτε εἰς ἄκρον ἤκούσας, ἀλλ᾽ ὀλίγας καὶ ἐπὶ βραχύ, ὕψος λέγω καὶ καλλιρημοσύνην καὶ σεμνολογίαν καὶ μεγαλοπρέπειαν: οὐδὲ δὴ τόνον οὐδὲ βάρος οὐδὲ πάθος διεγεῖρον τὸν νοῦν οὐδὲ τὸ ἐρρωμένον καὶ ἐναγώνιον πνεῦμα, ἐξ ὧν ἡ καλουμένη γίνεται δεινότης)。

的"德摩斯梯尼与罗马的西塞罗(他也是唯一一位出现在《论崇高》中的罗马作家)并置评判,胜者是谁呢？ ① 在这里,我们需要回到第 11 节与第 12 节(中间有脱漏)中对修辞技法 "夸张" (αὔξησις) 的讨论。朗吉努斯提出,存在着诸多类型的 "夸张"："可以通过普通论题(τοπηγορίαν),或夸大(δείνωσιν),或对事件与论点予以扩展(ἢ πραγμάτων ἢ κατασκευῶν ἐπίρρωσιν),或者通过对行动与激情进行有序地排列(ἐποικονομίαν ἔργων ἢ παθῶν ˙μυρίαι γὰρ ἰδέαι τῶν αὐξήσεων)。"修辞学家认为：

> 夸张就是赋予主题的高蹈言辞；然而,这个定义肯定普遍适用于崇高、激情以及修辞格(ὕψους καὶ πάθους καὶ τρόπων),因为这些东西都会使得言辞具备某种高蹈之感(ποιόν τι μέγεθος)。(《论崇高》, 12)

也就是说,依照修辞学家的定义,诸如修辞格、普遍论题、论证展开等均可以归入"夸张"这一名目之下。② 但朗吉努斯对此并不满意,他提出, "崇

---

① 这种比较或许是对凯基里乌斯的一个回应。据普鲁塔克所著之《德摩斯梯尼》3,凯基里乌斯曾 "年少轻狂地" (ἐνεανιεύσατο) 将德摩斯梯尼与西塞罗进行比较。至西塞罗逝世之后, 德摩斯梯尼与西塞罗之间展开的 "竞争" (甚至可以说是希腊与罗马之间展开的文化竞争,尤其注意朗吉努斯在第 12 节中的称呼—— "我们的……西塞罗……" [ὁ μὲνἡμέτερος...ὁ δὲ Κικέρων...]) 并不鲜见。参考凯基里乌斯残篇(Ernst Ofenloch ed., *Caecilii Calactini Fragmenta*, Stuttgart: B. G. Teubner, 1967),普鲁塔克之《德摩斯梯尼与西塞罗比较》,昆体良《演说术教育》10.1.105—112。这里的 "夸张" 并非修辞格意义上的,其本意为 "夸大" "增加" "拉长" 等。普鲁塔克对德摩斯梯尼与西塞罗孰优孰劣也持非常谨慎的态度。他在《德摩斯梯尼与西塞罗平行列传》中称,自己的拉丁文并未足够精熟到可以欣赏 "罗马语言的优美与迅捷、修辞格、格律,以及语言的其他装饰",因此自己将聚焦讨论两位演说家的行动与政治生涯。普鲁塔克《德摩斯梯尼与西塞罗平行列传》3.1—2："因此,在《平行列传》第五卷讨论德摩斯梯尼与西塞罗时,我会考察他们的行动及其政治生涯,以期了解他们的本性与性格有何可堪比较之处。但是我不会对他们的演说做出比较,也不会试图说明,两者中谁更令人愉悦,谁更加有力(πότερος ἡδίων ἢ δεινότερος εἰπεῖν)。因为,如岐奥斯的伊翁所言, '海豚在陆地上是无计可施的',这个格言凯基里乌斯一定不记得,他凡事都走极端,年少轻狂地试图对德摩斯梯尼与西塞罗进行比较。"在公元 1 世纪末,德摩斯梯尼与西塞罗比较已经成了修辞学训练程式。如在佩特洛尼乌斯所著之《萨蒂利孔》中,主人公特里马其奥(Trimalchio)便虚荣而故作高深地向修辞学家阿伽门农提问："你说,西塞罗与普布利里乌斯(Publilius)孰优孰劣？"又如,尤文纳尔之《讽刺集》10.114—132："德摩斯梯尼与西塞罗的雄辩与声名(eloquium ac famam Demosthenis aut Ciceronis),这是每个学生都期待拥有的……但是,两位正是因为自己的雄辩走向终结的,丰沛而满溢的才能将他们送向死亡。"

② 昆体良在《演说术教育》8.4—6 中有言, "存在四种 '夸张' (amplificatio),即 '增大' (per incrementum)、'比较' (comparatio)、'推断' (per rationcinationem)、'聚合' (per congeriem)"。在修辞学风格理论中, "夸张" 常常与 "崇高风格" 相关,相应地, "弱化" (attenuatio) 常常与 "平实风格" 相关。如西塞罗《致赫仑尼乌斯修辞论》4.8.11："如下情况下言辞是以崇高风格写就的：如果事件能够以最具修饰性的词语(无论是字面义还是隐喻义)描述；如果深沉的思想被选择,诸如那些在夸张或引发同情的思想；如果我们使用具有崇高性的修辞格。"西塞罗也推崇 "夸张",如在《论演说家》3.26.104 处有言："雄辩的最高品质在于通过装饰实现夸张,这不仅可以用于增大主题的重要性,将其提升至更高的层次,还可以贬低、减损之。" "夸张" 又与 "选词" 和 "修辞" 密切相关,也是风格呈现庄重品质的重要手段："词语

高”(τὸ μὲν ὕψος…)与“夸张”(ἡ δ᾽αὔξησις καὶ…)两者具有本质的区别：“崇高中带有一种提升，而夸张则在于其体量；也就是说，崇高总是存在于一种思想之中，而夸张总是伴随体量与冗余(μετὰ ποσότητος καὶ περιουσίας)”。这一不为学者所注意的分判恰恰反映了朗吉努斯对“崇高”(ὕψος)本质及其真正代表的思考，对西塞罗风格的隐秘批判，以及对修辞学家秉持之“崇高”(μέγεθος)的批判。① 我们将这段重要的评断引述如下，以便从遣词造句中分析其中的微妙之处。

> 在我看来，亲爱的特伦提阿努斯，如果我们希腊人对此算是有所了解的话，西塞罗正是如此(而非在其他方面)与德摩斯梯尼在崇高效果上有所区判：德摩斯梯尼的崇高经常是险峭的，而西塞罗的则是喷涌而出的。我们的这位以其暴力，还有其速度、力量、雄劲，足以燃烧与毁灭一切，或许我们可以将他比拟为闪电与雷霆；西塞罗在我看来则好似来势汹汹的烈火，他吞噬一切，内在火力充沛，续接不断。当然，你们可以做出更好的判断，但德摩斯梯尼之崇高的契机源自其紧迫与激烈的情绪，以及那些令听众彻底震惊的篇幅；西塞罗的喷涌在于那些定要令词语涌泄出的地方：它适用于普通论题，大部分的演说以及合唱队主唱段，所有展示性的演说、历史学、自然学，以及其他书写种类。②

必须选择具有说明力量且不偏离日常使用的词汇，它们要庄重、饱满、洪亮，可以是复合词、生造词、同义词，要新鲜、夸张，总而言之是隐喻词。这是针对单个的词汇。在句子中，词语之间必不能有连接词，这样词汇会显得足够丰沛。”参考 M. Tullius Cicero, *M. Tulli Ciceronis Rhetorica*, Tomus II, A. S. Wilkins ed., Oxonii: e Typographeo Clarendoniano, 1911。参考《斐德若篇》：“在所有的修辞技巧中，最为全面的是夸张。它似乎涵括了很多含义，因为一个人可以通过扩展、加强、严肃达成夸张。”

① ὕψος(该词及其变体在《论崇高》中共出现74次)与μέγεθος(该词及其变体在《论崇高》中共出现47次)两者在通常情况下可以视为同义词，但也并非毫无差别。例如，在《论崇高》第9节中论述《奥德赛》时的措辞耐人寻味：“他在《奥德赛》中没有存续伊利昂诗篇中的那种迥门，那种持久的、不至于陷入平淡无味的崇高(τὰ ὕψη)，也没有了与之类似的那种密布的激情的宣泄，也没有了那种瞬息万变、公共演说的那种风格，其中绵密地布局着来自真实的想象：就好像是大海退却归于自身界限的那种情境，在荷马游弋于传说与无稽之谈时，退潮彰显了余下的崇高(τὸ μέγεθος)。”这里，由潮水这一隐喻我们可以做出推断，前者关乎迅捷、险峻之品质，而后者则更加偏向壮观、宏大。英雄迟暮，激情(σφοδρότης)不再，壮心(τὸ μέγεθος)不逝。另参考《论崇高》第40节论述布局时说：“有许多散文作者与诗人本质上并非崇高的(ὑψηλοί)，或许甚至根本就不伟大(ἀμεγέθεις)。”笼统说来，μέγεθος是“崇高”“伟大”“雄伟”“壮阔”等丰富语义场的总体指涉，而《论崇高》中的ὕψος则是朗吉努斯理想“崇高”风格的具体指涉。

② ἐμοὶ δοκεῖ, φίλτατε Τερεντιανέ, ᾽λέγω δέ, εἰ καὶ ἡμῖν ὡς Ἕλλησιν ἐφεῖταί τι γινώσκειν᾽ καὶ ὁ Κικέρων τοῦ Δημοσθένους ἐν τοῖς μεγέθεσι παραλλάττει: **ὁ μὲν γὰρ ἐν ὕψει τὸ πλέον ἀποτόμῳ, ὁ δὲ Κικέρων ἐν χύσει**, καὶ ὁ μὲν ἡμέτερος διὰ τὸ **μετὰ βίας** ἔκαστα, ἔτι δὲ **τάχους ῥώμης δεινότητος** οἷον καίειν

德摩斯梯尼的"崇高"在其"险峭"(ἀπότομος)①。在《论崇高》第39节中，朗吉努斯再次以同样的词汇称赞德摩斯梯尼的"思想确乎显得崇高"(ὑψηλόν γέ που δοκεῖ νόημα)，并用"改写法"(metathesis)比较原文与改写文字之间的风格差距。他以《论王冠》第188节中的一句——"决议使得彼时弥漫在城邦中的危机像云一样散去"(τοῦτο τὸ ψήφισμα τὸν τότε τῇ πόλει περιστάντα κίνδυνον παρελθεῖν ἐποίησεν, ὥσπερ νέφος)为例，如若随意变动原文的词语排布顺序，或者更改词语(如将其缩减成ὡς νέφος，或者扩张成παρελθεῖν ἐποίησεν ὡσπερεὶ νέφος)都会有损"险峭的崇高感"(τὸ ὕψος τὸ ἀπότομον)。②除却"陡峻之外"，德摩斯梯尼之"力"(βίας...τάχους ῥώμης δεινότητος...)有"疾雷不及掩耳，迅电不及瞑目"(σκηπτῷ τινι παρεικάζοιτ' ἂν ἢ κεραυνῷ)之效，令人瞠目咋舌。③德摩斯梯尼的"崇高"是朗吉努斯所定义的崇高("崇高在瞬间迸发出来，并像雷电那样击碎万物，刹那展现出言说者全部的力量"，《论崇高》, 1)的完美代表。细读原文，我们会发现，诸如"力量"(βία)、"险峭"(ἀπότομος)、"令人生畏"(δεινότης)、"出离"(ἔκπληξις)、"掌控"(δυναστεία)、"雷霆"(σκηπτός, κεραυνός)等"崇高"概念语义场之内惯用的术语均未出现在对西塞罗演说风格的描述中。西塞罗的风格"好似来势汹汹的烈火——吞噬一切，内在火力充沛(ἀμφιλαφής)，续接不断(ἐπίμονον)"，并且他的词语所到之处"喷涌"(τῆς δὲ χύσεως)而出。两者区别为何呢？回到前面所言的"夸张"的修辞学技巧。据朗吉努斯所言，"夸张"关乎"体量"(πλῆθος, ποσότης, περιουσία)，"是对主题中的组成部

τε ἅμα καὶ διαρπάζειν, **σκηπτῷ τινι παρεικάζοιτ' ἂν ἢ κεραυνῷ**, ὁ δὲ Κικέρων ὡς ἀμφιλαφής τις **ἐμπρησμὸς** οἶμαι πάντῃ νέμεται καὶ ἀνειλεῖται, πολὺ ἔχων καὶ ἐπίμονον ἀεὶ τὸ καῖον, καὶ διακληρονομούμενον ἄλλοτ' ἀλλοίως ἐν αὐτῷ καὶ κατὰ διαδοχὰς ἀνατρεφόμενον. ἀλλὰ ταῦτα μὲν ὑμεῖς ἂν ἄμεινον ἐπικρίνοιτε, καιρὸς δὲ τοῦ Δημοσθενικοῦ **μὲν ὕψους** καὶ ὑπερτεταμένου ἔν τε ταῖς δεινώσεσι καὶ τοῖς σφοδροῖς πάθεσι, καὶ ἔνθα δεῖ τὸν ἀκροατὴν τὸ σύνολον ἐκπλῆξαι, **τῆς δὲ χύσεως**, ὅπου χρὴ καταντλῆσαι· τοπηγορίαις τε γὰρ καὶ ἐπιλόγοις κατὰ τὸ πλέον καὶ παραβάσεσι καὶ τοῖς φραστικοῖς ἅπασι καὶ ἐπιδεικτικοῖς, ἱστορίαις τε καὶ φυσιολογίαις, καὶ οὐκ ὀλίγοις ἄλλοις μέρεσιν ἁρμόδιος. (《论崇高》, 12)

①　亦有攻其不备、出其不意之义。另参考狄俄尼修斯《论伊索克拉底》2等处喜用的σύντομος。

②　荷马笔下的赫克托尔(《伊利亚特》, 15.346—349)在情势万分紧急之下从间接引语陡然转向直接引语，这样的"崇高"也是令人猝不及防(ἀπότομον)的。"'赫克托尔激励特洛伊人，大声呼号：快回到船上，扔下带血的战利品，要是我看到有谁自愿远离船只，我一定会置他于死地。'在此，诗人将恰如其分的叙事系于自身，但是他突然在丝毫未事先说明的情况下将陡至的威胁放置在愤怒的统帅之心上(τὴν δ' ἀπότομον ἀπειλὴν τῷ θυμῷ)。如果添加上'赫克托尔如是说'云云，文句就显得僵冷干瘪了。"(《论崇高》, 7)

③　参见《论崇高》, 12。西塞罗在《演说家》234中也曾将德摩斯梯尼比拟为"霹雳惊雷"(vibrarent fulmina illa)。

分与话题的展开,并以此增强论述力"(《论崇高》,12)。答案清晰明了:如果说朗吉努斯心中的"崇高"(ὕψος)理想在于高绝(以德摩斯梯尼为代表)的话,西塞罗的"崇高"(μέγεθος)则在于体量(ἁδρός)与铺展(χύσις)。① 更有明眼学者指出,朗吉努斯亲身示范,以文字本身彰显两位的风格差异。② 德摩斯梯尼善于通过连词省略(asyndeton)而制造崇高效果的典范(参考《论崇高》第20节引用的例证:"受害者甚至无法向他人描述——以其表情、眼神,以及声音"[ὧν ὁ παθὼν ἔνι᾽ οὐδ᾽ ἂν ἀπαγγεῖλαι δύναιθ᾽ ἑτέρῳ, **τῷ σχήματι, τῷ βλέμματι, τῇ φωνῇ**]),在朗吉努斯对其特征的描述中,这点亦得到了会心的模仿(由此足见朗吉努斯对德摩斯梯尼演说的熟悉程度)。"我们的这位以其暴力,还有其速度、力量、雄劲,足以燃烧与毁灭一切"(ἔτι δὲ **τάχους ῥώμης δεινότητος** οἷον καίειν τε ἅμα καὶ διαρπάζειν),三个描述性词语之间并无连接词衔接,意义层层推进,来势汹汹,令人难以招架抗拒。除此之外,若以狄俄尼修斯在《论写作》中对"峻厉风格"的叙述为参照的话,这三个词语均以辅音开头与结尾,音节之间无法彼此融合,形成铿铿然之金石声。③ "西塞罗在我看来则好似来势汹汹的烈火,他吞噬一切、铺展蔓延,内在火力充沛、续接不断、四处延烧、绵延无尽"(ὁ δὲ Κικέρων ὡς ἀμφιλαφής τις ἐμπρησμὸς οἶμαι πάντη νέμεται **καὶ** ἀνειλεῖται, πολὺ ἔχων **καὶ** ἐπίμονον ἀεὶ τὸ καῖον, **καὶ** διακληρονομούμενον ἄλλοτ᾽ ἀλλοίως ἐν αὐτῷ **καὶ** κατὰ διαδοχὰς ἀνατρεφόμενον)。对西塞罗的描述恰如蔓延铺展的烈火,奔

---

① 西塞罗自己在阿提卡风格—亚细亚风格辩论中便以德摩斯梯尼为自己的风格辩护,首要称赞的品质是"力量"(vis)。凯撒遇刺之后,时局骤变,西塞罗对德摩斯梯尼的处境更加感同身受,并以《反腓力辞》向这位"完美的演说家"(perfectus orator,《论演说家》,1.58)致敬。西塞罗宣称,自己不仅学习德摩斯梯尼,而且亲身翻译。"我以同样的形式,以及与我们的习惯相符合的语言翻译《论王冠》,不仅是作为阐发者,还作为演说家。我并不认为逐字翻译是必要的,但我保存了总体风格与其中的力量(genus omne verborum vimque servavi)。"(《论最好的演说家》,14)关于西塞罗对德摩斯梯尼不同人生阶段的态度与周遭环境之关系,参考Cecil Wooten, "Cicero's Reactions to Demosthenes: A Clarification", *The Classical Journal*, Vol. 73, No. 1, 1977, pp. 37–43。阿提卡主义者批判西塞罗风格,"浮夸、亚细亚风、冗赘,无穷尽的重复(tumidiorem et Asianum et dedundantem et in repetitionibus nimium),幽默时而显得僵冷,写作编排上阴柔(in compositione fractum),在韵律上几乎显得女性化(molliorem)"。参见昆体良:《演说术教育》,12.10.12,另参考《演说术教育》,9.4.142。塔西佗《演说家对话录》(*Dialogus de oratoribus*)18.4处对西塞罗的批评的援引:"我们都清楚西塞罗的演说也不是没有批评者的,他们觉得他的演说似乎过于浮夸、虚浮,不够紧凑,过分藻饰、冗赘,不够阿提卡(satis constat ne Ciceroni quidem obtrectatores defuisse, quibus inflatus et tumens nec satis pressus, sed supra modum exsultans et superfluens et parum Atticus videretur)。"

② 参考"Longinus", *On the Sublime*, p. 111, 以及Cynthia Damon, Christoph Pieper eds., *Eris vs. Aemulatio: Valuing Competition in Classical Antiquity*, Leiden: Brill, 2018, p. 315。

③ 参考本书第二章有关狄俄尼修斯论品达的内容。

涌前进的浪涛。[①]当然，此段也是西塞罗"丰沛"（copia/χύσις）风格的绝佳展示。谙熟希腊文的读者一定能看出（甚至从译文中亦能有所感受），在这个简单的火焰隐喻中，作者从头至尾使用的词语均属同义反复：ἀμφιλαφής（蔓延）、ἐμπρησμὸς（火焰之河）、πάντη（四处）、νέμεται（汹涌、铺展）、ἀνειλεῖται（汹涌、燎原）、πολὺ ἔχων（势头极猛）、ἐπίμονον（绵延）、διακληρονομούμενο（铺展）、ἄλλοτ' ἀλλοίως（四处，无所不及）、διαδοχὰς（前后相续）、ἀνατρεφόμενον（一再喷涌）。[②]

由此牵引出的一个修辞学命题为："崇高"风格的产生应以体量（magnitude/greatness），还是以高致、卓绝为首要品质。[③]在第二章中，我们曾经尝试梳理修辞学理论中的"崇高"风格发展史，伊索克拉底区分雄浑（ἀδρός，原义为饱满、浑圆，指典礼演说的风格）与平实（ἰσχνός，原意为瘦削、干瘪，指法庭辩论的风格），德摩特里乌斯区分"崇高风格"（μεγαλοπρεπής）与"力量风格"（δεινός），西塞罗区分"崇高风格"（gravis）与"中等、低等风格"（mediocris, extenuata）。尽管个中内涵与学承脉络各有差异，但其中的隐喻词汇均以"雄壮"（greatness）为首要区分品质。[④]直至狄俄尼修斯时代，

---

① 后世的马克罗比乌斯（Macrobius）在《农神节》（Saturnalia）中区分出四种风格，即"丰沛"（copiosum）、"简约"（breve）、"枯瘦"（siccum）、"华靡"（pingue et floridum），西塞罗被冠以"丰沛"风格首席之称。

② 诸如"洪流"等类似比喻在修辞学与文学批评中十分常见，尤其是论述风格之时。西塞罗本人也常常使用这一比喻描述演说语言。例如，《演说家》20—21论述"崇高风格"。此段描写有可能是作者的有意反讽戏仿，如此之多的同义词在一个句子中频繁出现也绝不常见于西塞罗本人的演说写作中。但"同义反复"（tautology）确实是西塞罗常用的写作手法，例证颇多，参考 Andrew R. Dyck, *Cicero: Catilinarians*, Cambridge: Cambridge University Press, 2008, p. 281。

③ 钱锺书先生所论之"峥嵘"与朗吉努斯"崇高"乃绝佳对译。

④ 西塞罗继承色奥弗拉斯图斯一脉修辞学风格分类法，尤其强调丰沛、庄重。但西塞罗并未将"丰沛"与"高绝"对立起来，西塞罗的"崇高风格"（genus grave, grande, grandiloquum）将两者统摄于一体："这种风格是崇高的、猛烈的、炽热的（gravis acer ardens）……丰沛的作者极少有理智的……他所说的话不可能是不徐不疾的，他不在乎分类、界限、明晰、愉悦……他激发听众的激烈热情，就像是充满理智的人群中的一个狂热的疯人，就像因昏饮而迷醉的人在清醒的人群中一样（furere apud sanos et quasi inter sobrios bacchari vinulentus videtur）。"（《论演说家》，28）波特指出，区分"丰沛"与"高绝"并不见于西塞罗与普林尼等作家之中，此种区别仅仅是崇高理论之中极为细微的差别。朗吉努斯或许是在遥遥呼应德摩特里乌斯对"崇高"（μεγαλοπρέπεια）风格与"力量"（δεινότης）风格的区分。参考 James I. Porter, *The Sublime in Antiquity*, p. 281。另有学者注意到，奥古斯都时代的希腊修辞学家以雅典作为新风格的典范，他们更加偏好表示"高度"的词汇，而非体量。斐洛德姆斯（Philodemus）等作者惯用的"崇高风格"（ἀδρός）并不见于狄俄尼修斯等人的作品之中。罗马修辞学家亦是如此。以西塞罗为例，表达"高度"意义的拉丁形容词，诸如 excelsus、altus、elatus 等仅仅出现于他的晚期著作之中，例如《布鲁图斯》《演说家》，这两部作品均写作于公元前46年。如《布鲁图斯》276中所言之"更为高绝的风格"（altior oratio）、"更为激烈的发表"（actio…ardentior）与"疯癫与迷狂相关"（furere atque bacchari）。另外，拉扎尔提醒我们注意，朗吉努斯在论述"浮夸"时提到"悲剧本质上就有这些夸张与体量庞大的东西"（πράγματι ὀγκηρῷ φύσει καὶ ἐπιδεχομένῳ στόμφον，《论崇高》，3）。ὄγκος（体量）与στόμφος（夸大）及其衍生

"崇高"风格从隐喻措辞上开始出现"峻厉""险峭"等含义(参考第二章)。显然，朗吉努斯将这一特点与诉求向纵深推进，并使之成为"崇高"的显要品质。与"瞬息万变、公共演说的那种风格"(用以描述《伊利亚特》的风格)相比，西塞罗的优点在于"丰沛"(copia)——鉴于无法精准确定文本与作者，以及作者可能身处的政治环境以及言说对象的身份，我们无法确凿地定下判断，《论崇高》的作者是否对西塞罗有明确的批评意见。① 但是，从措辞、口吻、隐喻，以及作者在选择例证上的有意偏向，我们认为，从"崇高"概念上来说，西塞罗式的"漫溢/汹涌"(χύσις)并不十分契合(如果并非不符合的话)朗吉努斯的定义，这或许是出于文化认同，或许出于个人判断，详细的原因如今已经无从查考。②

词均是早期希腊文学批评中的常见语汇，尤其是指涉"崇高""庄严"时。阿里斯托芬便使用στομφάζειν与στόμφαξ描述埃斯库罗斯(参考《云》，1367)。ὄγκος、ἰσχνός、ἀδρός、οἰδεῖν等均为身体隐喻，后被引入文学批评之中，参考《论崇高》第3节中对雕肿批判时采用的词汇，尤其是对埃斯库罗斯的《奥里西亚》(Orithyia)的批评。公元前5世纪，悲剧的夸张常常与精雅、瘦小的风格对比。朗吉努斯未选用古老的批评词汇来表达"崇高"之意定有考量。

① 另一处十分重要的文字证据在第34节对读艾思奇内斯与德摩斯梯尼，朗吉努斯历数德摩斯梯尼的"缺陷"时说，"德摩斯梯尼则不擅长刻画人物，毫无漫溢之感，更谈不上流畅与擅长'展示演说'"(ὁ δὲ Δημοσθένης ἀνηθοποίητος, ἀδιάχυτος, ἥκιστα ὑγρὸς ἢ ἐπιδεικτικός...)，ἀδιάχυτος与ὑγρὸς均表示水流之铺展、漫溢，而德摩斯梯尼正是因为不具备这些品质而成就"崇高"的。

② 从现存的文献来看，公元1世纪至2世纪的罗马修辞学家对德摩斯梯尼与西塞罗的批评要么持谨慎态度，要么持偏向西塞罗态度。参考前面注释中所引述的材料。昆体良则先退身一步表示两人平分秋色，各有千秋，"西塞罗则更为放逸(copiosior)……场面宏阔(latius)"，随即话锋一转表示，德摩斯梯尼之优点在很大程度上取决于他生身在前，而西塞罗则杂学兼收，兼容并包，其品质不可胜数。"但在有一点上，我们必须要让步，那就是，德摩斯梯尼生身在前，他在很大程度上造就了西塞罗。因为，在我看来，西塞罗全身心地投入模仿希腊人作品。在他身上，我们看到了德摩斯梯尼的力量(vim)、柏拉图的广博(copiam)与伊索克拉底的意趣(iucunditatem)。他不仅仅是孜孜不倦地学习他们那里最好的东西；同时，他大部分，或者是全部的优秀品质(virtutes)都来源于他那不朽的甜美丰沛的天赋(immortalis ingenii beatissima ubertas)。如品达所说，他不收集雨水，他自己就是汩汩不息的源泉，他的天赋似乎是天意使然，出生之日既已注定，雄辩(eloquentia)会在他身上使尽浑身解数。因为，谁比他更会晓之以实情，动之以力？如此的魅力(iucunditas)谁有？他搏击而来的东西你会以为是他以和平取得的，他以自己的力量扭转法官看法的时候，法官看起来不是被强迫的，而是主动跟上去的。在众人的眼中，他所说的话有一种说服力(auctoritas)，人们会以反对为羞耻，因为辩护人的话甚至有证人或者是判官拥有的那种可信度。但所有的种种，这些穷尽各种努力也很难在一个人身上展现出来的品质，从他那里潺潺流出，毫不费力，而他的演说(oratio)，没有什么音乐比这更优美，给听众带来的是最为欢愉的舒适(felicissimam facilitatem)。他的同时代的人称他为'法庭之王'(regnare in iudiciis)，对于后世人来说，西塞罗就不仅仅是个名字了，而是雄辩的代名词。让我们持续关注他，让他成为我们的典范(exemplum)，让学生们知道，只有真正地感受到西塞罗的妙处，他才能学有所成(profecisse)。"(《演说术教育》，10.1.108—112)但昆体良对"丰沛"持大力倡导的态度："对于他得准备一些能提供援助的东西以备不时之需，谁会有疑问呢？我所说的提供援助的东西就是足量的主题(copia rerum ac verborum)与词汇。"(《演说术教育》10.1.5)普鲁塔克则持谨慎态度，表示因自己的拉丁文能力不足，无力做出评论。由此我们或许可以做出一个推测，在如此强大且一边倒的时代意见之下，朗吉努斯如若保持谨慎，或者只能透过只言片语隐秘地表达自己的判断，又或者是在论述崇高时身不由己将德摩斯梯尼与西塞罗(排除脱页之外，他是唯

无论如何，朗吉努斯对德摩斯梯尼的偏好是毋庸置疑的。从现存的引述来看，在《论崇高》中，德摩斯梯尼的重要意义不仅仅在于其作为修辞学范例，从总论、题外话等处均模仿、引用德摩斯梯尼(如第2节、第44节)来看，他作为修辞性"崇高"之上的象征性与精神性意义或许更加值得我们思考与关注。我们先谈他在修辞学技法上的典范性。为方便读者查考与阅读，现将德摩斯梯尼在《论崇高》中出现的具体位置与范例呈现如下表：

表 3　《论崇高》对德摩斯梯尼引用一览表

节	主题	引文	
		译文	希腊文(引自原文，有些段落与《论崇高》中的引用有所出入)
2	论天才与技艺	善好的东西中最上者乃是走好运，第二但并不次之的乃是良好的判断力。	τοῦ μὲν ἡγουμένου καὶ μεγίστου πάντων, τοῦ εὐτυχεῖν, τοῦ δ᾽ ἐλάττονος μὲν τούτου, τῶν δ᾽ ἄλλων μεγίστου, τοῦ καλῶς βουλεύεσθαι.(《反阿里斯托克拉特斯》[Against Aristocrates], 113)
10	对材料的选择	夜晚来临了……	ἑσπέρα μὲν γὰρ ἦν...(《论王冠》, 169)
15	图像化	如果有人在这个时候于法庭前听到哭号声，接着有人说，牢房被打开了，犯人们正在外逃，无论年迈的还是年轻的，没有人会袖手旁观而不尽其所能施以援手。如果有人这时候走上前来说，这就是放走犯人的人，此人会不经审判立刻予以处决。	καὶ μὴν εἰ αὐτίκα δὴ μάλα κραυγὴν ἀκούσαιτε πρὸς τῷ δικαστηρίῳ, εἶτ᾽ εἴποι τις ὡς ἀνέῳκται τὸ δεσμωτήριον, οἱ δὲ δεσμῶται φεύγουσιν, οὐδεὶς οὔτε γέρων οὔτ᾽ ὀλίγωρος οὕτως ὅστις οὐχὶ βοηθήσειεν ἂν καθ᾽ ὅσον δύναται. εἰ δὲ δή τις εἴποι παρελθὼν ὡς ὁ τούτους ἀφεὶς ἐστιν οὑτοσί, οὐδὲ λόγου τυχὼν ἂν εὐθὺς ἀπαχθεὶς θανάτῳ ζημιωθείη.(《反提摩克拉特斯》[Against Timocrates], 208)

一一个入选例证的罗马人，)这点颇为耐人寻味)并置讨论——这些都是可以理解的。或许，这正是朗吉努斯所言"隐藏起来的修辞"可以避开"僭主、王者、身居高位的领袖"的震怒的一个例证，亦未可知。参考德摩特里乌斯之自证："在向僭主或其他暴力的人言说之时，如果我们想要批评的话，我们常常需要在必要的时候使用修辞(χρήζομεν ἐξ ἀνάγκης σχήματος λόγου)，正如法勒隆的德摩特里乌斯一样。"(《论风格》, 289)

节	主题	引文	
		译文	希腊文(引自原文，有些段落与《论崇高》中的引用有所出入)
16	对呼法	你并没有犯错，你为希腊的自由而投入战斗；你们在国内有证据，因为，在马拉松的人、在萨拉米斯的人、在普拉提亚的人，他们都没有犯错……	ἀλλ' οὐκ ἔστιν, οὐκ ἔστιν ὅπως ἡμάρτετ', ἄνδρες Ἀθηναῖοι, τὸν ὑπὲρ τῆς ἁπάντων ἐλευθερίας καὶ σωτηρίας κίνδυνον ἀράμενοι, μὰ τοὺς Μαραθῶνι προκινδυνεύσαντας τῶν προγόνων, καὶ τοὺς ἐν Πλαταιαῖς παραταξαμένους…(《论王冠》, 208)
17	修辞与崇高的关系	凭那些在马拉松的人起誓……	μὰ τοὺς Μαραθῶνι προκινδυνεύσαντας τῶν προγόνων…(《论王冠》, 208)
18	修辞性问句	告诉我，你想四处互相打探"有何新闻"吗？因为，有什么比这个马其顿人攻占希腊更新奇呢？"腓力亡了吗？""并未亡故，仅仅是卧病而已。"这对你们来说又有何区别呢？无论这位遭遇了什么，你们很快就会再造出一个腓力。	ἦ βούλεσθ', εἰπέ μοι, περιιόντες αὐτῶν πυνθάνεσθαι, 'λέγεταί τι καινόν;' γένοιτο γὰρ ἄν τι καινότερον ἢ Μακεδὼν ἀνὴρ Ἀθηναίους καταπολεμῶν καὶ τὰ τῶν Ἑλλήνων διοικῶν; 'τέθνηκε Φίλιππος, 'οὐ μὰ Δί', ἀλλ' ἀσθενεῖ.' τί δ' ὑμῖν διαφέρει; καὶ γὰρ ἂν οὗτός τι πάθῃ, ταχέως ὑμεῖς ἕτερον Φίλιππον ποιήσετε, ἄνπερ οὕτω προσέχητε τοῖς πράγμασι τὸν νοῦν.(《第一篇反腓力辞》, 1.10、1.44)
20	连词省略与首句重复	僭越者可以做出很多事情，其中一些受害者甚至无法向他人描述——以其表情、眼神，以及声音。……以其表情、眼神，以及声音，他在暴戾之时，在仇恨之时，在出拳之时，在奴役他人之时。……出拳头的时候，打在脸上的时候。……对于那些对这种侮辱感到陌生的人，这一切激起愤怒，让人不能自持。没有人在转述这些事情的时候能够表达其中的耻辱。	πολλὰ γὰρ ἂν ποιήσειεν ὁ τύπτων, ὦ ἄνδρες Ἀθηναῖοι, ὧν ὁ παθὼν ἔνι' οὐδ' ἂν ἀπαγγεῖλαι δύναιθ' ἑτέρῳ, τῷ σχήματι, τῷ βλέμματι, τῇ φωνῇ, ὅταν ὡς ὑβρίζων, ὅταν ὡς ἐχθρὸς ὑπάρχων, ὅταν κονδύλοις, ὅταν ἐπὶ κόρρης. ταῦτα κινεῖ, ταῦτ' ἐξίστησιν ἀνθρώπους αὐτῶν, ἀήθεις ὄντας τοῦ προπηλακίζεσθαι. οὐδεὶς ἂν, ὦ ἄνδρες Ἀθηναῖοι, ταῦτ' ἀπαγγέλλων δύναιτο τὸ δεινὸν παραστῆσαι τοῖς ἀκούουσιν οὕτως ὡς ἐπὶ τῆς ἀληθείας καὶ τοῦ πράγματος τῷ πάσχοντι καὶ τοῖς ὁρῶσιν ἐναργὴς ἡ ὕβρις φαίνεται.(《反米迪阿斯》[*Against Midias*], 72)

续表

节	主题	引文	
		译文	希腊文(引自原文，有些段落与《论崇高》中的引用有所出入)
24	复数压缩为单数	接着，整个伯罗奔尼撒分裂了……	ἡ Πελοπόννησος ἅπασα διειστήκει…(《论王冠》, 18)
27	转换言说对象	你们中没有人会对这个可恶与无耻之人所做的暴行表示厌恶或者愤怒；你，所有人中最肮脏者，你们的言论自由并不是被障碍或者门禁关上的，有人是可以打开它们的……	καὶ οὐδεὶς ὑμῶν χολὴν οὐδ' ὀργὴν ἔχων φανήσεται ἐφ' οἷς ὁ βδελυρὸς καὶ ἀναιδὴς ἄνθρωπος βιάζεται τοὺς νόμους, ὅς, ὦ μιαρώτατε πάντων τῶν ὄντων ἀνθρώπων, κεκλειμένης σου τῆς παρρησίας οὐ κιγκλίσιν οὐδὲ θύραις, ἃ καὶ παρανοίξειεν ἄν τις…(《第一篇反阿里斯托吉顿辞》[Against Aristogiton 1], 27—28)
32	隐喻	他们是卑鄙的谄媚之人，他们每一个人都戕害自己的祖国，他们先是为了自由向腓力敬酒，现在是亚历山大，他们以自己的胃口与可耻之事衡量自己的幸福，他们推翻了那种免受暴君统治的自由，而这种自由在前代希腊人那里是善的标准与尺度。	ἄνθρωποι μιαροὶ καὶ κόλακες καὶ ἀλάστορες, ἠκρωτηριασμένοι τὰς αὐτῶν ἕκαστοι πατρίδας, τὴν ἐλευθερίαν προπεπωκότες πρότερον μὲν Φιλίππῳ, νῦν δ' Ἀλεξάνδρῳ, τῇ γαστρὶ μετροῦντες καὶ τοῖς αἰσχίστοις τὴν εὐδαιμονίαν, τὴν δ' ἐλευθερίαν καὶ τὸ μηδέν' ἔχειν δεσπότην αὐτῶν, ἃ τοῖς προτέροις Ἕλλησιν ὅροι τῶν ἀγαθῶν ἦσαν καὶ κανόνες, ἀνατετροφότες.(《论王冠》, 296)
38	夸张的反例	如果你不带上被踩踏在脚踵之下的脑子……	εἴπερ ὑμεῖς τὸν ἐγκέφαλον ἐν τοῖς κροτάφοις καὶ μὴ ἐν ταῖς πτέρναις καταπεπατημένον φορεῖτε…(《论哈伦涅索斯岛》[Halonnesus], 45)
39	词语的编排	决议使得彼时弥漫在城邦中的危机像云一样散去……	τοῦτο τὸ ψήφισμα τὸν τότε τῇ πόλει περιστάντα κίνδυνον παρελθεῖν ἐποίησεν ὥσπερ νέφος…(《论王冠》, 188)
44	演说术的堕落	步步为营	ἴσα βαίνων(《论无信义的使者》, 314)

注：1. 第12节对比了德摩斯梯尼与西塞罗，未有具体引用。

　　2. 第14节提及了德摩斯梯尼，未有具体引用。

　　3. 第22节论倒装法，未有具体引用，"例证颇多"。

　　4. 第34节对比了希佩里德斯与德摩斯梯尼，论及《葬礼上的演说》，未有具体引用。

我们要指明的一点是，《论崇高》中对德摩斯梯尼的修辞学分析并非完全原创，一个重要的参照是德摩特里乌斯。前面业已提到，有的学者认为，朗吉努斯对德摩斯梯尼式的"险峭"与西塞罗式的"漫溢"的区分或许是在遥遥呼应德摩特里乌斯对"崇高风格"与"力量风格"的区分。或者，如果我们做出更加安全的推测——他并非在呼应前人，而是在与彼时的修辞学教育和普遍意见保持距离并暗中较劲——他的努力也并非无源之水、无本之木。鉴于文献不足征引，我们以作为前辈的德摩特里乌斯与作为同辈的狄俄尼修斯为例分析与说明诸种修辞格与"崇高"（尤其是作为"出其不意，攻其不备""险峭""陡峻""高绝""嶙峋"的"崇高"）之间关系的历史话语。

德摩特里乌斯在《论风格》第四部分于"崇高风格"（μεγαλοπρεπής）外专设"力量风格"（περὶ τῆς δεινότητος）。尽管德摩特里乌斯并未像狄俄尼修斯那样为风格专设一位代表作家，但在对"力量风格"的论述中，德摩斯梯尼的出现频率比前面论述的诸种风格的各位典范作家要密集得多。首先，"力量风格"的第一要义在于"精悍"（συντομία），[①] 因为"长度减损张力"（τὸ γὰρ μῆκος ἐκλύει τὴν σφοδρότητα），[②] "对偶句""半谐音"，以及"冗长的环形句只能增加庄重感，而非力量感"（ὄγκον γὰρ ποιοῦσιν, οὐ δεινότητα）。[③]

> 事实上，在这种风格（即力量风格）之中，精悍（ἡ συντομία）非常有用，陡然坠入沉默常常能够增加力量感，如德摩斯梯尼所言，"我当然可以，但我不想再多说什么让人恼怒的话，起诉人自有控诉的便利"。他在此处的沉默几乎比任何言辞都更加令人畏惧。凭借神起誓，甚至含混（ἡ ἀσάφεια）也常常更为使人畏惧，因为隐藏起来的东西更加有利，而直白说明的会受到鄙夷。[④]

除却"假省笔法"（paraleipsis）、"顿绝法"（aposiopesis）、"拟人法"（proso-

---

① 参考前面对朗吉努斯所认定的德摩斯梯尼"险峭"（ἀπότομος）的分析。συντομία 与 ἀπότομος 动词同源，均有"切割""分裂"之义。德摩特里乌斯在论述"力量风格"时所用的隐喻均与陡峭相关。如《论风格》246 处论述将发音部位不同的声音强制性地结合在一起，这样听起来就像"颠簸不平的道路"（ὥσπερ αἱ ἀνώμαλοι ὁδοί），就像德摩斯梯尼所言，"（他剥夺了你）同意的权力"（ὑμᾶς τὸ δοῦναι ὑμῖν ἐξεῖναι）。

② 参考《论风格》，241。

③ 参考《论风格》，247。参考前面朗吉努斯对"体量"与"高绝"的区分。

④ 《论风格》，254。除却修辞之外，静默也能制造崇高。对比《论崇高》9："我在他处写过以下的句子：崇高是高贵灵魂的回响。据此，这个想法不加说明，单凭它本身就能引起惊异，因为它本身就有崇高在其中，就像埃阿斯在地府高贵的沉默一样，它比言辞更加崇高。"

popoeia)等思想格外，德摩特里乌斯重点列举了若干达成"力量风格"的修辞格，诸如"重复"(repetition)、"首句重复"(anaphora)、"连词省略"(asyndeton)、"句尾重复"(homoeoteleuton)、"层进法"(climax)、"修辞性疑问句"(interrogatio)。①他提出，两个或三个修辞格合用可以增加"陡峭感"(διάλυσις)，此乃"力量风格"的第二个品质，所引例证为德摩斯梯尼的政敌艾思奇内斯的《反科特西丰》(Against Ctesiphon)202："逆着你自己，你召唤他(指德摩斯梯尼)，逆着法律，你召唤他，逆着民主制，你召唤他(ἐπὶ σαυτὸν καλεῖς, ἐπὶ τοὺς νόμους καλεῖς, ἐπὶ τὴν δημοκρατίαν καλεῖς)。"无独有偶，朗吉努斯在论述首句重复与连词省略时也有相似表述(具体例证请参考表3)，他认为：

> 当两个或者三个修辞共同合力产生力量、说服力与美的时候，若干修辞合而为一往往会激发极为强烈的效果，如同反对米迪阿斯的演说中那样，连词省略法、首句重复法与生动描述合用。(《论崇高》，20)

德摩特里乌斯引用《论无信义的使者》314说明了省略连接词在制造"陡峭感"上的首要性(朗吉努斯在第44节也化用了以下引文中的一个短语，请参考表3)："他穿过广场，鼓着腮帮，愁眉紧蹙，跟随皮索克勒斯的脚步(πορεύεται διὰ τῆς ἀγορᾶς τὰς γνάθους φυσῶν, τὰς ὀφρῦς ἐπηρκώς, ἴσα βαίνων Πυθοκλεῖ)。"②由于脱页的存在，《论崇高》中详细论述省略连接词修辞格的部分无从查考，但从第19节残篇，第20节论述连词省略与首句重复合用，第21节论述大量使用连接词(polysyndeton)带来的文章效果来推测，连词省略应当在原文本中占据了相当的论述空间。在朗吉努斯看来，省略连词的效果在于，词语与词语"互相之间断断续续(διακεκομμένα，动词形式διακόπτω，意为"砍削")，但十分迅捷，带来一种急迫之印象，道阻而心切(…ἅμα καὶ ἐμποδιζούσης τι καὶ συνδιωκούσης…)"。在编排组织上，德摩特里乌斯亦强调，要达成"力量风格"，句段应当"断裂""破碎"(ἡ δὲ δεινότης σφοδρόν τι βούλεται καὶ σύντομον，《论风格》，274)，同时要让人"目

---

① 《论风格》，263—271。在这些论述的修辞格中，除却少量未曾专门论述(如句尾重复法)，大部分都见于朗吉努斯《论崇高》中，且例证多为德摩斯梯尼的《论王冠》等耳熟能详的经典篇目。如修辞性疑问句有益于制造"力量风格"，德摩特里乌斯列举《论王冠》71："不，他正在兼并尤波亚(Euboea)，并且要以之为对抗阿提卡的阵地——这样做，他是在对我们实施犯罪行为，破坏和平，难道不是吗？"参考《论风格》，279。

② 《论风格》，269。此处德摩特里乌斯的引文与原文(διὰ τῆς ἀγορᾶς πορεύεται θοἰμάτιον καθεὶς ἄχρι τῶν σφυρῶν, ἴσα βαίνων Πυθοκλεῖ, τὰς γνάθους φυσῶν)并不完全吻合，乃属于"改写"(metathesis)。

不暇接""眼花缭乱"，"就仿佛拳击手彼此搏击，出拳之密集令人难有招架之空隙"，又如"诗行之推进难以遏制"。（《论风格》，251、274）"正如险峭的修辞(τὸ διαλελυμένον σχῆμα)制造出力量一样，如人们所说，险峭的编排(ἡ διαλελυμένη ὅλως σύνθεσις)也同样如此。"（《论风格》，301）同样，朗吉努斯认为，德摩斯梯尼的"倒装法"(hyperbaton)与"错格法"(anacoluthon)所造就的也是类似的效果：

> 德摩斯梯尼并不像修昔底德这般任性，但是在所有作家之中，他是最常用这种手法的，他笔下的倒装极为紧急有力，而且确实像临场发挥，除却这些之外，他还拉拽着听众一起进入长倒装句带来的危难之中。因为他经常会悬搁自己喷涌表达的思想，猛然在中间一个接一个地在奇怪的、不合常理的地方夹杂一些不属于篇章内部的东西，以此将听众掷入唯恐语句完全崩散的恐惧之中，强迫听众与演说者一起承受其中的危难。继而，他出其不意地看准时机将翘首以待的结论和盘托出，如此冒险而大胆的倒装法更能使听众心魂俱裂。①

这段话不仅详细地阐明了德摩斯梯尼在组装词语、牵引并控制听众情感上的特殊技法，而且从文字本身来看，此段亦堪称"德摩斯梯尼式"风格的成功模仿范例。朗吉努斯不仅是"崇高"的理论阐述者，更是身体力行者。第一，以上所引的这段话从整体上来说是一个长句，读者如同登山时不断观望峰顶一般，经过漫长而艰难的行程，在无数的形容词、动词分词、不定式(αὐθάδης…κατακορέστατος…συνεμφαίνων…συνεπισπώμενος…ἀνακρεμάσας…ἐπεισκυκλῶν…ἐμβαλὼν…συναναγκάσας…προσαποδούς…)之后终于艰难地抵达了最后一个卒章显志的主动词：ἐκπλήττει(震人心魄、出离自身)——这不正是朗吉努斯所言之"出其不意"(κατὰ τὰς ὑπερβάσεις)、"冒险"(παραβόλῳ)、"大胆"(ἀκροσφαλεῖ)的"倒装法"吗？②第二，长句

---

① ὁ δὲ Δημοσθένης οὐχ οὕτως μὲν αὐθάδης ὥσπερ οὗτος, πάντων δ'ἐν τῷ γένει τούτῳ κατακορέστατος, καὶ πολὺ τὸ ἀγωνιστικὸν ἐκ τοῦ ὑπερβιβάζειν καὶ ἔτι νὴ Δία τὸ ἐξ ὑπογύου λέγειν συνεμφαίνων, καὶ πρὸς τούτοις εἰς τὸν κίνδυνον τῶν μακρῶν ὑπερβατῶν τοὺς ἀκούοντας συνεπισπώμενος· πολλάκις γὰρ τὸν νοῦν, ὃν ὥρμησεν εἰπεῖν, ἀνακρεμάσας καὶ μεταξὺ ὡς εἰς ἀλλόφυλον καὶ ἀπεοικυῖαν τάξιν, ἄλλ'ἐπ'ἄλλοις διὰ μέσου καὶ ἔξωθέν ποθεν ἐπεισκυκλῶν, εἰς φόβον ἐμβαλὼν τὸν ἀκροατὴν ὡς ἐπὶ παντελεῖ νοῦ λόγου διαπτώσει, καὶ συναποκινδυνεύειν ὑπ'ἀγωνίας τῷ λέγοντι συναναγκάσας, εἶτα παραλόγως διὰ μακροῦ τὸ πάλαι ζητούμενον εὐκαίρως ἐπὶ τέλει που προσαποδούς, αὐτῷ τῷ κατὰ τὰς ὑπερβάσεις παραβόλῳ καὶ ἀκροσφαλεῖ πολὺ μᾶλλον ἐκπλήττει.（《论崇高》，22）

② 将主动词延迟至句子末尾是修昔底德与德摩斯梯尼演说风格的一个重要特征。关于前者，

内部短句丛生，且极尽倒悬杂乱之力，如以下这句：πολλάκις γὰρ τὸν νοῦν, ὃν ὥρμησεν εἰπεῖν, ἀνακρεμάσας καὶ μεταξὺ ὡς εἰς ἀλλόφυλον καὶ ἀπεοικυῖαν τάξιν, ἀλλ'ἐπ'ἄλλοις διὰ μέσου καὶ ἔξωθέν ποθεν ἐπεισκυκλῶν(因为他经常会悬搁自己喷涌表达的思想，猛然在中间一个接一个地在奇怪的、不合常理的地方夹杂一些不属于篇章内部的东西)。作者先抛出宾语(τὸν νοῦν)，若干个词语之后见到助动词(ἀνακρεμάσας)，但读者片刻来不及喘息，便被拖拽入两个不知所云的词组之中。这两个词组处在句子的正中间，且表达的含义与前面的关联并不甚紧密，读者读至此处定然如同堕入云中，茫然四顾而不知所向。"本不属于此处"(ἀλλόφυλον)、"不甚合理"(ἀπεοικυῖαν)正是读者自身的心境写照。第三，作者在此段中并未使用古典修辞学中常用的"对写法"(antithesis, 如μέν...δέ...)，他刻意打破平行关系，随意更换词组的排布顺序，生恐读者在阅读过程中形成的习惯与推断得到印证，如以下两组对照(介词结构、分词宾语、分词主格三者的位置来回变换)：εἰς τὸν κίνδυνον...τοὺς ἀκούοντας συνεπισπώμενος; εἰς φόβον ἐμβαλὼν τὸν ἀκροατήν; εἰς τὸν κίνδυνον τῶν μακρῶν ὑπερβατῶν; ἐπὶ παντελεῖ νοῦ λόγου διαπτώσει。①

狄俄尼修斯曾祖述色奥弗拉斯图斯阐述的"崇高风格"的三个来源："达成崇高、庄严、非常之效(τὸ μέγα καὶ σεμνὸν καὶ περιττὸν ἐν λέξει)有三种方式：词语的选择(τῆς τε ἐκλογῆς τῶν ὀνομάτων)、对这些词语进行和谐的排布(τῆς ἐκ τούτων ἁρμονίας)，以及安置它们的修辞格(τῶν περιλαμβανόντω

例证颇多，兹举一例："拉栖代梦的法官们做出裁定：他们的问题(他们在战争中是不是得到普拉提亚人的帮助)是他们所提出的正当问题，因为他们始终要求普拉提亚人保持中立，这是符合波斯战争以后和波桑尼阿斯最初所订的条约的。就是在围攻之前，他们再一次明确地向他们提出同样的条件，但是普拉提亚人没有采纳这个建议；因此，他们认为从这里可以看出他们是想解除他们的条约了。于是，他们再一次把普拉提亚人一个一个地带到他们面前，向每个人提出同样的问题，即他们在这场战争中是否做过一点什么事情帮助过拉栖代梦人及其同盟者。只要他回答说'没有'(οἱ δὲ Λακεδαιμόνιοι δικασταὶ νομίζοντες...εἴ τι... διότι...ὅτε...ὡς οὐκ ἐδέξαντο, ἡγούμενο...παραγαγόντες καὶ ἐρωτῶντες, εἴ τι... δεδρακότες εἰσίν...ἀπάγοντες ἀπέκτεινον καὶ...ἐποιήσαντο...)，就立即拉出去斩首，无一例外。"(《伯罗奔尼撒战争史》，3.68.1)值得注意的是，由于文本层累作用，除非今天的研究者有极为丰富的古典文学原典阅读功力，否则很难敏感地看到作者用词的更深指涉以及语境意涵。这并非今人独有的困境，对于古希腊遗存的文献，罗马人已经需要注疏来疏通文义。如此处所言之παράβολος(冒险)，普林尼《书信集》9.26.3中便有解释："越是出其不意、险象环生的东西越能引发人们极度的惊叹，希腊人极为形象地称之为παράβολα。"

① 以上种种在狄俄尼修斯论德摩斯梯尼的分析中得到印证："高古而峻厉的风格有着以下的特点：它并不过多地使用连接词，冠词也不连续使用……句子结构也不会以同样的方式持续，而是不断地变幻。文辞不关注前后一致，或者自身的连续性。句子的组成部分是以一种异常与独特的方式组合在一起的，并不是像大部分人期待或者要求的那样。"(《论德摩斯梯尼》，39)

ν αὐτὰ σχημάτων)。"① 从朗吉努斯论述崇高的基本结构上以及对具体例证的分析来看，除却非技艺部分之外（即五大来源中的前两种），后三种基本遵循修辞学传统：第16—29节论修辞格，第30—38节论词语，第39—42论行文与布局。这种论述方式无论是"时代局限"，还是"古人的传统"，朗吉努斯的"崇高"都是在此框架下展开的——以上分析即试图展现朗吉努斯与同时代修辞学家的互文与对话关联：这也是我们理解这个意义上的"崇高"的必经之路。针对第三点，朗吉努斯说：

> 在所有造就言辞崇高的主要因素中，就像人体一样，还有不同部分的组合（ἡ τῶν μελῶν ἐπισύνθεσις），在这些部分之中，没有什么是可以独立于其他东西而具有价值的，它们互相组成的全部才构成一个完美的整体。同样，如果这些崇高的东西彼此分裂的话，崇高也就随之崩散了，但是如果它们被整合成一个整体，且被和谐的纽带环绕在一起的话，它们就会因为环形句而变成活生生的声音（συνδιαφορεῖ καὶ τὸ ὕψος, σωματοποιούμενα δὲ τῇ κοινωνίᾳ καὶ ἔτι δεσμῷ τῆς ἁρμονίας περικλειόμενα αὐτῷ τῷ κύκλῳ φωνήεντα γίνεται）。在环形句中，崇高几乎来自众多因素之共同合力。有许多散文作者与诗人本质上并非崇高的，或许甚至根本就不伟大，他们所使用的也就是普通的俚俗语汇，这些语汇的意义也不过就是众所周知的含义，但仅仅通过将这些语汇充足整合，他们也有了分量，并与众不同，而不再显得卑陋。（《论崇高》，40）

此段显然本自《斐德若篇》264c中柏拉图论述作文章法之"一与多"：

---

① 《论伊索克拉底》，3。在狄俄尼修斯修辞学著作中，亚里士多德修辞学理论随处可见。从现存书目来看，狄俄尼修斯常常引述的有亚里士多德《修辞学》第三卷（参考《论写作》，25），以及色奥弗拉斯图斯的《论风格》（本注所引段落）。有学者推测，狄俄尼修斯的修辞学理论与材料来源远不止这，一个重要的史实为，公元前84年（一说为公元前86年），苏拉攻陷雅典，一并将阿佩利空（Appelicon）的藏书运抵罗马，其中就有大量亚里士多德与色奥弗拉斯图斯抄本。斯特拉波《地理志》13.1.54有载："尼勒乌斯（Neleus），科里斯库斯（Coriscus）之子，不仅是亚里士多德与色奥弗拉斯图斯的学生，还继承了亚里士多德的图书。亚里士多德将所藏图书赠予色奥弗拉斯图斯，还将学园交由他管理……色奥弗拉斯图斯将图书馆赠予尼勒乌斯。尼勒乌斯将图书带至斯凯普西斯（Scepsis），并交给凡俗之后代管理，他们将图书封存处理，保存并不算妥善。但是，当听说城池君主安塔利亚王正在搜寻图书以在佩加蒙（Pergamum）设立图书馆，他们便把图书隐藏在地下壕沟之中。许久之后，图书受潮虫毁坏，他们的后代便将图书高价卖给了特奥斯的阿佩利空（Apellicon of Teos），其中便有亚里士多德与色奥弗拉斯图斯的著作……阿佩利空死后不久，苏拉攻陷雅典，将他的图书尽数带到罗马。钟情于亚里士多德的语法学家提拉尼翁（Tyrannion）通过讨好馆长获得了不少图书。"参考 Strabo, *The Geography of Strabo*, H. L. Jones ed., Cambridge, MA.: Harvard University Press, 1924。

"每篇文章的结构应该像一个有生命的东西(ὥσπερ ζῷον συνεστάναι σῶμά)，有它所特有的那种身体，有头尾，有中段，有四肢，部分和部分，部分和全体，都要各得其所，完全调和(πρέποντα ἀλλήλοις καὶ τῷ ὅλῳ γεγραμμένα)。"事实上，在引述例证、讲论技法、阐明精神上，《论崇高》全篇均指向一个人——柏拉图。

第五章 《论崇高》与柏拉图

在第四章中，我们已经初步涉及以凯基里乌斯与狄俄尼修斯为代表的阿提卡主义者在阿提卡风格—亚细亚风格争论中的对外立场。但是，在这场争论的内部也存在着相当的歧见，其焦点之一便是柏拉图。[①] 其实，柏拉图仍在世之时，风格问题已然成为哲学言说与其他言说(诸如修辞学)的论争场地。在《斐德若篇》中，柏拉图笔下的苏格拉底亲身示范，以两篇论厄洛斯与灵魂的演说与"最优秀的文章作者"吕西亚斯的散文演说展开竞争，苏格拉底也自嘲道，"现在所诵的字句就激昂得差不多像酒神歌了(τὰ νῦν γὰρ οὐκέτι πόρρω διθυράμβων φθέγγομαι)"，翻案诗具有"诗歌的词汇"。[②]

---

① 关于古人对柏拉图文学风格的评述，瓦尔斯多夫有极为详细的材料梳理与论述，参考Friedrich Walsdorff, *Die antiken Urteile über Platons Stil*, Bonn: Scheur, 1927。

② 《斐德若篇》，238d、257a5。中译采自柏拉图：《柏拉图文艺对话集》，第107页。颇具讽刺性的是，《斐德若篇》末尾柏拉图极尽溢美之词称赞伊索克拉底(如果此话并非反讽的话)，说他比吕西亚斯"天资要高出不知多少倍，而且在性格上也比较高尚，所以等到他年纪年长，他对于现在已着手练习的那种文章，若是叫此前一切作家都像小孩一样落在后面，望尘莫及、那就毫不足为奇；并且他如果还不以这样成就为满足，还要受一种更神明的感发，引到更高尚、更神明的境界，那也毫不足为奇；因为自然在这人心灵中已种下哲学或爱智的种子"。事与愿违，伊索克拉底对柏拉图的诗性风格并不以为然，他指出，诗歌的风格与演说家的风格截然不同，"诗人不仅可以以约定俗成的语言表达自己，还可以用外来词、奇语、隐喻等一切可能的手法来装点诗歌"，而"演说家(或散文作者)则不允许使用这样的词汇，他们必须严格地使用以下的词语与观念：词语仅限于城邦之内的日常语言；观念则仅限于与事实有密切关联的"。除此之外，伊索克拉底还认为，诗人与演说家的一个重大分判在于前者有使用韵律的特权。参考《埃瓦戈拉斯》(*Evagoras*)，10。事实上，柏拉图在《理想国》中已经说明了韵律(音乐性)乃诗歌与散文的重大区判："诗人虽然除了模仿技巧而外一无所知，但他能以语词为手段出色地描绘各种技术，当他用韵律、音步和曲调无论谈论制鞋、指挥战争还是别的什么时，听众由于和他一样对这些事情一无所知，只知道通过词语认识事物，因为总是认为他描绘得再好没有了。所以这些音乐性的成分所造成的诗的魅力是巨大的：如果去掉了诗的音乐色彩，把它变成了平淡无奇的散文，我想你是知道的，诗人的语将变成个什么样子。"参考《理想国》，601a。酒神歌原本指的是祭祀酒神狄俄尼索斯仪式上的一种合唱歌，以讲述酒神出生、经历和所遭受的苦难为主(参考《法律篇》，3.700b)，后来被用来指涉在节奏与和声上自由变化的冗繁华靡风格(尤其是散文)。柏拉图自己曾用这个词表示"空谈、大话、胡说八道"的意思(参考《大希庇阿斯篇》，292c)。亚里士多德在《修辞学》1406a—1406b讨论僵冷的风格时说，酒神颂体的一大特征在于滥用复合词和附加词，这会使得"散文的风格变成诗的风格"，且"吵闹非常"(ψοφώδεις)。例如，西塞罗在《论演说家》3.184—185处说："我认同色奥弗拉斯图斯的意见，在他看来，演说至少打磨过，或是在某种程度上细作的那种，应当是有韵律的，但这种韵律并非严格的，而是粗疏的(non astricte, sed remissius)。因为，正如他所怀疑的那样，从那些常见的韵文格律中后来产生了抑抑扬格(anapestus)；酒神诗体就是从此产生的，它更为自由，更为丰足(inde ille licentior et divitior fluxit

随着哲学话语逐渐融入修辞学教育之中,柏拉图哲学问题也逐步倾转为风格问题,诗性风格也成为其与倚重演说术的修辞学的标志性区别性特征。[①]例如,西塞罗在《演说家》67中也认为,尽管柏拉图并非以诗体写作,但其风格应当被视为诗歌(poema),因为它"行文迅捷、辞彩甚丽"(incitatius feratur et clarissimis verborum luminibus)。德摩特里乌斯也持类似的意见。在他看来,柏拉图兼具四种风格,但其丰沛的隐喻使散文变得类似"酒神颂诗"。柏拉图使用的韵律显得十分华丽,他的韵律"拥有一定的长度,但没有那种有明显停顿与连续长音节的结尾",其典雅直接源自词语排列产生的音乐性。(《论风格》,183—184)及公元前1世纪后半叶至公元1世纪前半叶发生在罗马的那场阿提卡风格—亚细亚风格对阵,柏拉图与一众雅典作者(以修昔底德、吕西亚斯、伊索克拉底、德摩斯梯尼为代表)重新回到阿提卡风格支持者组成的文学法庭,他们面临的审判是,谁才是真正的阿提卡风格的代言人,抑或从修辞学角度上来说,谁是最值得模仿的古希腊作者。从《论崇高》中我们得知,论辩主要干将之一凯基利乌斯推崇的是吕西亚斯的"精雅"。狄俄尼修斯的态度则在实用与超脱之间徘徊。在《论德摩斯梯尼》中,狄俄尼修斯以吕西亚斯、伊索克拉底、修昔底德、柏拉图为参照,详细地区分了他们在崇高风格、混杂风格、平实风格中的对应位阶。在这一排位中,作为混杂风格代表的柏拉图因其多样性、不确定性,毫无悬念地成为修辞学家集中分析与批评的对象。[②]狄俄尼修斯极为推崇柏拉图的素朴风格,但对其峻厉风格颇为不满:

---

dithyrambus);他还说,这种诗体的组成与音步在繁缛的演说(in omni locupleti)中随处可见。"

　　① 这种区分直至亚里士多德的时代已经十分显明,其《修辞学》正是这一重大区分的产物。在《修辞学》中,亚里士多德宣称,诗歌是最先涉足言辞表达的,散文在初始阶段对诗歌有所模仿。但是随后他正告读者,散文的风格与诗歌的风格是截然不同的,将诗歌风格用于演说是不适宜的。参考《修辞学》,3.1.1404a、3.1.1404a28、3.2.1404b4—5。这一始于公元前4世纪的分判在修辞学内部成为共识。公元1世纪末的昆体良仍持此意见:"我们还应该记得,演说家们不要一切都追随诗人,尤其是他们在语言上的灵活度和修辞的自由度;诗歌这个文类(genus)经常被展示(ostentationi)联系在一起,而且它的主要诉求仅仅是愉悦(voluptatem),它不仅仅编造虚假的事情,甚至是那些不可置信(incredibilia)的事情。我们还应该记得,我的论点的另一个支撑是,诗歌是被必要的格律绑定的,它常常不能够用专用语(propriis),而是常常为了演说的必要被从正道上挤出去,抄小道绕行。它不但被迫要改变某些词语,而且要拉伸、压缩、颠倒、分割这些词语;但我们演说家满副武装,身处前线,思虑紧张,志在必得。"(《演说术教育》,10.1.28—29)

　　② 当然,狄俄尼修斯还陈述了一个时代原因,即在阿提卡—亚细亚风格的论辩中,有的人毫无保留地称颂柏拉图,认为他是"哲人与演说家中的首屈一指的天才"(φιλοσόφων τε καὶ ῥητόρων ἑρμηνεῦσαι τὰ πράγματα δαιμονιώτατον),"纯净风格与力量风格(καθαρῶν ἅμα καὶ ἰσχυρῶν λόγων)兼具","如果神明能说人类的语言的话,诸神之王的语言一定是柏拉图的语言"。狄俄尼修斯认为,这些修辞学盲目崇拜柏拉图,因此,自己有义务公正地对柏拉图的风格进行批判性分析。参考《论德摩斯梯尼》,23。

柏拉图的语言融合了两种风格，即崇高风格与素朴风格(τοῦ τε ὑψηλοῦ καὶ ἰσχνοῦ)……但他在两者上的成就并不相同。当他有意书写单纯、素朴、自然的风格(τὴν ἰσχνὴν καὶ ἀφελῆ καὶ ἀποίητον)时，他的文风极为纯粹，并且引人入胜，因为它就像一汪至纯至清的泉水(καθαρὰ γὰρ ἀποχρώντως γίνεται καὶ διαυγής, ὥσπερ τὰ διαφανέστατα τῶν ναμάτων)，比其他一切以此风格写作的人的语言都要更为精确、雅致(ἀκριβής τε καὶ λεπτὴ)。他使用日常语言，竭尽全力简明，避免一切冒险的装饰……就仿佛芬芳草地上吹来的一阵令人舒适的微风一般(ὥσπερ ἀπὸ τῶν εὐωδεστάτων λειμώνων αὔρά τις ἡδεῖα ἐξ αὐτῆς φέρεται)，它完全没有喧嚣、嘈杂的聒噪，也没有造作的缀饰……但是，当他决意要追求崇高风格(τὴν περιττολογίαν)时(这常常发生)，他却大失水准。他的语言与以往相比更为粗糙……明晰为迷雾遮盖，本可以简短的句子被不必要地拉拽得很长。他使用鄙俗的迂言法，词汇丰富，却十分空洞。他拒绝使用俚俗语汇，专寻生造的、外来的、古老的词汇。他使用的修辞格更为放肆，大量使用附加词(ἐν τοῖς ἐπιθέτοις)，转喻使用亦不恰当，隐喻粗粝，无悦耳之质。他常常使用过长的寓言，且都不在其范围界限之内，也与语境不相契合。诗性修辞——大多是高尔吉亚的修辞——尽显不当与幼稚(ἀκαίρως καὶ μειρακιωδῶς)。①

明眼的读者一眼就能看出，此话是针对《斐德若篇》而发。在《斐德若篇》的开篇处，苏格拉底问斐德若从何处来，到何处去。斐德若热情地跟苏格拉底寒暄，称自己刚刚在埃披克拉特斯家中聆听吕西亚斯发表文章，现要到城墙外去散步，并提出，如果苏格拉底并不忙碌，他可以将适才听到的吕西亚斯的论述爱情的文章说与苏格拉底听听。两人边走边聊，直至一个清净的有阴凉的河边草地停下脚步。这里风景如何呢？河流"清澈、纯净、透明"(χαρίεντα γοῦν καὶ καθαρὰ καὶ διαφανῆ τὰ ὑδάτια)，以至于苏格拉底在一番题外话之后仍不忘感叹此地的美好(locus amoenus)："这棵悬铃木真高大，还有一棵贞椒，枝叶葱葱，下面真阴凉，而且花开得正盛，香得很。悬铃木下这条泉水也难得，它多清凉，脚踩下去就知道。从这些神像神龛来看，

---

① 《论德摩斯梯尼》，5。此段在《致庞培乌斯》中亦作为回复重复出现。对柏拉图的负面评论极有可能本自亚里士多德在《修辞学》1406a—1406b中对僵冷风格的批评。亚里士多德认为，造成僵冷风格的一个原因是滥用双字复合词、奇字、隐喻，以及使用过长的或不合时宜的或过多的附加词。在这里，亚里士多德多次提及高尔吉亚与酒神颂诗体。

这一定是什么仙女河神的圣地哟！再看，这里的空气也新鲜无比，真可爱。夏天的清脆的声音，应和着蝉的交响。但是最妙的还是这块青草地，形成一个平平的斜坡，天造地设地让头舒舒服服地枕在上面。"（《斐德若篇》，230b）

《斐德若篇》中苏格拉底开始发表演说之前的风格正如此番景致一般"澄澈、清明"。而在将诗歌风格引入散文的问题上，狄俄尼修斯与亚里士多德一脉相承。亚里士多德在《修辞学》3.7.11中论述诗歌与散文的区别时指出，修辞重在"合乎时宜"（τὸ δ᾽ εὐκαίρως ἢ μὴ εὐκαίρως χρῆσθαικοινὸν），复合字、附加字、奇字（也就是狄俄尼修斯论述的柏拉图的"崇高风格"激发）等宜用于"充满激情的说话者"（λέγοντι παθητικῶς），且与诗歌最为相宜，因为诗歌的本质即在于迷狂（φθέγγονται γὰρ τὰ τοιαῦτα ἐνθουσιάζοντες；ἔνθεον γὰρ ἡ ποίησις），就像高尔吉亚与《斐德若篇》中所展现的那样。同样，狄俄尼修斯认为，柏拉图的风格受到苏格拉底对话的滋养，而后者从风格上来说是平实、素朴的。但是，由于受到高尔吉亚与修昔底德的影响，他逐渐偏离了对话风格而走向了浮夸、空洞与幼稚（ἀκαίρως καὶ μειρακιωδῶς）：①

> 就像明澈的天空中刮起的一阵暴风，他将纯净的言辞（τὸ καθαρὸν τῆς φράσεως）彻底搅乱，并从此开始迷失进入诗性的恶趣味之中（ἐς ποιητικὴν ἐκφέρων ἀπειροκαλίαν）："求你们降临啊，声音清妙的诗神们！你们有这样称呼，也许是由于你们的歌声的特质，也许是由于你们来自那个长于音乐的民族，求你们保佑我把这位朋友逼我说的故事说出来，使他所衷心崇敬的那位作家显得更可崇敬。"这只是噪声与酒神诗罢了，言辞气势很足，但却无任何内容（κόμπον ὀνομάτων πολὺν νοῦν δὲ ὀλίγον ἔχοντες）。（《论德摩斯梯尼》，7）

诸如此类的批评在关于作为文学家的柏拉图的后代批评史中并不鲜见。我们在前面已经看到，修辞学家对于在演说中使用隐喻等诗性修辞或持否定态度，或保留意见。②狄俄尼修斯则通过比较柏拉图与德摩斯梯尼

---

①　这三者都是朗吉努斯批判的重点。关于"幼稚"，参考《论崇高》3："那么到底什么是幼稚（τὸ μειρακιῶδες）呢？很明显，它就像学究的思想一样，他们耽于一些细枝末节的东西，最后得到的却是冷冰冰的东西；人们滑入这类错误之中，因为他们旨在一鸣惊人，精雕细琢，最重要的是，他们要娱乐人，最终搁浅于无聊与恶趣味。"

②　狄俄尼修斯还以《斐德若篇》246e—247a中对天界的描述为例，说明柏拉图文辞的音乐性："诸天的上皇——宙斯，驾驭一辆飞车，领队巡航，主宰着万事万物；随从他的是一群神和仙，排成十一队，因为只有赫斯提亚留守神宫，其余列位于十二尊神的，各依指定的次序，率领一队。诸天界内，赏心

两者的身份及其风格之间的关联深化了演说与诗歌之间存在的裂隙。在他看来，柏拉图在进行"赞美、批评、指控或辩护"等公共生活时玷污了他的哲学权威，因为，这些活动是"政治家与修辞学家"的专属领域。①尽管庞培乌斯·格米奴斯(Pompeius Geminus)在来信中提请狄俄尼修斯万勿"为了抬高德摩斯梯尼而贬低柏拉图"(《致庞培乌斯》，1)，但狄俄尼修斯仍直言不讳地发出了一个修辞学家对哲人的不满：

> 一个只要对演说术有相应的品味，且并非恶意诽谤或饶舌好事的人都不会否认，适才所引的篇什②的风格与前面的演说是不同的，就像真正上战场的武器与作为装饰的武器之间的差别，真正的存在与鬼魂之间的差别，太阳下苦练而成的身体与贪图阴凉与舒爽的身体之间的差别一样。因为，在这两个风格中，一个旨在缀饰，其美是虚假的；而另一个则直指有用的与真实的东西。在我看来，如果将柏拉图的风格比拟为人们可以惬意休憩并获得片刻快乐的温柔富贵之乡(ἀνθηρῷ χωρίῳ καταγωγὰς ἡδείας ἔχοντι καὶ τέρψεις ἐφημέρους)③，将德摩斯梯尼的语言比拟为丰饶，且能为生命提供各种必需之物与快乐的土地，我们并不是大错特错。(《论德摩斯梯尼》，32)

而这番激烈的对德摩斯梯尼的辩护又何尝不是对柏拉图在《斐德若

悦目的景物，东西来往的路径，都是说不尽的。这些极乐的神和仙们都在当中徜徉遨游，各尽各的职守，凡是有能力又有愿心的都可追随他们，因为神仙队中无所谓妒忌。"狄俄尼修斯认为，如果配以韵律，并像酒神颂诗与合唱歌那样配以音乐，此段完全与品达致敬太阳的颂诗无甚区别(参考《论德摩斯梯尼》，7)。

① 德摩斯梯尼提到了柏拉图的唯一一篇法庭演说，却嗤之以鼻："柏拉图著有一篇法庭演说，即苏格拉底的申辩；但是这篇甚至从未见过法庭的大门，以及公开的议会，而是为了别的目的写作的，它既不是演说，也不是对话。"(《论德摩斯梯尼》，23)有趣的是，狄俄尼修斯引用《伊利亚特》5.428—429处宙斯对阿芙洛狄特的话("我的孩子，战争的事情不由你司掌，你还是专门管理可爱的婚姻事情")嘲讽柏拉图，令人捧腹。

② 指柏拉图的《美涅克塞奴斯篇》中的葬礼演说，狄俄尼修斯称之为"柏拉图政治演说中最为重要的一篇"。他还说："如果我们通读全篇演说会发现，此篇中到处都是不精确、粗拙的表达，或幼稚与令人厌恶的表达(μειρακιωδῶς καὶ ψυχρῶς)，有的缺乏力量，而其他的则缺乏愉悦与雅致，有的则是酒神颂诗式且粗俗的(διθυραμβώδη καὶ φορτικά)。"参考《论德摩斯梯尼》，29。下文的"前面的演说"指德摩斯梯尼的《论王冠》。无独有偶，朗吉努斯也论及此篇，但并未直接给出评判，他认为柏拉图"将死亡称为'命中注定之旅'，将他们因依照习俗获得奖赏称为祖国为他们的公开送行。他是靠这些东西稍稍提升了自己的思想呢，抑或是以字面平淡之意行文，进而让自己的言辞和以音乐，就好像是以迂言法使得行文遍布优美的旋律"(《论崇高》，28)。

③ 暗指《斐德若篇》中对话的发生地，参考以上所引《斐德若篇》，230b；粗体的两个形容词常常被狄俄尼索斯用来形容风格。

篇》中对修辞学的批判的一个回应：

> 那班谈修辞术的先生们说，在这类事情上用不着那样郑重其事，也用不着兜大圈子找出原原本本。人们若想成为高明的修辞术家，丝毫用不着管什么真理、正义，或善行(οὐδὲν ἀληθείας μετέχειν δέοι δικαίων ἢ ἀγαθῶν πέρι πραγμάτων)，也用不着管什么正义或善行是由于人的天性还是由于他的教育。他们说，在法庭里人们对于这类问题的真相是毫不关心的，人们所关心的只是怎样把话说得动听(τοῦτο δ' εἶναι τὸ εἰκός)。动听要靠逼真或自圆其说，要照艺术说话，就要把全副经历摆在这上面。事实有时看来不逼真，你就不必照它实际的情形来说，只要设法把它说得逼真(τὸ εἰκὸς)，无论是辩护或是控诉，都应该这样做。总之，无论你说什么，你首先应注意的是逼真，是自圆其说，什么真理全不用你去管。全文遵守这个原则，便是修辞术的全体大要了。(《斐德若篇》，254b)

修辞作为一种"灵魂引导术"(ψυχαγωγία)应当以真理为指归，而非以"逼真"(τὸ εἰκὸς)为目的，要引导人走向上的、接近神明的路。(《斐德若篇》，254b)苏格拉底在谈话的末尾嘱咐斐德若转告吕西亚斯，凡是写文章的人，荷马以及凡是作诗的人，梭伦和凡是发表政论制订法律的人，如果他们的"著作是根据真理的知识写成的"，他们就应当使用更为高贵的名号——"爱智慧者"(φιλόσοφος)，如若不然，与这些人更为匹配的称呼只能是"诗人、文章作者、法律制定者"(ποιητὴν ἢ λόγων συγγραφέα ἢ νομογράφον，《斐德若篇》，278b)。在狄俄尼修斯这里，柏拉图与修辞再次交锋，只是时异势殊，哲学(即爱智慧)作为求真向上的引导性力量隐退，论争的焦点也不再是真理与假象，余下的只有柏拉图的"文字(风格)"默默地任凭修辞学家们评判。

面对时人(或去之不远的前人)对柏拉图的批判，朗吉努斯要如何回应呢？从现存的《论崇高》文本来看(文中有多处脱漏，其中几处显然涉及柏拉图，如第12节处对比柏拉图与德摩斯梯尼只余下了结论)，朗吉努斯对柏拉图并非没有批评：在第4节中，朗吉努斯批评柏拉图滥用奇字，造成风格僵冷；在第29节，朗吉努斯批评迂言法使用得不节制会造成风格"寡淡、虚空、臃肿"，针对的亦是柏拉图；在第32节，朗吉努斯批评柏拉图的言辞"总是像被某种酒神迷狂附体了一般，使之迷失于杂乱粗糙的繁多隐喻与修辞性的夸夸其谈"(ὥσπερ ὑπὸ **βακχείας** τινὸς τῶν λόγων εἰς ἀκράτους καὶ ἀπηνεῖς μεταφορὰς καὶ εἰς ἀλληγορικὸν στόμφον ἐκφερόμενον）。如我们在上面对狄俄尼修斯论柏拉图的语段的分析所示，无论是从用词还是从观念上看，在诗性风格方面，朗吉努斯与狄俄尼修斯、凯基利乌斯①的态度都是一致的。但是，朗吉努斯随即明确表示，四平八稳的平庸无法与真正伟大的作家相提并论。

拉塞尔曾在研究中表明，《论崇高》的写作目的有四：(1) 为柏拉图辩护；(2) 批评凯基利乌斯；(3) 说明伟大作家何以伟大；(4) 陈述达成"崇高"的诸种途径。②此论中的后三点均十分显明，第一点则隐而不显，有赖我们的深入探究。

首先，从风格与措辞上来说，学者们业已指出，在《论崇高》中，柏拉图对话录中常见且独有的复合词与诗性词汇频繁出现。③其次，我们看到，在《论崇高》第33—36节，作者从隐喻突然转入讨论柏拉图与吕西亚斯孰优孰劣，希佩里德斯与德摩斯梯尼孰优孰劣，数量与品质的关系，人的"崇高"本性，具备高蹈心志的作家的特征，如此密集的论述显然并非闲谈之笔。即便这几节并非像某些研究者所认为的核心段落，但其在内容上的对话性与所申明的立场对于我们为《论崇高》做出定位具有相当重要的意义。

朗吉努斯说，自己在另外的文章中阐明了一个中心论点，即"崇高是伟大灵魂的回响"（ὕψος μεγαλοφροσύνης ἀπήχημα, 9）。哪些人配享"伟大灵魂"这一尊号呢？经过作者拣选并一再并列提及的伟大古人有荷马、柏拉图、德摩斯梯尼。④且看他们的称呼。柏拉图是"神样的"（θεῖος Πλάτων, 4）、⑤荷马的模仿者中"最为杰出的"（πάντων δὲ τούτων μάλιστα, 13）、"半神"（οἱ ἰσόθεοι, 35），与荷马、德摩斯梯尼平起平坐的"英雄"（ἐκείνοις τοῖς ἥρωσι, 36）。朗吉努斯的"崇高"观念不仅关乎修辞学效果（诸如"出离""震撼"等），而且在柏拉图哲学精神的指引下拥有了更为宏阔的思想维度，即超越有限的自我，通过与古人展开竞赛而达成超拔的境界。柏拉图向前面对的最伟大的古人自然是荷马。⑥

① 参考《论崇高》32："凯基里乌斯也在批评这些缺陷的时候于讨论吕西亚斯的论文中放胆宣称，吕西亚斯总体上优于柏拉图。"

② D. A. Russell, "Longinus Revisited", pp. 72–86.

③ W. Rhys Roberts ed., *Longinus on the Sublime*, pp. 191–192.

④ 当然还有摩西："犹太人的立法者并非凡俗之辈（οὐχ ὁ τυχὼν ἀνήρ），在理解了神力之后，以符合其价值的方式表达出来，他在他的律法的开端处写道：'要有光，就有了光；要有土地，就有了土地。'"（《论崇高》，9）

⑤ 这一称呼并非朗吉努斯所独有。西塞罗在《论最好的演说家》第17节中称呼柏拉图为"神样的作者"（divinus auctor）。

⑥ 参考昆体良《演说术教育》10.1.81："有谁会怀疑柏拉图在辩驳上的机锋与近乎荷马的言说上

古人的崇高天才就像是从这些神圣的口中流出一般,进入那些崇敬古人之人的灵魂之中,那些不大可能受到灵感附体的人也会被其他人的灵感所感染。只有希罗多德是荷马的忠实模仿者吗?较早的有斯特西科鲁斯(Stesichorus)以及阿契罗库斯(Archilochus),其中最为杰出者就是柏拉图,他无数的支流都受到荷马这条大川的滋养……在我看来,如果他像一位年轻的竞争者与备受赞叹的好战之人展开竞争,仿佛是参加战斗一般,却不愿徒劳地夺得头筹,他就没有全心全意地与荷马争夺头筹,他的哲学书写就不会迸发出如此的生机,也不会在诸多地方以诗歌材料融合与表达。因为,正如赫西俄德所说,"这种不和对人类来说是善好的"。竞争与桂冠的确是善好的,也是值得去赢取的,在这种竞争中,即使输给先人也是虽败犹荣的。(《论崇高》,13)

走向神性是柏拉图哲学的中心议题。柏拉图向斐德若指出,真正的修辞要在混沌的现象中"如其本然地看出一和多",而这样的人一旦遇见,要追随他,"像追随一个神一样追随他"(κατόπισθε μετ᾽ ἴχνιον ὥστε θεοῖο)。①荷马(全篇引述荷马史诗22次,位居引文之冠,确属实至名归)是表现神性与英雄的至高典范,柏拉图是荷马的忠实"追随者"——或者毋宁说荷马是柏拉图仰望的真正古人,是其试图超越的高峰——朗吉努斯亦是荷马、柏拉图的忠实"追随者"。诸神之战、"诸神的伤痛、斗争、复仇、泪水、束缚以及他们的各种激情"、神明的"无瑕、高大、纯粹"、他们的"行动与竞争"均是"崇高的心志"的自然体现。(《论崇高》,9)在神与人的痛苦、挣扎与激情中,"太人性"的部分被剥离出来,人的本质面相、复杂性、存在维度均因为"崇高"的照面而彰显无遗。正如埃阿斯"并没有为自己的性命祈祷,因为这样的诉求对于一个英雄来说是卑贱的,但是在这样无望的黑暗之中,他无法随心所欲地使用自己的勇力,使之成为高贵的东西,因为这点,在战场上无用武之地的他盛怒不已,他祈求光明尽快来临,要找到与自己的勇力完全相匹配的死亡方式,即便交锋的对手是宙斯"(《论崇高》,9)。雨果评价"诗圣"(the Bard)莎士比亚的话同样适用于荷马,朗吉努斯听罢也会会心赞许,因为他们关注的都是"永恒":

的神性天赋呢?因为他远远地超越了日常散文,也就是希腊人说称为'足下风格'(pedestrem),在我看来,他的灵感似乎不是来源于人的天赋,而是德尔菲神庙的神示。"

① 《斐德若篇》,266b。柏拉图意味深长地引述了《奥德赛》5.193,长于修辞且计谋多端(πολύτροπός, πολυμήχανος, ἀλιτρός)的奥德修斯于困顿无计之时追随爱人与神女的卡吕普索的脚步。

谁要是名叫诗人，同时也就必然是历史学家与哲学家。荷马包括了希罗多德和泰勒斯。莎士比亚也是如此，他是一个三位一体的人。此外，他还是一个画家，而且是怎样的一个画家啊！一个伟大的画家。事实上，诗人创造多于叙述，他表现和描绘。任何诗人在他们身上都有一个反映镜，这就是观察，还有一个蓄存器，这便是热情；由此便从他们的脑海里产生那些巨大的发光的身影，这些身影永恒地照彻黑暗的人类长城。这些幻象都是活的。要像阿喀琉斯那样赫赫一生，这就是亚历山大的奢望。莎士比亚具有悲剧、喜剧、仙境、颂歌、闹剧、神的开怀大笑、恐怖和惊骇，而所有这一切用一个字概括，那便是"戏剧"。他达到两极。他既属于奥林匹克神界，又属于市场上的剧院，任何可能性他都不缺少。①

除却对柏拉图的直接指涉之外，《论崇高》文本中还穿插着大量柏拉图式的表达，并从整体上与柏拉图哲学构成呼应关系。事实上，从第32节至第36节的题外话来看，柏拉图与吕西亚斯的风格论争从本质上说正是延续了《斐德若篇》中吕西亚斯与苏格拉底在文辞上展开的"竞赛"。《论崇高》中直接引用柏拉图对话多达9处（提及柏拉图18次），具体内容请参考以下简表：

表4 《论崇高》对柏拉图对话的引用情况

节数	引用篇目	内容
4	《法律篇》，5.741c、6.778d	"他们会在柏木纪念物上写作，并存放在神庙之中"，"至于城墙，梅吉鲁斯，我会认同斯巴达人，要让城墙在地上沉睡，永不起身"。
13	《理想国》，586a	"那些没有智慧和美德经验的人，只知聚在一起寻欢作乐，他们似乎是向下的，终其一生以这样的方式四处游走，他们从不抬头仰望真理，从不会向上，从未品尝过持久与纯粹的快乐，而是像牲畜一样，眼睛朝下，面对着大地，饱食终日，由于无法餍足，他们还用铁一般的犄角与蹄子互相踢打顶撞，出于贪婪而互相残杀。"

① 雨果：《莎士比亚的天才》，载杨周翰编：《莎士比亚评论汇编》，第407页。译文有改动。

续表

节数	引用篇目	内容
23	《美涅克塞奴斯篇》，245d	"佩洛普斯们、卡德摩斯们、埃吉普图斯们、达那奥斯们以及其他一些在天性上是为蛮族的人不能与我们同住；但我们住在这里是希腊人，并不是杂种。"
28	《美涅克塞奴斯篇》，236d	"的确，他们从我们这里获得了他们应得的东西，获得了这些东西之后，他们走上了命中注定之旅，从公的方面来说，城邦为他们送行，从私的方面来说，同族的每一个人都为他们送行。"
29	《法律篇》，7.801b	"无论是金的财富还是银的财富，都必不能在城邦中有一席之地。"
32	《蒂迈欧篇》，65c—85e；《法律篇》，6.788d	人体的构成。"城邦就像是混酒钵一样需要混合，当酒倒入其中的时候就会沸腾，但这酒若是被其他清醒之神调和的话，它就有了好伙伴，也就被成就为善好而温和的饮品，这点不容易看到。"
44	《理想国》，573e	"心灵中孵出的欲望之雏鸟……"

　　尽管从风格上来说，"柏拉图的话流动起来像油一样安静无声(χεύματι ἀψοφητὶ ῥέων)"，但其"崇高"丝毫未因此而减损。①朗吉努斯这个看似一笔带过的评断其实针对的是狄俄尼修斯等人对伊索克拉底与柏拉图的批评做出的温柔回应。在《论德摩斯梯尼》20中，狄俄尼修斯比较伊索克拉底与德摩斯梯尼孰优孰劣，评断的结论是，伊索克拉底尽管言辞"高贵，且能够激发情感"，但其语言的"平顺与柔软"(λεῖον καὶ μαλακὸν)使得本应"陡峭与峻厉"(τραχεῖαν…πικρὰν)的风格显得寡淡，像安静无声的流动的油一般(λέξις ὥσπερ ἔλαιον ἀψοφητὶ ῥέουσα)"。朗吉努斯则认为，尽管从风格与修辞上来说，柏拉图不像演说家一般猛烈，但其精神足以成就崇高。

　　朗吉努斯在修辞学的框架内开辟出了一个新的道德指向，即灵魂的向上之旅，而这一旅程的终极代言人便是哲人柏拉图：

　　　愿大家相信我如下的忠言：灵魂是不死的，它能忍受一切恶和

---

　　① 《泰阿泰德篇》144d中色奥多鲁斯赞美泰阿泰德："这个孩子能够平稳、确定、有效地推进他的学习，脾气又非常好，就像油一般无声息地流淌(οἷον ἐλαίου ῥεύμα ἀψοφητὶ ῥέοντος)。"另参考狄俄尼修斯：《论德摩斯梯尼》，20。

善。让我们永远坚持走向上的路(τῆς ἄνω ὁδοῦ),追求正义和智慧。这样我们才可以得到我们自己的和神的爱,无论是今世活在这里还是在我们死后(像竞赛胜利者领取奖品那样)得到报酬的时候。(《理想国》,621c—d)

在第44节全篇行将结束之时,朗吉努斯回到现实——奢靡之风污染灵魂,人心变得"贪婪、傲慢与软弱","暴戾、僭妄与无耻",他所担忧者在于,"这一切必然如此,人类就再也不向上看(ἀναβλέπειν),也不会关心后世的名誉。一点一点地(ἴσα βαίνων)①,人们的生命就在如此之恶的循环之中结束,伟大的灵魂消磨殆尽,不再成为争相追求的对象,因为那个时候他们大为惊叹的是他们凡俗有死的部分,而忽略张大他们无朽不死的那部分"。在此,演说术(也即"崇高")的堕落与一个隐喻息息相关:疾病。奴役使人成为侏儒,牢笼的束缚使人变得屡弱。对金钱的欲望使得我们变得卑微,对享乐的追求使得我们变得鄙贱。无独有偶,生活在公元1世纪早期的亚历山大里亚的斐洛也曾有过一番极为相似的言论:

他们将健康强壮的言辞带入无法疗愈的疾病与死亡(εἰς πάθος ἀνήκεστον καὶ φθορὰν περιήγαγον)。一切都被他们弄得病态不堪,被取代的是强壮与雄健的身体(ἀθλητικῆς ὄντως εὐεξίας)。他们将因其力量风格(ὑπ'εὐτονίας)而丰沛、饱满,且拥有体量(ὄγκον)的言辞弄得虚空、肿胀,并用空洞浮夸抬升之,当它膨胀至极端时就会因为缺乏整合的力量而炸裂(ὃ δι' ἔνδειαν τῆς συνεχούσης δυνάμεως, ὅταν μάλιστα περιταθῇ, ῥήγνυται)。②

在这最后的担忧中,作者再次暗暗呼应两人:古希腊教化的集大成者柏拉图、希腊自由的最后捍卫者德摩斯梯尼。这恐怕绝非无意为之。在这个意义上,《论崇高》不仅仅是一部修辞学著作,而且是以荷马—柏拉图—修昔底德—德摩斯梯尼为代表且一脉相承的古典希腊文化精神在1世纪罗马修辞学传统下的一次短暂的再现与复活——尽管其作者之身份仍湮没于历史尘埃中。

---

① 或译"一步一步地""步步为营",参见德摩斯梯尼:《论无信义的使者》,314。

② 《论种植》(De Plantatione),157—158。参见Philo of Alexandria, *On Planting Introduction, Translation, and Commentary*, David Runia and Albert Geljon eds., Leiden: Brill, 2019, p. 71。

第二部分

第一章 《论崇高》译文与注释①
（附原文）

提 要

前言（1—2）

1. 凯基里乌斯《论崇高》的缺憾；言辞上的高蹈与杰出就是崇高；崇高使人惊奇；崇高如雷电一般击碎万物。论及作家：凯基里乌斯。

2. 崇高可以由技艺产生；崇高应该与知识关联；天才需要技法的约束，以免误入歧途；技艺关乎良好的判断力。

初论（3—8）

3—5. 虚浮、幼稚、浮泛的激情带来的伪悲剧、空洞、假激情。僵冷的风格。时下人的疯狂追求；可以制造出崇高的东西也可以制造出恶。论及作家：卡利斯色涅斯、克雷塔库斯、安菲克拉特斯、黑格西阿斯、马特里斯、色奥多鲁斯、提麦奥斯、色诺芬。

6—7. 对言辞的评判有赖于经验。真正的崇高令人超拔；它的印记是强烈的，难以磨灭的。

8. 崇高的五个来源：言说与思想之力量，强力且迷狂的激情，某些思想与言说的修辞格，高贵的言辞，高贵与崇高的行文与布局。论及作家：荷马。

崇高的前两个来源（9—15）

9.1—9.4. 灵魂要转向崇高，要孕育崇高；崇高是高贵灵魂的回响；崇高的灵魂无须言辞。

9.4—9.11. 成功与不成功的引发惊惧的例证；诸神之战。论及作家：荷马、赫西俄德。

9.11—9.15. 年迈的荷马以及《奥德赛》。论及作家：荷马、佐伊鲁斯。

10. 如何通过部分与部分之间的组合制造崇高效果；萨福笔下的爱欲与激情；崇高与死亡。论及作家：萨福、无名氏、阿拉图斯、阿契罗库斯、德摩斯梯尼。

11—12.2. 夸张与崇高的关系与区别。

12.2—13.1. 比较德摩斯梯尼与西塞罗；柏拉图的崇高。论及作家：德摩斯梯尼、

---

① 本译文依据的希腊文底本为 W. Rhys Roberts ed., *Longinus on the Sublime*, Cambridge: Cambridge University Press, 1907。提要为译者自拟，注释均为译者注。

西塞罗、柏拉图。

    13.2—14. 论模仿与超越。论及作家：斯特西科鲁斯、阿契罗库斯、荷马、柏拉图、阿莫尼乌斯、赫西俄德、修昔底德、德摩斯梯尼。

    15. 图像：演说中的图像与诗歌中的图像。论及作家：欧里庇得斯、埃斯库罗斯、德摩斯梯尼、希佩里德斯。

崇高的第三个来源：修辞格（16—29）

    16. 对呼法。论及作家：德摩斯梯尼。

    17. 隐匿起来的修辞才是最好的修辞。

    18. 修辞性疑问句。论及作家：德摩斯梯尼、希罗多德。

    19. 连词省略。论及作家：色诺芬、荷马。

    20. 连词省略与首句重复并用。论及作家：德摩斯梯尼。

    21. 连词叠用。论及作家：伊索克拉底。

    22. 倒装法。论及作家：希罗多德、修昔底德、德摩斯梯尼。

    23. 格、时态、人称、数的变化。论及作家：索福克勒斯、柏拉图。

    24. 复数缩为单数。论及作家：弗利尼库斯。

    25. 将业已发生过的事情作为当下正在发生的事情引入叙事中。论及作家：色诺芬。

    26. 转换人称。论及作家：希罗多德。

    27. 出其不意转换成直接引述。论及作家：荷马、赫卡泰乌斯、德摩斯梯尼。

    28—29.1. 迂言法及其危险。论及作家：柏拉图、色诺芬、希罗多德。

    29.2. 总结：激情与崇高紧密相关。

崇高的第四个来源：高贵的言辞（30—38）

    30. 言辞与思想紧密相关。

    31. 日常用语亦可崇高。论及作家：阿那科瑞翁、色奥旁普斯、希罗多德。

    32. 隐喻。论及作家：德摩斯梯尼、色奥旁普斯、色诺芬、柏拉图、吕西亚斯、凯基里乌斯。

    33—36. 天才与中规中矩的庸才；带有些许瑕疵的崇高，还是无可指摘的中等成就，孰优孰劣？对作家的评判应该以数量还是品质为标准？柏拉图与吕西亚斯；生命的意义；技艺应当随时为自然带来助益。论及作家：阿波罗尼奥斯、色奥克里图斯、荷马、埃拉托斯特涅斯、阿契罗库斯、品达、巴奇里德斯、岐奥斯的伊翁、索福克勒斯、德摩斯梯尼、吕西亚斯、希佩里德斯。

    37. 明喻。

    38. 夸张的限度。论及作家：伊索克拉底、修昔底德、希罗多德。

崇高的第五个来源：行文与布局（39—43）

    39. 节奏。论及作家：德摩斯梯尼。

    40. 词语的布局。论及作家：菲利斯图斯、阿里斯托芬、欧里庇得斯。

41. 柔靡或者造作的节奏会减弱崇高感。

42. 过分地砍缩表达也会减损崇高。

43. 细琐的词有伤崇高。论及作家:希罗多德、色诺芬。

结语：文学的堕落（44）

正 文

1. 亲爱的博斯图米乌斯·特伦提阿努斯(Postumius Terentianus)，你记得，我们一起仔细研读过凯基里乌斯①写就的关于崇高的论文，它显得比我们讨论的整个主题要低些，且与关键点无甚关联，它并没有为读到它的人提供多大益处，而益处是书写者必须要追求的。所有的修辞学手册②必须具备两点。第一点在于展示题中之意，第二点在布局上次之，但却在力量上更重要，即它是如何自成，并以何种方式获得的。③虽然凯基里乌斯试图通过许多例子向我们展示崇高是如何产生的——仿佛我们愚昧无知一般——却认为那种我们借之能扩展自己的本性进而达成某种高度的方式并不必要论述，并略过不提。我们在批评此人遗漏的同时，也不要忘了赞美此人颇值得称赞的思力与热忱。既然你敦促我单独为你写作一点关于崇高的东西，来吧，看看我是否观察到了什么对政治人士有用的东西④。同伴，依照你的天性与你的职责，你跟我一起逐个部分裁决一下那些最真的东西：因为当一个人在被问及"我们与神明有什么共同点"，他最好的回答是"善行与真理"。我最亲爱的朋友，我是为你而写，你精通文教，我几乎免于向你长篇

---

① 学界普遍认为，这里的凯基里乌斯指的是与哈利卡那索斯的狄俄尼修斯同时代的卡拉克特的凯基里乌斯(Caecilius of Calacte)。依据《苏达辞书》(Suidas)，凯基里乌斯来自西西里，他曾在奥古斯都时代作于罗马教授修辞学，信仰犹太教(τὴν δόξαν Ἰουδαῖος)。狄俄尼修斯曾在《致庞培乌斯》3中同意"亲爱的凯基里乌斯"(τῷ φιλτάτῳ Καικιλίῳ)的看法，表示德摩斯梯尼确实在风格上师法修昔底德。除此之外，凯基里乌斯还是阿提卡风格的坚定捍卫者，曾著《驳弗里季人》(Κατὰ φρυγῶν)，《阿提卡风格与亚细亚风格有何区别》(τίνι διαφέρει ὁ Ἀττικὸς ζῆλος τοῦ Ἀσιανοῦ)。更多详细的考证与信息，参考 W. Rhys Roberts, "Caecilius of Calacte", *The American Journal of Philology*, Vol. 18, No. 3, 1897, pp. 302–312. 朗吉努斯《论崇高》所言之凯基里乌斯所作的论述崇高的小册子未能存世。今人整理有凯基里乌斯残篇：Ernst Ofenloch ed., *Caecilii Calactini Fragmenta,* Stuttgart: B. G. Teubner, 1967。

② Τεχνολογία，指技艺性的修辞学手册。

③ 此处表明作者对德摩斯梯尼的熟悉，语段化自德摩斯梯尼《第三篇奥林索斯辞》(*Olynthiacs 3*)3.15："从布局上来看，行动是后于言说与投票的，但在力量上来看却在第一位，且更为重要。"

④ 指经世致用之学，即演说术。同样，狄俄尼修斯在《论写作》开篇亦有类似表达，其首要关切在于所写的作品对现实政治有帮助，称此书是"我的教化与精神的产物与后代，也是对一切与言辞相关的事务生活中的财富与帮助；在一切的事务中，(此书显得)最为必要的人是，如果我碰巧说得在理的话，那些操作政治言说的人，无论其年龄、性情如何，对你这样初入学问门庭的青年人尤甚"。

大论,某种言辞上的高蹈与杰出就是崇高,而且诗人与散文作家中最伟大者不是从别处,而是就在此处做到首屈一指并获得永世令名的。因为崇高并不意在说服听众,而在于使人出位:从各方面来说,使人惊奇的东西因其对精神的震动总是胜过有说服力的东西与带来乐趣的东西的①,有说服力的东西在我们的掌控之内,而这些东西(崇高的东西)带来权威与霸力,并掌控听众。再者,我们看到,构思技巧与对主题的编排与处理并不会从一两处展现出来②,而是仅仅从言辞的网络中展现出的,在那里,崇高在瞬间迸发出来,并像雷电那样击碎万物,刹那展现出言说者全部的力量。③亲爱的特伦提阿努斯,以上种种及类似的东西,你可以从自己的经验中参悟。

2.我们必须首先问一个问题:是否存在着某种关乎崇高或者高蹈的技法呢?因为有的人认为,那些将这些问题引向技法规则的人是彻头彻尾地误入歧途。他们说,崇高的天才是天生的,而非后天教育形成的,达成的唯一技法就是天赋:有人认为,天才之作会被修辞学手册弄得更糟、更低级,最后被降格得只剩下骨架。④而我则说,如果有人如此考量的话,这点也可以反过来予以驳斥:自然中许多充满激情与得到提升的东西随其所愿,但自然却并不是这般完全无章可循⑤,而且她乃万物之中首初、原型的要素,但是方法足以为我们划定一个固定的界限,并带来一些益处。崇高的东西如果与知识两相分割,它将是非常危险的,彼时它会变得无根、空洞,最后

---

① 此处所指乃演说家的三种职责:教育人、愉悦人、打动人(docere, delectare, movere)。西塞罗曾将其分别对应三种风格:崇高风格(genus sublime)旨在打动听众,西塞罗以自己的《为拉比里乌斯叛国罪辩护》(Pro Rabirio Perduellionis Reo)为代表,古典范本为德摩斯梯尼;中间风格(genus medium)旨在使人愉悦,自己的代表作为《论庞培的命令》(De Imperio Cn. Pompei),古典范本为伊索克拉底;平实风格(genus tenue)旨在教育听众,自己的代表作为《为凯基纳辩护》(Pro Caecina),古典范本为吕西亚斯。参考《演说家》,29.102。
② 构思(inventio)、编排(dispositio)、风格(elocutio)、记忆(memoria)、发表(pronuntiatio)乃古典修辞学五规则。参考西塞罗《论构思》1.9:"这些分法许多人都有过论述,是为:构思、编排、风格、记忆、发表。构思在于考量话题是真或可能,这或许能使得案件有据可循;编排是指将我们构思的主题按顺序分布;风格指的是以恰当的词汇与句子符合话题;记忆是精神对与构思相配的主题与措辞的持续性感知;发表指的是以配得上主题与措辞的方式对声音与身体进行调制。"
③ 参考第12节对"崇高"典范德摩斯梯尼的论述。
④ 技艺与自然之争由来已久,此处列举几处经典文本与段落:柏拉图:《斐德若篇》,269d;伊索克拉底:《论交换法》,189ff.;西塞罗:《致赫仑尼乌斯》(Ad Herennium),3.28;贺拉斯:《诗艺》(Ars Poetica),409—411。
⑤ 自然有其目的,并非随意作为。此意参观亚里士多德:《论天象》(De caelo),290a31。

空余冲动与无知之勇。①天才既需要鞭策,也需要辔头。②因为,就像德摩斯梯尼在谈论人类公共生活的时候说的那样,善好的东西中最上者乃是走好运,第二但并不次之的乃是良好的判断力,③后者如果不具备的话会完全毁掉前者,我可以将这点用在言辞上,自然占据的位置乃是好运,而技艺占据的位置则是好的判断力。最为重要的是,出自自然的言辞中的某些本质的东西只能从技艺中学取,别无他处,这点我们要记取。如我所说过的那样,如果对好学者做出批评的人能够自忖此事的话,那么在我看来,他就不会觉得我这个题目下讨论的问题是累赘无用的了……④

　　3.从炉中撕裂那高耸的火焰,

　　　如果我仅仅只看到一位灶神的话,

　　　我会添加上旋转的焰浪,

　　　我会将他的家居化为灰烬:

　　　我还未吼出高贵的歌调。⑤

　　这样的话不是悲剧式的,而是伪悲剧式的:"旋转的焰浪"、"喷入云霄"、吹笛者博雷阿斯,云云。这些东西在言辞上被弄得混乱,在意象上被弄得杂吵不堪,而非被弄得可怕。如果放在日光之下细细逐一考察的话,这些东西从可怖的逐步沦为可鄙的。悲剧本质上就有这些夸张与体量庞大的东西⑥,浮夸之调在其中尚且不能被容忍,与真理相配的言辞,我想,更无法与浮夸之调和谐共存。正因如此,人们嘲笑列奥提尼的高尔吉亚所写

---

　　①　可与第13节开篇处的比喻对读。此处亦与柏拉图《泰阿泰德篇》144a—b暗合。塞奥多洛斯向苏格拉底介绍并赞美泰阿泰德这位青年:"除了超过常人的思维敏捷,他的脾气非常温和;尤其是,他有男子汉的气概,和他的同伴一样。我从未想到,这些品性能够在他身上并存,我从未看到在其他地方能产生这样的人。一般说来,像他这样思维敏捷、博闻强记的人经常不够稳健。他们会到处乱闯,就像没有压舱物的船;他们看起来很勇敢,而实际上却是一种疯狂的躁动;另一方面,比较稳健的人在学习中又经常显得笨拙,记性太差。"

　　②　一个常用的比喻。如西塞罗《布鲁图斯》204中称,伊索克拉底对埃弗鲁斯(Ephorus)施以鞭策,对色奥旁普斯施以辔头(alteri se calcaria adhibere alteri frenos)。塞内加《论善好的生活》(De Vita Beata)25.6有言:"有的德性须得鞭策,有的德性则要辔头约束(quaedam virtutes stimulis, quaedam frenis egent)。"

　　③　德摩斯梯尼:《反阿里斯托克拉特斯》(Against Aristocrates), 113。

　　④　此处文字有脱漏。

　　⑤　或许出自埃斯库罗斯的《奥利西亚》(Orithyia)。参考希腊悲剧残篇第281, S. Radt ed., Tragicorum Graecorum Fragmenta, Göttingen: Vandenhoeck & Ruprecht, 1985。

　　⑥　参见本书第97页注释④。

的"薛西斯，波斯人的宙斯"，"雄鹰，活着的坟墓"。①还有一些卡利斯色涅斯的话，②它们并非崇高的，而是浮在空中的，还有克雷塔库斯(Cleitarchus)：他这个人浮夸，爱吹牛，如索福克勒斯所说：虽有小号，却无吹口。③这样的事在安菲克拉特斯④与黑格西阿斯⑤与马特里斯⑥那里也有：他们似乎并未陷入迷狂，而仅仅是在儿戏罢了。⑦总的来说，臃肿是最难防备的。因为，所有追求崇高的人，为了避免被人指责为虚弱与干瘪，都陷入了这样的状态，他们深信："在伟大的事情上失败也算得上是高贵的错误。"但臃肿是一种恶，无论是在身体上还是在精神上，它虚空、散漫，会将我们带入反面。

---

① 这几句引言均出自高尔吉亚发表于公元前427年的《墓前讲话》(*Epitaphios*)。全篇佚失，部分残存，参考《前苏格拉底残篇》(H. Diels and W. Kranz hrsg., *Die Fragmente der Vorsokratiker*, Erster Band, Zürich: Weidmann, 1996)。前一引文可能与希罗多德《历史》7.56的记载相关。薛西斯率军渡过海列斯彭特，其中有当地人问道："宙斯啊，为什么变成一个波斯人的样子并把自己的名字改成薛西斯，而率领着全人类前来，想把希腊灭亡？因为没有这些人的帮忙，你也完全有能力做到这一点。"后一段引文为欧洲文学中著名的矫揉造作短语。此短语本自《伊利亚特》1.4—5，阿凯奥斯人的尸体"成为野狗和各种飞禽的肉食(ἑλώρια τεύχε κύνεσσινοἰωνοῖσί τε πᾶσι)"。

② 奥林索斯的卡利斯色涅斯(Callisthenes of Olynthus)，参考《希腊历史残篇》(F. Jacoby hrsg., *Die Fragmente der Griechischen Historiker*, Berlin: Weidmann, Leiden: Brill, 1923)124。卡利斯色涅斯乃亚里士多德的侄儿，曾追随亚历山大征服亚洲，相传曾作一部希腊史，此作已经佚失。西塞罗曾在《论演说家》2.58中对他有所记载："卡利斯色涅斯，亚里士多德的弟子，亚历山大的随从。他的写作几乎是修辞学式的。"

③ 西塞罗《致阿提库斯信札》(*Epistula ad Atticum*)2.16.2记载了另一个版本："φυσᾷ γὰρ οὐ σμικροῖσιν αὐλίσκοις ἔτι, ἀλλ᾽ ἀγρίαις φύσαισι φορβειᾶς ἄτερ."参考《希腊悲剧残篇》，768。克雷塔库斯，活跃于公元前4世纪中期至晚期，曾为亚历山大作传，今已佚失。昆体良《演说术教育》10.1.75处有言："克雷塔库斯的天赋受到肯定，但是他的准确性值得怀疑。"

④ 雅典的安菲克拉特斯(Amphicrates)，现存文献对其记载甚少，曾于公元前86年从雅典逃往塞卢西亚(Seleucia)。

⑤ 马格内西亚的黑格西阿斯(Hegesias of Magnesia)，公元前3世纪的历史学家与演说家，作品有若干残篇存世，参考《希腊历史残篇》，142。黑格西阿斯被当成阿提卡主义者的始作俑者与众矢之的。西塞罗曾直言不讳地揶揄他邯郸学步般效仿吕西亚斯，此人自鸣得意地认为得阿提卡主义之真传，前辈大人与之相比不过是村野匹夫罢了："但还有什么比他凭借技艺精巧编制的文字更为柔靡、琐屑、幼稚呢？"(《布鲁图斯》，286)另参考《演说家》226："黑格西阿斯回避这样做，当他试图模仿几乎与德摩斯梯尼齐名的吕西亚斯时，他到处跳跃，把他的风格搞得支离破碎。还有，他在思想方面的错误不亚于语言方面的错误，所以熟悉他的每个人都不需要另外再去寻找愚蠢的例子。"《演说家》230："就其他作家来说，尤其是那些成为格律的奴隶的亚细亚演说家，你可以看到，他们把某些空洞的语词当成格律的替补。还有一些人犯了一种起源于黑格西阿斯的错误，他们生割裂击碎韵律，使之堕为一种类似于可鄙小诗一类的文体。"斯特拉波《地理志》14.1.41："演说家黑格西阿斯比其他任何都更能称得上是所谓的亚细亚风格的创始人，因为他败坏了既定的阿提卡传统。"

⑥ 底比斯的马特里斯(Matris of Thebes)，公元前3世纪的演说家，曾以亚细亚风格写作《赫拉克勒斯颂辞》(已佚失)，参考《希腊历史残篇》，39。

⑦ 已有学者指出，高尔吉亚—卡利斯色涅斯—克雷塔库斯—安菲克拉特斯—黑格西阿斯—马特里斯这一排布顺序证实了一个文学批评史理论，即亚细亚风格是希腊智者派修辞之缺陷一脉而来的产物。狄俄尼修斯在《论吕西亚斯》中隐晦地提到了这一点。参考"Longinus", *On the Sublime*, p. 70。

因为,人们说,没有什么比水肿更干瘪的了。①虽然虚浮意欲压倒崇高,幼稚却是崇高的直接对立面,因为它完全是低劣的、卑下的,而且确实是最卑贱的恶。那么到底什么是幼稚呢? 很明显,它就像学究的思想一样,他们耽于一些细枝末节的东西,最后得到的却是冷冰冰的东西。人们滑入这类错误之中,因为他们旨在一鸣惊人,精雕细琢,最重要的是,他们要娱乐人,最终搁浅于无聊与恶趣味②。与这点相伴而来的是第三种形式的恶,即"受制于激情"的那种恶,就是色奥多鲁斯③称为"假激情"(parenthyrus)的那种东西。这是一种不需要激情时硬生生造出的一种不合时宜且空洞的激情,或是一种需要中和之时造出的一种无节制的激情。很多时候就像是喝醉酒的人无法自持一样,他们的激情是私人的、无聊的。因此,听众并没有感受到任何东西,这些人的行为乃是自取其辱,自然,他们自我出位,而言说对象却无动于衷;然而激情的问题我们以后另辟专章讨论。

4.我们已经说过的另一种僵冷的问题④,这点在提麦奥斯⑤身上随处

---

①　疾病(此处是水肿)与文风的关联由来已久。从伦理学角度上,水肿常被用来指涉贪婪不息的欲望;从文学的角度上,水肿则与浮夸、虚泛的文风相关联,如贺拉斯《颂诗》2.2.13:"放纵生水肿(crescit indulgens sibi dirus hydrops)。"另参斐洛《论种植》157—158对文风日下的感慨:"他们将健康强壮的言辞带入无法疗愈的疾病与死亡(εἰς πάθος ἀνήκεστον καὶ φθορὰν περιήγαγον)。一切都被他们弄得病态不堪,被取代的是强壮与雄健的身体(ἀθλητικῆς ὄντως εὐεξίας)。他们将因其力量风格(ὑπ'εὐτονίας)而丰沛、饱满,且拥有体量(ὄγκον)的言辞弄得空洞、肿胀,并用空洞浮夸抬升之(οἰδούσης καχεξίας ἀγαγόντες καὶ κενῷ φυσήματι μόνον ἐπαίροντες),当它膨胀至极端时就会因为缺乏整合的力量而炸裂(ὃ δι᾽ ἔνδειαν τῆς συνεχούσης δυνάμεως, ὅταν μάλιστα περιταθῇ, ῥήγνυται)。"

②　κακόζηλον(恶趣味)是公元1世纪修辞学中的常见术语,这也可以用以证明《论崇高》的写作年代与背景。昆体良曾对此术语做出详细的解释,此一解释与朗吉努斯批判臃肿、浮夸、幼稚的语境是相吻合的:"κακόζηλον是一种糟糕的造作,它在每种风格中都是缺陷。因为,一切臃肿、琐屑、柔靡、冗余、牵强、放肆的缺陷都可以归入这个称呼之下。而好的东西如果走到了极端也可以归入这称呼之下,即天才失去了判断力,并被表面的善好欺瞒,这是对一切雄辩风格犯下的最大错误,因为其他错误难以避免,而这种却是故意为之的。而这种造作仅仅影响风格。因为,双方展开论辩中的论点或许是愚蠢的、前后不一的、空洞的,但这种错误关乎内容;而风格的败坏则关乎不恰当、冗余词汇的使用,意义的含混,编排上的软弱,或者幼稚地寻求相似的、模糊的表达。除此之外,κακόζηλον还关乎虚假,尽管虚假并不意味着造作。"(《演说术教育》,8.3.58)

③　伽达拉的色奥多鲁斯,曾任提塔略的老师。昆体良《演说术教育》3.1.18记载了两种修辞学体系,即阿波罗多鲁斯(Apollodorus,曾任奥古斯都的老师)与色奥多鲁斯创建的两所修辞学校(另参考斯特拉波:《地理志》,13.4.3)。阿波罗多鲁斯学派认为,演说必须依次拥有序言、叙事、论辩、结语。而色奥多鲁斯则认为,演说中必不可少的成分为论辩,其他要素则是因案件而异。

④　此两节所言之"臃肿""幼稚""假激情""僵冷"等风格缺陷在狄俄尼修斯的论述中均可找到相应词汇的表达。这对于我们厘定《论崇高》的写作年代具有一定的参照坐标意义。值得注意的是,这些术语并非此时代的修辞学所独有的,而是古希腊文学批评、古希腊修辞学、希腊化时代修辞学,以及融入罗马文化的修辞学在几百年间的发展中逐渐成形的,且这些术语在不同时代各有偏重。例如,在此处,"僵冷"指的是行文呆板(尤其是比喻),而在亚里士多德《修辞学》3.3中,"僵冷"指的是由于滥用复合词、奇字、隐喻,以及使用过长的或不合时宜的或过多的复合词。

⑤　提麦奥斯(Timaeus,前355/350—前260),历史学家,生于西西里东部陶罗梅尼乌姆(Tauromeni-

可见，此人在很多方面是力足的，且在言辞上有时候不乏高度，且很博学，富有创造性。虽然他对别人的毛病非常苛刻，但他对自己的毛病却丝毫没有察觉。由于他对新奇想法的执念，他经常滑入一种至为幼稚的错误之中。我这里举出他的一两例，其中很多已经被凯基里乌斯列出。在赞颂伟大的亚历山大之时，他称："他征服整个亚细亚所用的时间，比伊索克拉底写作关于向波斯开战的颂辞的时间还短。"他将这位马其顿人与这位智者相提并论，这是多么奇怪啊。很明显，拉栖戴孟人以此看来在勇力上远不如伊索克拉底，因为，他们花了三十年才扫平麦西纳①，而他只花了十年时间写作颂辞。②想想他写那些在西西里被俘的雅典人的方式：他们对赫尔墨斯不敬，损毁了他的塑像，因此受到惩罚，这都是因为一个人逾越了法律，而他父亲这一脉是从赫尔墨克拉特斯即赫尔蒙之子而来的。我很惊异，亲爱的特伦提阿努斯，他并没这样书写狄俄尼修斯这位暴君："因为他对宙斯与赫拉克勒斯不敬，狄翁与赫拉克勒斯后代剥夺了他的统治权。"③那些英雄们④，我说的是色诺芬与柏拉图，他们曾在苏格拉底的学园中受训，尚且忘情于这种廉价的乐趣，我们为什么一定要说到提麦奥斯呢？色诺芬在《拉栖戴孟人的政制》中写道："当然，你从他们那里听到的声音比从石像那里听到的声音还少，你要扭转他们的眼神比扭转铜像的还要更不可能，你会认为他们比他们眼中的少女还要谦恭。"⑤相比起色诺芬，安菲克拉特斯更适合将我们眼中的瞳孔称之为谦恭的少女。老天，将所有人的瞳孔认定为是谦恭的，这是什么事儿，人们说，人们的无耻别无他处，都是通过眼睛被人熟知的。他说："充满醉意，有着狗一样的眼睛。"⑥而提麦奥斯，紧紧抓

---

um)，后迁居雅典在伊索克拉底弟子帐下学习，并在此期间写作《历史》，该作品始于希腊早期历史，终于第一次布匿战争。参考 Truesdell Brown, *Timaeus of Tauromenium*, Berkeley: University of California Press, 1958. 波利比乌斯对他的批判，参考《历史》，12.26b.1. 哈利卡那索斯的狄俄尼修斯也曾批评提麦奥斯的风格"僵冷"。西塞罗在《论演说家》2.58 处列举多位史家，并对他们的风格进行评述，其中即有提麦奥斯。与一般的修辞学家不同，西塞罗极为推崇蒂迈欧，认为他是色诺芬、卡利斯色涅斯、提麦奥斯中"最为博学的，在事实与思想上极为丰富，风格上也并非未经打磨。他为这种写作（指历史）带来了极为充沛的雄辩，但在案件辩护上并无经验"。

① 指第一次麦西纳（Messene）战争。根据鲍萨尼阿斯的《希腊志》('Ελλάδος Περιήγησις) 记载，第一次麦西纳战争始于"第九次奥林匹亚赛会的第二年"，终于"第十四次奥林匹亚赛会的第一年"，即从公元前 743/742 到公元前 724/722 年，共计 20 年之久。此处朗吉努斯的资料来源不详。

② 指伊索克拉底的《泛希腊集会辞》（*Panegyricus*），相传伊曾于公元前 390—公元前 380 年写作打磨此篇演说。参考昆体良《演说术教育》10.4.4。

③ 双关在于 dia、dios、dii，以及 Hermes、Hermocrates。

④ οἱ ἥρωες ἐκεῖνοι，参考第 36 节，再次将荷马、柏拉图、德摩斯梯尼称为"英雄"。

⑤ 色诺芬：《拉栖戴孟人的政制》，3.5。

⑥ 《伊利亚特》，1.225。

住这偷来的东西,不肯将这僵冷的东西留下给色诺芬。在说到阿伽索克列斯与已许配他人的侄女在揭盖头仪式中私奔之时,他问道:"眼中有少女的人谁会这么做,除非他眼中的是妓女。"①神样的柏拉图又是如何呢? "他们会在柏木纪念物上写作,并存放在神庙之中。"这里柏拉图想说的是写字板。还有,"至于城墙,梅吉鲁斯(Megillus),我会认同斯巴达人,要让城墙在地上沉睡,永不起身"②。希罗多德将美妇称为"眼的痛苦"③,他也没走多远。当然,我们可以谅解他,因为在他那里,说出这话的人都是异邦人,而且是醉酒的。但是,尽管这种低劣的精神出自这样的人口中,这种自取其辱在后代人眼中仍是不善的。

5.这些卑劣的种种都出自言辞中的一个缘由,即在思想中追求新鲜的东西④,这也是现在的人特别为之疯狂⑤的东西:从这里边产生了善的东西,也差不多正是在这些东西之中产生了恶的东西。⑥表达的美、崇高以及产生这些东西的乐趣,都对文章之法有成全之功。这些东西本身不仅仅是成功的根本与基础,它们也是相反效果的根本与基础。变化、夸张以及复数的使用都是如此,我们稍后会展示它们具有的危险。⑦现在,我们必须提出一个问题:通过何种手段我们才能避免那些混杂在崇高之中的缺陷?

6.朋友,这就是路径:我们首先要对真正的崇高有某种清晰的知识与

---

①　阿伽索克列斯(Agathocles, 前361—前287),公元前317年率领雇佣军以拥护民主政治名义占领西西里,随后杀尽寡头派与富豪,自封僭主;公元前304年,自封西西里王。马基雅维利在《君主论》第八章专论"以邪恶之道获得君权的人们"时即以他为代表。参考马基雅维里:《君主论》,潘汉典译,商务印书馆,2009年,第39—41页。"揭盖头仪式"(ἀνακαλυπτήρια)通常在婚礼第三天举行,新娘在此时第一次露出面容,有时候仪式中赠送的礼物也被称为ἀνακαλυπτήρια:"丈夫赐予的礼物叫作ἀνακαλυπτήρια;因为这不仅仅是他揭盖头之目的名称,也是所赠送的礼物的名称;ἀνακαλυπτήρια也被称为προσφθεγκτήρια。"参考尤里乌斯·波鲁克斯(Julius Pollux),《词典》(Ὀνομαστικόν), 3.36。

②　柏拉图:《法律篇》, 5.741c、6.778d。

③　"ἀλγηδόνας...ὀφθαλμῶν",参见希罗多德:《历史》,5.18。马其顿人款待波斯人,但被要求依照"波斯人的习俗"安排妇女陪酒。

④　关于求新求变的时代风尚,参考塞内加《致卢基里乌斯道德信札》(Ad Lucilium Epistulae Morales)114.10:"当心灵惯于嘲讽习俗,并且鄙视约定俗成之事时,人们就开始在言说中寻求新鲜的表达;他们时而追求、展示那些古老而又弃用的词,时而制造新奇之词并且扭曲它们,时而又依照当下的流行,大胆而频繁地使用隐喻。"

⑤　κορυβαντιῶσιν(疯狂),科里班特舞,祭祀弗里季赛百列女神(Cybele)时众祭司跳的舞蹈。

⑥　此段仿自德谟克利特:"善之来源中亦能产生恶。比如,深水有诸多益处,也有害处,因为有溺水的危险。由此,人们找出了一个技艺,即教授游泳。"参考 Leucippus, Democritus, The Atomists: Leucippus and Democritus: Fragments, a text and translation with a commentary, Christopher Taylor trans., Toronto: University of Toronto Press, 1999, p. 19。

⑦　参考第23节与第28节。

判断。但这是很难把握的,对言辞的批评①乃是长期经验的最终成果。但是,我们可以说,出于教学的目的,对这些东西区断是可以习得的。

7.亲爱的,你得知道,正如在日常生活之中不存在什么高绝的事情一样,鄙视不是一种高绝。诸如财富、荣誉、声望、权势,以及其他一些从表面上看来颇有悲剧风格的东西,在有理智的人看来都不会是至善身不是一桩小善。那些有能力拥有之却因为有着高绝心志②而鄙视之的人,比那些坐拥这些东西的人更让人惊异。诗歌与散文中的崇高问题也须得以此法观之,看看是否有的篇章仅仅有着这样的崇高表象,其中散乱地夹杂着一些虚张声势的东西。我们若细细地打开观瞧,则会发现都是些浮夸的东西,对这些东西表示鄙视而非惊异才是更高贵的做法。因为,出于自然,经由真正的崇高,我们的灵魂被提升了,它在某种程度上获得了一种傲人的高度,充满了欢喜和骄傲,就好像它听到的东西是它诞下的一样。因此,当有智有识之士多次听到某个东西的时候,他并没有在灵魂上被触及而产生一种高蹈的心志,而且这个东西若细细考察起来,并没有在思想中留下什么比所说的更多的东西,而是沉寂无声了,这就不是真正的崇高,因为它还仅仅处在当初被听到的那个状态。真正的那种高蹈是经得起细致分析的,它很难抵御,或毋宁说无法抵抗,它留下的印记是强烈的,难以磨灭的。总的来说,对美好的与真正崇高的东西做出认定,对任何人、任何时代来说都是令人愉悦的东西吧。当不同职业、生活、志向、年纪、语言的人们在同样的东西上都有着某种统一或者一样的认识的时候,那种出自不同声音的判断

① ἡ τῶν λόγων κρίσις(对言辞的批评),在此时的学术体系中专指文学性的批评。修辞学家则将其一并归入 "经济" (οἰκονομία/oeconomiae),如昆体良在《演说术教育》3.3.9中所言: "赫莫格拉斯将批评、分类、次序等一切与表达相关的都统摄在 '经济' 之下,这是一个希腊词,本意源自家务料理,在这里被隐喻性地用在演说术上,拉丁语中并无相应表述。"语法学家(grammaticus)则将文学批评视为至高技艺,批评家(κριτικοί)乃高等级语法学家的专称。参考斐洛斯特拉图斯(Philostratus):《智者传》(*Vitae Sophistarum*),2.1.14。关于语文学家、批评家、文法学家三者的历史沿革与内涵,参考 John Edwin Sandys, *A History of Classical Scholarship*, Vol. I, pp. 1–11。将语法研究引入罗马的克拉特斯(Crates of Mallos,参考苏安东尼乌斯:《论语法学家与修辞学家》[*De Grammaticis et rhetoribus*],2)曾言: "批评家与语法学家不同……批评家必须是精通一切语言知识的人,但语法学家只需能够阐释方言、解释诗韵,并在类似的事情上有技艺即可;相应地,前者可以被比拟为监造官,语法学家则为下属。"参见赛克斯图斯·安皮利库斯,《反博学者》(*Adversus Mathematicos*), 1.79。

② μεγαλοψυχία(心志),朗吉努斯的一个重要术语,亦是亚里士多德伦理学中的关键阐发要点。参考亚里士多德:《尼格马可伦理学》,廖申白译注,商务印书馆,2003 年,第107—113 页。尤其注意1124a10—16与此段的关联: "对于普通人的微不足道的荣誉,他会不屑一顾。因为他所配得的远不止此。对于耻辱他同样不屑一顾,因为耻辱对于他不可能是公正的……尽管大度的人主要关切荣誉,他同时也适度地关切财富、权力和可能会降临到他身上的好的或坏的命运。他既不会因好命运而过度高兴,也不会因坏命运而过度痛苦。"

与认同使得我们对于使人惊异的东西的信念强大而不可置疑。

　　8.如有的人所说的那样,最有效果的崇高言说有五个基本来源①,这五种要素的根本在于言说之力,没有它一切都无从谈起。②第一也是最重要的乃是形成思想,这点我已经在分析色诺芬的书③中谈及;第二是强力且迷狂的激情。这两点在很大程度上是相伴相生的。余下的乃是通过技艺产生的,对修辞的安排有两方面:思想的修辞和言辞的修辞。④在这两者之后是高贵的言说,这里面又可以分为:选择词语,使用隐喻,雕琢语言。第五种崇高的来源为之前的所有结尾,即高贵与崇高的行文。⑤来吧,我们细细地考察一下这些元素中的种种形式所包含的东西,权当开篇吧,在这五个部分中,凯基里乌斯漏掉了一些,例如他忽略了激情。如果他将两者——崇高与激情——认成一样的东西,并且认为,这两者是互相成就,相生相成的,那他就大错特错了。因为,有的激情与崇高是完全无关的,而且是卑劣的,例如怜悯、痛苦、恐惧。⑥换个角度来说,很多崇高又是独立于激情而存在

----

　　①　πηγαί(来源),柏拉图常用的隐喻。参考《蒂迈欧篇》,85b;《菲力布篇》,62d;《法律篇》,808d、891c。

　　②　制造"崇高"的前提是拥有言说之力,且言说之力是修习演说术的前提。如昆体良《演说术教育》10.1.3所言:"言说之力显然是演说者的首要职责,演说技艺显然也正是从此处开始的;模仿能力其次,最后才是勤奋写作。"

　　③　已经佚失。参考昆体良《演说术教育》10.1.82对色诺芬的评价:"色诺芬毫无矫饰而无人能及的魅力还用得着我们多说吗? 他的风格似乎是美惠三女神造就的,旧喜剧家们评论伯里克利的话用在他身上刚好合适,即辩论女神(persuadendi deam)就驻在他们的唇边。"

　　④　古人对修辞种类的划分及对其含义的确定晦暗不明。如昆体良在《演说术教育》9.1.10—17处所言,修辞格的"含义为何、属的数量,以及可以划分的种类均存在着极大的分歧……这个词有两个方面的含义:第一,它是一种用于思想的形式,如身体一般,无论它的内部组成如何,必先拥有某种外形;第二种,也是我们特别称为schema的,它指的是意义与语言从日常、普通的形式进行的理性变化,就仿佛我们坐下、躺下、回望。由此,学生在冲向同样的格、时、格律,甚至是音步的时候,我们总是习惯于教导他要变化不同的修辞格,以防行文单调……修辞格是某种经由技艺而产生的新的言说方式……思想的修辞能涵括言辞的修辞(figura sententiae plures habere verborum figuras potest)。因为,前者在于思想的形成,后者在于思想的表达。这两者也常常被混在一起……就我所知,通行的一件事,存在着两种修辞:思想的修辞,即思想、感觉、意见,因为这些词语都被用过;言辞的修辞,即词语、言辞、表达、风格,表达有所不同,但含义无甚区别(consensus est duas eius esse partes, διανοίας, id est mentis vel sensus vel sententiarum, nam his omnibus modis dictum est, et λέξεως id est verborum vel dictionis vel elocutionis vel sermonis vel orationis)"。

　　⑤　技艺性三要素非朗吉努斯独创,而是沿袭修辞学传统一脉而来。如狄俄尼修斯在《论伊索克拉底》3中援引色奥弗拉斯图斯为权威阐述"崇高风格"的三个来源:"依据色奥弗拉斯图斯所言,达成崇高、庄严、非常之效(τὸ μέγα καὶ σεμνὸν καὶ περιττὸν ἐν λέξει)有三种方式:词语的选择(τῆς τε ἐκλογῆς τῶν ὀνομάτων)、对这些词语进行和谐的排布(τῆς ἐκ τούτων ἁρμονίας),以及安置它们的修辞格(τῶν περιλ αμβανόντων αὐτὰ σχημάτων)。"另参考狄俄尼修斯:《论德摩斯梯尼》,51;E. Kremer, *Über das rhetorische System des Dionys von Halikarnass*, Dissertation, Strassburg, 1907。

　　⑥　这些激情是低下的,并不能引发崇高。此节是否与第10节所言之"恐惧"相冲突? 悲剧是否

的，例证无数，例如诗人①笔下奥里昂(Aloadae)的狂言："他们要把奥萨山叠上奥林波斯山顶，在奥萨山再叠放葱郁的佩利昂峰，从而直达天庭。"紧跟其后的那句话更加有力——"他们也会这样做的"。②在演说家那里，颂辞、仪式或展示性演说在各方面都有庄重与崇高，但大部分都没有激情，因此，激情的演说家中鲜有优秀的颂辞作者，且颂辞作者中又很少有激情的。③另一方面，如果凯基里乌斯认为激情完全不会对崇高有所成就，而且因为这一点，他认为它完全不值得提及，那么他就完全误入歧途了。我信心十足，做出以下判断：没有什么能像真正的激情一样崇高，它在一阵迷狂中迸发出来，并使得言辞充满神性。

9.既然其中的第一部分占据着最重要的地位，我说的是天赋的崇高心志④，我们必须将灵魂转向崇高，越远越好，甚至要不断地使之孕育出高贵的崇高，尽管高贵心志是天赋的东西，而不是某种获取的东西。你会问，靠什么途径呢？我在他处写过以下的句子：崇高是高贵灵魂的回响。据此，这个想法不加说明，单凭它本身就能引起惊异，因为它本身就有崇高在其中，就像埃阿斯(Ajax)在地府高贵的沉默一样⑤，它比言辞更加崇高。首先，绝对有必要揭示这种崇高是从何而来的，真正的演说家必不可拥有低俗与卑贱的思想。⑥因为，心怀小人之心与奴隶之心且有追求的人，在他们的一生之中都不可能产出任何令人惊异的东西，任何值得世代流传的东西。高蹈的言辞最可能出自那些拥有深沉思想的人。正因为如此，高蹈的东西很自然地就会降落在心志高洁的人身上。亚历山大回答了帕米尼奥(Parmenio)，当帕米尼奥说"我很满足……"……⑦天与地的距离；有的人或许也会说，这描述的斗争的高度并不能与荷马相提并论。⑧这与赫西俄德

被朗吉努斯摒弃在"崇高"文体之外？

　　① 此处诗人(τῷ ποιητῇ)专指荷马，类似于称莎士比亚为the Bard。

　　② 《奥德赛》，11.315。

　　③ 此句中前后两个"颂辞"ἐγκωμιαστικοί与ἐπαινετικοί词义有些许差别。亚里士多德在《修辞学》1.9.33中对这两者做出了详细的区分，前者"所称颂的是人的成就，如高贵的出身和教养"，后者则是"表现美德的崇高宏伟的语言，因此必须显示被称赞的人的行为是怎样一种性质的行为"。

　　④ τὸ μεγαλοφυές，朗吉努斯在此特别强调与生俱来的崇高心志。

　　⑤ 《奥德赛》11.543—567："其他故去的谢世者的魂灵仍在那里悲伤地哭泣，诉说自己忧心的事情。只有特拉蒙之子埃阿斯的魂灵这时仍伫立一旁，为那场争执余怒未消……"

　　⑥ 参考德摩斯梯尼《第三篇奥林索斯辞》3.32："如果你的行动是平庸、可鄙的，你无法拥有高傲与勇敢的精神(μέγα καὶ νεανικὸν φρόνημα λαβεῖν μικρὰ καὶ φαῦλα πράττοντας)。"

　　⑦ 此处文字有脱漏。

　　⑧ 参考《伊利亚特》4.439—442："特洛伊人由战神催促，阿尔戈斯人是目光炯炯的帕拉斯雅典娜、恐怖神、击溃神，和不住地逼近的争吵声催动，这位女神是杀人的阿瑞斯的妹妹和伴侣，她起初很

的忧郁颇为不同,如果《赫拉克勒斯之盾》出自他之手的话:"鼻涕从她的鼻中流出。"① 他使得这个景象并非令人惊怖的,而是令人厌恶的。他是如何使得神力显得崇高的:"有如一个人坐在瞭望处举眼看薄雾,遥望酒色的大海,众神的嘶鸣的马一跳就能跳出这么遥远的距离。"② 他使用了一种宇宙的距离来测量马的跳跃。这种威力如此强大,谁不会发出感叹,如果这些神的马匹连续跳跃两次,在这个世界上它们再也没有立足之地了。诸神之战是多么至高无上啊:"辽阔的天空与奥林波斯回荡着巨响,下界的冥王哈得斯惊恐不已,惶悚地大叫一声迅速从宝座上跳起,唯恐波塞冬把他上面的地层震裂,在天神和凡人面前暴露他的居地:那可怕、死气沉沉、神明都憎恶的去处。"③ 朋友,你看到了,④ 大地是如何被从深处撕裂开的,塔塔洛斯是如何被夷为平地的,整个世界被倒转、分裂,一切事物,天穹与下界,有死的与不朽的,都参与到这场战斗之中,都在这场战斗中共同受难。虽然这些东西是可怕的,但是换个角度看来,如果不将其按寓言理解的话,它们总体来说是否定神灵存在的,并未保住恰当得体。在我看来,荷马在记述诸神的伤痛、斗争、复仇、泪水、束缚以及他们的各种激情时,他在自己的能力范围之内将特洛伊战争中的人表现为神,将神表现为人。但是,我们人类是不幸的,"死亡是我们诸种厄运的港湾⑤",他笔下的诸神不仅仅在本质上是永恒的,他们的不幸也是永恒的。比诸神之战更好的是使得神灵如其所是那样无瑕、高大、纯粹,就拿被我们之前的人反复研究的关于波塞冬的那段为例:"高峻的山峰和森林、特洛伊人的城镇、阿凯奥斯人的船舰在行进着的波塞冬不朽的脚底震颤。他驾驶着海浪而来,海中怪物看见自己的领袖到来,全都蹦跳着从自己的洞穴里出来欢迎他。大海快乐地分开,战马飞速地奔驰。"⑥ 同样,犹太人的立法者并非凡俗之辈,在理解了神力之后,以符合其价值的方式表达出来,在他的律法的开端处写道:"要有光,就有了光;要有土地,就有了土地。"朋友,如果我再出于学习的目的从诗人那里取来一个关于人类之事的片段,用以表现诗人习惯将高蹈的东西与英雄的行动关联起来,或许我就不会显得无趣。黑暗与无法穿透的夜突

小,不久便头顶苍穹,升上天,脚踩大地。"
   ① 《赫拉克勒斯之盾》,267。
   ② 《伊利亚特》,5.770—772。
   ③ 合并文本(conflation),本自《伊利亚特》,21.388与20.61—65。
   ④ 对呼法,参考第10节。
   ⑤ 一个常见的文学意象。参考普鲁塔克:《给阿波罗尼乌斯的安慰》(*Consolatio ad Apollonium*),10;埃皮科泰图斯(Epictetus),4.10.27;塞内加:《阿伽门农》,592。
   ⑥ 合并文本,取自《伊利亚特》,13.18、20.60、13.19、27—29。

然笼罩在希腊军营之上。无计可施的埃阿斯说道："父宙斯啊，给阿开奥斯人拨开这迷雾，让晴空显现，让我们的双眼能够看见，如果你想杀死我们，也请在阳光下。"[①]这就是埃阿斯真实的激情。他并没有为自己的性命祈祷，因为这样的诉求对于一个英雄来说是卑贱的，但是在这样无望的黑暗之中，他无法随心所欲地使用自己的勇力，使之成为高贵的东西，因为这点，在战场上无用武之地的他盛怒不已，他祈求光明尽快来临，要找到与自己的勇力完全相匹配的死亡方式，即便交锋的对手是宙斯。在这里，荷马确实与战争同步，而他自己则完全煎熬发狂，"如同持枪的阿瑞斯，又如山间蔓延于密林深处的火焰，嘴里泛着白沫"[②]。然而在整部《奥德赛》中（因为许多原因，我们要对之做细致考察），当伟大的天才衰退之时，爱好故事就成了年迈的特征。从许多方面来看，很明显，他是将这个布局排在第二位的，例如，他在《奥德赛》中引入了一些特洛伊人受难的断片以为特洛伊战争的某种续写[③]。凭宙斯起誓，在那里，他确实为英雄们增添了一些哀悼与怜悯[④]，仿佛这些人早已为人所知一般。事实上，《奥德赛》就是《伊利亚特》的一个后续："善战的埃阿斯倒下了，阿基琉斯倒下了，善谋如不朽的神明的帕特罗克诺斯倒下了，我的爱子亦然。"[⑤]正是因为这个原因，我认为，《伊利亚特》是在他精神的鼎盛时期写作的，他将整个骨架打造得充满了行动与竞争，而《奥德赛》的大部分都是叙事，这点与年迈的人相符。因此，大家可以将《奥德赛》中的荷马比拟为落日，宏阔尚存，但力不足矣。因为，他在《奥德赛》中没有存续伊利昂诗篇中的那种调门，那种持久的、不至于陷入平淡无味的崇高，也没有了与之类似的那种密布的激情的宣泄，也没有了那种瞬息万变的、公共演说的风格，其中绵密地布局着来自真实的想象：就好像是大海退却归于自身界限的那种情境，在荷马游弋于传说与无稽之谈时，退潮彰显了余下的崇高。我说这些的时候，我并没有忘记《奥德赛》种种的暴风雨与关于塞克罗佩的故事，以及其他种种。我在讲述年迈，但并没有讲述荷马的年迈：在所有这些章节之中，神话都是在现实之上的。我们说到这些东西，正如我所说的，是为了说明，崇高的心志在衰落之时很

---

① 《伊利亚特》，17.645—647。

② 《奥德赛》，15.605。

③ λείψανα(续写)，意为《奥德赛》乃《伊利亚特》余勇之作。

④ ἐκ τοῦ τὰς ὀλοφύρσεις καὶ τοὺς οἴκτους ὡς πάλαι που προεγνωσμένους τοῖς ἥρωσιν ἐνταῦθα προσαποδιδόναι. 此段与《理想国》387d有语言与主题上的关联。柏拉图认为，史诗中对怯懦、阴郁之事的描述于教育青年无益，应当删除，其中便包含"英雄人物的号啕与痛哭"(τοὺς ὀδυρμοὺς ἄρα…καὶ τοὺς οἴκτους τοὺς τῶν ἐλλογίμων ἀνδρῶν)。

⑤ 《奥德赛》，3.109—111。

容易转而为滑稽,就好像关于皮制口袋①与那些被基尔克变成猪的人的故事,佐伊鲁斯称他们为"哭泣的小猪"②,以及像雏鸟一样被鸽子喂食的宙斯③,还有那个十日无食的人④,以及不可思议的杀戮求婚人之事⑤。除了将这些东西称为宙斯之梦⑥,还有别的办法吗?我们谈及关于《奥德赛》的这些事情还有第二条理由,即让你们知道,那些伟大作者与诗人身上激情的衰亡以人物性格告终。因为,这些东西就是他所写的关于奥德修斯家庭中的日常生活的写照,就像喜剧塑造的人物那样。⑦

10.来吧,我们来看看是否存在另一种能够制造崇高言辞的方法。依据自然,万物之中存在着某些与本质同一的成分。因此,应当将崇高的缘起彰显出来,即选择最紧要的组成部分,以及使得部分与部分之间紧密结合得就像一个身体的力。前者通过对内容进行甄选引导听众,后者通过所选择的东西的密度引导听众。例如,萨福从人人都有的经历中,从现实中选取与爱欲的疯狂相伴的激情。那么她的高超技艺在哪里有所显示呢?她善于选择激烈、迅猛的激情,并将它们融合在一处:"近听你甜蜜的声音,看你迷人的微笑,这让我胸中怦怦直跳。当我看到你,哪怕只有一刹那,我已经不能言语,舌头断裂,全身奔流着细小的火焰,黑暗蒙住了我的双眼,耳鼓狂敲,冷汗涔涔而下,我全身战栗,脸色比草还要惨绿,我似乎与死亡近在咫尺,但是我必须要忍受一切,因为穷人……"你难道不惊叹,她是如何

---

①　《奥德赛》,10.19—22。

②　佐伊鲁斯(Zoilus),公元前4世纪中叶犬儒哲人,曾戏称自己为"鞭打荷马者"(Ὁμηρομάστιξ)。此处参见《奥德赛》,10.237。

③　《奥德赛》,12.62。

④　《奥德赛》,12.447。

⑤　《奥德赛》,22。

⑥　此句存疑,意思或许指的是古人常将荷马比喻为诗人的宙斯(参昆体良:《演说术教育》,10.1.46),而荷马亦有打盹之时(参贺拉斯:《诗艺》,359)。

⑦　《伊利亚特》趋近于悲剧,因其富于激情;《奥德赛》趋近于喜剧,因其对日常生活的描述。此点亚里士多德早在《诗学》1459b14中阐明:"《伊利亚特》是单一的,充满激情的,《奥德赛》则是复杂的,表现性格的(καὶ γὰρ τῶν ποιημάτων ἑκάτερον συνέστηκεν ἡ μὲν Ἰλιὰς ἁπλοῦν καὶ **παθητικόν**, ἡ δὲ Ὀδύσσεια πεπλεγμένον[ἀναγνώρισις γὰρ διόλου]καὶ **ἠθική**)。"此说在古典时代被奉为常识,西塞罗在《演说家》中亦有阐述。另参考狄俄尼修斯:《论德摩斯梯尼》,2、8、43、53;昆体良:《演说术教育》,6.2.8—24。奥尔巴赫在《摹仿论》中援引但丁说明悲剧与喜剧的区别,亦可与此处相互发明:"悲剧和喜剧的区别一方面在于情节的发展,悲剧是从平静和谐的开局发展到恐怖的结尾,而喜剧则相反,是从苦涩的开局发展到美满的结尾;另一方面在于文体,这一点对我们来说更为重要,也就是话语的方式——崇高的悲剧,现实低俗的喜剧。因此他的这部诗作(指《神曲》)必须称作喜剧,一是因为不幸的开头和美满的结尾;二是因为话语的方式,话语的方式简单低卑,甚至他们谈吐的方式是低俗的。"奥尔巴赫:《摹仿论》,吴麟绶等译,百花文艺出版社,2002年,第206页。

同时引出灵魂、身体、听觉、味觉、视觉与肤色的，就好像这些东西已经与她分离了一样？她感受到相悖的东西，她全身冰冷，热火难耐，失心疯狂，理智镇定。要么她就是害怕，要么她就是几近死亡，所以，她展现出的不是一种激情，而是激情的汇集。爱人都会展现出这些状态，但使得她卓尔不群的乃是她对最富有张力的东西的选择以及将它们组成一个整体的整合力，我想，诗人在描写风暴时选取出最为激烈的场面用的也是同样的方法吧。写作了《阿里玛斯佩亚》的诗人认为以下的场面是引起惊怖的："此又是一件在人心中引发惊奇的事，人在水上居住，远离大地，住在海上。他们是不幸的，因为他们终日劳作。眼睛注视着星辰，性命在大海之上。虽然他们的内心受尽煎熬，他们还是一次次地向天伸出爱的双手祈祷。"①我想，这对所有人都很显而易见，其中所说的更多的是雅致，而非敬畏。但荷马又是怎么做的呢？我们从众多例证中选出一个来。"在滚滚的浓云下扑向船只，整个船舶淹没在翻腾的浪花里，暴风撕扯着船帆，船员们被吓得心中发抖，惊恐万状，眼看着躲不过死亡。"②阿拉图斯也试图将这句话化为己有："小小的船板使得他们远离死亡。"③但是，这句话经过他的笔变得琐屑、空洞④，而非引发惊怖。"船板使得他们远离死亡"这句话也限制了危险的程度。它确实使得他们远离死亡。但荷马并没有一劳永逸地让险境到此结束，而是将他们描绘为一次又一次地在波涛中沉浮。再者，他强制性地将不可合并的介词奇怪地合为一体，并且将语言折磨成与来临的灾难相类似的 ὑπὲκ θανάτοιο，他极为高妙地通过语言压缩塑造出灾难，并在"眼看就要躲不过死亡"（ὑπὲκ θανάτοιο φέρονται）这句话上印上灾难的独特标记。阿契

---

① 普罗科那索斯的阿里斯特阿斯(Aristeas of Proconnesus)，公元前7世纪的诗人，曾作奇幻史诗《阿里玛斯佩亚》(*Arimaspeia*)，所描述者为作者游历北荒，奇遇伊斯多内人(Issedones)，并听取他们讲述更为远蛮之北的阿里马斯匹族大战守护黄金的狮身鹰首兽(griffins)与极北人(Hyperboreans)的故事。希罗多德《历史》4.13曾有记叙："普洛孔涅索斯人卡乌斯特洛比乌斯的儿子阿里斯特阿斯在他的叙事诗里又说，当时被波伊勃司附体的阿里斯特阿斯一直来到伊斯多内人的土地。在伊斯多内人的那面住着独眼人种阿里斯玛斯波伊人，在阿里玛斯波伊人的那面住着看守黄金的格律普斯——在这些人的那面则又是领地一直伸张到大海的极北居民。除却叙佩尔波列亚人之外，所有这些民族——首先是阿里玛斯波伊人——都一直不断地和相邻的民族作战；伊斯多内人被阿里斯玛斯波伊人赶出了自己的国土，斯基泰人又被伊斯多内人所驱逐，而居住在南海之滨的奇姆美利亚人又因斯基泰人的逼侵而离开了自己的国土。"

② 《伊利亚特》，15.624—628。

③ 阿拉图斯(Aratus，约前315/310—前240)，希腊教海诗人，曾作《现象》(Φαινόμενα)，所描述者乃星辰运动与天象之事。参考Aratus, *Phaenomena, Edited with Introduction, Translation and Commentary*, Douglas Kidd ed., Cambridge: Cambridge University Press, 1997. 此句见于第299节。

④ γλαφυρόν，在风格三分法中常常被(如德摩特里乌斯)用来指涉"华丽风格"，即中间风格。

罗库斯①讲述船难，德摩斯梯尼讲述报信的篇什也不例外，"夜晚来临了"②。我们可以说，他将至关重要且最为杰出的部分选择出来，并且将它们糅在一起，其中没有夹杂任何虚浮、鄙俗与琐屑的东西。因为，这些东西会破坏整体，就好像是严整有序的大屋出现了裂缝一样。

11.与以上所说的种种文章德性平起平坐的被称为"夸张"。③当主题与法庭抗辩允许另辟开头与中间停顿时，崇高表达就会接连出现，且一个胜似一个。这可以通过普通论题(τοπηγορίαν)，或夸大，或对事件与论点予以扩展，或者通过对行动与激情进行有序地排列；因此，确实存在着无数种夸张，但是，演说者必须知道，没有崇高，这些任何一种都不能独自成立，除非其中有同情或者厌恶。在其他夸张中，如果拿除崇高，就好像是身体中被抽去了灵魂一般：因为如果没有崇高加持的话，对这些夸张的实践都会变得倦怠而空洞。但是，我们现在所论述的（即重要主题的归于统一）与适才所说的有什么区别，以及崇高与夸张有什么区别，这些都必须清晰地予以分判。

12.修辞学家所给定的那些定义在我看来并不能令人满意。他们说，夸张就是赋予主题的高蹈言辞；然而，这个定义肯定普遍适用于崇高、激情以及修辞格，因为这些东西都会使得言辞具备某种高蹈之感。在我看来，它们之间的差别是，崇高中带有一种提升，而夸张则在于其体量。也就是说，崇高总是存在于一种思想之中，而夸张总是伴随着某种体量与冗余。粗略

---

①　阿契罗库斯(Archilochus，前680—前645)，抒情诗人。此处所言之船难或暗指姐夫落水而殒命一事，可参考普鲁塔克：《青年人应如何聆听诗人》(*Quomodo Adolscens Poetas Audire Debeat*)，6.23、12.33，残篇见于《希腊抒情诗集》(Ernst Diehl hrsg., *Anthologia Lyrica Graeca*, Lipsiae: B. G. Teubner, 1874)，阿契罗库斯10—12。

②　《论王冠》169："夜晚来临了，议事会传来消息，埃拉特亚(Eletea)陷落了。"后有一段描述雅典城内恐慌的精彩段落，被修辞学家作为"迅猛"(γοργότης)风格的典范。公元前339年，埃拉特亚被腓力攻占。

③　此处所言之夸张(αὔξησις)非修辞格意义上的夸张。在古典修辞学中，"夸张"泛指一切将事物夸大或者缩小的技巧(参考柏拉图：《斐德若篇》，267a；伊索克拉底：《泛希腊集会演说辞》，8)。如亚里士多德在《修辞学》第一卷第九节中所说："某人独自或最先或同少数人做出某事，所有这些情况都使事情显得光荣。时机也可以夸大。某人经常做出同一件事，也可以夸大。某人受到新的赞扬，也可以夸大，例如希波罗科斯受到赞扬，或者为哈摩狄俄斯和阿里斯托革同在市场里竖立的铜像。如果没有什么可以称赞，就把我们的英雄和别的任务相比；如果不能把他和著名人物相比，就把他和普通人相比，因为比别人优越，可以显示一个人的美德。一般说来，夸张最适用于典礼演说。"昆体良在《演说术教育》8.4—6中总结道："存在四种'夸张'(amplificatio)，即'增大'(per incrementum)、'比较'(comparatio)、'推断'(per rationcinationem)、'聚合'(per congeriem)。"在这里，朗吉努斯有意将"崇高"与亚里士多德、西塞罗所言之修辞性"夸张"区分开来(与第12节合观)。

说来，夸张是对主题中的组成部分与话题的展开，并以此增强论述力，且与论证不同，论证指明的是被研究的东西……①十分丰富，就像是海洋一般，它四处涌动着一股崇高之感。我认为，演说家德摩斯梯尼在言辞上更加受制于感情，也更为炽热，而柏拉图则威重、庄严，虽然不至于僵冷，但也没这么热烈。在我看来，亲爱的特伦提阿努斯，如果我们希腊人对此算是有所了解的话，西塞罗正是如此（而非在其他方面）与德摩斯梯尼在崇高效果上有所区判：德摩斯梯尼的崇高经常是险峭的，而西塞罗的则是喷涌而出的。我们的这位以其暴力，还有其速度、力量、雄劲，足以燃烧与毁灭一切，或许我们可以将他比拟为闪电与雷霆；西塞罗在我看来则好似来势汹汹的烈火，他吞噬一切，内在火力充沛，续接不断。②当然，你们可以做出更好的判断，但德摩斯梯尼之崇高的契机源自其紧迫与激烈的情绪，以及那些令听众彻底震惊的篇幅；西塞罗的喷涌在于那些定要令词语涌泄出的地方：它适用于普通论题，大部分的演说以及合唱队主唱段，所有展示性的演说、历史学、自然学，以及其他书写种类。

13.虽然柏拉图的话流动起来像油一样安静无声，③但其崇高却并不因此而减损。你们已经读过《理想国》，对此不会陌生。他说："那些没有智慧和美德经验的人，只知聚在一起寻欢作乐，他们似乎是向下的，终其一生以这样的方式四处游走，他们从不抬头仰望真理，从不会向上，从未品尝过持久与纯粹的快乐，而是像牲畜一样，眼睛朝下，面对着大地，饱食终日，由于无法餍足，他们还用铁一般的犄角与蹄子互相踢打顶撞，出于贪婪而互相残杀。"④如果我们不打算忽略他的话，此人向我们指出，除却我们所说的之外，还有一条路径可以达成崇高。这是一条什么样的路呢？那就是对先辈伟大作者与诗人的模仿与求索。亲爱的，让我们全力追求之吧。因为，许多人都会被另一种灵感附体，也就是传闻所说的，佩提亚女祭司坐上三足鼎之时。她们说，地上有条裂隙，那里喷出的是神明之气，她们当下就

---

① 此处文字有脱漏。

② 德摩斯梯尼与西塞罗的对读(σύγκρισις)比较是此时期修辞学的一个重要主题。据普鲁塔克《德摩斯梯尼》3，凯基里乌斯曾"年少轻狂地"(ἐνεανιεύσατο)将德摩斯梯尼与西塞罗进行比较。参考凯基里乌斯残篇，普鲁塔克之《德摩斯梯尼与西塞罗比较》，昆体良《演说术教育》10.1.105—112。值得注意的是，《论崇高》中的三个重要离题之言(digression)均采纳对读法，除却本节之外，另参考第9、33—36节。

③ 参考《泰阿泰德篇》，144b。另参考狄俄尼修斯《论德摩斯梯尼》20："柏拉图的风格就像流动的油一般(λέξις ὥσπερ ἔλαιον ἀψοφητί ῥέουσα)。"

④ 《理想国》586a。

会充满神力,并在灵感的助力下立刻吐露出神谕。①古人的崇高天才就像是从这些神圣的口中流出一般,进入那些崇敬古人之人的灵魂之中,那些不大可能受到灵感附体的人也会被其他人的灵感感染。②只有希罗多德是荷马的忠实模仿者吗?较早的有斯特西科鲁斯以及阿契罗库斯③,其中最为杰出者就是柏拉图,他无数的支流都受到荷马这条大川的滋养④。如若阿莫尼乌斯⑤以及他的追随者没有分类挑选整理的话,或许我们还有必要予以说明。这桩事并不是偷窃,而像是雕塑家对美好形体的印模。在我看来,如果他像一位年轻的竞争者与备受赞叹的好战之人展开竞争,仿佛是参加战斗一般,却不愿徒劳地夺得头筹,他就没有全心全意地与荷马争夺头筹,他的哲学书写就不会迸发出如此的生机,也不会在诸多地方以诗歌材料融合与表达。因为,正如赫西俄德所说,"这种不和对人类来说是善好的"⑥。竞争与桂冠的确是善好的,也是值得去赢取的,在这种竞争中,即使输给先人也是虽败犹荣的。

14.因此,当我们在苦思冥想一些需要崇高表达与高蹈心志的东西的时候,我们最好在我们的心中思忖一番:同样的东西荷马会怎么表达呢,柏拉图、德摩斯梯尼,抑或修昔底德⑦会如何赋予其崇高感呢?因为,在竞争之下,这些人物会浮现在我们面前,他们的面貌光彩照人,会以某种方式将我

---

① 佩提亚神庙祭祀因吸入地缝之灵气而具备预言之大能,此种言论在希腊化与罗马时代盛行。主要材料可参考以下几条。亚里士多德《论宇宙》395b28:"在大地表面也有许多为风敞开的孔口。有些使靠近它们的风变得狂乱,有些使它们减弱,有些则使它们感应预言,正如在德尔菲神庙和勒巴德亚(Lebadeia)的那些。"斯特拉波《地理志》9.3.5:"人们说神谕所在的场所是深藏于地下的坑洞,其口甚窄,从中喷出使人迷狂的气体。在入口处放置着一个三脚祭坛,佩提亚祭司坐上并呼吸,由此说出韵文与散文的预言。"更为详细的论述,参考普鲁塔克:《论佩提亚神谕》(De Pythiae oraculis)。

② 诗人与预言家肖似,皆因灵感迷狂而成为神明之代理。此说的最主要代表为柏拉图,参考《斐德若篇》,245a;《伊安篇》,533c;《美诺篇》,99c—d。关于对柏拉图迷狂说的溯源,参考 E. R. Dodds, The Greeks and the Irrational, Berkely: University of California Press, 1951, pp. 80–82。因模仿崇高者而分有灵感,此乃朗吉努斯独创之说。

③ 斯特西科鲁斯(Stesichorus)、阿契罗库斯与荷马的继承关系由来有自。前者的抒情诗在语言与主题上多为史诗式的,而后者的尖锐的抑扬格诗则常常被早期批评家拿来与荷马相比较。游叙弗伦的儿子赫拉克利德斯·旁提库斯(Heraclides Ponticus)即曾作《论阿契罗库斯与荷马》(今已佚失,书名录于第欧根尼《名哲言行录》5.6)。

④ ἀποχετευσάμενος(汲水、滋养)。参考柏拉图《理想国》485d:"一个人的欲望在一个方面强时,在其他方面就会弱,这完全像水被引导流向了那个地方一样(ὥσπερ ῥεῦμα ἐκεῖσε ἀπωχετευμένον)。"

⑤ 阿莫尼乌斯(Ammonius)继萨摩色雷斯的阿利斯塔库斯(Aristarchus of Samothrace)之后任亚历山大里亚图书馆馆长,曾写作《柏拉图征引荷马考》(Πλάτωνος μετενηνεγμένων ἐξ Ὁμήρου)。

⑥ 赫西俄德:《工作与时日》,24。

⑦ 修昔底德在修辞学中常常被当成"崇高风格"(ὑψηλὸς χαρακτήρ)的历史学代表。参考狄俄尼修斯所著之《论修昔底德》。

们带入理想的标准图景之中。如果我们再做一番思考，受益会更大：假若荷马或德摩斯梯尼在场的话，他们会如何听取我所说的呢，又或者，他们会做何感想呢？如果我们将其假想为我们言辞的法庭与剧场，并且让人相信，我们是在将我们所写的东西送给法官与见证人详细审查，那么，这场竞赛的确非常严峻。增加一个更加引人入胜的问题：如果我写下这些东西，后世人又会如何看待我呢？如果他深恐自己所说的话会超越自己的生命与时代，那么那个人心灵中所理解的东西必定是不成熟的、盲目的，就像流产的胎儿一样，因其尚未尽善尽美而不足以万世不朽。

15.年轻人，书写中由视觉呈现造就的庄重、豪迈与力度最为显著——至少我是这么称呼它的，有的人称其为"制造图像"。因为，大家普遍用"图像"这个词指代所有这样或者那样形成的并且产生言辞的思想。但现如今，这个词最多用于以下情形：你认为你看到了出于灵感与激情所说出的话，并且将其置于观众眼前。[①]演说中的图像与诗歌中的图像目的不一样，但愿你不会忽略这一点，诗歌中的图像旨在让人惊诧，而演说中的图像旨在使得行文生动。[②]但两者都追求引发激情，触动情绪。"母亲，我恳求您，别放那些血眼蛇发的处女身与我为敌，她们来了，她们就要接近我了"[③]，以及"哎呀，她要杀了我，我要逃往何方呢"[④]，在这里，诗人自己看到了复仇女神，他将其呈现出来，且几乎迫使听众也都看见。欧里庇得斯殚精竭虑地使疯癫与爱欲悲剧化。[⑤]他在这方面或许比别的方面更加成功；而且，他

---

① 参考昆体良《演说术教育》6.2.29："既然激情不在我们的控制范围内，我们如何才能在我们心中引发这些情感呢？我将尽力进行解释。通过希腊人称为φαντασίαι，罗马人称为visiones的东西可以使得不在场的活灵活现地呈现出来，就仿佛在我们眼前一般。"

② ἐν ποιήσει τέλος ἐστὶν ἔκπληξις, τῆς δ' ἐν λόγοις ἐνάργεια。参考以上昆体良引文。诗与演说（即散文）各有侧重，但亦可互相补足。《诗学》："悲剧应包容使人惊异的内容，但史诗更能容纳不合情理之事，此类事情极能引发惊异感，因为它所描述的行动中的人物是观众看不见的。"

③ 欧里庇得斯：《俄瑞斯忒斯》，255—275。

④ 欧里庇得斯：《伊菲革涅亚在陶里斯》，291。

⑤ 以下段落重点从修辞学角度论述三位悲剧家在"制造图像"上的技能。参考昆体良《演说术教育》10.1.66—68："埃斯库罗斯是第一个将悲剧（tragoedias）带入光明的人，他崇高、庄严而雄浑（sublimis et gravis et grandiloquus），这在通常情况下倒成了他的缺点，但是他有时也粗糙而凌乱。因为这些原因，雅典人允许后来的诗人用被他修订过的剧作参加比赛，很多诗人都是靠着这种方法夺得桂冠的。但是索福克勒斯和欧里庇得斯更好地光大了这种文体，他们在风格上各异，至于谁比谁更好，这大家都还在争论。但这跟我现在的论题并没有太大的关系，我暂且存而不论。但是没有人会否认，欧里庇得斯对那些准备参加法庭辩论职业的人来说更有用处。他的语言被很多人批评，他们认为就语言的庄重、高古与洪亮上而言，索福克勒斯更有崇高感。但是他的语言更为接近演说术的语言，因为这种语言思虑绵密（sententiis densus），在哲人们专属的领域上，他也可以与之并肩。在言说与应对上，他也可以与那些专业的法庭辩手们相提并论；他在处理各种情感上都是极棒的，在那些能够引发怜悯的高手之中，他更是轻

在新创图像上也并非怯懦之辈。虽然欧里庇得斯从其天性上来说绝不是心志高蹈的,但他在很多地方都能迫使其产生悲剧效果,这在其高蹈的篇什中是一以贯之的,如同诗人所说,"强健的尾巴来回拍打后腿和两肋,激励自己去参与战斗"①。例如,赫利奥斯将缰绳递给法厄同后说:"不要驾车驶入利比亚的天空,燥热的空气没有任何水汽,它会将你的马车烧得粉碎。"紧接着他又说:"沿着通向七星的轨道,男孩听闻此言,抓起缰绳。他鞭打有翼的马车的侧边,直飞云霄。他的父亲紧随其后,两腿跨在天狼星的背上,教训着自己的孩子:往那边走,马车往这里转,这儿!"②你难道不会说,写作者的灵魂也在马车之上,并且与马匹共危难而直冲云霄吗? 如果灵魂没有被带上云霄与天空之物并肩同行的话,它是无法让这些东西表现出来的。你在卡桑德拉的话中能找到同样的东西:"啊,你们这些爱马的特洛伊人……"③埃斯库罗斯大胆地创造至为英雄气的图景,就像他在《七将攻忒拜》中所说,"七位粗莽的壮勇,统兵的首脑,将一头公牛砍倒在一面黑铁环绕的盾牌之上,手沾牛血,信誓旦旦,以阿瑞斯的名义,还有厄娜与嗜血的'逃遁'起誓",所有人都互相发出誓愿,要"毫无悲悯"地死去。④尽管如此,他笔下有时候还是会有粗糙的思想,就如同未经过处理的羊毛一样;而欧里庇得斯对荣誉的热爱也将他带入同样的危险之中。出人意料的是,在埃斯库罗斯笔下,律克戈斯的宫殿在狄俄尼索斯出现之后就被神灵附体了,"宫殿迷狂,屋顶也在狂欢"⑤。欧里庇得斯表达了同样的意思,但对其稍加软化了,"整座山都狂欢起来"⑥。索福克勒斯也极妙地描绘了濒死的俄狄浦斯在天象中预备自己的葬礼⑦,而阿基琉斯在希腊人出征之际在各位统帅面前登上自己的坟茔⑧的场景,我不知道有谁比西蒙尼德斯刻画得更为生动。⑨这样的例子我们是无法一一列举的。但是,诗歌中的这些东西有很多神话式的夸张(这点我们业已说过),且远不可信,而最佳的演说图像

而易举地独占鳌头。"

　　①　《伊利亚特》,20.170。

　　②　欧里庇得斯:《法厄同》,参考《希腊悲剧残篇》,残篇779。

　　③　参考《希腊悲剧残篇》,残篇935。

　　④　参见埃斯库罗斯:《七将攻忒拜》,42—46。

　　⑤　参考《希腊悲剧残篇》,残篇58,剧目为《律克戈亚》,所讲述者为律克戈斯抵御色雷斯的狄俄尼索斯崇拜,内容与欧里庇得斯的《酒神的伴侣》有对应之处。

　　⑥　欧里庇得斯:《酒神的伴侣》,726。

　　⑦　索福克勒斯:《俄狄浦斯在克罗诺斯》,1586—1666。

　　⑧　参见《希腊悲剧残篇》之《波律克赛娜》(Polyxena),残篇523。

　　⑨　见《希腊抒情诗》(D. A. Campbell ed., *Greek Lyric*, vol. 3, London: Bristol Classical Press, 1991),西蒙尼德斯残篇557。

则总是现实而真切的。诗歌与神话形式极尽堕落之能事时，此种对以上所说的原则的违背会显得怪异。例如，（凭宙斯起誓！）像是悲剧家们眼看着复仇女神，我们这个时代精于演说之人，高贵体面，却无法理解俄瑞斯忒斯所说的："放开我！你就是我的复仇女神中的一个，抱住我的腰，要把我扔到塔尔塔罗斯里去。"①这是俄瑞斯忒斯想象出来的，因为他疯了。那么，演说中的图像能有什么效果呢？大体说来，它能够为言辞带来动能与激情，但是，当与事实论点融合在一起的时候，它不仅能够说服听众，而且能够奴役他们。德摩斯梯尼说："如果有人在这个时候于法庭前听到哭号声，接着有人说，牢房被打开了，犯人们正在外逃，无论年迈的还是年轻的，没人会袖手旁观而不尽其所能施以援手。如果有人这时候走上前来说，这就是放走犯人的人，此人会不经审判立刻予以处决。"②希佩里德斯（Hyperides）在战败之后提议释放奴隶而受到指控后也是这么说的，"这个提案不是演说家拟定的，而是凯洛尼亚战役拟定的"。③演说家既提出了自己的论点，又使之图像化，因此，他远远超越了说服的界限。在所有这些例子之中，我们很自然地听到了都是更为强大的东西，我们也从论证被拉拽到图像所带来的震惊之中，事实也在光环之下被掩盖起来。我们有这样的感受也不是无理的，因为当两个东西被并置在一起的时候，强大的一方总是能将观众的注意力攫取到自己身上。关于思想中由高蹈的心志、模仿或者图像而来的崇高这些就足够了。

16.然而，在此，按照次序轮到了修辞格④；因为，正如我说过的那样⑤，只要按照必要的方式予以使用，产生崇高也不会是仅凭机运的事。但是，既然在这里彻底说清这件事是一件艰苦，甚至是无穷无尽的工作，我们就出于牢固主题的目的梳理一下那些能够增进崇高的要素中的少部分吧。德摩斯梯尼为自己的政治举措而论辩。哪种处理方式符合自然呢？"你并没有犯错，你为希腊的自由而投入战斗；你们在国内有证据，因为，在马拉松的人、在萨拉米斯的人、在普拉提亚的人，他们都没有犯错。"⑥但突然之

---

① 欧里庇得斯：《俄瑞斯忒斯》，264—265。

② 德摩斯梯尼：《反提摩克拉特斯》（*Against Timocrates*），208。

③ 公元前338年，腓力攻占凯洛尼亚，希佩里德斯提议解放奴隶（以上所引便是出自此演说）。参考普罗塔克：《十位演说家的生平》，849a。

④ σχῆμα。朗吉努斯在此区分了 σχῆμα 与 τρόπος，前者所指的是词语或者思想表达的非正常排布，而后者所指的是词语所表达的含义与正常的含义有偏离，诸如隐喻、提喻、换喻等。

⑤ 即第8节。

⑥ 德摩斯梯尼：《论王冠》，208。此段历来被奉为演说典范，参考昆体良：《演说术教育》，9.2.62、

间就好似神灵附体了一般,说出了以希腊骁勇之人所发的誓言:"犯错的绝不是你们,绝不是,我以那些在马拉松以身犯险的人起誓。"①凭借这一种修辞手法(我称之为对呼法,必须要以如此以身犯险而死去的人起誓,就仿佛他们是神灵一般,如此这般先祖就被神化了,也因此在审判者的心中注入了犯险者的精神),他将本质上是论辩的东西变成了具有超越性的崇高与激情,并且这些奇异怪诞的誓言为论证赋予了可信度;他的话就像是可以疗愈听众心灵的解药一样,由于受到赞词的纾解,他们感觉到,与腓力的战斗并不比马拉松与萨拉米斯战役的胜利低劣。在所有的这些例证之中,他凭借修辞就能牵引着听众往前走。不错,人们说,这个誓言之起源在尤波利斯。"凭我在马拉松打的一仗起誓,那些伤了我的心的人不会有好结果的!"但是,凭人起誓不是崇高的,我们必须要考虑在哪、如何、何种时机,以及为何。但是,在这句话中仅仅有一句誓言,对象是雅典人,但彼时的雅典人依旧丰裕,并不需要什么安慰。此外,诗人并未为了在听众中制造一种与那些人的勇武相匹配的言辞而使那些人不朽,而是远离那些以身犯险的人而求诸无生命的东西——战争。在德摩斯梯尼那里,费尽心机的誓言为了战败者而写,为的是凯洛尼亚不至于在雅典人看来是一场灾难;同时,正如我所说的,这也是一个明证,他们没有犯错,是一个例证、有效力的誓言、一首赞词、一种鼓舞。彼时演说家遭到了质疑:"你出于政治的目的谈的是战败,但你却以胜利起誓。"因此,他逐字逐句做出权衡,并且为了安全,他选择语句,并且认识到,狂欢的时候也要保持清醒:"那些在马拉松以身犯险的人,以及那些在萨拉米斯与阿尔特米西亚乌参加海战的人,还有那些在普拉提亚列阵的人们。"他从来不说"那些获得胜利的人们",而是通篇逃避谈及结果,因为结果是幸运的,而发生在凯洛尼亚的事则是不幸的。因此,在听众抢占先机表示反对之前,他立刻表示说:"艾思奇内斯,城邦要为所有人举办公共葬礼,而不仅仅是那些成就了事业的人。"

17.亲爱的,我的一点观察在这里值得提出来,我就简要地说说吧。修辞与崇高似乎是天然的盟友,反过来,修辞也会令人惊叹地得到崇高的助力。在什么场合,又何以如此呢?我来说明。以修辞巧言令色本身就会引人怀疑,它会让人联想到机关、阴谋与狡诈,尤其是当你在跟有权势的法官

12.10.24;普鲁塔克:《论雅典人的声名》(*De Gloria Atheniensium*),350c。

① 德摩斯梯尼:《论王冠》,208。

说话的时候,僭主、王者、身居高位的领袖更是如此①。他会立刻震怒,就好像是被能说会道的演说家的修辞蒙骗的无知孩童一般。②如果他将这种狡诈认为是对自己的蔑视的话,他会立马变成一头野兽,即便他能控制自己的热血,他也不会那么轻易地被言辞说服了。因此,修辞将自己隐藏起来的时候,看起来才是最好的修辞。③这样一来,崇高与激情就成了对抗修辞带来的怀疑的解药与助力,巧言令色的技法在美与崇高之中不复存在,所有的怀疑也都遁形不见。适才所说的就足以证明,在"凭那些在马拉松的人起誓"这句话中,演说家是如何隐匿修辞的。很明显,靠的就是修辞的光芒。这近乎,昏弱的灯光若是被太阳光环绕就会消失,演说中的技法也会在崇高的环射之下变得黯淡。绘画中的情况或许与此也颇为相合:虽然色彩的光与影并排在一个水平线上,但光接触到视觉,不仅仅会显得突出,而且会显得更近。④书写中的激情与崇高亦是如此,它们由于某种天然亲缘关系与其光芒与我们的灵魂靠得更近,总是在修辞之前出现,这样技艺就被阴影遮住,就好像是被隐藏看管起来了。

18.关于询问与质问这两种修辞我们又有什么要说的呢?让言辞更具活力,更具冲击力与张力的难道不是修辞的图景吗?"告诉我,你想四处互相打探'有何新闻'吗?因为,有什么比这个马其顿人攻占希腊更新奇呢?'腓力亡了吗?''并未亡故,仅仅是卧病而已。'这对你们来说又有何区别呢?无论这位遭遇了什么,你们很快就会再造出一个腓力。"他又说:"让我们驶往马其顿吧。有人问我:'我们在哪里靠岸呢?'战事本身将会

① μάλιστα δὲ πρὸς τυράννους βασιλέας ἡγεμόνας ἐν ὑπεροχαῖς, 此处原文使用连词省略法。

② 修辞立其诚,炫耀技能者适得其反,参考亚里士多德《修辞学》1404b18:运用这种技巧依据文体、场合选高的词与低的词的人"必须把他们的手法遮掩起来(λανθάνειν ποιοῦντας),使他们的话显得自然而不矫揉造作(πεπλασμένος ἀλλὰ πεφυκότως);话要说得自然才有说服力,矫揉造作适得其反,因为人们疑心说话的人在捣鬼,就像疑心酒里掺了水一样"。另参考昆体良《演说术教育》9.2.72:"无论修辞格使用得多么出色,它们必不能太多。因为数量众多的修辞格使得它们显眼,如若不触怒人则毫无用处,而我们不公开指控则显得不是出于谦逊,而是出于我们对自己的案件缺乏信心。事实上,一言以蔽之,我们的修辞格在审判者认为我们不得已而为之时最为有效。"以及德摩特里乌斯:《论风格》,67。

③ 昆体良《演说术教育》12.9.5:"古代的演说家确实习于将其雄辩术隐匿起来,这是马库斯·安东尼乌斯定下的规矩,以此确保演说者言之有力,并且可堪遮掩辩护者的真正意图。但是事情的真相是,他们能够隐藏起来,因为彼时的言辞尚未有一种掩藏不住的光华。因此,技巧与策略应当隐藏起来(artes et consilia lateant),因为一旦它们被发现就会带来失败的风险。就此范围来说,演说应当拥有秘密(eloquentia secretum habet)。"另参考狄俄尼修斯:《论伊赛乌斯》,16。

④ 书画类比是古代文学批评的常见方法,最为著名者为贺拉斯所言之ut pictura poesis。另参考狄俄尼修斯:《论写作》,21.146;《论伊索克拉底》,2;《论伊赛乌斯》,4;西塞罗:《演说家》,36、75、228、261、298;昆体良:《演说术教育》,12.10.3、12.10.10。

找到腓力的软肋。"① 这里如果仅仅是在陈述事件将会显得比较苍白。如我
们所看到的，询问与质问这两种修辞的热烈与速度，以及自问自答就好像
跟另一个人对话一样，使得所说的话不仅在修辞的助力下更加崇高，而且
更加可信。因为，非刻意为之而是当机迸发出来的激情更有破坏力；自问
自答模仿的就是瞬时迸发出的激情。正如那些受到他人质问而当下受到刺
激，有如参加竞赛一般语带坦诚地做出回应的人一般，质问与回应的修辞
也会如此误导与迷惑听众，使得他们以为，每一句深思熟虑的话都是灵光
乍现喷涌而出的。再者，因为希罗多德的这段被认为是最具崇高感的，如
果这样……②

　　19.……网绳崩解，言辞喷涌而出，言说者也追赶不及。色诺芬说："他
们将盾牌扔在一处，推搡、战斗、杀戮、死亡。"③ 还有尤里洛库斯(Eurylochus)
的话："闪光的奥德修斯，我们按你的吩咐，前往橡树林，在山间见到一座
华丽的宅邸。"④ 这句话互相之间断断续续，但十分迅捷，带来一种急迫之印
象，道阻而心切。这就是诗人笔下的省略连接词造成的效果。⑤

　　20.当两个或者三个修辞共同合力产生力量、说服力与美的时候，若干
修辞合而为一往往会激发极为强烈的效果，如同反对米迪阿斯的演说中那
样，连词省略法、首句重复法与生动描述合用。⑥ "僭越者可以做出很多事
情，其中一些受害者甚至无法向他人描述——以其表情、眼神以及声音。"⑦
紧接着，为了不让自己言辞停滞不前——因为停息就意味着静止，而激情
是灵魂的运动与躁乱，它是处在混乱之中的——言说者立刻跳入连词省略
法与首句重复法中："以其表情、眼神，以及声音，他在暴戾之时，在仇恨之

---

　　① 德摩斯梯尼：《第一篇反腓力辞》，10、44。

　　② 此处文字有脱漏。此处例证未能确认，有的学者认为这里指的是《历史》7.21处著名的反问句：
"所有这些远征的军队，再加上这些之外如果有的其他任何军队，都不能和单是这一支军队相比。因为
亚细亚的哪一个民族不曾给薛西斯率领去攻打希腊呢？除却那些巨川大河之外，哪一条河的水不是给
他的大军喝得不够用了呢？"

　　③ 色诺芬：《希腊志》，4.3.19。

　　④ 《奥德赛》，10.251—252。

　　⑤ 亚里士多德《修辞学》1413b："省略连接词的句子有这样一个特点：在同样长的时间内似乎说
出了许多件事情。既然连接词可以把许多件事情化为一件，那么把连接词删去，显然就会产生相反的效
果：把一件事情化成许多件。所以，省略连接词可以夸大事物的重要性。"

　　⑥ 首句重复是古代修辞学论著中常见的技法，参考亚里士多德：《修辞学》，1414a1；《致赫仑尼
乌斯修辞学信札》，4.13.19；德摩特里乌斯：《论风格》，61、141。

　　⑦ 德摩斯梯尼：《反米迪阿斯》，72。

时,在出拳之时,在奴役他人之时。"①在这几句之中,演说者就像是一个出击之人一样,他一拳接着一拳地痛击着法官的思想。紧接着此时,就像一阵暴风一样,他又出了一记重拳,"出拳头的时候,打在脸上的时候"。他说:"对于那些对这种侮辱感到陌生的人,这一切激起愤怒,让人不能自持。没有人在转述这些事情的时候能够表达其中的耻辱。"②这样,他通篇保全了连词省略法与首句重复法的本质特征。这样一来,秩序显得混乱,而反过来,混乱中又包含了某种秩序。③

21.来吧,如果你愿意的话,再来谈谈连接词吧,就像伊索克拉底所做的那样:"我们也不要忽略了这一点,即僭妄者会做出很多事情,首先是以其表情,接着是以其眼神,再接着是以其声音。"如果你如此这般逐句去理解的话,你会发现,激情的急切与迅疾都被连接词磨平了,失去了针锋,变得寡淡。就如同,你将奔跑者的全身捆住从而让他不能快速行动一样,激情也十分痛恨被连接词与其他附属物捆住手脚:它失去了行动的自由,再也不能像弩炮那样飞射出去。

22.倒装法④也必须放置到同一个类别之中。它是一种不按照正常顺序对言辞与思想进行的排列,是猛烈激情最真实的印记。那些确实被愤怒、恐惧、烦躁、嫉妒或者其他情绪(激情种类之多不可胜数,无人能说明到底

① 德摩斯梯尼:《反米迪阿斯》,72。

② 德摩斯梯尼:《反米迪阿斯》,72。

③ 毕达哥拉斯、赫拉克利特、恩培多克勒等希腊哲人多有申发,后拉丁人常以"不合之和"(concordia discors)与"和之不合"(discordia concors)论之。前者参考贺拉斯:《书信集》,1.12.19;奥维德:《变形记》,1.433;后者参考马尼里乌斯(Manilius):《天象论》(*Astronomica*),1.142—148。《管锥编·昭公二十年》论"和而不同"时有言:"'殊''异'而'合',即'待异而后成'。古希腊哲人道此,亦喻谓音乐之和谐,乃五声七音之辅济,而非单调同声之专一。赫拉克利特斯反复言,无高下相反之音则乐不能和,故同必至不和而谐出于不—(见残篇43、9,又参考残篇45、46)。柏拉图尝引其语而发挥之,并取譬于爱情(见《会饮篇》,187a—c)。"参考钱锺书:《管锥编》,第452—453页。

④ τὰ ὑπερβατὰ(倒装),"此处为复数形式,对应拉丁文为transgressio。如西塞罗在《致赫仑尼乌斯修辞学信札》4.32.44中称:"倒装要么通过倒置,要么通过调换实现(Transgressio est, quae verborum perturbat ordinem perversione aut transiectione)。"前者如Hoc vobis deos immortales arbitror dedisse virtute pro vestra;正常语序应为pro vestra virtute;后者如Instabilis in istum plurimum fortuna valuit. Omnes invidiose eripuit bene vivendi casus facultates,形容词instabilis、omnes与名词fortuna、facultates被分拆在句子首末两端。昆体良的定义与朗吉努斯的理解更为契合,即对语句进行正确地排布不是对自然的破坏,而是符合自然的,参考《演说术教育》8.6.62:"倒装是词语的倒置,因为写作法则与雅致风格常常有这样的要求,且理所当然地被我们归入文章优长之中。因为,如果词语被按照必然的次序排布,并按照其出现的地方将其黏合在一起的话,我们的语言常常是粗糙、简陋、靡软、破碎的,更何况这样是无法形成整体的。这样一来,有的词语就必须推迟,有的必须前移,各归其位。"

有多少)激发的人,每一次在一个主题上落脚,但不断地跳跃,在中间没有理由地平添许多其他东西,紧接着绕一个大圈回到最初的那个点上。他们火力全开,就像是被狂乱的暴风吹刮一样,拽着他们的言辞与思想,一会儿在这儿,一会儿在那儿,变幻不息,依照自然的序列也被他们改得千般模样:在最好的散文书写者那里,倒装法也是模仿自然的事功的。因为,技艺只有在看起来像是自然的时候才最完全,而自然只有在隐藏技艺之时才齐整。就像是希罗多德《历史》中波凯亚的狄俄尼修斯所说的那样:"事态已经在刀锋之上,爱奥尼亚人啊,我们是要做自由人、奴隶,还是逃走的奴隶。因此如果你们同意忍受困苦,你们当前是会尝到苦头的,但是你们却能够战胜你们的敌人而取得自由。"[1]按照次序,这句话应该是这样的:"爱奥尼亚人啊,现在到了你们忍受困苦的时刻,因为,事态已经处在刀锋之上。"他转移了"爱奥尼亚人",马上投入恐惧之中,就好像危险迫在眉睫,根本来不及告知听众一样。紧接着,他倒转了思想的顺序。他没有说他们要忍受困苦——而这正是他想要劝说的——反而先给出了必须要忍受困苦的原因说,"事态处在刀锋之上"。仿佛他说的话并不是提前思虑周全的,而是迫于时势而喷发出来的。修昔底德更加胆大且擅于使用倒装法将本性上融合在一起而不可分割的东西分割开来。[2]德摩斯梯尼并不像修昔底德这般任性,但是在所有作家之中,他是最常用这种手法的,他笔下的倒装极为紧急有力,而且确实像临场发挥,除却这些之外,他还拉拽着听众一起进入长倒装句带来的危难之中。因为他经常会悬搁自己喷涌表达的思想,猛然在中间一个接一个地在奇怪的、不合常理的地方夹杂一些不属于篇章内部的东西,以此将听众掷入唯恐语句完全崩散的恐惧之中,强迫听众与演说者一起承受其中的危难。继而,他出其不意地看准时机将翘首以待的结论和盘托出,如此冒险而大胆的倒装法更能使听众心魂俱裂。[3]例证颇多,我就不

---

　　[1]　希罗多德:《历史》,6.11。

　　[2]　参考狄俄尼修斯《论德摩斯梯尼》52:"在老一辈作家中,没有谁会模仿修昔底德所独有的那些特色……缠绕的倒装句,陡然引入诸多事件,以及迟迟不出现的结论句。"此句也是对修昔底德风格的拟仿。

　　[3]　以上论述德摩斯梯尼风格的句子本身就是对德摩斯梯尼风格的拟仿。关于德摩斯梯尼对修昔底德风格的模仿,狄俄尼修斯有重要论断,参考《论修昔底德》53:"在所有的演说家中,唯独德摩斯梯尼在许多方面模仿了修昔底德,一如他模仿那些被认为已经在演说上取得伟大非凡成就的演说家一样。他将自己从修昔底德那里获得的优点(安提丰、吕西亚斯、伊索克拉底等那个时代的首要演说家并不具备这些优点)融入自己的政治演说中。这些优点我指的是激发激情的迅速、集中、强度、敏锐、坚定、力量(τὰ τάχη λέγω καὶ τὰς συστροφὰς καὶ τοὺς τόνους καὶ τὸ πικρὸν καὶ τὸ στριφνὸν καὶ τὴν ἐξεγείρουσαν τὰ πάθη δεινότητα)。但是,他略去了那些修昔底德言辞中牵强的部分,即与实际演说不相匹配的非日常的诗性词语。"

赘举了。①

23.凝缩法、变异法、层进法这三种被称为多重变化②的修辞格极具力量，正如你们所知的那样，它们对修饰以及各种崇高和激情都大有裨益。格、时、人称、数与性的变化使得阐述多么多样与生动啊。关于数的变化，我认为，那些在形式上是单数，深究起来却指涉的是复数的句子并非仅仅是装饰而已，有言曰：蜂拥的人群立刻在海滩上四散开来，大声叫喊着，金枪鱼！但是，在某些地方，复数使得言辞更为宏大而掷地有声，且因为其本身的数量之大而震撼人心。索福克勒斯关于俄狄浦斯所写的语句就是如此："婚礼啊，婚礼啊，你生了我，生了之后，又生就了同种，你造成了父亲、哥哥、儿子，同样的血脉，以及新娘、妻子、母亲的乱伦关系，此乃人事中最为可耻的。"③所有的这些都可以归于一名——俄狄浦斯，另一方是伊娥卡斯特。然而，数被扩展为复数也增加了不幸，"赫克托尔与萨尔佩冬前来"与我们在另一处所提到的柏拉图所写的关于雅典人的段落一样都有同样的扩展之意："佩洛普斯们、卡德摩斯们、埃吉普图斯们、达那奥斯们以及其他一些在天性上是为蛮族的人不能与我们同住；但我们住在这里是希腊人，并不是杂种"④，云云。名词如此一般前后相续、成群结队，事实听起来自然会更加有气势。然而，如果主题并不需要增强、张大、夸张或是激情，万不可如此做，无论是选择其一，还是多项连发。因为只有真正的智者才会随处将警钟系在身旁。

24.但是，适才所说之对立面，将复数缩为单数有时候也会带来极为崇高的效果。他说，"接着，整个伯罗奔尼撒分裂了"⑤，还有"弗利尼库斯搬演《米利都的陷落》时，整个剧场都落下了泪水"⑥。将分裂的东西的多凝聚成一体使得整体更加有机系统。我认为，这两种装饰有着同样的原因。词语本是单数的时候，将其变为复数乃是一种突如其来的激情；当词语本是单数的时候，将多聚合成和谐悦耳的一体，事件也会在这种不合常理的转变中走向反面。

---

① 可参考《伯罗奔尼撒战争史》第六卷中的辩论演说。
② πολύπτωτα(多重变化)，指的是同样的词以不同的形式重复出现。
③ 索福克勒斯：《俄狄浦斯王》，1403—1408。
④ 柏拉图：《美涅克塞奴斯篇》，245d。
⑤ 德摩斯梯尼：《论王冠》，18。
⑥ 希罗多德：《历史》，6.21。

25.当你将业已发生过的事情作为当下正在发生的事情引入叙事中时①，你笔下的故事就不再是一种叙事，而是抗辩性事实。②色诺芬说："有人坠入居鲁士的马下，因为受到了马的踩踏，他用大刀刺向马的肚子。马匹惊厥，将居鲁士摔下，他落马。"③修昔底德在很多地方也是如此。

26.转换人称也同样有力④，且通常会使得听众认为他们身处在危险之中，"你会说他们在阵前交锋，精气充沛、毫不退缩：他们在战场上激烈交锋"⑤，以及阿拉图斯所说，"在那个月中，愿海水汹涌之处没有你的身影"⑥。希罗多德也大概是如此："你从埃烈旁提涅城上行，之后会走到一个平坦的原野。当你穿过那个地方，你会再次登上一艘船，航行两天，你就会来到一个叫美洛埃的大城市。"⑦亲爱的朋友，你看到了吗，他带着你的灵魂穿越了这些地方，并且让听觉成为视觉；所有这些直接称呼人的段落都使听众亲临现场。当你并不是向众人而是向某一个人言谈之时，"你不知道提丢斯的儿子参加哪一边，你将会让他更加激动，更加专注，更有参与感，因为言谈的对象是直接针对他的，他也会保持警醒"⑧。

27.还有一种情况，作者在讲述关于某个人的事情时突然转向自己，诸

---

① 即古希腊语法中所言之"历史性现在时"(historic present)。参考斯麦思的定义："在生动的或戏剧性的叙事中，现在时可以将过去的事件再现为言说或者写作时正在发生的事件。这用法并不见于荷马史诗。"关于早期希腊语中的"历史性现在时"，可参考Kurt von Fritz, "The So-called Historical Present in Early Greek", *Word*, Vol. 5, No. 2, 1949, pp. 186–201. 具体例证可参考希罗多德《历史》中坎达列斯与克洛伊索斯的故事。"历史性现在时"在拉丁语中十分常见。修辞学史上似乎朗吉努斯是为数不多的将其作为一种修辞格进行论述的批评家。

② 此处所言"叙事"(διήγησις)与"抗辩性事实"(ἐναγώνιον πρᾶγμα)的区别可以追溯至亚里士多德对"书写"与"口头"作品的区分，参考《修辞学》1413b14："比较起来，作家的演说在论战场合显得淡薄；而演说家的演说，尽管口头发表很成功，拿在手上阅读，却显得很平凡，其原因是这种演说只适合于在论战场合发表。所以适合口头发表的演说，不在口头发表，就不能发挥它们的效力，而且显得笨拙。"除此之外，朗吉努斯在第20节中论省略连接词与首句重复亦与亚里士多德所言的演说与书写之区别相关。在上述引文之后，亚里士多德随即说明："连接词的省略和同一个字的多次重复，在笔写的文章里应当被排斥，但是在论战的场合，演说家还是加以利用，因为适合于口头发表。"由此可知一点，朗吉努斯的"崇高"在很大程度上是直指演说术的。

③ 色诺芬：《居鲁士的教育》，7.1.37。

④ 古代修辞学家鲜少论及此种修辞格。

⑤ 《伊利亚特》，15.697—698。

⑥ 阿拉图斯：《现象》，287。

⑦ 希罗多德：《历史》，2.29。

⑧ 《伊利亚特》，5.85。

如此类的修辞①乃是某种激情的爆发。"赫克托尔激励特洛伊人，大声呼号：快回到船上，扔下带血的战利品，要是我看到有谁自愿远离船只，我一定会置他于死地。"②在此，诗人将恰如其分的叙事系于自身，但是他突然在丝毫未事先说明的情况下将陡至的威胁放置在愤怒的统帅之心上。如果添加上"赫克托尔如是说"云云，文句就显得僵冷干瘪了。如其所是，叙事上的转换便胜过了叙事者的转换。因此，当时势急切不允许写作者拖延而迫使他立刻从一个人物转换到另一个人物之时，这种修辞可用且有效。赫卡泰乌斯中有一例："凯伊克斯大为光火，立刻命令赫拉克勒斯的后代离开。因为我无力相援。为了你们不至于毁灭，也不要为我招来祸端，你们还是离开去往别人那里吧。"③德摩斯梯尼在《反阿里斯托吉顿辞》中使用了另一种稍有不同的方法以多人称来表达激情的迅速转换。他说："你们中没有人会对这个可恶与无耻之人所做的暴行表示厌恶或者愤怒；你，所有人中最肮脏者，你们的言论自由并不是被障碍或者门禁关上的，有人是可以打开它们的。"④意思尚未完结，他突然转变，在愤怒之下将单一的表达撕裂为两个人称——"你，最为无耻者"。紧接着，他将言辞转向阿里斯托盖顿，且似乎要离开当下的论题，但又以极大的激情反转回来。佩涅罗佩亦是如此："传令官，尊贵的求婚者们为何派你来？是来吩咐神样的奥德修斯的女仆们停止手头工作，给他们去准备佳肴？但愿他们不再来求婚，不再来会聚。但愿这是他们在这里的最后一次聚餐。你们在这里常聚宴，耗费许多食物，智慧的特勒马科斯的家财，从前幼小时从没有从你们的父辈那里听说过，奥德修斯是何等人物。"⑤

28.我想，迂言法能制造崇高，这点没人会质疑。正如通过所谓的音乐中的伴奏乐调能变得美妙一样，迂言法也常常能与字面之义和谐，且能大大增加其齐整度，只要其中没有什么假大空或者是杂乱无章的东西，而是美妙地混合在一起。柏拉图葬礼演说开端处就足以证明这一点："的确，他们从我们这里获得了他们应得的东西，获得了这些东西之后，他们走上了命中注定之旅，从公的方面来说，城邦为他们送行，从私的方面来说，同族

---

① 即从间接引语(oratio obliqua)转换为直接引语(oratio recta)。
② 《伊利亚特》，15.346—349。
③ 《希腊历史残篇》，赫卡泰乌斯残篇30。
④ 德摩斯梯尼：《第一篇反阿里斯托吉顿辞》，27—28。
⑤ 《奥德赛》，4.681—689。

的每一个人都为他们送行。"① 在此，他将死亡称为"命中注定之旅"，将他们对依照习俗获得奖赏称为祖国为他们的公开送行。他是靠这些东西稍稍提升了自己的思想呢，抑或是以字面平淡之意行文，进而让自己的言辞和以音乐，就好像是以迂言法使得行文遍布优美的旋律。色诺芬又言："你认为，困苦乃是甜蜜生活的向导，你已将最为美好的、最为勇武的财富尽收入自己的灵魂之中。因为，赞美比其他任何东西都要让人欢喜。"他没说"你愿意过困苦的生活"，而是说"困苦乃是甜蜜生活的向导"，且以同样的方式拓展了余下的语句，为自己的赞美赋予了一种崇高的思想。② 希罗多德不可模仿的这句亦是如此："女神为洗劫了神庙的斯基泰人送去了女性病。"③

29.然而，迂言法如果使用得不节制则比其他任何修辞都要更加危险。因为，它很快就会落入寡淡，读起来尽是虚空臃肿之言。这也正是为何人们批评柏拉图"一贯精于修辞，有时甚至不合时宜"，因为他在《法律篇》中说"无论是金的财富还是银的财富，都必不能在城邦中有一席之地"④，这些人说，如果禁止他拥有牲畜的话，他一定会说"羊的财富与牛的财富"。但是，亲爱的特伦提阿努斯，这些题外之言对我们学习引发崇高的诸种修辞已经足够了。所有的这些都使得风格更具激情与动力。激情与崇高紧密相关，如性格与快乐一般紧密。⑤

30.既然思想与表达在很多情况下是互相交织的，来吧，我们来检视一下，是否还有什么关于表达的部分是被遗漏的。⑥ 选择恰当与宏伟的语词能够带动与吸引听众，这乃是所有演说家与写作者的至高追求，因为这种选择立马就能为言辞装饰以崇高、美、雅致、威重、雄伟，以及其他一些东西，

---

① 柏拉图:《美涅克塞努斯篇》，236d。《美涅克塞努斯篇》中的葬礼演说是狄俄尼修斯对柏拉图进行批判的重要对象，在《论德摩斯梯尼》29中，他说:"如果我们通读全篇演说会发现，此篇中到处都是不精确、粗拙的表达，或幼稚与令人厌恶的表达(μειρακιωδῶς καὶ ψυχρῶς)，有的缺乏力量，而其他的则缺乏愉悦与雅致，有的则是酒神颂诗式且粗俗的(διθυραμβώδη καὶ φορτικά)。"此处可视为朗吉努斯对狄俄尼修斯(或以狄俄尼修斯为代表的批判柏拉图风格者)的回应，亦是为柏拉图所做的辩护。

② 色诺芬:《居鲁士的教育》，1.5.12。

③ 希罗多德:《历史》，1.105.4。

④ 柏拉图:《法律篇》，7.801b。

⑤ "激情"(πάθος)与"性格"(ἔθος，此处应当理解为日常)之区分，参考第9节。依据修辞学理论，中间风格在于"使人快乐"(officium delectandi)，崇高风格在于"打动人心"(officium commovendi)。此处所指即在于风格三分。

⑥ 以下开始论述"表达部分"(φραστικόνμέρος)的第二个分支——言辞(λέξις)。

就仿佛最美的雕塑表面所生发出的锈迹一样，^①它为事实赋予有声的灵魂，这点向已经熟知的人再详细阐发就太过多余了。因为，美的言辞确实是思想的独特光芒。然而，这些美的言辞带来的崇高并非随处都需要使用的，因为将宏大肃穆的词语用于琐屑的事件之上看起来就好像是某个人将悲剧的大面具戴在小儿的脸上一样，^②除非是在诗歌以及……^③

31.……最有滋养作用且最有效；阿那科瑞翁(Anacreon)的话："我再也不管"^④；同样，色奥旁普斯的新鲜表达也值得称赞；在我看来，因其类比，这句话极有表达效果；但我不知道为什么，凯基里乌斯却对此表示不屑。色奥旁普斯说，"腓力极善消化事物"^⑤。这样的平常之语在很多时候比典雅的语句更具有表现力，因为人们听到这句话之后当即就明了其含义，因为它本身就来自日常生活，人们对它的熟悉使之更具有可信度。"消化事物"这个词用在一个出于贪欲而乐于忍受耻辱与肮脏之事的人身上，获得了十分生动传神的效果。希罗多德的这句话也多少有如此的效果，"克里奥美涅斯发了疯，他用一把匕首将自己的肉切成小条，直到将自己全部切成肉糜而死"，以及，"皮瑟斯在船上继续战斗，直到被切得体无完肤"。^⑥这些语词几近俗夫白丁之语，但在此却并不俗气，极具表现力。^⑦

32.关于隐喻的数量，凯基里乌斯似乎完全认同那些定下的规矩，一段之内只能并用两个，或最多三个隐喻。德摩斯梯尼当然就是这些方面的标

---

① 铜锈是针对古风的重要比喻，参考狄俄尼修斯《论写作》22：崇高风格"崇高、平实、未加雕饰(μεγαλόφρων, αὐθέκαστος, ἀκόμψευτος)，有种古旧的铜锈之美(ἀρχαϊσμὸν καὶ τὸν πίνον κάλλος)"。另参考《论德摩斯梯尼》，5。

② 修辞学论述中常用的表达。参考昆体良《演说术教育》，6.1.36："将悲剧用于小型案件，就仿佛是为小孩子戴上赫拉克勒斯的面具，穿上厚底高靴。"

③ 此处文字有脱漏。

④ 见《希腊抒情诗》，阿那科瑞翁哀歌残篇5。

⑤ 见《希腊历史残篇》，色奥旁普斯残篇262。

⑥ 希罗多德：《历史》，6.75、7.181。

⑦ 低俗、卑琐之词如若使用得当亦能使得风格不至于跌入下流。参考昆体良《演说术教育》10.1.9："除了少数不够严肃(parum verecunda)的词汇之外，几乎每一个词在演说术中都有位置。因为，抑扬格五音部诗作者和喜剧作家会经常因为这些词汇而受到表扬，但现在我们关注自己的事情就足够了。所有的词汇，和刚才我所说的例外，都会在某些地方达成最好的效果；因为，有些时候我们需要一些低俗(humilibus)与大众(vulgaribus)的词汇，这些词汇在雅致(nitidiore)的篇章中出现会显得粗陋(sordida)，但当情况(res)需要的时候，它们也会被恰当地言说。"狄俄尼修斯亦持同样的意见，参考《论写作》12.6—970："我们不应该羞于使用任何名词或动词，无论它们有多么陈旧，除非该词有可耻的意涵。因为，我敢说，演说中表现人物或事件的部分没有什么词低俗、卑劣，或令人厌恶到在言辞中没有相应的位置。"

尺。①使用隐喻的时机在于,激情就像冬天融化的雪水一样奔流而出,以不可阻挡之势裹挟着众多隐喻前进。他说:"他们是卑鄙的谄媚之人,他们每一个人都戕害自己的祖国,他们先是为了自由向腓力敬酒,现在是亚历山大,他们以自己的胃口与可耻之事衡量自己的幸福,他们推翻了那种免受暴君统治的自由,而这种自由在前代希腊人那里是善的标准与尺度。"②在这里,演说家对反叛者的愤怒遮蔽了大量的修辞。亚里士多德与色奥旁普斯也因此说,如下的这些表达乃是对大胆的隐喻的一个软化:"仿佛""就好像是""如果可以这么说的话""如果可以冒险这么说的话"。③人们说,自谦可以调愈胆大妄为的部分。这点我当然接受,但是,正如我之前论修辞的时候所说的那样,我认为,时机得当、澎湃有力的激情与高贵的崇高才是数量繁多、新颖大胆的隐喻的特定疗药。因为,在这些东西的冲击力的影响下,所有的东西很自然地就被裹挟向前,它不允许听众有一刻闲暇对隐喻的数量做出检视,因为听众与言说者共同处于迷狂之中。再者,在普遍论题之中,没有什么比嵌套连用的隐喻更加独树一帜了。正是通过这些东西,人体解剖在色诺芬笔下显得十分令人印象深刻,④在柏拉图那里更具神性。他将人的头部称为卫城,位于头部与胸部中间的脖颈他称为地峡,在下面支撑的脊柱他称为枢轴。欢爱对人来说就是恶的钓饵,舌头是人品尝味道的工具。他将心脏称为血管的结纽,它也是血液奔流的源头,是身体的防守室。他将血液流动的通道称为地峡,在预见到危机与因为愤怒而激动时心脏会跃动,为此神明创制了一种有助益的东西,他将肺这种形式植入(人体中),它柔软、无血且中间有空隙,就仿佛一个缓冲器一样,这样一来,当怒气在心中沸腾之时,心脏能够有所缓冲,而不至于受到伤害。他将欲望之基座比拟为女房,将愤怒之基座比拟为男房。脾是身体内部的纸巾,当它充满了被清理的秽物时,它就会变大、溃烂、肿胀。在这之后,他说,神明将整体覆盖以肌肉,保护身体免受外在的侵袭,就像是毛毡一样。他将血液称为身体的草料,又说,出于营养的目的,它们浇灌身体,就好像在

①　关于德摩斯梯尼作为"标尺"(ὅρος),参考狄俄尼修斯《论写作》18.119:"德摩斯梯尼在词语选择与美的排布上可堪作为标尺。"以及《论德摩斯梯尼》,13;《论吕西亚斯》,18;《论修昔底德》,22。普林尼《书信集》9.26.8:"德摩斯梯尼是演说家的标准与尺度(Demosthenes ipse, illa norma oratoris et regula)。"

②　德摩斯梯尼:《论王冠》,296。

③　参考亚里士多德《修辞学》3.7.1408b2:"任何一种手法使用得太过火了,挽救的办法是一句常说的话:应该预先责备自己。人们会认为演说者的夸张是真实的,因为演说者分明知道他在搞什么名堂。"参见西塞罗:《论演说家》,3.165;色奥弗拉斯图斯图斯残篇690(W. W. Fortebaugh and others eds., *Theophrastus of Eresus: Sources for His Life, Writings, Thought, and Influence*, Leiden: Brill, 1992)。

④　色诺芬:《回忆苏格拉底》,1.4.5。

花园里挖掘水渠一样，这样一来，身体充满了狭窄水道，血管里的溪流就能从某个不竭的源泉汩汩流出了。在(生命)结束之时，他说，灵魂就如同船只脱离了缆绳一样，从此自在自由。①如此这般以及不可胜数的隐喻接连而至。这些足以表明，修辞在本质上是高蹈的，隐喻能够制造崇高，且富含激情与极具表现力的篇什在其中最能找到快乐。然而，就如同其他所有言辞上的美好事物一样，隐喻的使用总能引人走入不节制，这点很明确，我就不多说了。也正是因为这些原因，人们嘲讽柏拉图，说他的言辞总是像被某种酒神迷狂附体了一般，使之迷失于杂乱粗糙的繁多隐喻与修辞性的夸夸其谈。②"城邦就像是混酒钵一样需要混合，当酒倒入其中的时候就会沸腾，但这酒若是被其他清醒之神调和的话，它就有了好伙伴，也就被成就为善好而温和的饮品，这点不容易看到。"③他们说，将"水"称为"清醒之神"与混杂的"调和"，这真真不是清醒的诗人能说出来的话。凯基里乌斯也在批评这些缺陷的时候于讨论吕西亚斯的论文中放胆宣称，吕西亚斯总体上优于柏拉图。在此，有两种未加区分的激情，因为，虽然他爱吕西亚斯甚于爱自己，但他对柏拉图的恨甚于他对吕西亚斯的爱。只是他好强喜斗，且他所认定的假设并未得到人们的认可。因为，他更偏好纯净无瑕的演说家，

---

① 柏拉图：《蒂迈欧篇》，56c—85e。另参考西塞罗：《论神性》，2.140—143。

② 这里所指的极有可能是狄俄尼修斯。参考《论德摩斯梯尼》5："柏拉图的语言融合了两种风格，即崇高风格与素朴风格(τοῦ τε ὑψηλοῦ καὶ ἰσχνοῦ)……但他在两者上的成就并不相同。当他有意书写单纯、素朴、自然的风格(τὴν ἰσχνὴν καὶ ἀφελῆ καὶ ἀποίητον)时，他的文风极为纯粹，并且引人入胜，因为它就像一汪至纯至清的泉水(καθαρὰ γὰρ ἀποχρώντως γίνεται καὶ διαυγής, ὥσπερ τὰ διαφανέστατα τῶν ναμάτων)，比其他一切以此风格写作的人的语言都要更为精确、雅致(ἀκριβής τε καὶ λεπτή)。他使用日常语言，竭尽全力简明，避免一切冒险的装饰……就仿佛芬芳草地上吹来的一阵令人舒适的微风一般(ὥσπερ ἀπὸ τῶν εὐωδεστάτων λειμώνων αὔρά τις ἡδεῖα ἐξ αὐτῆς φέρεται)，它完全没有喧嚣、嘈杂的聒噪，也没有造作的缀饰……但是，当他决意要追求崇高风格(τὴν περιττολογίαν)时(这常常发生)，他却大失水准。他的语言与比以往相比更为粗糙……明晰为迷雾遮盖，本可以简短的句子被不必要地拖得很长。他使用鄙俗的迂回法，词汇丰富，却十分空洞。他拒绝使用俚俗语汇，专寻生造的、外来的、古老的词汇。他使用的修辞格更为放肆，大量使用附加词(ἐν τοῖς ἐπιθέτοις)，转喻使用亦不恰当，隐喻粗糙，无悦耳之质。他常常使用过长的寓言，且都不在其范围界限之内，也与语境不相契合。诗性修辞——大多是高尔吉亚的修辞——尽显不当与幼稚(ἀκαίρως καὶ μειρακιωδῶς)。"以及《论德摩斯梯尼》7："就像明澈的天空中刮起的一阵暴风，他将纯净的言辞(τὸ καθαρὸν τῆς φράσεως)彻底搅乱，并从此开始迷失进入诗性的恶趣味之中(ἐς ποιητικὴν ἐκφέρων ἀπειροκαλίαν): '求你们降临啊，声音清妙的诗神们！你们有这样称呼，也许是由于你们的歌声的特质，也许是由于你们来自那个长于音乐的民族，求你们保佑我把这位朋友逼我说的故事说出来，使他所衷心崇敬的那位作家显得更可崇敬。'这只是噪声与酒神诗罢了，言辞气势很足，却无任何内容(κόμπον ὀνομάτων πολὺν νοῦν δὲ ὀλίγον ἔχοντες)。"此段在《致庞培乌斯》中亦作为回复重复出现。对柏拉图的负面评论极有可能本自亚里士多德在《修辞学》1406a—1406b中对僵冷风格的批评。亚里士多德认为，造成僵冷风格的有四个原因，即滥用双字复合词、奇字、隐喻，使用过长的或不合时宜的或过多的附加词。在这里，亚里士多德多次提及高尔吉亚与酒神颂诗体。

③ 柏拉图：《法律篇》，6.773c。

而非四处犯错的柏拉图。但事实却不是这样，差得很远。

33.来吧，让我们举个真正纯净无瑕的作家为例。难道此时不值得就这个问题发表笼统的疑问吗？诗歌与散文哪个更好，是带有些许瑕疵的崇高，还是稳固而无可指摘的中等成就呢？再者，到底是数量大的优秀品质，还是那些本身就更好的优秀品质，[①]更堪夺得头筹？这些问题对于研究崇高是十分合适的，且十分需要得出判断。我知道，最珍稀的天赋绝不是白璧无瑕的，因为，绝对的精准有琐碎之危险，而崇高之中，就如同巨大的财富一样，一定有某种被忽略的东西。下等或者中等天赋因为从不冒险，也从不追求绝境，从而能够一直保持不犯错误而更为安全，而伟大的天赋则正因为其伟大而感到危机重重，这些都是必然的。[②]我对第二点也完全不陌生，人类所做的所有事情中总是劣的那一部分更容易为人所认识，这是符合自然的，错误的记忆对人来说总是不可磨灭的，而美的记忆总是迅速流逝。[③]我自己已经提到了不少荷马及其他最为伟大的诗人的错误，这些失误完全未能让我产生愉悦之感，但我不会称之为有意为之的错误，而更愿意将它们称为粗心大意导致的疏忽，造成错误的原因乃是高蹈天赋不经意与偶然的轻率。我的想法并未动摇，即这些伟大的优秀品质，即使它们不能一致保持，但仍因其高蹈的心志而在投票中夺得头筹，如果没有其他原因的话。例如，阿波罗尼奥斯(Apollonius)在《阿尔戈斯远征记》(*Argonautica*)中是一位毫无瑕疵的诗人，而除却一些不相干的篇什之外，色奥克里图斯(Theocritus)在田园诗领域是极为成功的。你会宁愿成为阿波罗尼奥斯而非荷马吗？埃拉托斯色涅斯[④]的《埃里戈涅》这首小诗从头到尾都无可

---

①　狄俄尼修斯关于"风格之品质"(ἀρεταὶ λέξεως)的"经典段落"见于《致庞培乌斯》，3.16—21。在此处，依据这些品质而受到审定的作者为希罗多德与修昔底德。列举的品质有：1. 纯粹性(ἡ καθαρὰ διάλεκτος), 2. 明晰性(συντομία), 3. 简明性(τὸ βραχύ), 4. 生动性(ἐνάργεια), 5. 刻画人物与情感力量(τῶν ἠθῶν τε καὶ παθῶν μίμησις), 6. 庄严性(αἱ τὴν ἰσχὺν καὶ τὸν τόνον), 7. 活力(τὰς ὁμοιοτρόπους δυνάμεις τῆς φράσεως ἀρεταὶ περιέχουσαι), 8. 迷人性与说服性(ἡδονὴν δὲ καὶ πειθὼ), 9. 得体性(τὸ πρέπον)。另参考 S. F. Bonner, *The Literary Treatise of Dionysius of Halicarnassus*, p. 41。

②　与之形成对话关系的另一段文献，即狄俄尼修斯《致庞培乌斯》2.16：狄俄尼修斯与庞培乌斯之间"并不存在分歧，因为，你承认，追求伟大之事物的人必定有时会犯错误(ἀναγκαῖον εἶναι τὸν ἐπιβαλλόμενον μεγάλοις καὶ σφάλλεσθαί)，而我说，柏拉图在追求崇高、高蹈、冒险的风格(τῆς ὑψηλῆς καὶ μεγαλοπρεποῦς καὶ παρακεκινδυνευμένης φράσεως)时并未做到处处成功，但是他的失败仅仅是成功的一小部分而已。正是在这个方面，我认为柏拉图不如德摩斯梯尼，因为他的崇高风格常常陷入空洞与单调(εἰς τὸ κενὸν καὶ ἀηδές)，而德摩斯梯尼则全然不会，或者鲜少如此"。

③　常见的说法。参考西塞罗《论演说家》1.129："没有什么比你犯下恶事更能在记忆中留下显著、持久的印象。"

④　埃拉托斯色涅斯(Erastothenes, 前276—前195/194)，古希腊天文学家、诗人，博学多闻，曾任亚

指摘，阿契罗库斯为文散乱无章，灵感喷涌而出，而这些又难以被统归到章法之下，难道说埃拉托斯色涅斯就是个更好的诗人吗？在抒情诗方面，你会选择成为巴奇里德斯而非品达吗？在悲剧方面，你会选择成为岐奥斯的伊翁①而非索福克勒斯吗？巴奇里德斯与伊翁确实没有瑕疵，且在文雅②上都是十分完美的；而品达与索福克勒斯则在所到之处尽燃起熊熊烈火，但火焰也常常突然被熄灭，不幸地陷入寡淡。没有哪个具有良好理智的人会将伊翁的作品逐一搜集在一起取代《俄狄浦斯王》这一部剧。③

34. 如果成功是以数量而非以真正的价值作判断的话，那么希佩里德斯就完全比德摩斯梯尼更优秀。他比德摩斯梯尼声音更加丰富，拥有的优秀品质也更多，就像五项全能选手一样，他在所有领域都接近夺魁，在与所有一流的竞争对手比赛时，他总被甩在后面，但若是跟普通人竞赛的话，他一定是领先的。④除对德摩斯梯尼的优秀品质的模仿之外(遣词造句不算)，他还极大地吸收了吕西亚斯的优秀品质与雅致。他言谈平实简明，在必要的时候，他也不会像德摩斯梯尼一样从头到尾使用一种语调。他有塑造人物的能力，并且能佐之以愉悦与质朴。在他身上有许多不可言喻的雅致(ἀστεϊσμοί)、最为老练的讽刺⑤、高贵的气质、极富技巧的挖苦⑥和以阿提卡作家为标准的玩笑，既不粗俗，也不拙劣，非常直截了当，还有聪明的讥嘲，极大的喜剧色彩，以及针锋相对的戏谑，在所有这些元素之中有着一种不可模仿的魅力。在引发怜悯上，他天赋异禀；在讲述故事上，他如江河倾泻而出；在转换话题上，他以其机敏的精神做得极为灵活。例如，他写作的关于勒托的篇什就更加诗性，而《葬礼上的演说》就写得更具"展示性"，除他之外，我不知道有谁还能胜任。而德摩斯梯尼则不擅长刻画人物，毫无

历山大里亚图书馆馆长。

① 岐奥斯的伊翁(Ion of Chios，前490/480—前420)，悲剧诗人，与埃斯库罗斯、索福克勒斯、欧里庇得斯三代悲剧家均与交集，只有残篇存世。

② γλαφυρός，精雅，常被用来指涉中间风格。参考狄俄尼修斯：《论写作》，13。

③ 《俄狄浦斯王》作为阿提卡悲剧的典范，参考《诗学》，1452a24、1453a10、1453b7、1455a18。

④ 昆体良《演说术教育》10.1.77："希佩里德斯(Hyperides)魅力十足(dulcis)，也很尖锐，与其说他于那些小点的案件更有用处，倒不如说他于之更有资格。"另参考西塞罗：《演说家》，110；狄俄尼修斯：《论模仿》，5。

⑤ μυκτὴρ πολιτικώτατος(老练的讽刺)，昆体良《演说术教育》8.6.57—59论述讽喻(allegoria)时曾列举多重方法，有"讽刺、雅致的机锋、悖论、格言"(σαρκασμός, ἀστεϊσμός, ἀντίφρασις, παροιμία)，除此之外，"希腊人还将隐而不显的μυκτηρισμὸς归入其中"。

⑥ εὐπάλαιστρον，摔跤隐喻，参考《演说术教育》9.4.56："正如，尽管我们不想让某些人成为摔跤手，但我们也不想让他们成为人们口中所言的'风吹就倒'之人。"

漫溢之感，更谈不上流畅与擅长"展示演说"，以上我们所说的那一长串东西他大部分都不具备。当他被迫挤出一点笑话，或者显得机智的时候，他没有引发笑声，反倒成了笑料，当他意欲以身接近愉悦之时，他反倒与其离得更远了。如果他试图为芙丽涅①或者阿特诺格涅斯写作一个短篇演说的话，会使得希佩里德斯更添光彩。但我认为，虽然后者的优点确实很多，却没有崇高感，"在清醒的人的心中毫无波澜"，听众听了无动于衷，阅读希佩里德斯的人中没人心生恐惧。而德摩斯梯尼则在着手写作之时②就将以高蹈天赋成就到极致的优秀品质搜罗殆尽集于一身，崇高言说的语调、活跃的激情、丰沛、张力、速度(在恰当的时机)，以及无可超越的力量③，这些都是神的可畏馈赠，将这些称为属人的事物是不合法的。凭借这点，他以其所有的美打败了所有人，且超越了他所不能的，使得万世的演说家们如同受到雷霆击打闪电一般耀眼。相较于直面排山倒海的激情，睁大双眼迎接滚滚而来的雷霆反倒容易多了。

　　35.然而，正如我所说的，柏拉图与吕西亚斯之间另有一处不同。因为，吕西亚斯不仅仅在优秀品质的伟大程度上，而且在数量上都被柏拉图远远

---

　　①　据普鲁塔克《论佩提亚神谕》14，芙丽涅原名墨涅萨莱蒂(Mnesarete)，因肤色较黄，而被戏称为"蟾蜍"(φρύνη)。另据阿瑟那伊乌斯(Athenaeus)在《智者之宴》(Deipnosophistae)13.60处援引卡里斯特拉图斯(Callistratus)所言，芙丽涅行妓当可敌国。公元前335年，亚历山大夷平底比斯，芙丽涅随即出资重修城墙。公元前340年，尤西阿斯(Euthias)以三个理由控诉芙丽涅渎神：一则，她在吕克昂举办"毫无羞耻"的狂欢(κῶμος)；二则，她引入新神；三则，她举办男女混合的欢宴(θίασοι)。更多考证与资料可参考Esther Eidinow, *Envy, Poison, and Death: Women on Trial in Classical Athens*, Oxford: Oxford University Press, 2016, pp. 23–30。希佩里德斯出面为之辩护，在面临败诉之际，希佩下芙丽涅衣衫，露出双乳，遂获释放。参考普鲁塔克《十演说家生平》849e："我们确实有理由推测，因为他与妓女芙丽涅有染，她因渎神而受审时他才为之辩护。因为他在演说的开头就说明了这一点。当她要被判处罪行的时候，他将此女引至法庭中央，撕去她的衣服，展露出双乳。当法官们看到她的美貌时，她便被宣告无罪。"又，阿瑟那伊乌斯《智者之宴》590d—e："芙丽涅来自赛斯皮亚(Thespiai)，尤西阿斯成功控诉她时，她成功地逃脱了死刑。尤西阿斯对此愤怒不已，以至于据赫密普斯(Hermippus)所言，他从此之后再未为人辩护。希佩里德斯为芙丽涅辩护，在演说毫无功效，法官们要宣判之际，他将芙丽涅带至公共场合，将其衣衫撕破，暴露出她的胸脯，并在演说行将结束之时放声哀号，并注视着她，此时的陪审员们对这位阿芙洛狄特的女祭司与侍从产生了畏惧，决定宽大处理，而不是处以死刑。"

　　②　ἔνθεν ἐλὼν，荷马式用语，参考《奥德赛》，8.500。在晚期希腊语中，这个表达固定为"于是""随即"之意。

　　③　以德摩斯梯尼式的演说风格中的"优秀品质"(ἀρεταί)为准绳评价早期希腊作者，参考狄俄尼修斯《论修昔底德》23：修昔底德之前的希腊作者的言辞"拥有必要的优秀品质——纯洁、明晰、简要，每一种德性都保了这种语言的独特品质；但附属的品质(即在很大程度上显示出演说家力量的品质)却并不见于他们的最高成就之中，而仅仅是少数人所有，且程度不高，我指的是诸如以下的品质：崇高、典雅、庄重、高蹈(ὕψος λέγω καὶ καλλιρημοσύνην καὶ σεμνολογίαν καὶ μεγαλοπρέπειαν)。他们的言辞并未展现出紧张感，也并未激发精神的肃穆与激情，也未催动强健与充满战斗力的精神，这些是所谓演说的产物"。请注意其中诸多表达与《论崇高》的高度一致。

甩在后面。但他在缺陷之多方面是胜于他的优秀品质之少的。那些在写作上争夺头奖，鄙夷所有精确性的半神们又有着何种理想呢？一言以蔽之，自然将人类判定为非卑贱之种，就好像是邀请我们参加某种盛宴一般，她迎接我们进入生命，进入宇宙，成为她的整全的观众和热爱荣誉的竞赛者，并立刻在我们灵魂之中种下不可战胜的对伟大且比我们更具神性的东西的爱。① 因此，整个宇宙并不能满足人类观想与理智的范畴，我们的思想总是超越限制我们的边界。② 你环视生命，看看万物中有多少奇妙、伟大与美丽的东西，你很快就会明白，我们是为什么而生的。③ 我们自然地就被引导，所惊叹的不会是涓涓溪流，即便它清澈、有用，我们惊叹的是尼罗河、伊斯特河、莱茵河，以及至高的俄刻阿诺斯。我们也不会为自己点燃的火苗发出惊叹，虽然其亮光保持纯粹，但我们更为天火而魂魄出窍，尽管它也总是被黑暗遮蔽，更不会认为火苗比埃特纳火山更值得我们发出惊叹，喷发的火山深埋土中的岩石与整座大山拔起，并时而喷涌出那条来自大地、自然流动的火焰之河④。但关于所有的这一切，我只说一点，对于人类来说有用或者必要的东西很容易获得，但出乎预料的东西才能引发人们的惊叹。

36.关于具有高蹈天赋的作家(这些人的伟大不会出乎实用与助益之外)，我们需要立刻注意到，虽然他们远远没有实现整饬无误，但所有这些

---

① 柏拉图《蒂迈欧篇》90a："灵魂的最高级部分乃是神给予人作为指导者。它居住在我们身体的顶部，把我们的视野从地上提升而向着天体的无限性。它好像一个根不在地上而在天上的树(πρὸς δὲ τὴν ἐν οὐρανῷ συγγένειαν ἀπὸ γῆς ἡμᾶς αἴρειν ὡς ὄντας φυτὸν οὐκ ἔγγειον ἀλλὰ οὐράνιον)"。西塞罗《论神性》2.140："我可以引用其他许多例子证明自然之神意的明智和细心，这些都表现了诸神赐予人类的仁慈的巨大恩典。自然使人在地上直立行走，使它们笔直向上，从而能够仰望上天，获得关于诸神的知识。人不只是地上的生物，而且也是苍穹的观察者，可以看到他头顶上的苍穹中的一切。这种观察是他独有的，其他任何动物都不具备。"

② 人的思想可以自由运动，穿越无限。参考卢克莱修《物性论》1.72—75："没有什么神灵的威名或雷电的轰击或天空的吓人的雷霆能使他(按：指伊壁鸠鲁)畏惧；相反地，它更加激起他勇敢的心，以愤怒的热情第一个去劈开那古老的自然之门的横木，就这样他的意志和坚实的智慧战胜了；就这样他旅行到远方，远离这个世界的烈焰熊熊的墙垒，直至他游遍了无穷无尽的大宇。"

③ 伟大的世界图景与生命的意义紧密相关，人的崇高所对应的正是生命(以及世界万物)的伟大。对世界更为动人心魄的描述，参考西塞罗《论神性》2.38—40："首先，看看我们自己这个世界的全景。它位于宇宙的中间，是一个固体的圆球，它自身的引力把万物吸附在自己表面，花草树木覆盖着大地，其数量之多不可思议，其种类之多亦无法穷尽。然后，看看长年流水的小溪，凉爽清澈的河水，郁郁葱葱的河岸，幽深无人的空谷，陡峭的悬崖，高耸的山峰，广阔的平原。再想想地下的金银矿脉和绵延无边的大理石宝库！想想形形色色的动物，家养的和野生的！想想鸟类的飞翔和歌唱！想想牛羊成群的草原和充满生命的森林！然后想想人类。可以说，他们已经被任命为地球的管理者，他们绝不允许地球变成怪兽出没的蛮荒之地或荆棘丛生的旷野。他们用自己的双手开发陆地、岛屿和海滨，再点缀上他们的建筑和城市。"

④ 指生命之火。

人都是在凡人之上的。其他文学品质证明的是,拥有这些品质的人乃是凡人,而崇高将人托举接近神高蹈的心志。四平八稳不会招来指责,伟大则会引发惊叹。这些人中的每一个都一再地凭借崇高与成就补偿了所有的失误。而且,最为关键的是,如果我们将诸如荷马、德摩斯梯尼、柏拉图等最伟大人物的失误聚集在一起的话会发现,这些失误在这些英雄的著作中只是极少的一部分。正因为如此,所有时代以及生命经验(这些无法因为嫉妒而被判定为疯狂)都将胜利的荣誉授予他们,直到今天依旧守卫着它们以防被人更动,且看起来未来也要庇护它们,只要"水尚流淌,大树仍在生长"①。至于那个说浑身弊病的"克罗索斯"②并不比波律克里图斯的"掷标枪者"③更优秀的作家,有许多回答现成可用。我们惊叹于技艺的精微之处,自然造化中的崇高,人正是依照自然才有了言语的能力。在人像雕塑中,我们追求其与人类相似之处,在言辞中,正如我所说的,我们追求的是其超越属于人类之物的东西。然而(这一劝诫回到论文的开端之处),因为无弊总体说来乃是技艺的功劳,而杰出(虽然不会均匀)则是高蹈天赋的功劳,我们可以恰当地说,技艺应当随时为自然带来助益。这两者的融合或许能带来整全完善。关于前面所提出的问题,所必要做出决断的就说这么多吧;但大家尽可依照自己的喜好自得其乐。

37.与隐喻(回到这个话题)息息相关的还有并置与明喻,唯一的区别是……④

38.……诸如此种表述:"如果你不带上被踩踏在脚踵之下的脑子。"⑤人们必须知道每次在什么地方划定界限。走得太远有时候会毁掉夸张。生

---

① 柏拉图:《斐德若篇》,264c。

② 此处有可能指的是毁于地震的罗德岛的巨大太阳神雕像,也有可能指任何巨大的雕像。

③ 若干罗马复制品存世,参考 G. M. A. Richter, *The Sculpture and Sculptors of the Greeks*, New Haven: Yale University Press, 1930, pp. 245—247。

④ 接续第32节的论述。此处文字有脱漏,极有可能论述的是隐喻与并置、明喻的区别。参考亚里士多德《修辞学》1407a:"所有比喻都可以作为明喻或隐喻使用;因此所有受欢迎的隐喻,显然都可以作为明喻使用;明喻去掉说明,就成了隐喻。但是类比式隐喻应当双方互相借用,即同类事物的任何一方都可借用,例如杯为狄俄尼索斯之盾,则盾宜于称为阿瑞斯之杯。"罗念生先生此处注释可以说明类比式隐喻的运作模式:"类比式隐喻的公式为乙:甲=丁:丙。所谓'互相借用'即用丁替代乙,用乙替代丁,例如杯(乙)之于狄俄尼索斯(甲),有如盾(丁)之于阿瑞斯(丙),可以用'盾(丁)'代替'杯(乙)',用'杯(乙)'代替'盾(丁)',即称杯为狄俄尼索斯之盾,称盾为阿瑞斯之杯。"参见亚理斯多德:《修辞学》,第174页。

⑤ 德摩斯梯尼:《论哈伦涅索斯岛》(*Halonnesus*),45。

拉硬拽会带来松弛，结果往往会适得其反。伊索克拉底就因为总是野心勃勃想要夸张一切事物而显得十分幼稚，这我无法说明原因。他所写的颂辞主题是，雅典人的城邦因其为希腊人带来的福祉而远超拉栖戴孟人之上。但在甫一开端处他说："言辞有着如此力量，它能使伟大的事物渺小，能使琐屑的事物遍布崇高，用新的方式述说旧的东西，用古老的方法描述新近发生的事情。"① 有人会说："伊索克拉底，你是想用这种方法把拉栖戴孟人与雅典人交换吗？"因为，他对言辞的颂赞或许就是他传达的一个信息与引言，即他本人是不可信的。正如我们上面所说的关于修辞的讨论②，最好的夸张就是将自身隐匿起来而不让人发现它们是夸张的那些。出于某种强烈的激情，它们与周遭的危机互相呼应时，以上的情况就出现了。修昔底德在描述于西西里被杀的那些人时就是这么做的，他说："叙拉古人冲下去，开始大规模杀戮那些正在河里的人。这样，河水立刻变得浑浊，泥浆与血水混合在一起，但他们还是照喝不误，并且大部分人还在为水而打斗。"③混合着血水与泥浆的水仍旧被争得死去活来，让这一情况可信的就是激情的迸发与危机的时刻。希罗多德在描述那些在温泉关战斗的人时也是同样的。他说："在那个地方，凡是手里还有刀的就用刀来保卫自己，手里没有刀的就用拳打牙咬，直到后来异邦军将他们掩埋起来。"④ 这里，你会发出疑问，以牙与满副武装的人战斗是什么意思，被投射武器掩埋是何种情况，但同时，这两句话都同样具有可信性。因为，事件似乎并不是为了夸张而被使用的，夸张是极为合理地从事件中产生的。正如我一直说的那样，近乎迷狂的事件与激情是对诸种言辞上的无畏之举的松解与疗愈。这也就是为什么滑稽的表达虽然会落入不可信，但却能通过笑声能说服人。"他的田地比一封(斯巴达)书信还要短少。"⑤ 笑确实是快乐中的一种激情。夸张可以用来张大，也同样可以用以缩小，这两者共有的特征在于强化。以及，在某种意义上，讽刺乃是对卑下之物的一种张大。

---

① 伊索克拉底：《泛希腊集会演说辞》，8，略有改动。言辞的力量在于使小事变大，大事变小，这是高尔吉亚式(智者派)修辞学的精义所在。参考阿里斯托芬：《蛙》，1105—1108。柏拉图《斐德若篇》：267a—b："我们也不要忘记提西阿斯和高尔吉亚，他们看出'近理'比'真理'还更要看重，他们借文字的力量，把小显得很大，把大显得很小，把新说得像旧，把旧说得像新；他们并且替每种题材都发明了一个缩得很短和拖得极长的办法。"

② 指第17节。

③ 修昔底德：《伯罗奔尼撒战争史》，7.84。

④ 希罗多德：《历史》，7.225。

⑤ 斯特拉波在《地理志》1.2.30处引用了这个"夸张中的夸张"（ὑπερβολαὶ ἐπὶ ὑπερ-βολαῖς），但未指明作者。

39.我的好朋友,还有第五种可以成就崇高的东西,我们在一开始的时候就提到过①,还剩下没谈,即对词语的编排②。关于这个问题,我已经在两篇论文中充足地说明了我们力所能及的想法③。对于当前的议题,我们有必要加上一点:和谐不仅仅是用于说服他人与使人产生愉悦的自然器物,而且还是某种让人惊叹的产生崇高言说与激情的器物。例如,难道笛子不是向聆听者注入某种激情,并且好像使得他们出离自身,充满迷狂吗? 它设定了某种具有节奏的步伐,并且强迫他们随着这种节奏运动,而且听者必须要和着这个曲调,虽然他或许对音乐一窍不通。④为什么里拉琴的声音,虽然它们毫无指涉,但却常常能通过声音的变化、互相之间的碰撞以及和声的混合产生令人惊叹的魅力,正如你们所知道的那样。但这些仅仅是劝服的卑贱幻象与模仿,而非我所说的那种人类天赋的真正行动。难道我们不应当认为编排(编排作为某种言辞的和谐,言辞属于人类的自然之物,因为它们不仅仅直达人的听觉,还直达人的灵魂)激发起诸种词语、思想、事物、美、以及乐调的形象,所有这一切都内生于我们,且通过其多重声音的混合,将言说者所有的那种激情引入周围的灵魂中,并且总是让他所有的听众都能共同参与其中,通过言辞的堆叠,将崇高编就为一个和谐整体,通过这些东西,使我们着迷,并使得(编排中的)所有东西以及我们都朝向雄伟、尊严与崇高,(编排)完全掌控了我们的思想吗? 现在如果有人要对如此被认定的东西表示怀疑的话那一定是疯了,因为经验足以证明这点了。德摩斯梯尼用在决议上的思想确乎显得崇高与令人惊叹:"τοῦτο τὸ ψήφισμα, ὥσπερ νέφος, ἐποίησε τὸν τότε κίνδυνον παρελθεῖν(决议使得彼时弥漫在城邦中的危机像云一样散去)。"⑤但其中效果既来自思想,也来自和谐。整篇都是以抑扬扬格节奏表达的,它是诸种节奏中最为高贵的,且是最能带来崇高感的,这就是我们所知道的所有格律中最具美感的英雄格(六步格)都是由抑扬扬格组成的缘故所在。你将词语从原来的位置移开,任你所好随意变动,或者干脆砍掉一个音节,"ἐποίησε παρελθεῖν ὡς νέφος",你就知道和

---

①　指第8节。

②　σύνθεσις(编排),主要指词语的排布、节奏,以及整体的谐音(euphony),即后文所言之"某种言辞的和谐"(ἁρμονίαν τινὰ οὖσαν λόγων)。昆体良《演说术教育》9.4论述"编排"(compositio)时也以音乐类比。

③　相关论者由此排除狄俄尼修斯作为《论崇高》作者的可能性,因为《论写作》是单篇著作。

④　笛声与宗教祭祀引发的迷狂紧密相关。如,亚里士多德在《政治学》1341a21处即申明笛声不应当被引入儿童教育之中,因为,"笛声仅能激越精神而不能表现道德的品质,所以这只可吹奏于祭祀仪式之中,借以引发从祀者的宗教感情"。另参考柏拉图:《理想国》,398c。

⑤　德摩斯梯尼:《论王冠》,188。

谐是如何与崇高相互呼应的了。"ὥσπερ νέφος"落在前两个长音之上，算起来共有四个音节。如果你移除一个音节，"ὡς νέφος"，这就立刻因为省略而使得崇高感遭到破坏。与之相反，如果你将其拉长，"παρελθεῖν ἐποίησεν ὡσπερεὶ νέφος"，意思一成不变，但带给我们的震撼就不一样了，因为，最后几个音节的长度被疏散了，险峭的崇高感①也因此减损了。

40.在所有造就言辞崇高的主要因素中，就像人体一样，还有不同部分的组合，在这些部分之中，没有什么是可以独立于其他东西而具有价值的，它们互相组成的全部才构成一个完美的整体。同样，如果这些崇高的东西彼此分裂的话，崇高也就随之崩散了，但是如果它们被整合成一个整体，且被和谐的纽带环绕在一起的话，它们就会因为环形句而变成活生生的声音。在环形句中，崇高几乎来自众多因素之共同合力。有许多散文作者与诗人本质上并非崇高的，或许甚至根本就不伟大，他们所使用的也就是普通的俚俗语汇，这些语汇的意义也不过就是众所周知的含义，但仅仅通过将这些语汇充足整合，他们也有了分量，并与众不同，而不再显得卑陋。其中有菲利斯图斯②，阿里斯托芬偶尔为之③，欧里庇得斯一贯如此，这些足以说明。在杀子之后，赫拉克勒斯说："我心中满是重担，再无另加一担的地方。"④这里所说的极为俚俗，但因与情势相合而变得崇高。如果你将这句话用别的方式组合，你就会发现，欧里庇得斯更像是一位编排的诗人，而非思想的诗人。⑤关于迪尔克被公牛撕裂一事，他说，"如果猛不防地它转圈，拖拽着妇女、石块与树……"⑥这个主题是很好的，但它因为和谐（节奏）没

---

① τὸ ὕψος τὸ ἀπότομον（险峭的崇高感），"险峭"是朗吉努斯"崇高"的重要品质，参考第27节：赫克托尔"突然在丝毫未事先说明的情况下将陡至的威胁放置在愤怒的统帅之心上"。

② 菲利斯图斯（Philistus），公元前4世纪西西里史家，模仿修昔底德的风格。西塞罗《致弟书》(Epistulae ad Quintum Fratrem) 2.12.4称他"绵密、尖刻、短小、几近是微型修昔底德"，参考《希腊历史残篇》，残篇556。狄俄尼修斯对此人的评价甚低，参考《致庞培乌斯》，5；《论模仿》，208。

③ 参考昆体良《演说术教育》10.1.65："旧喜剧几乎是唯一保存了阿提卡方言写作的那种纯粹的雅致及流畅自由的文体，尤其是在声讨邪恶上；但它在其他方面也有强大的效力。因为它肃穆、雅致、优美（grandis et elegans et venusta），在荷马之后，就像是无所匹敌的阿基琉斯那样，我找不出有人能够比它更近乎演说术的，或者是更适合于培育演说者的。"

④ 欧里庇得斯：《愤怒的赫拉克勒斯》，1245。

⑤ 此处所言指的是欧里庇得斯善于使用技巧将自己使用俚俗词汇这一事实遮掩起来。参考亚里士多德《修辞学》1404b24："只要我们能从日常语言中选择词汇，并能像欧里庇得斯那样将其编排起来，手法就能巧妙地遮掩起来——他开了先河（κλέπτεται δ᾽ εὖ, ἐάν τις ἐκ τῆς εἰωθυίας διαλέκτου ἐκλέγων συντιθῇ· ὅπερ Εὐριπίδης ποιεῖ καὶ ὑπέδειξε πρῶτος）。"

⑥ 见《希腊悲剧残篇》，残篇221，剧目为《安提欧佩》(Antiope)。安提欧佩是忒拜国王尼克特乌斯(Nycteus)之女，后被变形的宙斯强暴，生下双生子安菲翁(Amphion)与泽索斯(Zethus)。因惧怕父亲的愤怒，安提欧佩逃往西季昂(Sicyon)，并与国王俄珀裴乌斯(Epopeus)成婚。后尼科特乌斯之弟吕科斯

有像被裹挟在滚动的轮子上一样横冲直撞,而是词语与词语之间互相支撑,且其间有音节区隔维系,就变得更有冲击力了,崇高也就有了坚实的基座。

41.没有什么比言辞中柔靡①或者造作的节奏更能减弱崇高感,如皮利克(∪∪)、特洛其(—∪,或者∪∪∪)、迪科里(—∪—∪),这些都堕入舞蹈的节奏这一类别。因为,所有过度的节奏会立刻显得表面光鲜但十分廉价,且会因为不断重复而变得单调乏味,引发不了任何激情。除此之外,最糟糕的是,就像歌曲会将听众的注意力从行动上转移开且增强人们对它本身的注意力一样,言辞中过度的节奏传达给听众的不是言辞的激情,而是节奏的激情。以至于,有时候,他们预见到了一定会到来的结尾,并且用脚为言说者拍打节拍,期盼着言说者走出下一个步子,就好像在跳某种舞蹈一样。太过拥挤的篇什,被砍成小段与短音节的篇什也同样不具备崇高感。

42.过分地砍缩表达也会减损崇高。因为,崇高如果被压缩得过于狭窄也会受到损毁。听好,这里说的不是合理的压缩整合,而是那些被分割得细微粉碎的东西。因为分割会损坏思想,简洁开门见山,直指要害。那些被过度拉伸的结果则相反;以不恰当的长度松解的句子则会没有灵魂。

43.使用细琐的词也会损害崇高。②例如,在希罗多德那里,从主题上看来,对暴风的描述是极为神奇的,但其中包含了一些比内容卑俗的东西。以下或许可以视为一个例证。"大海沸腾了"③,"沸腾"这个词就因为粗糙而不悦耳减去了崇高感。他还说,"风萎靡了","不幸的结局攫住了那些紧紧抓住残骸的人"。④"萎靡"这个词俚俗而不庄重,"不幸"又与如此的激情不匹配。色奥旁普斯亦是如此,他在极好地妆点完波斯王下行至埃及后,却又用细琐之词使得全篇降格不少。⑤"哪一个城邦或住在亚细亚的哪一

(Lycus)掳走安提欧佩,并交由其妻迪尔克(Dirke)处置。安提欧佩设法逃离,路遇牧羊的二子(欧里庇得斯的悲剧《安提欧佩》即由此开始)。赶赴酒神节的迪尔克此时发现安提欧佩,并命令二子将其栓于牛角之上。老牧羊人此时告知二子实情,母子相认,转而惩罚迪尔克。柏拉图《高尔吉亚篇》484c—486d提及此剧,以及二子的辩论。

① κεκλασμένος(柔靡),拉丁文effractus,指女性化的风格。如昆体良《演说术教育》12.10.12—13中记载的西塞罗同时代人对西塞罗的风格的批判,称其"臃肿,是亚细亚风格,冗赘、过多的重复,甚至有时显得僵冷,在写作上软弱,几近浮夸,甚至于柔靡"。

② 参见第31节。

③ 希罗多德:《历史》,7.188。

④ 希罗多德:《历史》,7.191、8.13。

⑤ 见《希腊历史残篇》,263a。所描述之事为前4世纪中叶阿尔塔薛西斯三世征伐埃及。参考西

个族群没有向国王派遣使臣；哪些美妙之物、珍稀之物，无论是产自土地，还是为技艺所完善，没有被作为礼物献给他？难道没有许多昂贵的或紫色，或杂色，或白色的床毡、羊毛披风吗？难道没有许多极尽奢华装饰的金帐子，许多绮丽的袍子与长榻吗？还有精工制作的金盘银盘，以及酒杯、碗盏，其中一些你或许看到是镶嵌了宝石，有些则是制作得十分精美、奢华。除此之外，还有无以计数的武器，希腊的、异邦人的；用作装载以及用作牺牲的牲畜数不胜数。还有许多香料，成包、成袋、成罐的洋葱，以及其他一些生活物资。还有各式各样的腌肉堆叠在一起十分庞大，以至于那些远远接近它们的人以为是山丘在向他们压进。"①在必须要一再拔高的地方，他从崇高跌落到了卑琐。在对整个装备的令人惊叹的转述中，他插入了袋、香料以及包，这几乎让这个场景成了一个厨房。就好像，如果某人在这些精致的装饰之上，在镶金嵌宝石的碗盏、纯银以及纯金帐子以及酒器中混入一些包袋，看上去的效果将是令人不悦的。同样的情况也适用于风格，当这些可鄙的词汇被不合时宜地添加到文中的时候，它们就会成为文章的污点。然而，他完全可以总体进行描述，例如将其称为"大山压进"，关于其他装备，他可以改换方式说，"骆驼以及其他一众承重之牲畜装载着餐桌上的精馔以及享乐之物"；或称之为，"各种谷物以及那些所有有助益烹饪及享乐之物成堆"；或者如果他意欲直截了当的话，干脆直接说，"宴席承办者与大厨所知的种种美味"。在崇高的篇什中降格为卑贱、可鄙的地步，这万不可行，除非是在某种必然性的极端催迫之下。但是，恰当的方式是使用与事件匹配的词语，并且模仿那个造出人类的自然。自然没有将我们可鄙的、净化身体的器官暴露在表面之上，而是尽其可能地将其掩饰起来，且正如色诺芬所说，自然将这些器官的通道隐藏到最深处，以免破坏造物整体的美。②但现在并没紧急到要将造成卑琐效果的种种情况细数分说清楚。我们业已说明了哪些能够使得言辞高贵与崇高；其对立面将总会使得言辞卑微、可鄙。

44.还有一个问题有待解决，亲爱的特伦提阿努斯，因为你的好学，我不会心有迟疑退缩，我会说清楚。这个问题是近来某位哲人向我索求答案的，他说："这让我惊讶，当然还有其他很多人亦然，为什么在我们的时代

西里的狄奥多鲁斯(Diodorus Siculus)：《历史丛书》(Βιβλιοθήκη Ἱστορική)，16.44以降。
　① 阿瑟那那伊乌斯在《智者之宴》2.67援引此段。
　② 色诺芬：《回忆苏格拉底》，1.4.6。

中,有那么多极为善辩,富有政治才能,敏锐,多能,且言辞能力极有魅力的天才,但却极少崇高与高蹈之士,偶尔出现的除外。我们的时代普遍存在着这样一种文辞的贫瘠。”“我们真的要相信那个广为人知的说法吗:民主是滋养伟大人物的好保姆,那些精于言辞者只有在民主中才能绽放,且随着民主的死亡而死去。他们说,自由足以滋养具有高蹈心志的人的思想,并且使其充满希望,并且激起互相竞争、勇夺魁首的雄心。除此之外,由于共和国设置的奖品,演说家的才能在实践中得到锻炼,就像被打磨过一样发出自由的光芒(自然应当是这样)。”① 他说:“但是现在呢,我们仿佛从小就以一种理所当然的奴隶的方式受教育,从思想尚且柔软可塑的时候起我们就被奴隶的习俗与习惯包围,从未品尝过最美最丰沛的‘言辞之泉’②,也就是自由③,我认为,因此,我们最后都成了具有高蹈天赋的谄媚者。”④ 也正因为这点,他声称,虽然家奴具备其他所有品质,但从未有奴隶成为演说家。⑤ 因为,言论不自由与有如受人监视一般立刻就会控制他们,因为这些东西是像习惯被打入的印记一般。正如荷马所说:“一日为奴,半身男儿气全无。”⑥ 如果我所听说的可信的话,那些被称为匹革马伊奥斯人的侏儒成长其中的笼子,不仅阻碍被关在里面的人的成长,而且还会以对其身体的束缚而使其变得孱弱。⑦ 如此一来,所有的奴役,无论它是多么的合理,都是对灵魂的禁锢,是某种公共的监狱。然而,我接着这个话头说:“亲爱的朋友,指责当下很容易⑧,且是人类的本性。但是看看,毁掉我们伟大天性的并不是寰宇之和平,而是占据我们欲望的无休止的战争,以及控制并

---

① 化自柏拉图《理想国》435a:“如果正义在个人身上有什么不同,我们将再回到城邦并在那里检验它。把这两处所见放在一起加以比较研究,仿佛相互摩擦,很可能擦出火光来,让我们照见了正义(τάχ᾽ ἂν παρ᾽ ἄλληλα σκοποῦντες καὶ τρίβοντες, ὥσπερ ἐκ πυρείων ἐκλάμψαι ποιήσαιμεν τὴν δικαιοσύνην),当它这样显露出来时,我们要把它牢记在心。”

② 语出自柏拉图《蒂迈欧篇》75e:“一切进入身体且为身体提供滋养的都是必要的,而流出且为理智提供支持的言辞之泉(τὸ δὲ λόγων νᾶμα)是一切泉源中最美好的。”此处是对第32节中引述《蒂迈欧篇》对身体的描述的呼应。

③ 在“罗马和平”之下,自由问题成了精神生活的核心,文化衰落的感伤情绪表现在以下三份文献中:《论崇高》最后一章、《论演说家对话录》,以及普林尼《自然史》第14章的前言。

④ 斐洛《论醉酒》(De Ebrietate)198:“如果一个混乱且混杂的群体是习俗与律法(无论它们有多么稳固)的卑劣奴隶,且从摇篮中就听从它们,仿佛它们就是自己的主人与君主,那么,灵魂就会受到不断打击,再也无法产生任何伟大、活泼的思想,他们立刻信仰被给予的东西,放任自己的心灵不受训导,毫无检视与考察地认可或者否定某些主张。我一点也不奇怪。”

⑤ 这里所指的是参与公共生活的演说家,而非修辞学教师。

⑥ 《奥德赛》,17.322—323。

⑦ 亚里士多德:《自然问题》(Problemata Physica),892a。

⑧ 塔西佗《论演说家对话录》(Dialogus de oratoribus)18.3:“厚古薄今是人类嫉妒本性之恶(vitio autem malignitatis humanae vetera semper in laude, praesentia in fastidio esse)。”

毁掉我们当下生活的激情。是对钱财的热爱，我们现在饱受这种贪得无厌的病症的折磨①，以及对享乐的热爱，这两者使我们成为奴隶，又或毋宁依照某人所说，使众人的人生一齐下沉。对金钱的热爱是使我们变得卑微之病，对享乐的热爱则是使得我们变得贱鄙之病。我在仔细思索之后确实无法找一条路径，我们如何一方面对无边的财富崇拜之极，或者说得更真一些，将其神化，一方面又不允许与之伴生的恶进入我们的灵魂。紧随着无边与无节制的财富而来的，如他们所说，是步步为营的奢靡，财富打开进入城邦与家庭的进路之时②，奢靡就立刻来临并且安家下来。据哲人们说，当它们在我们的生活中待上一段时间之后它就会筑巢，并且很快就会产下后代，其中有贪婪、傲慢与软弱，这些都不是它们的私生子，而是其血脉纯粹的后代。③如果这些财富的后代竟然可以长大成人的话，它们很快就会在我们的灵魂之中产下根深蒂固的暴君，暴戾、僭妄与无耻。这一切必然如此，人类就再也不向上看，也不会关心后世的名誉。④一点一点地⑤，人们的生命就在如此之恶的循环之中结束，伟大的灵魂消磨殆尽，不再成为争

---

① 雄辩乃国家疾病的疗愈术，参考塔西佗《论演说家对话录》41.3："若某国无人犯罪，大家皆为善好之人，演说家便没有用武之地，如同人人健康，医生则不必存在。在人人身体健康的国家，医术最无用，也不能取得任何的发展；同样，民风淳朴，人皆顺民，雄辩家便身微言轻，寂寂无闻。"塔西佗在28.2又言，演说术堕落乃时代之病症："有谁不知道，和古代的荣光相比，演说术与其他技艺已经堕落了，其中原因并非献身于其中的人数不足，而是因为青年的慵懒、父母的忽视、教师的无知、古代伦理的沦丧？这些病症产生于罗马城，不久又蔓延至整个意大利，现在正向诸行省扩散。"

② 古典希腊文学中常见的表达。参考欧里庇得斯《腓尼基妇女》533：野心女神(Φιλοτιμία)"曾出入不少曾经繁荣的家庭与城邦"(πολλοὺς δ᾽ ἐς οἴκους καὶ πόλεις εὐδαίμονας ἐσῆλθε κἀξῆλθ᾽)。

③ 财富与奢靡是贪婪之父，随即而来的是疯狂，此即柏拉图所描绘的民主制人格向专制人格的转变。参考柏拉图：《理想国》，560c—d、575a—b。如573a："其他欲望围着他(按：指青年)营营做声，献上鲜花美酒，香雾阵阵，让他沉湎于放荡淫乐，用这些享乐喂饱养肥他，直到最后他深深感到不能满足的痛苦。这时他就因他周围的这些卫士而变得疯狂起来蛮干起来。这时如果这个人身上还有什么意见和欲望说得上是正派的和知羞耻的，它就会消灭它们，或把它们驱逐出去，直到把这人身上的节制美德扫除干净，让疯狂取而代之。"另参考《法律篇》831c—d柏拉图对城邦中合唱与竞赛活动缺乏原因的分析，其中第一条是城邦公民"热衷财富"，"使得人们除了自己个人的财产外不肯花一分钟于其他事情上"，"他们对金银的贪得无厌使他们无论在什么情况下都千方百计完全愿意拼命干，只要能使他们富起来。有的事情是不是受到老天的惩罚或禁止，是不是绝对的令人厌恶，这些都无所谓，对他们都一样，引不起他们的丝毫犹豫，只要能使他们狼吞虎咽地吃到所有种类的食物和饮料，并放纵地享受每一次性的快感"。另参考撒卢斯特《喀提林阴谋》1.1："最初是对金钱的欲望，接着是对权力的欲望占据主导：这些成了恶之源头。因为，贪婪颠覆了信义、正直，以及其他善好品质。取而代之的是傲慢、残暴、无视神明，以及其他一切贿买行为。野心使得许多人变得虚伪，胸中所藏是一事，唇上所言又是另一事。敌友之分并不基于事实，而是基于价值，交往全靠面上功夫，真心根本无用。"

④ 灵魂的向上之旅与神对有德灵魂的馈赠——名誉——呼应《理想国》全篇主旨。参考《理想国》621c—d："灵魂是不死的，它能忍受一切恶和善。让我们永远坚持走向上的路，追求正义和智慧。这样我们才可以得到我们自己的和神的爱，无论是今世活在这里还是在我们死后(像竞赛胜利者领取奖品那样)得到报仇的时候。"另参考《斐多篇》，81b。

⑤ ἴσα βαίνων(一点一点地)，参见德摩斯梯尼：《论无信义的使者》，314。

相追求的对象,因为那个时候他们大为惊叹的是他们凡俗有死的部分,而忽略张大他们无朽不死的那部分。一个人若是因为判定案件而受到贿赂,那他就再也不是一个自由与健全的正义与美的审判者。因为他收受礼物之后必然会认为自己的东西才是美与义。受到贿赂的法官,猎取其他死者的遗产,这些种种控制着我们每个人的生活,我们都成了贪婪的奴隶,以至于为了获取利益不惜出卖灵魂。在如此瘟病横行、悲凉荒芜的生活中,我们如何期待还能剩下一个自由且未受贿的审判者来裁决伟大与永恒万世之事呢?我们又怎能不预料到自己会被获利的欲望痛击呢?或许,对于像我们这样的人来说,受人统治比给予自由更好。就像贪婪出于柙而侵吞周遭之物一样,贪婪也会卷着恶淹没整个世界。"我说:"消耗当下一代的才华的是怠惰,除去极少一部分人,我们都是在怠惰中生活的。我们的辛劳与成就都是为了得到赞美或者享乐,从未为了匹配得上竞争的荣誉的有益之事。""最好就这样吧"①,继续下一个问题,也就是激情,关于激情,我之前已经写过一个单篇论文,因为它在言辞上,尤其是在崇高上,占据着极为重要的地位……

---

① 欧里庇得斯:《埃勒克特拉》(*Electra*),379。

《论崇高》原文

ΠΕΡΙ ΥΨΟΥΣ.

I

Τὸ μὲν τοῦ Κεκιλίου συγγραμμάτιον, ὃ περὶ ὕψους P. 178ᵛ
συνετάξατο, ἀνασκοπουμένοις ἡμῖν ὡς οἶσθα κοινῇ,
Ποστούμιε †Φλωρεντιανὲ φίλτατε, ταπεινότερον ἐφάνη
τῆς ὅλης ὑποθέσεως καὶ ἥκιστα τῶν καιρίων ἐφαπτό-
5 μενον, οὐ πολλήν τε ὠφέλειαν, ἧς μάλιστα δεῖ στοχά-
ζεσθαι τὸν γράφοντα, περιποιοῦν τοῖς ἐντυγχάνουσιν,
εἴγ᾽ ἐπὶ πάσης τεχνολογίας δυεῖν ἀπαιτουμένων, προτέρου
μὲν τοῦ δεῖξαι, τί τὸ ὑποκείμενον, δευτέρου δὲ τῇ τάξει,
τῇ δυνάμει δὲ κυριωτέρου, πῶς ἂν ἡμῖν αὐτὸ τοῦτο καὶ
10 δι᾽ ὧν τινων μεθόδων κτητὸν γένοιτο, ὅμως ὁ Κεκίλιος,
ποῖον μέν τι ὑπάρχει τὸ ὑψηλόν, διὰ μυρίων ὅσων ὡς
ἀγνοοῦσι πειρᾶται δεικνύναι, τὸ δὲ δι᾽ ὅτου τρόπου τὰς
ἑαυτῶν φύσεις προάγειν ἰσχύοιμεν ἂν εἰς ποσὴν μεγέθους
ἐπίδοσιν, οὐκ οἶδ᾽ ὅπως ὡς οὐκ ἀναγκαῖον παρέλιπεν·
15 2. πλὴν ἴσως τουτονὶ μὲν τὸν ἄνδρα οὐχ οὕτως αἰτιᾶ-
σθαι τῶν ἐκλελειμμένων, ὡς αὐτῆς τῆς ἐπινοίας καὶ
σπουδῆς ἄξιον ἐπαινεῖν. ἐπεὶ δ᾽ ἐνεκελεύσω καὶ ἡμᾶς
τι περὶ ὕψους πάντως εἰς σὴν ὑπομνηματίσασθαι χάριν, 179ʳ
φέρε, εἴ τι δὴ δοκοῦμεν ἀνδράσι πολιτικοῖς τεθεωρηκέναι
20 χρήσιμον, ἐπισκεψώμεθα. αὐτὸς δ᾽ ἡμῖν, ἑταῖρε, τὰ ἐπὶ

---

3 †Φλωρεντιανὲ] Vide Append. A, infra.   7 εἴτ᾽ P, corr. Spengelius,
εἴτ᾽ Manutius.   13 ἰ*|σχύοιμεν P.   20 ἐτ**ρε P ἑταῖρε P.

μέρους, ὡς πέφυκας καὶ καθήκει, συνεπικρινεῖς ἀλη-
θέστατα· εὖ γὰρ δὴ ὁ ἀποφηνάμενος τί θεοῖς ὅμοιον
ἔχομεν, 'εὐεργεσίαν' εἶπας 'καὶ ἀλήθειαν.' 3. γράφων
δὲ πρὸς σέ, φίλτατε, τὸν παιδείας ἐπιστήμονα, σχεδὸν
5 ἀπήλλαγμαι καὶ τοῦ διὰ πλειόνων προϋποτίθεσθαι, ὡς
ἀκρότης καὶ ἐξοχή τις λόγων ἐστὶ τὰ ὕψη, καὶ ποιητῶν
τε οἱ μέγιστοι καὶ συγγραφέων οὐκ ἄλλοθεν ἢ ἐνθένδε
ποθὲν ἐπρώτευσαν καὶ ταῖς ἑαυτῶν περιέβαλον εὐκλείαις
τὸν αἰῶνα.   4. οὐ γὰρ εἰς πειθὼ τοὺς ἀκροωμένους
10 ἀλλ' εἰς ἔκστασιν ἄγει τὰ ὑπερφυᾶ· πάντη δέ γε σὺν
ἐκπλήξει τοῦ πιθανοῦ καὶ τοῦ πρὸς χάριν ἀεὶ κρατεῖ τὸ
θαυμάσιον, εἴγε τὸ μὲν πιθανὸν ὡς τὰ πολλὰ ἐφ' ἡμῖν,
ταῦτα δὲ δυναστείαν καὶ βίαν ἄμαχον προσφέροντα
παντὸς ἐπάνω τοῦ ἀκροωμένου καθίσταται. καὶ τὴν
15 μὲν ἐμπειρίαν τῆς εὑρέσεως καὶ τὴν τῶν πραγμάτων
τάξιν καὶ οἰκονομίαν οὐκ ἐξ ἑνὸς οὐδ' ἐκ δυεῖν, ἐκ δὲ
τοῦ ὅλου τῶν λόγων ὕφους μόλις ἐκφαινομένην ὁρῶμεν,
ὕψος δέ που καιρίως ἐξενεχθὲν τά τε πράγματα δίκην
σκηπτοῦ πάντα διεφόρησεν καὶ τὴν τοῦ ῥήτορος εὐθὺς
20 ἀθρόαν ἐνεδείξατο δύναμιν. ταῦτα γὰρ οἶμαι καὶ τὰ
παραπλήσια, Τερεντιανὲ | ἥδιστε, κἂν αὐτὸς ἐκ πείρας 179ᵛ
ὑφηγήσαιο.

II

Ἡμῖν δ' ἐκεῖνο διαπορητέον ἐν ἀρχῇ, εἰ ἔστιν ὕψους
τις ἢ βάθους τέχνη, ἐπεί τινες ὅλως οἴονται διηπατῆσθαι
25 τοὺς τὰ τοιαῦτα ἄγοντας εἰς τεχνικὰ παραγγέλματα.
γεννᾶται γάρ, φησί, τὰ μεγαλοφυῆ καὶ οὐ διδακτὰ παρα-
γίνεται, καὶ μία τέχνη πρὸς αὐτὰ τὸ πεφυκέναι· χείρω τε
τὰ φυσικὰ ἔργα, ὡς οἴονται, καὶ τῷ παντὶ δειλότερα καθ-
ίσταται ταῖς τεχνολογίαις κατασκελετευόμενα.   2. ἐγὼ

---

1 πέφυκασ P.   3 εἶπασ, in margine ἀντὶ τοῦ εἰπών P.   8 περιέβαλο∗ν P.
24 οἴοντ∗∗ P οἴονται P.

δὲ ἐλεγχθήσεσθαι τοῦθ' ἑτέρως ἔχον φημί, εἰ ἐπισκέψαιτό
τις, ὅτι ἡ φύσις, ὥσπερ τὰ πολλὰ ἐν τοῖς παθητικοῖς καὶ
διηρμένοις αὐτόνομον, οὕτως οὐκ εἰκαῖόν τι κἀκ παντὸς
ἀμέθοδον εἶναι φιλεῖ, καὶ ὅτι αὐτὴ μὲν πρῶτόν τι καὶ
5 ἀρχέτυπον γενέσεως στοιχεῖον ἐπὶ πάντων ὑφέστηκεν,
τὰς δὲ ποσότητας καὶ τὸν ἐφ' ἑκάστου καιρόν, ἔτι δὲ τὴν
ἀπλανεστάτην ἄσκησίν τε καὶ χρῆσιν ἱκανὴ παρορίσαι
καὶ συνενεγκεῖν ἡ μέθοδος, καὶ ὡς ἐπικινδυνότερα, αὐτὰ
ἐφ' αὑτῶν δίχα ἐπιστήμης, ἀστήρικτα καὶ ἀνερμάτιστα
0 ἐαθέντα τὰ μεγάλα, ἐπὶ μόνῃ τῇ φορᾷ καὶ ἀμαθεῖ τόλμῃ
λειπόμενα· δεῖ γὰρ αὐτοῖς ὡς κέντρου πολλάκις, οὕτω δὲ
καὶ χαλινοῦ. 3. ὅπερ γὰρ ὁ Δημοσθένης ἐπὶ τοῦ κοινοῦ
τῶν ἀνθρώπων ἀποφαίνεται βίου, μέγιστον μὲν εἶναι τῶν
ἀγαθῶν τὸ εὐτυχεῖν, δεύτερον δὲ καὶ οὐκ ἔλαττον τὸ εὖ
5 βουλεύεσθαι, ὅπερ οἷς ἂν μὴ παρῇ συναναιρεῖ πάντως καὶ
θάτερον, τοῦτ' ἂν καὶ ἐπὶ τῶν λόγων εἴποιμεν, ὡς ἡ μὲν
φύσις τὴν τῆς εὐτυχίας τάξιν ἐπέχει, ἡ τέχνη δὲ τὴν τῆς
εὐβουλίας. τὸ δὲ κυριώτατον, ὅτι καὶ αὐτὸ τὸ εἶναί τινα
τῶν ἐν λόγοις ἐπὶ μόνῃ τῇ φύσει οὐκ ἄλλοθεν ἡμᾶς ἢ
10 παρὰ τῆς τέχνης ἐκμαθεῖν δεῖ. εἰ ταῦθ', ὡς ἔφην, ἐπιλο-
γίσαιτο καθ' ἑαυτὸν ὁ τοῖς χρηστομαθοῦσιν ἐπιτιμῶν, οὐκ
ἂν ἔτι, ἐμοὶ δοκεῖ, περιττὴν καὶ ἄχρηστον τὴν ἐπὶ τῶν
προκειμένων ἡγήσαιτο θεωρίαν...

DESVNT DVO FOLIA

.7 παρορίσαι, in marg. γρ. πορίσαι P.
16 ὡς ἡ μὲν] cum his verbis desinit folium versum III quaternionis ΚΔ (179ᵛ),
deinde desunt duo folia (IV et V). quae sequuntur verba φύσις—θεωρίαν om. P,
edidit primus Tollius ex Vaticano cod. 285. eadem leguntur verba in cod. Parisino
985, ex quo Vaticanum descriptum esse verisimile est. 18 κυριώτατον ὅτι]
Pearcius, κυριώτατόν τε Vat. 285 et Par. 985. 22 ἐμοὶ δοκεῖ] Spengelius,
μοι δοκῶ Vat. 285 et Par. 985. 23 ἡγήσαιτο] Boivinus : ......σαιτο (m.
alt. κομίσαιτο) Par. 985, κομίσαιτο Vat. 285.

III

* * καὶ καμίνου σχῶσι μάκιστον σέλας.
εἰ γάρ τιν' ἑστιοῦχον ὄψομαι μόνον,
μίαν παρείρας πλεκτάνην χειμάρροον,
στέγην πυρώσω καὶ κατανθρακώσομαι·
5 νῦν δ' οὐ κέκραγά πω τὸ γενναῖον μέλος.

οὐ τραγικὰ ἔτι ταῦτα, ἀλλὰ παρατράγῳδα, αἱ πλεκτάναι,
καὶ τὸ πρὸς οὐρανὸν ἐξεμεῖν, καὶ τὸ τὸν Βορέαν αὐλητὴν
ποιεῖν, καὶ τὰ ἄλλα ἑξῆς· τεθόλωται γὰρ τῇ φράσει καὶ
τεθορύβηται ταῖς φαντασίαις μᾶλλον ἢ δεδείνωται, κἂν
10 ἕκαστον αὐτῶν πρὸς αὐγὰς ἀνασκοπῇς, ἐκ τοῦ φοβεροῦ
κατ' ὀλίγον ὑπονοστεῖ πρὸς τὸ εὐκαταφρόνητον. ὅπου δ'
ἐν τραγῳδίᾳ, πράγματι ὀγκηρῷ φύσει καὶ ἐπιδεχομένῳ
στόμφον, ὅμως τὸ παρὰ μέλος οἰδεῖν ἀσύγγνωστον, σχολῇ
γ' ἂν οἶμαι λόγοις ἀληθινοῖς ἁρμόσειεν.　2. ταύτῃ καὶ
15 τὰ τοῦ Λεοντίνου Γοργίου γελᾶται γράφοντος 'Ξέρξης ὁ
τῶν Περσῶν Ζεύς,' καὶ 'Γῦπες ἔμψυχοι τάφοι,' καί τινα
τῶν Καλλισθένους ὄντα οὐχ ὑψηλὰ ἀλλὰ μετέωρα, καὶ ἔτι
μᾶλλον τὰ Κλειτάρχου· φλοιώδης γὰρ ἀνὴρ καὶ φυσῶν
κατὰ τὸν Σοφοκλέα,

20　μικροῖς μὲν αὐλίσκοισι, φορβειᾶς δ' ἄτερ.

τά γε μὴν Ἀμφικράτους τοιαῦτα καὶ Ἡγησίου καὶ Μά-
τριδος· πολλαχοῦ γὰρ ἐνθουσιᾶν ἑαυτοῖς δοκοῦντες οὐ
βακχεύουσιν ἀλλὰ παίζουσιν.　3. ὅλως δ' ἔοικεν εἶναι
τὸ οἰδεῖν ἐν τοῖς μάλιστα δυσφυλακτότατον. φύσει γὰρ
25 ἅπαντες οἱ μεγέθους ἐφιέμενοι, φεύγοντες ἀσθενείας καὶ
ξηρότητος κατάγνωσιν, οὐκ οἶδ' ὅπως ἐπὶ τοῦθ' ὑποφέ-
ρονται, πειθόμενοι τῷ 'μεγάλων ἀπολισθαίνειν ὅμως

1—5 versus metricos hic et alibi continue scribit P, notis hisce (> > > > >) in margine plerumque adpositis ubi laudantur verba sive poetae sive scriptoris pedestris.　3 χειμάρρον P.　11 ὑπονοστεῖ, in marg. ἀντὶ τοῦ χωρισθῆναι δυνήσεταί σοι P.　13 σχολὴ P.　18 ἀνὴρ] ἀνήρ P.　26 ὅ*πως P. 27 μεγάλων] μεγάλω P.

εὐγενὲς ἁ|μάρτημα.' 4. κακοὶ δὲ ὄγκοι καὶ ἐπὶ σωμάτων 180ᵛ
καὶ λόγων, οἱ χαῦνοι καὶ ἀναλήθεις καὶ μήποτε περιστάντες
ἡμᾶς εἰς τοὐναντίον· οὐδὲν γάρ φασι ξηρότερον ὑδρω-
πικοῦ. ἀλλὰ τὸ μὲν οἰδοῦν ὑπεραίρειν βούλεται τὰ ὕψη,
5 τὸ δὲ μειρακιῶδες ἄντικρυς ὑπεναντίον τοῖς μεγέθεσι·
ταπεινὸν γὰρ ἐξ ὅλου καὶ μικρόψυχον καὶ τῷ ὄντι κακὸν
ἀγεννέστατον. τί ποτ' οὖν τὸ μειρακιῶδές ἐστιν; ἢ δῆλον
ὡς σχολαστικὴ νόησις, ὑπὸ περιεργασίας λήγουσα εἰς
ψυχρότητα; ὀλισθαίνουσι δ' εἰς τοῦτο τὸ γένος ὀρεγό-
10 μενοι μὲν τοῦ περιττοῦ καὶ πεποιημένου καὶ μάλιστα τοῦ
ἡδέος, ἐποκέλλοντες δὲ εἰς τὸ ῥωπικὸν καὶ κακόζηλον.
5. τούτῳ παράκειται τρίτον τι κακίας εἶδος ἐν τοῖς
παθητικοῖς, ὅπερ ὁ Θεόδωρος παρένθυρσον ἐκάλει. ἔστι
δὲ πάθος ἄκαιρον καὶ κενὸν ἔνθα μὴ δεῖ πάθους, ἢ ἄμετρον
15 ἔνθα μετρίου δεῖ. πολλὰ γὰρ ὥσπερ ἐκ μέθης τινὲς εἰς
τὰ μηκέτι τοῦ πράγματος, ἴδια ἑαυτῶν καὶ σχολικὰ
παραφέρονται πάθη· εἶτα πρὸς οὐδὲν πεπονθότας ἀκροατὰς
ἀσχημονοῦσιν, εἰκότως, ἐξεστηκότες πρὸς οὐκ ἐξεστη-
κότας· πλὴν περὶ μὲν τῶν παθητικῶν ἄλλος ἡμῖν ἀπό-
20 κειται τόπος.

IV

Θατέρου δὲ ὧν εἴπομεν, λέγω δὲ τοῦ ψυχροῦ, πλήρης
ὁ Τίμαιος, ἀνὴρ τὰ μὲν ἄλλα ἱκανὸς καὶ πρὸς λόγων
ἐνίοτε μέγεθος οὐκ ἄφορος, πολυΐστωρ, ἐπινοητικός· πλὴν
ἀλλοτρίων μὲν ἐλεγκτικώτατος ἁμαρτημάτων, ἀνεπαίσθη-
25 τος δὲ ἰδίων, ὑπὸ δὲ ἔρωτος τοῦ ξένας νοήσεις ἀ|εὶ κινεῖν 181ʳ
πολλάκις ἐκπίπτων εἰς τὸ παιδαριωδέστατον. 2. παρα-
θήσομαι δὲ τἀνδρὸς ἓν ἢ δύο, ἐπειδὴ τὰ πλείω προέλαβεν

2 ἀναλήθ**σ P ἀναλήθεισ P. ****ιστάντεσ P περιστάντες libri
deteriores. 6 ἐξ ὅλου, in marg. ἀντὶ τοῦ διόλου P. 8 περιεργασιασ P
περιεργίασ (superscripto γι ab eadem manu) P. 11 ῥωπικὸν] Is. Vossius,
ῥοπικὸν P.

ὁ Κεκίλιος. ἐπαινῶν Ἀλέξανδρον τὸν μέγαν, 'ὃς τὴν
Ἀσίαν ὅλην' φησίν 'ἐν ἐλάττοσι παρέλαβεν, ἢ ὅσοις
τὸν ὑπὲρ τοῦ πρὸς Πέρσας πολέμου πανηγυρικὸν λόγον
Ἰσοκράτης ἔγραψεν.' θαυμαστή γε τοῦ Μακεδόνος ἡ
5 πρὸς τὸν σοφιστὴν σύγκρισις· δῆλον γάρ, ὦ Τίμαιε, ὡς
οἱ Λακεδαιμόνιοι διὰ τοῦτο πολὺ τοῦ Ἰσοκράτους κατ'
ἀνδρίαν ἐλείποντο, ἐπειδὴ οἱ μὲν τριάκοντα ἔτεσι Μεσ-
σήνην παρέλαβον, ὁ δὲ τὸν πανηγυρικὸν ἐν μόνοις δέκα
συνετάξατο. 3. τοῖς δὲ Ἀθηναίοις ἁλοῦσι περὶ Σικελίαν
10 τίνα τρόπον ἐπιφωνεῖ; ὅτι 'εἰς τὸν Ἑρμῆν ἀσεβήσαντες
καὶ περικόψαντες αὐτοῦ τὰ ἀγάλματα, διὰ τοῦτ' ἔδωκαν
δίκην, οὐχ ἥκιστα δι' ἕνα ἄνδρα, ὃς ἀπὸ τοῦ παρανομη-
θέντος διὰ πατέρων ἦν, Ἑρμοκράτη τὸν Ἕρμωνος.' ὥστε
θαυμάζειν με, Τερεντιανὲ ἥδιστε, πῶς οὐ καὶ εἰς Διονύσιον
15 γράφει τὸν τύραννον· 'ἐπεὶ γὰρ εἰς τὸν Δία καὶ τὸν
Ἡρακλέα δυσσεβὴς ἐγένετο, διὰ τοῦτ' αὐτὸν Δίων καὶ
Ἡρακλείδης τῆς τυραννίδος ἀφείλοντο.' 4. τί δεῖ περὶ
Τιμαίου λέγειν, ὅπου γε καὶ οἱ ἥρωες ἐκεῖνοι, Ξενοφῶντα
λέγω καὶ Πλάτωνα, καίτοιγε ἐκ τῆς Σωκράτους ὄντες παλαί-
20 στρας, ὅμως διὰ τὰ οὕτως μικροχαρῆ ποτε ἑαυτῶν ἐπιλαν-
θάνονται; ὁ μέν γε ἐν τῇ Λακεδαιμονίων γράφει πολιτείᾳ·
'ἐκείνων μὲν γοῦν ἧττον μὲν ἂν φωνὴν ἀκούσαις ἢ τῶν
λιθίνων, ἧττον δ' ἂν ὄμματα στρέψαις ἢ τῶν χαλκῶν,
αἰ|δημονεστέρους δ' ἂν αὐτοὺς ἡγήσαιο καὶ αὐτῶν τῶν ἐν 181ᵛ
25 τοῖς ὀφθαλμοῖς παρθένων.' Ἀμφικράτει καὶ οὐ Ξενοφῶντι
ἔπρεπε τὰς ἐν τοῖς ὀφθαλμοῖς ἡμῶν κόρας λέγειν παρθένους
αἰδήμονας. οἷον δὲ Ἡράκλεις τὸ τὰς ἁπάντων ἑξῆς κόρας
αἰσχυντηλὰς εἶναι πεπεῖσθαι, ὅπου φασὶν οὐδενὶ οὕτως
ἐνσημαίνεσθαι τήν τινων ἀναίδειαν ὡς ἐν τοῖς ὀφθαλμοῖς.

2 παρέλαβεν∗P.   5 π̇ρ P.   6 ἰ∗σοκράτουσ P.   7 ἀνδρ∗ίαν P.
μεσήνην P σ addidit m. rec. P.   13 ἦν] Manutius, ἂν P.   22 γ' οὖν
(sic ubique) P.   τοῦτο ξενοφῶντοσ in marg. P.   29 τήν τινων ἀναίδειάν
ὡς ἐν τοῖσ ὀφθαλμοῖσ ἰταμόν· οἰνοβαρέσ P.—delendum ἰταμὸν tanquam glossema.
Vide Append. A.

‹οἰνοβαρές, κυνὸς ὄμματ' ἔχων› φησίν. 5. ὁ μέντοι
Τίμαιος, ὡς φωρίου τινὸς ἐφαπτόμενος, οὐδὲ τοῦτο Ξενο-
φῶντι τὸ ψυχρὸν κατέλιπεν. φησὶ γοῦν ἐπὶ τοῦ Ἀγαθο-
κλέους καὶ τὸ ‹τὴν ἀνεψιὰν ἑτέρῳ δεδομένην ἐκ τῶν
5 ἀνακαλυπτηρίων ἁρπάσαντα ἀπελθεῖν· ὃ τίς ἂν ἐποίησεν
ἐν ὀφθαλμοῖς κόρας, μὴ πόρνας ἔχων;› 6. τί δέ; ὁ τἄλλα
θεῖος Πλάτων τὰς δέλτους θέλων εἰπεῖν ‹γράψαντες›
φησὶν ‹ἐν τοῖς ἱεροῖς θήσουσι κυπαριττίνας μνήμας.› καὶ
πάλιν ‹περὶ δὲ τειχῶν, ὦ Μέγιλλε, ἐγὼ ξυμφεροίμην ἂν τῇ
10 Σπάρτῃ τὸ καθεύδειν ἐᾶν ἐν τῇ γῇ κατακείμενα τὰ τείχη,
καὶ μὴ ἐπανίστασθαι.› 7. καὶ τὸ Ἡροδότειον οὐ πόρρω,
τὸ φάναι τὰς καλὰς γυναῖκας ‹ἀλγηδόνας ὀφθαλμῶν.›
καίτοιγε ἔχει τινὰ παραμυθίαν, οἱ γὰρ παρ' αὐτῷ ταυτὶ
λέγοντές εἰσιν οἱ βάρβαροι καὶ ἐν μέθῃ, ἀλλ' οὐδ' ἐκ
15 τοιούτων προσώπων διὰ μικροψυχίαν καλὸν ἀσχημονεῖν
πρὸς τὸν αἰῶνα.

V

Ἅπαντα μέντοι τὰ οὕτως ἄσεμνα διὰ μίαν ἐμφύεται
τοῖς λόγοις αἰτίαν, διὰ τὸ περὶ τὰς νοήσεις καινόσπουδον,
περὶ ὃ δὴ μάλιστα κορυβαντιῶσιν οἱ νῦν· ἀφ' ὧν γὰρ
20 ἡμῖν τἀγα|θά, σχεδὸν ἀπ' αὐτῶν τούτων καὶ τὰ κακὰ 182
γεννᾶσθαι φιλεῖ. ὅθεν ἐπίφορον εἰς συνταγμάτων κατόρ-
θωσιν τά τε κάλλη τῆς ἑρμηνείας καὶ τὰ ὕψη καὶ πρὸς
τούτοις αἱ ἡδοναί· καὶ αὐτὰ ταῦτα καθάπερ τῆς ἐπιτυχίας,
οὕτως ἀρχαὶ καὶ ὑποθέσεις καὶ τῶν ἐναντίων καθίστανται.
25 τοιοῦτόν πως καὶ αἱ μεταβολαὶ καὶ ὑπερβολαὶ καὶ τὰ
πληθυντικά· δείξομεν δ' ἐν τοῖς ἔπειτα τὸν κίνδυνον,
ὃν ἔχειν ἐοίκασι. διόπερ ἀναγκαῖον ἤδη διαπορεῖν καὶ

6 τ' ἄλλα P.   7 περὶ Πλάτωνος in marg. P.   11 περὶ ἡροδότου
in marg. P.   14 μέθει P.   21 φι∗λεῖ P.   ἐπίφρον (ο super-
scripto a m. rec.) P.   22 κάλλει corr. κάλλη P.

ὑποτίθεσθαι, δι' ὅτου τρόπου τὰς ἀνακεκραμένας κακίας
τοῖς ὑψηλοῖς ἐκφεύγειν δυνάμεθα.

VI

Ἔστι δέ, ὦ φίλος, εἴ τινα περιποιησαίμεθ' ἐν πρώτοις
καθαρὰν τοῦ κατ' ἀλήθειαν ὕψους ἐπιστήμην καὶ ἐπίκρισιν.
5 καίτοι τὸ πρᾶγμα δύσληπτον· ἡ γὰρ τῶν λόγων κρίσις
πολλῆς ἐστι πείρας τελευταῖον ἐπιγέννημα· οὐ μὴν ἀλλ',
ὡς εἰπεῖν ἐν παραγγέλματι, ἐντεῦθέν ποθεν ἴσως τὴν
διάγνωσιν αὐτῶν οὐκ ἀδύνατον πορίζεσθαι.

VII

Εἰδέναι χρή, φίλτατε, διότι, καθάπερ κἀν τῷ κοινῷ
10 βίῳ οὐδὲν ὑπάρχει μέγα, οὗ τὸ καταφρονεῖν ἐστι μέγα,
οἷον πλοῦτοι τιμαὶ δόξαι τυραννίδες, καὶ ὅσα δὴ ἄλλα
ἔχει πολὺ τὸ ἔξωθεν προστραγῳδούμενον, οὐκ ἂν τῷ γε
φρονίμῳ δόξειεν ἀγαθὰ ὑπερβάλλοντα, ὧν αὐτὸ τὸ
περιφρονεῖν ἀγαθὸν οὐ μέτριον· θαυμάζουσι γοῦν τῶν
15 ἐχόντων αὐτὰ μᾶλλον τοὺς δυναμένους ἔχειν καὶ διὰ
μεγαλοψυχίαν ὑπερορῶντας· τῇδέ που καὶ ἐπὶ τῶν διηρ-
μένων ἐν ποιήμασι καὶ λόγοις ἐπισκεπτέον, μή τινα
μεγέθους φαντασίαν ἔχοι τοιαύτην, ᾗ πο|λὺ πρόσκειται 182ᵛ
τὸ εἰκῇ προσαναπλαττόμενον, ἀναπτυττόμενα δὲ ἄλλως
20 εὑρίσκοιτο χαῦνα, ὧν τοῦ θαυμάζειν τὸ περιφρονεῖν
εὐγενέστερον. 2. φύσει γάρ πως ὑπὸ τἀληθοῦς ὕψους
ἐπαίρεταί τε ἡμῶν ἡ ψυχὴ καὶ γαῦρόν τι ἀνάστημα
λαμβάνουσα πληροῦται χαρᾶς καὶ μεγαλαυχίας, ὡς αὐτὴ
γεννήσασα ὅπερ ἤκουσεν. 3. ὅταν οὖν ὑπ' ἀνδρὸς
25 ἔμφρονος καὶ ἐμπείρου λόγων πολλάκις ἀκουόμενόν τι
πρὸς μεγαλοφροσύνην τὴν ψυχὴν μὴ συνδιατιθῇ, μηδ'

18 τοαύτη P, correxit m. rec.   22 ἀνάστημα] libri deteriores, ἀνάθημα P.

ἐγκαταλείπῃ τῇ διανοίᾳ πλεῖον τοῦ λεγομένου τὸ ἀναθεω-
ρούμενον, πίπτῃ δ᾽, ἂν εὖ τὸ συνεχὲς ἐπισκοπῇς, εἰς
ἀπαύξησιν, οὐκ ἂν ἔτ᾽ ἀληθὲς ὕψος εἴη μέχρι μόνης τῆς
ἀκοῆς σῳζόμενον. τοῦτο γὰρ τῷ ὄντι μέγα, οὗ πολλὴ
5 μὲν ἡ ἀναθεώρησις, δύσκολος δέ, μᾶλλον δ᾽ ἀδύνατος ἡ
κατεξανάστασις, ἰσχυρὰ δὲ ἡ μνήμη καὶ δυσεξάλειπτος.
4. ὅλως δὲ καλὰ νόμιζε ὕψη καὶ ἀληθινὰ τὰ διὰ παντὸς
ἀρέσκοντα καὶ πᾶσιν. ὅταν γὰρ τοῖς ἀπὸ διαφόρων
ἐπιτηδευμάτων βίων ζήλων ἡλικιῶν λόγων ἕν τι καὶ ταὐτὸν
10 ἅμα περὶ τῶν αὐτῶν ἅπασι δοκῇ, τόθ᾽ ἡ ἐξ ἀσυμφώνων
ὡς κρίσις καὶ συγκατάθεσις τὴν ἐπὶ τῷ θαυμαζομένῳ
πίστιν ἰσχυρὰν λαμβάνει καὶ ἀναμφίλεκτον.

VIII

Ἐπεὶ δὲ πέντε, ὡς ἂν εἴποι τις, πηγαί τινές εἰσιν αἱ τῆς
ὑψηγορίας γονιμώταται, προϋποκειμένης ὥσπερ ἐδάφους
15 τινὸς κοινοῦ ταῖς πέντε ταύταις ἰδέαις τῆς ἐν τῷ λέγειν
δυνάμεως, ἧς ὅλως χωρὶς οὐδέν, πρῶτον μὲν καὶ κράτιστον
τὸ περὶ τὰς νοήσεις ἀδρεπήβολον, ὡς κἀν τοῖς περὶ
Ξενοφῶντος ὡρισάμεθα· δεύτερον δὲ τὸ σφοδρὸν καὶ
ἐνθουσιαστικὸν πάθος· ἀλλ᾽ αἱ μὲν δύο αὗται τοῦ ὕψους
20 κατὰ τὸ πλέον αὐθιγενεῖς συστάσεις, αἱ λοιπαὶ δ᾽ ἤδη καὶ
διὰ τέχνης, ἥ τε ποιὰ τῶν σχημάτων πλάσις (δισσὰ δέ
που ταῦτα τὰ μὲν νοήσεως, θάτερα δὲ λέξεως), ἐπὶ δὲ
τούτοις ἡ γενναία φράσις, ἧς μέρη πάλιν ὀνομάτων τε
ἐκλογὴ καὶ ἡ τροπικὴ καὶ πεποιημένη λέξις· πέμπτη δὲ
25 μεγέθους αἰτία καὶ συγκλείουσα τὰ πρὸ ἑαυτῆς ἅπαντα, ἡ

1 ἐγκαταλίπηι P ἐγκαταλείπηι P. 2 ἂν εὖ τό] Reiskius, ἄνευ|∗∗ τό P.
4 σωζόμενον P. 14 γο∗νιμώταται P. προ|ϋποκειμένησ (η corr. in ras.) P.
17 ἀδρεπήβολον] cum hac voce desinit f. 182ᵛ. totum qui sequitur ab ὡς ad
ἰδέσθαι p. 64. 15 locum om. P, cuius in margine imo adscriptum est a manu
recenti : λείπει desunt folia octo seu quaternio ΚΕ. quaternionis huius folia duo
exteriora (p. 56. 17 ὡς—p. 60. 17 ἠρκέσθην et.p. 60. 18 τὸ ἐπ᾽ οὐρανὸν—p. 64. 15
ἰδέσθαι), in codd. dett. hodie servata, ex P iam Victorii aetate (anno 1568) ex-
ciderant. 25 πρὸ ἑαυτῆς] codd. praeter Par. 2960 qui πρὸς αὑτῆς praebet.
πρὸ αὑτῆς Spengelius, Iahnius.

ἐν ἀξιώματι καὶ διάρσει σύνθεσις· φέρε δὴ τὰ ἐμπεριεχό-
μενα καθ᾽ ἑκάστην ἰδέαν τούτων ἐπισκεψώμεθα, τοσοῦτον
προειπόντες, ὅτι τῶν πέντε μορίων ὁ Κεκίλιος ἔστιν ἃ
παρέλιπεν, ὡς καὶ τὸ πάθος ἀμέλει.　2. ἀλλ᾽ εἰ μὲν ὡς
5 ἔν τι ταῦτ᾽ ἄμφω, τό τε ὕψος καὶ τὸ παθητικόν, καὶ ἔδοξεν
αὐτῷ πάντῃ συνυπάρχειν τε ἀλλήλοις καὶ συμπεφυκέναι,
διαμαρτάνει· καὶ γὰρ πάθη τινὰ διεστῶτα ὕψους καὶ
ταπεινὰ εὑρίσκεται, καθάπερ οἶκτοι λῦπαι φόβοι, καὶ
ἔμπαλιν πολλὰ ὕψη δίχα πάθους, ὡς πρὸς μυρίοις ἄλλοις
10 καὶ τὰ περὶ τοὺς Ἀλωάδας τῷ ποιητῇ παρατετολμημένα,

　Ὄσσαν ἐπ᾽ Οὐλύμπῳ μέμασαν θέμεν· αὐτὰρ ἐπ᾽ Ὄσσῃ
　Πήλιον εἰνοσίφυλλον, ἵν᾽ οὐρανὸς ἄμβατος εἴη·

καὶ τὸ τούτοις ἔτι μεῖζον ἐπιφερόμενον,

　　καί νύ κεν ἐξετέλεσσαν.

15 3. παρά γε μὴν τοῖς ῥήτορσι τὰ ἐγκώμια καὶ τὰ πομπικὰ
καὶ ἐπιδεικτικὰ τὸν μὲν ὄγκον καὶ τὸ ὑψηλὸν ἐξ ἅπαντος
περιέχει, πάθους δὲ χηρεύει κατὰ τὸ πλεῖστον, ὅθεν ἥκιστα
τῶν ῥητόρων οἱ περιπαθεῖς ἐγκωμιαστικοὶ ἢ ἔμπαλιν
οἱ ἐπαινετικοὶ περιπαθεῖς.　4. εἰ δ᾽ αὖ πάλιν ἐξ ὅλου
20 μὴ ἐνόμισεν ὁ Κεκίλιος τὸ ἐμπαθὲς <ἐς> τὰ ὕψη ποτὲ
συντελεῖν, καὶ διὰ τοῦτ᾽ οὐχ ἡγήσατο μνήμης ἄξιον, πάνυ
διηπάτηται· θαρρῶν γὰρ ἀφορισαίμην ἄν, ὡς οὐδὲν οὕτως
ὡς τὸ γενναῖον πάθος, ἔνθα χρή, μεγαλήγορον, ὥσπερ
ὑπὸ μανίας τινὸς καὶ πνεύματος ἐνθουσιαστικῶς ἐκπνέον
25 καὶ οἱονεὶ φοιβάζον τοὺς λόγους.

IX

Οὐ μὴν ἀλλ᾽ ἐπεὶ τὴν κρατίστην μοῖραν ἐπέχει τῶν
ἄλλων τὸ πρῶτον, λέγω δὲ τὸ μεγαλοφυές, χρὴ κἀνταῦθα,

20 ἐς] Faber, Vahlenus, om. libri.　Cp. XXXIX. 1 τῶν συντελουσῶν εἰς τὸ ὕψος.
post ἐμπαθὲς facile excidisse potest ἐς.　23 μεγαλήγορον] El. Robortellus,
μεγαλήτορον libri ceteri.

καὶ εἰ δωρητὸν τὸ πρᾶγμα μᾶλλον ἢ κτητόν, ὅμως καθ'
ὅσον οἷόν τε τὰς ψυχὰς ἀνατρέφειν πρὸς τὰ μεγέθη, καὶ
ὥσπερ ἐγκύμονας ἀεὶ ποιεῖν γενναίου παραστήματος.
2. τίνα, φήσεις, τρόπον; γέγραφά που καὶ ἑτέρωθι τὸ
5 τοιοῦτον· ὕψος μεγαλοφροσύνης ἀπήχημα. ὅθεν καὶ
φωνῆς δίχα θαυμάζεταί ποτε ψιλὴ καθ' ἑαυτὴν ἡ ἔννοιά
δι' αὐτὸ τὸ μεγαλόφρον, ὡς ἡ τοῦ Αἴαντος ἐν Νεκυίᾳ
σιωπὴ μέγα καὶ παντὸς ὑψηλότερον λόγου. 3. πρῶτον
οὖν τὸ ἐξ οὗ γίνεται προϋποτίθεσθαι πάντως ἀναγκαῖον,
10 ὡς ἔχειν δεῖ τὸν ἀληθῆ ῥήτορα μὴ ταπεινὸν φρόνημα
καὶ ἀγεννές. οὐδὲ γὰρ οἷόν τε μικρὰ καὶ δουλοπρεπῆ
φρονοῦντας καὶ ἐπιτηδεύοντας παρ' ὅλον τὸν βίον θαυμα-
στόν τι καὶ τοῦ παντὸς αἰῶνος ἐξενεγκεῖν ἄξιον· μεγάλοι
δὲ οἱ λόγοι τούτων, κατὰ τὸ εἰκός, ὧν ἂν ἐμβριθεῖς ὦσιν
15 αἱ ἔννοιαι. 4. ταύτῃ καὶ εἰς τοὺς μάλιστα φρονηματίας
ἐμπίπτει τὰ ὑπερφυᾶ· ὁ γὰρ τῷ Παρμενίωνι φήσαντι,
'ἐγὼ μὲν ἠρκέσθην' . . . .

DESVNT SEX FOLIA

. . . . τὸ ἐπ' οὐρανὸν ἀπὸ γῆς διάστημα· καὶ τοῦτ' ἂν
εἴποι τις οὐ μᾶλλον τῆς Ἔριδος ἢ Ὁμήρου μέτρον.
20 5. ᾧ ἀνόμοιόν γε τὸ Ἡσιόδειον ἐπὶ τῆς Ἀχλύος, εἴγε
Ἡσιόδου καὶ τὴν Ἀσπίδα θετέον·

τῆς ἐκ μὲν ῥινῶν μύξαι ῥέον·

οὐ γὰρ δεινὸν ἐποίησε τὸ εἴδωλον, ἀλλὰ μισητόν. ὁ δὲ
πῶς μεγεθύνει τὰ δαιμόνια;

25
ὅσσον δ' ἠεροειδὲς ἀνὴρ ἴδεν ὀφθαλμοῖσιν,
ἥμενος ἐν σκοπιῇ, λεύσσων ἐπὶ οἴνοπα πόντον·
τόσσον ἐπιθρώσκουσι θεῶν ὑψηχέες ἵπποι.

τὴν ὁρμὴν αὐτῶν κοσμικῷ διαστήματι καταμετρεῖ. τίς

17 ἂν ἠρκέσθην libri deteriores excepto P 2960 cuius pr. m. ἀνηρκέ dat, supplet
m. rec. σθην. 19 εἴποι] Manutius, εἰπεῖν libri.

οὖν οὐκ ἂν εἰκότως διὰ τὴν ὑπερβολὴν τοῦ μεγέθους
ἐπιφθέγξαιτο, ὅτι ἂν δὶς ἑξῆς ἐφορμήσωσιν οἱ τῶν θεῶν
ἵπποι, οὐκέθ᾽ εὑρήσουσιν ἐν κόσμῳ τόπον; 6. ὑπερφυᾶ
καὶ τὰ ἐπὶ τῆς θεομαχίας φαντάσματα·

5   ἀμφὶ δ᾽ ἐσάλπιγξεν μέγας οὐρανὸς Οὔλυμπός τε.
ἔδδεισεν δ᾽ ὑπένερθεν ἄναξ ἐνέρων Ἀϊδωνεύς,
δείσας δ᾽ ἐκ θρόνου ἆλτο καὶ ἴαχε, μή οἱ ἔπειτα
γαῖαν ἀναρρήξειε Ποσειδάων ἐνοσίχθων,
οἰκία δὲ θνητοῖσι καὶ ἀθανάτοισι φανείη,
10   σμερδαλέ᾽, εὐρώεντα, τά τε στυγέουσι θεοί περ.

ἐπιβλέπεις, ἑταῖρε, ὡς ἀναρρηγνυμένης μὲν ἐκ βάθρων
γῆς, αὐτοῦ δὲ γυμνουμένου ταρτάρου, ἀνατροπὴν δὲ ὅλου
καὶ διάστασιν τοῦ κόσμου λαμβάνοντος, πάνθ᾽ ἅμα,
οὐρανὸς ᾅδης, τὰ θνητὰ τὰ ἀθάνατα, ἅμα τῇ τότε συμπο-
15 λεμεῖ καὶ συγκινδυνεύει μάχῃ; 7. ἀλλὰ ταῦτα φοβερὰ
μέν, πλὴν ἄλλως, εἰ μὴ κατ᾽ ἀλληγορίαν λαμβάνοιτο,
παντάπασιν ἄθεα καὶ οὐ σῴζοντα τὸ πρέπον. Ὅμηρος
γάρ μοι δοκεῖ παραδιδοὺς τραύματα θεῶν στάσεις τιμω-
ρίας δάκρυα δεσμὰ πάθη πάμφυρτα τοὺς μὲν ἐπὶ τῶν
20 Ἰλιακῶν ἀνθρώπους, ὅσον ἐπὶ τῇ δυνάμει, θεοὺς πε-
ποιηκέναι, τοὺς θεοὺς δὲ ἀνθρώπους. ἀλλ᾽ ἡμῖν μὲν
δυσδαιμονοῦσιν ἀπόκειται λιμὴν κακῶν ὁ θάνατος, τῶν
θεῶν δ᾽ οὐ τὴν φύσιν ἀλλὰ τὴν ἀτυχίαν ἐποίησεν αἰώνιον.
8. πολὺ δὲ τῶν περὶ τὴν θεομαχίαν ἀμείνω τὰ ὅσα
25 ἄχραντόν τι καὶ μέγα τὸ δαιμόνιον ὡς ἀληθῶς καὶ ἄκρατον
παρίστησιν, οἷα (πολλοῖς δὲ πρὸ ἡμῶν ὁ τόπος ἐξείργα-
σται) τὰ ἐπὶ τοῦ Ποσειδῶνος,

τρέμε δ᾽ οὔρεα μακρὰ καὶ ὕλη
καὶ κορυφαὶ Τρώων τε πόλις καὶ νῆες Ἀχαιῶν

4 καὶ τὰ] Manutius, καὶ vel τὰ om. libri.

ποσσὶν ὑπ' ἀθανάτοισι Ποσειδάωνος ἰόντος.
βῆ δ' ἐλάαν ἐπὶ κύματ', ἄταλλε δὲ κήτε' ὑπ' αὐτοῦ
πάντοθεν ἐκ κευθμῶν, οὐδ' ἠγνοίησεν ἄνακτα.
γηθοσύνῃ δὲ θάλασσα διΐστατο, τοὶ δὲ πέτοντο.

59. ταύτῃ καὶ ὁ τῶν Ἰουδαίων θεσμοθέτης, οὐχ ὁ τυχὼν
ἀνήρ, ἐπειδὴ τὴν τοῦ θείου δύναμιν κατὰ τὴν ἀξίαν ἐχώρησε
κἀξέφηνεν, εὐθὺς ἐν τῇ εἰσβολῇ γράψας τῶν νόμων ' εἶπεν
ὁ Θεός' φησί· τί ; 'γενέσθω φῶς, καὶ ἐγένετο· γενέσθω
γῆ, καὶ ἐγένετο.' 10. οὐκ ὀχληρὸς ἂν ἴσως, ἑταῖρε,
10 δόξαιμι, ἐν ἔτι τοῦ ποιητοῦ καὶ τῶν ἀνθρωπίνων παρα-
θέμενος τοῦ μαθεῖν χάριν, ὡς εἰς τὰ ἡρωϊκὰ μεγέθη
συνεμβαίνειν ἐθίζει. ἀχλὺς ἄφνω καὶ νὺξ ἄπορος αὐτῷ
τὴν τῶν Ἑλλήνων ἐπέχει μάχην· ἔνθα δὴ ὁ Αἴας ἀμηχανῶν,

Ζεῦ πάτερ, φησίν, ἀλλὰ σὺ ῥῦσαι ὑπ' ἠέρος υἷας Ἀχαιῶν,
15 ποίησον δ' αἴθρην, δὸς δ' ὀφθαλμοῖσιν ἰδέσθαι· |
ἐν δὲ φάει καὶ ὄλεσσον.

183ʳ

ἔστιν ὡς ἀληθῶς τὸ πάθος Αἴαντος, οὐ γὰρ ζῆν εὔχεται
(ἦν γὰρ τὸ αἴτημα τοῦ ἥρωος ταπεινότερον), ἀλλ' ἐπειδὴ
ἐν ἀπράκτῳ σκότει τὴν ἀνδρίαν εἰς οὐδὲν γενναῖον εἶχε
20 διαθέσθαι, διὰ ταῦτ' ἀγανακτῶν ὅτι πρὸς τὴν μάχην ἀργεῖ,
φῶς ὅτι τάχιστα αἰτεῖται, ὡς πάντως τῆς ἀρετῆς εὑρήσων
ἐντάφιον ἄξιον, κἂν αὐτῷ Ζεὺς ἀντιτάττηται. 11. ἀλλὰ
γὰρ Ὅμηρος μὲν ἐνθάδε οὔριος συνεμπνεῖ τοῖς ἀγῶσιν,
καὶ οὐκ ἄλλο τι αὐτὸς πέπονθεν ἢ

25 μαίνεται, ὡς ὅτ' Ἄρης ἐγχέσπαλος ἢ ὀλοὸν πῦρ
οὔρεσι μαίνηται, βαθέης ἐνὶ τάρφεσιν ὕλης,
ἀφλοισμὸς δὲ περὶ στόμα γίγνεται·

δείκνυσι δ' ὅμως διὰ τῆς Ὀδυσσείας (καὶ γὰρ ταῦτα

5 ταύτῃ—9 ἐγένετο] de hoc loco, quem uncis inclusit Spengelius, vide sis
Append. C, s. n. MOSES.　θεσμοθέτης] libri omnes excepto cod. El. qui
θεσμοδείτης praestat.　θεσμοδότης (aetatis recentioris vocabulum) in textum recipiunt
Robortellus et nuper Spengelius.　19 ἀνδρ*ίαν P.　25 ἐγχεσπάλοσ P.
27 ἀφλυσμὸσ P.

πολλῶν ἕνεκα προσεπιθεωρητέον), ὅτι μεγάλης φύσεως
ὑποφερομένης ἤδη ἴδιόν ἐστιν ἐν γήρᾳ τὸ φιλόμυθον.
12. δῆλος γὰρ ἐκ πολλῶν τε ἄλλων συντεθεικὼς ταύτην
δευτέραν τὴν ὑπόθεσιν, ἀτὰρ δὴ κἀκ τοῦ λείψανα τῶν
5 Ἰλιακῶν παθημάτων διὰ τῆς Ὀδυσσείας ὡς ἐπεισόδιά
τινα τοῦ Τρωϊκοῦ πολέμου προσεπεισφέρειν, καὶ νὴ Δί᾽
ἐκ τοῦ τὰς ὀλοφύρσεις καὶ τοὺς οἴκτους ὡς πάλαι που
προεγνωσμένους τοῖς ἥρωσιν ἐνταῦθα προσαποδιδόναι.
οὐ γὰρ ἀλλ᾽ ἢ τῆς Ἰλιάδος ἐπίλογός ἐστιν ἡ Ὀδύσσεια·

10   ἔνθα μὲν Αἴας κεῖται ἀρήϊος, ἔνθα δ᾽ Ἀχιλλεύς,
      ἔνθα δὲ Πάτροκλος, θεόφιν μήστωρ ἀτάλαντος·
      ἔνθα δ᾽ ἐμὸς φίλος υἱός.

13. ἀπὸ δὲ τῆς αὐτῆς αἰτίας, οἶμαι, τῆς μὲν Ἰλιάδος
γραφομένης ἐν ἀκμῇ πνεύματος ὅλον τὸ σωμάτιον δρα-
15 ματικὸν ὑπεστήσατο | καὶ ἐναγώνιον, τῆς δὲ Ὀδυσσείας 183ᵛ
τὸ πλέον διηγηματικόν, ὅπερ ἴδιον γήρως. ὅθεν ἐν τῇ
Ὀδυσσείᾳ παρεικάσαι τις ἂν καταδυομένῳ τὸν Ὅμηρον
ἡλίῳ, οὗ δίχα τῆς σφοδρότητος παραμένει τὸ μέγεθος.
οὐ γὰρ ἔτι τοῖς Ἰλιακοῖς ἐκείνοις ποιήμασιν ἴσον ἐνταῦθα
20 σῴζει τὸν τόνον, οὐδ᾽ ἐξωμαλισμένα τὰ ὕψη καὶ ἱζήματα
μηδαμοῦ λαμβάνοντα, οὐδὲ τὴν πρόχυσιν ὁμοίαν τῶν
ἐπαλλήλων παθῶν, οὐδὲ τὸ ἀγχίστροφον καὶ πολιτικὸν
καὶ ταῖς ἐκ τῆς ἀληθείας φαντασίαις καταπεπυκνωμένον·
ἀλλ᾽ οἷον ὑποχωροῦντος εἰς ἑαυτὸν Ὠκεανοῦ καὶ περὶ
25 τὰ ἴδια μέτρα ἐρημουμένου τὸ λοιπὸν φαίνονται τοῦ
μεγέθους ἀμπώτιδες κἂν τοῖς μυθώδεσι καὶ ἀπίστοις
πλάνος. 14. λέγων δὲ ταῦτ᾽ οὐκ ἐπιλέλησμαι τῶν ἐν
τῇ Ὀδυσσείᾳ χειμώνων καὶ τῶν περὶ τὸν Κύκλωπα καί
τινων ἄλλων, ἀλλὰ γῆρας διηγοῦμαι, γῆρας δ᾽ ὅμως
30 Ὁμήρου· πλὴν ἐν ἅπασι τούτοις ἑξῆς τοῦ πρακτικοῦ
κρατεῖ τὸ μυθικόν. παρεξέβην δ᾽ εἰς ταῦθ᾽, ὡς ἔφην, ἵνα

2 γήρα∗ P.   20 σῴζει P.   ἐξωμαλι∗∗∗να P ἐξωμαλισμένα P.
   27 τῶν addidit m. rec. P.   28 ὀδ∗σσεία P ὀδυσσεία P.

δείξαιμι, ὡς εἰς λῆρον ἐνίοτε ῥᾷστον κατὰ τὴν ἀπακμὴν τὰ
μεγαλοφυῆ παρατρέπεται οἷα τὰ περὶ τὸν ἀσκὸν καὶ τοὺς
ἐκ Κίρκης συοφορβουμένους, οὓς ὁ Ζωΐλος ἔφη χοιρίδια
κλαίοντα, καὶ τὸν ὑπὸ τῶν πελειάδων ὡς νεοσσὸν παρα-
5 τρεφόμενον Δία καὶ τὸν ἐπὶ τοῦ ναυαγίου δέχ᾽ ἡμέρας
ἄσιτον τά τε περὶ τὴν μνηστηροφονίαν ἀπίθανα. τί
γὰρ ἂν ἄλλο φήσαιμεν ταῦτα ἢ τῷ ὄντι τοῦ Διὸς ἐνύπνια;
15. δευτέρου δὲ εἵνεκα προσιστορείσθω τὰ κατὰ τὴν
Ὀδύσσειαν, ὅπως ᾖ σοι γνώριμον, ὡς ἡ ἀπα|κμὴ τοῦ 184ʳ
10 πάθους ἐν τοῖς μεγάλοις συγγραφεῦσι καὶ ποιηταῖς εἰς
ἦθος ἐκλύεται. τοιαῦτα γάρ που τὰ περὶ τὴν τοῦ Ὀδυσ-
σέως ἠθικῶς αὐτῷ βιολογούμενα οἰκίαν, οἱονεὶ κωμῳδία
τίς ἐστιν ἠθολογουμένη.

X

Φέρε νῦν, εἴ τι καὶ ἕτερον ἔχοιμεν ὑψηλοὺς ποιεῖν
15 τοὺς λόγους δυνάμενον, ἐπισκεψώμεθα. οὐκοῦν ἐπειδὴ
πᾶσι τοῖς πράγμασι φύσει συνεδρεύει τινὰ μόρια ταῖς
ὕλαις συνυπάρχοντα, ἐξ ἀνάγκης γένοιτ᾽ ἂν ἡμῖν ὕψους
αἴτιον τὸ τῶν ἐμφερομένων ἐκλέγειν ἀεὶ τὰ καιριώτατα
καὶ ταῦτα τῇ πρὸς ἄλληλα ἐπισυνθέσει καθάπερ ἕν τι
20 σῶμα ποιεῖν δύνασθαι. ὁ μὲν γὰρ τῇ ἐκλογῇ τὸν ἀκροατὴν
τῶν λημμάτων, ὁ δὲ τῇ πυκνώσει τῶν ἐκλελεγμένων
προσάγεται. οἷον ἡ Σαπφὼ τὰ συμβαίνοντα ταῖς ἐρωτι-
καῖς μανίαις παθήματα ἐκ τῶν παρεπομένων καὶ ἐκ τῆς
ἀληθείας αὐτῆς ἑκάστοτε λαμβάνει. ποῦ δὲ τὴν ἀρετὴν
25 ἀποδείκνυται; ὅτε τὰ ἄκρα αὐτῶν καὶ ὑπερτεταμένα δεινὴ
καὶ ἐκλέξαι καὶ εἰς ἄλληλα συνδῆσαι.

---

1 ἀπακμὴν] Manutius, ἀκμὴν P.   18 ἐμφερομένων] Tollius, ἐκφερομένων P.
20, 21 ὁ μὲν—ὁ δὲ] Pearcius, ὁ μὲν—ὁ δὲ P.

2. φαίνεταί μοι κῆνος ἴσος θεοῖσιν
ἔμμεν ὤνήρ, ὅστις ἐναντίος τοι
ἰζάνει, καὶ πλησίον ἀδὺ φωνεύ-
σας ὑπακούει

5　καὶ γελαίσας ἰμερόεν, τό μοι μὰν
καρδίαν ἐν στήθεσιν ἐπτόασεν.
ὥς σε γὰρ ἴδω βροχέως με φωνᾶς
οὐδὲν ἔτ᾽ εἴκει·

ἀλλὰ κὰμ μὲν γλῶσσα ἔαγε· λεπτὸν δ᾽
10　αὐτίκα χρῷ πῦρ ὑπαδεδρόμακεν·
ὀππάτεσσι δ᾽ οὐδὲν ὄρημ᾽, ἐπιρρόμ-
βεισι δ᾽ ἄκουαι·

κὰδ δέ μ᾽ ἱδρὼς κακχέεται, τρόμος δὲ
παῖσαν ἀγρεῖ, χλωροτέρα δὲ ποίας
15　ἐμμί· τεθνάκην δ᾽ ὀλίγω | ᾽πιδεύην
φαίνομαι.

ἀλλὰ πᾶν τολματόν, ἐπεὶ καὶ πένητα

3. οὐ θαυμάζεις, ὡς ὑπὸ τὸ αὐτὸ τὴν ψυχὴν τὸ σῶμα
τὰς ἀκοὰς τὴν γλῶσσαν τὰς ὄψεις τὴν χρόαν, πάνθ᾽ ὡς
20　ἀλλότρια διοιχόμενα ἐπιζητεῖ καὶ καθ᾽ ὑπεναντιώσεις ἅμα
ψύχεται κάεται, ἀλογιστεῖ φρονεῖ; ἦ γὰρ φοβεῖται ἢ
παρ᾽ ὀλίγον τέθνηκεν· ἵνα μὴ ἔν τι περὶ αὐτὴν πάθος
φαίνηται, παθῶν δὲ σύνοδος. πάντα μὲν τοιαῦτα γίνεται
περὶ τοὺς ἐρῶντας, ἡ λῆψις δ᾽ ὡς ἔφην τῶν ἄκρων καὶ ἡ
25　εἰς ταὐτὸ συναίρεσις ἀπειργάσατο τὴν ἐξοχήν· ὅπερ
οἶμαι καὶ ἐπὶ τῶν χειμώνων τρόπον ὁ ποιητὴς ἐκλαμβάνει

184ᵛ

1—17 In P continue scripta sunt Sapphus verba hunc in modum : φαίνεταί
μοι|κῆνοσῖσοσθεοῖσινἔμμενωνἦρο∗στισἐναντίοστοιζά|νεικαιπλησίονᾱδύφων· σαῖσὺπακούει
καὶγελᾶ∗ισι|μερόεντὸμῆἐμᾶνκαρδίᾱνἐνστήθεσινἐπτόασεν · ὡσ|γὰρσῖδωβρόχεώσμεφωνὰσ
οὐδὲνἔτ᾽εἴκει· ἀλλὰκᾶν|μενγλῶσσαἔαγελεπτὸνδ᾽αὐτίκαχρῶπῦρὑπαδεδρό|μακενὀππάτεσιδ᾽
οὐδὲνὁρῆμἠἐπιρομβεῖσιδ᾽ἄκουε᾽|ἐκαδεμῖδρῶσψυχρὸσκὰκχέεταιτρόμοσδὲπᾱ∗σᾱ|ναγρεῖχλω-
ροτέραδὲποίασἔμμιτεθνάκηνδ᾽ὀλίγω|πιδεύσηνφαίνομαι· ἀλλὰπαντόλμα∗τονἐπεὶκαιπέ|νη-
τα. Vide Append. A. 18 θαυμάζεις] Robortellus, θαυμάζοισ P. ὑπὸ τὸ]
Spengelius (in proleg.), ὑπ᾽ P. 21 κάεται P. ἀλογιστεῖ] Manutius,
ἀλογιστὶ P. 25 ὅνπερ] Manutius, ὅπερ P. 26 τῶν superscr. τὸν P.

τῶν παρακολουθούντων τὰ χαλεπώτατα. 4. ὁ μὲν γὰρ
τὰ 'Αριμάσπεια ποιήσας ἐκεῖνα οἴεται δεινά·

> θαῦμ' ἡμῖν καὶ τοῦτο μέγα φρεσὶν ἡμετέρῃσιν.
> ἄνδρες ὕδωρ ναίουσιν ἀπὸ χθονὸς ἐν πελάγεσσι·
5 > δύστηνοί τινές εἰσιν, ἔχουσι γὰρ ἔργα πονηρά,
> ὄμματ' ἐν ἄστροισι, ψυχὴν δ' ἐνὶ πόντῳ ἔχουσιν.
> ἦ που πολλὰ θεοῖσι φίλας ἀνὰ χεῖρας ἔχοντες
> εὔχονται σπλάγχνοισι κακῶς ἀναβαλλομένοισι.

παντὶ οἶμαι δῆλον, ὡς πλέον ἄνθος ἔχει τὰ λεγόμενα ἢ
10 δέος. 5. ὁ δὲ Ὅμηρος πῶς; ἓν γὰρ ἀπὸ πολλῶν λε-
γέσθω·

> ἐν δ' ἔπεσ', ὡς ὅτε κῦμα θοῇ ἐν νηῒ πέσῃσι
> λάβρον ὑπαὶ νεφέων ἀνεμοτρεφές, ἡ δέ τε πᾶσα
> ἄχνη ὑπεκρύφθη, ἀνέμοιο δὲ δεινὸς ἀήτης
15 > ἱστίῳ ἐμβρέμεται, τρομέουσι δέ τε φρένα ναῦται
> δειδιότες· τυτθὸν γὰρ ὑπὲκ θανάτοιο φέρονται.

6. ἐπεχείρησε καὶ ὁ Ἄρατος τὸ αὐτὸ τοῦτο μετενεγκεῖν,

> ὀλίγον δὲ διὰ ξύλον ἄϊδ' ἐ|ρύκει·   185ʳ

πλὴν μικρὸν αὐτὸ καὶ γλαφυρὸν ἐποίησεν ἀντὶ φοβεροῦ·
20 ἔτι δὲ παρώρισε τὸν κίνδυνον, εἰπών, 'ξύλον ἄϊδ' ἀπείργει.'
οὐκοῦν ἀπείργει. ὁ δὲ ποιητὴς οὐκ εἰς ἅπαξ παρορίζει τὸ
δεινόν, ἀλλὰ τοὺς ἀεὶ καὶ μόνον οὐχὶ κατὰ πᾶν κῦμα
πολλάκις ἀπολλυμένους εἰκονογραφεῖ. καὶ μὴν τὰς προ-
θέσεις ἀσυνθέτους οὔσας συναναγκάσας παρὰ φύσιν καὶ
25 εἰς ἀλλήλας συμβιασάμενος 'ὑπὲκ θανάτοιο' τῷ μὲν
συνεμπίπτοντι πάθει τὸ ἔπος ὁμοίως ἐβασάνισεν, τῇ δὲ

---

2 ἀρ*ιμάσπεια P.   3 θαῦμ' *μιν P θαῦμ' ἡμῖν P.   4 ναίουσιν (αι
corr. in litura) P.   4 πελάγεσι P σ addidit m. rec. P.   7 ἤπου P, corr.
Manutius.   9 παντὶ* P.   10 ἦ δέος] Victorius, ἠδέωσ P.   16 δεδιό-
τεσ P.   16 τυτθὸν P τ addidit m. rec. P.   23 ἀπολυμμένουσ P.

τοῦ ἔπους συνθλίψει τὸ πάθος ἄκρως ἀπεπλάσατο καὶ
μόνον οὐκ ἐνετύπωσε τῇ λέξει τοῦ κινδύνου τὸ ἰδίωμα
'ὑπὲκ θανάτοιο φέρονται.' 7. οὐκ ἄλλως ὁ Ἀρχίλοχος
ἐπὶ τοῦ ναυαγίου, καὶ ἐπὶ τῇ προσαγγελίᾳ ὁ Δημοσθένης·
5 'ἑσπέρα μὲν γὰρ ἦν,' φησίν· ἀλλὰ τὰς ἐξοχὰς ὡς ἂν
εἴποι τις ἀριστίνδην ἐκκαθήραντες ἐπισυνέθηκαν, οὐδὲν
φλοιῶδες ἢ ἄσεμνον ἢ σχολικὸν ἐγκατατάττοντες διὰ
μέσου. λυμαίνεται γὰρ ταῦτα τὸ ὅλον ὡσανεὶ ψύγματα
ἢ ἀραιώματα ἐμποιοῦντα <ἐς> μεγέθη συνοικονομούμενα
10 τῇ πρὸς ἄλληλα σχέσει συντετειχισμένα.

XI

Σύνεδρός ἐστι ταῖς προεκκειμέναις ἀρετὴ καὶ ἣν καλοῦ-
σιν αὔξησιν, ὅταν δεχομένων τῶν πραγμάτων καὶ ἀγώνων
κατὰ περιόδους ἀρχάς τε πολλὰς καὶ ἀναπαύλας ἕτερα
ἑτέροις ἐπεισκυκλούμενα μεγέθη συνεχῶς ἐπεισάγηται
15 κατ' ἐπίβασιν. 2. τοῦτο δὲ εἴτε διὰ τοπηγορίαν, εἴτε
δείνωσιν, ἢ πραγμάτων ἢ κατασκευῶν ἐπίρρωσιν, εἴτ'
ἐποικονομίαν ἔργων ἢ παθῶν | (μυρίαι γὰρ ἰδέαι τῶν 185ᵛ
αὐξήσεων) γίνοιτο, χρὴ γινώσκειν ὅμως τὸν ῥήτορα,
ὡς οὐδὲν ἂν τούτων καθ' αὑτὸ συσταίη χωρὶς ὕψους
20 τέλειον, πλὴν εἰ μὴ ἐν οἴκτοις ἄρα, νὴ Δία, ἢ ἐν εὐτε-
λισμοῖς, τῶν δ' ἄλλων αὐξητικῶν ὅτου περ ἂν τὸ ὑψηλὸν
ἀφέλῃς, ὡς ψυχὴν ἐξαιρήσεις σώματος· εὐθὺς γὰρ ἀτονεῖ
καὶ κενοῦται τὸ ἔμπρακτον αὐτῶν μὴ τοῖς ὕψεσι συνεπιρ-
ρωννύμενον. 3. ᾗ μέντοι διαφέρει τοῦ ἀρτίως εἰρημένου
25 τὰ νῦν παραγγελλόμενα (περιγραφὴ γάρ τις ἦν ἐκεῖνο

2 μόνονοὐκ corr. in μονονοὐκ P.   3 φέρονται] Manutius, φέροντα P.
5 ἦν P corr. P.   ὡς ἂν] Ruhnkenius, ὡς P.   6 ἀριστ∗∗δην P ἀριστίνδην P.
7 διαμέσου P.   9 αι P ᾗ superscripsit m. rec. P.   <ἐς> vide Append. A.
10 συντετειχι∗|σμένα P.   15 ∗∗τε διὰ P εἴτε διὰ P.   18 γίνοιτο (post
parenthesin) Morus: γίνοιντο P.   γινώ∗|σκειν P.   23 συνεπιρρωνύμενον P.
24 διαφέρει P διαφέρῃ P.

τῶν ἄκρων λημμάτων καὶ εἰς ἑνότητα σύνταξις), καὶ τίνι
καθόλου τῶν αὐξήσεων παραλλάττει τὰ ὕψη, τῆς σαφηνείας
αὐτῆς ἕνεκα συντόμως διοριστέον.

XII

Ὁ μὲν οὖν τῶν τεχνογράφων ὅρος ἔμοιγ' οὐκ ἀρεστός.
5 αὔξησίς ἐστι, φασί, λόγος μέγεθος περιτιθεὶς τοῖς ὑπο-
κειμένοις· δύναται γὰρ ἀμέλει καὶ ὕψους καὶ πάθους καὶ
τρόπων εἶναι κοινὸς οὗτος ὁ ὅρος, ἐπειδὴ κἀκεῖνα τῷ λόγῳ
περιτίθησι ποιόν τι μέγεθος. ἐμοὶ δὲ φαίνεται ταῦτα
ἀλλήλων παραλλάττειν, ᾗ κεῖται τὸ μὲν ὕψος ἐν διάρματι,
10 ἡ δ' αὔξησις καὶ ἐν πλήθει· διὸ κεῖνο μὲν κἂν νοήματι
ἑνὶ πολλάκις, ἡ δὲ πάντως μετὰ ποσότητος καὶ περιουσίας
τινὸς ὑφίσταται. 2. καὶ ἔστιν ἡ αὔξησις, ὡς τύπῳ
περιλαβεῖν, συμπλήρωσις ἀπὸ πάντων τῶν ἐμφερομένων
τοῖς πράγμασι μορίων καὶ τόπων, ἰσχυροποιοῦσα τῇ
15 ἐπιμονῇ τὸ κατεσκευασμένον, ταύτῃ τῆς πίστεως διεστῶσα,
ὅτι ἡ μὲν τὸ ζητούμενον ἀποδεί[κνυσιν . . .

DESVNT DVO FOLIA

. . . | πλουσιώτατα, καθάπερ τι πέλαγος, εἰς ἀναπεπτα- 186ʳ
μένον κέχυται πολλαχῇ μέγεθος. 3. ὅθεν, οἶμαι, κατὰ
λόγον ὁ μὲν ῥήτωρ ἅτε παθητικώτερος πολὺ τὸ διάπυρον
20 ἔχει καὶ θυμικῶς ἐκφλεγόμενον, ὁ δὲ καθεστὼς ἐν ὄγκῳ
καὶ μεγαλοπρεπεῖ σεμνότητι, οὐκ ἔψυκται μέν, ἀλλ' οὐχ
οὕτως ἐπέστραπται. 4. οὐ κατ' ἄλλα δέ τινα ἢ ταῦτα,
ἐμοὶ δοκεῖ, φίλτατε Τερεντιανέ, (λέγω δέ, εἰ καὶ ἡμῖν ὡς
Ἕλλησιν ἐφεῖταί τι γινώσκειν) καὶ ὁ Κικέρων τοῦ Δημο-
25 σθένους ἐν τοῖς μεγέθεσι παραλλάττει· ὁ μὲν γὰρ ἐν ὕψει
τὸ πλέον ἀποτόμῳ, ὁ δὲ Κικέρων ἐν χύσει, καὶ ὁ μὲν

2 παραλάττει P.   4 ὅρος αὐξήσεως in marg. P.   7 ὁ add. Manutius.
14 πράγμασι μορίων] Portus, πράγμασινὁρίων P.   16 ἀποδείκνυσιν] Manu-
tius, ἀποδεί P: desunt folia quartum et quintum quaternionis Κϛ.   23 εἰ add.
Manutius.   25 τίνι παραλάτει Κικέρων Δημοσθένους in marg. P.

ἡμέτερος διὰ τὸ μετὰ βίας ἕκαστα, ἔτι δὲ τάχους ῥώμης
δεινότητος οἷον καίειν τε ἅμα καὶ διαρπάζειν, σκηπτῷ τινι
παρεικάζοιτ᾽ ἂν ἢ κεραυνῷ, ὁ δὲ Κικέρων ὡς ἀμφιλαφής
τις ἐμπρησμὸς οἶμαι πάντη νέμεται καὶ ἀνειλεῖται, πολὺ
5 ἔχων καὶ ἐπίμονον ἀεὶ τὸ καῖον, καὶ διακληρονομούμενον
ἄλλοτ᾽ ἀλλοίως ἐν αὐτῷ καὶ κατὰ διαδοχὰς ἀνατρεφόμενον.
   5. ἀλλὰ ταῦτα μὲν ὑμεῖς ἂν ἄμεινον ἐπικρίνοιτε, καιρὸς
δὲ τοῦ Δημοσθενικοῦ μὲν ὕψους καὶ ὑπερτεταμένου ἔν τε
ταῖς δεινώσεσι καὶ τοῖς σφοδροῖς πάθεσι, καὶ ἔνθα δεῖ
10 τὸν ἀκροατὴν τὸ σύνολον ἐκπλῆξαι, τῆς δὲ χύσεως, ὅπου
χρὴ καταντλῆσαι· τοπηγορίαις τε γὰρ καὶ ἐπιλόγοις κατὰ
τὸ πλέον καὶ παραβάσεσι καὶ τοῖς φραστικοῖς ἅπασι καὶ
ἐπιδεικτικοῖς, ἱστορίαις τε καὶ φυσιολογίαις, καὶ οὐκ
ὀλίγοις ἄλλοις μέρεσιν ἁρμόδιος.

XIII

15   Ὅτι μέντοι ὁ Πλάτων (ἐπάνειμι γάρ) τοιούτῳ τινὶ
χεύματι ἀψοφητὶ ῥέων | οὐδὲν ἧττον μεγεθύνεται, ἀνεγνω- 186ᵛ
κὼς τὰ ἐν τῇ Πολιτείᾳ τὸν τύπον οὐκ ἀγνοεῖς. ‘οἱ ἄρα
φρονήσεως’ φησὶ ‘καὶ ἀρετῆς ἄπειροι εὐωχίαις δὲ καὶ
τοῖς τοιούτοις ἀεὶ συνόντες κάτω ὡς ἔοικε φέρονται καὶ
20 ταύτῃ πλανῶνται διὰ βίου, πρὸς δὲ τὸ ἀληθὲς ἄνω οὔτ᾽
ἀνέβλεψαν πώποτε οὔτ᾽ ἀνηνέχθησαν οὐδὲ βεβαίου τε καὶ
καθαρᾶς ἡδονῆς ἐγεύσαντο, ἀλλὰ βοσκημάτων δίκην κάτω
ἀεὶ βλέποντες καὶ κεκυφότες εἰς γῆν καὶ εἰς τραπέζας
βόσκονται χορταζόμενοι καὶ ὀχεύοντες, καὶ ἕνεκα τῆς
25 τούτων πλεονεξίας λακτίζοντες καὶ κυρίττοντες ἀλλήλους
σιδηροῖς κέρασι καὶ ὁπλαῖς ἀποκτιννύουσι δι᾽ ἀπληστίαν.’
   2. Ἐνδείκνυται δ᾽ ἡμῖν οὗτος ἀνήρ, εἰ βουλοίμεθα

4 ἐμπρησμὸσ P ἐμπρισμὸσ P.   5 διακληρονομ∗∗μενον P διακληρονο-
μούμενον P.   8 δημο∗|σθενικοῦ P.   10 ἀκρο|ατὴν (o corr. in ras.) P.
14 ἁρμόδιο∗σ P.   17 πολι∗τείαι P.   25 ἀλλήλους] codices Platonis,
ἀλλήλοισ P.   27 ἀνὴρ P.

μὴ κατολιγωρεῖν, ὡς καὶ ἄλλη τις παρὰ τὰ εἰρημένα ὁδὸς
ἐπὶ τὰ ὑψηλὰ τείνει. ποία δὲ καὶ τίς αὕτη; ἡ τῶν
ἔμπροσθεν μεγάλων συγγραφέων καὶ ποιητῶν μίμησίς
τε καὶ ζήλωσις. καί γε τούτου, φίλτατε, ἀπρὶξ ἐχώμεθα
5 τοῦ σκοποῦ· πολλοὶ γὰρ ἀλλοτρίῳ θεοφοροῦνται πνεύματι
τὸν αὐτὸν τρόπον, ὃν καὶ τὴν Πυθίαν λόγος ἔχει τρίποδι
πλησιάζουσαν, ἔνθα ῥῆγμά ἐστι γῆς ἀναπνεῖν ὥς φασιν
ἀτμὸν ἔνθεον, αὐτόθεν ἐγκύμονα τῆς δαιμονίου καθιστα-
μένην δυνάμεως παραυτίκα χρησμῳδεῖν κατ' ἐπίπνοιαν.
10 οὕτως ἀπὸ τῆς τῶν ἀρχαίων μεγαλοφυΐας εἰς τὰς τῶν
ζηλούντων ἐκείνους ψυχὰς ὡς ἀπὸ ἱερῶν στομίων ἀπόρροιαί
τινες φέρονται, ὑφ' ὧν ἐπιπνεόμενοι καὶ οἱ μὴ· λίαν 187ʳ
φοιβαστικοὶ τῷ ἑτέρων συνενθουσιῶσι μεγέθει. 3. μόνος
Ἡρόδοτος Ὁμηρικώτατος ἐγένετο; Στησίχορος ἔτι πρό-
15 τερον ὅ τε Ἀρχίλοχος, πάντων δὲ τούτων μάλιστα ὁ
Πλάτων ἀπὸ τοῦ Ὁμηρικοῦ κείνου νάματος εἰς αὑτὸν
μυρίας ὅσας παρατροπὰς ἀποχετευσάμενος. καὶ ἴσως
ἡμῖν ἀποδείξεων ἔδει, εἰ μὴ τὰ ἐπ' εἴδους καὶ οἱ περὶ
Ἀμμώνιον ἐκλέξαντες ἀνέγραψαν. 4. ἔστι δ' οὐ κλοπὴ
20 τὸ πρᾶγμα, ἀλλ' ὡς ἀπὸ καλῶν εἰδῶν ἢ πλασμάτων ἢ
δημιουργημάτων ἀποτύπωσις. καὶ οὐδ' ἂν ἐπακμάσαι
μοι δοκεῖ τηλικαῦτά τινα τοῖς τῆς φιλοσοφίας δόγμασι,
καὶ εἰς ποιητικὰς ὕλας πολλαχοῦ συνεμβῆναι καὶ φράσεις
εἰ μὴ περὶ πρωτείων νὴ Δία παντὶ θυμῷ πρὸς Ὅμηρον,
25 ὡς ἀνταγωνιστὴς νέος πρὸς ἤδη τεθαυμασμένον, ἴσως μὲν
φιλονεικότερον καὶ οἱονεὶ διαδορατιζόμενος, οὐκ ἀνωφελῶς
δ' ὅμως διηριστεύετο· 'ἀγαθὴ' γὰρ κατὰ τὸν Ἡσίοδον
'ἔρις ἥδε βροτοῖσι.' καὶ τῷ ὄντι καλὸς οὗτος καὶ ἀξιονι-
κότατος εὐκλείας ἀγών τε καὶ στέφανος, ἐν ᾧ καὶ τὸ
30 ἡττᾶσθαι τῶν προγενεστέρων οὐκ ἄδοξον.

2 ἦ] Manutius, om. P.   4 φίλ*τατε P.   ἐχόμεθα P ἐχώμεθα P.
15 ὅ τε] Manutius, ὅ γε P.   16 αὑτὸν P, corr. Faber.   18 ἐπ' εἴδους]
Faber, ἐπ'ἰνδοὺσ P, item p. 154. 5 ἐπιδούς.   20 εἰδῶν] Tollius, ἠθῶν P.
22 τοῖς om. P superscr. m. rec. P.   28 ἀξιονικό*τατοσ P.

XIV

Οὐκοῦν καὶ ἡμᾶς, ἡνίκ' ἂν διαπονῶμεν ὑψηγορίας τι
καὶ μεγαλοφροσύνης δεόμενον, καλὸν ἀναπλάττεσθαι ταῖς
ψυχαῖς, πῶς ἂν εἰ τύχοι ταὐτὸ τοῦθ' Ὅμηρος εἶπεν, πῶς δ'
ἂν Πλάτων ἢ Δημοσθένης ὕψωσαν ἢ ἐν ἱστορίᾳ Θουκυ-
5 δίδης. προσπίπτοντα γὰρ ἡμῖν κατὰ ζῆλον ἐκεῖνα τὰ
πρόσωπα καὶ οἷον | διαπρέποντα, τὰς ψυχὰς ἀνοίσει πως 187ᵛ
πρὸς τὰ ἀνειδωλοποιούμενα μέτρα· 2. ἔτι δὲ μᾶλλον, εἰ
κἀκεῖνο τῇ διανοίᾳ προσυπογράφοιμεν, πῶς ἂν τόδε τι ὑπ'
ἐμοῦ λεγόμενον παρὼν Ὅμηρος ἤκουσεν ἢ Δημοσθένης,
10 ἢ πῶς ἂν ἐπὶ τούτῳ διετέθησαν· τῷ γὰρ ὄντι μέγα τὸ
ἀγώνισμα, τοιοῦτον ὑποτίθεσθαι τῶν ἰδίων λόγων δικα-
στήριον καὶ θέατρον, καὶ ἐν τηλικούτοις ἥρωσι κριταῖς τε
καὶ μάρτυσιν ὑπέχειν τῶν γραφομένων εὐθύνας πεπαῖχθαι.
3. πλέον δὲ τούτων παρορμητικόν, εἰ προστιθείης, πῶς
15 ἂν ἐμοῦ ταῦτα γράψαντος ὁ μετ' ἐμὲ πᾶς ἀκούσειεν αἰών;
εἰ δέ τις αὐτόθεν φοβοῖτο, μὴ τοῦ ἰδίου βίου καὶ χρόνου
φθέγξαιτό τι ὑπερήμερον, ἀνάγκη καὶ τὰ συλλαμβανόμενα
ὑπὸ τῆς τούτου ψυχῆς ἀτελῆ καὶ τυφλὰ ὥσπερ ἀμβλού-
σθαι, πρὸς τὸν τῆς ὑστεροφημίας ὅλως μὴ τελεσφορούμενα
20 χρόνον.

XV

Ὄγκου καὶ μεγαληγορίας καὶ ἀγῶνος ἐπὶ τούτοις, ὦ
νεανία, καὶ αἱ φαντασίαι παρασκευαστικώταται· οὕτω
γοῦν εἰδωλοποιίας αὐτὰς ἔνιοι λέγουσι· καλεῖται μὲν γὰρ
κοινῶς φαντασία πᾶν τὸ ὁπωσοῦν ἐννόημα γεννητικὸν
25 λόγου παριστάμενον· ἤδη δ' ἐπὶ τούτων κεκράτηκε τοὔ-
νομα, ὅταν ἃ λέγεις ὑπ' ἐνθουσιασμοῦ καὶ πάθους βλέπειν

---

5 προσπίπτοντα] Manutius, προπίπτοντα P.　　　10 τοῦτο P τούτῳ P.
13 πεπ**χθαι P πεπαῖχθαι P.　Vide Append. A.　　26 λέγῃσ P, corr.
Spengelius.

δοκῇς καὶ ὑπ' ὄψιν τιθῇς τοῖς ἀκούουσιν. 2. ὡς δ'
ἔτερόν τι ἡ ῥητορικὴ φαντασία βούλεται καὶ ἔτερον ἡ
παρὰ ποιηταῖς, οὐκ ἂν λάθοι σε, οὐδ' ὅτι τῆς | μὲν ἐν 188ᵣ
ποιήσει τέλος ἐστὶν ἔκπληξις, τῆς δ' ἐν λόγοις ἐνάργεια.
5 ἀμφότεραι δ' ὅμως τό τε <παθητικὸν> ἐπιζητοῦσι καὶ τὸ
συγκεκινημένον.

> ὦ μῆτερ ἱκετεύω σε, μὴ 'πίσειέ μοι
> τὰς αἱματωποὺς καὶ δρακοντώδεις κόρας·
> αὗται γάρ, αὗται πλησίον θρώσκουσί μου.

10 καὶ

> οἴμοι, κτανεῖ με· ποῖ φύγω;

ἐνταῦθ' ὁ ποιητὴς αὐτὸς εἶδεν Ἐρινύας· ὃ δὲ ἐφαντάσθη,
μικροῦ δεῖν θεάσασθαι καὶ τοὺς ἀκούοντας ἠνάγκασεν.
3. ἔστι μὲν οὖν φιλοπονώτατος ὁ Εὐριπίδης δύο ταυτὶ
15 πάθη, μανίας τε καὶ ἔρωτας, ἐκτραγῳδῆσαι, κἀν τούτοις
ὡς οὐκ οἶδ' εἴ τισιν ἑτέροις ἐπιτυχέστατος, οὐ μὴν ἀλλὰ
καὶ ταῖς ἄλλαις ἐπιτίθεσθαι φαντασίαις οὐκ ἄτολμος.
ἥκιστά γέ τοι μεγαλοφυὴς ὢν ὅμως τὴν αὐτὸς αὐτοῦ
φύσιν ἐν πολλοῖς γενέσθαι τραγικὴν προσηνάγκασεν,
20 καὶ παρ' ἔκαστα ἐπὶ τῶν μεγεθῶν, ὡς ὁ ποιητής,

> οὐρῇ δὲ πλευράς τε καὶ ἰσχίον ἀμφοτέρωθεν
> μαστίεται, ἑὲ δ' αὐτὸν ἐποτρύνει μαχέσασθαι.

4. τῷ γοῦν Φαέθοντι παραδιδοὺς τὰς ἡνίας ὁ Ἥλιος,

> ἔλα δὲ μήτε Λιβυκὸν αἰθέρ' εἰσβαλών·
25 > κρᾶσιν γὰρ ὑγρὰν οὐκ ἔχων, ἀψῖδα σὴν
> κάτω διήσει,

φησίν, εἶθ' ἑξῆς,

---

2 ἢ παρὰ P.   3 λάθοι* P.   ἐμποιήσει* P.   5 τό τε] P, παθη-
τικὸν add. Kayserus.   12 ὁ P, corr. Manutius.   16 ἐτέ*|ροισ P.
22 ἑὲ] codd. Homeri, ἑ P.   μαχέσασθαι] codd. Homeri, μάχεσθαι P.
25 ἀψῖδας ἢν P, corr. Faber.   26 διεισι P, corr. Faber.

ἵει δ' ἐφ' ἑπτὰ Πλειάδων ἔχων δρόμον.
τοσαῦτ' ἀκούσας εἶτ' ἔμαρψεν ἡνίας·
κρούσας δὲ πλευρὰ πτεροφόρων ὀχημάτων
μεθῆκεν, αἱ δ' ἔπταντ' ἐπ' αἰθέρος πτύχας.
πατὴρ δ' ὄπισθε νῶτα Σειρίου βεβὼς
ἵππευε παῖδα νουθετῶν· ἐκεῖσ' ἔλα,
τῇδε στρέφ' ἅρμα, τῇδε.

ἆρ' οὐκ ἂν εἴποις, ὅτι ἡ ψυχὴ τοῦ γράφοντος συνε|πιβαίνει 188ᵛ
τοῦ ἅρματος, καὶ συγκινδυνεύουσα τοῖς ἵπποις συνεπτέ-
ρωται; οὐ γὰρ ἄν, εἰ μὴ τοῖς οὐρανίοις ἐκείνοις ἔργοις
ἰσοδρομοῦσα ἐφέρετο, τοιαῦτ' ἄν ποτε ἐφαντάσθη. ὅμοια
καὶ τὰ ἐπὶ τῆς Κασσάνδρας αὐτῷ,

ἀλλ', ὦ φίλιπποι Τρῶες.

5. τοῦ δ' Αἰσχύλου φαντασίαις ἐπιτολμῶντος ἡρωϊκω-
τάταις, ὥσπερ καὶ οἱ Ἑπτὰ ἐπὶ Θήβας παρ' αὐτῷ,

ἄνδρες (φησὶν) ἑπτὰ θούριοι λοχαγέται,
ταυροσφαγοῦντες εἰς μελάνδετον σάκος,
καὶ θιγγάνοντες χερσὶ ταυρείου φόνου,
Ἄρη τ' Ἐννὼ καὶ φιλαίματον Φόβον
ὀρκωμότησαν,

τὸν ἴδιον αὐτῶν πρὸς ἀλλήλους δίχα οἴκτου συνομνύμενοι
θάνατον, ἐνίοτε μέντοι ἀκατεργάστους καὶ οἱονεὶ ποκοειδεῖς
τὰς ἐννοίας καὶ ἀμαλάκτους φέροντος, ὅμως ἑαυτὸν ὁ
Εὐριπίδης κἀκείνοις ὑπὸ φιλοτιμίας τοῖς κινδύνοις προσ-
βιβάζει. 6. καὶ παρὰ μὲν Αἰσχύλῳ παραδόξως τὰ τοῦ
Λυκούργου βασίλεια κατὰ τὴν ἐπιφάνειαν τοῦ Διονύσου

---

2 τοσαῦ*|τ' (τ posterius a m. rec.) P—ex τόσαυτ' | videlicet.　εἶτ'] Manutius,
τις P, παῖς Grotio auctore Vahlenus.　4 ἔπταντο P.　5 ὄπισθεν ὦτα P,
corr. Manutius.　6, 7 ἐκεῖσ' ἔλα, τῇδε στρέφ'] Portus, ἐκεῖσε ἐλατῆρα ἔστρεφ' P.
9 σ**κινδυνεύουσα P συγκινδυνεύουσα P.　15 οἱ] Morus, om. P.　18 θιγγάνοντες
χερσὶ] Robortellus, θιγγάνοντισ χερσὶ P.　21 αὐτῶν P.　22 ποκοειδέσ in
marg. P.　23 ἀμαλάκτους φέροντος] Manutius, ἀναλάκτουσ φέροντασ P.
24 φιλ***|μίασ P φιλοτι|μίας P.　25 αἰ*|σχύλω P.

θεοφορεῖται,

ἐνθουσιᾷ δὴ δῶμα, βακχεύει στέγη·

ὁ δ᾽ Εὐριπίδης τὸ αὐτὸ τοῦθ᾽ ἑτέρως ἐφηδύνας ἐξεφώνησε,

πᾶν δὲ συνεβάκχευ᾽ ὄρος.

7. ἄκρως δὲ καὶ ὁ Σοφοκλῆς ἐπὶ τοῦ θνήσκοντος Οἰδίπου
καὶ ἑαυτὸν μετὰ διοσημείας τινὸς θάπτοντος πεφάντασται,
καὶ κατὰ τὸν ἀπόπλουν τῶν Ἑλλήνων ἐπὶ τἀχιλλέως
προφαινομένου τοῖς ἀναγομένοις ὑπὲρ τοῦ τάφου, ἣν οὐκ
οἶδ᾽ εἴ τις ὄψιν ἐναργέστερον εἰδωλοποίησε Σιμωνίδου·
10 πάντα δ᾽ ἀμήχανον παρατίθεσθαι. 8. οὐ μὴν ἀλλὰ τὰ
μὲν παρὰ τοῖς ποιηταῖς μυθικωτέ|ραν ἔχει τὴν ὑπερέκπτω- 189ʳ
σιν, ὡς ἔφην, καὶ πάντη τὸ πιστὸν ὑπεραίρουσαν, τῆς δὲ
ῥητορικῆς φαντασίας κάλλιστον ἀεὶ τὸ ἔμπρακτον καὶ
ἐνάληθες. δειναὶ δὲ καὶ ἔκφυλοι αἱ παραβάσεις, ἡνίκ᾽
15 ἂν ᾖ ποιητικὸν τοῦ λόγου καὶ μυθῶδες τὸ πλάσμα καὶ
εἰς πᾶν προσεκπῖπτον τὸ ἀδύνατον, ὡς ἤδη νὴ Δία καὶ οἱ
καθ᾽ ἡμᾶς δεινοὶ ῥήτορες, καθάπερ οἱ τραγῳδοί, βλέπουσιν
Ἐρινύας, καὶ οὐδὲ ἐκεῖνο μαθεῖν οἱ γενναῖοι δύνανται, ὅτι
ὁ λέγων Ὀρέστης

20 μέθες, μί᾽ οὖσα τῶν ἐμῶν Ἐρινύων
μέσον μ᾽ ὀχμάζεις, ὡς βάλῃς ἐς τάρταρον,

φαντάζεται ταῦθ᾽ ὅτι μαίνεται. 9. τί οὖν ἡ ῥητορικὴ
φαντασία δύναται; πολλὰ μὲν ἴσως καὶ ἄλλα τοῖς λόγοις
ἐναγώνια καὶ ἐμπαθῆ προσεισφέρειν, κατακιρναμένη
25 μέντοι ταῖς πραγματικαῖς ἐπιχειρήσεσιν οὐ πείθει τὸν
ἀκροατὴν μόνον, ἀλλὰ καὶ δουλοῦται. ʽκαὶ μὴν εἴ τις,ʼ
φησὶν ʽαὐτίκα δὴ μάλα κραυγῆς ἀκούσειε πρὸ τῶν δικα-
στηρίων, εἶτ᾽ εἴποι τις, ὡς ἀνέῳκται τὸ δεσμωτήριον, οἱ

---

1 θεοφ*ρεῖται P θεοφορεῖται P. 4 συνεβάκχευ᾽] Porsonus, συνεβάκχευεν P,
συνεβάκχευσ᾽ codd. Euripidis. 5 θνήσκοντοσ P. οἰδ**που P οἰδίπου P.
7 ἔπειτ᾽ ἀχιλλέωσ P, corr. Manutius. 16 ἀδύνατον] Manutius, δυνατὸν P.
21 τάρτ|*ον P τάρτα|ρον P. 28 εἶτ᾽ P.

δὲ δεσμῶται φεύγουσιν, οὐθεὶς οὕτως οὔτε γέρων οὔτε
νέος ὀλίγωρός ἐστιν, ὃς οὐχὶ βοηθήσει, καθ᾽ ὅσον δύναται·
εἰ δὲ δή τις εἴποι παρελθών, ὡς ὁ τούτους ἀφεὶς οὗτός
ἐστιν, οὐδὲ λόγου τυχὼν παραυτίκ᾽ ἂν ἀπόλοιτο.᾽ 10. ὡς
5 νὴ Δία καὶ ὁ Ὑπερίδης κατηγορούμενος, ἐπειδὴ τοὺς
δούλους μετὰ τὴν ἧτταν ἐλευθέρους ἐψηφίσατο, τοῦτο τὸ
ψήφισμα, εἶπεν, οὐχ ὁ ῥήτωρ ἔγραψεν ἀλλ᾽ ἡ ἐν Χαιρωνείᾳ
μάχη. ἅμα γὰρ τῷ πραγματικῷ ἐπιχειρεῖν ὁ ῥήτωρ
πεφάντασται, διὸ καὶ τὸν τοῦ πείθειν ὅρον ὑπερ|βέβηκε 189ᵛ
10 τῷ λήμματι. 11. φύσει δέ πως ἐν τοῖς τοιούτοις ἅπασιν
ἀεὶ τοῦ κρείττονος ἀκούομεν, ὅθεν ἀπὸ τοῦ ἀποδεικτικοῦ
περιελκόμεθα εἰς τὸ κατὰ φαντασίαν ἐκπληκτικόν, ᾧ τὸ
πραγματικὸν ἐγκρύπτεται περιλαμπόμενον. καὶ τοῦτ᾽
οὐκ ἀπεικότως πάσχομεν· δυεῖν γὰρ συνταττομένων ὑφ᾽
15 ἓν ἀεὶ τὸ κρεῖττον εἰς ἑαυτὸ τὴν θατέρου δύναμιν περισπᾷ.

12. Τοσαῦτα περὶ τῶν κατὰ τὰς νοήσεις ὑψηλῶν
καὶ ὑπὸ μεγαλοφροσύνης μιμήσεως ἢ φαντασίας ἀπο-
γεννωμένων ἀρκέσει.

XVI

Αὐτόθι μέντοι καὶ ὁ περὶ σχημάτων ἐφεξῆς τέτακται
20 τόπος· καὶ γὰρ ταῦτ᾽, ἂν ὃν δεῖ σκευάζηται τρόπον, ὡς
ἔφην, οὐκ ἂν ἡ τυχοῦσα μεγέθους εἴη μερίς. οὐ μὴν ἀλλ᾽
ἐπεὶ τὸ πάντα διακριβοῦν πολύεργον ἐν τῷ παρόντι,
μᾶλλον δ᾽ ἀπεριόριστον, ὀλίγα τῶν ὅσα μεγαληγορίας
ἀποτελεστικὰ τοῦ πιστώσασθαι τὸ προκείμενον ἕνεκα
25 καὶ δὴ διέξιμεν. 2. ἀπόδειξιν ὁ Δημοσθένης ὑπὲρ τῶν
πεπολιτευμένων εἰσφέρει· τίς δ᾽ ἦν ἡ κατὰ φύσιν χρῆσις
αὐτῆς; ῾οὐχ ἡμάρτετε, ὦ τὸν ὑπὲρ τῆς τῶν Ἑλλήνων
ἐλευθερίας ἀγῶνα ἀράμενοι· ἔχετε δὲ οἰκεῖα τούτου

---

7 χ**ρωνεία P χαιρωνεία P. 8 πραγματικῶι P, πραγματικῶς Morus
Vahlenus. 9 ὑπερ|βέβηκε* P. 19 περὶ σχημάτων in marg. P.

22 πολύεργον P. 25 διέξ*μεν P διέξιμεν P. 27 ὦ] P Spengelius,
ἄνδρες ᾽Αθηναῖοι addit Manutio auctore Vahlenus.

παραδείγματα· οὐδὲ γὰρ οἱ ἐν Μαραθῶνι ἥμαρτον οὐδ' οἱ
ἐν Σαλαμῖνι οὐδ' οἱ ἐν Πλαταιαῖς.' ἀλλ' ἐπειδὴ καθάπερ
ἐμπνευσθεὶς ἐξαίφνης ὑπὸ θεοῦ καὶ οἱονεὶ φοιβόληπτος
γενόμενος, τὸν τῶν ἀριστέων τῆς Ἑλλάδος ὅρκον ἐξεφώ-
5 νησεν 'οὐκ ἔστιν ὅπως ἡμάρτετε, μὰ τοὺς ἐν Μαραθῶνι
προκινδυνεύσαντας,' φαίνεται δι' ἑ|νὸς τοῦ ὁμοτικοῦ σχή- 190ʳ
ματος, ὅπερ ἐνθάδε ἀποστροφὴν ἐγὼ καλῶ, τοὺς μὲν
προγόνους ἀποθεώσας, ὅτι δεῖ τοὺς οὕτως ἀποθανόντας
ὡς θεοὺς ὀμνύναι παριστάνων, τοῖς δὲ κρίνουσι τὸ τῶν
10 ἐκεῖ προκινδυνευσάντων ἐντιθεὶς φρόνημα, τὴν δὲ τῆς
ἀποδείξεως φύσιν μεθεστακὼς εἰς ὑπερβάλλον ὕψος καὶ
πάθος καὶ ξένων καὶ ὑπερφυῶν ὅρκων ἀξιοπιστίαν, καὶ
ἅμα παιώνειόν τινα καὶ ἀλεξιφάρμακον εἰς τὰς ψυχὰς
τῶν ἀκουόντων καθιεὶς λόγον, ὡς κουφιζομένους ὑπὸ τῶν
15 ἐγκωμίων μηδὲν ἔλαττον τῇ μάχῃ τῇ πρὸς Φίλιππον ἢ
ἐπὶ τοῖς κατὰ Μαραθῶνα καὶ Σαλαμῖνα νικητηρίοις παρί-
στασθαι φρονεῖν· οἷς πᾶσι τοὺς ἀκροατὰς διὰ τοῦ σχημα-
τισμοῦ συναρπάσας ᾤχετο. 3. καίτοι παρὰ τῷ Εὐπόλιδι·
τοῦ ὅρκου τὸ σπέρμα φασὶν εὑρῆσθαι·

20   οὐ γὰρ μὰ τὴν Μαραθῶνι τὴν ἐμὴν μάχην,
        χαίρων τις αὐτῶν τοὐμὸν ἀλγυνεῖ κέαρ.

ἔστι δ' οὐ τὸ ὁπωσοῦν τινὰ ὀμόσαι μέγα, τὸ δὲ ποῦ καὶ
πῶς καὶ ἐφ' ὧν καιρῶν καὶ τίνος ἕνεκα. ἀλλ' ἐκεῖ μὲν
οὐδέν ἐστ' εἰ μὴ ὅρκος, καὶ πρὸς εὐτυχοῦντας ἔτι καὶ οὐ
25 δεομένους παρηγορίας τοὺς Ἀθηναίους, ἔτι δ' οὐχὶ τοὺς
ἄνδρας ἀπαθανατίσας ὁ ποιητὴς ὤμοσεν, ἵνα τῆς ἐκείνων
ἀρετῆς τοῖς ἀκούουσιν ἐντέκῃ λόγον ἄξιον, ἀλλ' ἀπὸ τῶν
προκινδυνευσάντων ἐπὶ τὸ ἄψυχον ἀπεπλανήθη, τὴν μάχην.
παρὰ δὲ τῷ Δημοσθένει πεπραγμάτευται πρὸς ἡττημέ-
30 νους ὁ ὅρκος, ὡς μὴ Χαιρώνειαν ἔτ' Ἀθηναίοις ἀτύχημα

---

5 ἡμάρτετε] codd. Demosthenis, ἥμαρτε P.   7 ἀποστροφή in marg. P.
24 ἐστ'] Manutius, ἔτ' P.   26 ἀποθανατίσασ P ἀπαθανατίσασ P.

φαίνεσθαι, καὶ | ταὐτόν, ὡς ἔφην, ἅμα ἀπόδειξίς ἐστι τοῦ 190ᵛ
μηδὲν ἡμαρτηκέναι παράδειγμα ὅρκων πίστις ἐγκώμιον
προτροπή. 4. κἀπειδήπερ ὑπήντα τῷ ῥήτορι· 'λέγεις
ἥτταν πολιτευσάμενος, εἶτα νίκας ὀμνύεις,' διὰ ταῦθ' ἑξῆς
5 κανονίζει καὶ δι' ἀσφαλείας ἄγει καὶ ὀνόματα, διδάσκων
ὅτι κἂν βακχεύμασι νήφειν ἀναγκαῖον· 'τοὺς προκιν-
δυνεύσαντας' φησὶ 'Μαραθῶνι καὶ τοὺς Σαλαμῖνι καὶ
ἐπ' Ἀρτεμισίῳ ναυμαχήσαντας, καὶ τοὺς ἐν Πλαταιαῖς
παραταξαμένους.' οὐδαμοῦ 'νικήσαντας' εἶπεν, ἀλλὰ
10 πάντη τὸ τοῦ τέλους διακέκλοφεν ὄνομα, ἐπειδήπερ ἦν
εὐτυχὲς καὶ τοῖς κατὰ Χαιρώνειαν ὑπεναντίον. διόπερ
καὶ τὸν ἀκροατὴν φθάνων εὐθὺς ὑποφέρει· 'οὓς ἅπαντας
ἔθαψε δημοσίᾳ' φησὶν 'ἡ πόλις, Αἰσχίνη, οὐχὶ τοὺς
κατορθώσαντας μόνους.'

XVII

15　Οὐκ ἄξιον ἐπὶ τούτου τοῦ τόπου παραλιπεῖν ἕν τι τῶν
ἡμῖν τεθεωρημένων, φίλτατε, ἔσται δὲ πάνυ σύντομον,
ὅτι φύσει πως συμμαχεῖ τε τῷ ὕψει τὰ σχήματα καὶ
πάλιν ἀντισυμμαχεῖται θαυμαστῶς ὑπ' αὐτοῦ. πῆ δὲ καὶ
πῶς, ἐγὼ φράσω. ὕποπτόν ἐστιν ἰδίως τὸ διὰ σχημάτων
20 πανουργεῖν καὶ προσβάλλον ὑπόνοιαν ἐνέδρας ἐπιβουλῆς
παραλογισμοῦ. καὶ ταῦθ' ὅταν ᾖ πρὸς κριτὴν κύριον ὁ
λόγος, μάλιστα δὲ πρὸς τυράννους βασιλέας ἡγεμόνας
ἐν ὑπεροχαῖς· ἀγανακτεῖ γὰρ εὐθύς, εἰ ὡς παῖς ἄφρων
ὑπὸ τεχνίτου ῥήτορος σχηματίοις κατασοφίζεται, καὶ εἰς
25 καταφρό|νησιν ἑαυτοῦ λαμβάνων τὸν παραλογισμὸν ἐνίοτε 191ʳ
μὲν ἀποθηριοῦται τὸ σύνολον, κἂν ἐπικρατήσῃ δὲ τοῦ
θυμοῦ, πρὸς τὴν πειθὼ τῶν λόγων πάντως ἀντιδιατίθεται.
διόπερ καὶ τότε ἄριστον δοκεῖ τὸ σχῆμα, ὅταν αὐτὸ τοῦτο
διαλανθάνῃ ὅτι σχῆμά ἐστιν. 2. τὸ τοίνυν ὕψος καὶ

3 λέγεις] Robortellus, λέγεισ λέγεισ P. 17 συμμαχεῖ τε] Schurzfleischius,
συμμαχεῖται (poster. a in ras.) P. 24 σχημάτιον in marg. P. 28 ὅταν—
σχῆμα om. P, addidit in marg. eadem manus.

πάθος τῆς ἐπὶ τῷ σχηματίζειν ὑπονοίας ἀλέξημα καὶ
θαυμαστή τις ἐπικουρία καθίσταται, καί πως παραληφ-
θεῖσα ἡ τοῦ πανουργεῖν τέχνη τοῖς κάλλεσι καὶ μεγέθεσι
τὸ λοιπὸν δέδυκε καὶ πᾶσαν ὑποψίαν ἐκπέφευγεν. ἱκανὸν
5 δὲ τεκμήριον τὸ προειρημένον 'μὰ τοὺς ἐν Μαραθῶνι.'
τίνι γὰρ ἐνταῦθ' ὁ ῥήτωρ ἀπέκρυψε τὸ σχῆμα; δῆλον ὅτι
τῷ φωτὶ αὐτῷ. σχεδὸν γὰρ ὥσπερ καὶ τἀμυδρὰ φέγγη
ἐναφανίζεταιτῷἡλίῳ περιαυγούμενα, οὕτω τὰ τῆς ῥητορικῆς
σοφίσματα ἐξαμαυροῖ περιχυθὲν πάντοθεν τὸ μέγεθος.
10 3. οὐ πόρρω δ' ἴσως τούτου καὶ ἐπὶ τῆς ζωγραφίας τι συμ-
βαίνει· ἐπὶ γὰρ τοῦ αὐτοῦ κειμένων ἐπιπέδου παραλλήλων
ἐν χρώμασι τῆς σκιᾶς τε καὶ τοῦ φωτός, ὅμως προϋπαντᾷ
τε τὸ φῶς ταῖς ὄψεσι καὶ οὐ μόνον ἔξοχον ἀλλὰ καὶ
ἐγγυτέρω παρὰ πολὺ φαίνεται. οὐκοῦν καὶ τῶν λόγων
15 τὰ πάθη καὶ τὰ ὕψη ταῖς ψυχαῖς ἡμῶν ἐγγυτέρω κείμενα
διά τε φυσικήν τινα συγγένειαν καὶ διὰ λαμπρότητα, ἀεὶ
τῶν σχημάτων προεμφανίζεται καὶ τὴν τέχνην αὐτῶν
ἀποσκιάζει καὶ οἷον ἐν κατακαλύψει τηρεῖ.

XVIII

Τί δ' ἐκεῖνα φῶμεν, τὰς πεύσεις τε καὶ ἐρωτήσεις; ἆρα
20 οὐκ αὐταῖς ταῖς τῶν σχημάτων | εἰδοποιΐαις παρὰ πολὺ 191ᵛ
ἐμπρακτότερα καὶ σοβαρώτερα συντείνει τὰ λεγόμενα;
'ἢ βούλεσθε εἰπέ μοι περιϊόντες ἀλλήλων πυνθάνεσθαι·
λέγεταί τι καινόν; τί γὰρ ἂν γένοιτο τούτου καινότερον
·ἢ Μακεδὼν ἀνὴρ καταπολεμῶν τὴν Ἑλλάδα; τέθνηκε
25 Φίλιππος; οὐ μὰ Δί' ἀλλ' ἀσθενεῖ. τί δ' ὑμῖν διαφέρει;
καὶ γὰρ ἂν οὗτός τι πάθῃ, ταχέως ὑμεῖς ἕτερον Φίλιππον
ποιήσετε.' καὶ πάλιν 'πλέωμεν ἐπὶ Μακεδονίαν' φησί.
'ποῖ δὴ προσορμιούμεθα, ἤρετό τις. εὑρήσει τὰ σαθρὰ
τῶν Φιλίππου πραγμάτων αὐτὸς ὁ πόλεμος.' ἦν δὲ ἁπλῶς

2 παραληφθεῖσα ἡ] Tollius, παραληφθεῖσαν P.   8 παυγῶ in marg. P.

13 καὶ οὐ μόνον] Victorius, καιόμενον P.

ῥηθὲν τὸ πρᾶγμα τῷ παντὶ καταδεέστερον, νυνὶ δὲ τὸ
ἔνθουν καὶ ὀξύρροπον τῆς πεύσεως καὶ ἀποκρίσεως καὶ
τὸ πρὸς ἑαυτὸν ὡς πρὸς ἕτερον ἀνθυπαντᾶν οὐ μόνον
ὑψηλότερον ἐποίησε τῷ σχηματισμῷ τὸ ῥηθὲν ἀλλὰ καὶ
5 πιστότερον.　2. ἄγει γὰρ τὰ παθητικὰ τότε μᾶλλον,
ὅταν αὐτὰ φαίνηται μὴ ἐπιτηδεύειν αὐτὸς ὁ λέγων ἀλλὰ
γεννᾶν ὁ καιρός, ἡ δ' ἐρώτησις ἡ εἰς ἑαυτὸν καὶ ἀπόκρισις
μιμεῖται τοῦ πάθους τὸ ἐπίκαιρον. σχεδὸν γὰρ ὡς οἱ ὑφ'
ἑτέρων ἐρωτώμενοι παροξυνθέντες ἐκ τοῦ παραχρῆμα πρὸς
10 τὸ λεχθὲν ἐναγωνίως καὶ ἀπ' αὐτῆς τῆς ἀληθείας ἀνθυ-
παντῶσιν, οὕτως τὸ σχῆμα τῆς πεύσεως καὶ ἀποκρίσεως
εἰς τὸ δοκεῖν ἕκαστον τῶν ἐσκεμμένων ἐξ ὑπογύου κεκινῆ-
σθαί τε καὶ λέγεσθαι τὸν ἀκροατὴν ἀπάγον καὶ παρα-
λογίζεται. ἔτι τοίνυν (ἐν γάρ τι τῶν ὑψηλοτάτων τὸ
15 Ἡροδότειον πεπίστευται) εἰ οὕτως ἔ| . . . .

DESVNT DVO FOLIA

XIX

. . . . |πλοκα ἐκπίπτει καὶ οἱονεὶ προχεῖται τὰ λεγόμενα, 192ʳ
ὀλίγου δεῖν φθάνοντα καὶ αὐτὸν τὸν λέγοντα. 'καὶ συμ-
βαλόντες' φησὶν ὁ Ξενοφῶν 'τὰς ἀσπίδας ἐωθοῦντο
ἐμάχοντο ἀπέκτεινον ἀπέθνησκον.' 2. καὶ τὰ τοῦ Εὐρυ-
20 λόχου,

ἤλθομεν ὡς ἐκέλευες, ἀνὰ δρυμά, φαίδιμ' Ὀδυσσεῦ.
εἴδομεν ἐν βήσσῃσι τετυγμένα δώματα καλά.

τὰ γὰρ ἀλλήλων διακεκομμένα καὶ οὐδὲν ἧσσον κατεσπευ-
σμένα φέρει τῆς ἀγωνίας ἔμφασιν ἅμα καὶ ἐμποδιζούσης

8 ὡς οἱ] Faber, ὅσον P, ὅσοι Petra.　9 παροξυνθέντες] Morus, παροξύ-
νοντεσ P.　13 ἀπά*ον P ἀπάγον P.　15 desunt folia quartum
et quintum quaternionis ΚΖ.　16 ἄπλοκα Manutius.　29 ἀπέθνησκον P.
22 *ίδομεν P εὕρομεν in marg. P εὕρομεν codd. Homeri.　βήσσησιν P.

τι καὶ συνδιωκούσης. τοιαῦθ' ὁ ποιητὴς ἐξήνεγκε διὰ
τῶν ἀσυνδέτων.

XX

Ἄκρως δὲ καὶ ἡ ἐπὶ ταὐτὸ σύνοδος τῶν σχημάτων
εἴωθε κινεῖν, ὅταν δύο ἢ τρία οἷον κατὰ συμμορίαν
5 ἀνακιρνάμενα ἀλλήλοις ἐρανίζῃ τὴν ἰσχὺν τὴν πειθὼ τὸ
κάλλος, ὁποῖα καὶ τὰ εἰς τὸν Μειδίαν, ταῖς ἀναφοραῖς
ὁμοῦ καὶ τῇ διατυπώσει συναναπεπλεγμένα τὰ ἀσύνδετα.
'πολλὰ γὰρ ἂν ποιήσειεν ὁ τύπτων, ὧν ὁ παθὼν ἔνια οὐδ'
ἂν ἀπαγγεῖλαι δύναιτο ἑτέρῳ, τῷ σχήματι τῷ βλέμματι
10 τῇ φωνῇ.' 2. εἶθ' ἵνα μὴ ἐπὶ τῶν αὐτῶν ὁ λόγος ἰὼν
στῇ (ἐν στάσει γὰρ τὸ ἠρεμοῦν, ἐν ἀταξίᾳ δὲ τὸ πάθος,
ἐπεὶ φορὰ ψυχῆς καὶ συγκίνησίς ἐστιν), εὐθὺς ἐπ' ἄλλα
μεθήλατο ἀσύνδετα καὶ ἐπαναφοράς· 'τῷ σχήματι τῷ
βλέμματι τῇ φωνῇ, ὅταν ὡς ὑβρίζων, ὅταν ὡς ἐχθρός, ὅταν
15 κονδύλοις, ὅταν ὡς δοῦλον.' οὐδὲν ἄλλο διὰ τούτων ὁ
ῥήτωρ ἢ ὅπερ ὁ τύπτων ἐργάζεται, τὴν διάνοιαν τῶν
δικαστῶν τῇ ἐπαλλήλῳ πλήττει φορᾷ. 3. εἶτ' ἐντεῦθεν
πάλιν ὡς αἱ καταιγίδες, ἄλλην ποιούμενος ἐμβολὴν 'ὅταν
κονδύλοις, | ὅταν ἐπὶ κόρρης' φησί· 'ταῦτα κινεῖ, ταῦτα 192ʳ
20 ἐξίστησιν ἀνθρώπους, ἀήθεις ὄντας τοῦ προπηλακίζεσθαι·
οὐδεὶς ἂν ταῦτα ἀπαγγέλλων δύναιτο τὸ δεινὸν παρα-
στῆσαι.' οὐκοῦν τὴν μὲν φύσιν τῶν ἐπαναφορῶν καὶ
ἀσυνδέτων πάντῃ φυλάττει τῇ συνεχεῖ μεταβολῇ· οὕτως
αὐτῷ καὶ ἡ τάξις ἄτακτον καὶ ἔμπαλιν ἡ ἀταξία ποιὰν
25 περιλαμβάνει τάξιν.

XXI

Φέρε οὖν, πρόσθες τοὺς συνδέσμους, εἰ θέλοις, ὡς ποι-
οῦσιν οἱ Ἰσοκράτειοι· 'καὶ μὴν οὐδὲ τοῦτο χρὴ παραλιπεῖν,

1 συνδιωκούσης] Faber, συνδιοικούσησ P. 4 συμμορίαν] Manutius, συμμορίασ P.
5 ἐρανίζ** P ἐρανίζηι P. 15 ὅταν ὡς δοῦλον] P, ὅταν ἐπὶ κόρρης libri Demosthenis,
quos sequuntur Manutius et Spengelius deleto ὡς δοῦλον. sed auctor verba suo more
libere laudat. 21 ἂν om. P, add. libri deteriores. 26 συνδ. in marg. P.

ὡς πολλὰ ἂν ποιήσειεν ὁ τύπτων, πρῶτον μὲν τῷ σχή-
ματι, εἶτα δὲ τῷ βλέμματι, εἶτά γε μὴν αὐτῇ τῇ φωνῇ,
καὶ εἴσῃ κατὰ τὸ ἑξῆς οὕτως παραγράφων, ὡς τοῦ πάθους
τὸ συνδεδιωγμένον καὶ ἀποτραχυνόμενον, ἐὰν τοῖς συν-
5 δέσμοις ἐξομαλίσῃς εἰς λειότητα, ἄκεντρόν τε προσπίπτει
καὶ εὐθὺς ἔσβεσται. 2. ὥσπερ γὰρ εἴ τις συνδήσειε
τῶν θεόντων τὰ σώματα τὴν φορὰν αὐτῶν ἀφήρηται,
οὕτως καὶ τὸ πάθος ὑπὸ τῶν συνδέσμων καὶ τῶν ἄλλων
προσθηκῶν ἐμποδιζόμενον ἀγανακτεῖ· τὴν γὰρ ἐλευθερίαν
10 ἀπολλύει τοῦ δρόμου καὶ τὸ ὡς ἀπ᾽ ὀργάνου τινὸς ἀφίεσθαι.

XXII

Τῆς δὲ αὐτῆς ἰδέας καὶ τὰ ὑπερβατὰ θετέον. ἔστι δὲ
λέξεων ἢ νοήσεων ἐκ τοῦ κατ᾽ ἀκολουθίαν κεκινημένη
τάξις καὶ οἱονεὶ χαρακτὴρ ἐναγωνίου πάθους ἀληθέστατος.
ὡς γὰρ οἱ τῷ ὄντι ὀργιζόμενοι ἢ φοβούμενοι ἢ ἀγανακ-
15 τοῦντες ἢ ὑπὸ ζηλοτυπίας ἢ ὑπὸ ἄλλου τινὸς (πολλὰ
γὰρ καὶ ἀναρίθμητα πάθη καὶ οὐδ᾽ ἂν εἰπεῖν τις ὁπόσα
δύναιτο), ἑκάστοτε παραπίπτοντες ἄλλα προθέμενοι πολ- 193ʳ
λάκις ἐπ᾽ ἄλλα μεταπηδῶσι, μέσα τινὰ παρεμβαλόντες
ἀλόγως, εἶτ᾽ αὖθις ἐπὶ τὰ πρῶτα ἀνακυκλοῦντες καὶ πάντη
20 πρὸς τῆς ἀγωνίας, ὡς ὑπ᾽ ἀστάτου πνεύματος, τῇδε κἀκεῖσε
ἀγχιστρόφως ἀντισπώμενοι τὰς λέξεις τὰς νοήσεις τὴν
ἐκ τοῦ κατὰ φύσιν εἱρμοῦ παντοίως πρὸς μυρίας τροπὰς
ἐναλλάττουσι τάξιν· οὕτω παρὰ τοῖς ἀρίστοις συγγρα-
φεῦσι διὰ τῶν ὑπερβατῶν ἡ μίμησις ἐπὶ τὰ τῆς φύσεως
25 ἔργα φέρεται. τότε γὰρ ἡ τέχνη τέλειος, ἡνίκ᾽ ἂν φύσις
εἶναι δοκῇ, ἡ δ᾽ αὖ φύσις ἐπιτυχής, ὅταν λανθάνουσαν
περιέχῃ τὴν τέχνην· ὥσπερ λέγει ὁ Φωκαεὺς Διονύσιος
παρὰ τῷ Ἡροδότῳ· ‘ἐπὶ ξυροῦ γὰρ ἀκμῆς ἔχεται ἡμῖν

---

10 ἀπολλύει] Finckhius Vahlenus, ἀπολύει P.   11 περὶ ὑπερβατῶν ὅρος
ὑπερβατοῦ in marg. P.   18 μέσ∗α P.   19 ἀλ∗όγως P.   πάντηι P.

τὰ πράγματα, ἄνδρες Ἴωνες, εἶναι ἐλευθέροις ἢ δούλοις,
καὶ τούτοις ὡς δραπέτῃσιν. νῦν ὧν ὑμεῖς ἢν μὲν βούλησθε
ταλαιπωρίας ἐνδέχεσθαι, παραχρῆμα μὲν πόνος ὑμῖν, οἷοί
τε δὲ ἔσεσθε ὑπερβαλέσθαι τοὺς πολεμίους.᾽ 2. ἐνταῦθ᾽
5 ἦν τὸ κατὰ τάξιν· ‘ὦ ἄνδρες Ἴωνες, νῦν καιρός ἐστιν ὑμῖν
πόνους ἐπιδέχεσθαι· ἐπὶ ξυροῦ γὰρ ἀκμῆς ἔχεται ἡμῖν τὰ
πράγματα.᾽ ὁ δὲ τὸ μὲν ‘ἄνδρες Ἴωνες᾽ ὑπερεβίβασεν·
προεισέβαλεν οὖν εὐθὺς ἀπὸ τοῦ φόβου, ὡς μηδ᾽ ἀρχὴν
φθάνων πρὸς τὸ ἐφεστὼς δέος προσαγορεῦσαι τοὺς ἀκού-
10 οντας· ἔπειτα δὲ τὴν τῶν νοημάτων ἀπέστρεψε τάξιν.
πρὸ γὰρ τοῦ φῆσαι ὅτι αὐτοὺς δεῖ πονεῖν (τοῦτο γάρ ἐστιν
ὁ παρακελεύεται), ἔμπροσθεν ἀποδίδωσι τὴν αἰτίαν, δι᾽ ἣν
πονεῖν δεῖ, ‘ἐπὶ ξυ|ροῦ ἀκμῆς᾽ φήσας ‘ἔχεται ἡμῖν τὰ 193ᵛ
πράγματα.᾽ ὡς μὴ δοκεῖν ἐσκεμμένα λέγειν, ἀλλ᾽ ἠναγκα-
15 σμένα. 3. ἔτι δὲ μᾶλλον ὁ Θουκυδίδης καὶ τὰ φύσει
πάντως ἡνωμένα καὶ ἀδιανέμητα ὅμως ταῖς ὑπερβάσεσιν
ἀπ᾽ ἀλλήλων ἄγειν δεινότατος. ὁ δὲ Δημοσθένης οὐχ
οὕτως μὲν αὐθάδης ὥσπερ οὗτος, πάντων δ᾽ ἐν τῷ γένει
τούτῳ κατακορέστατος, καὶ πολὺ τὸ ἀγωνιστικὸν ἐκ τοῦ
20 ὑπερβιβάζειν καὶ ἔτι νὴ Δία τὸ ἐξ ὑπογύου λέγειν συνεμ-
φαίνων, καὶ πρὸς τούτοις εἰς τὸν κίνδυνον τῶν μακρῶν
ὑπερβατῶν τοὺς ἀκούοντας συνεπισπώμενος· 4. πολλάκις
γὰρ τὸν νοῦν, ὃν ὥρμησεν εἰπεῖν, ἀνακρεμάσας καὶ μεταξὺ
ὡς εἰς ἀλλόφυλον καὶ ἀπεοικυῖαν τάξιν, ἄλλ᾽ ἐπ᾽ ἄλλοις διὰ
25 μέσου καὶ ἔξωθέν ποθεν ἐπεισκυκλῶν, εἰς φόβον ἐμβαλὼν
τὸν ἀκροατὴν ὡς ἐπὶ παντελεῖ τοῦ λόγου διαπτώσει, καὶ
συναποκινδυνεύειν ὑπ᾽ ἀγωνίας τῷ λέγοντι συναναγκάσας,
εἶτα παραλόγως διὰ μακροῦ τὸ πάλαι ζητούμενον εὐκαίρως
ἐπὶ τέλει που προσαποδούς, αὐτῷ τῷ κατὰ τὰς ὑπερβάσεις

2 δραπέτῃσιν νῦν· ὧν P. ἡμεῖσ P. 3 ταλαιπωρίαισ P, corr. Manutius.
8 προ*εισέβαλεν P. ἂν superscripto οὖν P, οὖν ἂν Robortellus, γὰρ Manutius.
ἀρχὴ P, corr. Robortellus. 27 ὑπογωνία P, ὑπ᾽ ἀγωνίασ in margine praebet
eadem manus.

παραβόλῳ καὶ ἀκροσφαλεῖ πολὺ μᾶλλον ἐκπλήττει. φειδὼ
δὲ τῶν παραδειγμάτων ἔστω διὰ τὸ πλῆθος.

XXIII

Τά γε μὴν πολύπτωτα λεγόμενα, ἀθροισμοὶ καὶ μετα-
βολαὶ καὶ κλίμακες, πάνυ ἀγωνιστικά, ὡς οἶσθα, κόσμου
5 τε καὶ παντὸς ὕψους καὶ πάθους συνεργά. τί δέ; αἱ τῶν
πτώσεων χρόνων προσώπων ἀριθμῶν γενῶν ἐναλλάξεις
πῶς ποτε καταποικίλλουσι καὶ ἐπεγείρουσι τὰ ἑρμηνευ-
τικά; 2. φημὶ δὲ τῶν κα|τὰ τοὺς ἀριθμοὺς οὐ μόνα ταῦτα 194ʳ
κοσμεῖν, ὁπόσα τοῖς τύποις ἑνικὰ ὄντα τῇ δυνάμει κατὰ
10 τὴν ἀναθεώρησιν πληθυντικὰ εὑρίσκεται·

αὐτίκα, φησί, λαὸς ἀπείρων
θύννον ἐπ᾽ ἠϊόνεσσι διϊστάμενοι κελάδησαν·

ἀλλ᾽ ἐκεῖνα μᾶλλον παρατηρήσεως ἄξια, ὅτι ἔσθ᾽ ὅπου
προσπίπτει τὰ πληθυντικὰ μεγαλορρημονέστερα καὶ αὐτῷ
15 δοξοκοποῦντα τῷ ὄχλῳ τοῦ ἀριθμοῦ. 3. τοιαῦτα παρὰ
τῷ Σοφοκλεῖ τὰ ἐπὶ τοῦ Οἰδίπου·

ὦ γάμοι, γάμοι,
ἐφύσαθ᾽ ἡμᾶς καὶ φυτεύσαντες πάλιν
ἀνεῖτε ταὐτὸ σπέρμα κἀπεδείξατε
20 πατέρας ἀδελφοὺς παῖδας, αἷμ᾽ ἐμφύλιον,
νύμφας, γυναῖκας, μητέρας τε χὠπόσα
αἴσχιστ᾽ ἐν ἀνθρώποισιν ἔργα γίγνεται.

πάντα γὰρ ταῦτα ἓν ὄνομά ἐστιν, Οἰδίπους, ἐπὶ δὲ θατέρου
Ἰοκάστη, ἀλλ᾽ ὅμως χυθεὶς εἰς τὰ πληθυντικὰ ὁ ἀριθμὸς
25 συνεπλήθυσε καὶ τὰς ἀτυχίας, καὶ ὡς ἐκεῖνα πεπλεόνασται

ἐξῆλθον Ἕκτορές τε καὶ Σαρπηδόνες·

1 φειδὼσ P. 3 πολύπτωτα κλίμακες ἀθροισμοί μεταβολαί in marg. P.
12 θύννον] Vahlenus, θύννων P. ἠιόνεσι P. 14 μεγαλορημονέστερα P.
15 δοξοκοπῶ in marg. P. 22 αἴσχι∗|στ᾽ P. γίνεται P.

καὶ τὸ Πλατωνικόν, ὃ καὶ ἑτέρωθι παρετεθείμεθα, ἐπὶ
τῶν Ἀθηναίων· 4. 'οὐ γὰρ Πέλοπες οὐδὲ Κάδμοι οὐδ᾽
Αἴγυπτοί τε καὶ Δαναοὶ οὐδ᾽ ἄλλοι πολλοὶ φύσει βάρβαροι
συνοικοῦσιν ἡμῖν, ἀλλ᾽ αὐτοὶ Ἕλληνες, οὐ μιξοβάρβαροι
5 οἰκοῦμεν.' καὶ τὰ ἑξῆς. φύσει γὰρ ἐξακούεται τὰ πράγ-
ματα κομπωδέστερα ἀγεληδὸν οὕτως τῶν ὀνομάτων ἐπι-
συντιθεμένων. οὐ μέντοι δεῖ ποιεῖν αὐτὸ ἐπ᾽ ἄλλων, εἰ
μὴ ἐφ᾽ ὧν δέχεται τὰ ὑποκείμενα αὔξησιν ἢ πληθὺν ἢ
ὑπερβολὴν ἢ πάθος, ἕν τι τούτων ἢ τὰ πλείονα, ἐπεί τοι
10 τὸ παντα|χοῦ κώδωνας ἐξῆφθαι λίαν σοφιστικόν.   194ᵛ

XXIV

Ἀλλὰ μὴν καὶ τοὐναντίον τὰ ἐκ τῶν πληθυντικῶν εἰς
τὰ ἑνικὰ ἐπισυναγόμενα ἐνίοτε ὑψηλοφανέστατα. 'ἔπειθ᾽
ἡ Πελοπόννησος ἅπασα διειστήκει' φησί. 'καὶ δὴ
Φρυνίχῳ δρᾶμα Μιλήτου ἅλωσιν διδάξαντι εἰς δάκρυα
15 ἔπεσε τὸ θέητρον.' τὸ ἐκ τῶν διῃρημένων εἰς τὰ ἡνωμένα
ἐπισυστρέψαι τὸν ἀριθμὸν σωματοειδέστερον. 2. αἴτιον
δ᾽ ἐπ᾽ ἀμφοῖν τοῦ κόσμου ταὐτὸν οἶμαι· ὅπου τε γὰρ ἑνικὰ
ὑπάρχει τὰ ὀνόματα, τὸ πολλὰ ποιεῖν αὐτὰ παρὰ δόξαν
ἐμπαθοῦς· ὅπου τε πληθυντικά, τὸ εἰς ἕν τι εὔηχον συγ-
20 κορυφοῦν τὰ πλείονα διὰ τὴν εἰς τοὐναντίον μεταμόρφωσιν
τῶν πραγμάτων ἐν τῷ παραλόγῳ.

XXV,

Ὅταν γε μὴν τὰ παρεληλυθότα τοῖς χρόνοις εἰσάγῃς
ὡς γινόμενα καὶ παρόντα, οὐ διήγησιν ἔτι τὸν λόγον, ἀλλ᾽

3 αἴγυπτ*οί P.   8 ὑποκείμενα] Petra, ὑπερκείμενα P.   αὔξησιν] El. ·Robor-
tellus, αὔχησιν P. Vide Append. A.   12 ἔπειθ᾽ ἡ codd. Demosthenis,
Manutius: ἐπειδὴ P.   15 ἔπεσε τὸ θέητρον] codd. Herodoti Tollius
Iahnius Spengelius Hammerus: ἔπεσον οἱ θεώμενοι P Vahlenus qui lacunam
indicat et supplendum censet δάκρυα < ἔπεσε τὸ θέητρον ἀντὶ τοῦ > ἔπεσον οἱ
θεώμενοι.   18 τὸ] Robortellus, τὰ P.   19 ἐμπαθοῦς] Faber, εὐπαθοῦς P.
ὅπου τε] Manutius, ὅπουτε ὁπότε P.

ἐναγώνιον πρᾶγμα ποιήσεις. ʿπεπτωκὼς δέ τιςʾ φησὶν
ὁ Ξενοφῶν ʿὑπὸ τῷ Κύρου ἵππῳ καὶ πατούμενος παίει
τῇ μαχαίρᾳ εἰς τὴν γαστέρα τὸν ἵππον· ὁ δὲ σφαδάζων
ἀποσείεται τὸν Κῦρον, ὁ δὲ πίπτει.ʾ τοιοῦτος ἐν τοῖς
5 πλείστοις ὁ Θουκυδίδης.

XXVI

Ἐναγώνιος δ᾽ ὁμοίως καὶ ἡ τῶν προσώπων ἀντιμετά-
θεσις καὶ πολλάκις ἐν μέσοις τοῖς κινδύνοις ποιοῦσα τὸν
ἀκροατὴν δοκεῖν στρέφεσθαι·

φαίης κ᾽ ἀκμῆτας καὶ ἀτειρέας
10 ἄντεσθ᾽ ἐν πολέμῳ· ὡς ἐσσυμένως ἐμάχοντο.

καὶ ὁ Ἄρατος

μὴ κείνῳ ἐνὶ μηνὶ περικλύζοιο θαλάσσῃ.

2. ὧδέ που καὶ ὁ Ἡρόδοτος· ʿἀπὸ δὲ Ἐλεφαντίνης
πόλεως ἄνω πλεύσεαι, καὶ | ἔπειτα ἀφίξῃ ἐς πεδίον λεῖον· 195ʳ
15 διεξελθὼν δὲ τοῦτο τὸ χωρίον αὖθις εἰς ἕτερον πλοῖον
ἐμβὰς πλεύσεαι δύ᾽ ἡμέρας, ἔπειτα ἥξεις ἐς πόλιν μεγάλην,
ᾗ ὄνομα Μερόη.ʾ ὁρᾷς, ὦ ἑταῖρε, ὡς παραλαβών σου τὴν
ψυχὴν διὰ τῶν τόπων ἄγει τὴν ἀκοὴν ὄψιν ποιῶν; πάντα
δὲ τὰ τοιαῦτα πρὸς αὐτὰ ἀπερειδόμενα τὰ πρόσωπα ἐπ᾽
20 αὐτῶν ἵστησι τὸν ἀκροατὴν τῶν ἐνεργουμένων. 3. καὶ
ὅταν ὡς οὐ πρὸς ἅπαντας, ἀλλ᾽ ὡς πρὸς μόνον τινὰ λαλῇς,

Τυδείδην δ᾽ οὐκ ἂν γνοίης, ποτέροισι μετείη,

ἐμπαθέστερόν τε αὐτὸν ἅμα καὶ προσεκτικώτερον καὶ
ἀγῶνος ἔμπλεων ἀποτελέσεις, ταῖς εἰς ἑαυτὸν προσφω-
25 νήσεσιν ἐξεγειρόμενον.

---

3 τὸ＊ν P.　16 πλεύσε＊αι P.　18 ὄψιν ποιῶν; πάντα δὲ τὰ τοιαῦτα πρὸς
om. P, addidit in marg. eadem manus.　25 ἐξεγειρόμενος P, corr. Faber.

XXVII

Ἔτι γε μὴν ἔσθ' ὅτε περὶ προσώπου διηγούμενος ὁ
συγγραφεὺς ἐξαίφνης παρενεχθεὶς εἰς τὸ αὐτὸ πρόσωπον
ἀντιμεθίσταται, καὶ ἔστι τὸ τοιοῦτον εἶδος ἐκβολή τις
πάθους.

5   Ἕκτωρ δὲ Τρώεσσιν ἐκέκλετο μακρὸν ἀΰσας,
        νηυσὶν ἐπισσεύεσθαι, ἐᾶν δ' ἔναρα βροτόεντα.
        ὃν δ' ἂν ἐγὼν ἀπάνευθε νεῶν ἐθέλοντα νοήσω,
        αὐτοῦ οἱ θάνατον μητίσομαι.

οὐκοῦν τὴν μὲν διήγησιν ἅτε πρέπουσαν ὁ ποιητὴς προσ-
10 ῆψεν ἑαυτῷ, τὴν δ' ἀπότομον ἀπειλὴν τῷ θυμῷ τοῦ
ἡγεμόνος ἐξαπίνης οὐδὲν προδηλώσας περιέθηκεν· ἐψύχετο
γάρ, εἰ παρενετίθει· 'ἔλεγε δὲ τοιά τινα καὶ τοια ὁ Ἕκτωρ·'
νυνὶ δ' ἔφθακεν ἄφνω τὸν μεταβαίνοντα ἡ τοῦ λόγου
μετάβασις. 2. διὸ καὶ ἡ πρόχρησις τοῦ σχήματος τότε,
15 ἡνίκα ὀξὺς ὁ καιρὸς ὢν διαμέλλειν τῷ γράφοντι μὴ διδῷ,
ἀλλ' εὐθὺς | ἐπαναγκάζῃ μεταβαίνειν ἐκ προσώπων εἰς 19ᵇ
πρόσωπα, ὡς καὶ παρὰ τῷ Ἑκαταίῳ· 'Κῆϋξ δὲ ταῦτα
δεινὰ ποιούμενος αὐτίκα ἐκέλευε τοὺς Ἡρακλείδας ἐπι-
γόνους ἐκχωρεῖν· οὐ γὰρ ὑμῖν δυνατός εἰμι ἀρήγειν. ὡς
20 μὴ ὦν αὐτοί τε ἀπόλησθε κἀμὲ τρώσητε, ἐς ἄλλον τινὰ
δῆμον ἀποίχεσθαι.' 3. ὁ μὲν γὰρ Δημοσθένης κατ'
ἄλλον τινὰ τρόπον ἐπὶ τοῦ Ἀριστογείτονος ἐμπαθὲς τὸ
πολυπρόσωπον καὶ ἀγχίστροφον παρέστακεν. 'καὶ οὐδεὶς
ὑμῶν χολήν' φησὶν 'οὐδ' ὀργὴν ἔχων εὑρεθήσεται, ἐφ' οἷς
25 ὁ βδελυρὸς οὗτος καὶ ἀναιδὴς βιάζεται; ὅς, ὦ μιαρώτατε
ἁπάντων, κεκλειμένης σοι τῆς παρρησίας οὐ κιγκλίσιν
οὐδὲ θύραις, ἃ καὶ παρανοίξειεν ἄν τις' ἐν ἀτελεῖ τῷ νῷ

---

1 διηγουμένου|μένον P.   6 ἐπισεύεσθαι P.   8 μητίσομαι P.
9 πρέπουσαν El. Robortellus, τρέπουσαν P.   19 ἡμῖν P, corr. Stephanus.
εἰ μὴ ἀρήγειν P.   20 ὦν P.   ἀπόλησθε—τρώσητε] Robortellus,
ἀπόλεσθε—τρώσετε P, ἀπολέεσθε—τρώσετε Cobetus.   24 χολὴν] libri Demos-
thenis, σχολὴν P.   26 κεκλει*μένης P.   οὐ κιγκλίσιν] libri Demosthenis
Manutius, κιγκλίοιν P.

ταχὺ διαλλάξας καὶ μόνον οὐ μίαν λέξιν διὰ τὸν θυμὸν εἰς
δύο διασπάσας πρόσωπα ʻὅς, ὦ μιαρώτατε,ʼ εἶτα πρὸς
τὸν Ἀριστογείτονα τὸν λόγον ἀποστρέψας καὶ ἀπολιπεῖν
δοκῶν, ὅμως διὰ τοῦ πάθους πολὺ πλέον ἐπέστρεψεν.
5 4. οὐκ ἄλλως ἡ Πηνελόπη,

    κῆρυξ, τίπτε δέ σε πρόεσαν μνηστῆρες ἀγαυοί;
    εἰπέμεναι δμωῆσιν Ὀδυσσῆος θείοιο
    ἔργων παύσασθαι, σφίσι δ᾽ αὐτοῖς δαῖτα πένεσθαι;
    μὴ μνηστεύσαντες, μηδ᾽ ἄλλοθ᾽ ὁμιλήσαντες,
10   ὕστατα καὶ πύματα νῦν ἐνθάδε δειπνήσειαν,
    οἳ θάμ᾽ ἀγειρόμενοι βίοτον κατακείρετε πολλόν,
    κτῆσιν Τηλεμάχοιο δαΐφρονος· οὐδέ τι πατρῶν
    ὑμετέρων τῶν πρόσθεν ἀκούετε παῖδες ἐόντες,
    οἷος Ὀδυσσεὺς ἔσκε.

XXVIII

15   Καὶ μέντοι περίφρασις ὡς οὐχ ὑψηλοποιόν, οὐδεὶς ἂν
οἶμαι διστάσειεν. ὡς γὰρ ἐν μουσικῇ διὰ τῶν παρα|φώνων 196ʳ
καλουμένων ὁ κύριος φθόγγος ἡδίων ἀποτελεῖται, οὕτως ἡ
περίφρασις πολλάκις συμφθέγγεται τῇ κυριολογίᾳ καὶ εἰς
κόσμον ἐπὶ πολὺ συνηχεῖ, καὶ μάλιστ᾽ ἂν μὴ ἔχῃ φυσῶδές
20 τι καὶ ἄμουσον ἀλλ᾽ ἡδέως κεκραμένον. 2. ἱκανὸς δὲ
τοῦτο τεκμηριῶσαι καὶ Πλάτων κατὰ τὴν εἰσβολὴν τοῦ
Ἐπιταφίου· ʻἔργῳ μὲν ἡμῖν οἵδ᾽ ἔχουσι τὰ προσήκοντα
σφίσιν αὐτοῖς, ὧν τυχόντες πορεύονται τὴν εἱμαρμένην
πορείαν, προπεμφθέντες κοινῇ μὲν ὑπὸ τῆς πόλεως, ἰδίᾳ δὲ
25 ἕκαστος ὑπὸ τῶν προσηκόντων.ʼ οὐκοῦν τὸν θάνατον εἶπεν
εἱμαρμένην πορείαν, τὸ δὲ τετυχηκέναι τῶν νομιζομένων

---

2 τὸν πρὸσ τὸν Ἀριστογείτονα λόγον P, corr. Manutius.   5 ἡ Πηνελόπη]
Spengelius, ἡ Πηνελόπην P, ἡ Πηνελόπη Faber Vahlenus.   7 δμωιῆσιν P.
8 σφῆσι P.   11 θά*|μ᾽ P.   κατακείρ*τε P.   12 κτῆσιν Τηλε-
μάχοιο δαΐφρονος· οὐδέ τι πατρῶν] libri Homeri Spengelius, κτῆσιν Τηλεμάχοιο
δαΐφρονος om. P quem sequitur Vahlenus coll. p. 110. 9, ubi ad versum sup-
plendum desideratur ἀλλήλοισιν.   13 ἡ ὑμετέρων P.   ὄντεσ P.   14 οἷο*σ P.
15 περίφρασισ in marg. P.   20 ἡδέωσ] Manutius, ἀδεῶσ P.

προπομπήν τινα δημοσίαν ὑπὸ τῆς πατρίδος. ἆρα δὴ
τούτοις μετρίως ὤγκωσε τὴν νόησιν, ἢ ψιλὴν λαβὼν τὴν
λέξιν ἐμελοποίησε, καθάπερ ἁρμονίαν τινὰ τὴν ἐκ τῆς
περιφράσεως περιχεάμενος εὐμέλειαν; 3. καὶ Ξενοφῶν·
5 'πόνον δὲ τοῦ ζῆν ἡδέως ἡγεμόνα νομίζετε· κάλλιστον δὲ
πάντων καὶ πολεμικώτατον κτῆμα εἰς τὰς ψυχὰς συγκε-
κόμισθε· ἐπαινούμενοι γὰρ μᾶλλον ἢ τοῖς ἄλλοις πᾶσι
χαίρετε.' ἀντὶ τοῦ πονεῖν θέλετε 'πόνον ἡγεμόνα τοῦ
ζῆν ἡδέως ποιεῖσθε' εἰπὼν καὶ τἆλλ' ὁμοίως ἐπεκτείνας
10 μεγάλην τινὰ ἔννοιαν τῷ ἐπαίνῳ προσπεριωρίσατο. 4. καὶ
τὸ ἀμίμητον ἐκεῖνο τοῦ Ἡροδότου· 'τῶν δὲ Σκυθέων τοῖς
συλήσασι τὸ ἱερὸν ἐνέβαλεν ἡ θεὸς θήλειαν νοῦσον.'

XXIX

Ἐπίκηρον μέντοι τὸ πρᾶγμα, ἡ περίφρασις, τῶν
ἄλλων πλέον, εἰ μὴ συμμέτρως τινὶ λαμβάνοιτο· εὐθὺς
15 γὰρ ἀβλεμὲς προσπίπτει, κουφολογίας τε ὄζον καὶ παχύ-
τατον· | ὅθεν καὶ τὸν Πλάτωνα (δεινὸς γὰρ ἀεὶ περὶ 196ᵛ
σχῆμα κἄν τισιν ἀκαίρως) ἐν τοῖς νόμοις λέγοντα 'ὡς
οὔτε ἀργυροῦν δεῖ πλοῦτον οὔτε χρυσοῦν ἐν πόλει ἱδρυ-
μένον ἐᾶν οἰκεῖν' διαχλευάζουσιν, ὡς εἰ πρόβατα, φησίν,
20 ἐκώλυε κεκτῆσθαι, δῆλον ὅτι προβάτειον ἂν καὶ βόειον
πλοῦτον ἔλεγεν.
2. Ἀλλὰ γὰρ ἅλις ὑπὲρ τῆς εἰς τὰ ὑψηλὰ τῶν σχημά-
των χρήσεως ἐκ παρενθήκης τοσαῦτα πεφιλολογῆσθαι,
Τερεντιανὲ φίλτατε· πάντα γὰρ ταῦτα παθητικωτέρους
25 καὶ συγκεκινημένους ἀποτελεῖ τοὺς λόγους· πάθος δὲ
ὕψους μετέχει τοσοῦτον, ὁπόσον ἦθος ἡδονῆς.

1 ἆρα] Manutius, ἄρα P. 3 τινὰ|τῇ τὴν P. 6 συγκεκόμισθε* P.
9 ποι**σθε P ποιεῖσθε P. 14 πλέο*ν P. 15 ἀβλεμέσ in marg. P.
16 τὸν supra versum add. P.

XXX

Ἐπειδὴ μέντοι ἡ τοῦ λόγου νόησις ἥ τε φράσις τὰ
πλείω δι' ἑκατέρου διέπτυκται, ἴθι δή, ἂν τοῦ φραστικοῦ
μέρους ᾖ τινα λοιπὰ ἔτι, προσεπιθεασώμεθα. ὅτι μὲν
τοίνυν ἡ τῶν κυρίων καὶ μεγαλοπρεπῶν ὀνομάτων ἐκλογὴ
5 θαυμαστῶς ἄγει καὶ κατακηλεῖ τοὺς ἀκούοντας, καὶ ὡς
πᾶσι τοῖς ῥήτορσι καὶ συγγραφεῦσι κατ' ἄκρον ἐπιτή-
δευμα, μέγεθος ἅμα κάλλος εὐπίνειαν βάρος ἰσχὺν κράτος,
ἔτι δὲ τἄλλα ἂν ὦσί τινα τοῖς λόγοις ὥσπερ ἀγάλμασι
καλλίστοις δι' αὐτῆς ἐπανθεῖν παρασκευάζουσα καὶ οἰονεὶ
10 ψυχήν τινα τοῖς πράγμασι φωνητικὴν ἐντιθεῖσα, μὴ καὶ
περιττὸν ᾖ πρὸς εἰδότας διεξιέναι. φῶς γὰρ τῷ ὄντι
ἴδιον τοῦ νοῦ τὰ καλὰ ὀνόματα. 2. ὁ μέντοι γε ὄγκος
αὐτῶν οὐ πάντη χρειώδης, ἐπεὶ τοῖς μικροῖς πραγματίοις
περιτιθέναι μεγάλα καὶ σεμνὰ ὀνόματα ταὐτὸν ἂν φαί-
15 νοιτο, ὡς εἴ τις τραγικὸν προσωπεῖον μέγα παιδὶ περι-
θείη νηπίῳ, πλὴν ἐν μὲν ποιήσει καὶ ἱ . . . .

DESVNT QVATVOR FOLIA

XXXI

. . . . | θρεπτικώτατον καὶ γόνιμον, τὸ δ' Ἀνακρέοντος· 197ʳ
'οὐκέτι Θρηικίης ἐπιστρέφομαι.' ταύτῃ καὶ τὸ τοῦ
Θεοπόμπου καινὸν ἐπαινετόν· διὰ τὸ ἀνάλογον ἔμοιγε
20 σημαντικώτατα ἔχειν δοκεῖ· ὅπερ ὁ Κεκίλιος οὐκ οἶδ'
ὅπως καταμέμφεται. 'δεινὸς ἂν' φησὶν 'ὁ Φίλιππος
ἀναγκοφαγῆσαι πράγματα.' ἔστιν ἄρ' ὁ ἰδιωτισμὸς

2 δι'] Manutius Vahlenus, δὲ P Spengelius.　*ἢ P δὴ P.　3 ᾖ] Spen-
gelius, εἰ P.　8 τἄλλα Manutius, τ' P.　11 ᾖ P.　16 καὶ ἱ] P,
καὶ ἱστορίᾳ Tollius ; desinit hic secundum folium quaternionis KH, desunt folia III.
IV. V. VI.; incipit septimum a litteris πτικώτατον, quibus praeposuit m. rec. θρε.
17 τὸ δ'* (τὸ in ras. corr.) P.　18 θρηκιησ P.　ἐπιστρέφο*μαι P.
19 καινὸν ἐπαινετόν] Vahlenus, καὶ τὸν ἐπήνετον P Spengelius, ἐκεῖνο τὸ ἐπαινετὸν
Manutius, ἐκεῖνο ἐπαινετόν Hammerus.　τὸ* P.

ἐνίοτε τοῦ κόσμου παρὰ πολὺ ἐμφανιστικώτερον· ἐπι-
γινώσκεται γὰρ αὐτόθεν ἐκ τοῦ κοινοῦ βίου, τὸ δὲ
σύνηθες ἤδη πιστότερον. οὐκοῦν ἐπὶ τοῦ τὰ αἰσχρὰ
καὶ ῥυπαρὰ τλημόνως καὶ μεθ᾽ ἡδονῆς ἕνεκα πλεονεξίας
5 καρτεροῦντος τὸ ἀναγκοφαγεῖν τὰ πράγματα ἐναργέστατα
παρείληπται. 2. ὧδέ πως ἔχει καὶ τὰ Ἡροδότεια· ‘ὁ
Κλεομένης’ φησὶ ‘μανεὶς τὰς ἑαυτοῦ σάρκας ξιφιδίῳ
κατέτεμεν εἰς λεπτά, ἕως ὅλον καταχορδεύων ἑαυτὸν διέ-
φθειρεν.’ καὶ ‘ὁ Πύθης ἕως τοῦδε ἐπὶ τῆς νεὼς ἐμάχετο,
10 ἕως ἅπας κατεκρεουργήθη.’ ταῦτα γὰρ ἐγγὺς παραξύει
τὸν ἰδιώτην, ἀλλ᾽ οὐκ ἰδιωτεύει τῷ σημαντικῶς.

XXXII

Περὶ δὲ πλήθους μεταφορῶν ὁ μὲν Κεκίλιος ἔοικε
συγκατατίθεσθαι τοῖς δύο ἢ τὸ πλεῖστον τρεῖς ἐπὶ ταὐτοῦ
νομοθετοῦσι τάττεσθαι. ὁ γὰρ Δημοσθένης ὅρος καὶ τῶν
15 τοιούτων. ὁ τῆς χρείας δὲ καιρός, ἔνθα τὰ πάθη χειμάρρου
δίκην ἐλαύνεται, καὶ τὴν πολυπλήθειαν αὐτῶν ὡς ἀναγ-
καίαν ἐνταῦθα συνεφέλκεται. 2. ‘ἄνθρωποι’ φησὶ
‘μιαροὶ καὶ κόλακες, ἠκρωτηριασμένοι τὰς ἑαυτῶν ἕκα-
στοι πατρίδας, τὴν ἐλευθερίαν προπεπωκότες πρότερον
20 Φιλίππῳ, νυνὶ δὲ Ἀλεξάνδρῳ, τῇ γαστρὶ μετροῦντες καὶ
τοῖς αἰσχί|στοις τὴν εὐδαιμονίαν, τὴν δ᾽ ἐλευθερίαν καὶ 197ᵛ
τὸ μηδένα ἔχειν δεσπότην, ἃ τοῖς πρότερον Ἕλλησιν ὅροι
τῶν ἀγαθῶν ἦσαν καὶ κανόνες, ἀνατετροφότες.’ ἐνταῦθα
τῷ πλήθει τῶν τροπικῶν ὁ κατὰ τῶν προδοτῶν ἐπιπροσθεῖ
25 τοῦ ῥήτορος θυμός. 3. διόπερ ὁ μὲν Ἀριστοτέλης καὶ ὁ
Θεόφραστος μειλίγματά φασί τινα τῶν θρασειῶν εἶναι
ταῦτα μεταφορῶν, τὸ ‘ὡσπερεὶ’ φάναι καὶ ‘οἱονεὶ’ καὶ
‘εἰ χρὴ τοῦτον εἰπεῖν τὸν τρόπον’ καὶ ‘εἰ δεῖ παρακινδυ-

5 ἀναγκο∗φαγεῖν P. 7 ξιφειδίῳ P. 8 κ∗|τέτεμεν P κα|τέτεμεν P.
12 μεταφορῶν] Robortellus, καὶ μεταφορῶν P. 13 τοῖς δύο] Robortellus, τοὺσ
δύο P. 24 ἐπιπροσθεῖ] Robortellus, ἐπίπροσθε P. 26 θρασέων P, corr.
Robortellus. 27 τὸ] Spengelius, τὰ P.

νευτικώτερον λέξαι.' ἡ γὰρ ὑποτίμησις, φασίν, ἰᾶται τὰ
τολμηρά.   4. ἐγὼ δὲ καὶ ταῦτα μὲν ἀποδέχομαι, ὅμως
δὲ πλήθους καὶ τόλμης μεταφορῶν, ὅπερ ἔφην κἀπὶ τῶν
σχημάτων, τὰ εὔκαιρα καὶ σφοδρὰ πάθη καὶ τὸ γενναῖον
5 ὕψος εἶναί φημι ἴδιά τινα ἀλεξιφάρμακα, ὅτι τῷ ῥοθίῳ
τῆς φορᾶς ταυτὶ πέφυκεν ἅπαντα τἆλλα παρασύρειν καὶ
προωθεῖν, μᾶλλον δὲ καὶ ὡς ἀναγκαῖα πάντως εἰσπράτ-
τεσθαι τὰ παράβολα, καὶ οὐκ ἐᾷ τὸν ἀκροατὴν σχολάζειν
περὶ τὸν τοῦ πλήθους ἔλεγχον διὰ τὸ συνενθουσιᾶν τῷ
10 λέγοντι.   5. ἀλλὰ μὴν ἔν γε ταῖς τοπηγορίαις καὶ δια-
γραφαῖς οὐκ ἄλλο τι οὕτως κατασημαντικὸν ὡς οἱ συν-
εχεῖς καὶ ἐπάλληλοι τρόποι. δι' ὧν καὶ παρὰ Ξενοφῶντι
ἡ τἀνθρωπίνου σκήνους ἀνατομὴ πομπικῶς καὶ ἔτι μᾶλλον
ἀναζωγραφεῖται θείως παρὰ τῷ Πλάτωνι. τὴν μὲν κεφα-
15 λὴν αὐτοῦ φησιν ἀκρόπολιν, ἰσθμὸν δὲ μέσον διῳκοδο-
μῆσθαι μεταξὺ τοῦ στήθους τὸν αὐχένα, σφονδύλους τε
ὑπεστηρίχθαί φησιν οἷον στρόφιγγας, καὶ τὴν μὲν ἡδονὴν
ἀνθρώποις εἶναι κακοῦ | δέλεαρ, γλῶσσαν δὲ γεύσεως 198ʳ
δοκίμιον· ἄναμμα δὲ τῶν φλεβῶν τὴν καρδίαν καὶ πηγὴν
20 τοῦ περιφερομένου σφοδρῶς αἵματος, εἰς τὴν δορυφορικὴν
οἴκησιν κατατεταγμένην· τὰς δὲ διαδρομὰς τῶν πόρων
ὀνομάζει στενωπούς· 'τῇ δὲ πηδήσει τῆς καρδίας, ἐν τῇ
τῶν δεινῶν προσδοκίᾳ καὶ τῇ τοῦ θυμοῦ ἐπεγέρσει, ἐπειδὴ
διάπυρος ἦν, ἐπικουρίαν μηχανώμενοι' φησὶ 'τὴν τοῦ
25 πλεύμονος ἰδέαν ἐνεφύτευσαν, μαλακὴν καὶ ἄναιμον καὶ σή-
ραγγας ἐντὸς ἔχουσαν οἷον μάλαγμα, ἵν' ὁ θυμὸς ὁπότ' ἐν
αὐτῇ ζέσῃ, πηδῶσα εἰς ὑπεῖκον μὴ λυμαίνηται.' καὶ τὴν
μὲν τῶν ἐπιθυμιῶν οἴκησιν προσεῖπεν ὡς γυναικωνῖτιν,

---

3 κἀπὶ] Pearcius, κἄπειτα P.   5 ἀλεξιφάρκακα P.   7 ***προωθεῖν P.
ἀναγκα** P ἀναγκαῖα P.   10 ταῖ***πηγορίαις P ταῖς τοπηγορίαις P.

11 κατασημαντ**ὴν P κατασημαντικὸν P.   18 εἶκακὸν P superscripto ναι a
m. rec., correxit Vahlenus ex Platonis Timaeo 69 D.   24 φασί P, corr. Tollius.
25 ἐνεφύτευσε P, corr. Manutius.   26 ὁποῖον P.   ὁπό*|τ' P.

28 προσεῖπεν P.

τὴν τοῦ θυμοῦ δὲ ὥσπερ. ἀνδρωνῖτιν· τόν γε μὴν σπλῆνα
τῶν ἐντὸς μαγεῖον, ὅθεν πληρούμενος τῶν ἀποκαθαι-
ρομένων μέγας καὶ ὕπουλος αὔξεται. ‘μετὰ δὲ ταῦτα
σαρξὶ πάντα’ φησί ‘κατεσκίασαν, προβολὴν τῶν ἔξωθεν
5 τὴν σάρκα, οἷον τὰ πιλήματα, προθέμενοι’ νομὴν δὲ
σαρκῶν ἔφη τὸ αἷμα· τῆς δὲ τροφῆς ἕνεκα, φησί, διω-
χέτευσαν τὸ σῶμα, τέμνοντες ὥσπερ ἐν κήποις ὀχετούς,
ὡς ἔκ τινος νάματος ἐπιόντος, ἀραιοῦ ὄντος αὐλῶνος τοῦ
σώματος, τὰ τῶν φλεβῶν ῥέοι νάματα. ἡνίκα δὲ ἡ
10 τελευτὴ παραστῇ, λύεσθαί φησι τὰ τῆς ψυχῆς οἱονεὶ
νεὼς πείσματα, μεθεῖσθαί τε αὐτὴν ἐλευθέραν. 6. ταῦτα
καὶ τὰ παραπλήσια μυρί’ ἄττα ἐστὶν ἑξῆς· ἀπόχρη δὲ
τὰ δεδηλωμένα, ὡς μεγάλαι τε φύσιν εἰσὶν αἱ τροπικαί,
καὶ | ὡς ὑψηλοποιὸν αἱ μεταφοραί, καὶ ὅτι οἱ παθητικοὶ 198
15 καὶ φραστικοὶ κατὰ τὸ πλεῖστον αὐταῖς χαίρουσι τόποι.
7. ὅτι μέντοι καὶ ἡ χρῆσις τῶν τρόπων, ὥσπερ τἆλλα
πάντα καλὰ ἐν λόγοις, προαγωγὸν ἀεὶ πρὸς τὸ ἄμετρον,
δῆλον ἤδη, κἂν ἐγὼ μὴ λέγω. ἐπὶ γὰρ τούτοις καὶ τὸν
Πλάτωνα οὐχ ἥκιστα διασύρουσι, πολλάκις ὥσπερ ὑπὸ
20 βακχείας τινὸς τῶν λόγων εἰς ἀκράτους καὶ ἀπηνεῖς μετα-
φορὰς καὶ εἰς ἀλληγορικὸν στόμφον ἐκφερόμενον. ‘οὐ
γὰρ ῥᾴδιον ἐπινοεῖν’ φησὶν ‘ὅτι πόλιν εἶναι δεῖ δίκην
κρατῆρος κεκερασμένην, οὗ μαινόμενος μὲν οἶνος ἐγκε-
χυμένος ζεῖ, κολαζόμενος δ’ ὑπὸ νήφοντος ἑτέρου θεοῦ,
25 καλὴν κοινωνίαν λαβὼν ἀγαθὸν πόμα καὶ μέτριον ἀπερ-
γάζεται.’ νήφοντα γάρ, φασί, θεὸν τὸ ὕδωρ λέγειν,
κόλασιν δὲ τὴν κρᾶσιν, ποιητοῦ τινος τῷ ὄντι οὐχὶ

2 μάγειον P superscripto ῥεῖ a m. rec., corr. Is. Vossius. πληρούμενο* P.
4 φησί] Robortellus, φύσιν P. 5 πηδήματα P, corr. Toupius. 6 διοχέ-
τευσαν P. 12 ἀπόχρη δεδηλωμένα P, δὲ τὰ extra lineam addidit m. rec.
17 ἀεὶ P. 22 δεῖ om. P, add. ex Platone Manutius. 23 κεκερα*|σμένην P.
οὗ] ἀντὶ τοῦ ὅπου in marg. P. ἐγκεχύμενος codd. Platonis, Manutius. ἐκκεχυ-
μένοσ P. 24 ζῇ P, ζεῖ m. rec. P. 26 τὸ* ὕδωρ P.

νήφοντός ἐστι.　8. τοῖς τοιούτοις ἐλαττώμασιν ἐπιχειρῶν
ὅμως αὐτὸ καὶ ὁ Κεκίλιος ἐν τοῖς ὑπὲρ Λυσίου συγγράμ-
μασιν ἀπεθάρρησε τῷ παντὶ Λυσίαν ἀμείνω Πλάτωνος
ἀποφήνασθαι, δυσὶ πάθεσι χρησάμενος ἀκρίτοις· φιλῶν
5 γὰρ τὸν Λυσίαν ὡς οὐδ' αὐτὸς αὑτόν, ὅμως μᾶλλον μισεῖ
τῷ παντὶ Πλάτωνα ἢ Λυσίαν φιλεῖ.　πλὴν οὗτος μὲν ὑπὸ
φιλονεικίας, οὐδὲ τὰ θέματα ὁμολογούμενα, καθάπερ
ᾠήθη. ὡς γὰρ ἀναμάρτητον καὶ καθαρὸν τὸν ῥήτορα
προφέρει πολλαχῆ διημαρτημένου τοῦ Πλάτωνος, τὸ δ'
10 ἦν ἄρα οὐχὶ τοιοῦτον, οὐδὲ ὀλίγου δεῖ.

XXXIII.

Φέρε δή, λάβωμεν τῷ ὄντι καθαρόν τινα συγ|γραφέα 199ʳ
καὶ ἀνέγκλητον. ἀρ' οὐκ ἄξιόν ἐστι διαπορῆσαι περὶ
αὐτοῦ τούτου καθολικῶς, πότερόν ποτε κρεῖττον ἐν ποιή-
μασι καὶ λόγοις, μέγεθος ἐν ἐνίοις διημαρτημένοις, ἢ τὸ
15 σύμμετρον μὲν ἐν τοῖς κατορθώμασιν, ὑγιὲς δὲ πάντη
καὶ ἀδιάπτωτον; καὶ ἔτι νὴ Δία, πότερόν ποτε αἱ πλείους
ἀρεταὶ τὸ πρωτεῖον ἐν λόγοις ἢ αἱ μείζους δικαίως ἂν
φέροιντο; ἔστι γὰρ ταῦτ' οἰκεῖα τοῖς περὶ ὕψους σκέμ-
ματα καὶ ἐπικρίσεως ἐξ ἅπαντος δεόμενα. 2. ἐγὼ δ'
20 οἶδα μέν, ὡς αἱ ὑπερμεγέθεις φύσεις ἥκιστα καθαραί· τὸ
γὰρ ἐν παντὶ ἀκριβὲς κίνδυνος μικρότητος, ἐν δὲ τοῖς
μεγέθεσιν, ὥσπερ ἐν τοῖς ἄγαν πλούτοις, εἶναί τι χρὴ καὶ
παρολιγωρούμενον· μήποτε δὲ τοῦτο καὶ ἀναγκαῖον ᾖ, τὸ
τὰς μὲν ταπεινὰς καὶ μέσας φύσεις διὰ τὸ μηδαμῆ παρα-
25 κινδυνεύειν μηδὲ ἐφίεσθαι τῶν ἄκρων ἀναμαρτήτους ὡς
ἐπὶ τὸ πολὺ καὶ ἀσφαλεστέρας διαμένειν, τὰ δὲ μεγάλα

1 ἐλαττώμασι P, ν add. m. rec. P.　　2 ὅμωσ αὐτὸ καικιλιοσ (al in ras.
corr., ὁ κε superscr. a m. rec.) P.　　10 δεῖ* P.　　16 πότερόν**ποτε P.
19 δεόμενα P.　　20 ** γὰρ (τὸ add. m. rec.) P.　　22 κίνδυνος σμικρότητος]
Manutius, κίνδυνοισμικρότητσ P.　　23 τοῦτο] Manutius, τούτου P.　　ᾖ P, ᾖ m.
rec. P.　　26 τὰ] Robortellus, τὸ P.

ἐπισφαλῆ δι' αὐτὸ γίνεσθαι τὸ μέγεθος.   3. ἀλλὰ μὴν
οὐδὲ ἐκεῖνο ἀγνοῶ τὸ δεύτερον, ὅτι φύσει πάντα τὰ ἀνθρώ-
πεια ἀπὸ τοῦ χείρονος ἀεὶ μᾶλλον ἐπιγινώσκεται καὶ τῶν
μὲν ἁμαρτημάτων ἀνεξάλειπτος ἡ μνήμη παραμένει, τῶν
5 καλῶν δὲ ταχέως ἀπορρεῖ.   4. παρατεθειμένος δ' οὐκ
ὀλίγα καὶ αὐτὸς ἁμαρτήματα καὶ Ὁμήρου καὶ τῶν ἄλλων,
ὅσοι μέγιστοι, καὶ ἥκιστα τοῖς πταίσμασιν ἀρεσκόμενος,
ὅμως δὲ οὐχ ἁμαρτήματα μᾶλλον αὐτὰ ἑκούσια καλῶν ἢ
παροράματα δι' ἀμέλειαν εἰκῆ που καὶ ὡς ἔτυχεν ὑπὸ
10 μεγαλοφυΐας ἀνεπιστάτως παρενηνεγμένα, οὐδὲν | ἧττον 199ᵛ
οἶμαι τὰς μείζονας ἀρετάς, εἰ καὶ μὴ ἐν πᾶσι διομαλίζοιεν,
τὴν τοῦ πρωτείου ψῆφον μᾶλλον ἀεὶ φέρεσθαι, κἂν εἰ
μὴ δι' ἑνὸς ἑτέρου, τῆς μεγαλοφροσύνης αὐτῆς ἕνεκα·
ἐπείτοιγε καὶ ἄπτωτος ὁ Ἀπολλώνιος ἐν τοῖς Ἀργοναύταις
15 ποιητὴς κἀν τοῖς βουκολικοῖς πλὴν ὀλίγων τῶν ἔξωθεν
ὁ Θεόκριτος ἐπιτυχέστατος, ἆρ' οὖν Ὅμηρος ἂν μᾶλλον
ἢ Ἀπολλώνιος ἐθέλοις γενέσθαι;   5. τί δέ; Ἐρατοσθένης
ἐν τῇ Ἠριγόνῃ (διὰ πάντων γὰρ ἀμώμητον τὸ ποιημάτιον)
Ἀρχιλόχου πολλὰ καὶ ἀνοικονόμητα παρασύροντος, κἀκεί-
20 νης τῆς ἐκβολῆς τοῦ δαιμονίου πνεύματος, ἣν ὑπὸ νόμον
τάξαι δύσκολον, ἆρα δὴ μείζων ποιητής; τί δ'; ἐν μέλεσι
μᾶλλον ἂν εἶναι Βακχυλίδης ἕλοιο ἢ Πίνδαρος καὶ ἐν
τραγῳδίᾳ Ἴων ὁ Χῖος ἢ νὴ Δία Σοφοκλῆς; ἐπειδὴ οἱ μὲν
ἀδιάπτωτοι καὶ ἐν τῷ γλαφυρῷ πάντη κεκαλλιγραφημένοι·
25 ὁ δὲ Πίνδαρος καὶ ὁ Σοφοκλῆς ὁτὲ μὲν οἷον πάντα ἐπι-
φλέγουσι τῇ φορᾷ, σβέννυνται δ' ἀλόγως πολλάκις,
καὶ πίπτουσιν ἀτυχέστατα.   ἢ οὐδεὶς ἂν εὖ φρονῶν ἑνὸς

2 ἐκεῖνο] Manutius, ἐκείνου P.   3 αἰεὶ P.   6 ἁμαρτήματα P.
11 ἀρετάς] Petra, αἰτίασ P.   12 αἰεὶ P.   14 ἐπείτοίγε P.   Ἀπολλώνιος
ἐν τοῖς] Spengelius, ἀπόλλων τοῖσ P, ἀπολλώνιτοισ (h. e. ἀπολλώνοις τοῖς) m. rec. P.
ἀργονάυτ" P.   15 βουκολιοῖσ P.   19 Ἀρχιλόχου] Manutius, ἀρχίλοχον P.
παρασύροντος] Manutius, παρασύροντασ P.   21 μεῖζον P.   μέλεσσι P.
24 κεκαλληγραφημένοι P κεκαλλιγραφημένοι P.

δράματος, τοῦ Οἰδίποδος, εἰς ταὐτὸ συνθεὶς τὰ Ἴωνος
ἀντιτιμήσαιτο ἑξῆς;

XXXIV

Εἰ δ᾽ ὅρῳ μὴ τῷ ἀληθεῖ κρίνοιτο τὰ κατορθώματα,
οὕτως ἂν καὶ Ὑπερίδης τῷ παντὶ προέχοι Δημοσθένους.
5 ἔστι γὰρ αὐτοῦ πολυφωνότερος καὶ πλείους ἀρετὰς ἔχων,
καὶ σχεδὸν ὕπακρος ἐν πᾶσιν ὡς ὁ πένταθλος, ὥστε τῶν
μὲν πρωτείων ἐν ἅπασι τῶν ἄλλων ἀγωνιστῶν λείπεσθαι,
πρωτεύειν δὲ τῶν ἰδιωτῶν. 2. ὁ μέν γε Ὑπερίδης πρὸς
τῷ πάντα ἔξω γε τῆς συνθέσεως | μιμεῖσθαι τὰ Δημο- 200ʳ
10 σθένεια κατορθώματα καὶ τὰς Λυσιακὰς ἐκ περιττοῦ
περιείληφεν ἀρετάς τε καὶ χάριτας. καὶ γὰρ λαλεῖ μετὰ
ἀφελείας ἔνθα χρή, καὶ οὐ πάντα ἑξῆς καὶ μονοτόνως ὡς
ὁ Δημοσθένης λέγει· τό τε ἠθικὸν ἔχει μετὰ γλυκύτητος
ἡδὺ λιτῶς ἐφηδυνόμενον· ἄφατοί τε περὶ αὐτόν εἰσιν
15 ἀστεϊσμοί, μυκτὴρ πολιτικώτατος, εὐγένεια, τὸ κατὰ τὰς
εἰρωνείας εὐπάλαιστρον, σκώμματα οὐκ ἄμουσα οὐδ᾽
ἀνάγωγα κατὰ τοὺς Ἀττικοὺς ἐκείνους, ἀλλ᾽ ἐπικείμενα,
διασυρμός τε ἐπιδέξιος καὶ πολὺ τὸ κωμικὸν καὶ μετὰ
παιδιᾶς εὐστόχου κέντρον, ἀμίμητον δὲ εἰπεῖν τὸ ἐν πᾶσι
20 τούτοις ἐπαφρόδιτον· οἰκτίσασθαί τε προσφυέστατος, ἔτι
δὲ μυθολογῆσαι κεχυμένος καὶ ἐν ὑγρῷ πνεύματι διεξο-
δεῦσαι ἔτι εὐκαμπὴς ἄκρως, ὥσπερ ἀμέλει τὰ μὲν περὶ
τὴν Λητὼ ποιητικώτερα, τὸν δ᾽ ἐπιτάφιον ἐπιδεικτικῶς,
ὡς οὐκ οἶδ᾽ εἴ τις ἄλλος, διέθετο. 3. ὁ δὲ Δημοσθένης
25 ἀνηθοποίητος, ἀδιάχυτος, ἥκιστα ὑγρὸς ἢ ἐπιδεικτικός,
ἁπάντων ἑξῆς τῶν προειρημένων κατὰ τὸ πλέον ἄμοιρος.
ἔνθα μέντοι γελοῖος εἶναι βιάζεται καὶ ἀστεῖος, οὐ γέλωτα

---

3 ὅρῳ] Iohannes P. Postgate, ἀριθμῷ P.   4 περὶ ὑπερίδου Ση in marg. P.
6 ὕπακρωσ (o superscripto a m. rec.) P.   11 λαλεῖ μετὰ] Pearcius, λαλεύματα P.
13 λέγει] Manutius, λέγεται P.   15 ἀστ∗ισμοὶ P ἀστεισμοὶ P.   16 εὐπά-
λαιστον ρ eraso P.   σκώμματα ex σκόμματα P.   19 παιδείας (ι superscripto
a m. rec.) P.   22 ἄκρως] Manutius, ἄκροσ P Spengelius.   25 ὑγρὸ∗σ P.

κινεῖ μᾶλλον ἢ καταγελᾶται, ὅταν δὲ ἐγγίζειν θέλῃ τῷ
ἐπίχαρις εἶναι, τότε πλέον ἀφίσταται. τό γέ τοι περὶ
Φρύνης ἢ Ἀθηνογένους λογίδιον ἐπιχειρήσας γράφειν ἔτι
μᾶλλον ἂν Ὑπερίδην συνέστησεν. 4. ἀλλ᾽ ἐπειδήπερ,
5 οἶμαι, τὰ μὲν θατέρου καλά, καὶ εἰ πολλά, ὅμως ἀμεγέθη
καρδίῃ νήφοντος ἀργὰ καὶ τὸν ἀκροατὴν ἠρεμεῖν ἐῶντα
(οὐδεὶς γοῦν Ὑπερίδην ἀναγινώσκων φοβεῖται), ὁ δὲ ἔνθεν
ἑλὼν τοῦ μεγαλοφυεστάτου καὶ ἐ|π᾽ ἄκρον ἀρετὰς συντε- 200ᵛ
τελεσμένας, ὑψηγορίας τόνον, ἔμψυχα πάθη, περιουσίαν
10 ἀγχίνοιαν τάχος, ἔνθα δὴ κύριον, τὴν ἄπασιν ἀπρόσιτον
δεινότητα καὶ δύναμιν, ἐπειδὴ ταῦτα, φημί, ὡς θεόπεμπτα
δεινὰ δωρήματα (οὐ γὰρ εἰπεῖν θεμιτὸν ἀνθρώπινα) ἀθρόα
ἐς ἑαυτὸν ἔσπασεν, διὰ τοῦτο οἷς ἔχει καλοῖς ἅπαντας
ἀεὶ νικᾷ καὶ ὑπὲρ ὧν οὐκ ἔχει, καὶ ὡσπερεὶ καταβροντᾷ
15 καὶ καταφέγγει τοὺς ἀπ᾽ αἰῶνος ῥήτορας· καὶ θᾶττον ἄν
τις κεραυνοῖς φερομένοις ἀντανοῖξαι τὰ ὄμματα δύναιτο, ἢ
ἀντοφθαλμῆσαι τοῖς ἐπαλλήλοις ἐκείνου πάθεσιν.

XXXV

Ἐπὶ μέντοι τοῦ Πλάτωνος καὶ ἄλλη τίς ἐστιν, ὡς
ἔφην, διαφορά· οὐ γὰρ μεγέθει τῶν ἀρετῶν ἀλλὰ καὶ τῷ
20 πλήθει πολὺ λειπόμενος αὐτοῦ Λυσίας ὅμως πλεῖον ἔτι
τοῖς ἁμαρτήμασι περιττεύει ἢ ταῖς ἀρεταῖς λείπεται.
2. τί ποτ᾽ οὖν εἶδον οἱ ἰσόθεοι ἐκεῖνοι καὶ τῶν μεγίστων
ἐπορεξάμενοι τῆς συγγραφῆς, τῆς δ᾽ ἐν ἅπασιν ἀκριβείας
ὑπερφρονήσαντες; πρὸς πολλοῖς ἄλλοις ἐκεῖνο, ὅτι ἡ
25 φύσις οὐ ταπεινὸν ἡμᾶς ζῷον οὐδ᾽ ἀγεννὲς ἔκρινε τὸν
ἄνθρωπον, ἀλλ᾽ ὡς εἰς μεγάλην τινὰ πανήγυριν εἰς τὸν

2 ἐπίχαρις] Portus, ἐπιχαρησ P.   3 Φρύνης] Schurzfleischius, φρυγίησ P.
6 καρδίῃ P.   7 ὑπερ⋆δην P, ὑπερίδην m. rec. P.   ἀναγιν⋆|σκων P.
13 αὐτὸν (ἑ superscripto a m. rec.) P.   κα⋆λοῖσ (λ ut videtur eraso) P.
                                        ⋆ λ
15 καταφέγγει] Manutius : καταφέγγη P, λ superscr. a m. rec., unde καταφλέγει
Tollius Iahnius.   20 αὐτοῦ Λυσίας] Pearcius, ἀπουσίασ P.   ὅμως] Toupius,
ὁ⋆ μὲν P.   23 ἐν|⋆ἄπασιν P.   25 ἔ⋆κρινε P.

βίον καὶ εἰς τὸν σύμπαντα κόσμον ἐπάγουσα, θεατάς
τινας τῶν ὅλων αὐτῆς ἐσομένους καὶ φιλοτιμοτάτους ἀγω-
νιστάς, εὐθὺς ἄμαχον ἔρωτα ἐνέφυσεν ἡμῶν ταῖς ψυχαῖς
παντὸς ἀεὶ τοῦ μεγάλου καὶ ὡς πρὸς ἡμᾶς δαιμονιωτέρου.
5 3. διόπερ τῇ θεωρίᾳ καὶ διανοίᾳ τῆς ἀνθρωπίνης ἐπι-
βολῆς οὐδ' ὁ σύμπας κόσμος ἀρκεῖ, ἀλλὰ καὶ τοὺς τοῦ
περιέχοντος πολλάκις ὅρους ἐκβαίνουσιν αἱ | ἐπίνοιαι, καὶ 201ʳ
εἴ τις περιβλέψαιτο ἐν κύκλῳ τὸν βίον, ὅσῳ πλέον ἔχει
τὸ περιττὸν ἐν πᾶσι καὶ μέγα καὶ καλόν, ταχέως εἴσεται,
10 πρὸς ἃ γεγόναμεν. 4. ἔνθεν φυσικῶς πως ἀγόμενοι μὰ
Δί' οὐ τὰ μικρὰ ῥεῖθρα θαυμάζομεν, εἰ καὶ διαυγῆ καὶ
χρήσιμα, ἀλλὰ τὸν Νεῖλον καὶ Ἴστρον ἢ Ῥῆνον, πολὺ
δ' ἔτι μᾶλλον τὸν Ὠκεανόν· οὐδέ γε τὸ ὑφ' ἡμῶν τουτὶ
φλογίον ἀνακαιόμενον, ἐπεὶ καθαρὸν σῴζει τὸ φέγγος,
15 ἐκπληττόμεθα τῶν οὐρανίων μᾶλλον, καίτοι πολλάκις
ἐπισκοτουμένων, οὐδὲ τῶν τῆς Αἴτνης κρατήρων ἀξιο-
θαυμαστότερον νομίζομεν, ἧς αἱ ἀναχοαὶ πέτρους τε ἐκ
βυθοῦ καὶ ὅλους ὄχθους ἀναφέρουσι καὶ ποταμοὺς ἐνίοτε
τοῦ γηγενοῦς ἐκείνου καὶ αὐτοῦ μόνου προχέουσιν πυρός.
20 5. ἀλλ' ἐπὶ τῶν τοιούτων ἁπάντων ἐκεῖν' ἂν εἴποιμεν, ὡς
εὐπόριστον μὲν ἀνθρώποις τὸ χρειῶδες ἢ καὶ ἀναγκαῖον,
θαυμαστὸν δ' ὅμως ἀεὶ τὸ παράδοξον.

XXXVI

Οὐκοῦν ἐπί γε τῶν ἐν λόγοις μεγαλοφυῶν, ἐφ' ὧν
οὐκέτ' ἔξω τῆς χρείας καὶ ὠφελείας πίπτει τὸ μέγεθος,
25 προσήκει συνθεωρεῖν αὐτόθεν, ὅτι τοῦ ἀναμαρτήτου πολὺ
ἀφεστῶτες οἱ τηλικοῦτοι ὅμως πάντες εἰσὶν ἐπάνω τοῦ
θνητοῦ· καὶ τὰ μὲν ἄλλα τοὺς χρωμένους ἀνθρώπους
ἐλέγχει, τὸ δ' ὕψος ἐγγὺς αἴρει μεγαλοφροσύνης θεοῦ·

---

7 ἐκβαίνουσι∗ν P. 10 γεγόν∗μεν P γεγόναμεν P. 11 εἰ] Faber, ἢ P.
14 σῴζει P. 19 γηγενοῦς] Marklandus, γένουσ P. 22 αἰεὶ P.
23 ἐπί (ι corr. in ras.) P. 25 προσή∗κει P.

καὶ τὸ μὲν ἄπταιστον οὐ ψέγεται, τὸ μέγα δὲ καὶ θαυμά-
ζεται. 2. τί χρὴ πρὸς τούτοις ἔτι λέγειν, ὡς ἐκείνων
τῶν ἀνδρῶν ἕκαστος ἅπαντα τὰ σφάλματα ἑνὶ ἐξωνεῖται
πολλάκις ὕψει καὶ κατορθώματι, καὶ τὸ κυριώτατον, ὡς, εἴ
5 γε ἐκλέξας | τὰ Ὁμήρου, τὰ Δημοσθένους, τὰ Πλάτωνος, 201ᵛ
τῶν ἄλλων, ὅσοι δὴ μέγιστοι, παραπτώματα πάντα ὁμόσε
συναθροίσειεν, ἐλάχιστον ἄν τι, μᾶλλον δ᾽ οὐδὲ πολλο-
στημόριον ἂν εὑρεθείη τῶν ἐκείνοις τοῖς ἥρωσι πάντη
κατορθουμένων; διὰ ταῦθ᾽ ὁ πᾶς αὐτοῖς αἰὼν καὶ βίος,
10 οὐ δυνάμενος ὑπὸ τοῦ φθόνου παρανοίας ἁλῶναι, φέρων
ἀπέδωκε τὰ νικητήρια καὶ ἄχρι νῦν ἀναφαίρετα φυλάττει
καὶ ἔοικε τηρήσειν,

ἔστ᾽ ἂν ὕδωρ τε ῥέῃ, καὶ δένδρεα μακρὰ τεθήλῃ.

3. πρὸς μέντοι γε τὸν γράφοντα, ὡς ὁ Κολοσσὸς ὁ ἡμαρ-
15 τημένος οὐ κρείττων ἢ ὁ Πολυκλείτου Δορυφόρος, παρά-
κειται πρὸς πολλοῖς εἰπεῖν, ὅτι ἐπὶ μὲν τέχνης θαυμάζεται
τὸ ἀκριβέστατον, ἐπὶ δὲ τῶν φυσικῶν ἔργων τὸ μέγεθος,
φύσει δὲ λογικὸν ὁ ἄνθρωπος· κἀπὶ μὲν ἀνδριάντων
ζητεῖται τὸ ὅμοιον ἀνθρώπῳ, ἐπὶ δὲ τοῦ λόγου τὸ ὑπερ-
20 αῖρον, ὡς ἔφην, τὰ ἀνθρώπινα. 4. προσήκει δ᾽ ὅμως
(ἀνακάμπτει γὰρ ἐπὶ τὴν ἀρχὴν ἡμῖν τοῦ ὑπομνήματος ἡ
παραίνεσις), ἐπειδὴ τὸ μὲν ἀδιάπτωτον ὡς ἐπὶ τὸ πολὺ
τέχνης ἐστὶ κατόρθωμα, τὸ δ᾽ ἐν ὑπεροχῇ πλὴν οὐχ
ὁμότονον μεγαλοφυΐας, βοήθημα τῇ φύσει πάντη πορί-
25 ζεσθαι τὴν τέχνην· ἡ γὰρ ἀλληλουχία τούτων ἴσως
γένοιτ᾽ ἂν τὸ τέλειον.

Τοσαῦτα ἦν ἀναγκαῖον ὑπὲρ τῶν προτεθέντων ἐπι-
κρῖναι σκεμμάτων· χαιρέτω δ᾽ ἕκαστος οἷς ἥδεται.

7 ἐλάχιστο* P ἐλάχιστον P.   πολοστημόριον (λ superscripto a m. rec.) P.
24 πάντῃ] Tollius, παντὶ P.

XXXVII

Ταῖς δὲ μεταφοραῖς γειτνιῶσιν (ἐπανιτέον γὰρ) αἱ
παραβολαὶ καὶ εἰκόνες, ἐκείνῃ μόνον παραλλάττουσαι...

DESVNT DVO FOLIA

XXXVIII

... |στοι καὶ αἱ τοιαῦται· 'εἰ μὴ τὸν ἐγκέφαλον ἐν ταῖς 202ʳ
πτέρναις καταπεπατημένον φορεῖτε.' διόπερ εἰδέναι χρὴ
5 τὸ μέχρι ποῦ παροριστέον ἕκαστον· τὸ γὰρ ἐνίοτε περαι-
τέρω προεκπίπτειν ἀναιρεῖ τὴν ὑπερβολὴν καὶ τὰ τοιαῦτα
ὑπερτεινόμενα χαλᾶται, ἔσθ' ὅτε δὲ καὶ εἰς ὑπεναντιώσεις
ἀντιπεριΐσταται.   2. ὁ γοῦν Ἰσοκράτης οὐκ οἶδ' ὅπως
παιδὸς πρᾶγμα ἔπαθεν διὰ τὴν τοῦ πάντα αὐξητικῶς
10 ἐθέλειν λέγειν φιλοτιμίαν.   ἔστι μὲν γὰρ ὑπόθεσις αὐτῷ
τοῦ Πανηγυρικοῦ λόγου, ὡς ἡ Ἀθηναίων πόλις ταῖς εἰς
τοὺς Ἕλληνας εὐεργεσίαις ὑπερβάλλει τὴν Λακεδαιμονίων,
ὁ δ' εὐθὺς ἐν τῇ εἰσβολῇ ταῦτα τίθησιν· 'ἔπειθ' οἱ λόγοι
τοσαύτην ἔχουσι δύναμιν, ὥσθ' οἷόν τ' εἶναι καὶ τὰ
15 μεγάλα ταπεινὰ ποιῆσαι καὶ τοῖς μικροῖς περιθεῖναι μέ-
γεθος, καὶ τὰ παλαιὰ καινῶς εἰπεῖν καὶ περὶ τῶν νεωστὶ
γεγενημένων ἀρχαίως διελθεῖν.' οὐκοῦν, φησί τις, Ἰσό-
κρατες, οὕτως μέλλεις καὶ τὰ περὶ Λακεδαιμονίων καὶ
Ἀθηναίων ἐναλλάττειν; σχεδὸν γὰρ τὸ τῶν λόγων ἐγκώ-
20 μιον ἀπιστίας τῆς καθ' αὑτοῦ τοῖς ἀκούουσι παράγγελμα
καὶ προοίμιον ἐξέθηκε.   3. μήποτ' οὖν ἄρισται τῶν
ὑπερβολῶν, ὡς καὶ ἐπὶ τῶν σχημάτων προείπομεν, αἱ
αὐτὸ τοῦτο διαλανθάνουσαι ὅτι εἰσὶν ὑπερβολαί.   γίνεται
δὲ τὸ τοιόνδε, ἐπειδὰν ὑπὸ ἐκπαθείας μεγέθει τινὶ

---

2 ἐκείνηι (ι addito a m. rec.) P.   desunt folia IV et V quaternionis ΚΘ, sexti
folii vocabulum primum καταγέλαστοι esse conicit Dobraeus.   12 Λακε-
δαιμονίων] Robortellus, λακεδαιμονίαν P.   19 ἐναλάττειν (λ superscripto a m.
rec.) P.

συνεκφωνῶνται περιστάσεως, ὅπερ ὁ Θουκυδίδης ἐπὶ τῶν
ἐν Σικελίᾳ φθειρομένων ποιεῖ. 'οἵ τε γὰρ Συρακούσιοι'
φησὶν 'ἐπικαταβάντες τοὺς | ἐν τῷ ποταμῷ μάλιστα 202ʳ
ἔσφαζον, καὶ τὸ ὕδωρ εὐθὺς διέφθαρτο· ἀλλ' οὐδὲν ἧσσον
5 ἐπίνετο ὁμοῦ τῷ πηλῷ ᾑματωμένον καὶ τοῖς πολλοῖς ἔτι
ἦν περιμάχητον.' αἷμα καὶ πηλὸν πινόμενα ὅμως εἶναι
περιμάχητα ἔτι ποιεῖ πιστὸν ἡ τοῦ πάθους ὑπεροχὴ καὶ
περίστασις. 4. καὶ τὸ Ἡροδότειον ἐπὶ τῶν ἐν Θερμο-
πύλαις ὅμοιον. 'ἐν τούτῳ' φησὶν 'ἀλεξομένους μαχαί-
10 ρῃσιν, ὅσοις αὐτῶν ἔτι ἐτύγχανον περιοῦσαι, καὶ χερσὶ
καὶ στόμασι, κατέχωσαν οἱ βάρβαροι.' ἐνταῦθ', οἷόν
ἐστι τὸ καὶ στόμασι μάχεσθαι πρὸς ὡπλισμένους καὶ
ὁποῖόν τι τὸ κατακεχῶσθαι βέλεσιν, ἐρεῖς, πλὴν ὁμοίως
ἔχει πίστιν· οὐ γὰρ τὸ πρᾶγμα ἕνεκα τῆς ὑπερβολῆς
15 παραλαμβάνεσθαι δοκεῖ, ἡ ὑπερβολὴ δ' εὐλόγως γεν-
νᾶσθαι πρὸς τοῦ πράγματος. 5. ἔστι γάρ, ὡς οὐ δια-
λείπω λέγων, παντὸς τολμήματος λεκτικοῦ λύσις καὶ
πανάκειά τις τὰ ἐγγὺς ἐκστάσεως ἔργα καὶ πάθη· ὅθεν
καὶ τὰ κωμικὰ καίτοιγ' εἰς ἀπιστίαν ἐκπίπτοντα πιθανὰ
20 διὰ τὸ γελοῖον·

ἀγρὸν ἔσχ' ἐλάττω γῆν ἔχοντ' ἐπιστολῆς.

καὶ γὰρ ὁ γέλως πάθος ἐν ἡδονῇ. 6. αἱ δ' ὑπερβολαὶ
καθάπερ ἐπὶ τὸ μεῖζον, οὕτως καὶ ἐπὶ τοὔλαττον, ἐπειδὴ
κοινὸν ἀμφοῖν ἡ ἐπίτασις· καί πως ὁ διασυρμὸς ταπει-
25 νότητός ἐστιν αὔξησις.

XXXIX

Ἡ πέμπτη μοῖρα τῶν συντελουσῶν εἰς τὸ ὕψος, ὧν
γε ἐν ἀρχῇ προὐθέμεθα, ἔθ' ἡμῖν λείπεται, κράτιστε,

8 ἡροδότειο*ν P.   11 κατέχωσαν] codd. Herodoti, Manutius: κατίσχυσαν P.
12 ὡπλι*|σμένουσ P.   14 πράγμα P.   15 εὐλόγως] Robortellus,
εὐλόγουσ P.   18 πανάκιά P, πανάκειά m. rec. P.   ἐκστάσεως] Portus,
ἐξετάσεωσ P.   20 γέλοιον P.   21 ἔσχα P.   ἔχοντ' ἐπιστολῆς] Valcke-
narius, ἔχον γὰρ στολῆσ P.   27 κράτιστε* P.

ἡ διὰ τῶν λόγων αὐτὴ ποιὰ σύνθεσις. ὑπὲρ ἧς ἐν δυσὶν
ἀποχρώντως ἀποδεδωκότες συντάγμασιν, ὅσα γε τῆς
θεωρίας | ἦν ἡμῖν ἐφικτά, τοσοῦτον ἐξ ἀνάγκης προσ- 203
θείημεν ἂν εἰς τὴν παροῦσαν ὑπόθεσιν, ὡς οὐ μόνον ἐστὶ
5 πειθοῦς καὶ ἡδονῆς ἡ ἁρμονία φυσικὸν ἀνθρώποις, ἀλλὰ
καὶ μεγαληγορίας καὶ πάθους θαυμαστόν τι ὄργανον.
2. οὐ γὰρ αὐλὸς μὲν ἐντίθησίν τινα πάθη τοῖς ἀκροω-
μένοις καὶ οἷον ἔκφρονας καὶ κορυβαντιασμοῦ πλήρεις
ἀποτελεῖ, καὶ βάσιν ἐνδούς τινα ῥυθμοῦ πρὸς ταύτην
10 ἀναγκάζει βαίνειν ἐν ῥυθμῷ καὶ συνεξομοιοῦσθαι τῷ
μέλει τὸν ἀκροατήν, κἂν ἄμουσος ᾖ παντάπασι, καὶ νὴ
Δία φθόγγοι κιθάρας, οὐδὲν ἁπλῶς σημαίνοντες, ταῖς τῶν
ἤχων μεταβολαῖς καὶ τῇ πρὸς ἀλλήλους κρούσει καὶ
μίξει τῆς συμφωνίας θαυμαστὸν ἐπάγουσι πολλάκις, ὡς
15 ἐπίστασαι, θέλγητρον 3. (καίτοι ταῦτα εἴδωλα καὶ μιμή-
ματα νόθα ἐστὶ πειθοῦς, οὐχὶ τῆς ἀνθρωπείας φύσεως, ὡς
ἔφην, ἐνεργήματα γνήσια), οὐκ οἰόμεθα δ᾽ ἄρα τὴν σύν-
θεσιν, ἁρμονίαν τινὰ οὖσαν λόγων ἀνθρώποις ἐμφύτων
καὶ τῆς ψυχῆς αὐτῆς, οὐχὶ τῆς ἀκοῆς μόνης ἐφαπτομένων,
20 ποικίλας κινοῦσαν ἰδέας ὀνομάτων νοήσεων πραγμάτων
κάλλους εὐμελείας, πάντων ἡμῖν ἐντρόφων καὶ συγγενῶν,
καὶ ἅμα τῇ μίξει καὶ πολυμορφίᾳ τῶν ἑαυτῆς φθόγγων τὸ
παρεστὼς τῷ λέγοντι πάθος εἰς τὰς ψυχὰς τῶν πέλας
παρεισάγουσαν καὶ εἰς μετουσίαν αὐτοῦ τοὺς ἀκούοντας
25 ἀεὶ καθιστᾶσαν, τῇ τε τῶν λέξεων ἐποικοδομήσει τὰ
μεγέθη συναρμόζουσαν, δι᾽ αὐτῶν τούτων κηλεῖν τε ὁμοῦ,
καὶ πρὸς ὄγκον τε καὶ ἀξίωμα καὶ ὕψος καὶ πᾶν ὃ ἐν

1 αὐτὴ] Spengelius, αὕτη P.   *ῆσ P.   2 Σημ περὶ συνθέσεωσ ἔγραψε
Διονύσιοσ in marg. P.   6 μεγαληγορίας] Tollius, μετ᾽ ἐλευθερίασ P.
7 ἐντίθησιν] Faber, ἐπιτίθησιν P.   ἀκροομένοισ P ἀκρωμένοισ P.   10 ἀναγ-
κάζει] Manutius, ἀναγκάσει P.   11 ἄμουσος ᾖ] Boivinus, ἄλλουσ ὅση P.
           τεσ
12 σημαίνονταισ (αῖ in ras. corr.: τεσ superscr. a m. rec.) P.   15 ἐπίστασαι]
Faber, ἐπίστασιν P.   ταῦτα] Morus, ταῦτα τὰ P.   18 ἐμφύτων]
Manutius, ἐμφύτωσ (ex ἐμφύτοισ ut videtur) m. rec. P.   25 αἰεὶ P.
26 κηλεῖν] Robortellus, καλεῖν P.

αὐτῇ περιλαμβάνει καὶ ἡμᾶς ἑκάσ|τοτε συνδιατιθέναι, 203ᵛ
παντοίως ἡμῶν τῆς διανοίας ἐπικρατοῦσαν; ἀλλ' εἰ καὶ
μανία τὸ περὶ τῶν οὕτως ὁμολογουμένων διαπορεῖν, ἀπο-
χρῶσα γὰρ ἡ πεῖρα πίστις, 4. ὑψηλόν γέ που δοκεῖ νόημα
5 καὶ ἔστι τῷ ὄντι θαυμάσιον, ὃ τῷ ψηφίσματι ὁ Δημο-
σθένης ἐπιφέρει· 'τοῦτο τὸ ψήφισμα τὸν τότε τῇ πόλει
περιστάντα κίνδυνον παρελθεῖν ἐποίησεν, ὥσπερ νέφος·'
ἀλλ' αὐτῆς τῆς διανοίας οὐκ ἔλαττον τῇ ἁρμονίᾳ πεφώ-
νηται· ὅλον τε γὰρ ἐπὶ τῶν δακτυλικῶν εἴρηται ῥυθμῶν·
10 εὐγενέστατοι δ' οὗτοι καὶ μεγεθοποιοί, διὸ καὶ τὸ ἡρῷον,
ὧν ἴσμεν κάλλιστον, μέτρον συνιστᾶσι· τό τε* ἐπείτοιγε
ἐκ τῆς ἰδίας αὐτὸ χώρας μετάθες, ὅποι δὴ ἐθέλεις, 'τοῦτο
τὸ ψήφισμα, ὥσπερ νέφος, ἐποίησε τὸν τότε κίνδυνον
παρελθεῖν,' ἢ νὴ Δία μίαν ἀπόκοψον συλλαβὴν μόνον
15 'ἐποίησε παρελθεῖν ὡς νέφος,' καὶ εἴσῃ πόσον ἡ ἁρμονία
τῷ ὕψει συνηχεῖ. αὐτὸ γὰρ τὸ 'ὥσπερ νέφος' ἐπὶ
μακροῦ τοῦ πρώτου ῥυθμοῦ βέβηκε, τέτρασι καταμε-
τρουμένου χρόνοις· ἐξαιρεθείσης δὲ τῆς μιᾶς συλλαβῆς
'ὡς νέφος' εὐθὺς ἀκρωτηριάζει τῇ συγκοπῇ τὸ μέγεθος,
20 ὡς ἔμπαλιν, ἐὰν ἐπεκτείνῃς 'παρελθεῖν ἐποίησεν ὡσπερεὶ
νέφος,' τὸ αὐτὸ σημαίνει, οὐ τὸ αὐτὸ δὲ ἔτι προσπίπτει,
ὅτι τῷ μήκει τῶν ἄκρων χρόνων συνεκλύεται καὶ διαχα-
λᾶται τὸ ὕψος τὸ ἀπότομον.

XL

Ἐν δὲ τοῖς μάλιστα μεγεθοποιεῖ τὰ λεγόμενα, καθά-
25 περ τὰ σώματα, ἡ τῶν μελῶν ἐπισύνθεσις, ὧν ἓν μὲν
οὐδὲν τμηθὲν ἀφ' ἑτέρου καθ' ἑαυτὸ ἀξιόλογον ἔχει, πάντα

1 αὐτῇ] Tollius, αὐτῆ P.   4 που δοκεῖ] Reiskius, τοῦ δοκεῖν P.   6 τότε]
codd. Demosthenis, Manutius: τότ' ἐν P.   11 Vide App. A.   17 κατα-
μετρουμένου] Tollius, καταμετρούμενον P.   19 τῇ συγκοπῇ] Robortellus, τῇ
συγκοπῆ P.   20 ὡσπερεὶ] Tollius, ὥσπερ P.   21 οὐ τὸ* P.

δὲ μετ' ἀλλήλων ἐκπληροῖ τέλειον σύστημα, οὕτως τὰ
μεγά|λα, σκεδασθέντα μὲν ἀπ' ἀλλήλων, ἄλλοσ' ἄλλῃ ἅμα 204ʳ
ἑαυτοῖς συνδιαφορεῖ καὶ τὸ ὕψος, σωματοποιούμενα δὲ τῇ
κοινωνίᾳ καὶ ἔτι δεσμῷ τῆς ἁρμονίας περικλειόμενα αὐτῷ
5 τῷ κύκλῳ φωνήεντα γίνεται· καὶ σχεδὸν ἐν ταῖς περιόδοις
ἔρανός ἐστι πλήθους τὰ μεγέθη.　2. ἀλλὰ μὴν ὅτι γε
πολλοὶ καὶ συγγραφέων καὶ ποιητῶν οὐκ ὄντες ὑψηλοὶ
φύσει, μήποτε δὲ καὶ ἀμεγέθεις, ὅμως κοινοῖς καὶ δημώ-
δεσι τοῖς ὀνόμασι καὶ οὐδὲν ἐπαγομένοις περιττὸν ὡς τὰ
10 πολλὰ συγχρώμενοι, διὰ μόνου τοῦ συνθεῖναι καὶ ἁρμόσαι
ταῦτα δ' ὅμως ὄγκον καὶ διάστημα καὶ τὸ μὴ ταπεινοὶ
δοκεῖν εἶναι περιεβάλοντο, καθάπερ ἄλλοι τε πολλοὶ καὶ
Φίλιστος, Ἀριστοφάνης ἔν τισιν, ἐν τοῖς πλείστοις Εὐρι-
πίδης, ἱκανῶς ἡμῖν δεδήλωται.　3. μετά γέ τοι τὴν
15 τεκνοκτονίαν Ἡρακλῆς φησι,

  γέμω κακῶν δὴ κοὐκέτ' ἔσθ' ὅποι τεθῇ.

σφόδρα δημῶδες τὸ λεγόμενον, ἀλλὰ γέγονεν ὑψηλὸν τῇ
πλάσει ἀναλογοῦν, εἰ δ' ἄλλως αὐτὸ συναρμόσεις, φανή-
σεταί σοι, διότι τῆς συνθέσεως ποιητὴς ὁ Εὐριπίδης
20 μᾶλλόν ἐστιν ἢ τοῦ νοῦ.　4. ἐπὶ δὲ τῆς συρομένης ὑπὸ
τοῦ ταύρου Δίρκης,

    εἰ δέ που τύχοι
  πέριξ ἑλίξας, * * εἷλχ' ὁμοῦ λαβὼν
  γυναῖκα πέτραν δρῦν μεταλλάσσων ἀεί,

25 ἔστι μὲν γενναῖον καὶ τὸ λῆμμα, ἁδρότερον δὲ γέγονε τῷ
τὴν ἁρμονίαν μὴ κατεσπεῦσθαι μηδ' οἷον ἐν ἀποκυλί-
σματι φέρεσθαι, ἀλλὰ στηριγμούς τε ἔχειν πρὸς ἄλληλα
τὰ ὀνόματα καὶ ἐξερείσματα τῶν χρόνων πρὸς ἑδραῖον
διαβεβηκό|τα μέγεθος.　204ᵛ

2 τὰ μά|λα sed in marg. τὰ μεγάλα P.　ἄλλοσ' (superscripto a m. rec. ἄλληι)
P.　6 γε] Tollius, τὲ P.　16 καὶ οὐκ ἔτ' P.　18 συναρμόσ**σ P συναρ-
μόσεισ P.　20 ἐπὶ] Manutius, ἐπεὶ P.　23 ἐλίξας εἷλκε ὁμοῦ P, εἷλκεν
εἷλχ' conicit Adam.　25 λῆμμα] Robortellus, λῆ|μα P.　26 ἐν] Toupius,
μὲν P.

XLI

Μικροποιοῦν δ' οὐδὲν οὕτως ἐν τοῖς ὑψηλοῖς, ὡς ῥυθμὸς
κεκλασμένος λόγων καὶ σεσοβημένος, οἷον δὴ πυρρίχιοι
καὶ τροχαῖοι καὶ διχόρειοι, τέλεον εἰς ὀρχηστικὸν συνεκ-
πίπτοντες· εὐθὺς γὰρ πάντα φαίνεται τὰ κατάρυθμα
5 κομψὰ καὶ μικροχαρῆ καὶ ἀπαθέστατα διὰ τῆς ὁμοειδίας
ἐπιπολάζοντα· 2. καὶ ἔτι τούτων τὸ χείριστον ὅτι, ὥσπερ
τὰ ᾠδάρια τοὺς ἀκροατὰς ἀπὸ τοῦ πράγματος ἀφέλκει καὶ
ἐφ' αὑτὰ βιάζεται, οὕτως καὶ τὰ κατερρυθμισμένα τῶν
λεγομένων οὐ τὸ τοῦ λόγου πάθος ἐνδίδωσι τοῖς ἀκούουσι,
10 τὸ δὲ τοῦ ῥυθμοῦ, ὡς ἐνίοτε προειδότας τὰς ὀφειλομένας
καταλήξεις αὐτοὺς ὑποκρούειν τοῖς λέγουσι καὶ φθάνοντας
ὡς ἐν χορῷ τινι προαποδιδόναι τὴν βάσιν. 3. ὁμοίως δὲ
ἀμεγέθη καὶ τὰ λίαν συγκείμενα καὶ εἰς μικρὰ καὶ βραχυ-
σύλλαβα συγκεκομμένα καὶ ὡσανεὶ γόμφοις τισὶν ἐπαλ-
15 λήλοις κατ' ἐγκοπὰς καὶ σκληρότητας ἐπισυνδεδεμένα.

XLII

Ἔτι γε μὴν ὕψους μειωτικὸν καὶ ἡ ἄγαν τῆς φράσεως
συγκοπή· πηροῖ γὰρ τὸ μέγεθος, ὅταν εἰς λίαν συνάγηται
βραχύ· ἀκουέσθω δὲ νῦν μὴ τὰ δεόντως συνεστραμμένα,
ἀλλ' ὅσα ἄντικρυς μικρὰ καὶ κατακεκερματισμένα· συγ-
20 κοπὴ μὲν γὰρ κολούει τὸν νοῦν, συντομία δ' ἐπ' εὐθύ,
δῆλον δ' ὡς ἔμπαλιν τὰ ἐκτάδην ἀπόψυχα· τὰ γὰρ
ἄκαιρον μῆκος ἀνακαλούμενα.

1 μι*κροποιοῦν P. 2 λόγων] Faber, λόγῳ P. Cp. p. 46. 27 supra.
3 διχόρειο*ι (ο et ι in ras.) P. ὀρ|χηστι*κὸν (χ in ras.) P. 5 ὁμοειδ*ίας P.
6 ὅτι ὥσπερ] Manutius, ὅπως ὥσπερ P. 8 ἐπ' αὑτὰ P. 10 ῥυ*|θμοῦ
(θ a m. rec.) P. 12 χο*ρῷ P. 15 σκληρότητοσ P σκληρότητασ P.
17 πηροῖ] Manutius, πληροῖ P. 18 μὴ τὰ δεόντωσ] Manutius, μὴ τὰ οὐ
δεόντωσ P. 20 κολούει] Faber, κωλούει P, κωλύει Robortellus.

XLIII

Δεινὴ δ᾽ αἰσχῦναι τὰ μεγέθη καὶ ἡ μικρότης τῶν
ὀνομάτων. παρὰ γοῦν τῷ Ἡροδότῳ κατὰ μὲν τὰ λήμ-
ματα δαι|μονίως ὁ χειμὼν πέφρασται, τινὰ δὲ νὴ Δία 205ʳ
περιέχει τῆς ὕλης ἀδοξότερα, καὶ τοῦτο μὲν ἴσως ʽζεσάσης
5 δὲ τῆς θαλάσσης,᾽ ὡς τὸ ʽζεσάσης᾽ πολὺ τὸ ὕψος περισπᾷ
διὰ τὸ κακόστομον· ἀλλ᾽ ʽὁ ἄνεμος᾽ φησὶν ʽἐκοπίασεν,᾽
καὶ τοὺς περὶ τὸ ναυάγιον δρασσομένους ἐξεδέχετο ʽτέλος
ἀχάριστον.᾽ ἄσεμνον γὰρ τὸ κοπιάσαι ἰδιωτικόν, τὸ δ᾽
ἀχάριστον τηλικούτου πάθους ἀνοίκειον. 2. ὁμοίως καὶ
10 ὁ Θεόπομπος ὑπερφυῶς σκευάσας τὴν τοῦ Πέρσου κατά-
βασιν ἐπ᾽ Αἴγυπτον ὀνοματίοις τισὶ τὰ ὅλα διέβαλεν.
ʽποία γὰρ πόλις ἢ ποῖον ἔθνος τῶν κατὰ τὴν Ἀσίαν οὐκ
ἐπρεσβεύετο πρὸς βασιλέα; τί δὲ τῶν ἐκ τῆς γῆς γεννω-
μένων ἢ τῶν κατὰ τέχνην ἐπιτελουμένων καλῶν ἢ τιμίων
15 οὐκ ἐκομίσθη δῶρον ὡς αὐτόν; οὐ πολλαὶ μὲν καὶ πολυ-
τελεῖς στρωμναὶ καὶ χλανίδες τὰ μὲν ἀλουργῆ, τὰ δὲ
ποικιλτά, τὰ δὲ λευκά, πολλαὶ δὲ σκηναὶ χρυσαῖ κατε-
σκευασμέναι πᾶσι τοῖς χρησίμοις, πολλαὶ δὲ καὶ ξυστίδες
καὶ κλῖναι πολυτελεῖς; ἔτι δὲ καὶ κοῖλος ἄργυρος καὶ
20 χρυσὸς ἀπειργασμένος καὶ ἐκπώματα καὶ κρατῆρες, ὧν
τοὺς μὲν λιθοκολλήτους, τοὺς δ᾽ ἄλλους ἀκριβῶς καὶ
πολυτελῶς εἶδες ἂν ἐκπεπονημένους. πρὸς δὲ τούτοις
ἀναρίθμητοι μὲν ὅπλων μυριάδες τῶν μὲν Ἑλληνικῶν,
τῶν δὲ βαρβαρικῶν, ὑπερβάλλοντα δὲ τὸ πλῆθος ὑποζύγια
25 καὶ πρὸς κατακοπὴν ἱερεῖα σιτευτά· καὶ πολλοὶ μὲν ἀρτυ-
μάτων μέδιμνοι, πολλοὶ δ᾽ οἱ θύλακοι καὶ σάκκοι καὶ
χάρται βυβλίων καὶ τῶν ἄλλων ἁπάντων χρησίμων· |

---

1 αἰσχύν∗αι P. 3 νὴ Δία] Manutius, γήδια P. 7 τέλος ἀχάριστον]
Robortellus, τέλοσ ἀχαριστί P, τέλος...ἄχαρι codd. Herodoti. 13 γενομένων P
γεννωμένων P. 14 τιμίων] Manutius, τιμῶν P. 15 ἐκομί∗|σθη (σ a m. rec.) P.
16 στρομναὶ P στρωμναὶ P. 17 κατασκευασμέναι P, corr. Manutius.
21 λιθο∗∗λλίτουσ P λιθοκολλήτους P. 25 σιτευτά] Canterus, εἰσ ταῦτα P εἰς
ταῦτὰ Spengelius. 26 σάκοι P.

τοσαῦτα δὲ κρέα τεταριχευμένα παντοδαπῶν ἱερείων, ὡς 205ʳ
σωροὺς αὐτῶν γενέσθαι τηλικούτους, ὥστε τοὺς προσ-
ιόντας πόρρωθεν ὑπολαμβάνειν ὄχθους εἶναι καὶ λόφους
ἀντωθουμένους.' 3. ἐκ τῶν ὑψηλοτέρων εἰς τὰ ταπει-
5 νότερα ἀποδιδράσκει, δέον ποιήσασθαι τὴν αὔξησιν
ἔμπαλιν· ἀλλὰ τῇ θαυμαστῇ τῆς ὅλης παρασκευῆς ἀγγε-
λίᾳ παραμίξας τοὺς θυλάκους καὶ τὰ ἀρτύματα καὶ τὰ
σακκία μαγειρείου τινὰ φαντασίαν ἐποίησεν. ὥσπερ γὰρ
εἴ τις ἐπ' αὐτῶν ἐκείνων τῶν προκοσμημάτων μεταξὺ τῶν
10 χρυσίων καὶ λιθοκολλήτων κρατήρων καὶ ἀργύρου κοίλου
σκηνῶν τε ὁλοχρύσων καὶ ἐκπωμάτων, φέρων μέσα
ἔθηκεν θυλάκια καὶ σακκία, ἀπρεπὲς ἂν ἦν τῇ προσόψει
τὸ ἔργον· οὕτω καὶ τῆς ἑρμηνείας τὰ τοιαῦτα ὀνόματα
αἴσχη καὶ οἱονεὶ στίγματα καθίσταται παρὰ καιρὸν
15 ἐγκαταταττόμενα. 4. παρέκειτο δ' ὡς ὁλοσχερῶς ἐπελ-
θεῖν καὶ ὡς ὄχθους λέγει συμβεβλῆσθαι, καὶ περὶ τῆς
ἄλλης παρασκευῆς οὕτως ἀμάξας εἰπεῖν καὶ καμήλους καὶ
πλῆθος ὑποζυγίων φορταγωγούντων πάντα τὰ πρὸς τρυφὴν
καὶ ἀπόλαυσιν τραπεζῶν χορηγήματα, ἢ σωροὺς ὀνο-
20 μάσαι παντοίων σπερμάτων καὶ τῶν ἅπερ διαφέρει πρὸς
ὀψοποιΐας καὶ ἡδυπαθείας, ἢ εἴπερ πάντως ἐβούλετο αὐ-
τάρκη οὕτως θεῖναι, καὶ ὅσα τραπεζοκόμων εἰπεῖν καὶ
ὀψοποιῶν ἡδύσματα. 5. οὐ γὰρ δεῖ καταντᾶν ἐν τοῖς
ὕψεσιν εἰς τὰ ῥυπαρὰ καὶ ἐξυβρισμένα, | ἂν μὴ σφόδρα 206ʳ
25 ὑπό τινος ἀνάγκης συνδιωκώμεθα, ἀλλὰ τῶν πραγμάτων
πρέποι ἂν καὶ τὰς φωνὰς ἔχειν ἀξίας καὶ μιμεῖσθαι τὴν
δημιουργήσασαν φύσιν τὸν ἄνθρωπον ἥτις ἐν ἡμῖν τὰ
μέρη τὰ ἀπόρρητα οὐκ ἔθηκεν ἐν προσώπῳ, οὐδὲ τὰ τοῦ

---

1 τοσαῦτα] Robortellus, τοιαῦτα P. 2 γένεσθαι P. 13 ἐρ✱✱✱✱✱ασ P
ἑρμηνείασ P. 16 ὡς] Spengelius, ουσ P. 17 ἀμάξας] Toupius, ἀλλάξασ P.
καὶ (ante καμήλους) add. Toupius, om. P. 21 πάντως] Spengelius, πάντα ὡσ P.
24 εἰς τὰ ῥυπαρὰ] Pearcius, ✱✱✱✱✱✱παρὰ sex fere litteris propemodum deletis P.
26 ἀξίαν P, ἀξίασ m. rec. P. 27 διμιουργήσασαν P δημιουργήσασαν P. 28 ἐμ
(ante προσ.) sed corr. ἐν P.

παντὸς ὄγκου περιηθήματα, ἀπεκρύψατο δὲ ὡς ἐνῆν καὶ
κατὰ τὸν Ξενοφῶντα τοὺς τούτων ὅτι πορρωτάτω ὀχετοὺς
ἀπέστρεψεν, οὐδαμῆ καταισχύνασα τὸ τοῦ ὅλου ζῴου
κάλλος.
5   6. Ἀλλὰ γὰρ οὐκ ἐπ᾽ εἴδους ἐπείγει τὰ μικροποιὰ
διαριθμεῖν· προϋποδεδειγμένων γὰρ τῶν ὅσα εὐγενεῖς καὶ
ὑψηλοὺς ἐργάζεται τοὺς λόγους, δῆλον ὡς τὰ ἐναντία
τούτων ταπεινοὺς ποιήσει κατὰ τὸ πλεῖστον καὶ ἀσχή-
μονας.

XLIV

10   Ἐκεῖνο μέντοι λοιπὸν (ἕνεκα τῆς σῆς χρηστομαθείας
οὐκ ὀκνήσομεν ἐπιπροσθεῖναι) διασαφῆσαι, Τερεντιανὲ
φίλτατε, ὅπερ ἐζήτησέ τις τῶν φιλοσόφων προσέναγχος,
'θαυμά μ᾽ ἔχει,' λέγων, 'ὡς ἀμέλει καὶ ἑτέρους πολλούς,
πῶς ποτε κατὰ τὸν ἡμέτερον αἰῶνα πιθαναὶ μὲν ἐπ᾽ ἄκρον
15 καὶ πολιτικαί, δριμεῖαί τε καὶ ἐντρεχεῖς, καὶ μάλιστα πρὸς
ἡδονὰς λόγων εὔφοροι, ὑψηλαὶ δὲ λίαν καὶ ὑπερμεγέθεις,
πλὴν εἰ μή τι σπάνιον, οὐκέτι γίνονται φύσεις. τοσαύτη
λόγων κοσμική τις ἐπέχει τὸν βίον ἀφορία.   2. ἢ νὴ
Δί᾽ ἔφη 'πιστευτέον ἐκείνῳ τῷ θρυλουμένῳ, ὡς ἡ δημο-
20 κρατία τῶν μεγάλων ἀγαθὴ τιθηνός, ἧ μόνῃ σχεδὸν καὶ
συνήκμασαν οἱ περὶ λόγους δεινοὶ καὶ συναπέθανον;
θρέψαι τε γάρ φησιν ἱκανὴ τὰ φρονήματα τῶν μεγαλο-
φρόνων ἡ ἐλευθερία καὶ | ἐπελπίσαι καὶ ἅμα διελθεῖν τὸ 206ᵛ
πρόθυμον τῆς πρὸς ἀλλήλους ἔριδος καὶ τῆς περὶ τὰ
25 πρωτεῖα φιλοτιμίας.   3. ἔτι γε μὴν διὰ τὰ προκείμενα ἐν
ταῖς πολιτείαις ἔπαθλα ἑκάστοτε τὰ ψυχικὰ προτερήματα
τῶν ῥητόρων μελετώμενα ἀκονᾶται καὶ οἷον ἐκτρίβεται
καὶ τοῖς πράγμασι κατὰ τὸ εἰκὸς ἐλεύθερα συνεκλάμπει.

1 περιηθήματα] Pearcius, περιθήματα P.   2 τούτων] codd. Xenophontis,
Manutius : τῶν P.   3 καται∗|σχύνασα (prius σ a m. rec.) P.   5 ἐπ᾽ εἴδους]
Toupius, ἐπιδοὺσ P.   11 ὀκνήσο∗μεν P.   ἐπιπροσθεῖναι Manutius, ἐπιπροσ-
θῆναι P.   16 δὲ] Manutius, τε P.   26 ἑκάστοτε] Robortellus, ἔκα-
στότε P.   28 πρά∗|γμασι (γ a m. rec.) P.

οἱ δὲ νῦν ἐοίκαμεν᾽ ἔφη ‘παιδομαθεῖς εἶναι δουλείας
δικαίας, τοῖς αὐτῆς ἔθεσι καὶ ἐπιτηδεύμασιν ἐξ ἁπαλῶν
ἔτι φρονημάτων μόνον οὐκ ἐνεσπαργανωμένοι καὶ ἄγευ-
στοι καλλίστου καὶ γονιμωτάτου λόγων νάματος, τὴν
5 ἐλευθερίαν᾽ ἔφη ‘λέγω, διόπερ οὐδὲν ὅτι μὴ κόλακες ἐκ-
βαίνομεν μεγαλοφυεῖς.’ 4. διὰ τοῦτο τὰς μὲν ἄλλας ἕξεις
καὶ εἰς οἰκέτας πίπτειν ἔφασκεν, δοῦλον δὲ μηδένα γίνε-
σθαι ῥήτορα· εὐθὺς γὰρ ἀναζεῖ τὸ ἀπαρρησίαστον καὶ
οἷον ἔμφρουρον ὑπὸ συνηθείας ἀεὶ κεκονδυλισμένον·
10 5. ‘ἥμισυ γάρ τ᾽ ἀρετῆς᾽ κατὰ τὸν Ὅμηρον ‘ἀποαίνυται
δούλιον ἦμαρ.’ ‘ὥσπερ οὖν, εἴ γε᾽ φησὶ ‘τοῦτο πιστὸν
ἀκούω, τὰ γλωττόκομα, ἐν οἷς οἱ Πυγμαῖοι καλούμενοι δὲ
νᾶνοι τρέφονται, οὐ μόνον κωλύει τῶν ἐγκεκλεισμένων τὰς
αὐξήσεις, ἀλλὰ καὶ συναραιοῖ διὰ τὸν περικείμενον τοῖς
15 σώμασι δεσμόν· οὕτως ἅπασαν δουλείαν, κἂν ᾖ δικαιο-
τάτη, ψυχῆς γλωττόκομον καὶ κοινὸν δή τις ἀπεφήνατο
δεσμωτήριον.’ 6. ἐγὼ μέντοι γε ὑπολαμβάνων ‘ῥᾴδιον,’
ἔφην, ‘ὦ βέλτιστε, καὶ ἴδιον ἀνθρώπου τὸ καταμέμφεσθαι
τὰ ἀεὶ παρόντα· ὅρα δέ, μή ποτε οὐχ ἡ τῆς οἰκουμένης
20 εἰρήνη διαφθείρει τὰς μεγά|λας φύσεις, πολὺ δὲ μᾶλλον ὁ 207ʳ
κατέχων ἡμῶν τὰς ἐπιθυμίας ἀπεριόριστος οὑτοσὶ πόλε-
μος καὶ νὴ Δία πρὸς τούτῳ τὰ φρουροῦντα τὸν νῦν βίον
καὶ κατ᾽ ἄκρας ἄγοντα καὶ· φέροντα ταυτὶ πάθη. ἡ γὰρ
φιλοχρηματία, πρὸς ἢν ἅπαντες ἀπλήστως ἤδη νοσοῦμεν,
25 καὶ ἡ φιληδονία δουλαγωγοῦσι, μᾶλλον δέ, ὡς ἂν εἴποι τις,
καταβυθίζουσιν αὐτάνδρους ἤδη τοὺς βίους, φιλαργυρία

---

2 αὐτοῖσ, P αὐτῆσ m. rec. P.   4 γο*νιμωτάτου P.   11 δούλιον P, εἰ
superscripto a m. rec.   πιστόν ἐστιν P, ἐστιν del. Pearcius, δ add. Pearcius.
12 ἐν|*οῖσ (ν a m. rec.) P.   13 νᾶνοι] Manutius, νάοι P.   14 συναραιοῖ]
Schmidius, συνάροι P.   15 σώμασι] Scaliger, στόμασι P.   16 ἀποφήνετο
(αι superscr. a m. rec.) P.   17 ὑπ⸋λαμβάνων] Tollius, ὑπολαμβάνω P.
18 ἔφην] Portus, ἔφη P.   ἴδιο P : inter compingendum librum ut videtur
evanuit littera postrema.   καταμέμφε|σθαι (deletas litteras αταμέμφ restituit m.
rec.) P.   19 μή ποτε οὐχ ἡ τῆς] Spengelius, μή|πο****χ η*** (τῆσ addito in
ras. a m. rec.) P.   25 δουλαγωγ*ῦσι P δουλαγωγοῦσι P.

μὲν νόσημα μικροποιόν, φιληδονία δ' ἀγεννέστατον.
7. οὐ δὴ ἔχω λογιζόμενός εὑρεῖν, ὡς οἷόν τε πλοῦτον
ἀόριστον ἐκτιμήσαντας, τὸ δ' ἀληθέστερον εἰπεῖν, ἐκθειά-
σαντας, τὰ συμφυῆ τούτῳ κακὰ εἰς τὰς ψυχὰς ἡμῶν
5 ἐπεισιόντα μὴ παραδέχεσθαι. ἀκολουθεῖ γὰρ τῷ ἀμέτρῳ
πλούτῳ καὶ ἀκολάστῳ συνημμένη καὶ ἴσα, φασί, βαί-
νουσα πολυτέλεια, καὶ ἅμα ἀνοίγοντος ἐκείνου τῶν πόλεων
καὶ οἴκων τὰς εἰσόδους εὐθὺς ἐμβαίνει καὶ συνοικίζεται.
χρονίσαντα δὲ ταῦτα ἐν τοῖς βίοις νεοττοποιεῖται, κατὰ
10 τοὺς σοφούς, καὶ ταχέως γενόμενα περὶ τεκνοποιίαν ἀλα-
ζονείαν τε γεννῶσι καὶ τύφον καὶ τρυφὴν οὐ νόθα ἑαυτῶν
γεννήματα ἀλλὰ καὶ πάνυ γνήσια. ἐὰν δὲ καὶ τούτους
τις τοῦ πλούτου τοὺς ἐκγόνους εἰς ἡλικίαν ἐλθεῖν ἐάσῃ,
ταχέως δεσπότας ταῖς ψυχαῖς ἐντίκτουσιν ἀπαραιτήτους,
15 ὕβριν καὶ παρανομίαν καὶ ἀναισχυντίαν. 8. ταῦτα γὰρ
οὕτως ἀνάγκη γίνεσθαι καὶ μηκέτι τοὺς ἀνθρώπους ἀνα-
βλέπειν μηδ' ἕτερα φήμης εἶναί τινα λόγον, ἀλλὰ τοιούτων
ἐν κύκλῳ τελεσιουργεῖσθαι κατ' ὀλίγον τὴν τῶν βίων
διαφθοράν, φθίνειν δὲ καὶ καταμαραίνεσθαι τὰ ψυχικὰ 207ᵛ
20 μεγέθη, καὶ ἄζηλα γίνεσθαι, ἡνίκα τὰ θνητὰ ἑαυτῶν μέρη
ἐκθαυμάζοιεν, παρέντες αὔξειν τἀθάνατα. 9. οὐ γὰρ ἐπὶ
κρίσει μέν τις δεκασθεὶς οὐκ ἂν ἐπὶ τῶν δικαίων καὶ
καλῶν ἐλεύθερος καὶ ὑγιὴς ἂν κριτὴς γένοιτο· ἀνάγκη
γὰρ τῷ δωροδόκῳ τὰ οἰκεῖα μὲν φαίνεσθαι καλὰ καὶ
25 δίκαια· ὅπου δὲ ἡμῶν ἑκάστου τοὺς ὅλους ἤδη βίους
δεκασμοὶ βραβεύουσι καὶ ἀλλοτρίων θῆραι θανάτων καὶ

---

1 ἀγενέστατον P.   3 ἀλιθέστερον P ἀληθέστερον P.   4 εἰ|*ὰσ P, εἰσ|τὰσ
m. rec. P.   6 βαίνουσα (β corr. ex μ) P.   7 καὶ ἅμα] Pearcius, καὶ ἄλλα P.
8 οἶκον P οἴκων P.   εὐθὺς] Mathewsius, εἰς ἃς P.   post εἰς ἃς supplet
ἐκεῖνος οἰκίας Vahlenus.   10 ἀλαζονείαν τε] Is. Vossius: ἀνάλεξον εν αντι
(ἔντι a m. rec.; in marg. γρ ἐν αντι) P.   11 γεννῶσα (σι superscr. a m. rec.) P.
σι
12 τούτους] Tollius, τούτου P.   15 ὕβρ*ν P.   π***νομίαν P.   20 καπανητὰ
post μέρη praebet P quod ut ex proximis ἡνί]κατὰθνητὰ perperam repetitum Vahlenus
delendum esse censet.   21 τἀθάνατα] Pearcius, τὰσ|ανατα P.   ἐπικρί*σει P.
22 δεκασθεὶς] Manutius, δικασθεῖσ P.   24 τὸ (in τω a m. rec. corr.) P.

ἐνέδραι διαθηκῶν, τὸ δ' ἐκ τοῦ παντὸς κερδαίνειν ὠνού-
μεθα τῆς ψυχῆς ἕκαστος πρὸς τῆς * ἠνδραποδισμένοι, ἆρα
δὴ ἐν τῇ τοσαύτῃ λοιμικῇ τοῦ βίου διαφθορᾷ δοκοῦμεν
ἔτι ἐλεύθερόν τινα κριτὴν τῶν μεγάλων ἢ διηκόντων
5 πρὸς τὸν αἰῶνα κἀδέκαστον ἀπολελεῖφθαι καὶ μὴ κατ-
αρχαιρεσιάζεσθαι πρὸς τῆς τοῦ πλεονεκτεῖν ἐπιθυμίας;
10. ἀλλὰ μήποτε τοιούτοις οἷοί περ ἐσμὲν ἡμεῖς, ἄμεινον
ἄρχεσθαι ἢ ἐλευθέροις εἶναι· ἐπείτοιγε ἀφεθεῖσαι τὸ
σύνολον, ὡς ἐξ εἱρκτῆς ἄφετοι, κατὰ τῶν πλησίον αἱ
10 πλεονεξίαι κἂν ἐπικαύσειαν τοῖς κακοῖς τὴν οἰκουμένην.
11. ὅλως δὲ δαπανῶν ἔφην εἶναι τῶν νῦν γεννωμένων
φύσεων τὴν ῥᾳθυμίαν, ᾗ πλὴν ὀλίγων πάντες ἐγκατα-
βιοῦμεν, οὐκ ἄλλως πονοῦντες ἢ ἀναλαμβάνοντες εἰ μὴ
ἐπαίνου καὶ ἡδονῆς ἕνεκα, ἀλλὰ μὴ τῆς ζήλου καὶ τιμῆς
15 ἀξίας ποτὲ ὠφελείας. 12. κράτιστον εἰκῆ ταῦτ' ἐᾶν, ἐπὶ
δὲ τὰ συνεχῆ χωρεῖν· ἦν δὲ ταῦτα τὰ πάθη, περὶ ὧν ἐν
ἰδίῳ προηγουμένως ὑπεσχόμεθα γράψειν ὑπομνήματι,
τήν τε τοῦ ἄλλου λόγου καὶ αὐτοῦ τοῦ ὕψους μοῖραν
ἐπεχόντων, ὡς ἡμῖν [δοκεῖ...]

---

1 ἔνεδραι P.   2 πρὸσ τῆσ P, πρὸς τῆς* Robortellus. Vide Append. A.
ἆρα P.   4 μεγάλων ἢ] Robortellus, μεγάλων ἢ μεγάλων ἢ P.   5 αἰῶνα
Portus, ἀγῶνα P.   κἀδέκαστον] unus ex libris Vaticanis, καθέκαστον P.   μὴ]
Manutius, μοι P.   9 πλησίων P πλησίον P.   12 ᾗ] Manutius, οἱ P, οἳ
Robortellus.   16 ἐν ἰδίῳ—19 ἡμῖν addidit m. rec. in P, consentientibus
libris deterioribus.   19 δοκεῖ add. Robortellus.

第二章　狄俄尼修斯修辞学论述选译^①
（附原文）

《论吕西亚斯》2—9

2. 他的用词极为纯净，是阿提卡方言的最佳典范。**这种方言不是柏拉图与修昔底德使用的那种古早方言，乃是彼时通行的方言，如安多齐德思、克里提阿斯等人的演说中所用的方言。在这个对于演说至关重要的方面，我指的是言辞的纯净，后来者没有能超越，甚至除却伊索克拉底以外，无人能够模仿。因此，我认为，此人是吕西亚斯之后众演说家之后在言辞上最为纯净的。因此，我认为，此一品质值得追求与模仿，我还要敦促那些在书写与言说上追求纯净的人以此人为典范。**

3. 另有一个比以上所言并不逊色的品质。他的许多同时代人努力达成，但却无人能比他做得更为确实。所论为何呢？即以标准的、大众所用的日常语言表达思想。吕西亚斯绝少使用隐喻表达。赞誉并不仅限于这一点。还有，他使用最为常见的词汇描述庄严、超凡、宏伟之事，而非依靠诗性技法。他的前辈则不配享这一赞誉。在试图修饰言辞的时候，他们抛弃了日常语言，转而依靠诗性表达。他们使用大量的隐喻、夸张，以及其他隐喻式的表达，除此之外，还以晦涩、新奇的词汇，以及鲜见的修辞手法、新式的表达迷惑听众。伦蒂尼的高尔吉亚就是代表。他的许多演说使用粗俗、臃肿的风格，其语言"与酒神颂诗相去不远"。律奇姆尼乌斯（Lycymnius）与波鲁斯（Polus）的随众亦是如此。据提麦奥斯所言，高尔吉亚是第一个以诗性、隐喻表达吸引雅典人的演说家，彼时他出使雅典，并在公民大会上震惊众人。事实上，他的风格在许久之前就已经受到尊崇。例如，修昔底德——史家中最令人称奇的人——在葬礼演说与审议性演说中就使用诗性技法，使得表达极为庄重，并且以不寻常的词汇修饰之。吕西亚斯并不践行这一

———————

① 译文依据的希腊文底本为Hermann Usener et Ludovicus Radermacher eds., *Dionysii Halicarnasei Quae Exstant, Volumen Quintum. Opsuculorum*, Volumen Prius, Leipzig: B. G. Teubneri, 1899。

点,至少其为法庭与大会写作的严肃演说不是如此,除却在展示性演说中的少量使用。其书信、秘作等作品,以及玩乐之作,我在此不必赘言。尽管他的论述似乎与人私下闲谈,但其风格却与之有着极大差别。他是言辞的大师,他创造了某种独特的和谐之音,其言辞并不受韵律的限制,其中的语言规整而又引人入胜,并不显得臃肿与粗俗。我敦请那些意欲像他一样演说的演说家模仿第二种品质。史家与演说家中已有许多人以这种品质为目标,前代作家中最为接近吕西亚斯的是青年伊索克拉底。在这两人以后,无人能够比肩这两位在使用标准、普遍词汇上的能力。

4. 此人的第三种品质是明晰。他这点不仅表现在措辞上,还表现在主题上。因为,确实存在着主题明晰这一说法,尽管了解这点的人并不多。修昔底德与德摩斯梯尼即可作证,他们在讲述事件上是最为优秀的,但所说的话在我们看来却是晦涩难懂的,须得阐释者予以发挥。吕西亚斯的风格却是一贯明晰的,甚至对于对政治演说完全陌生的人亦是如此。如果明晰因缺乏动能而产生,那不值得称赞。但产生这种品质的是丰沛的普通词汇。这种明晰值得我们效仿。他力图将简短的表达与明晰的品质结合起来,这两者从本质上来说是极难调和的。在这点上,吕西亚斯比其他人都表现得更为优异,任何阅读其作品的人都不会感觉其言辞模棱两可、晦涩难懂。其原因在于,在他的写作中,主题不是言辞的奴隶,言辞要符合主题。他的雅致并非改变日常语言,而是通过模仿日常语言达成的。

5. 这种品质并非仅限于风格,进而使得主题不合时宜而且冗长。没有谁在表达思想上比他更为简明、紧凑。无关紧要的事情他绝对不说,甚至有时候还略去一些颇有助益的事情,当然,这并不是由于他在开题上缺乏能力,而是为了符合演说允许的时间。对于普通人来说,短时间内展示其案件已足够,但是对于竭尽全力展示自己横溢的才华的演说家来说远远不够。因此,吕西亚斯的简明值得模仿,因为,其他演说家并不具备这种品质。

6. 我认为,下面要说的吕西亚斯拥有的品质令人称赞,色奥弗拉斯图斯说,这种品质始于色拉叙马库斯,而我认为始于吕西亚斯。在年龄上,我认为吕西亚斯较为年长(两者在年龄上均处于盛年),即便这一观点不被认可,吕西亚斯也更有实战经验。我并非要确证,哪位在这个品质上更具优势,现在我要说明的是,吕西亚斯在这个品质上表现十分优异,这点我可以大胆说明。我说的是什么品质呢? 就是将思想压缩,并将其简明地表达出来的风格。这种风格最为恰切,在法庭演说与其他现实演说中十分必要。鲜少有人模仿这种风格,德摩斯梯尼在这点上做得出色,但是他并不像吕西亚斯那样简明、清晰,反倒是矫揉造作、粗陋糙涩。目前我的看法就是这样。

我会在合适的时机再进行详细论述。

7. 吕西亚斯的风格也极为生动。他有能力将所述之事诉诸感官,这出自他对细节的把握。任何集中注意力聆听吕西亚斯演说的人在思想上都不会迟钝、无动于衷、麻木,以至于不能被言辞吸引,亲眼看到所讲述的事情,以及与演说中出现的人物面对面交流。类似的行动,感情、思想、言辞,均不需要另作补充。在所有的演说家中,在洞察人性,以及为各种人赋予相应的激情、性格、行为上,他是最优秀的。

8. 通常所谓的"性格描绘"这一令人愉悦的品质,我认为吕西亚斯也具备。在这位演说家的演说中,没有一个人物缺乏性格,或死气沉沉。这一品质体现为三个方面:思想、语言、写作。在这三点上,他均表现得十分优异。在他的笔下,言说的人话语令人敬重、充满理性,且节制有度,由此言辞反映出其性格,且人物的言说与这些品质也相契合,这种风格使之彰显无余,明晰、标准,且为人所共知。浮华、奇异、生造的词语均不适宜塑造人物。在写作上,他极尽明晰、直白,因为他认为,表达性格并非由环形句或韵律达成,而是依靠散断的语句。总体来说,在使用类似句子排布的演说家中,没有谁比他更引人入胜、令人信服。他如和音一般的风格似乎并非刻意雕琢而成,如果外行,甚至对语言少有深研的职业演说家有如下的意见:他的言辞并非依靠苦功与技艺而成,而是自然倾泻而出,我不会觉得讶异。然而,事实上,他的技法比任何工艺都要多得多。因为,天然自技艺出,松散的句子其实有所约束,看似毫无技法之处乃技法最盛之处。因此,追求真实与自然的人如果在写作上模仿吕西亚斯不会有误,因为没有人比他更为真实。

9. 我认为,在得体方面,古代演说家无有能与吕西亚斯并肩者,这个风格是最为重要且至高无上的。因为,在我看来,他将这种品质应用于言说者、听众,以及主题(得体正体现于这些方面,以及与之相关的方面)。诸人物在年龄、家族、教育、职业、生活等方面有所不同,因此,他为其赋予相匹配的词语,且言说之词也与听众相契合。在法庭、公民大会、节庆场合,他不会以同样方式向大众发言。演说的不同部分风格也不尽相同。他的开端定下道德论调,叙事令人信服且精简,论证扼要凝练,引申与情感庄重且真挚,结语从容且简明。由此说来,得体是吕西亚斯另一个值得效法的品质。

《论伊索克拉底》2—3

2. 他的风格有如下特征。他的言辞之纯净并不逊于吕西亚斯,且没有词语是随意排布的，且总是依照其普遍且约定俗成的方式予以使用。他避开了那些粗俗的古早、晦涩之词，但是与吕西亚斯在使用隐喻词上略有不同，并在混杂中达成了平衡。在明晰与生动的效果上，他近似吕西亚斯，风格表达性格，使人信服，与主题契合。他的风格又不像另一种风格那般编织得十分密实，因此并不适合法庭演说。它枝蔓而又绵延拉杂。其风格并不简峻，反倒是有笨拙之感，仿佛拖拽着身躯缓慢行进。我稍后会对产生这种缺陷的原因进行阐发。在写作上，他并不像吕西亚斯那样自然、简洁、生动，而是有意地制造庄严而繁缛之感，使之时而显得合宜，时而显得精雅。因为，此人竭尽一切技法使得文辞显得美妙，以精雅为本旨，而非简明。他避免使用元音连读，因为它破坏了文辞的连贯性，有损声音的流畅。他喜好将思想包裹在环形句之中，使用近似诗歌韵律的节奏，因此，其作品更适合阅读，而非实用。出于同样的原因，他的演说可用于节庆展示，或者手持阅读，但不能用于公民大会或法庭。其中原因在于，后者需要极多的激情，而这是环形句最难达成的。句尾谐音、分句长度相等、对论，以及诸如此类的修辞的连排都大量见于伊索克拉底，且这些修辞常常因为对声音效果的阻碍而破坏了其他修辞技法。

3. 依据色奥弗拉斯图斯所言，达成崇高、庄严、非常之效有三种方式：词语的选择，对这些词语进行和谐的排布，以及安置它们的修辞格。伊索克拉底在选择词语上十分精当，但在排布上颇为矫揉造作，因为他努力营造美妙的音效。他的修辞滥俗且僵冷，要么十分牵强，要么与主题不合，这两种缺陷均源自其不能用之有度。还有一种情况常常使言辞显得冗长，我说的是将思想紧箍在环形句之中，在其中遍置同样的修辞技法，并竭尽全力追求顿挫之感。我并不是说，他一贯如此（我还不至于疯癫到如此地步。因为，在审议性的或法庭的演说之中，他时而会以平实风格书写，疏解环形结构，并避免过度使用滥俗的修辞）。但是，在多数情况下，他是韵律与环形句的奴隶，且以非常之效为言辞之美，我已经对此有过细致阐述。因此，我认为，伊索克拉底的风格在这些方面，以及在引人入胜上逊色于吕西亚斯。伊索克拉底文辞确实与其他人一样繁复，且能够引发听众的愉悦，但是他并不拥有吕西亚斯的引人入胜的品质。在这种品质上，他逊于吕西亚斯，就如同繁饰的身体逊于自然的身体一般。吕西亚斯的引人入胜出于自然，伊索克拉底的却总是处心积虑的。在这些品质上，我认为伊索克拉底逊色于吕西亚斯。但是，在以下方面，他更胜一筹：他可以用更为崇高的方式表达自我，更为高蹈与庄严。他的这种崇高技法令人惊叹，且十分伟大，更适于描述半神人，而非人。我们如果将伊索克拉底演说的肃穆、崇高、庄重与波律克利图斯与费迪阿斯的技艺相提并论，如果将吕西阿斯的轻巧与魅力同卡拉米斯与卡里马库斯相提并论，也无甚过错；因为，后两位雕塑家比其他人在刻画更低的与人相关的主题上更为擅长，而前两位在处理更为宏大以及与神相关的主题更富技巧，两位演说家亦是如此。吕西亚斯在小事上更显技法，而伊索克拉底则在重大主题上更能使人印象深刻。这或许是因为他有着高蹈的天性，如果情况并非如此，那么就是因为他全心全意执着于崇高与令人惊叹之事。关于演说家的风格就说这些。

《论德摩斯梯尼》22、33—34

22. 当我阅读伊索克拉底的演说的时候，无论是法庭演说，还是为大会写作的演说，我变得严肃，感到沉静，就像是倾听芦笛演奏的奠酒曲，或是多利亚曲子。但是，当我拿起德摩斯梯尼的演说之时，我感到欣喜若狂：我四处游走，经历着各种各样的激情，怀疑、悲恸、恐惧、蔑视、仇恨、怜悯、善意、愤怒、嫉妒，一切主导人类思想的激情我都一再经历。我与那些参与科里班特舞蹈与西百列母亲的祭祀舞蹈的人并无二致。他们产生如此之多的感受，要么是因为这些参与者被味道、场景、声音激发，要么是因为被神明的气息催动。我常常好奇，那些真正聆听他的人会产生何种感情。如若多年之后仍然充盈于书卷中的德摩斯梯尼的气息拥有如此的力量，并这样打动读者，那么，聆听他现场发表演说一定是超凡与震撼之事。因为，即便距离他们如此遥远，且事件本身并不足以打动人心，我们都能被演说牵引并震撼，演说家就真实与私人的事情发表演说之时，雅典人与其他希腊人必定是何等的激动。他们竭尽自己的声望表达自己的私人感受与兴奋之情，为所有的言辞增添装饰，为恰当地将其发表出来，他是这一技艺最为杰出的代表，这是人们的共识，且从以上所引的段落中可见。这些演说绝非人可随心所欲地为了休闲而阅读，因为文字本身必定教人做出回应，一会儿讽刺，一会儿愤然，一会儿暴怒，一会儿恐惧，一会儿忧虑，一会儿建言，一会儿劝服；言辞意欲表达的一切，他都必须予以呈现。因此，如果经历了年岁，其书中的精魂仍然如此有力，如此地打动人心，那么聆听他亲自演说必定是超凡、非常之事。

33. 我的本旨，以及该篇的目的在于表明，德摩斯梯尼使用最佳风格最为明智，这种风格与人性最为契合。我试图证明这一点，其手段并非仅仅给出此作中的证据(仅凭作品自身是无法清楚地认定其为何物)，还要将其与别的演说家与哲人风格的最佳段落进行比较，并由此决定孰优孰劣。为了能使得我的论述走上正轨，我列数了风格的重要特征，并且考察了各个特征下哪位作者最为出色。所有作者都不是完美的，他们都各有各的缺陷，在简短地表明这点之后，我来到了德摩斯梯尼。他并非只展现一种风格，也不是只效法一人，他广采众长，意图发展出一种普遍的、诉诸人类不同情感的风格，这也是他的独具一格之处。为了证明这一点，我将风格分为三种类型：平实、崇高、中间。我通过将其同与之类似，且值得称道的作者做出对比(这些人并非像德摩斯梯尼那般拥有各种品质)表明，他是三种风格兼具的最佳代表。在此引出伊索克拉底、柏拉图这般非凡的人物，以及将其与德摩斯梯尼做比较在我看来并非不合情理之事：他们在追求中间风格上均获得至高褒奖——这也是最好的风格，我想借此表明，尽管他们或许优于其他作者，但他们并不配与德摩斯梯尼争夺头奖。在我完成余下的部分之前，我还想对德摩斯梯尼的风格稍作阐述。

34. 德摩斯梯尼的风格与三种形式均有密切关联，且在德摩斯梯尼的一切演说中留下了独有的、不可磨灭的印记。为了能让我的论述更容易被人理解，我首先要提请读者注意德摩斯梯尼演说独有的品质，正如我单独论述其他各种风格一样。我认为，他优于那些使用崇高、超凡、非常表达的作者，因为他的语言更为明晰、通用。他在每个重要的片段中都努力使用这些词语，并且这是其最为典型的特征，尤其是在段落中出现崇高、奇异之词的时候。在我看来，他优于那些追求质朴、平实，缺乏惊人之语风格的追求者，因为他的表达庄重、密实、迅捷。这些以及类似的品质是其风格特征。在中间风格方面——我认为这种风格是最好的，我认为他最为出色，具体如下：在多样性、平衡、时机上，以及在催发激情、动能、活跃性，以及得体上——最后一点，德摩斯梯尼做到了极致。我要单独对这三种形式进行论述，并希望能从对德摩斯梯尼能力的论述中发现其独有的特征。

《论修昔底德》22—24

22. 一切的言辞都可以分为两个大类，对事物由之得以彰显的词语的选择，以及将其排布为或大、或小的部分。这些部分又可以再次划分为其他部分。将基本组成(我指的是名词、动词、连接词)选择成本义的、隐喻式的表达，并将其排布成短语、分句、环形句。所谓的修辞正可用于这些组成(我指的是简单词、复合词，以及两者的混合)。在所谓的文章品质中，某些是必要的，且必须存在于各种文辞之中，而有的是点缀，只有在前者存在之时才能彰显出独有的力量，这点前人之述备矣。这些品质赖以生成的规条与法则数量众多,我在此不必赘言,因为,它们已经得到了极为详细的阐发。

23. 修昔底德的前代作者中,哪些对此多有使用,哪些对此不甚关注,如我在一开始所言的那样,我在此要简明地予以说明。这样,此人独有的品质将会更加明确。仅存其名的极为古远的作者以何种风格写作,我无从得知,无论他们的风格是平实、毫无矫饰、不惊人,而仅用必要之词的,还是庄严、崇高、繁复,其中有着诸多装饰、点缀的。因为,这些作者中大部分无作品存世,而且那些公认的属于这些人物的作品也未得到保存,其中有米利都的卡德摩斯(Cadmus of Miletus),普罗科尼索斯的阿里斯泰乌斯(Aristaeus of Proconnesus)等。生于伯罗奔尼撒战争之前的,且于修昔底德时代尚且存世的人都有同样的特征,无论是以盛行于那个时代的爱奥尼亚方言写作的人,还是以旧阿提卡方言——这种方言与爱奥尼亚方言差别并不大——写作的人。因为,如我所言,这些作者更关注本义,而非隐喻义,只有在隐喻有助于增进风味之时,他们方采用后者。在写作上,他们均使用了同一种平实、毫无矫饰的风格,在词语与思想上,他们并未十分偏离人们熟悉的日常、通行的风格。这些作者的言辞拥有必要的优秀品质——纯洁、明晰、简要,每一种德性都保全了这种语言的独特品质;但附属的品质(即在很大程度上显示出演说家力量的品质)却并不见于他们的最高成就之中,而仅仅是少数人所有,且程度不高,我指的是诸如以下的品质:崇高、典雅、庄重、高蹈。他们的言辞并未展现出紧张感,也无激发精神的肃穆与激情,也无法激发强健与充满战斗力的精神,这些是所谓演说的产物。除却希罗多德之外,此话适用于以上所言的所有作家。这位作者在选词、写作、修辞的丰富性上远超他人,其散文以其劝服力、雅致、乐趣,近似最好的诗歌。在最重大、鲜明的特征上,他(首屈一指)。他的写作中缺乏法庭演说,要么是因为他并不具备如此的天赋,要么是因为出于某种考量,他认为此类演说不适用于法庭演说。因为,作者并未使用许多审议性演说和法庭演说,他也没有为叙事增加激情与力量的能力。

24. 在这位作者以及我们前面提及的诸位作者之后,并且对每位作者的品质有所了解,修昔底德是第一个将某种特定的,为人所忽略的风格积极引入历史写作的。在对词语的选择上,他偏好隐喻的、晦涩的、古雅的、外来的词汇,而非普遍的,为彼时人所知的那些词汇。在对或大或小的部分的排布上,他使用崇高、峻厉、强悍、坚固的风格,以及在听觉上产生粗糙之感的风格,而非明澈、柔和、雅致,令耳朵愉悦的风格。在修辞的使用上——他意欲以此与其前辈产生差异——他最下功夫。在战争的二十七年间,从其开始到结束,他完成了八卷,这也是他唯一存世的作品,在此期间,每一个表达他都苦心经营、殚精竭虑。他时而将词语变成短语，时而将短语变成词语；时而以名词表达动词，时而将名词变成动词；甚至歪曲常用之义，以使得体词变成呼词，或者呼词作体词使用。他将主动态变成被动态，被动态变成主动态，并改变单数、复数的惯常使用，并且两者互相换而用之。他将阳性用于阴性，阴性用于阳性，甚至还将其用于中性，正常的秩序因此受到破坏。主格与分词的曲折变化，他时而使之从形式转向意义，时而使之从意义转向形式。在连词、介词，以及促成词语意义达成的部分上，他殷勤地效法诗人。我们在他的作品中还能看到大量的修辞，这些修辞由于对呼法、时态变化、转喻义的变化而与习惯用法不同，并因此看起来像语法错误：物被用作人，人被用作物，这种情况更是如此；三段论省略式、思想亦是如此，在其中，大量的插入语使得结语总是姗姗来迟。曲折、缠绕，剪不断、理还乱的部分亦是如此。他的作品中还有大量繁复的修辞——我指的是语句的平衡、谐韵、文字游戏、对论，这些技法为伦蒂尼的高尔吉亚，波鲁斯、律奇姆尼乌斯的学园，以及活跃于那个时代的诸多作家广泛使用。此作者最为显明与典型的特征在于，以极少的词语表达极多的事物，将若干思想压缩成一个，以及逗引读者继续听下去的好奇心，这些都造成一个效果，即简洁但不明晰。总结起来，修昔底德的言辞有四大技法：诗性词汇、大量的修辞、声音的粗粝、表达的迅捷。其魅力在于紧凑、密实、迅捷、峻厉、庄重，使人产生敬畏，其中最为紧要者在于催发激情的能力。从言辞的风格上来说，修昔底德就是这种作家，在这点上，他与众不同。作者的能力与意图相匹配的时候，结果是完美且令人赞叹的；但是在能力难以企及，张力难以延续之时，叙事的节奏则会磨损言辞，并且产生一些不恰当的缺点。在外来词、生造词的使用上，以及在行止界限上，作者在整部历史的写作中并未遵循必要的规范，尽管在各类其他写作中存在着好的，且必要的法则。

《论吕西亚斯》2—9 原文

πρὸς δὲ τούτοις πανηγυρικούς, ἐρωτικούς, ἐπιστολικούς,
τῶν μὲν ἔμπροσθεν γενομένων ῥητόρων ἢ κατὰ τὸν
αὐτὸν χρόνον ἀκμασάντων ἠφάνισε τὰς δόξας, τῶν δὲ
454 ἐπιγινομένων οὔτε πολλοῖς τισι κατέλιπεν ὑπερβολὴν
οὔτ' ἐν ἁπάσαις ταῖς ἰδέαις τῶν λόγων * * * καὶ μὰ　5
Δί' οὔ τί γε ταῖς φαυλοτάταις. τίνι δὲ κέχρηται χαρα-
κτῆρι λόγων καὶ τίνας ἀρετὰς εἰσενήνεκται τίνι τε
κρείττων ἐστὶ τῶν μεθ' ἑαυτὸν ἀκμασάντων καὶ πῆ
καταδεέστερος καὶ τί δεῖ λαμβάνειν παρ' αὐτοῦ, νῦν
ἤδη πειράσομαι λέγειν.　　　　　　　　　　　　　　10

κᾰθᾰρός ἐστι τὴν ἑρμηνείαν πάνυ καὶ τῆς Ἀττικῆς 2
γλώττης ἄριστος κανών, οὐ τῆς ἀρχαίας, ᾗ κέχρηται
Πλάτων τε καὶ Θουκυδίδης, ἀλλὰ τῆς κατ' ἐκεῖνον
τὸν χρόνον ἐπιχωριαζούσης, ὡς ἔστι τεκμήρασθαι τοῖς
τε Ἀνδοκίδου λόγοις καὶ τοῖς Κριτίου καὶ ἄλλοις　15
συχνοῖς. κατὰ τοῦτο μὲν δὴ τὸ μέρος, ὅ πέρ ἐστι
πρῶτόν τε καὶ κυριώτατον ἐν λόγοις, λέγω δὲ τὸ
455 κᾰθᾰρεύειν τὴν | διάλεκτον, οὐθεὶς τῶν μεταγενεστέ-
ρων αὐτὸν ὑπερεβάλετο, ἀλλ' οὐδὲ μιμήσασθαι πολλοὶ
δύναμιν ἔσχον ὅτι μὴ μόνος Ἰσοκράτης· καθαρώτατος 20
γὰρ δὴ τῶν ἄλλων μετὰ Λυσίαν ἐν τοῖς ὀνόμασιν
οὗτος ἔμοιγε δοκεῖ γενέσθαι ὁ ἀνήρ. μίαν μὲν δὴ
ταύτην ἀρετὴν ἀξίαν ζήλου καὶ μιμήσεως εὑρίσκω παρὰ τῷ

2 γεγενημένων v　3 ἠφάνησε M　4 ἐπιγενομένων MPBGv
οὔτε] οὐ libri v　5 οὔτ' ἐν FMPB: ἄτ' ἐν Gv | lacunam indi-
caui, deest fere: ἀλλ' ἔν τισι καὶ πρωτεύει　6 οὗτοι v | εὐδοκιμῶν
post φαυλοτάταις interpolant Gv　7 τίνι τε] πῆ τε Desrousseaux
8 μεθ' ἑαυτὸν MP: μεθ' αὐτὸν corr F μετ' ἑαυτὸν B μετ'
αὐτὸν Gv | πῆι F ποῖ Ga　11 περὶ καθαρότητος mg M
13 τε om F¹Gv　14 τεκμήρασθαι] τεκμήριον aς　15 ἄλλων συχνῶν
Kiessling　17 πρῶτόν τε FMBPG: πρῶτον v | κυριωτάτατον F
κυριώτερον v | δὴ G　18 τῶν—19 ἀλλ' οὐ mg F¹　19 ὑπερεβάλλετο
PGa　20 εἶχον F corr F¹　21 γὰρ om F¹Gv | μετά γε Gv

ῥήτορι καὶ παρακελευσαίμην ἂν τοῖς βουλομένοις καθα-
ρῶς γράφειν ἢ λέγειν ἐκεῖνον τὸν ἄνδρα ποιεῖσθαι
παράδειγμα ταύτης τῆς ἀρετῆς.

3   ἑτέραν δὲ καὶ οὐδὲν ἐλάττονα ταύτης, ἣν πολλοὶ
5 μὲν ἐζήλωσαν τῶν κατὰ τὸν αὐτὸν χρόνον ἀκμασάν-
των, οὐδεὶς δὲ βεβαιότερον ἀπεδείξατο· τίς δ' ἔστιν
αὕτη; ἡ διὰ τῶν κυρίων τε καὶ κοινῶν καὶ ἐν μέσῳ
κειμένων ὀνομάτων ἐκφέρουσα τὰ νοούμενα ⟨ἑρμηνεία⟩. 456
ἥκιστα γὰρ ἄν τις εὕροι Λυσίαν τροπικῇ φράσει χρη-
10 σάμενον. καὶ οὐκ ἐπὶ τούτῳ μόνον ἐπαινεῖν αὐτὸν
ἄξιον, ἀλλ' ὅτι καὶ σεμνὰ καὶ περιττὰ καὶ μεγάλα φαί-
νεσθαι τὰ πράγματα ποιεῖ τοῖς κοινοτάτοις χρώμενος
ὀνόμασι καὶ ποιητικῆς οὐχ ἁπτόμενος κατασκευῆς. τοῖς
δὲ προτέροις οὐχ αὕτη ἡ δόξα ἦν, ἀλλ'ὰ βουλόμενοι 457
15 κόσμον τινὰ προσεῖναι τοῖς λόγοις ἐξήλλαττον τὸν
ἰδιώτην καὶ κατέφευγον εἰς τὴν ποιητικὴν φράσιν,
μεταφοραῖς τε πολλαῖς χρώμενοι καὶ ὑπερβολαῖς καὶ
ταῖς ἄλλαις τροπικαῖς ἰδέαις, ὀνομάτων τε γλωττημα-
τικῶν καὶ ξένων χρήσει καὶ τῶν οὐκ εἰωθότων σχη- |
20 ματισμῶν τῇ διαλλαγῇ καὶ τῇ ἄλλῃ καινολογίᾳ κατα- 458
πληττόμενοι τὸν ἰδιώτην. δηλοῖ δὲ τοῦτο Γοργίας τε
ὁ Λεοντῖνος, ἐν πολλοῖς πάνυ φορτικήν τε καὶ ὑπέρογκον

9—13 cf Maximus Planudes W t v p 446, 9—13 Syrianus
I 11, 25—12, 3 R   fr περὶ μιμ. VIII

2 ἢ καὶ v   4 δὲ καὶ] δὲ G v | ἐλάττω G v   5 τὸν]
τὸ F¹   6 ἐπεδείξατο G v   8 ἑρμηνεία suppleui λέξις Sadaeus
9 φάσει F   10 ἐπὶ τοῦτο MPB | αὐτὸν om F¹Gv
11 καὶ περιττὰ καὶ σεμνὰ G v   14 πρότερον Sadaeus | ἀλλὰ
Usener: ἀλλ' οἱ   15 προσθεῖναι Taylor | λόγοις Victorius:
ὅλοις | τ.. ἰδιώτ. v F¹ ἰδιώτην v τὴν ἰδιῶτιν? sed cf p 13, 9
17 μεταβολαῖς v   18 γλωττηματισμῶν B¹   20 καὶ ξένων post
σχηματισμῶν iterat P   21 τὸν ex τ.. F²

ποιῶν τὴν κατασκευὴν καὶ ʽοὐ πόρρω διθυράμβων
τινῶν᾽ ἔνια φθεγγόμενος, καὶ τῶν ἐκείνου συνουσια-
στῶν οἱ περὶ Λικύμνιόν τε καὶ Πῶλον. ἥψατο δὲ καὶ
τῶν Ἀθήνησι ῥητόρων ἡ ποιητική τε καὶ τροπικὴ
φράσις, ὡς μὲν Τίμαιός φησι, Γοργίου ἄρξαντος ἡνίκ᾽ 5
459 Ἀθήναζε πρεσβεύων | κατεπλήξατο τοὺς ἀκούοντας τῇ
δημηγορίᾳ, ὡς δὲ τἀληθὲς ἔχει, τὸ καὶ παλαιότερον
αἰεί τι θαυμαζομένη. Θουκυδίδης γοῦν ὁ δαιμονιώ-
τατος τῶν συγγραφέων ἔν τε τῷ ἐπιταφίῳ καὶ ἐν ταῖς
δημηγορίαις ποιητικῇ κατασκευῇ χρησάμενος ἐν πολλοῖς 10
ἐξήλλαξε τὴν ἑρμηνείαν εἰς ὄγκον ἅμα καὶ κόσμον
ὀνομάτων ἀηθέστερον. Λυσίας δὲ τοιοῦτον οὐδὲν
ἤσκησεν ἔν γ᾽ οὖν τοῖς σπουδῇ γραφομένοις δικανικοῖς
λόγοις καὶ συμβουλευτικοῖς ποιῆσαι, πλὴν εἴ τι μικρὸν
ἐν τοῖς πανηγυρικοῖς· περὶ γὰρ δὴ τῶν ἐπιστολικῶν 15
αὐτοῦ καὶ ἑταιρικῶν καὶ τῶν ἄλλων, οὓς μετὰ παιδιᾶς
ἔγραψεν, οὐδὲν δέομαι λέγειν. ὁμοίως δὲ τοῖς ἰδιώταις
διαλέγεσθαι δοκῶν πλεῖστον ὅσον ἰδιώτου διαφέρει
460 καὶ ἔστι ποιητὴς κράτιστος λόγων, λελυμένης | ἐκ τοῦ
μέτρου λέξεως ἰδίαν τινὰ [λόγων] εὑρηκὼς ἁρμονίαν, 20

1 Plato Phaedri 238ᵈ   4 cf Joh Sicel W VI 102, 16 sq
5 Timaeus fr 95 *FHG* 1, 216

2 τινῶν om Gv cum libris Platonis, sed in suo exemplo
Dionysium legisse apparet de Dem 7 p 971 R | συνουσιαστι-
κῶν aϛ   3 λικύμνιόν F¹?G λικύμνόν a   5 ὡς—φησι mg M
6 ἀκού ἀκούοντας P | ἐν τῇ Gv   7 τὸ καί] ὃ καί FG
ὃ MP ὁ B ὁ καί v   8 αἰεί τι FMBP: ἀεί Gv | θαυμαζομένη
Θουκυδίδης γοῦν ὁ Desrousseaux: θαυμαζομένη Θουκυδίδης
τοὔνομα FMBP θαυμαζόμενος Θ. τοὔνομα v (θαυμαζόμενον G)
13 γοῦν BPGv | τ[οῖ]ς F² cum ras | δικανικοῖς καὶ συμ-
βουλευτικοῖς λόγοις Gv   15 περὶ γὰρ δὲ a περὶ γὰρ H Stephanus
16 παιδείας a   19 ἔστι MBP: ἐπεὶ FGv | ἐκ μέτρου Gv
20 λόγων del Marklandus | εὑρικὼς B

ἢ τὰ ὀνόματα κοσμεῖ τε καὶ ἡδύνει μηδὲν ἔχοντα
ὀγκῶδες μηδὲ φορτικόν. ταύτην δευτέραν τὴν ἀρετὴν
κελεύω παρὰ τοῦ ῥήτορος τούτου λαμβάνειν, εἴ τινες
ἀξιοῦσι τὸν αὐτὸν ἐκείνῳ διαλέγεσθαι τρόπον. ἐγένοντο
5 μὲν οὖν πολλοὶ τῆς προαιρέσεως ταύτης ζηλωταὶ συγ-
γραφεῖς τε καὶ ῥήτορες, ἔγγιστα δὲ αὐτῆς μετὰ Λυσίαν
ἥψατο τῶν πρεσβυτέρων νέος ἐπακμάσας Ἰσοκράτης,
καὶ οὐκ ἂν ἔχοι τις εἰπεῖν προσωτέρω τούτων σκοπῶν
ἑτέρους ῥήτορας ἰσχὺν καὶ δύναμιν τοσαύτην ἐν 461
10 ὀνόμασι κυρίοις καὶ κοινοῖς ἀποδειξαμένους.

4   τρίτην ἀρετὴν ἀποφαίνομαι περὶ τὸν ἄνδρα τὴν
σαφήνειαν οὐ μόνον τὴν ἐν τοῖς ὀνόμασιν, ἀλλὰ καὶ
τὴν ἐν τοῖς πράγμασιν· ἔστι γάρ τις καὶ πραγματικὴ
σαφήνεια οὐ πολλοῖς γνώριμος. τεκμαίρομαι δέ, ὅτι
15 τῆς μὲν Θουκυδίδου λέξεως καὶ Δημοσθένους, οἳ δει-
νότατοι πράγματα ἐξειπεῖν ἐγένοντο, πολλὰ δυσείκαστά
ἐστιν ἡμῖν καὶ ἀσαφῆ καὶ δεόμενα ἐξηγητῶν. ἡ δὲ
Λυσίου λέξις ἅπασά ἐστι φανερὰ καὶ σαφὴς καὶ τῷ
πάνυ πόρρω δοκοῦντι πολιτικῶν ἀφεστάναι λόγων.
20 καὶ εἰ μὲν δι᾽ ἀσθένειαν δυνάμεως ἐγίνετο τὸ σαφές,
οὐκ ἄξιον ἦν αὐτὸ ἀγαπᾶν, νῦν δὲ ὁ πλοῦτος τῶν
κυρίων ὀνομάτων ἐκ πολλῆς αὐτῷ περιουσίας ἀπο-
δείκνυται ταύτην τὴν ἀρετήν. ὥστε | καὶ τὴν σαφή- 462
νειαν αὐτοῦ ζηλοῦν ἄξιον. καὶ μὴν τό γε βραχέως

18 cf Maximus Planudes W t v p 446, 7

1 ἢ—ἔχουσα? 6 ἔγγιστα PB 7 ἐπαγμάσας F ἐπα-
σκήσας Gv cf Plato Phaedr 278ᵉ 8 προσωτέρωι solus F
προσοτέρω P 9 ἑτέρου ῥήτορος G 10 ἀποδειξαμενος F
ἀποδεξάμενος G 11 περὶ σαφηνείας mg rubro M 14 ὅτι
om G 15 λέξεως—16 πράγματα mg M 16 πραγμα F¹
17 ἐξηγητοῦ Gv 20 ἐγένετο P 23 καὶ om Gv

ἐκφέρειν τὰ νοήματα μετὰ τοῦ σαφῶς, χαλεποῦ πράγ-
ματος ὄντος φύσει τοῦ συναγαγεῖν ἄμφω ταῦτα καὶ
κεράσαι μετρίως, ᾗ μάλιστα οὐδενὸς ἧττον τῶν ἄλλων
ἀποδείκνυται Λυσίας, ὅς γε οὐδὲν τοῖς διὰ χειρὸς
ἔχουσι τὸν ἄνδρα οὔτε ἀκαιρολογίας οὔτε ἀσαφείας | 5
463 δόξειεν ἂν λαβεῖν. τούτου δὲ αἴτιον, ὅτι οὐ τοῖς ὀνό-
μασι δουλεύει τὰ πράγματα παρ᾽ αὐτῷ, τοῖς δὲ πράγ-
μασιν ἀκολουθεῖ τὰ ὀνόματα, τὸν δὲ κόσμον οὐκ ἐν
τῷ διαλλάττειν τὸν ἰδιώτην, ἀλλ᾽ ἐν τῷ μιμήσασθαι
λαμβάνει.   10

κaὶ οὐκ ἐπὶ μὲν τῆς ἑρμηνείας τοιοῦτός ἐστιν, ἐν 5
δὲ τοῖς πράγμασιν ἄκαιρός τις καὶ μακρός, συνέστραπται
δὲ εἴ τις καὶ ἄλλος καὶ πεπύκνωται τοῖς νοήμασι, καὶ
τοσούτου δεῖ τῶν οὐκ ἀναγκαίων τι λέγειν, ὥστε καὶ
πολλὰ καὶ τῶν χρησίμων ἂν δόξειε παραλιπεῖν, οὐ μὰ 15
Δία ἀσθενείᾳ εὑρέσεως αὐτὸ ποιῶν, ἀλλὰ συμμετρήσει
τοῦ χρόνου, πρὸς ὃν ἔδει γενέσθαι τοὺς λόγους. βραχύς
γε μὴν οὗτος, ὡς μὲν ἰδιώτῃ δηλῶσαι βουλομένῳ τὰ
πράγματα ἀποχρῶν, ὡς δὲ ῥήτορι περιουσίαν δυνάμεως
464 ἐνδείξασθαι ζητοῦντι οὐχ ἱκανός. μιμητέον | δὴ καὶ 20
τὴν βραχύτητα τὴν Λυσίου· μετριωτέρα γὰρ οὐκ ἂν
εὑρεθείη παρ᾽ ἑτέρῳ ῥήτορι.

μετὰ ταύτας ἀρετὴν εὑρίσκω παρὰ Λυσίᾳ πάνυ 6

---

1 σαφοῦς v | τοῦ πράγματος Gv   3 κεράσσαι F¹ | ᾗ μά-
λιστα ἢ Marklandus, sed ᾗ μάλιστα 'quam maxime' | ἧττον ex
ἧττων rubro corr M ἧττον ex ἧττων P ἧττων mg B   4 Λυσίας
χρώμενος Gv | ὅς γε FPB: ὅς τε M ὥστε Gv | οὐδ᾽ ἐν MB
iunge οὐδὲν οὔτε ἀσαφείας οὔτε ἀκαιρολογίας   5 ἀκυρολογίας
libri: corr Taylor   6 δόξειεν ἂν] δόξαν libri v | λαβεῖ⁻ F
9 ἐξαλλάττειν Herwerden | μιμεῖσθαι Gv   11 ἐστι F¹   14 τι
om F   15 καὶ om Gv | δόξειεν P | [παρα]λιπεῖν F¹ cum ras
18 οὗτος M ς: οὗτος B οὕτως ex οὗτος F¹ οὕτως P G Sylburgius
20 δὲ Gv

θαυμαστήν, ἧς Θεόφραστος μέν φησιν ἄρξαι Θρασύ-
μαχον, ἐγὼ δ' ἡγοῦμαι Λυσίαν· καὶ γὰρ τοῖς χρόνοις
οὗτος ἐκείνου προέχειν ἔμοιγε δοκεῖ (λέγω δ' ὡς ἐν
ἀκμῇ κοινῇ βίου γενομένων ἀμφοῖν), καὶ εἰ μὴ τοῦτο
5 δοθείη, τῷ γέ τοι περὶ τοὺς ἀληθινοὺς ἀγῶνας ἐκείνου
μᾶλλον τετρῖφθαι. οὐ μέντοι διαβεβαιοῦμαί γε, ὁπό-
τερος ἦρξε τῆς ἀρετῆς ταύτης, κατὰ τὸ παρόν, ἀλλ' ὅτι
Λυσίας μᾶλλον ἐν αὐτῇ διήνεγκεν, τοῦτο θαρρῶν ἂν
ἀποφηναίμην. τίς δ' ἐστὶν ἥν φημι ἀρετήν; ἡ συστρέ-
10 φουσα τὰ νοήματα καὶ στρογγύλως ἐκφέρουσα λέξις,
οἰκεία πάνυ καὶ ἀναγκαία τοῖς δικανικοῖς λόγοις καὶ
παντὶ ἀληθεῖ ἀγῶνι. ταύτην ὀλίγοι μὲν ἐμιμήσαντο,
Δημοσθένης δὲ καὶ ὑπερεβάλετο πλὴν οὐχ οὕτως γε
λευκῶς οὐδὲ ἀφελῶς ὥσπερ Λυ|σίας χρησάμενος αὐτῇ, 465
15 ἀλλὰ περιέργως καὶ πικρῶς· λεγέσθω γάρ, ὡς ἐμοὶ
φαίνεται. ὑπὲρ ὧν κατὰ τὸν οἰκεῖον διαλέξομαι καιρόν.
7   ἔχει δὲ καὶ τὴν ἐνάργειαν πολλὴν ἡ Λυσίου λέξις.
αὕτη δ' ἐστὶ δύναμίς τις ὑπὸ τὰς αἰσθήσεις ἄγου|σα 466
τὰ λεγόμενα, γίγνεται δ' ἐκ τῆς τῶν παρακολουθούντων
20 λήψεως. ὁ δὴ προσέχων τὴν διάνοιαν τοῖς Λυσίου
λόγοις οὐχ οὕτως ἔσται σκαιὸς ἢ δυσάρεστος ἢ βραδὺς
τὸν νοῦν, ὃς οὐχ ὑπολήψεται γινόμενα τὰ δηλούμενα
ὁρᾶν καὶ ὥσπερ παροῦσιν οἷς ἂν ὁ ῥήτωρ εἰσάγῃ

1 Theophrasti π. λ. fr III Schmidt

4 αγμῆι F   5 τῷ a: τό libri   6 ὁποτέρας F   8 διή-
νεγκε PF | θαρῶν F | περὶ τῆς συνεστραμμένης καὶ στρογγύλης
λέξεως M mg rubro   9 συστρέφουσα . F cum rasura   10 λέξεις
PB   13 ὑπερεβάλλετο B¹G | οὕτως γε λευκῶς scripsi probante
Usenero: οὕτως τελευκῶς FMPB οὕτως εὐτελῶς vG   16 ση·τί
ἐστιν ἐνάργεια M mg rubro   17 ἐνέργειαν F¹Ga   18 ἔστι M
    19 γίνεται FGv | δὲ PBGv   20 λήψεως ex λέξεως F¹ | δὲ
BGv   21 ἢ prius in ras F¹   22 τὰ δηλούμενα ὡς γινόμενα Gv

προσώποις ὁμιλεῖν. ἐπιζητήσει τε οὐθέν, ⟨οἷον⟩ εἰκὸς
τοὺς μὲν ἂν δρᾶσαι, τοὺς δὲ παθεῖν, τοὺς δὲ δια-
νοηθῆναι, τοὺς δὲ εἰπεῖν. κράτιστος γὰρ δὴ πάντων
467 ἐγένετο ῥητόρων | φύσιν ἀνθρώπων κατοπτεῦσαι καὶ
τὰ προσήκοντα ἑκάστοις ἀποδοῦναι πάθη τε καὶ ἤθη ₅
καὶ ἔργα.

ἀποδίδωμί τε οὖν αὐτῷ καὶ τὴν εὐπρεπεστάτην 8
ἀρετήν, καλουμένην δὲ ὑπὸ πολλῶν ἠθοποιΐαν. ἁπλῶς
γὰρ οὐδὲν εὑρεῖν δύναμαι παρὰ τῷ ῥήτορι τούτῳ
πρόσωπον οὔτε ἀνηθοποίητον οὔτε ἄψυχον. τριῶν τε ₁₀
ὄντων, ἐν οἷς καὶ περὶ ἃ τὴν ἀρετὴν εἶναι ταύτην
συμβέβηκε, διανοίας τε καὶ λέξεως καὶ τρίτης τῆς
συνθέσεως, ἐν ἅπασι τούτοις αὐτὸν ἀποφαίνομαι
κατορθοῦν. οὐ γὰρ διανοουμένους μόνον ὑποτίθεται
χρηστὰ καὶ ἐπιεικῆ καὶ μέτρια τοὺς λέγοντας, ὥστε ₁₅
εἰκόνας εἶναι δοκεῖν τῶν ἠθῶν τοὺς λόγους, ἀλλὰ καὶ
τὴν λέξιν ἀποδίδωσι τοῖς ἤθεσιν οἰκείαν, ᾗ πέφυκεν
αὐτὰ ἑαυτῶν κράτιστα δηλοῦσθαι, τὴν σαφῆ καὶ κυρίαν
καὶ κοινὴν καὶ πᾶσιν ἀνθρώποις συνηθεστάτην· ὁ γὰρ
ὄγκος καὶ τὸ ξένον καὶ τὸ ἐξ ἐπιτηδεύσεως ἅπαν ₂₀
ἀνηθοποίητον. καὶ συντίθησί γε αὐτὴν ἀφελῶς πάνυ
468 καὶ ἁπλῶς, ὁρῶν ὅτι οὐκ | ἐν τῇ περιόδῳ καὶ τοῖς
ῥυθμοῖς, ἀλλ᾽ ἐν τῇ διαλελυμένῃ λέξει γίνεται τὸ ἦθος.
καθόλου δέ, ἵνα καὶ περὶ ταύτης εἴπω τῆς ἀρετῆς, οὐκ

---

1 οἷον addidi ὧν vel ὅ Dobraeus　2 ἂν δρᾶσαι, τοὺς δὲ
παθεῖν Marklandus: ἄνδρας αἰτοῦσα εἰ ταθείη FGv　ἄνδρας
αἰτοῦσα cum spatio XII fere litt M XX fere litt P uersus di-
midii B　3 γὰρ om a₅ insuper add F¹　7 περὶ ἠθοποιΐας M
mg rubro | δ᾽ οὖν Krüger　8 δὲ om P | τῶν πολλῶν MBPv
9 οὐδὲν Sylburgius: οὐδὲ　11 εἶναι om F ταύτην συμ-
βέβηκεν εἶναι Gv　12 τῆς delet Herwerden τρίτον τῆς G
13 αὐτὸν om F¹　14 κατορθοῦντα Spengel | διανοούμενος MPB
21 ἀφελῶς—ἁπλῶς] ἁπλῶς—ἀφελῶς Gv　23 τὸ add F²

οἶδ' εἴ τις ἄλλος ῥητόρων τῶν γε τῇ ὁμοίᾳ κατασκευῇ
χρησαμένων τοῦ λόγου εἴτε ἥδιον συνέθηκεν εἴτε
πιθανώτερον. δοκεῖ μὲν γὰρ ἀποίητός τις εἶναι καὶ
ἀτεχνίτευτος ὁ τῆς ἁρμονίας αὐτοῦ χαρακτὴρ καὶ οὐ
5 θαυμάσαιμ' ἄν, εἰ πᾶσι μὲν τοῖς ἰδιώταις, οὐκ ὀλίγοις
δὲ καὶ τῶν φιλολόγων, ὅσοι μὴ μεγάλας ἔχουσι τριβὰς
περὶ λόγους, τοιαύτην τινὰ παράσχοι δόξαν, ὅτι ἀνεπι-
τηδεύτως καὶ οὐ κατὰ τέχνην, αὐτομάτως δέ πως καὶ
ὡς ἔτυχε σύγκειται. ἔστι δὲ παντὸς μᾶλλον ἔργου
10 τεχνικοῦ κατεσκευασμένος. πεποίη|ται γὰρ αὐτῷ τοῦτο 469
τὸ ἀποίητον καὶ δέδεται τὸ λελυμένον καὶ ἐν αὐτῷ
τῷ μὴ δοκεῖν δεινῶς κατεσκευάσθαι τὸ δεινὸν ἔχει.
τὴν ἀλήθειαν οὖν τις ἐπιτηδεύων καὶ φύσεως μιμητὴς
γίνεσθαι βουλόμενος οὐκ ἂν ἁμαρτάνοι τῇ Λυσίου
15 συνθέσει χρώμενος· ἑτέραν γὰρ οὐκ ἂν εὕροι ταύτης
ἀληθεστέραν.
9   οἴομαι δὲ καὶ τὸ πρέπον ἔχειν τὴν Λυσίου λέξιν
οὐθενὸς ἧττον τῶν ἀρχαίων ῥητόρων, κρατίστην ἀπα-
σῶν ἀρετὴν καὶ τελειοτάτην, ὁρῶν αὐτὴν πρός τε τὸν
20 λέγοντα καὶ πρὸς τοὺς ἀκούοντας καὶ πρὸς τὸ πρᾶγμα
(ἐν τούτοις γὰρ δὴ καὶ πρὸς ταῦτα τὸ πρέπον) ἀρκούντως
ἡρμοσμένην. καὶ γὰρ ἡλικίᾳ καὶ γένει καὶ παι|δείᾳ 470
καὶ ἐπιτηδεύματι καὶ βίῳ καὶ τοῖς ἄλλοις, ἐν οἷς δια-

3—12 cf Syrianus 1 p 12, 8—15 R   fr π. μιμ. IX

3 ἀποίητος in textu om, in mg ⸕απαι F γὰρ ποὶ εἶναι G
4 ἀτεχνήτευτος G   5 μὲν om G   9 ἔτυχε] ἔγκειται F |
μᾶλλον ex μὲν F³   10 αὐτὸ ex αὐτῶ F¹ αὐτοῦ τὸ ἀποίητον Sy
14 γενέσθαι F¹P   16 περὶ τοῦ πρεπόντος M in mg rubro
17 πρέπ[ο]ν F cum ras   21 ταῦτα om G   22 ἡρμοσμένην
Mathaei: ἡρμοσμένη FPB ἡρμωσμένη corr in ἡρμοσμένη M
cum ras post ένη   23 καὶ ἐπιτηδεύματι καὶ παιδείᾳ MPB

φέρει τῶν προσώπων πρόσωπα, τὰς οἰκείας ἀποδίδωσι
φωνὰς πρός τε τὸν ἀκροατὴν συμμετρεῖται τὰ λεγόμενα
οἰκείως, οὐ τὸν αὐτὸν τρόπον δικαστῇ καὶ ἐκκλη-
σιαστῇ καὶ πανηγυρίζοντι διαλεγόμενος ὄχλῳ. διαφοράς
τε αὐτῷ λαμβάνει κατὰ τὰς ἰδέας τῶν πραγμάτων ἡ 5
λέξις· ἀρχομένῳ μὲν γάρ ἐστι καθεστηκυῖα καὶ ἠθική,
διηγουμένῳ δὲ πιθανὴ κἀπερίεργος, ἀποδεικνύντι δὲ
στρογγύλη καὶ πυκνή, αὔξοντι δὲ καὶ παθαινομένῳ
σεμνὴ καὶ ἀληθινή, ἀνακεφαλαιουμένῳ δὲ διαλελυμένη
καὶ σύντομος. ληπτέον δὴ καὶ τὸ πρέπον τῆς λέξεως 10
παρὰ Λυσίου.

471   ὅτι μὲν γὰρ πιθανὴ καὶ πειστικὴ καὶ πολὺ τὸ 10
φυσικὸν ἐπιφαίνουσα καὶ πάνθ' ὅσα τῆς τοιαύτης
ἰδέας ἔχεται, πρὸς εἰδότας οὐδὲν ἴσως δεῖ λέγειν· δι'
ὄχλου γὰρ ἤδη τοῦτό γε καὶ οὐδείς ἐστιν ὃς οὐχὶ καὶ 15
πείρᾳ καὶ ἀκοῇ μαθὼν ὁμολογεῖ πάντων ῥητόρων
αὐτὸν εἶναι πιθανώτατον. ὥστε καὶ ταύτην τὴν ἀρετὴν
ληπτέον παρὰ τοῦ ῥήτορος.

    πολλὰ καὶ καλὰ λέγειν ἔχων περὶ τῆς Λυσίου λέξεως,
ἣν λαμβάνων καὶ μιμούμενος ἄν τις ἀμείνων γένοιτο 20
τὴν ἑρμηνείαν, τὰ μὲν ἄλλα τοῦ χρόνου στοχαζόμενος

4—10 adfert anonymus Seguerianus p 460, 29 Sp

1 προσώπων Gv | τὰ πρόσωπα Gv   2 ἀκροαντὴν F
3 [οἰκεί]ως F cum ras αὐτὸν δὴ F sed δὴ punctis supra additis
deletum est | τε καὶ F³MBPGv 5 αὐτῶν anonymus 6 ἐστιν ἡ F
sed ἡ punctis deletum est   7 κἀπερίεργος] καὶ περίεργος F¹
anonym καὶ ἀπερίεργος F²MPBGv   9 σεμνὴ — δὲ om
anonym | ἀνακαιφαλαιουμένῳ F   10 δὲ Gv | λέξεως F¹ ci
Taylor: τάξεως MPBF²Gv   12 καὶ πειστικὴ om G πιστικὴ F
    13 ὑποφαίνουσα v | πᾶν θ' F   15 ἐστὶ ἐστι F sed alterum
punctis deletum est | ὃς] ὅστις v   16 ὁμολογήσει F corr F³
πάντων αὐτὸν εἶναι ῥητόρων MPB fort rectius

Dion. Halicarn. V.   2

《论伊索克拉底》2—3 原文

[καὶ] ἄλλοι δὲ τὰς κοινὰς τῶν Ἑλλήνων τε καὶ βαρ-
βάρων πράξεις ἀνέγραψαν, καὶ τῆς Ἀθηναίων πόλεως
εἰκόνα ποιήσας τὴν ἑαυτοῦ σχολὴν | κατὰ τὰς ἀποικίας 537
τῶν λόγων, πλοῦτον ὅσον οὐδεὶς τῶν ἀπὸ φιλοσοφίας
5 χρηματισαμένων περιποιησάμενος, ἐτελεύτα τὸν βίον
ἐπὶ Χαιρωνίδου ἄρχοντος ὀλίγαις ἡμέραις ὕστερον τῆς
ἐν Χαιρωνείᾳ μάχης δυεῖν δέοντα βεβιωκὼς ἑκατὸν
ἔτη, γνώμῃ χρησάμενος ἅμα τοῖς ἀγαθοῖς τῆς πόλεως
συγκαταλῦσαι τὸν ἑαυτοῦ βίον, ἀδήλου ἔτι ὄντος, πῶς
10 χρήσεται τῇ τύχῃ Φίλιππος παραλαβὼν τὴν ἀρχὴν
τῶν Ἑλλήνων. τὰ μὲν οὖν ἱστορούμενα περὶ αὐτοῦ
κεφαλαιωδῶς ταῦτ' ἐστίν.
2   ἡ δὲ λέξις, ᾗ κέχρηται, τοιοῦτόν τινα χαρακτῆρα
ἔχει. καθαρὰ μέν ἐστιν οὐχ ἧττον τῆς Λυσίου καὶ
15 οὐδὲν εἰκῇ τιθεῖσα ὄνομα τήν τε διάλεκτον ἀκρι-
βοῦσα ἐν τοῖς πάνυ τὴν κοινὴν καὶ συνηθεστάτην.
καὶ γὰρ αὕτη πέφευγεν ἀπηρχαιωμένων καὶ σημειω-
δῶν ὀνομάτων τὴν | ἀπειροκαλίαν, κατὰ δὲ τὴν τρο- 538
πικὴν φράσιν ὀλίγον τι διαλλάττει τῆς Λυσίου καὶ
20 κέκραται συμμέτρως, τό τε σαφὲς ἐκείνῃ παραπλήσιον
ἔχει καὶ τὸ ἐναργές, ἠθική τέ ἐστι καὶ πιθανὴ καὶ
⟨πρέπουσα⟩. στρογγύλη δὲ οὐκ ἔστιν, ὥσπερ ἐκείνη,
καὶ συγκεκροτημένη καὶ πρὸς ἀγῶνας δικανικοὺς εὔθε-
τος, ὑπτία δέ ἐστι μᾶλλον καὶ κεχυμένη πλουσίως,

    1 καὶ deleuit Corais   6 χαιρωνίδου τοῦ F Χαιρώνδου
Meursius, sed illud et Dionysius et Plutarchus in suo auctore
repperisse uidentur 7 χερωνείᾳ B 8 τ[οῖ]ς cum ras M
9 ἑαυτοῦ om PB   10 τὴν τῶν ἑλλήνων ἀρχὴν MPBv
16 πάνῦ M   17 ἀπηχρειωμένων ex ἀπο- F¹ uerum restituit F²
    18 ἀπειρακαλίαν P   21 πιθανὴ καὶ πρέπουσα. στρογγύλη δὲ
scripsi coll p 71, 8: πιθανή· καὶ στρογγύλη δὲ libri (δ' PB)
24 δ' B

οὐδὲ δὴ σύντομος οὕτως, ἀλλὰ καὶ κατασκελὴς καὶ βρα-
δυτέρα τοῦ μετρίου. δι᾽ ἣν δὲ αἰτίαν τοῦτο πάσχει,
μετὰ μικρὸν ἐρῶ. οὐδὲ τὴν σύνθεσιν ἐπιδείκνυται
τὴν φυσικὴν καὶ ἀφελῆ καὶ ἐναγώνιον, ὥσπερ ἡ Λυσίου,
ἀλλὰ πεποιημένην μᾶλλον εἰς σεμνότητα πομπικὴν καὶ 5
ποικίλην καὶ πῇ μὲν εὐπρεπεστέραν ἐκείνης πῇ δὲ
περιεργοτέραν. ὁ γὰρ ἀνὴρ οὗτος τὴν εὐέπειαν ἐκ
παντὸς διώκει καὶ τοῦ γλαφυρῶς λέγειν στοχάζεται
μᾶλλον ἢ τοῦ ἀφελῶς. τῶν τε γὰρ φωνηέντων τὰς
παραλλήλους θέσεις ὡς ἐκλυούσας τὰς ἁρμονίας τῶν 10
ἤχων καὶ τὴν λειότητα τῶν φθόγγων λυμαινομένας
περιίσταται, περιόδῳ τε καὶ κύκλῳ περιλαμβάνειν τὰ
νοήματα πειρᾶται ῥυθμοειδεῖ πάνυ καὶ οὐ πολὺ ἀπέ-
539 χοντι τοῦ ποιητικοῦ μέτρου, ἀναγνώσεώς τε μᾶλλον
οἰκειότερός ἐστιν ἢ χρήσεως. τοιγάρτοι τὰς μὲν ἐπι- 15
δείξεις τὰς ἐν ταῖς πανηγύρεσι καὶ τὴν ἐκ χειρὸς
θεωρίαν φέρουσιν αὐτοῦ οἱ λόγοι, τοὺς δὲ ἐν ἐκκλησίαις
καὶ δικαστηρίοις ἀγῶνας οὐχ ὑπομένουσι. τούτου δὲ
αἴτιον, ὅτι πολὺ τὸ παθητικὸν ἐν ἐκείνοις εἶναι δεῖ·
τοῦτο δὲ ἥκιστα δέχεται περίοδος. αἵ τε παρομοιώσεις 20
καὶ παρισώσεις καὶ τὰ ἀντίθετα καὶ πᾶς ὁ τῶν τοι-

9—14 adfert Syrianus I 10, 21 R　cf Ioh Sicel W VI 102,
22—30: fragm artis Isocrateae XIII

2 δ᾽ P　6 πηι F　πῇ MBP | πη F　πῇ MBP　7 τὴν
εὐσέβειαν F¹　9 μ[αλλ]ον cum ras F　10 παρ᾽ ἀλλήλους F
ἐκλυούσας Sy: λυούσας FMPBv | τὴν ἁρμονίαν Sy ceterum
καὶ τὰς σκληρὰς τῶν συμφώνων post θέσεις addit ars Isocr
12 περιίσταται] ἐξίσταται Sy παραιτεῖται in mg M manu rec v
15 χρήσεως] ῥήσεως v post Wolfium | ἐπιδείξεις M (-πι- ex
correctura)　17 τοὺς ex τὰς F²　20 παρομοιώσεις Sylburgius
Wolfium secutus: γὰρ ὁμοιώσεις FBP in F initio γὰρ ἰσώσεις
scriptum erat γὰρ ὁμειώσεις M　21 τῶν add F²

οὔτων σχημάτων κόσμος πολύς ἐστι παρ' αὐτῷ καὶ
λυπεῖ πολλάκις τὴν ἄλλην κατασκευὴν προσιστάμενος
ταῖς ἀκοαῖς.

3   καθόλου δὲ τριῶν ὄντων, ὥς φησι Θεόφραστος,
5 ἐξ ὧν γίνεται τὸ μέγα καὶ σεμνὸν καὶ περιττὸν ἐν
λέξει, τῆς τε ἐκλογῆς τῶν ὀνομάτων καὶ τῆς ἐκ τούτων
ἁρμονίας καὶ τῶν περιλαμβανόντων αὐτὰ σχημάτων,
ἐκλέγει μὲν | εὖ πάνυ καὶ τὰ κράτιστα τῶν ὀνομάτων 540
τίθησιν, ἁρμόττει δὲ αὐτὰ περιέργως, τὴν εὐφωνίαν
10 ἐντείνων μουσικήν, σχηματίζει τε φορτικῶς καὶ τὰ
πολλὰ γίνεται ψυχρὸς ἢ τῷ πόρρωθεν λαμβάνειν ἢ
τῷ μὴ πρέποντα εἶναι τὰ σχήματα τοῖς πράγμασι διὰ
τὸ μὴ κρατεῖν τοῦ μετρίου. ταῦτα μέντοι καὶ μακρο-
τέραν αὐτῷ ποιεῖ τὴν λέξιν πολλάκις, λέγω δὲ τό τε
15 εἰς περιόδους ἐναρμόττειν ἅπαντα τὰ νοήματα καὶ τὸ
τοῖς αὐτοῖς τύποις τῶν σχημάτων τὰς περιόδους περι-
λαμβάνειν καὶ τὸ διώκειν ἐκ παντὸς τὴν εὐρυθμίαν.
οὐ γὰρ ἅπαντα δέχεται οὔτε μῆκος τὸ αὐτὸ οὔτε σχῆμα
τὸ παραπλήσιον οὔτε ῥυθμὸν τὸν ἴσον. ὥστε ἀνάγκη
20 παραπληρώμασι λέξεων οὐδὲν ὠφελουσῶν χρῆσθαι καὶ
ἀπομηκύνειν πέρα τοῦ χρησίμου τὸν λόγον. λέγω δὲ
οὐχ ὡς διαπαντὸς αὐτοῦ ταῦτα ποιοῦντος (οὐχ οὕτως
μαίνομαι· καὶ γὰρ συντίθησί ποτε ἀφελῶς τὰ ὀνόματα
καὶ λύει τὴν περίοδον εὐγενῶς καὶ τὰ περίεργα σχή-
25 ματα καὶ φορτικὰ φεύγει καὶ μάλιστα ἐν τοῖς συμ-

4 Theophrastus περὶ λέξεως fr V Schmidt

4 φησιν MB   6 τὸ μέγα καὶ περιττὸν ἐν λέξει m saec XIV
in mg F   8 τῶν ὀνομάτων F¹: ὀνόματα F²MPB   10 τε] δὲ
Wolfius   12 uerba πρέπον (sic)—διὰ τὸ μὴ in M omissa manus
uetus in mg suppleuit   20 ὠφελοῦσι Sadaeus   21 πέρα MPB:
παρα F   22 οὕτω v   24 ἐγενῶς P

541 βουλευτικοῖς τε καὶ δικανικοῖς λόγοις), | ἀλλ' ὡς ἐπὶ
τὸ πολὺ τῷ ῥυθμῷ δουλεύοντος καὶ τῷ κύκλῳ τῆς
περιόδου καὶ τὸ κάλλος τῆς ἀπαγγελίας ἐν τῷ περιττῷ
τιθεμένου κοινότερον εἴρηκα περὶ αὐτοῦ. κατὰ δὴ
ταῦτά φημι τὴν Ἰσοκράτους λέξιν λείπεσθαι τῆς Λυσίου 5
καὶ ἔτι κατὰ τὴν χάριν. καίτοι γε ἀνθηρός ἐστιν, εἰ
καί τις ἄλλος, καὶ ἐπαγωγὸς ἡδονῇ τῶν ἀκροωμένων
Ἰσοκράτης, ἀλλ' οὐκ ἔχει τὴν αὐτὴν χάριν ἐκείνῳ.
τοσοῦτον δὲ αὐτοῦ λείπεται κατὰ ταύτην τὴν ἀρετήν,
ὅσον τῶν φύσει καλῶν σωμάτων τὰ συνερανιζόμενα 10
κόσμοις ἐπιθέτοις. πέφυκε γὰρ ἡ Λυσίου λέξις ἔχειν
τὸ χαρίεν, ἡ δὲ Ἰσοκράτους βούλεται. ταύταις μὲν δὴ
ταῖς ἀρεταῖς ὑστερεῖ Λυσίου κατὰ γοῦν τὴν ἐμὴν
γνώμην. προτερεῖ δέ γε ἐν ταῖς μελλούσαις λέγεσθαι·
ὑψηλότερός ἐστιν ἐκείνου κατὰ τὴν ἑρμηνείαν καὶ 15
μεγαλοπρεπέστερος μακρῷ καὶ ἀξιωματικώτερος. θαυ-
μαστὸν γὰρ δὴ καὶ μέγα τὸ τῆς Ἰσοκράτους κατασκευῆς
ὕψος, ἡρωϊκῆς μᾶλλον ἢ ἀνθρωπίνης φύσεως οἰκεῖον.
δοκεῖ δή μοι μὴ ἀπὸ σκοποῦ τις ἂν εἰκάσαι τὴν μὲν
542 Ἰσοκράτους ῥητορικὴν τῇ Πολυκλείτου τε καὶ Φειδίου 20
τέχνῃ κατὰ τὸ σεμνὸν καὶ μεγαλότεχνον καὶ ἀξιωμα-
τικόν, τὴν δὲ Λυσίου τῇ Καλάμιδος καὶ Καλλιμάχου
τῆς λεπτότητος ἕνεκα καὶ τῆς χάριτος. ὥσπερ γὰρ

11 cf anonym in Hermog W VII² 1036, 15

1 ἐπὶ τὸ F: ἐπὶ MPBv   4 κατὰ per ras ex καὶ τὰ F
5 τῆς] ταῖς B sed τῆς corr in mg   8 χάριν .. ἐκείνῳ duabus fere
litteris erasis F   12 χαρίεν F solus | ἡ δὲ F: ἢ δ' MPBv
Ἰσοκράτους F   13 καταγ' οὖν F   14 μελλούσαις ex μελούσαις
F¹   16 μεγαλοπρεπέστερος a: μεγαλοπρεπέστατος libri   17 ισο-
κράτκους F corr F¹   18 οἰκεῖον ex οἰκεῖν F   19 ἀπὸ P ἄπο
ex ἄπω F   22 καλαμίδος P

ἐκείνων οἳ μὲν ἐν τοῖς ἐλάττοσι καὶ ἀνθρωπικοῖς
ἔργοις εἰσὶν ἐπιτυχέστεροι τῶν ἑτέρων, οἳ δ᾽ ἐν τοῖς
μείζοσι καὶ θειοτέροις δεξιώτεροι, οὕτως καὶ τῶν
ῥητόρων ὃ μὲν ἐν τοῖς μικροῖς ἐστι σοφώτερος, ὃ δ᾽
5 ἐν τοῖς μεγάλοις περιττότερος, τάχα μὲν γὰρ καὶ τῇ
φύσει μεγαλόφρων τις ὤν, εἰ δὲ μή, τῇ γε προαιρέσει
πάντως τὸ σεμνὸν καὶ θαυμαστὸν διώκων. ταῦτα μὲν
οὖν περὶ τῆς λέξεως τοῦ ῥήτορος.

4 τὰ δὲ ἐν τῷ πραγματικῷ τόπῳ θεωρήματα τὰ μὲν
10 ὅμοια τοῖς Λυσίου, τὰ δὲ κρείττονα. ἡ μὲν εὕρεσις ἡ
τῶν ἐνθυμημάτων ἡ πρὸς ἕκαστον ἁρμόττουσα πρᾶγμα
πολλὴ καὶ πυκνὴ καὶ οὐδὲν ἐκείνης λειπομένη. καὶ
κρίσις ὡσαύτως ἀπὸ μεγάλης φρονήσεως γινομένη.
τάξις δὲ καὶ μερισμοὶ τῶν πραγμάτων καὶ ἡ κατ᾽
15 ἐπιχείρημα | ἐξεργασία καὶ τὸ διαλαμβάνεσθαι τὴν 543
ὁμοείδειαν ἰδίαις μεταβολαῖς καὶ ξένοις ἐπεισοδίοις τά
τε ἄλλα ὅσα περὶ τὴν πραγματικὴν οἰκονομίαν ἔστιν
ἀγαθὰ πολλῷ μείζονά ἐστι παρ᾽ Ἰσοκράτει καὶ κρείτ-
τονα, μάλιστα δ᾽ ἡ προαίρεσις ἡ τῶν λόγων, περὶ οὓς
20 ἐσπούδαζε, καὶ τῶν ὑποθέσεων τὸ κάλλος, ἐν αἷς
ἐποιεῖτο τὰς διατριβάς. ἐξ ὧν οὐ λέγειν δεινοὺς μόνον
ἀπεργάσαιτ᾽ ἂν τοὺς προσέχοντας αὐτῷ τὸν νοῦν, ἀλλὰ
καὶ τὰ ἤθη σπουδαίους, οἴκῳ τε καὶ πόλει καὶ ὅλῃ
τῇ Ἑλλάδι χρησίμους. κράτιστα γὰρ δὴ παιδεύματα

---

2 δὲ BP   3 οὕτω MPv   5 γάρ] ἄρα Usener ἂν Krüger
alii alia, sed cum τάχα iunctum nescio an propriae significa-
tionis multum γάρ perdiderit   7 πάντως FM: πάντων PB
9 πραγματικῷ FPB: πρακτικῷ M | τόπῳ Wolfius: τρόπῳ
10 τοῖς MPB: τῆς F | εὕρεσις ἡ FM: εὕρεσις PB   11 ἁρμό-
ζουσα F   14 τάξεις BP   16 ὁμοείδειαν Krüger: ὁμοειδείαν MB
ὁμοειδίαν FP ὁμοειδίαν corr M | ἐπισοδίοις PB   17 ἔστιν M:
ἐστὶν FBP   18 ἰσοκράτει ex ἰσοκράτη F   19 δ᾽ ἡ] δὴ M

《论德摩斯梯尼》22、33—34 原文

ὀνόμασι συγκεκρότηταί τε καὶ συνέσπασται καὶ περι-
τετόρνευται τοῖς νοήμασιν ἄμεινον ἰσχύϊ τε πλείονι
κέχρηται καὶ τόνοις ἐμβριθεστέροις καὶ πέφευγε τὰ 1021
ψυχρὰ καὶ μειρακιώδη σχήματα, οἷς ἐκείνη καλλωπί-
5 ζεται πέρα τοῦ μετρίου· μάλιστα δὲ κατὰ τὸ δραστή-
ριον καὶ ἐναγώνιον καὶ ἐμπαθὲς ὅλῳ καὶ τῷ παντὶ
κρεῖττον ἔχει ἐκείνης. ἐγὼ γοῦν, ὃ πρὸς ἀμφοτέρας
πάσχω τὰς λέξεις, ἐρῶ· οἴμαι δὲ κοινόν τι πάθος
ἁπάντων ἐρεῖν καὶ οὐκ ἐμὸν ἴδιον μόνου.

22 ὅταν μέν τινα τῶν Ἰσοκράτους ἀναγινώσκω λόγων,
11 εἴτε τῶν πρὸς τὰ δικαστήρια καὶ τὰς ἐκκλησίας γεγραμ-
μένων ἢ τῶν ...... ἐν ἤθει σπουδαῖος γίνομαι καὶ πολὺ
τὸ εὐσταθὲς ἔχω τῆς γνώμης, ὥσπερ οἱ τῶν σπονδείων
αὐλημάτων ἢ τῶν Δωρίων τε κἀναρμονίων μελῶν
15 ἀκροώμενοι. ὅταν δὲ ⟨τῶν⟩ Δημοσθένους τινὰ λάβω
λόγων, | ἐνθουσιῶ τε καὶ δεῦρο κἀκεῖσε ἄγομαι, 1022
πάθος ἕτερον ἐξ ἑτέρου μεταλαμβάνων, ἀπιστῶν, ἀγω-
νιῶν, δεδιώς, καταφρονῶν, μισῶν, ἐλεῶν, εὐνοῶν,
ὀργιζόμενος, φθονῶν, ἅπαντα τὰ πάθη μεταλαμβάνων,
20 ὅσα κρατεῖν πέφυκεν ἀνθρωπίνης γνώμης· διαφέρειν
τε οὐδὲν ἐμαυτῷ δοκῶ τῶν τὰ μητρῷα καὶ τὰ κορυ-
βαντικὰ καὶ ὅσα τούτοις παραπλήσιά ἐστι, τελουμένων,
εἴτε ὀσμαῖς ἐκεῖνοί γε ... εἴτε ἤχοις εἴτε τῶν δαιμό-
νων πνεύματι αὐτῶν κινούμενοι τὰς πολλὰς καὶ ποι-

1 περιτετόρευται Pv   2 ὀνόμασιν Pv   3 κέχρηται M, B mg:
χρῆται P, B in textu | τόνος B   5 πέρα M: πέρα καὶ B παρὰ P
8 λέξις BP   9 μόνον Pv   12 hiatum notauit Sylburgius |
ἔθει v | σημείωσαι P mg   14 κἀναρμονίων] καὶ ἐναρμονίων M
καὶ ἁρμονίων BPv | μερῶν BPv   15 τῶν add Krüger
16 λόγον Sylburgius | κἀκεῖσαι P   18 ἐλέων P   20 πέφυκεν
om Pv   23 hiatum indicaui, desideratur εἴτ᾽ ὄψεσιν | εἴτε
τῶν δαιμόνων bis B | τῶν] τῷ Sadaeus   24 αὐτῶν] αὐτῷ
MBPv

.

κίλας ἐκεῖνοι λαμβάνουσι φαντασίας. καὶ δή ποτε καὶ
ἐνεθυμήθην, τί ποτε τοὺς τότε ἀνθρώπους ἀκούοντας
αὐτοῦ λέγοντος ταῦτα πάσχειν εἰκὸς ἦν. ὅπου γὰρ
ἡμεῖς οἱ τοσοῦτον ἀπηρτημένοι τοῖς χρόνοις καὶ οὐθὲν
πρὸς τὰ πράγματα πεπονθότες οὕτως ὑπαγόμεθα καὶ 5
κρατούμεθα καί, ὅποι ποτ' ἂν ἡμᾶς ὁ λόγος ἄγῃ, πο-
ρευόμεθα, πῶς τότε Ἀθηναῖοί τε καὶ οἱ ἄλλοι Ἕλλη-
1023 νες ἤγοντο ὑπὸ τοῦ ἀνδρὸς ἐπὶ τῶν ἀληθινῶν | τε
καὶ ἰδίων ἀγώνων, αὐτοῦ λέγοντος ἐκείνου τὰ ἑαυτοῦ
μετὰ τῆς ἀξιώσεως, ἧς εἶχε, τὴν αὐτοπάθειαν καὶ τὸ 10
παράστημα τῆς ψυχῆς ἀποδεικνυμένου, κοσμοῦντος
ἅπαντα καὶ χρωματίζοντος τῇ πρεπούσῃ ὑποκρίσει, ἧς
δεινότατος ἀσκητὴς ἐγένετο, ὡς ἅπαντές τε ὁμολογοῦσι
καὶ ἐξ αὐτῶν ἰδεῖν ἔστι τῶν λόγων, ὧν ἄρτι προηνεγ-
κάμην, οὓς οὐκ ἔνι τῷ βουλομένῳ ἐν ἡδονῇ ὡς ἀνά- 15
γνωσμα διελθεῖν, ἀλλ' αὐτοὶ διδάσκουσι, πῶς αὐτοὺς
ὑποκρίνεσθαι δεῖ, νῦν μὲν εἰρωνευόμενον, νῦν δὲ
ἀγανακτοῦντα, νῦν δὲ νεμεσῶντα, δεδιττόμενόν τε αὖ
καὶ θεραπεύοντα καὶ νουθετοῦντα καὶ παρορμῶντα
καὶ πάνθ', ἃ βούλεται ποιεῖν ἡ λέξις, ἀποδεικνύμενον 20
ἐπὶ τῆς προφορᾶς. εἰ δὴ τὸ διὰ τοσούτων ⟨ἐτῶν⟩
ἐγκαταμισγόμενον τοῖς βυβλίοις πνεῦμα τοσαύτην
ἰσχὺν ἔχει καὶ οὕτως ἀγωγόν ἐστι τῶν ἀνθρώπων,

1 ἐκεῖνοι uacat   2 τότ' v M (?)   3 ταῦτα] τὰ τοιαῦτα
Krüger   4 ἡμ[εῖς] M cum ras   5 ὑπαγόμεθα cum lac IX
litt om M   8 ἤγοντο] ἔχοντο B   11 τῆς ψυχροῦ τῆς ψυχῆς B
ἀποδειγνυμένου BP   12 χρηματίζοντος v   13 ἀσκητής] ἀθλη-
τής Kiessling   14 προενεγκάμην P   15 ἔνι] ἐν M | ἡδονῆς B |
ἀνάγνωμα Pv   18 νεμεσοῦντα B et corr in νεμεσῶντα P | τε αὖ
καὶ M: μὲν δὴ (δὲ?) τη (τε?) καὶ αὖ καὶ B αὖ καὶ Pv   20 παν
ἢ B in textu, πάνθ' ἃ B¹ mg   21 ἐτῶν add Cobet   22 ἐγκατα-
μισγόμενον Sylburgius: ἐγκαταμιγόμενον MBP ἐγκαταμιγνύμε-
νον v | βιβλίοις M   23 ἀγωγόν ἐστι τῶν ἀνθρώπων] ἄγον ἐπὶ
τῶν αὐτῶν MBP   ἄγων ἐπὶ τῶν αὐτῶν v

Dion. Halicarn. V.   12

ἢ που τότε ὑπερφυές τι καὶ δεινὸν χρῆμα ἦν ἐπὶ τῶν
ἐκείνου λόγων. |

23　ἀλλὰ γάρ, ἵνα μὴ περὶ ταῦτα διατρίβων ἀναγκα- 1024
σθῶ παραλιπεῖν τι τῶν περιλειπομένων, Ἰσοκράτην
5 μὲν καὶ τὸν χαρακτῆρα τῆς ἀγωγῆς ἐκείνης ἐάσω, περὶ
δὲ Πλάτωνος ἤδη διαλέξομαι τά γ᾽ ἐμοὶ δοκοῦντα μετὰ
παρρησίας, οὐθὲν οὔτε τῇ δόξῃ τἀνδρὸς προστιθεὶς
οὔτε τῆς ἀληθείας ἀφαιρούμενος, καὶ μάλιστα ἐπεί
τινες ἀξιοῦσι πάντων αὐτὸν ἀποφαίνειν φιλοσόφων τε
10 καὶ ῥητόρων ἑρμηνεῦσαι τὰ πράγματα δαιμονιώτατον
παρακελεύονταί τε ἡμῖν ὅρῳ καὶ κανόνι χρῆσθαι κα-
θαρῶν ἅμα καὶ ἰσχυρῶν λόγων τούτῳ τῷ ἀνδρί. ἤδη
δέ τινων ἤκουσα ἐγὼ λεγόντων, ὡς, εἰ καὶ παρὰ θεοῖς
διάλεκτός ἐστιν, ᾗ τὸ τῶν ἀνθρώπων κέχρηται γένος,
15 οὐκ ἄλλως ὁ βασιλεὺς ὢν αὐτῶν διαλέγεται θεὸς ἢ ὡς
Πλάτων. πρὸς δὴ τοιαύτας ὑπολήψεις καὶ τερατείας
ἀνθρώπων ἡμιτελῶν περὶ λόγους, οἳ τὴν εὐγενῆ κα-
τασκευὴν οὐκ ἴσασιν ἤ τίς ποτ᾽ ἐστὶν οὐδὲ δύνανται, |
πᾶσαν εἰρωνείαν ἀφείς, ὡς πέφυκα, διαλέξομαι. ὃν δὲ 1025
20 ἀξιῶ τρόπον ποιήσασθαι τὴν ἐξέτασιν αὐτοῦ, βούλομαι
προειπεῖν. ἐγὼ τὴν μὲν ἐν τοῖς διαλόγοις δεινότητα
τοῦ ἀνδρὸς καὶ μάλιστα ἐν οἷς ἂν φυλάττῃ τὸν Σω-
κρατικὸν χαρακτῆρα, ὥσπερ ἐν τῷ Φιλήβῳ, πάνυ ἄγα-

13 scholion τάχα τοῦ Κικέρωνος B cf Bruti 121

1 ἢ που B | τό τε Pv | ἐπὶ τῶν] τῶν Krüger　7 δόξει P
11 κανόνι ὡ|ατον καὶ κανόνι B | καθαρὸν M　12 καὶ
om P | λόγων Sylburgius: ὁ λόγος　15 βασιλεὺς ὢν] βασι-
λεύων? | διαλέται P　16 καί τε τερατείας MBP sed in M τε
postea deletum est　18 ἔστιν B | οὐδ᾽ ⟨ἰδεῖν⟩ ci Usener | δύ-
ναται B　19 ante πᾶσαν spatium est in editionibus. συνιδεῖν
excidisse Reiskius putauit | εἰρωνίαν P | ὥσπέρ φυκα B
22 φυλάττει P

δέ, ὅσα ἐν τῷ παρόντι ἥρμοττεν, εἴρηται. ἐπειδὴ δὲ
παρελθεῖν ἡμῖν οὐκ ἐνῆν Πλάτωνα, ᾧ τὰ πρωτεῖά
τινες ἀπονέμουσι, κατατρῖψαι δὲ τὸν λόγον περὶ μίαν
ταύτην ⟨τὴν⟩ θεωρίαν ἐπιλελησμένου τῆς ὑποθέ|σεως 1058
5 ἦν, τῇδέ μοι περιγεγράφθω. βούλομαι δὲ δὴ καὶ συλ-
λογίσασθαι τὰ εἰρημένα ἐξ ἀρχῆς καὶ δεῖξαι πάνθ',
ὅσα ὑπεσχόμην ἀρχόμενος τῆς θεωρίας τοῦ λεκτικοῦ
τόπου, πεποιηκότα ἐμαυτόν.

33   ἡ πρόθεσις ἦν μοι καὶ τὸ ἐπάγγελμα τοῦ λόγου,
10 κρατίστῃ λέξει καὶ πρὸς ἅπασαν ἀνθρώπου φύσιν
ἡρμοσμένη μετριώτατα Δημοσθένη κεχρημένον ἐπιδεῖ-
ξαι, καὶ τοῦτό γε συνάγειν ἐπειρώμην οὐκ ἐξ αὐτῆς
ἐκείνης μόνης τὰς πίστεις διδούς (ᾔδειν γὰρ ὅτι οὐδὲν
αὔταρκές ἐστιν ἐφ' ἑαυτοῦ θεωρούμενον, οἷόν ἐστιν,
15 ὀφθῆναι καὶ καθαρῶς), ἀλλ' ἀντιπαρατιθεὶς αὐτῇ τὰς
τῶν ἄλλων ῥητόρων τε καὶ φιλοσόφων λέξεις τὰς κρά-
τιστα δοκούσας ἔχειν καὶ τῇ δι' ἀλλήλων βασάνῳ φα-
νερὰν ποιῶν τὴν ἀμείνω. ἵν' οὖν τὴν φυσικὴν ὁδὸν ὁ
λόγος μοι λάβῃ, τοὺς χαρακτῆρας τῶν διαλέκτων τοὺς
20 ἀξιολογωτάτους κατηριθμησάμην καὶ τοὺς πρωτεύσαν-
τας | ἐν αὐτοῖς ἄνδρας ἐπῆλθον, ἔπειτα δείξας ἀτε- 1059

10—11 cf anonymus W VII 880, 9

1 εἴρειται P   2 πρωτεία M   3 λόγον Krüger: χρόνον
4 τὴν add Sadaeus | ἐπιλελησμένου M: ἐπιλελησμένον BPv
5 ἀνακεφαῶν mg B   7 τοῦ λεκτρινοῦ τοῦ λεκτικοῦ P   9 καὶ
Mv: κατὰ BP | ἐπάγγελμα BP | τοῦ λόγου] τοῦτο τοῦ MBP
τοῦτο τῇ Sylburgius v   11 ἡρμοσμένην B   12 ἐπιρώμην P
13 μόνος B | ᾔδειν] ᾔειν P   14 εἰλικρινῶς post ἐστιν excidisse
Sylburgius putat   15 ἀντιπαραθεὶς M   16 καὶ τῇ φιλοσοφίᾳ
καὶ φιλοσόφων B | λέξις P   18 ἵν' οὖν Reiskius: ἵνα   19 χα-
ρακτῆρας—ἀξιολογωτάτους om B   20 πρωτεύσαντας Kiessling:
πρώτους ὄντας   21 ἐπεῖλθον P

λεῖς ἅπαντας ἐκείνους καὶ καθ᾽ ὃ μάλιστα ἀστοχεῖν
ἕκαστον ὑπελάμβανον τοῦ τέλους ἐκλογισάμενος διὰ
βραχέων, ἦλθον ἐπὶ τὸν Δημοσθένη. τοῦτον δὲ ἑνὸς
μὲν οὐδενὸς ἀποφηνάμενος οὔτε χαρακτῆρος οὔτ᾽ ἀνδρὸς
ζηλωτὴν γενέσθαι, ἐξ ἁπάντων δὲ τὰ κράτιστα ἐκλε-   5
ξάμενον κοινὴν καὶ φιλάνθρωπον τὴν ἑρμηνείαν κατε-
σκευακέναι καὶ κατὰ τοῦτο μάλιστα διαφέρειν τῶν
ἄλλων, πίστεις ὑπὲρ τοῦδε παρειχόμην, διελόμενος μὲν
τὴν λέξιν εἰς τρεῖς χαρακτῆρας τοὺς γενικωτάτους τόν
τε ἰσχνὸν καὶ τὸν ὑψηλὸν καὶ τὸν μεταξὺ τούτων,   10
ἀποδεικνὺς δ᾽ αὐτὸν ἐν τοῖς τρισὶ γένεσι κατορθοῦντα
τῶν ἄλλων μάλιστα, λέξεις τινὰς αὐτοῦ λαμβάνων, αἷς
ἀντιπαρεξήταζον ἑτέρας ὁμοειδεῖς λόγου μὲν ἀξίας, οὐ
μὴν ἀνεπιλήπτους γε τελέως οὐδ᾽, ὥσπερ ἐκείνη, πάσας
τὰς ἀρετὰς ἐχούσας. καὶ γὰρ ἥ τε Ἰσοκράτους καὶ   15
Πλάτωνος καίτοι θαυμασιωτάτων ἀνδρῶν μνήμη καὶ
1060 σύγκρισις οὐκ ἔξω ｜ τοῦ εἰκότος ἐγίγνετό μοι, ἀλλ᾽,
ἐπεὶ τοῦ μέσου καὶ κρατίστου χαρακτῆρος οὗτοι ζηλω-
ταὶ γενόμενοι μεγίστης δόξης ἔτυχον, ἵνα δείξαιμι,
κἂν εἰ τῶν ἄλλων ἀμείνους εἰσί, Δημοσθένει γε οὐκ   20
ἀξίους ὄντας ἁμιλλᾶσθαι περὶ τῶν ἀριστείων.

ὀλίγα τούτοις ἔτι προσθεὶς περὶ τῆς λέξεως, ἐπὶ τὸ
καταλειπόμενον τῆς .... θεωρίας μέρος μετα-
βήσομαι, ταῦτα δὲ ἔστιν, ἃ τοῖς τρισὶ πλάσμασιν 34

1 ἀστοχεῖν ἕκαστον Vliet: ἀδέκαστον   3 τοῦτο B   5 γε-
ναίσθαι P   6 ἑρμηνίαν B ｜ κατασκευακέναι B   7 καὶ κατὰ]
κατὰ BP   8 πίστοις P ｜ τοῦτόδε P   12 λέξις P   14 πάσας
τὰς] πάσας M   16 καίτοι Kiessling: καὶ τῶν   17 εἰκότως B ｜
ἐγίγνεταί μοι B   19 γενόμενοι B: γινόμενοι MP   20 δη-
μοσθένη P   21 ἀξίοις B ｜ ἀρίστων B initio ｜ post ἀριστείων
grauius, ante ταῦτα v   24 lenius interpunxi   23 lac X fere
litt M   προκειμένης suppl Usener   24 δὲ M: δ᾽ BPv ｜
῾ίμασιν B

ὁμοίως παρέπεται καὶ ἔστι παντὸς λόγου Δημοσθενικοῦ
μηνύματα χαρακτηριστικὰ καὶ ἀνυφαίρετα. ὑπομνήσω
δὲ πρῶτον μέν, ἃ τοῖς ἄλλοις πλάσμασιν ἔφην.......
.... ἰδίας ἀρετὰς συμβεβηκέναι τοῖς Δημοσθένους [ἢ
5 Λυσίου], ἵν᾽ εὐσύνοπτος μᾶλλον γένηταί μοι ὁ λόγος.
δοκεῖ δή μοι τῶν μὲν ὑψηλῇ καὶ περιττῇ καὶ ἐξηλ-
λαγμένῃ λέξει κεχρημένων κατὰ τὸ σαφέστερον καὶ
κοινότερον τῇ ἑρμηνείᾳ κεχρῆσθαι προὔχειν ὁ Δημο-
σθένης. τούτων γὰρ ἐν πάσῃ κατασκευῇ στοχάζεται 1061
10 μέγεθος ἐχούσῃ καὶ ταύταις κέχρηται χαρακτηρικωτά-
ταις ἀρεταῖς ἐπὶ τῆς ὑψηλῆς καὶ ξενοπρεποῦς ὀνομα-
σίας ὥς γε μάλιστα. τῶν δὲ τὴν λιτὴν καὶ ἰσχνὴν
καὶ ἀπέριττον ἐπιτηδευόντων φράσιν τῷ τόνῳ τῆς
λέξεως ἐδόκει μοι διαλλάττειν καὶ τῷ βάρει καὶ τῇ
15 στριφνότητι καὶ τῷ πικραίνειν ὡς ἐπὶ τὸ πολύ· ταῦτα
γάρ ἐστιν ἐκείνου χαρακτηρικὰ τοῦ πλάσματος παρ᾽
αὐτῷ καὶ τὰ παραπλήσια τούτοις. τῶν δὲ τὴν μέσην
διάλεκτον ἠσκηκότων, ἣν δὴ κρατίστην ἀποφαίνομαι,
κατὰ ταυτὶ διαφέρειν αὐτὸν ὑπελάμβανον· κατὰ τὴν
20 ποικιλίαν, κατὰ τὴν συμμετρίαν, κατὰ τὴν εὐκαιρίαν,
ἔτι πρὸς τούτοις κατὰ τὸ παθητικόν τε καὶ ἐναγώνιον

1 ὁμοίως παρέπεται καὶ ἐπὶ παντὸς λόγου MB: ἔφην ἰδίας
ἀρετὰς συμβεβηκέναι τοῖς Pv | δημοσθενικοῦ BP: δὴ δημοσθενι-
κοῦ M   2 lege χαρακτηρικὰ | ἀναφαίρετα M¹ ἀνυφέρετα BP sed
ἀνυφαίρετα mg B   3 lacunam indicaui   4 ἔφειν P | τ[οῖς]
cum ras M | Δημοσθένους om B | ἢ Λυσίου seclusit Reiskius
5 ἵν᾽ εὔνεύ σύνοπτοί B | ἐν τῷ ἀνδρῷ (l ἀδρῷ) mg B
6 ἐξηλαγμένῃ B   10 χαρακτηρικωτάτους B χαρακτηριστικωτά-
ταις v   11 ἀρετὰς B | ὑψιλῆς P   12 ἰσχὴν B   13 ἀπέριπ-
τον B | in mg rubro ἐν τῷ ἰσχνῷ B   14 διαλάττειν B | βάρει]
βάρυ P βαρβάρει B   15 στρυφνότητι v | τὸ] τῷ BP
16 χαρακτηριστικὰ v | πλάσματα P   18 ἐσκηκότων B ἠσκητων
corr in ἠσκηκότων P | ἐν τῷ μέσῳ B in mg rubro   19 ταυτὶ]
ταύτην MBP ταῦτα Sylburgius   21 τε] τι B

καὶ δραστήριον καὶ τελευταῖον τὸ πρέπον, ὃ τῶν ἄστρων
ψαύει παρὰ Δημοσθένει. ταῦτα μὲν οὖν χωρὶς ἑκάστῳ
τῶν τριῶν πλασμάτων παρακολουθεῖν ἔφην καὶ ἐκ
τούτων ἠξίουν τὴν Δημοσθένους δύναμιν . . . .
πεφυκότα μὲν καὶ τοῖς ἄλλοις παρακολουθεῖν πλάσμασι, 5
κρατίστην δὲ ὄψιν ἔχοντα καὶ ἐκπρεπεστάτην ἐν
1062 τούτοις τοῖς χωρίοις. εἰ δέ τις ἀξιώσει συκοφαντεῖν
τὴν διαίρεσιν, ἐπειδὴ τὰς κοινῇ παρακολουθούσας πᾶσι
τοῖς πλάσμασιν ἀρετὰς τρίχα διανείμασα τὸ ἴδιον ἑκά-
σταις ἀποδίδωσιν, ἐκεῖνα ἂν εἴποιμι πρὸς αὐτόν, ὅτι 10
καθ' ὃ μάλιστα χωρίον ἑκάστη τῶν ἀρετῶν ὄψιν τε
ἡδίστην ἔχει καὶ χρῆσιν ὠφελιμωτάτην, κατὰ τοῦτο
τάττειν αὐτὴν ἀξιῶ, ἐπεὶ καὶ τῆς σαφηνείας καὶ τῆς
συντομίας καὶ τοῦ πιθανοῦ χωρίον ἀποφαίνουσιν οἱ
τεχνογράφοι τὴν διήγησιν ⟨οὐχ⟩ ὡς οὐκ ἀλλαχοῦ οὐδα- 15
μοῦ δέον ἐξετάζεσθαι τὰς ἀρετὰς ταύτας (πάνυ γὰρ
ἄτοπον), ἀλλ' ὡς ἐν τῇ διηγήσει δέον μάλιστα.

φέρε δὴ τούτων εἰρημένων ἡμῖν λέγωμεν ἤδη καὶ 35
⟨περὶ τῆς συνθέσεως⟩ τῶν ὀνομάτων ᾗ κέχρηται ὁ
ἀνήρ. ὅτι μὲν οὖν περιττή τίς ἐστιν ἡ τῆς λέξεως τῆς 20
Δημοσθένους ἁρμονία καὶ μακρῷ δή τινι διαλλάτ-
1063 τουσα τὰς τῶν | ἄλλων ῥητόρων, οὐκ ἐμὸς ὁ μῦθος.
ἅπαντες γὰρ εὖ οἶδ' ὅτι ταύτην αὐτῷ τὴν ἀρετὴν ἂν

1 δραστείριον corr in δραστήριον P   2 οὖν] οὐ B
4 hiatum notaui, supplementa incerta, ea uero quae secuntur
haudquaquam interpolanda sunt   5 πλάσμασιν P   7 τοῖς
χρόνοις τοῖς χωρίοις B, sed τοῖς χρόνοις lineola subducta deletur |
ἀξιώσειε Usener   8 κοινῇ B   9 πλάσμασι B | τρίχας B
11 τε M: δὲ BP om v   12 χρῆσιν M²: χρὴ M¹BP   15 οὐχ
add Reiskius   17 ἀλλ' ὡς Reiskius: ἄλλως | δέον Reiskius:
δὲ   18 δὴ] δὲ Pv | λέγομεν MB   19 περὶ τῆς συνθέσεως
addit Reiskiana | ᾗ] ἢ B   21 ἁρμονία B | μακρῶν B   23 ἀρε-
τὴν] λέξιν sed in mg m rec ἀρετὴν BP | ἂν om BPv

《论修昔底德》22—24 原文

ἴσως καὶ περὶ ταύτης τῆς ἰδέας προειπεῖν, εἰς πόσα
τε μέρη διαιρεῖσθαι πέφυκεν ἡ λέξις καὶ τίνας περιεί-
ληφεν | ἀρετάς· ἔπειτα δηλῶσαι, πῶς ἔχουσαν αὐτὴν ὁ 862
Θουκυδίδης παρὰ τῶν πρὸ αὐτοῦ γενομένων συγ-
5 γραφέων παρέλαβε, καὶ τίνα μέρη πρῶτος ἁπάντων
ἐκαίνωσεν, εἴ τ᾽ ἐπὶ τὸ κρεῖττον εἴ τ᾽ ἐπὶ τὸ χεῖρον,
μηδὲν ἀποκρυψάμενον.

22   Ὅτι μὲν οὖν ἅπασα λέξις εἰς δύο μέρη διαιρεῖται
τὰ πρῶτα, εἴς τε τὴν ἐκλογὴν τῶν ὀνομάτων, ὑφ᾽ ὧν
10 δηλοῦται τὰ πράγματα, καὶ εἰς τὴν σύνθεσιν τῶν ἐλατ-
τόνων τε καὶ μειζόνων μορίων, καὶ ὅτι τούτων αὖθις
ἑκάτερον εἰς ἕτερα μόρια διαιρεῖται, ἡ μὲν ἐκλογὴ τῶν
στοιχειωδῶν μορίων (ὀνοματικῶν λέγω καὶ ῥηματικῶν
καὶ συνδετικῶν) εἴς τε τὴν κυρίαν φράσιν καὶ εἰς τὴν
15 τροπικήν, ἡ δὲ σύνθεσις εἴς τε τὰ κόμματα καὶ τὰ
κῶλα καὶ τὰς περιόδους, καὶ ὅτι τούτοις ἀμφοτέροις
συμβέβηκε (λέγω δὴ τοῖς τε ἁπλοῖς καὶ ἀτόμοις ὀνό-
μασι καὶ τοῖς ἐκ τούτων συνθέτοις) τὰ καλούμενα
σχήματα, καὶ ὅτι τῶν καλουμένων ἀρετῶν αἱ μέν εἰσιν |
20 ἀναγκαῖαι καὶ ἐν ἅπασιν ὀφείλουσι παρεῖναι τοῖς λό- 863
γοις, αἱ δ᾽ ἐπίθετοι καὶ ὅταν ὑποστῶσιν αἱ πρῶται,
τότε τὴν ἑαυτῶν ἰσχὺν λαμβάνουσιν, εἴρηται πολ-
λοῖς πρότερον. ὥστε οὐδὲν δεῖ περὶ αὐτῶν ἐμὲ νυνὶ
λέγειν οὐδ᾽ ἐξ ὧν θεωρημάτων τε καὶ παραγγελ-
25 μάτων τούτων τῶν ἀρετῶν ἑκάστη γίνεται, πολλῶν
ὄντων· καὶ γὰρ ταῦτα τῆς ἀκριβεστάτης τέτευχεν ἐξερ-
γασίας.

1 πόσα τε M: πόσα Pf
Reiskius   16 περὶ ὅδους P   7 ἀποκρυψάμενος MPf: corr
17 δὴ] δὲ ci Kruegerus
21 ὑποστῶσιν M: ὑπιστῶσιν P ὑφιστῶσιν f ὑφεστῶσιν Reiskius
22 λαμβάνεται P   24 καὶ πραγμάτων τούτων MPf

Τίσι δὲ αὐτῶν ἐχρήσαντο πάντες οἱ πρὸ Θουκυ- 23
δίδου γενόμενοι συγγραφεῖς καὶ τίνων ἐπὶ μικρὸν
ἥψαντο, ἐξ ἀρχῆς ἀναλαβών, ὥσπερ ὑπεσχόμην, κεφα-
λαιωδῶς διέξειμι· ἀκριβέστερον γὰρ οὕτως γνώσεταί
τις τὸν ἴδιον τοῦ ἀνδρὸς χαρακτῆρα. οἱ μὲν οὖν ἀρ- 5
χαῖοι πάνυ καὶ ἀπ' αὐτῶν μόνον γινωσκόμενοι τῶν
ὀνομάτων ποίαν τινὰ λέξιν ἐπετήδευσαν, οὐκ ἔχω συμ-
βαλεῖν, πότερα τὴν λιτὴν καὶ ἀκόσμητον καὶ μηδὲν
ἔχουσαν περιττόν, ἀλλ' αὐτὰ τὰ χρήσιμα καὶ ἀναγκαῖα,
864 ἢ τὴν | πομπικὴν καὶ ἀξιωματικὴν καὶ ἐγκατάσκευον 10
καὶ τοὺς ἐπιθέτους προσειληφυῖαν κόσμους. οὔτε γὰρ
διασῴζονται τῶν πλειόνων αἱ γραφαὶ μέχρι τῶν καθ'
ἡμᾶς χρόνων, οὔθ' αἱ διασῳζόμεναι παρὰ πᾶσιν ὡς
ἐκείνων οὖσαι τῶν ἀνδρῶν πιστεύονται· ἐν αἷς εἰσιν
αἵ τε Κάδμου τοῦ Μιλησίου καὶ Ἀρισταίου τοῦ Προ- 15
κοννησίου καὶ τῶν παραπλησίων τούτοις. οἱ δὲ πρὸ
τοῦ Πελοποννησιακοῦ γενόμενοι πολέμου καὶ μέχρι
τῆς Θουκυδίδου παρεκτείναντες ἡλικίας ὁμοίας ἔσχον
ἅπαντες ὡς ἐπὶ τὸ πολὺ προαιρέσεις, οἵ τε τὴν Ἰάδα
προελόμενοι διάλεκτον τὴν ἐν τοῖς τότε χρόνοις μάλιστα 20
ἀνθοῦσαν καὶ οἱ τὴν ἀρχαίαν Ἀτθίδα μικράς τινας
ἔχουσαν διαφορὰς παρὰ τὴν Ἰάδα. πάντες γὰρ οὗτοι,
καθάπερ ἔφην, περὶ τὴν κυρίαν λέξιν μᾶλλον ἐσπού-
δασαν ἢ περὶ τὴν τροπικήν, ταύτην δὲ ὥσπερ ἥδυσμα
παρελάμβανον, σύνθεσίν τε ὀνομάτων ὁμοίαν ἅπαντες 25
865 ἐπετήδευσαν τὴν ἀφελῆ καὶ | ἀνεπιτήδευτον, καὶ οὐδ'
ἐν τῷ σχηματίζειν τὰς λέξεις ⟨καὶ⟩ τὰς νοήσεις ἐξέβησαν

2 μικρῶν M   4 οὕτω f   7 ποίαν τε λέξιν M P f. τὴν
coniecerat Kruegerus | ἔχων P   13 χρόνον P   15 Προι-
κοννησίου f   20 τὴν ... 21 καὶ οἱ om P¹ | ἐν M P: τε f
26 ἐπιτήδευσαν P   27 καὶ inseruit Kruegerus

ἐπὶ πολὺ τῆς τετριμμένης καὶ κοινῆς καὶ συνήθους
ἅπασι διαλέκτου. τὰς μὲν οὖν ἀναγκαίας ἀρετὰς ἡ
λέξις αὐτῶν πάντων ἔχει (καὶ γὰρ καθαρὰ καὶ σαφής
καὶ σύντομός ἐστιν ἀποχρώντως, σῴζουσα τὸν ἴδιον
5 ἑκάστη τῆς διαλέκτου χαρακτῆρα)· τὰς δ' ἐπιθέτους,
ἐξ ὧν μάλιστα διάδηλος ἡ τοῦ ῥήτορος γίνεται δύναμις,
οὔτε ἁπάσας οὔτε εἰς ἄκρον ἠκούσας, ἀλλ' ὀλίγας καὶ
ἐπὶ βραχύ, ὕψος λέγω καὶ καλλιρημοσύνην καὶ σεμνο-
λογίαν καὶ μεγαλοπρέπειαν· οὐδὲ δὴ τόνον οὐδὲ βάρος
10 οὐδὲ πάθος διεγεῖρον τὸν νοῦν οὐδὲ τὸ ἐρρωμένον καὶ
ἐναγώνιον πνεῦμα, ἐξ ὧν ἡ καλουμένη γίνεται δει-
νότης· πλὴν ἑνὸς Ἡροδότου. οὗτος δὲ κατά ⟨τε⟩ τὴν
ἐκλογὴν τῶν ὀνομάτων καὶ κατὰ τὴν σύνθεσιν καὶ
κατὰ τὴν τῶν σχηματισμῶν ποικιλίαν μακρῷ δή τινι
15 τοὺς ἄλλους ὑπερεβάλετο, καὶ παρεσκεύασε τῇ κρατίστῃ
ποιήσει τὴν πεζὴν φράσιν ὁμοίαν γενέσθαι πει|θοῦς τε 866
καὶ χαρίτων καὶ τῆς εἰς ἄκρον ἡκούσης ἡδονῆς ἕνεκα·
ἀρετάς τε τὰς μεγίστας καὶ λαμπροτάτας ἔξω τῶν
ἐναγωνίων οὐδὲν∗∗∗ ἐν ταύταις ἐνέλιπεν, εἴ τε οὐκ
20 εὖ πεφυκὼς πρὸς αὐτὰς εἴ τε κατὰ λογισμόν τινα
ἑκουσίως ὑπεριδὼν ὡς οὐχ ἁρμοττουσῶν ἱστορίαις.
οὔτε γὰρ δημηγορίαις πολλαῖς ὁ ἀνὴρ οὐδ' ἐναγωνίοις
κέχρηται λόγοις, οὔτ' ἐν τῷ παθαίνειν καὶ δεινοποιεῖν
21 τὰ πράγματα τὴν ἀλκὴν ἔχει.

24   Τούτῳ τε δὴ τῷ ἀνδρὶ Θουκυδίδης ἐπιβαλὼν καὶ

3 λέξεις P   4 ἐστιν, ἀποχρώντως σῴζουσα distinguebant
5 ἑκάστη τῆς| ἑκάστης MPf   8 βραχύ f: βραχεῖ MP   8 καλ-
λιρρημοσύνην f   10 διεγείροντα Mf διεγειροῦντα P: corr
Reiskius   12 κατὰ τὴν MPf: corr Sadaeus p 250   14 σχη-
ματωσμῶν P¹   15 ὑπερεβάλλετο P   19 hiatum indicaui | [εἴ]τ'
cum litura (ex α?) P   22 οὐδὲ γὰρ et 23 οὐδ' libri   25—p 363,17
Dionysius epistulae ad Ammaeum de Thucydide c 2 inseruit
(丁 |τε] δὲ MPf | τε ... Θουκ.] γὰρ Θουκυδίδης τῷ ἀνδρὶ Δ

τοῖς ἄλλοις, ὧν πρότερον ἐμνήσθην, καὶ συνιδὼν ἃς
ἕκαστος αὐτῶν ἔσχεν ἀρετάς, ἴδιόν τινα χαρακτῆρα καὶ
παρεωραμένον ἅπασι πρῶτος εἰς τὴν ἱστορικὴν πραγ-
ματείαν ἐσπούδασεν ἀγαγεῖν· ἐπὶ μὲν τῆς ἐκλογῆς τῶν
ὀνομάτων τὴν τροπικὴν καὶ γλωττηματικὴν καὶ ἀπηρ- 5
χαιωμένην καὶ ξένην λέξιν προελόμενος ἀντὶ τῆς κοινῆς
867 καὶ συνήθους τοῖς κατ’ αὐτὸν ἀνθρώποις· ἐπὶ δὲ | τῆς
συνθέσεως τῶν τ’ ἐλαττόνων καὶ τῶν μειζόνων μορίων
τὴν ἀξιωματικὴν καὶ αὐστηρὰν καὶ στιβαρὰν καὶ βεβη-
κυῖαν καὶ τραχύνουσαν ταῖς τῶν γραμμάτων ἀντιτυ- 10
πίαις τὰς ἀκοὰς ἀντὶ τῆς λιγυρᾶς καὶ μαλακῆς καὶ
συνεξεσμένης καὶ μηδὲν ἐχούσης ἀντίτυπον· ἐπὶ δὲ
τῶν σχηματισμῶν, ἐν οἷς μάλιστα ἐβουλήθη διενέγκαι
τῶν πρὸ αὐτοῦ, πλείστην εἰσενεγκάμενος σπουδήν.
διετέλεσέ γέ τοι τὸν ἑπτακαιεικοσαετῆ χρόνον τοῦ 15
πολέμου ἀπὸ τῆς ἀρχῆς ἕως τῆς τελευτῆς τὰς ὀκτὼ
βύβλους, ἃς μόνας κατέλιπεν, στρέφων ἄνω καὶ κάτω
καὶ καθ’ ἓν ἕκαστον τῶν τῆς φράσεως μορίων ῥινῶν
καὶ τορεύων· καὶ τοτὲ μὲν λόγον ἐξ ὀνόματος ποιῶν,
τοτὲ δ’ εἰς ὄνομα συνάγων τὸν λόγον· καὶ νῦν μὲν 20
τὸ ῥηματικὸν ὀνοματικῶς ἐκφέρων, αὖθις δὲ τοὔνομα
ῥῆμα ποιῶν, καὶ αὐτῶν γε τούτων ἀναστρέφων τὰς
χρήσεις, ἵνα τὸ μὲν ὀνοματικὸν προσηγορικὸν γένηται,

2 ἴδιον ... 3 εἰς] ἴδιόν τι γένος χαρακτῆρος οὔτε πεζὸν
αὐτοτελῶς οὔτ’ ἔμμετρον ἀπηρτισμένως, κοινὸν δέ τι καὶ μικτὸν
ἐξ ἀμφοῖν ἐργασάμενος εἰς Δ   3 ἱστορικὴν P   4 ἀγαγεῖν
MPf: εἰσαγαγεῖν Δ r   5 γλωττιματικὴν P   6 προελόμενος|
παραλαμβάνων πολλάκις Δ   7 καθ’ ἑαυτὸν Δ | ἐπὶ δὲ ... 12
ἀντίτυπον om Δ   13 διενεγκεῖν Δ   14 σπουδήν| πραγμα-
τείαν Δ   15 διετέλεσε ... 19 τορεύων καὶ om Δ   17 βίβλους
MPf | κατέλιπε P   21 ὀνομαστικῶς Pf   23 ὀνομάτικον Δ:
ὀνομαστικὸν MPf | προσηγορικὸν ... 362, 1 ὀνοματικῶς om Δ

τὸ δὲ προσηγορικὸν ὀνοματικῶς λέγηται· καὶ τὰ μὲν
παθητικὰ ῥήματα δραστήρια, τὰ δὲ δραστήρια παθη-
τικά· πληθυντικῶν | τε καὶ ἑνικῶν ἐναλλάττων τὰς 868
φύσεις καὶ ἀντικατηγορῶν ταῦτα ἀλλήλων· θηλυκά τε
5 ἀρρενικοῖς καὶ ἀρρενικὰ θηλυκοῖς καὶ οὐδέτερα τούτων
τισὶ συνάπτων, ἐξ ὧν ἡ κατὰ φύσιν ἀκολουθία πλανᾶ-
ται· τὰς δὲ τῶν ὀνοματικῶν ἢ μετοχικῶν πτώσεις ποτὲ
μὲν πρὸς τὸ σημαινόμενον ἀπὸ τοῦ σημαίνοντος
ἀποστρέφων, ποτὲ δὲ πρὸς τὸ σημαῖνον ἀπὸ τοῦ σημαι-
10 νομένου· ἐν δὲ τοῖς συνδετικοῖς καὶ τοῖς προθετικοῖς
μορίοις καὶ ἔτι μᾶλλον ἐν τοῖς διαρθροῦσι τὰς τῶν
ὀνομάτων δυνάμεις ποιητοῦ τρόπον ἐνεξουσιάζων.
πλεῖστα δ' ἄν τις ⟨εὕροι⟩ παρ' αὐτῷ σχήματα προσώ-
πων τε ἀποστροφαῖς καὶ χρόνων ἐναλλαγαῖς καὶ τρο-
15 πικῶν σημειώσεων μεταφοραῖς ἐξηλλαγμένα τῶν συν-
ήθων καὶ σολοικισμῶν λαμβάνοντα φαντασίας· ὁπόσα
τε γίγνεται πράγματα ἀντὶ σωμάτων ἢ σώματα ἀντὶ
πραγμάτων· καὶ ἐφ' ὧν ἐνθυμημάτων ⟨τε καὶ νοημά-
των⟩ αἱ μεταξὺ παρεμπτώσεις πολλαὶ γινόμεναι διὰ
20 πολλοῦ τὴν ἀκολουθίαν κομίζονται· τά τε σκολιὰ | καὶ 869
πολύπλοκα καὶ δυσεξέλικτα καὶ τὰ ἄλλα τὰ συγγενῆ
τούτοις. εὕροι δ' ἄν τις οὐκ ὀλίγα καὶ τῶν θεατρι-
κῶν σχημάτων κείμενα παρ' αὐτῷ, τὰς παρισώσεις λέγω

---

1 ὀνοματικῶς MPf λέγεται P   2 3 fort παθητικὰ ⟨ποιῶν⟩
3 τε| δὲ ⌐ ἐναλλάττων P ἀλλάττων Δ   4 ἀντικατηγορῶν Δf:
ἐγκατηγορῶν MP   5 ἀρσενικοῖς MPf | ἀρρενικὰ MP: ἀρσενικὰ f
ἄρρενα ⌐   7 τῶν om Δ   7 et 9 τοτὲ Δ   9 τὸ . . . ση-
μαινομένου| τὸ σημαινόμενον Δ   11 διαρθοῦσι P   12 νοη-
μάτων ⌐   13 εὕροι Δf: om MP | σχήματα] τῶν σχημάτων Δ
14 τοπικῶν MPfΔ: corr Kruegerus   15 μεταφοραῖς ex Δ
Reiskius: διαφοραῖς MPf | τῶν συνήθων om Δ   17 γείνεται
fuerat in ⌐   18 ἐνθυμημάτων P | τε καὶ νοημάτων Δ: om
MPf. cf Sadaeus p 211   20 πολλοῦ| μακροῦ ⌐

⟨καὶ παρομοιώσεις⟩ καὶ παρονομασίας καὶ ἀντιθέσεις,
ἐν αἷς ἐπλεόνασε Γοργίας ὁ Λεοντῖνος καὶ οἱ περὶ
Πῶλον καὶ Λικύμνιον καὶ πολλοὶ ἄλλοι τῶν κατ᾽
αὐτὸν ἀκμασάντων. ἐκδηλότατα δὲ αὐτοῦ καὶ χαρακτη-
ρικώτατά ἐστι τό τε πειρᾶσθαι δι᾽ ἐλαχίστων ὀνομάτων 5
πλεῖστα σημαίνειν πράγματα καὶ πολλὰ συντιθέναι
νοήματα εἰς ἕν, καὶ ⟨τὸ⟩ ἔτι προσδεχόμενόν τι τὸν
ἀκροατὴν ἀκούσεσθαι καταλείπειν· ὑφ᾽ ὧν ἀσαφὲς γί-
νεται τὸ βραχύ. ἵνα δὲ συνελὼν εἴπω, τέτταρα μέν
ἐστιν ὥσπερ ὄργανα τῆς Θουκυδίδου λέξεως· τὸ ποιη- 10
τικὸν τῶν ὀνομάτων, τὸ πολυειδὲς τῶν σχημάτων, τὸ
τραχὺ τῆς ἁρμονίας, τὸ τάχος τῶν σημασιῶν· χρώματα
370 δὲ αὐτῆς τό τε | στριφνὸν καὶ τὸ πυκνόν, καὶ τὸ πικρὸν
καὶ τὸ αὐστηρόν, καὶ τὸ ἐμβριθὲς καὶ τὸ δεινὸν καὶ
[τὸ] φοβερόν, ὑπὲρ ἅπαντα δὲ ταῦτα τὸ παθητικόν. 15
τοιοῦτος μὲν δή τίς ἐστιν ὁ Θουκυδίδης κατὰ τὸν τῆς
λέξεως χαρακτῆρα, ᾧ παρὰ τοὺς ἄλλους διήνεγκεν.
ὅταν μὲν οὖν ἥ τε προαίρεσις αὐτοῦ καὶ ἡ δύναμις
συνεκδράμῃ, τέλεια γίνεται κατορθώματα καὶ δαιμόνια·
ὅταν δὲ ἐλλείπῃ τὸ τῆς δυνάμεως, οὐ παραμείναντος 20
μέχρι πάντων τοῦ τόνου, διὰ τὸ τάχος τῆς ἐπαγγελίας
ἀσαφής τε ἡ λέξις γίνεται καὶ ἄλλας τινὰς ἐπιφέρει
κῆρας οὐκ εὐπρεπεῖς. τὸ γὰρ ἐν ᾧ δεῖ τρόπῳ τὰ ξένα
καὶ πεποιημένα λέγεσθαι καὶ μέχρι πόσου προελθόντα

1 καὶ παρομοιώσεις ⌋: om MPf   4 χαρακτηρικώτατα M
χαρακτηκώτατα P   7 καὶ ἔτι MPf⌋   8 ἀκούεσθαι ⌋
καταλιπεῖν MPf⌋: corr Reiskius   9 τέσσαρα ⌋   12 τῶν
σημασιῶν] τῶν σχημάτων MPf τῆς σημασίας ⌋   13 στριφνὸν
MP⌋: στρυφνὸν f πικρὸν καὶ τὸ πυκνὸν ⌋ ordine male mutato
πυκνὸν] πικνὸν ex πικρὸν corr P   14 15 καὶ φοβερὸν ⌋
15 δὲ αὐτοῦ ταῦτα ⌋   16 τοιουτοσὶ ⌋   17 περὶ f   21 ἀπαγ-
γελίας f: ἐπαγγελίας MP nisi quod —λείας P   23 εὐπρεπὴς M
τόπῳ r Sylburgio auctore

πεπαῦσθαι, καλὰ καὶ ἀναγκαῖα θεωρήματα ἐν πᾶσιν
ὄντα τοῖς ἔργοις, οὐ διὰ πάσης τῆς ἱστορίας φυλάττει.

25 Προειρημένων δὲ τούτων κεφαλαιωδῶς ἐπὶ τὰς
ἀποδείξεις αὐτῶν ὥρα τρέπεσθαι. ποιήσομαι δὲ οὐ
5 χωρὶς ὑπὲρ ἑκάστης ἰδέας τὸν λόγον, ὑποτάττων
αὐταῖς | τὴν Θουκυδίδου λέξιν, ἀλλὰ κατὰ περιοχάς 871
τινας καὶ τόπους, μέρη λαμβάνων τῆς τε διηγήσεως
καὶ τῶν ῥητορειῶν καὶ παρατιθεὶς τοῖς τε πραγματι-
κοῖς καὶ τοῖς λεκτικοῖς κατορθώμασιν ἢ ἁμαρτήμασι
10 τὰς αἰτίας, δι' ἃς τοιαῦτά ἐστι· δεηθεὶς σοῦ πάλιν καὶ
τῶν ἄλλων φιλολόγων τῶν ἐντευξομένων τῇ γραφῇ,
τὸ βούλημά μου τῆς ὑποθέσεως ἧς προήρημαι σκοπεῖν,
ὅτι χαρακτῆρός ἐστι δήλωσις ἅπαντα περιειληφυῖα τὰ
συμβεβηκότα αὐτᾷ καὶ δεόμενα λόγου, σκοπὸν ἔχουσα
15 τὴν ὠφέλειαν αὐτῶν τῶν βουλησομένων μιμεῖσθαι τὸν
ἄνδρα.

Ἐν ἀρχῇ μὲν οὖν τοῦ προοιμίου προθέσει χρησά-
μενος, ὅτι μέγιστος ἐγένετο τῶν πρὸ αὐτοῦ πολέμων
ὁ Πελοποννησιακός, κατὰ λέξιν οὕτω γράφει· 'τὰ γὰρ
20 πρὸ αὐτῶν καὶ τὰ ἔτι παλαιότερα σαφῶς μὲν εὑρεῖν
διὰ χρόνου πλῆθος ἀδύνατον ἦν· ἐκ δὲ τεκμηρίων, ὧν
ἐπὶ μακρότατον σκοποῦντί μοι ξυνέβη πιστεῦσαι, οὐ
μεγάλα νομίζω γενέσθαι οὔτε κατὰ τοὺς πολέμους οὔτε
εἰς τὰ ἄλλα. | φαίνεται γὰρ ἡ νῦν Ἑλλὰς καλουμένη 872
25 οὐ πάλαι βεβαίως οἰκουμένη, ἀλλὰ μεταναστάσεις τε

19 Thuc I 1

5 τὸν λόγον f: τῶν λόγων M P   8 ῥητορειῶν P | τοῖς τε πρ.
καὶ om P¹   15 τῶν om P¹   19 τὰ γὰρ πρὸ αὐτῶν in la-
cuna omissa rubro supplet M   21 ἀδύνατα Θ sed ἀδύνατον
codd F G   22 ξυνέβη (ξυμέβη P¹) πιστεῦσαι M P: πιστεῦσαι
ξυμβαίνει f Θ cf 355, 10   24 ἐς f Θ

第三章　小普林尼致卢佩尔库斯①
（附原文）

　　我曾经谈及我们时代的一位演说家，他优秀且刚健，但并不崇高与雕琢；以下所言，我认为是恰当的："除却没有缺点之外，他没有任何缺点。"演说家应当激情迸发、卓然超拔，甚至有时需要炽盛昂扬、出离自我，要常有临渊之感，因为峭壁常常与险峰毗邻。平整的土地更为安全，但是此路更为低微、卑下；奔跑的人比爬行的人更容易跌跤，但是爬行的人跌跤得不到任何夸赞，奔跑的人即便跌倒也不会没有任何掌声。与某些技艺一样，演说更依赖险峭。你看看那些在高处游走于绳索之上的人们，他们在险要跌落时会激起多么热烈的掌声。越是出其不意、险象环生的东西越能引发人们极度的惊叹，希腊人极为形象地称之为παράβολα。风平浪静与波涛汹涌的大海上的水手的品质是不同的：前一情况下，无人会表示惊叹，在其抵达港口之后，没有掌声，也没有荣耀。但是，当帆布噱叫、桅杆扭曲、舵盘呜咽之时，他将声名远布，比肩海神。

　　此为何故？因为你似乎将我所著之作品中自认为崇高的部分评断为臃肿的；我所认为险峭的，你认为是光怪陆离的；我所认为丰沛的，你认为是冗杂的。但是，你所标记的段落应当受到批评还是褒奖，这很重要。一个杰出或超群的作品，人人都能有所体察；但是，一个作品是冗繁还是崇高，是超拔还是怪诞，评断这点需要敏锐的直觉。略以荷马为例，谁会对以下段落（的差异）无所体察呢："浩瀚的天空四处号角轰鸣"②，"长矛倚在云边"③，以及"海浪呼啸声并不震耳欲聋"④整段。但是，这些段落究竟属于怪诞、空洞之作，抑或是超绝之天工，须得审查、评断。我并不是说，我曾写过或有能力写作类似的作品——我还没有这么癫狂，但我想说，演说的缰绳需要松弛一些，天才的冲动不应当受限于狭窄的赛场。

---

① 译文依据的拉丁文底本为Pliny the Younger, *Letters*, William Melmoth and W. M. L. Hutchinson eds., Vol. II, London: William Heinemann, 1915。以下注释均为原书注。

② 《伊利亚特》，xxi.388。

③ 《伊利亚特》，v.356。

④ 《伊利亚特》，xiv.394。

演说家有一套规则，而诗人有另一套规则。仿佛西塞罗的胆量要小得多一样！但是，我要将其略而不谈；因为，我认为，他并无争议。我们谈谈德摩斯梯尼，他是演说家的准则与标杆。当说出以下著名之句时，他有所节制与抑止吗："卑贱之人、阿谀奉承之徒、奸贼"①，抑或"我并未以砖石守卫城邦"②，或者此句之后的"这难道不是让尤波亚成为阿提卡面朝大海的盾牌吗"③，抑或另一篇演说中所言之"雅典人，凭神发誓，我认为他沉醉于自己巨大的成就"④。

还有什么比那个美妙的长篇离题话更为大胆的呢："因为，疾病……"⑤抑或那个比以上所引更短，但同样大胆的段落："我（直面）傲慢的皮索，他向我压逼而来。"⑥他以同样的风格写道："当一个人——如同此人一般——以贪婪与狡诈获取权力时，首次寻找托词，最为微小的错误都会让一切灰飞烟灭。"⑦

同样，"与城邦中的所有好人相隔绝"⑧，以下语句出自同一篇演说，"你，阿里斯托吉顿，将同情心一概弃置一旁——你彻底弃绝了；因此，不要认为你可以在这些你遍地设置石块障碍的港口安然停靠"⑨。在此之前，他说："我未见到立足之地，到处都是悬崖、峭壁、深渊"⑩，"恐怕有人会认为，你在教育城中意欲作恶之人"⑪，以及"我不认为，你的祖先建造这些法庭，是为了将这些人与之融合"⑫。这还不足，他还说，"但是，如果他是一个邪恶的贩子、传卖者、商贾"⑬。例证数不胜数——更不要提埃斯奇内斯⑭不以"词语"称呼，而以"奇观"称呼之文字。

我这里是自攻自论；你会说，德摩斯梯尼因这些段落受到批评。但是，想象这位备受批评之人胜出批评者多少——其优越性即在这些语句之中；在此之外的段落中，我们可以体察其迅捷，但在此其崇高熠熠生辉。

---

① 德摩斯梯尼：《论王冠》，296。

② 德摩斯梯尼：《论王冠》，299。

③ 德摩斯梯尼：《论王冠》，301。

④ 德摩斯梯尼：《第一篇反腓力辞》，49。

⑤ 德摩斯梯尼：《论无信义的使者》，259。

⑥ 德摩斯梯尼：《论王冠》，136。

⑦ 德摩斯梯尼：《第二篇奥林索斯辞》，9。

⑧ 德摩斯梯尼：《第一篇反阿里斯托吉顿辞》，28。

⑨ 德摩斯梯尼：《第一篇反阿里斯托吉顿辞》，84。

⑩ 德摩斯梯尼：《第一篇反阿里斯托吉顿辞》，7。

⑪ 德摩斯梯尼：《第一篇反阿里斯托吉顿辞》，76。

⑫ 德摩斯梯尼：《第一篇反阿里斯托吉顿辞》，48。

⑬ 德摩斯梯尼：《第一篇反阿里斯托吉顿辞》，46。

⑭ 埃斯奇内斯：《反克特西丰》，167。

埃斯奇内斯自己是否避开了他挑剔德摩斯梯尼的错误呢？ "演说家与法律必须发出同样的声音；当法律发出一种声音，而演说家发出另一种声音时……"①另一处，他说："随后，他表明，决议一切都是为了欺骗，他还提议，使者理应付卡里阿斯五塔伦特，而非我们。为了证明我所言属实，请略过虚华之词、三层桨，以及浮夸之词，直接阅读决议。"②还有："但是，静坐等候，耐心旁听，而后迫使其说出越轨之辞。"③他对此深感称心，后重复说道："就像是赛马一样，你迫使其进入主题赛道。"④还有更为节制与简练者："你在制造伤口吗"⑤，"这个公共生活的侵犯者——他凭借言语穿越公共生活的海洋，难道你不会将其抓捕并予以惩处吗？"⑥

你在此信中也会找到与我前面所提及的段落相似的表达，例如"舵盘呜咽""比肩海神"。我深知，如果我祈求你原谅我在前面所犯的过错，那么我将陷入你所指出的那种错误。尽管如此，尽你所愿地指出这些错误吧，只要我们现在能确定一个时日可以面对面地商榷这些错误。要么你使我谨慎，要么我使你胆壮。保重。

① 埃斯奇内斯：《反克特西丰》，16。
② 埃斯奇内斯：《反克特西丰》，101。
③ 埃斯奇内斯：《反克特西丰》，206。
④ 埃斯奇内斯：《反提马库斯》，176。
⑤ 埃斯奇内斯：《反科特西丰》，208。
⑥ 埃斯奇内斯：《反科特西丰》，253。

《小普林尼致卢佩尔库斯》原文

meae pareas vel precibus indulgeas.　Igitur et laudo
et gratias ago ; simul in posterum moneo, ut te
erroribus tuorum, etsi non fuerit, qui deprecetur,
placabilem praestes.　Vale.

XXV

C. Plinius Mamiliano Suo S.

Quereris de turba castrensium negotiorum et,
tamquam summo otio perfruare, lusus et ineptias
nostras legis, amas, flagitas meque ad similia condenda
non mediocriter incitas.　Incipio enim ex hoc genere
studiorum non solum oblectationem, verum etiam
gloriam petere post iudicium tuum, viri gravissimi,
eruditissimi ac super ista verissimi.　Nunc me rerum
actus modice, sed tamen distringit ; quo finito
aliquid earundem Camenarum in istum benignis-
simum sinum mittam.　Tu passerculis et columbulis
nostris inter aquilas vestras dabis pennas, si tamen et
sibi et tibi placebunt, si tantum sibi, continendos
cavea nidove curabis.　Vale.

XXVI

C. Plinius Luperco Suo S.

Dixi de quodam oratore seculi nostri recto quidem
et sano, sed parum grandi et ornato, ut opinor, apte :

'Nihil peccat, nisi quod nihil peccat.' Debet enim orator erigi, attolli, interdum etiam effervescere, efferri ac saepe accedere ad praeceps. Nam plerumque altis et excelsis adiacent abrupta ; tutius per plana, sed humilius et depressius iter ; frequentior currentibus quam reptantibus lapsus, sed his non labentibus nulla, illis non nulla laus, etiamsi labantur. Nam ut quasdam artes ita eloquentiam nihil magis quam ancipitia commendant. Vides, qui per funem in summa nituntur, quantos soleant excitare clamores, cum iam iamque casuri videntur. Sunt enim maxime mirabilia, quae maxime insperata, maxime periculosa, utque Graeci magis exprimunt, παράβολα. Ideo nequaquam par gubernatoris est virtus, cum placido et cum turbato mari vehitur ; tunc admirante nullo illaudatus, inglorius subit portum ; at, cum stridunt funes, curvatur arbor, gubernacula gemunt, tunc ille clarus et dis maris proximus.

Cur haec ? Quia [1] visus es mihi in scriptis meis adnotasse quaedam ut tumida, quae ego sublimia, ut improba, quae ego audentia, ut nimia, quae ego plena arbitrabar. Plurimum autem refert, reprehendenda

[1] Cur haec ? Quia *Dpa*, *K* ii., Haec, quia *M*, *K* i.

adnotes an insignia. Omnis enim advertit, quod eminet et exstat ; sed acri intentione diiudicandum est, immodicum sit an grande, altum an enorme. Atque, ut Homerum potissimum attingam, quem tandem alterutram in partem potest fugere ''Αμφὶ δὲ σάλπιγξεν μέγας οὐρανός·'[1] 'ἠέρι δ' ἔγχος ἐκέκλιτο'[2] et totum illud, 'οὔτε θαλάσσης κῦμα τόσον βοάᾳ'[3] ? Sed opus est examine et libra, incredibilia sint haec et immania an magnifica et coelestia. Nec nunc ego me his similia aut dixisse aut posse dicere puto. Non ita insanio ; sed hoc intellegi volo, laxandos esse eloquentiae frenos, nec angustissimo gyro ingeniorum impetus refringendos.

At enim alia condicio oratorum, alia poetarum. Quasi vero M. Tullius minus audeat. Quamquam hunc omitto ; neque enim ambigi puto. Sed Demosthenes ipse, ille norma oratoris et regula, num se cohibet et comprimit, cum dicit illa notissima :

[1] *Il.* xxi. 388.   [2] *Il.* v. 356.   [3] *Il.* xiv. 394.

[a] Speaking of Mars.   (Melm.)

Ανθρωποι μιαροὶ καὶ κόλακες, καὶ ἀλάστορες,¹ et
rursus: Οὐ λίθοις ἐτείχισα τὴν πόλιν οὐδὲ πλίνθοις ἐγώ,²
et statim Οὐκ ἐκ μὲν θαλάττης τὴν Εὔβοιαν προβαλέ-
σθαι τῆς Ἀττικῆς.³ Et alibi : Ἐγὼ δὲ οἶμαι μέν, ὦ ἄνδρες
Ἀθηναῖοι, νὴ τοὺς θεούς, ἐκεῖνον μεθύειν τῷ μεγέθει τῶν
πεπραγμένων. ⁴

Iam quid audentius illo pulcherrimo ac longissimo
excessu? Νόσημα γάρ.⁵ Quid haec? breviora superi-
oribus, sed audacia paria, Τότε ἐγὼ μὲν τῷ Πύθωνι
θρασυνομένῳ καὶ πολλῷ ῥέοντι καθ' ἡμῶν.⁶ Ex eadem
nota : Ὅταν δὲ ἐκ πλεονεξίας καὶ πονηρίας τίς, ὥσπερ
οὗτος, ἰσχύσῃ, ἡ πρώτη πρόφασις καὶ μικρὸν πταῖσμα
ἅπαντα ἀνεχαίτισε καὶ διέλυσε.⁷

Simile his : Ἀπεσχοινισμένος ἅπασι τοῖς ἐν τῇ πόλει
δικαίοις γνώσεσι τριῶν δικαστηρίων.⁸ Et ibidem : Σὺ
τὸν εἰς ταῦτα ἔλεον προύδωκας, Ἀριστογεῖτον, μᾶλλον δὲ
ἀνήρηκας ὅλως. μὴ δὴ πρὸς οὓς αὐτὸς ἑάλωκας λιμένας, καὶ
προβόλων ἐνέπλησας, πρὸς τούτους ὁρμίζου.⁹ Et dixerat:
Δέδοικα μὴ δόξητέ τισι τὸν ἀεὶ βουλόμενον εἶναι πονηρὸν
τῶν ἐν τῇ πόλει παιδοτριβεῖν.¹⁰ Et deinceps: Τούτῳ δ' οὐ-
δένα ὁρῶ τῶν τόπων τούτων βάσιμον ὄντα, ἀλλὰ πάντα ἀπό-
κρημνα, φάραγγας, βάραθρα.¹¹ Nec satis: Οὐδὲ γὰρ τοὺς

¹ *Dem.* xviii. 296.　　² *ib.* 299.
³ *ib.* 301.　⁴ *ib.* iv. 49.　⁵ *ib.* xix. 259.
⁶ *ib.* xviii. 136.　⁷ *ib.* ii. 9.　⁸ *ib.* xxv. 28.
⁹ *ib.* 84.　¹⁰ *ib.* 7.　¹¹ *ib.* 76.

ᵃ *lit.* "throws off" as a horse does his rider when he
rears and tosses up his neck.

προγόνους ὑπολαμβάνω τὰ δικαστήρια ταῦτα οἰκοδομῆσαι,
ἵνα τοὺς τοιούτους ἐν αὐτοῖς μοσχεύητε.¹　Adhuc : Εἰ δὲ
κάπηλός ἐστι πονηρίας καὶ παλιγκάπηλος καὶ μεταβολεύς.²
Et mille talia ; ut praeteream, quae ab Aeschine ³
θαύματα, non ῥήματα, vocantur.

In contrarium incidi.　Dices, hunc quoque ab isto
culpari.　Sed vide, quanto maior sit, qui reprehen-
ditur, ipso reprehendente ; et maior ob haec quoque.
In aliis enim vis, in his granditas eius elucet.　Num
autem Aeschines ipse iis, quae in Demosthene
carpebat, abstinuit ?　Χρὴ γάρ, ὦ ἄνδρες Ἀθηναῖοι, τὸ
αὐτὸ φθέγγεσθαι τὸν ῥήτορα καὶ τὸν νόμον· ὅταν δ' ἑτέραν
μὲν φωνὴν ἀφιῇ ὁ νόμος, ἑτέραν δὲ ὁ ῥήτωρ.⁴—Alio loco :
Ἔπειτα ἀναφαίνεται περὶ πάντων ἐν τῷ ψηφίσματι πρὸς
τῷ κλέμματι γράψας τὰ πέντε τάλαντα, τοὺς πρέσβεις
ἀξιῶν τοὺς Ὠρείτας μὴ ἡμῖν ἀλλὰ Καλλίᾳ διδόναι. ὅτι
δὲ ἀληθῆ λέγω, ἀφελὼν τὸν κομπόν, καὶ τὰς τριήρεις, καὶ
τὴν ἀλαζονείαν, ἐκ τοῦ ψηφίσματος ἀνάγνωθι.⁵ Iterum
alio : Καὶ μὴ ἐᾶτε αὐτὸν εἰς τοὺς τοῦ παρανόμου λόγους
περιΐστασθαι.⁶ Quod adeo probavit, ut repetat, Ἀλλὰ
ἐγκαθήμενοι καὶ ἐνεδρεύοντες ἐν τῇ ἐκκλησίᾳ εἰσελαύνετε
αὐτὸν εἰς τοὺς τοῦ παρανόμου λόγους, καὶ τὰς ἐκτροπὰς
αὐτοῦ τῶν λόγων ἐπιτηρεῖτε.⁷　An illa custoditius

---

¹ Dem. xxv. 48.　　² ib. 46.　　³ Aesch. Ctes. 167.
⁴ ib. 16.　　　　　⁵ ib. 101.　　　⁶ ib. 206.
⁷ Timarch. 176.

pressiusque? Σὺ δὲ ἑλκοποιεῖς,[1] ἢ συλλαβόντες ὡς λῃστὴν
τῶν πραγμάτων διὰ τῆς πολιτείας πλέοντα τιμωρήσασθε,[2]
et alia.

Exspecto, ut quaedam ex hac epistula, ut illud,
' gubernacula gemunt,' et ' dis maris proximus,'
iisdem notis, quibus ea, de quibus scribo, confodias.
Intellego enim, me, dum veniam prioribus peto, in
illa ipsa, quae adnotaveras, incidisse. Sed confodias
licet, dummodo iam nunc destines diem, quo et
de illis et de his coram exigere possimus. Aut
enim tu me timidum, aut ego te temerarium
faciam. Vale.

XXVII

C. PLINIUS PATERNO SUO S.

QUANTA potestas, quanta dignitas, quanta maiestas,
quantum denique numen sit historiae, cum fre-
quenter alias tum proxime sensi. Recitaverat
quidam verissimum librum partemque eius in alium
diem reservaverat. Ecce amici cuiusdam orantes
obsecrantesque, ne reliqua recitaret. Tantus au-
diendi, quae fecerint, pudor, quibus nullus faciendi,
quae audire erubescunt. Et ille quidem praestitit,

[1] Aesch. *Ctes.* 208.　　　　[2] *ib.* 253.

240

参考文献

中文部分

阿里斯托芬：《阿里斯托芬喜剧六种》，罗念生译，上海人民出版社，2016年。

奥尔巴赫：《摹仿论》，吴麟绶等译，百花文艺出版社，2002年。

奥维德：《变形记》，杨周翰译，人民文学出版社，1984年。

柏拉图：《柏拉图文艺对话集》，朱光潜译，人民文学出版社，1963年。

柏拉图：《理想国》，张竹明等译，商务印书馆，1986年。

柏拉图：《蒂迈欧篇》，谢文郁译，上海人民出版社，2003年。

柏拉图：《泰阿泰德》，詹文杰译，商务印书馆，2015年。

柏拉图：《法律篇》，何勤华等译，商务印书馆，2016年。

柏拉图：《斐德若篇》，朱光潜译，商务印书馆，2017年。

埃斯库罗斯等：《古希腊悲剧喜剧全集》，张竹明等译，译林出版社，2015年。

埃斯库罗斯：《埃斯库罗斯悲剧集》，罗念生等译，上海人民出版社，2020年。

郭绍虞：《中国文学批评史》上册，商务印书馆，2010年。

荷马：《奥德赛》，王焕生译，人民文学出版社，1997年。

霍布斯：《修昔底德的生平》，载任军峰主编：《修昔底德的路标》，生活·读书·新
　　知三联书店，2022年。

刘勰：《文心雕龙》，范文澜注，人民文学出版社，1958年。

库尔提乌斯：《欧洲文学与拉丁中世纪》，林振华译，浙江大学出版社，2017年。

卢卡奇：《小说理论：试从历史哲学论伟大史诗的诸形式》，燕宏远、李怀涛译，商
　　务印书馆，2017年。

卢克莱修：《物性论》，方书春译，商务印书馆，1981年。

尼采：《悲剧的诞生》，周国平译，生活·读书·新知三联书店，1986年。

欧里庇得斯：《欧里庇得斯悲剧五种》，罗念生译，上海人民出版社，2016年。

钱锺书：《管锥编》，中华书局，1979年。

钱锺书：《谈艺录》，中华书局，1998年。

色诺芬：《居鲁士的教育》，沈默译，华夏出版社，2007年。

苏维托尼乌斯：《罗马十二帝王传》，张竹明等译，商务印书馆，2000年。

王运熙：《文质论与中国中古文学批评》，《文学遗产》，2002年第5期，第4—10页。

希罗多德：《历史》，王以铸译，商务印书馆，2005年。

萧统编：《文选》，上海古籍出版社，2019年。

修昔底德：《伯罗奔尼撒战争史》，徐松岩译，上海人民出版社，2017年。

亚里士多德、贺拉斯：《诗学·诗艺》，杨周翰译，人民文学出版社，1962年。

亚里士多德：《诗学》，陈中梅译，商务印书馆，1996年。

亚里士多德：《亚里士多德全集》，苗力田主编，中国人民大学出版社，1990—1997年。

亚里士多德：《修辞学》，罗念生译，上海人民出版社，2006年。

亚理斯多德：《诗学》，罗念生译，人民文学出版社，2022年。

杨周翰编：《莎士比亚评论汇编》，中国社会科学出版社，1979年。

外文部分（论著）

Aratus, *Phaenomena, Edited with Introduction, Translation and Commentary*, Douglas Kidd ed., Cambridge: Cambridge University Press, 1997.

Aristophanes, *Aristophanes Comoediae*, F. W. Hall and W. M. Geldart eds., Oxford: The Clarendon Press, 1907.

Aristotle, *Ars Rhetorica*, W. D. Ross ed., Oxford: The Clarendon Press, 1959.

Aristotle, *Aristotle's Ars Poetica*, R. Kassel ed., Oxford: The Clarendon Press, 1966.

Aristotle, Longinus, Demetrius, *Poetics, On the Sublime, On Style*, Cambridge, MA.: Harvard University Press, 1995.

Athenaeus, *Deipnosophistae*, Georg Kaiblel ed., Leipzig: Teubner, 1887.

August Nauck ed., *Tragicorum Graecorum Fragmenta*, London: Legare Street Press, 2022.

Balot, Ryan, Sara Forsdyke and Edith Forser eds., *The Oxford Handbook of Thucydides*, Oxford: Oxford University Press, 2017.

Bonner, S. F., *The Literary Treatise of Dionysius of Halicarnassus*, Cambridge: Cambridge University Press, 1939.

Bowman, Alan and others eds., *The Cambridge Ancient History: The Crisis of Empire ad 193–337*, Cambridge: Cambridge University Press, 2005.

Brown, Truesdell, *Timaeus of Tauromenium*, Berkeley: University of California Press, 1958.

Caecilius Calactinus, *Fragmenta* (Bibliotheca scriptorum Graecorum et Romanorum Teubneriana), Leipzig: B. G. Teubner, 1967.

Campbell, David A., *Greek Lyric Poetry*, London: Bristol Classical Press, 1991.

Cassius Longinus, *Ars Rhetorica*, ed. L. Spengel, Rhetores, Graeci, vol. 1. Leipzig: B. G. Teubner, 1853 (repr. Frankfurt am Main: Minerva, 1966).

Cicero, *M. Tulli Ciceronis Rhetorica*, Tomus II, A. S. Wilkins ed., Oxonii: e Typographeo Clarendoniano, 1911.

Cicero, *Rhetorica ad Herennium*, Cambridge, MA.: Harvard University Press, 1954.

Cicero, *Cicero: Epistulae ad Quintum Fratrem et M. Brutum*, D. R. Shackleton-Bailey ed., Cambridge: Cambridge University Press, 1981.

Clark, A. F. B., *Boileau and the French Classical Critics in England 1660–1830*, New York: Russell and Russell, 1965.

Curtius, Ernst Robert, *European Literature and the Latin Middle Ages*, Willard R. Trask trans., Princeton, New Jersey: Princeton University Press, 2013.

Damon, Cynthia and Pieper, Christoph eds., *Eris vs. Aemulatio: Valuing Competition in Classical Antiquity*, Leiden: Brill, 2018.

de Jonge, Casper C., *Between Grammar and Rhetoric:Dionysius of Halicarnassus on Language, Linguistics and Literature*, Leiden: Brill, 2008.Demetrius of Phaleron, *Demetrius on Style*, W. Rhys Roberts ed., Cambridge: Cambridge University Press, 1902.

Demosthenes, *Demosthenis Orationes*, S. H. Butcher ed., Oxford: The Clarendon Press, 1903.

Diehl, Ernst, *Anthologia Lyrica Graeca*, Leipzig: B. G. Teubner, 1874.

Diels, G. and Kranz, W. eds., *Die Fragmente der Vorsokratiker*, 3 vols, Berlin, 1951–1952.

Dio, Cassius, *Roman History*, Earnest Cary, Herbert B. Foster trans., Cambridge, MA.: Harvard University Press, 1914–1927.

Dionysius of Halicarnassus, *Dionysii Halicarnasei Quae Exstant*, Hermann Usener and others ed., Leipzig: B. G. Teubneri, 1899.

Dionysius of Halicarnassus, *Critical Essays*, Stephen Usher ed., Cambridge, MA.: Harvard University Press, 1974.

Dionysius of Halicarnassus, *Dionysius of Halicarnassus on Literary Composition*, W. Rhys Roberts ed., London: Macmillan, 1910.

Dionysius of Halicarnassus, *On Thucydides: English Translation, Based on the Greek Text of Usener-Radermacher with Commentary*, William Kendrik Pritchett ed., Berkeley: University of California Press, 1975.

Dodds, E. R., *The Greeks and the Irrational*, Berkeley: University of California Press, 1951.

Dyck, Andrew R., *Cicero: Catilinarians*, Cambridge: Cambridge University Press, 2008.

Eidinow, Esther, *Envy, Poison, and Death: Women on Trial in Classical Athens*, Oxford: Oxford University Press, 2016.

Epictetus, *Epicteti Dissertationes*, Heinrich Schenkl ed., Leipzig: B. G. Teubner, 1916.

Erasmus, *Ciceronian Controversies*, Joann Dellaneva ed., Brian Duvick trans., Cambridge, MA.: Harvard University Press, 2007.

Eusebius, *Praeparatio Evangelica*, E. H. Gifford trans., Oxford: Oxford University Press, 1903.

Fortebaugh W. W. and others eds., *Theophrastus of Eresus: Sources for His Life, Writings, Thought, and Influence*, Leiden: Brill, 1992.

Fowler, Robert L., *Pindar and the Sublime*, New York: Bloomsbury Academy, 2022.

Friedrich Walsdorff, *Die antiken Urteile über Platons Stil*, Bonn: Scheur, 1927.

Gaisford, Thomas ed., *Suidae Lexicon*, Oxford: Oxford University Press, 1834.

Gerson, Lloyd. P. ed., *The Cambridge History of Philosophy in Late Antiquity*, Vol. I, Cambridge: Cambridge University Press, 2010.

Gibbon, Edward, *The Decline and Fall of the Roman Empire*, Hertfordshire: Wordsworth Editions, 1998.

Glare, P. G. W. ed., *The Oxford Latin Dictionary*, Oxford: Oxford University Press, 1966.

Halliwell, Stephen, *Between Ecstasy and Truth: Interpretations of Greek Poetics from Homer to Longinus,* Oxford: Oxford University Press, 2012.

Hermogenes, *Hermogenis Opera*, Hugo Rabe ed., Leipzig: B. G. Teubner, 2020.

Hermogenes, *On Types of Style*, Cecil W. Wooten trans., Columbia: University of South Carolina Press, 2020.

Herodotus, *Histories*, A. D. Godley trans., Cambridge, MA.: Harvard University Press, 1920.

Hippocrates, *Collected Works*, W. H. S. Jones ed., Cambridge, MA.: Harvard University Press, 1868.

Homer, *Homeri Opera in Five Volumes*, David B. Monro and Thomas W. Allen eds., Oxford: Oxford University Press, 1920.

Horace, *De Arte Poetica*, C. Smart ed., Philadelphia: Joseph Whetham, 1836.

Hölderlin, Friedrich, *Essays and Letters on Theory*, Thomas Pfau trans., Albany, N.Y.: State University of New York Press, 1988.

Isocrates, *Isocrates with an English Translation in Three Volumes*, George Norlin ed, Cambridge, MA.: Harvard University Press, 1980.

Jaeger, Werner, *The Theology of Early Greek Philosophers*, Oxford: The Clarendon Press, 1947.

Jaeger, Werner, *Paidea: The Ideals of Greek Culture*,Vol. I–III, Gibert Highet trans., Oxford University Press, 1986.

Jacoby. F., and others eds., *Die Fragmente der griechischen Historiker*, Berlin and Leiden, 1923–.

Julius, *Onomasticon*, Wilhlem Dindorf hrsg., Leipzig : Kuehn, 1824.

Juvenal, *Saturae*, G. G. Ramsay trans., London: William Heinemann, 1928.

Kennedy, George Alexander ed., *Progymnasmata: Greek Textbooks of Prose Composition and Rhetoric*, Leiden: Brill, 2003.

Kremer, C., *Über das rhetorische System des Dionys von Halikarnass*, Dissertation, Strassburg, 1907.

Lana, I., *Quintiliano, Il "sublime" e gli "Esercizi preparatori" di Elio Teone*, Torino: Universtà di Torino, 1951.

Leucippus, Democritus, *The Atomists: Leucippus and Democritus: Fragments, a text and translation with a commentary*, Christopher Taylor trans., Toronto: University of Toronto Press, 1999.

Liddell, G. and Scott, R. eds., rev. H. S. Jones and R. Mackenzie, with rev. suppl. by P. G. W. Glare and A. A. Thompson, *A Greek-English Lexicon*, Oxford: Oxford University Press, 1996.

"Longinus", *On the Sublime*, D. A. Russell ed., Oxford: The Clarendon Press, 1964.

"Longinus", *On Sublimity*, D. A. Russell trans., Oxford: The Clarendon Press, 1965.

Lovejoy, Arthur O. and others eds., *Primitivism and Related Ideas in Antiquity*, New York: Octagon Books, 1973.

Lukács, Georg, *The Theory of the Novel: A Historico-Philosophical Essay on the Forms of Great Epic Literature*, Anna Bostock trans., Cambridge, MA.: The Massachusetts Institute of Technology Press, 1974.

Manilius, *Astronomica*, G. P. Goold ed., Cambridge, MA.: Harvard University Press, 1977.

Nagy, Gregory, *Pindar's Homer: The Lyric Possession of an Epic Past*, Baltimore and London: The Johns Hopkins University, 1994.

Petronius, *Satyricon, Fragmenta, and Poems*, Michael Heseltine trans., London: William Heinemann, 1913.

Philo of Alexander, *Philonis Alexandrini Opera Quae Supersunt*, Paul Wendland ed., Berlin: De Gruyter, 1963.

Philo of Alexandria, *On Planting Introduction, Translation, and Commentary*, David Runia and Albert Geljon eds., Leiden: Brill, 2019.

Pindar, *The Odes of Pindar including the Principal Fragments*, John Sandys trans., Cambridge, MA.: Harvard University Press, 1937.

Pliny the Younger, *Letters*, William Melmoth and W. M. L. Hutchinson eds., London: William Heinemann, 1915.

Plutarch, *Plutarch's Lives*, Bernadotte Perrin trans., Cambridge, MA.: Harvard University Press, 1916.

Plutarch, *Moralia*, Frank Cole Babbitt trans., Cambridge, MA.: Harvard University Press, 1928.

Porphyry, *Plotinus*, A. H. Armstrong trans., Cambridge, MA.: Harvard University Press, 1968.

Porter, James I., *The Sublime in Antiquity*, Cambridge: Cambridge University Press, 2016.

Quintilian, *Institutio Oratoria*, Harold Edgeworth Butler ed., London: William Heinemann, 1920.

Radt, Stefen ed., *Fragmenta Tragicorum Graecorum (I, II, III, IV, V)*, Göttingen:Vandenhoeck & Ruprecht, 1986–2004.

Richter, G. M. A., *The Sculpture and Sculptors of the Greeks*, New Haven: Yale University Press, 1930.

Roberts, W. Rhys ed., *Longinus on the Sublime*, Cambridge: Cambridge University Press,1987.

Sallust, *Catilina, Iugurtha, Orationes Et Epistulae Excerptae De Historiis*, Axel W. Ahlberg ed., Leipzig: B. G. Teubner, 1919.

Sandys, John Edwin, *A History of Classical Scholarship*, Vol. I, Cambridge: Cambridge University Press, 1903.

Sextus Empiricus, *Sexti Empirici Opera (I, II, III, IX)*, Leipzig: B. G. Teubner, 1958–1962.

Strabo, *The Geography of Strabo,* H. L. Jones ed., Cambridge, MA.: Harvard University Press, 1924.

Suetonius, *The Lives of the Caesars*, J. C. Rolfe ed., Cambridge, MA.: Harvard University Press, 1979.

Suetonius, *De Grammaticis et Rhetoribus*, Oxford: The Clarendon Press, 1995.

Tacitus, *Opera Minora*, Henry Furneaux ed., Oxford: The Clarendon Press,1900.

Vergil, *Bucolics, Aeneid, and Georgics Of Vergil*. J. B. Greenough ed., Boston: Ginn & Co, 1900.

Viidebaum, Laura , *Creating the Ancient Rhetorical Tradition*, Cambridge: Cambridge University Press, 2012.

Weiske, Benjamin, *Dionysii Longini De Sublimitate*, Leipzig: Weigel, 1809.

Whitmarch, T. ed., *Local Knowledge and Micro-identities in the Imperial Greek World*, Cambridge: Cambridge University Press, 2010.

Xenophon, *Xenophontis Opera Omnia*, Oxford: The Clarendon Press, 1900.

外文部分（论文）

Bause, J. "Περὶ Ὕψους, Kapitel 44", *Rheinisches Museum für Philologie*, Vol. 123, 1980, pp. 258–266.

Close, A. J. "Commonplace Theories of Art and Nature in Classical Antiquity and in the Renaissance", *Journal of the History of Ideas*, Vol. 30, No. 4, 1969, pp. 467–486.

Constantine, David., "Hölderlin's Pindar: The Language of Translation", *The Modern Language Review*, Vol. 73, No. 4, 1978, pp. 825–834.

Costa, Gustavo, "The Latin Translations of Longinus' Peri Hypsous in Renaissance Italy", in Richard J. Schoeck ed., *Acta Conventus Neo-Latini Bononiensis. Proceedings of the Fourth International Congress of Neo-Latin Studies*, Binghamton, NY: Medieval & Renaissance Texts & Sduties, 1985, pp. 224–238.

de Jonge, Casper C., "Longinus 36.3: The Faulty Colossus and Plato's Phaedrus", *Trends in Classics*, Vol. 5, No. 2, 2013, pp. 318–340.

Finley, John. H., "The Origins of Thucydides' Style", *Harvard Studies in Classical*

Philology, Vol. 50, 1939, pp. 82–84.

Grube, G. M. A., "Theophrastus as a Literary Critic", *Transactions and Proceedings of the American Philological Association*, Vol. 83, 1985, pp. 172–183.

Heath, Malcolm , "Longinus, On Sublimity", *Proceedings of the Cambridge Philological Society*, No. 45, 1999, pp. 43–74.

Hendrickson, G. L., "The Origin and Meaning of the Ancient Characters of Style", *American Journal of Philology*, Vol. 26, 1905, pp. 249–290.

Innes, Doreen C., "Theophrastus and the Theory of Style", in W. W. Fortenbaugh, P. M. Huby & A. A. Long eds., *Theophrastus of Eresus. On his Life and Work*, New Brunswick: Transaction Books, 1985, pp. 251–267.

Innes, Doreen C., "Longinus and Caecilius: Models of the Sublime", *Mnemosyne*, Vol. 55, 2002, pp. 273–274.

Mazzucchi, C. M., "La tradizione manoscritta del Peri Ypsous", *Italia medievale e umanistica*, Vol. 32, 1989, pp. 205–226.

Refini, Eugenio, "Longinus and Poetic Imagination in Late Renaissance Literary Theory", in Caroline van Eck, Stijn Bussels, Maarten Delbeke and Jürgen Pieters eds., *Translations of the Sublime: The Early Modern Reception and Dissemination of Longinus' Peri Hupsous in Rhetoric, the Visual Arts, Architechture and the Theatre*, Leiden: Brill, 2012, pp. 34–37.

Roberts, W. Rhys, "Caecilius of Calacte", *The American Journal of Philology*, Vol. 18, No. 3, 1897, pp. 302–312.

Russell, Donald. A., "Longinus Revisited", *Mnemosyne*, Vol. 34, No. 1/2, 1981, pp. 72–86.

Schenkeveld, D. M., "Theories of Evaluation in the Rhetorical Works of Dionysius of Halicarnassus", *Museum Philologum Londiniense*, Vol. I, 1975, pp. 93–107.

Segal, Charles, "ὕψος and the Problem of Cultural Decline in the De sublimitate", *Harvard Studies in Classical Philology*, Vol. 64, 1959, pp. 121–146.

Segal, Charles, "Writer as Hero: The Heroic Ethos in Longinus, On the Sublime", in Jean Servais et al. eds., *Stemmata: Mélanges de philologie, d'histoire et d'archéologie grecques offerts à Jules Labarbe*, Liège: Louvain-la-Neuve, 1987, pp. 207–217.

Segal, Charles, "Song, Ritual, and Commemoration in Early Greek Poetry and Tragedy", *Oral Tradition*, Vol. 4, No. 3, 1989, pp. 338–339.

Shorey, Paul, "Φύσις, Μελέτη, Ἐπιστήμη", *Transactions and Proceedings of the American Philological Association*, Vol. 40, 1909, pp. 185–201.

Shuger, Debora K., "The Grand Style and the Genera Dicendi in Ancient Rhetoric", *Traditio*, Vol. 40, 1984, pp. 1–42.

von Wilamowitz-Möllendorff, Ulrich, "Asianismus und Atticismus", *Hermes*, Vol. 35, 1900, pp. 1–52.

Weinber, Bernard, "Translations and Commentaries of Longinus, On the Sublime, to 1600: A Bibliography", *Modern Philology*, Vol. 47, No. 3, 1950, pp. 145–151.

后　记

　　本书即将出版，我在欣喜之际又心中暗自惶愧。所谓"惶"者在于，西方古典文学与文学批评材料浩如烟海，要想得心应手地阅读、理解、消化一手材料(甚至二手研究材料)谈何容易。对此，我有着十分清醒的自觉：在本书中，我所能涉及者不过是宏富精深的西方古典文学传统中的极少一部分，而要想从语言—文本—思想角度厘清其中盘根错节的学术史、概念史、批评史、风格史需要何等的学养和积累。所谓"愧"者在于，自己预备写作此书前的一些学术构想并未实现。本书的写作其实有两个机缘。在读博期间，为了锻炼自己的希腊语、拉丁语阅读能力，我在翻译上下了很大的功夫。除却一些日常的阅读训练之外，我专注译出了昆体良《演说术教育》的第十卷——此卷对从荷马至罗马时代的作者进行了一番演说术式的考察。其中极为丰沛的批评语汇让彼时的我心荡神迷，以至于在翻译时，每一个词语我都想为其在中国古典文学批评中寻得一个对应词。随着阅读经验的增加，我本想在更为完整地了解西方古典文学批评传统之后，至少阅读完相关的重要一手批评文献之后，再进行本书的写作，但事实证明，这是一个"不可能完成的任务"。西方古典文学传统博大精深，值得一个人为此付出一生的努力。机缘之二在于阅读库尔提乌斯的《欧洲文学与拉丁中世纪》。此书展现出的渊博学识自不待言，巨著背后的深切文化关怀——"古典传统通过修辞研究自我传播、自我保持；展现连续性的主要方式，是通过再现'主题'，或者修辞中的寻常事物"——令我肃然起敬。我在本书中也试图追随大师的脚步，以古典语文学为基础，从批评词语与学术传统入手，进而试图还原勾勒出一个连贯的"崇高"话语文学批评链条。在这方面，我要求教于各位方家，恳请师长的批评与指点。

　　写作的过程尽管艰难，但作者受到了许多师友的热切鼓励，我要特别向他们表达真诚的谢意：北京大学中文系张沛教授与北京师范大学文学院张源教授在学术研究上始终给予我支持与鼓励，我备受教益与恩泽，并将永远铭记；中山大学国际翻译学院的常晨光教授和周星月助理教授在我困难之际热情地向我伸出双手，我时常感怀于心；我的博士后导师周慧教授为人谦和周到，治学严谨，令我深感敬佩，她曾在我就《论崇高》做的一个小型讲座上指出一个极为细致的问题，这个场景令经历了困境的我坚定了前行的勇气；中山大学国际翻译学院曾记副教授热情地提供古代抄本数据库信息，我深表感谢；中山大学国际翻译学院博士生王佩琳通读了译文与注释，并提出了诸多修改意见，会友辅仁，书以记之。本人还要对国家社科基金后期资助的匿名评审专家表示感谢，他们评语中的温暖话语以及批评建议令我有勇气在这条路上走得更远一些；感谢商务印书馆工作人员极为专业而高效的工作，没有你们的支持，此书绝无可能出版。另有诸多师友，恕我不能在此一一感谢，你们的关怀和激励将鞭策我努力向前、向上。

聂渡洛

2024 年 2 月

图书在版编目（CIP）数据

高贵灵魂的回响 : 伪朗吉努斯《论崇高》研究与译
注 / 聂渡洛著译 . -- 北京 : 商务印书馆 , 2024.
ISBN 978-7-100-24081-9

I . I0

中国国家版本馆 CIP 数据核字第 2024NG3249 号

高贵灵魂的回响
伪朗吉努斯《论崇高》研究与译注
聂渡洛　著译

商 务 印 书 馆 出 版
（北京王府井大街 36 号　邮政编码 100710）
商 务 印 书 馆 发 行
南京新世纪联盟印务有限公司印刷
ISBN　978-7-100-24081-9

2024 年 12 月第 1 版　　开本 700×1000　1/16
2024 年 12 月第 1 次印刷　印张 18¼

定价：96.00 元